鈴木健一【編】

形成される教養

十七世紀日本の〈知〉

勉誠出版

はじめに

近世（江戸時代）には、文化が高度に発達した。庶民教育が行き渡り、歴史認識や言語意識が研ぎ澄まされ、多彩なジャンルの文学が花開いたのである。それらが、速やかな近代化を用意したとも言える。

その高度な文化を支えたものは何か。おそらくそれは、社会の基盤に幅広く存在していた「教養」だったと考えられる。「教養」は、人々の知性を高めた上で、それらを束ねるような役割を果たしていたのである。この場合の「教養」は、〈和歌・漢詩文を中心として、歴史・思想・宗教・科学といった諸分野にまたがる基礎的知識〉と定義しておこう。

二〇一三年に刊行した論文集『浸透する教養　江戸の出版文化という回路』では、近世全般にわたって、「教養」が「出版」文化を通じてどのように「浸透」していったかについて取り上げた。本論文集は、近世という時代の始まりに絞って、「教養」が応仁の乱を経てどのように「形成」されていったかについて探究したものである。

まず基盤としての室町文化について触れ、そののち近世初期の学問がどのように復権したかを捉え、出版をはじめ書写行為や絵画などメディアに幅広く目配りし、文芸的なありかたを押さえる、という構成である。本論文集を通読することによって、室町後期から近世初期にかけての「教養」の様相を過不足なく把握できると思われる。

特に、序論でも強調したことだが、慶長（一五九六〜一六一五）、元和（一六一五〜二四）、寛永（一六二四〜四四）という展開を重視したい。慶長では、太くて力強さはあるがまだ整っていなかったものが、寛永になると徐々に秩序が生まれ、整ってくる。

もう少し具体的に見てみよう。慶長には、豊臣と徳川の確執があったものの、元和の初めに大坂の役があって豊臣が滅び、また家康も没した。そののち文化的な基盤もより安定度を増し、寛永においては〈和〉の後水尾天皇、〈漢〉の林羅山を中心とする雅文芸が大きな存在感を示し、俳諧・狂歌や仮名草子といった俗文芸も活発化する。出版文化でも近世で主流となる整版が確立した。

ミクロ的に見れば、慶長には中世の残滓が色濃く、寛永になると近世的な要素が鮮明になってくる。ただしマクロ的に見れば、これらの時代は近世の始まりにあって、素朴でやや粗削りながら上品な趣が備わっていると言えよう。また、時代の始まりだけが持つ昂揚感も見て取れる。

本論文集によって、近世初期の新たな魅力をお届けできるものと思う。

鈴木健一

目次

II　学問の復権

III　メディアの展開

Ⅳ　文芸性の胎動

総論

形成される教養
――十七世紀日本の〈知〉

鈴木健一

はじめに――近世初期における教養主義の確立

二〇一三年十一月に、十八名の執筆者の方々のご協力を得て、『浸透する教養　江戸の出版文化という回路』（勉誠出版）という書を編集・刊行することができた。まずは、同書の概略について触れるところから始めたい。

そこでは、近世における文化と文学を考える上で重要な視座を与えてくれる切り口として、「浸透する教養」という点を重視し、編集の基軸に据えることとした。

この場合の「教養」とは、〈和歌・漢詩文を中心として、歴史・思想・宗教・科学といった諸分野にまたがる基礎的知識〉であると定義した。古くから、「教養」は文化的なものを生成・伝播させる磁場としてきわめて強力に働き、日本の文化と文学が展開していく上で多大な影響を及ぼしていった。

そして、大衆化していく傾向のある近世の社会では、出版文化の隆盛に後押しされるようにして、それまで権威とされてきた「教養」が、出版という回路を通して庶民層へと「浸透」していく。そこに、この時代の大きな特色がある。前著では、近世全般にわたり、その種々相を具体的に追った。

この主題をさらに深めていくには、どうしたらよいか。そのような発想から辿り着いたのが、今回の書名「形成される教養　十七世紀日本の〈知〉」である。

たぶんまちがいなく、前著で重視された「教養」の浸透する回路の、原型もしくは先端的なありかたが顕著に見出されるのが、近世初期――とりわけ慶長（一五九六〜一六一五）、元和（一六一五〜二四）、寛永（一六二四〜四四）――なのだ。この時代に絞ってさらに探究していくことで、「教養」がどこから来て、どこへ行くのかが、より鮮明になってくる。そのような見通しのもと、本論文集は編まれている。

そのことをもう少し丁寧に言い直そう。

近世初期の特質とは、【古典の復権、〈雅〉の再生・強化↓〈俗〉の台頭↓出版による教養の流布・浸透】という回路が確立したことである。[1]寛永を中心とする時代、〈和〉では後水尾《ごみずのお》天皇の歌壇における学問・詠歌の奨励があり、〈漢〉では林羅山《はやしらざん》を中心とする漢学者たちによる儒学（朱子学）の勢力拡大があった。それらが、【古典の復権、〈雅〉の再生・強化】である。〈雅〉の再生・強化に対置される形で、【〈俗〉の台頭】が生じる。仮名草子の啓蒙主義的なありかた、貞門《ていもん》俳諧や狂歌の微温的な作風によって、文化の幅が広がった。そこに、印刷技術の発達によって、【出版による教養の流布・浸透】という近世独自のありかたがさらに加わった。

この三点の要素が形成する回路は、その後もさらに拡充・洗練されて、近世において重要な思想や文化が世間に広まっていく上での基本的な型として存在し続けたのである。だから、近世初期に焦点を定めれば、如上の文化構造は詳細に解明できるはずだ。

なお、前著では、「浸透する教養」のありかたを、「図像化する」「リストアップする」「解説する」という、三つの特質に大きく分類したことも付言しておきたい。

一　どのような時代なのか——政治・社会

「慶長～寛永の知」について論じていく上で、この時代全体の特色をあらあら押さえておこう。政治・社会的には、どうだろうか(2)。

一六〇〇年に関ヶ原の合戦があって、一六〇三年に徳川幕府が成立する。一六一四～一五年に大坂の役が起こり、一六一六年に家康が没する。家康没年が、元和二年だから、慶長期とは、徳川と豊臣の間で最後の確執が存在していた時期だと言える。一六二三年、寛永元年の前年には家光が三代将軍となり、一六三五年には、「武家諸法度」によって参勤交代が義務化され、一六三六年には日光東照宮が造営された。同年には、それまで流通していた中国銭に代わって寛永通宝が鋳造される。すなわち、寛永期に到って、幕藩体制が確立したのである。

なお、寛永末年に全国規模で飢饉が発生したことも記しておきたい。

もう一つの注目点として、海外との交流を挙げておく。

ここには、長崎という土地の特殊性が関わっている(3)。

長崎にキリシタンの布教が始まるのは、一五六八年（永禄十一）。翌年には、長崎最初の教会「諸聖人教会《トードス・オス・サントス》」が建てられた。一五七一年（元亀二）南蛮船入港以後、一六三九年まで約七十年にわたって、ポルトガル船がこの地に来航する。南蛮文化がさかんになり、印刷技術としてはキリシタン版が行われる。また、在留唐人によって、唐寺も創建された。一六二三年には黄檗宗《おうばくしゆう》の興福寺が建てられ、一六三二年には唐僧黙子如定が渡来し、入寺する。この時期の長崎という地の特殊性が、逆に当時の日本の海外へと開かれたありかたを象徴していよう。慶長頃には、日本人の海外進出もさかんで、一六一三年には、支倉常長《はせくらつねなが》がスペインに派遣されている（「慶長遣欧使節」）。

もっとも、一五九六年にサン・フェリペ号事件があって、宣教師・信徒二十六名が処刑され（「二十六聖人の殉教」）、一六二二年には、宣教師ら五十五人が処刑される（「元和の大殉教」）など、徐々に弾圧が強まっていく。一六一二年に禁教令が天領に、翌年には全国に布告される。一六一六年には、中国を除く外国船の来航が長崎・平戸のみに限定され、一六二三年、イギリスが平戸の商館を閉鎖、一六二四年には、スペイン船の来航が禁止される。一六三五年には、日本人の海外渡航・帰国が禁止され、一六三七〜三八年に島原の乱が勃発した。一六三九年になるとポルトガル船の来航が禁止され、一六四一年オランダ商館が長崎出島に移された。寛永末には鎖国が完成する。

海外との交流という視座に照らしてみると、慶長期はまだ活発であったのが、寛永期には閉じられてくる。このことは、前述した幕藩体制の確立と軌を一にしていると言ってよい。

以上、慶長から寛永へと向かう時間の流れの中で、大雑把に捉えれば、流動化し混沌としていた状況から移行して物事が形を整えていく状況へという変化を見て取ることができるだろう。その流れは、今われわれが問題にしようとしている〈知〉の動向とも連動するものである。

二　基盤としての室町文化

中世へと目を転じて、「浸透する教養」という視座を捉え直してみよう。そこには、応仁の乱における文化的断絶という大きな断層が横たわっている。ここでいったん伝統性が途絶えた一方、文化が地方へと伝播していく。その後、戦乱の時代が収束していくにつれて、それ以前の人々が獲得していた古典的教養を再び取り戻したいという願望が時代全体として沸き起こってくる。そのようなうねりが、本格的な流れとして顕在化するのは、先に述べたように後水尾天皇の歌壇や林羅山を中心とする漢学者たちの文化圏においてであったが、当然のことながら、それ以前にも、そこに到るまでの道のりは存在していた。各分野について、そのことをあらあら跡付けてみたい。

和歌。後柏原《ごかしわばら》天皇を中心とする十六世紀初頭の堂上歌壇は、近世初期と地続きであると言える。近世初期の後水尾天皇を中心とする堂上歌壇では、後柏原天皇の時代における営みが規範とされ、とりわけ三条西実隆《さんじょうにしさねたか》の存在が大きかった。たとえば、後水尾院述・霊元院《れいげん》記『麓木鈔《ろくぼくしょう》』には「逍遙院（引用者注・実隆）歌、今の世の手本なり」とあり、同じく後水尾院述・霊元院記『聴賀喜《ききがき》』にも「当代歌の手本とすべきは逍遙院也」とある。(4)

また、古典学という点でも、実隆を中心とする三条西家の学問は重要で、宗祇の注釈内容を摂取して、強固な古典学の流れを築き上げたこの家の学問は、近世初期は言うに及ばず、その後にも影響を及ぼしていった。『源氏物語』の注釈史を例に取ってみても、実隆の『細流抄』などが鑑賞主義的な傾向を顕わにし、その流れを引き継ぎつつ、九条種通《くじょうたねみち》・中院通勝《なかのいんみちかつ》らが内容を集成・充実させて、北村季吟の『湖月抄』へとつないでいくのであった。

漢学。五山僧侶の学問は、抄物《しょうもの》と総称される注釈書をはじめとして、後世に大きな影響を及ぼす。彼らの学問が、応仁の乱以後、地方に伝播していったことについては、横川景三《おうせんけいざん》の『補庵京華集』や万里集九《ばんりしゅうきゅう》の『梅花無尽蔵』などによって知られるし、中世末から近世初期にかけてということだと、建仁寺の英甫永雄《えいほようゆう》（雄長老）が重要な存在である。母方の叔父に細川幽斎《ほそかわゆうさい》がおり、中院通勝とも親しく、林羅山に詩文を教え、豊臣秀次の命によって成った『謡抄』編纂にも参加している。(5) 近世初期に後水尾天皇と関わった禅僧としては、鳳林承章《ほうりんじょうしょう》や一絲文守《いっしぶんしゅ》らがいる。また、藤原惺窩《ふじわらせいか》や林羅山が最初は禅宗の寺院に学んで、その後朱子学に開眼したことも、五山文化の持つ豊饒さや、室町から近世初期への漢学における一続きの緩やかな転換をよく表していよう。

連歌や聯句から、和漢聯句、そして俳諧へという流れにおいても、室町のそれは近世初期へとつながっていく道筋を示している。和漢聯句は、聯句と連歌が融合して出来上がったわけだが、その黄金時代は、後水尾天皇の父後陽成《ごようぜい》天皇の在位時代、特に桃山時代ではないかと考えられる。寛永期に到るまで、林羅山はこの文芸形式を立身出世の手段として用いていた。(6)

能は足利義満の時代に観阿弥・世阿弥が完成させたわけだが、十七世紀初頭に到ってもさかんに享受され、貞門・談林俳諧でもしばしば摂取された。(7)

奈良絵本制作は仮名草子へとつながっていく。両者は啓蒙性という点でも共通する。

応仁の乱による死者の霊を慰める営みを淵源とする「風流踊」が「歌舞伎踊」へとつながっていく。

和歌・漢学を中心として、室町文化が近世初期の文化を形作る上での基盤として機能していることはまちがいない。

ただ、総合性、実証性、啓蒙性といった特質は近世になってより充実した形で立ち現われてくるものであり、

それらは近世を通じて時代の特徴として指摘できる。(8)

また、室町と近世初期を分けるものとして、写本と版本の問題が大きく立ち現われてくる。もっとも、出版文化の台頭と同時に、古代・中世以来行われてきた書写という行為も、近世初期において引き続き重要な位置を占めていた点も見逃してはならないだろう。

三　学問の復権

近世初期において、学問はどう復権していったのか。

そのためには、和歌においては、細川幽斎の活動、後陽成天皇の歌壇での活動にも目配りしておく必要があり、(9)漢学では藤原惺窩の存在が大きい。彼らは中世から近世への橋渡しをした人々であり、業績もすぐれているが、質量ともまだ過渡期としてのそれを脱していない。近世的な特質――たとえば前述した総合性、実証性、啓蒙性ということばに代表されるようなありかた――がはっきりと見て取れ、量的にも充実してくるということになると、やはり寛永という時期が最も重要になる。慶長→元和→寛永という展開を意識しながら、後水尾天皇、林羅山、松永貞徳《まつながていとく》ら注目すべき人々の事績を追ってみたい。

後水尾天皇(一五九六~一六八〇)の堂上歌壇については、元和元年「禁中幷公家中諸法度」第一条において、天皇が学問・和歌に精進することが求められている点が重要である。そこには、幕府の強力な統制下にある天皇の姿を見て取ることができる。(10)

後水尾天皇が即位したのは、その四年前、慶長十六年、十六歳の時だった。「禁中幷公家中諸法度」が制定された元和元年、二十歳の時には、和歌・連歌・聯句・有職・手習・楽・読書などの諸芸稽古――いわゆる「禁中御学問講」[11]が始まる。これらが、禁中において天皇が学ぶべきものと考えられていたことになる。この稽古は後水尾天皇が在位中存続した。そのようにして天皇や周辺の臣下たちも「教養」を蓄えていった。寛永二年末には、智仁《としひと》親王から後水尾天皇への古今伝受がなされ、三十歳の天皇は、この時、歌人として一人立ちした。寛永六年、三十四歳の時に譲位して、より自由な環境を得たことによって、寛永期において充実した和歌活動を行うのである。ちょうど三十代、四十代という、人生において充実した年齢に相当する。

後水尾天皇の歌壇では、和歌に関する情報がさまざまに整備されもした。過去の和歌作品が集成され（『類題和歌集』として元禄十六年に刊行される）、多くの実作が成り、古典の講釈が活発に行われ、そして、天皇や臣下の和歌そのものやそれに対する考えが版本・写本によって伝播していった。[12]まさに、学問は復権したと言えるだろう。たとえば、寛永十六年に催された『仙洞三十六番歌合』は、早くもその二年後に刊行されている。[13]

なお、後水尾天皇の皇子霊元天皇の時代にも充実した歌壇が形成され、元禄から享保にかけて行われた和歌活動も、歌集・聞書の刊行・伝写によって大衆へと流布していった。

漢学者林羅山（一五八三〜一六五七）の場合はどうだろう。羅山が徳川家康によって取り立てられて、幕府に仕えたのは慶長十二年、二十五歳の時だった。その後、外交文書を作成したり、『論語』『三略』などを家康に進講し、また同十九年の方広寺鐘銘事件にも関与している。元和元・二年には、家康が作らせた銅活字によって『大《だい》蔵一覧集《ぞういちらんしゅう》』『群書治要』を刊行する事業――いわゆる「駿河版」――に以心崇伝《いしんすうでん》とともに携わる。家康が没したのは、元和二年だった。元和期には、主な漢籍から格言を取り出し、わかりやすく注解した『巵言抄《しげんしょう》』という書や、『徒然草』の注釈書『野槌《のづち》』を著し、刊行している。そして、元和九年に家光が将軍になると、翌寛永元年にはその御伽衆として登用された。四十二歳の時のことである。寛永六年には民部卿法印という僧侶としての高い地位が与えられる。儒学者としては不本意なことだったろうが、それをも受け入れて、幕府内の地位を築き上げていく。寛永十二年には武家諸法度を起草、同九年には幕府から下賜された上野忍岡の地に孔子廟――「先聖殿」を建設する。同十八年には、幕府から系図編纂を命じられ、同二十年に完成させる。寛永期には文学活動もさかんで、特に十九年から始められる、和漢の人物・事物について漢詩を詠じる試み――「倭漢十題雑詠」は注目に値しよう。寛永こそは羅山の最も充実した時期だった。

羅山の活動にも、近世初期の〈知〉のありかた――「教養」として大きく括られるような大量の情報を総合し、それらを実証的に裏付け、出版文化を通じて、多くの人々に供与しようとする姿勢が見て取れる。(14)なお、羅山の場合には、子の鵞峰《がほう》、孫の鳳岡《ほうこう》らによって、林家の伝統が形作られていき、昌平坂学問所の成立にまでつながっていくことになる。(15)ただし、近世において、朱子学だけが特権的な位置を占めていたとは言えないし、羅山にしても、書籍の管理や公的な文書の作成が主で、どこまで実質的な政治に関与できたのかは疑わしい。(16)陽明学など他の学問を対置したり、また羅山の幕府内での立場を多角的に検討することによって、より総合的に羅山の存在は評価されなくてはならない。これは今後に残された課題である。

さて、朱子学を中心として儒学が台頭してくると、それまでの思想的な支柱であった仏教との確執が生まれるようになる。いわゆる儒仏論争である。中世／憂世／仏教に対抗して近世／浮世／儒学が生じるというような二項対立は一見わかりやすいけれども、前者が後者に入れ替わったということではなく、両者の相克は近世を通じてなされていったのであり、思想的な状況はより融合的・躍動的に展開していった。(17)

地下の歌学思想にも注目する必要がある。最も重要なのは、松永貞徳（一五七一～一六五三）。貞徳は、身分が低かったため古今伝受を授かることはなかったが、中世歌学を細川幽斎から受け継ぎ、次代の北村季吟や加藤磐斎らにつなげたという点、また俗文芸の俳諧や狂歌を活性化させ、詩歌における雅俗の幅を広げることに貢献したという点からすると、重要度はきわめて高いと言えるだろう。[18] 慶長八年には、林羅山や遠藤宗務とともに古典の公開講義を行い、貞徳は『百人一首』『徒然草』を講釈している（羅山は『論語集注』、宗務は『太平記』）。同十五年に、それまで師事してきた幽斎が没すると、地下歌壇の第一人者となった。慶長末頃から、京都三条衣棚の自宅で私塾を開き、寛永十二年頃まで庶民層に対して教育を施した。一方、慶長中頃から俳諧の名手として知られるなど、俳諧活動についても関わるようになっていった。

寛永文化の人的ネットワークはさらに広がりを見せる。今回は紙幅の関係上触れられないが、多彩に活躍した松花堂昭乗《しょうかどうしょうじょう》（一五八四～一六三九）・本阿弥光悦《ほんあみこうえつ》（一五五八～一六三七）らにも目配りをする必要があろう。

四　メディアの展開

室町文化が、近世初期へと続く文化的基盤となりえたのはまちがいないが、室町と近世初期のそれを決定的に分ける要素が一つある。それは、慶長から寛永にかけての出版文化の隆盛である。もちろん、その一方で、写本文化も存在したわけだから、事態は単純ではないと思うが、しかしやはり刊行物が流布するというのはかなり大きな変更点だったと言ってよいだろう。

その出版文化の濫觴と言える古活字版[19]は、外来文化との関わりが深い。

キリシタン版とは、天正十九年（一五九一）から慶長十六年にかけて、イエズス会から刊行された約三十点にのぼる出版物を言う。主なものに、『どちりな・きりしたん』『サントスの御作業』『こんてむつす・むんぢ』などの教義書や、『伊曾保《いそほ》物語』『天草版平家物語』などの文学作品、『日葡《にっぽ》辞書』などの語学書がある。これらは、布教と、宣教師の日本語習得を目的として出版された。

また、朝鮮版も多量に流入したし、文禄・慶長勅版と称される後陽成天皇の出版事業は、朝鮮出兵によって持ち帰った銅活字に影響を受けたものだった。徳川家康はこれに刺激を受けて、銅活字を作らせ、元和元・二年に『大蔵一覧集』『群書治要』を刊行させた。これを管理したのは、以心崇伝や林羅山である。こちらは、駿河版と称される。

古活字版としては、後水尾天皇による元和勅版や、家康が閑室元佶《かんしつげんきつ》（伏見円光寺）に刊行させた伏見版、また秀頼版の他、寺院や個人によって出版されたものも多くある。寺院から刊行されたものとしては、日蓮宗の寺院のものが各種あり、他に宗存版《しゅうぞんばん》・妙心寺版・叡山版・天海版がある。個人の営為としては、嵯峨本が最もよく知られていよう。ここでは、平仮名書きの和文が対象となっている点が特に重要である。[20]

ただ、古活字版はかなり限定的な範囲での刊行であろうから、その点で後々の整版とは一線を画して捉えるべきであろう。

寛永になると古活字版が徐々に衰え、増刷が容易で訓点も施しやすい整版が主流になる。

慶長→元和→寛永と約五十年間で、印刷技術は大きく変貌を遂げ、また発展・定着していった。

その様相を、岡雅彦他編『江戸時代初期出版年表』（勉誠出版、二〇一一年）に掲げられた書名によって検証してみよう。今仮に寛永十年に刊行された書目を列挙してみることにする。（基本的に、刊行順。一度出たものは、二度目は掲げない。未調査の分は省く。◎は古活字版。）

瑜伽菩薩戒本　往生講式　邵康節《しょうこうせつ》先生心易卦数　大雑書　禅宗無門関抄〈春夕鈔〉　応仁記　新編江湖風月集略註　浄土宗要集〈鎮西宗要集〉　万氏家抄済世良方　類証弁異全九集　観世流謡本　浄土法門源流章　和名集并異名製剤記　無量寿経鈔　釈氏要覧　聚分韻略《しゅうぶんいんりゃく》　観世流小謡本　阿弥陀経訓読鈔　鎮州臨済慧照禅師語録　四部録抄　寒山詩集　天台名目類聚鈔〈七帖見聞〉　とうだいき　◎義経記　義経記　◎自讃歌注　仏説無量寿経〈浄土三部図経〉　当麻曼荼羅白記　悉曇初心抄（高野版）　成唯識論《じょうゆいしきろん》　増注三体詩　能毒　◎法華文句随問記　中華若木詩抄《ちゅうかじゃくぼくししょう》　釈論百条第三重　大疏百条第三重　恵徳方　難経本義　無量寿経論注記　日用灸法・日用食性・日用食性能毒・日用諸疾宜禁集　素問入式運気論奥　浄土略名目図見聞　出証配剤　歴代名医伝略　誹諧発句帳　新刪定四分僧戒本　狗猧《えのこ》集〈犬子集〉　菩薩戒経（高野版）

以上からは、仏書がかなりの数を占め、次いで医書が多いことがわかる。「教養」とは、宗教的な知識を得ることであり、また健康状態を改善・維持させる知識を得ることだったのだ。それに歴史・文学などに関わる書が続く（話はそれるが、今日でも、宗教と医学の書は多く刊行され、それなりに売れている。人間の根本的な関心事なのであろう。また、現代における教養というと、直接役に立たないものの高級で上品な知識といった趣で捉えられることもままあるが、本来はきわめて実用性が求められていた、ということも銘記しておく）。

書写事業についても触れておこう。近世初期における、禁裏や大名家（もしくは藩）による古典籍の書写と伝承も、後世に対する貢献度は高い。特に、後陽成天皇の事業は価値が高い[21]。

以上は、書物の伝播に関わることである。では、絵画及び関連する図像的なものの伝播はどうだったのだろうか。

嵯峨本の『伊勢物語』には、挿絵が入っていて、そういったことも図像の浸透に大きく関わっていよう。仮名草子の『竹斎《ちくさい》』や『仁勢《にせ》物語』にも挿絵がある。

そして、美術史全般ということになると、やはり華麗で壮大な桃山美術という体験を経て、慶長・元和・寛永の美が生成されているという面を見逃せない。(22)

城郭については、信長が築いた安土城、秀吉が築いた大坂城・聚楽第《じゅらくだい》・淀城・名護屋城・伏見城などが、桃山美術の豪快さをよく表している。慶長には、諸大名が各地に城郭を築いたが、元和元年の一国一城令の後に、城郭造営は影をひそめる。寛永になって、徳川家によって、二条城が大修築され、大坂城が再建されたくらいであろうか。

狩野派の絵画についてみると、桃山時代の狩野永徳《かのうえいとく》（一五四三～九〇）は、「唐獅子図屛風」（宮内庁蔵）のように豪快な作風だが、寛永になると、探幽《たんゆう》（一六〇二～七四）によって幾何学的で静謐な画面が創造される。

俵屋宗達《たわらやそうたつ》が下絵を描き、本阿弥光悦が書を記した一連の和歌巻は慶長後半から元和の初めに成立したもので、この時期の美術作品として最高の出来栄えを示していると思うが、ここには桃山時代の華やかさが残存すると同時に、それを装飾的にまとめる整った感じも認められて、桃山から寛永への美の変遷を象徴的に表していよう。

茶道においても、桃山時代の千利休《せんのりきゅう》（一五二二～九一）から、慶長の古田織部《おりべ》（一五四四～一六一五）、そして寛永の小堀遠州《こぼりえんしゅう》（一五七九～一六四七）へという、すぐれた茶人たちの系譜が認められるが、利休のわび――簡素さに対して、織部がひずみに美を見出すという対極的な立場を打ち出したのに比べると、遠州はむしろこぢんまりと整った端正さが魅力である。利休・織部は豊臣文化圏を大いに活性化させた。

五　文芸性の胎動

詩歌では、貞門俳諧の台頭という俗文芸でのありかたが注目されるべきものであるし、そのことには大きな意義があろう。狂歌も同様である。ただ、伝統的な和歌や漢詩でも、微細な表現の組み替えによって新しさを生み出そうとする試みはなされており、そういった側面も認めた上で、総体として江戸詩歌の胎動は理解されねばならない。それぞれのジャンルから一首ずつを取り上げて、言及しておこう。

夕落花　　中院通村《みちむら》

1ちるままに枝には花の色きえて夕暮ふかき雪の木のもと　　（『後十輪院内府集』）

新居　　石川丈山《じょうざん》

2故国三川遠　　故国　三川遠く
新居五岳隣　　新居　五岳隣る
棄官甘野趣　　官を棄てて　野趣を甘《あまな》ひ
巻道抱天真　　道を巻《をさ》めて　天真を抱く
裁取少游足　　裁《わづ》かに少游が足れるを取り
頗忘栄叟貧　　頗る栄叟が貧を忘る
養痾猶滅跡　　痾《やまひ》を養ひて猶ほ跡を滅《け》し

肆志欲終身　志を肆《ほしいまま》にして　身を終へんと欲す
迄老無妻子　老に迄《いた》るまで　妻子無し
為誰有鬼神　誰が為にか　鬼神有らん
紛華何所悦　紛華　何の悦ぶ所ぞ
車馬一浮塵　車馬　一浮塵
（『新編覆醤集《ふしょう》』、延宝四年刊）

蛍

3篝火《かがりび》も蛍もひかる源氏かな　親重《ちかしげ》（『犬子集』、寛永十年刊）

4佐保姫の裳裾吹き返しやはらかなけしきをそそと見する春風　松永貞徳（『貞徳百首狂歌』、寛永十三年成立）

1、後水尾院歌壇の有力な歌人中院通村の作。通村は、繊細な感覚が表出されるところに彼独自のすぐれた点があるが、ここで挙げたのは、比較的淡泊な詠み振りのもの。このくらいの方が、この時代の標準かと考えて掲げてみた。歌意は、散るにつれて、枝には花の色も消えて、夕暮れが深まっていく木の下には、雪が深く降っているかのようだ。「ふかき」が「夕暮」と「雪」の両者にかかる。雪は、散り敷かれている桜花が見立てられたもの。

2、詩人としての評価が高い石川丈山の詩は、寛永十四年（丈山五十五歳）に、相国寺の傍らに新居を構えた際の作。故郷から遠く離れ、仕官も辞し、うまれつきの本性に従い、欲心を抱かず、養生して、自由に生きようとする、俗塵を超越した生活を謳ったもの。素朴だが、端正な作品世界である。

3、「ひかる」が、「篝火も蛍も光る」と「光源氏」との掛詞。「篝火」も「蛍」もともに光るものだが、これらはいずれも光源氏を主人公とする『源氏物語』の巻名である、ということ。親重（立圃《りゅうほ》）は、『源氏物語』の梗概書である『十帖《じゅうじょう》源氏』『おさな源氏』の著者。掛詞を用いた、いかにも貞門俳諧らしい微温的な作品である。

4、「そそ」に、そっと、静かにという意味と、女性の陰部を表す意味が掛けられている。前者が、春の女神佐保姫によって春風が吹き送られて、やわらかな春景色をそっと見せてくれるという〈自然〉の文脈を形成し、後者が、春風によって佐保姫の裳裾がめくれて、そそが少しだけ見えるという〈人間〉の文脈を形成する。そして、前者が〈雅〉であり、後者が〈俗〉、その落差が笑いを生み出している。「そそ」ということばを使ってしまうところからは、中世的な野太さも感じ取ることができよう。

1〜4からだけで結論を導き出すのは早計だと思うが、敢えて言えば、上品でおっとりした作風とまとめられるだろうか。芭蕉のように、人生とは何かを深く探究しているとは言えないし、大田南畝《おおたなんぽ》のように、ことばの技巧を究極まで研ぎ澄まして笑いを創り出しているとも言えない。ひたすら温雅で、静謐な世界だと思う。ただ、〈浸透する教養〉という価値機軸に即してみると、こういった穏やかな文芸性はむしろ最上のものだったのではないかとも考えられる。古典的教養に基づく、偏りのない均衡の取れた感じは、教養人として求められるべき最たるものではなかったか。

散文でも、仮名草子がさかんに制作される。それらは、笑話集、擬古物、遍歴物、恋愛物、啓蒙教訓物、軍記類といった具合に多彩な内容となっている。(23) 出版文化が確立したことで、人々が知りたいと考える内容がまずは選択されていったのである。笑話集としては、『寒川《さむかわ》入道筆記』（慶長十八年成立）、『戯言養気集《ぎげんようきしゅう》』（元和頃刊）、

『きのふはけふの物語』（元和・寛永頃刊）、安楽庵策伝《あんらくあんさくでん》『醒睡笑《せいすいしょう》』（元和九年成立）などがある。擬古物では、秦宗巴《はたそうは》『犬枕』（慶長頃成立）、斎藤徳元『尤之双紙《もっとものそうし》』（寛永九年刊）、『仁勢物語』（寛永十六年頃刊）などがある。遍歴物では、富山道治《とみやまどうや》『竹斎』（元和七〜九年頃成立）が代表的である。

以上の作品には、後世に比べると、素朴で力強い笑いがあり、まだ中世の残滓が認められる。

恋愛物『恨の介』（慶長末頃成立）、『薄雪《うすゆき》物語』（寛永九年刊）にも、中世的な色合いが濃い。『露殿《つゆどの》物語』（寛永初年成立）には遊里が登場し、遊女評判記としては『あづま物語』（寛永十九年刊）がある。

啓蒙教訓物では、朝山意林庵《いりんあん》『清水《きよみず》物語』（寛永十五年刊）、『祇園物語』（寛永末頃刊か）が儒仏の対立を扱っている。前者は儒教の側に立ち、後者は仏教を擁護する。阿弥陀信仰を説いた『七人比丘尼』（寛永初年頃刊）もある。

また、如儡子《にょらいし》『可笑記《かしょうき》』（寛永十九年刊）には、社会批判が見られる。

軍記類では、太田牛一《ぎゅういち》『信長公記《しんちょうこうき》』（慶長三年以前成立）、小瀬甫庵《おぜほあん》『信長記』（慶長十六、十七年頃刊）[24]、同『太閤記』（寛永二年成立）、『大坂物語』（慶長二十年頃刊）などがある。

他に、『イソップ物語』を翻案した『伊曾保物語』（元和元年頃刊）、中国の裁判物『棠陰比事《とういんひじ》』の翻案である『棠陰比事物語』（寛永年間刊）などがある。

歌舞伎についても触れておく。

慶長八年に北野の社頭で、十七歳の出雲のお国によって「歌舞妓踊」が始まり、すぐに流行した。慶長の末からは、四条河原に舞台が常設され、六条柳町の遊女たちが演じた。しかし、幾度も弾圧された後、寛永十六年に遊女歌舞伎は廃絶する。

なお、ここまで述べてきたことをはなはだ雑駁ではあるが、試みに図示してみた。次表を参照されたい。

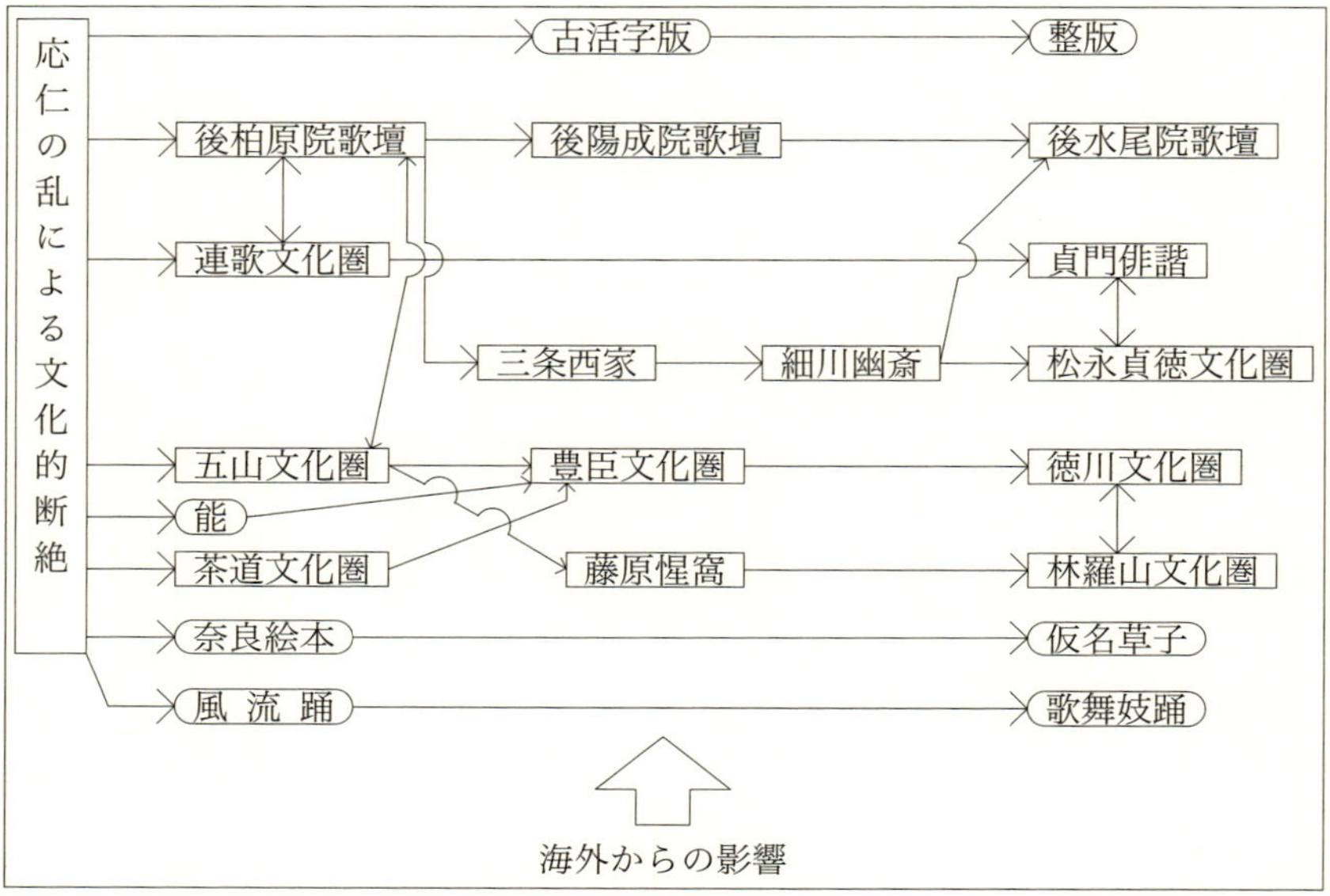

図　応仁の乱から近世初期にかけての〈知〉の展開

結論

〈雅俗〉という価値機軸に即して言えば、〈和漢〉双方の〈雅〉が伝統的に存在していたものが、文化の復興とともに強固に築かれ直し、さらに対立するものとして〈俗〉が台頭していくという過程が、慶長から寛永にかけて見て取れよう。さらに、出版文化が加わることで、大衆への浸透が徐々に進む。この回路自体は、慶長から寛永という、今問題としている時代の特質であると同時に、近世という時代を通して機能するものでもある。近世的な思考の骨格は初期段階にすでにあって、そのこと自体を根本的に揺るがす事態は近世を通じて起きなかったと言ってよいと思う。粗削りであったものが洗練されていく（もしくは、細かくなっていく）に過ぎない。

視点を絞って、慶長↓元和↓寛永という時間的変遷に着目してみると、政治的、社会的には、国内では幕府の支配体制が強化され、海外との交流という意味でも、内向きに閉じられていく過程が見て取れる。比較すれば、慶長がよりおおらかで粗く、寛永には形が整ってくる。これは、学問や文芸についても当てはまることである。

視点を広げれば、こうも言えるだろう。〈和漢〉〈雅俗〉の交錯によって成り立つ「教養」が出版という回路によって大衆へ浸透していくという近世初期のこの文化構造こそ、今日の日本人にとって教養が流布するありかたの原型なのだ、と。近世後期に〈和漢〉と〈雅俗〉が融合したものが新たな〈和〉となって、近代に入ると〈洋〉と対立とするという、価値機軸の変更はなされたものの、文化構造自体が変化したわけではない。根っ子は近世初期にあって、今日にまでつながっている。

注

（1）拙稿「十七世紀の文学――その多様性」（『文学』二〇一〇年五月。『江戸古典学の論』汲古書院刊にも所収）。
（2）藤井讓二『集英社版日本の歴史⑫　江戸開幕』（一九九二年）などを参考にした。
（3）越中哲也他編『江戸時代図誌25長崎・横浜』（筑摩書房、一九七六年）、瀬野精一郎他『長崎県の歴史』（山川出版社、一九九八年）、片岡千鶴子「教会のある町長崎」（『長崎・東西文化交渉史の舞台　ポルトガル時代・オランダ時代』勉誠出版、二〇一三年）などを参考にした。
（4）拙著『近世堂上歌壇の研究』（汲古書院、一九九六年。増訂版、二〇〇九年）など参照。
（5）堀川貴司『詩のかたち・詩のこころ　中世日本漢文学研究』（若草書房、二〇〇六年）一八―一九頁。
（6）深沢眞二『「和漢」の世界――和漢聯句の基礎的研究』（清文堂出版、二〇一〇年）七二・一三八頁。
（7）石井倫子「「俳諧の源氏」――十七世紀における能楽享受の一側面」（『文学』二〇一〇年五月）。
（8）拙著『林羅山』（ミネルヴァ書房、二〇一二年）。
（9）林達也「後陽成院とその周辺」（『近世堂上和歌論集』明治書院、一九八九年）。幽斎についても、林氏による一連の論考が備わる。
（10）『天皇の歴史10巻　天皇と芸能』（講談社、二〇一一年）における松澤克行氏の論。
（11）本田慧子「後水尾天皇の禁中御学問講」（『書陵部紀要』一九七八年三月）。
（12）前掲注4拙著。
（13）市古夏生『近世初期文学と出版文化』（若草書房、一九九八年）一八・二八五頁。
（14）前掲注8拙著。
（15）揖斐高『江戸幕府と儒学者』（中公新書、二〇一四年）。
（16）尾藤正英『日本封建思想史研究』（青木書店、一九六一年）。
（17）川平敏文『徒然草の十七世紀』（岩波書店、二〇一五年）。
（18）小高敏郎『松永貞徳の研究』（至文堂、一九五三年）、西田正宏『松永貞徳と門流の学芸の研究』（汲古書院、二〇〇六年）。後水尾天皇や林羅山は、それぞれ天皇、幕府という権威を背景として、文化的な存在感が重い。貞徳は、そういった権威にも敬意を払いつつ、そこからは一段下がったところで、大きな影響力を及ぼしていったというふうに言える。

(19) 堀川貴司『書誌学入門』(勉誠出版、二〇一〇年)を参照した。

(20) このことが近世の文学や学問に与えた影響の大きさについては、佐々木孝浩「できの悪い古活字版」(『斯道文庫論集』二〇一四年二月)でも強調されている。佐々木氏によれば、当時の平仮名書きは連綿体であるため、漢字に比べてむしろ活字制作に困難が伴ったのだという。

(21) 酒井茂幸『禁裏本歌書の蔵書史的研究』(思文閣出版、二〇〇九年)。

(22) 奥平俊六「桃山・江戸Ⅰ(江戸初期)時代」(『増補新装〔カラー版〕日本美術史』美術出版社、二〇〇三年)などを参照した。

(23) 堤精二「近世初期の小説」(『近世日本文学』放送大学教育振興会、一九九二年)、長島弘明「仮名草子から浮世草子へ」(『改訂版 近世の日本文学』放送大学教育振興会、二〇〇三年)などを参照した。

(24) 柳沢昌紀「甫庵『信長記』初刊年再考」(『近世文藝』二〇〇七年七月)。

I

基盤としての室町文化

策彦周良の聯句文芸

深沢眞二

はじめに

天正十九年（一五九一）四月二十一日〜二十三日、後陽成天皇の禁裏において和漢千句の御会が催された。禁裏の和漢千句とは、連歌に習熟した公家衆と五言の漢句による聯句に長けた僧衆が一堂に会して、和句と漢句を織り交ぜた和漢聯句百韻を十巻、すなわち千句を詠み出す晴れの会であった。ただし、千句と言いながら追加の一巻が付くのが普通で、この御会の場合には五十韻が加えられた。三日間朝から晩まで、十八名が禁裏に詰めて一〇五〇句を完成させたのである。天皇近臣は十日ほど前から諸準備に奔走している。また、和漢聯句の連衆としても、作法書や韻書を参照しての予習に怠りない。その一人西洞院時慶《ときよし》の日記『時慶記』同年四月十二日には、昨日、案首座ヨリ城西聯句被持候。

という記事が見える。『城西聯句《じょうさいれんぐ》』とは策彦周良《さくげんしゅうりょう》・江心承董《こうしんしょうとう》二人の禅僧による漢聯句の集で別名『九千句《くせんく》』、当時から見て五十年以上前に成立した作品であった。西洞院時慶は和句方なのだが、知り合いの禅僧から『城西聯句』を借りて五山の僧衆が詠む漢句に慣れようとしたと見える。[1]

策彦周良は文亀元年（一五〇一）の生まれで、管領細川氏の家老井上宗信の第三子。九歳にして天龍寺妙智院第二世住職の心翁等安《しんおうとうあん》に師事し十八歳で剃髪、のちに妙智院の第三世住職となった。怡斎《いさい》・謙斎とも号した。天文八年（一五三九）から同十年にかけてと、天文十六年（一五四七）から同十九年にかけての二度、大内義隆に請われ遣明使として海を渡った。その後には武田信玄に招かれて甲斐の恵林《えりん》寺に一時滞在したり、織田信長から安土城の記文を求められたりといったことがあったが、妙智院で晩年を過ごして天正七年（一五七九）六月晦日に歿した。

江心承董は策彦と同世代であろうが生歿年未詳。天龍寺三秀院の住僧で、芳隠・嵐斎とも号した。天龍寺一八六世住持。

従来策彦は、室町時代後期の日明交流史研究にとって非常に貴重な資料『初渡集』『再渡集』の著者として注目されてきた。しかし、彼は日本の聯句文芸史上においても重要な人物であり、後代へ大きな影響をもたらした。『時慶記』に『城西聯句』の名が見出されることはその一端である。本稿ではそうした観点から、一で『城西聯句』の成り立ちと内容を紹介し、二で策彦の聯句文芸上の事績を和漢聯句に視野を広げて考察する。本稿のめざすのは、策彦周良の聯句文芸に関する研究序説である。

一　『城西聯句』の成り立ちと内容

まずはともあれ、策彦の事績を語るのに牧田諦亮《たいりょう》氏の『策彦入明記の研究（上・下）』(2)に触れないわけにはいかない。同書上巻は凡例に曰く「妙智院蔵策彦和尚入明関係の文献類の集成」であって、その内でも策彦自筆資料による『初渡集』『再渡集』の翻刻がその過半を占める。下巻は、「妙智三世策彦周良伝」をはじめとする、上巻の資料に基づく牧田氏の論考集である。なお、現在、妙智院伝来の策彦の資料群は京都国立博物館に寄託されており、東京大学史料編纂所が写真撮影し、二〇〇九年度からは同編纂所において写真帳を閲覧することが可能になっている。また、最近『東アジア海域叢書11　寧波と博多』に『初渡集』巻中の新たな翻刻と解題が収められた。(3)

『策彦入明記の研究』下巻には第四章として「五山文学史上の策彦」の章が立てられている。その二「聯句類について」の冒頭（一五六頁）を引いて、必要な箇所に①～⑤の番号を振りその説明を加えながら、『城西聯句』について考察する。

策彦の五山文学史上における貢献といえば、当然聯句類についてゞあろう。①嘉靖十八年十月五日、策彦は②柯雨窓を介して「城西聯句」の序を豊坊③に依頼している。もと〱「城西聯句」は、策彦が天龍寺第一八六世となった④江心承董と、京城の西郊天龍寺山内で詩盟を結んで九千句を成したものを、第一回の入明に際して、その草稿を携え、寧波で北上待機中に浄書せしめ、九月二十六日に装釘を終へたのである。策彦らは同年五月二十二日に寧波に上陸しているのであるから、豊坊に序を依頼するまでに相当の時日が経過している。柯雨窓の紹介によって、寧波第一の文人として著名であった豊坊の序文を得たのは十月十二日であり、しかも北京への出発準備に忙殺されて、⑤豊坊とは面談していない。わずかに短書に添えて黄麗扇一柄・美濃紙一貼を以て潤筆料としている。

①「嘉靖十八年」は一五三九年、日本では天文八年に当たる。②「柯雨窓《かうそう》」は策彦が詩文の交友を持った寧波の士人で豊坊《ほうぼう》の弟子という。その③「豊坊」については、平岡武雄氏『経書の伝統』(4)の第五章「古書の幻想と文字の魅惑――豊坊の古書世学」と、『東アジア海域に漕ぎだす2　文化都市 寧波』(5)の第二部第二章「豊氏一族と重層する記憶」(近藤一成氏執筆)に詳しい。それらによって要約すれば、豊坊は「万巻楼」という名の大規模な蔵書を有する寧波の名家・豊氏の十五世であり、嘉靖二年(一五二三)進士に合格して南京で官吏となったが罪によって通州に流され、やがて赦されて寧波に帰った。『古書世学』など多数の経書の著者として、策彦の渡明当時には寧波随一の文人であった。豊坊は熱心な読書家で非常に博識であり、殊に書法に通じていた。「文字を愛する人であり、そして、文字の名うての上手であった」(平岡武雄氏前掲書三三二頁)、「彼は、『規矩ことごとく手中より出《い》ず』と評されていた」(同三四一頁)という。さらには「文字の美に魅惑されて、その方に平衡を失して傾倒した人」(同三五五頁)であって、精神の不安定ゆえに不遇の晩年を送り「万巻楼」をも失って、ついには豊氏の最後の当主となった人である。

引用の文の後半で牧田氏も触れているが、豊坊に『城西聯句』の序を請うた経緯を、策彦自身の日誌を参照しつつ追ってみよう。『初渡集』から関連する箇所を私に読み下して引き、(6)[意訳]を添える。

○嘉靖十八年九月二十五日の記事より

外問す。「此を去ること、南北二京・蘇杭二州に、才子の出群抜萃の者、今幾人有るや。仄聞す、本府の人、豊解元は、詩や文や当世第一たり。近ごろ南京に寓す、是か否か。大凡《おおよそ》詩文を以て天下に鳴る者、乞う、一々を示し諭せ。余、縦《たと》えその面《おもて》を識《し》らずといえども、且《か》つその名を識らば則ち足れり」と。

［意訳］人に訊ねた。「寧波以外でも、南京・北京・蘇州・杭州に、抜《ぬき》ん出た才子は、今どれほどいますか。私が仄聞するところでは、寧波の人、豊解元（豊坊）は、詩にしても文にしても当世第一だそうですね。最近は南京に住んでいるというのは本当ですか。およそ、詩文によって天下に名を知られている人を、詳細に教えて下さい。私は、たとえその人に会えないとしても、その名を識ってさえいればじゅうぶんなのです」と。

策彦はこの時、『城西聯句』の序ないし跋を当代一流の文人に書いてもらおうとして、情報収集している。そしてすでに豊坊に当たりを付けていたようだ。それには豊坊の書家としての声望の高さという要素もあったか。なお、策彦は同年の閏七月二十五日、芳（方）梅厓という人物に「城西聯句」「怡斎」の文字を書いてもらっており、右の記事の翌二十六日にはおそらくそれを用いた『城西聯句』の表紙を装幀職人に作らせている。

○同年十月五日の記事より（柯雨窓にて）

聯句藁を出し、序を豊解元に需《もと》む。（中略）「茲《ここ》に聞く、豊解元老大人は、詩・文字・画、天下に妙なり。公、曽《かつ》て早く学業をその門に受け、仰ぎ羨むべし。余、郷友と唱酬する所の聯句藁一冊、即ち今録し奉り、以て醜拙を露《あらわ》す。伏して冀《こいねが》う、大手《たいしゅ》の筆を煩《わずらわ》し、顚《てん》に序し、末《まつ》に跋せられんことを。公の紹介にあらずんば、素願を遂げ難し」と。

［意訳］聯句の原稿を取り出して、序文を豊解元にもとめることを頼んだ。（中略）「豊解元先生は、詩・書・画いずれにおいても天下に優れているとうかがっています。あなた（柯雨窓）はずっと以前から豊解元先生に学んでおられ、尊敬し、羨むばかりです。私が故郷の友と唱《うた》い交わした聯句の原稿一冊、今それを写した記録を奉りまして、下手さ加減をあらわします。伏してお願い申し上げます。書の名手である豊解元先生の筆を煩わしまして、冒頭に序文を、末尾に跋文をお与え下さいますよう。あなたの仲介がなければ、私の宿願を達することができません」と。

豊坊の門人である柯雨窓に、豊坊への執筆依頼の仲介を頼んだという記事である。豊坊は南京でなく寧波にいた。四日後の十月九日には豊坊宛手紙が記録されているのだが、その後に「然して豊解元、速やかに文字を作ることを肯《がえ》んぜず、故に聯藁を還《かえ》す。然りと雖も、柯雨窓力を尽くして請い求む。十二日を以て約す。志を遂ぐるか否か知らず」（［意訳］すると豊解元は、短時間に文を書くことを承服せず、それで聯句の原稿を還してきた。それでも、柯雨窓が力を尽くして要請し、十二日までの期限で約束した。私の素志が遂げられるかどうか、わからない）とあり、時間の短さ故に渋る豊坊に、柯雨窓の説得でなんとか承諾してもらったことがわかる。牧田氏も触れていたように、策彦は北京へ向けて出発する日が迫って慌ただしく（結果的に十月十七日に出発した）、それゆえの急な依頼であった。策彦は「素願」を遂げようと相当あせっていたように思われる。

○同年十月十二日の記事より

午刻、柯雨窓の書室を扣《たた》く。（中略）紹介する所の城西聯句の序撰裁す。余、黄麗扇一柄・美濃紙一貼を以て潤筆と為《な》す。且つ又短簡を副《そ》ふ。

［意訳］午の刻に柯雨窓の書斎を訪問した。（中略）柯雨窓が紹介してくれた城西聯句の序が出来上がっていた。私は黄麗扇一柄・美濃紙一貼を潤筆として豊解元に贈った。かつまた短い手紙を添えた。

かくして、依頼からわずか三日後に策彦は豊坊の序文を受け取ることができたのである。「黄麗扇」は「高麗扇」（朝鮮製の扇）か。「美濃紙」は美濃産の高級紙。豊坊手沢の序を得た『城西聯句』は無事日本に持ち帰られて妙智院の所蔵となった。(7)

さて、牧田氏の文章に戻る。傍線部④「江心承董と、京城の西郊天龍寺山内で詩盟を結んで九千句を成したもの」は、右に述べてきた『城西聯句』豊坊序の一節「城西妙智院に居し、良友と会し詩盟を結び、聯韵九千句、一帙に編成す」に拠っている。『城西聯句』とは京都から見た天龍寺の方角にちなんだ集の名である。その伝本の多くには弘治二年（一五五六）の惟高妙安《いこうみょうあん》（相国寺僧で策彦より二十一歳年長）跋が付いているのだが、妙安は、九千という数字が「九千偈の倶舎論に通じ」、「城西」の書名が韓愈と孟郊の「城南聯句」に倣っているということを述べている。なお、策彦にとって江心承董が大切な「良友」だったことは、『初渡集』に「夢江心（江心を夢みる）」の文字が頻繁に現れることからもよくわかる。『初渡集』には、その江心も登場する聯句の夢の記事がある。

○嘉靖十九年三月二十六日の記事より

今夜、夢に天用和尚・河清和上と句を聯《つら》ぬ。少《しば》らくして、江心座元また外より至る。文盛上司また座の側に在《いま》す。金倡玉応数十句に及ぶ。醒めて皆忘れたり。唯両句を記《き》す。河清和上云《いわ》く「夢雲多楚思」。予、言下に対《つい》して曰く「鬢雪奈唐官」。后《あと》に浄書して以て雪嶺・月舟両和上に点を需む。和上上句に批し、拙対に圏す。雪嶺和上の批語に云く、唐字奇なり。月舟和上批して云く、唐字妙なり。蓋し両和尚の意その致一なるものか。

［意訳］今夜、夢の中で天用和尚・河清和上と聯句をした。しばらくして江心座元も外から来た。文盛上司も聯句の座のそばにおられた。すぐれた応唱が数十句に及んだ。醒めて皆忘れてしまった。ただ二句を覚えていた。河清和上曰く「夢雲多楚思」。私は即座に対句《つい》を作って曰く「鬢雪奈唐官」。その後浄書して雪嶺・月舟両和尚に批点をもとめた。和上は上句に批点（優秀の評価）を加え、私の対句に圏点（特に優秀の評価）を加えた。雪嶺和上の批語に曰く「唐字がよい」。月舟和上の批語に曰く「唐字がすぐれている」。両和尚の意見が一致したのであった。

夢の話ではあるが、この記事から当時の禅林聯句の現場のありさまが彷彿とする。聯句をする座には聴衆もいる。聯句ができれば浄書して年長の禅僧に批点をもとめる。高点を得た句を作者は銘記する。批点によって優劣を競う仕組みは、連歌や俳諧の点取りとまるで同じだ。

異国で夢にまで見、夢の中で句を作るほどに、策彦は聯句に熱中していたのである。[8] 策彦と同じく聯句に入れ込んでいたであろう江心と二人して、おそらくは最初から全体の構成を企図して、一巻百句を九十巻、合計九千句を聯ねた作品集が『城西聯句』であった。九十巻という数は平声《ひょうしょう》の三十韻を用いた聯句を各韻三巻ずつ製作したことによる。また、『城西聯句』の複数の伝本に批点・圏点が書き込まれており、いくつかの巻には加点者の名が残されている。[9]

ここで、ほんの一端ではあるが、『城西聯句』の本文を提示しよう。図版は、大東急記念文庫所蔵の元和四年（一六一八）刊古活字版より、東韻「百花皆雨賜」巻の冒頭十句である（筆者撮影）。この本では、古活字による漢字本文に訓点（墨）と批点・圏点（朱）が書き込まれている。通し番号を付し、訓点に従って読み下しを示した。

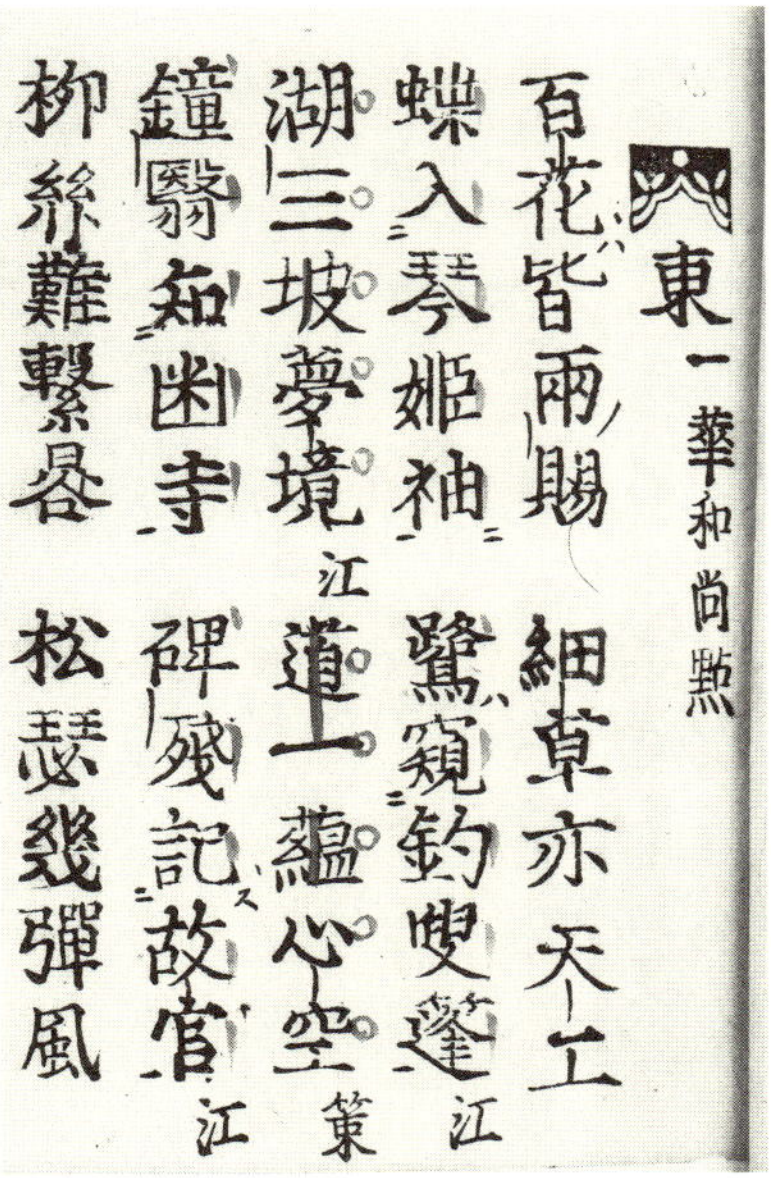
東一　華和尚點
百花皆雨賜　細草亦天工
蝶入琴姫袖　鷺窺釣叟篷　江
湖三坡夢境　江　道一蘊心空　策
鐘翳知幽寺　碑殘記故宮　江
柳絲難繫晷　松瑟幾彈風

東　一華和尚点

1 百花は皆、雨の賜《たまもの》。

2 細草は亦《また》、天工。

3 蝶は琴姫の袖に入る。

4 鷺は釣叟の篷を窺う。江

5 湖は三なり、坡《は》の夢境。江

6 道一、蘊《うん》の心空。策

7 鐘は翳《かげ》りて、幽寺を知る。

8 碑は残りて、故宮を記す。江

9 柳の糸は、晷《ひかげ》を繫ぎ難し。

10 松の瑟《こと》は、幾たび風を弾ず。

図版冒頭の模様は、花魚尾《はなぎょび》の活字を、巻首を示す目印に転用したものである。「東」はこの巻の韻目。そして「一華和尚点」として加点者の名が記され、以下は上句《かみのく》（奇数番の句、倡句《しょうく》とも言う）と下句《しものく》（偶数番の句、対句《つい》とも言う）の対《つい》が繰り返される。図版でわかる通り3・4・7・8に傍点（批点）が加えられ、5・6には丸い点（圏点）が加えられている（いずれも朱）。そして、「江（江心）」「策（策彦）」という記名は、はじめ無記名で一華和尚点に加点を願い、加点された句の作者をあとから明らかにしたものと思われる。おそらく3と7も江心の句だろう。

ところで、『城西聯句』には聯句という文芸そのものを詠んだ句をいくつも見つけることができる。たとえば、

菊に対して、座して句を聯《つら》ぬ。（冬韻「応是迎涼曲」巻の33）
寒を忍びて、雪句を聯ぬ。（咸韻「忍寒聯雪句」巻の1）
聯を足せば、鐘、暁を報ず。（灰韻「南国兵塵暗」巻の99）

といった句がある。菊やら雪やら、季節の景物を賞しながら聯句の座を催し、聯句に時を忘れて暁を迎えるのである。あるいは、

句に淫す、閑煩悩。（歌韻「求友秋鴬至」巻の81）

という句もある（聯句に限らない詩一般の「句」としても通ずるが）。この例から「句作に熱心になることは『淫』することであり『煩悩』である」という策彦・江心の自覚を読み取っては、うがち過ぎだろうか。

室町時代の京都五山において詩文の鍛錬のために聯句が盛行していたことは、近年、朝倉尚氏の研究によって具体的に明らかにされてきた。(10) 朝倉氏は、長享・延徳年間（一四八七〜九二）前後の禅寺における詩会について述べた論考で、

内衆の文筆の業が向上することを図って、盛んに催されたものに聯句会がある。幾分かの厳しさが存する詩会よりも、容易に付けられ変化に富んでいる聯句会の方が盛行する傾向にある。

と指摘している。(11) また、聯句の易きに付くことに批判的な空気が禅林にあったことにも触れている。

そうした聯句史的視点からすれば、日頃から聯句に「淫」し、『城西聯句』を携えて海を渡り、懸命に著名人の序をもとめた策彦の態度は、「文筆の業の向上」という聯句本来の意義から相当に逸脱していたと言わざるを得ない。それは、文学的創作の喜びに耽溺し、句作の力量に強い自恃を持ち、作品が認められていわば「箔が付く」ことにこだわる態度であった。当時そうした態度を表立って示すことも容認されるようになっていたのか、あるいは、天龍寺にそうした風潮が強かったのか。そのあたりの分析は今後の課題である。

さて、牧田氏の文章の、残る傍線部⑤「豊坊とは面談していない」に触れてこの章を閉じよう。策彦は最初の渡明の際は豊坊に会えないまま帰国した。だが、九年後、嘉靖二十七年（一五四八、日本では天文十七）九月二十日に、豊坊の家を訪ねている。(12) その場面については近藤一成氏の論考「豊氏一族と重層する記憶」に『再渡集』による現代語訳があるので、いかに歓待を受けたかが分かる部分を引いてみよう。

老爸《ラオパ》（坊）は戸口まで出迎えてくれ、お辞儀をすること二回。私と同伴者を家に迎え入れ、またお辞儀をし座についた。お茶をいただき、その後、筆談すること一刻あまり。その後、老爸は私たちを別の部屋に通し食事となった。酒十行に及び、俳優が歌を唱い、宴は夕方までつづいた。……

さらに、「この交歓の余情を駆つて」（平岡武雄氏『経書の伝統』中の語）豊坊は十月一日に「謙斎記」を書いている。(13) その「謙斎記」は、豊坊著『古書世学』における日本本尚書の問題にとって重要な資料だそうだが、そこに立ち入る能力は筆者にはない。ただ、当時倭寇の跳梁を苦々しく思っていたはずの豊坊にして日本から来た策彦をかくも歓待したということに、『城西聯句』に目を通した豊坊の、策彦の学識への高い評価を見る。

二　策彦周良と和漢聯句

さて、『策彦入明記の研究』下巻第四章「五山文学史上の策彦」には「漢倭聯句」の項も立てられているのだが、連歌師・紹巴と両吟の漢和聯句「梅潦欣逢月」巻を紹介するにとどまっている。しかし『策彦入明記の研究』以後、『連歌総目録』をはじめ連歌や和漢聯句の調査研究が進んでおり、(14) この方面では多くの資料を策彦の事績として付け加えることができる。

そもそも、和漢聯句の「濫觴」とされているのは、貞和二年（一三四六）成立の「西芳精舎御会／たづねきて夏までぞみる遅桜」を発句とする一巻である。(15) 夢窓国師をはじめ主に天龍寺の禅僧らと、室町幕府の執事高師直《こうのもろなお》ら高官の会であった。以来、五山僧と公家や武家が交誼を結ぶ文芸形式として和漢聯句の会が広まる。とくに文明年間（一四六九～八七）の後半から、後土御門天皇の禁裏における月次《つきなみ》和漢聯句会や和漢千句の興行など、和漢聯句の盛行が始まった。小山順子氏の言葉を借りるなら、それまで「黒衣の僧が御会に出座することは、きわめて稀なことであった」が、「天皇の居所近くの内々で小番（日勤・宿直）をする」内々衆による「天皇が私的に催した御会」に参仕させる形で、和漢聯句のために禅僧が多数禁裏に入るようになった。(16) 後土御門天皇代に参仕を求められた禅僧の中心人物は、南禅寺もしくは相国寺の蘭坡景茝《らんぱけいし》であった。そして続く後柏原天皇代・後奈良天皇代の御会には、策彦が夢の中で聯句への加点を求めた建仁寺僧月舟寿桂や、策彦と詩盟を結んだ江心承董が参仕している。(17)

策彦も禁裏に召喚されるのは当然の流れだったと言えるだろう。以下に資料を列挙するに当たり、説明の都合上、策彦が加わっている和漢に①以下の番号を、関連はあるが策彦が不在の和漢にA以下の記号を振る。

①天文十三年（一五四四）十一月十二日、発句「夜頃へて浪より高き氷哉（御製）」の禁裏和漢御会に、江心と共に参仕。『言継卿記』に「周良」の名で見える。そこに十二句が抜き書きされている内に「杏艶蟻擒《とりこにす》レ奸ヲ周良」。策彦が初渡から帰京して二年後、再渡出立の二年前であった。(18)

②天文二十三年（一五五四）一月二十九日、発句「山も世に雪間時ある春日かな（御製）」の北野社法楽禁裏和漢聯句（書陵部蔵本ほか）に参仕。『言継卿記』同日条にも記事有り。策彦が再渡から帰って後のことであった。

③同年三月二十一日、発句「たち残せ花こそ錦朝あらし（御製）」の禁裏和漢御会に参仕。『言継卿記』による。

後奈良天皇代の天文年間後半に禁裏和漢聯句御会の漢方作者の中心にいたのは、策彦の盟友である江心と、相国寺ないし南禅寺の仁如集尭《じんにょしゅうぎょう》であった。策彦が江心の推輓によって禁裏御会に召されたということは容易に想像が付く。①には江心が、②③には江心と仁如が同席している。なお、②③には次のAを背景として考慮に入れるべきであろう。

A天文二十三年三月二十六日から二十八日にかけて禁裏和漢千句が催された（『言継卿記』）が、策彦は参仕していない。

Aのような和漢千句御会は入念な準備を必要とする盛儀であり、連衆にとって非常な栄誉である。わずか五日前の③は無論、あるいは②もまた、和漢千句御会の予行演習の含みを持った会だったかと推測される。策彦が②③の会に参仕していながら肝心のAの和漢千句に名前の見えないことには、何か隠れた事情があったと思われる。[19]そして③以降、策彦禁裏参仕の記録はない。

だが、策彦の和漢聯句に関する事績なら、十二年後の記録に再び現れる。

④弘治二年（一五五六）四月二十七日、発句「たち花は身にしみふかき匂哉　蒼」の和漢（彰考館蔵本）に出座。三条西公条《きんえだ》（一字名「蒼」）の七十賀の会であり、そこには江心と仁如も出座している。

⑤同年五月二日、妙心寺における、発句「花は此花を名残の樗哉　宗養」の和漢（岩国徴古館蔵本ほか）に出座。この会の和句方は宗養・紹巴といった連歌師。漢句方には仁如と江心もいる。

⑥同年八月二十一日から二十三日にかけて、近衛尚通《ひさみち》の子で大覚寺に入り大僧正准三后となった義俊（一字名

「金」）が催した、通称『大覚寺殿和漢千句』（国会図書館蔵連歌合集ほか）に出座。第一百韻の発句は「荻の葉や又おどろかすけふの夢　金」。この千句には、公条・仁如・江心・宗養・紹巴といった顔ぶれが揃う。⑥の連衆は④と⑤が合わさったような形で構成されていた。

⑥の主催者義俊と、④の中心人物で⑥にも参加の公条は、かつてAの禁裏和漢千句の有力な連衆であった。義俊はAの第二和漢の発句を、公条は第九和漢の発句を務めていた。また、二人を中心として、Aの半年後には次のBの和漢千句も催されていた。

B天文二十三年（一五五四）十月三日から、「称名院殿」（三条西公条邸）にて「今も世の時雨ばかりは昔哉　金」を第一和漢の発句とする和漢千句（曼殊院本）。

このBに策彦の名は見えないが、江心と紹巴は参加している。Bの二年後に義俊と公条によって再度催された和漢千句が⑥だったのである。Bや⑥のような和漢千句会が催された理由は、義俊と公条が和漢という文芸を愛好したということもあろうが、それ以上に、後奈良天皇からいつ和漢千句御会の命があっても良いよう備えるためであったと考えられる。実際にもう一回、後奈良天皇代の和漢千句御会の記録が残っている。

C天文二十四年（一五五五）三月二十五日～二十七日、「待えての色かに遅き花もなし（御製）」を第一和漢の発句とする「太神宮御法楽」の禁裏和漢千句御会（国会図書館蔵連歌合集）。「入道前右大臣」として公条が出座。

ここまでの資料を簡単な一覧にしてみよう。

・天文二十三年（一五五四）
一月二十九日②、三月二十一日③、三月二十六日～二十八日A禁裏和漢千句、十月三日～B称名院殿和漢千句

・天文二十四年（一五五五）
三月二十五日～二十七日C禁裏和漢千句

・弘治二年（一五五六）
四月二十七日④、五月二日⑤、八月二十一日～二十三日⑥大覚寺殿和漢千句

要するに、禁裏和漢千句（A・C）の催しが貴紳による和漢千句（B・⑥）に波及し、その周辺に単発の和漢会も興行された。策彦はそうした和漢聯句ブームに巻き込まれていたというのが、実情に近いのではないか。

さて、⑥以降、策彦の和漢聯句出座記録には約八年間の空白がある。その主な要因は、弘治三年（一五五七）の後奈良天皇崩御に求めるべきだろう。しばらく和漢会そのものが減ったのである。だが、永禄七年（一五六四）を過ぎると、策彦和漢会出座の記録が多数残されるようになる。それらを⑦～㉒として年代順に整理し、策彦以外で本稿にとって注意の必要な作者名のみを書き添える。

⑦永禄七年（一五六四）二月二日、発句「今朝は露花よりさきの袂哉　長慶」の和漢（京都大学平松家本）。三好長

慶、紹巴。

⑧永禄九年（一五六六）九月十日、発句「一夜あけて秋やはかはる宿の菊　白」の和漢（書陵部蔵本）。白、仁如、紹巴。

⑨永禄十一年（一五六八）十二月二十五日、発句「風だにも思ふが方の冨士の雪（夢想句）」の和漢（国会図書館蔵連歌合集ほか）。紹巴と両吟。

⑩永禄十二年（一五六九）四月九日、発句「夜や雨若葉の庭の花もなし　紹巴」の和漢（天理図書館蔵本）。紹巴、仁如。

⑪同年五月二十三日、「梅潦欣逢日　策彦」を第倡句《たいしょうく》（発句に当たる漢句）とする漢和（国会図書館蔵連歌合集ほか）。紹巴と両吟。

⑫永禄十三年（一五七〇）二月十四日、発句「うらわかみ露かうばしき草ば哉　白」の和漢（書陵部蔵本）。白、紹巴、仁如。

⑬元亀元年（一五七〇、四月二十三日改元）六月十二日、発句「雲に風かほるや返す天津袖　白」の和漢（京都大学平松家本ほか）。白、紹巴、仁如。

⑭同年七月十九日、発句「言葉は紅葉もまたぬ林哉　三亜（三条亜相実澄、のちの実枝《さねき》）」の和漢（『言継卿記』に五句めまで記録）。紹巴。

⑮元亀二年（一五七一）一月二十九日、「大覚寺殿御和漢」、発句「霞にもたどらぬ梅のにほひかな　秋」の和漢（『言継卿記』に八句めまで記録）。紹巴、白、細川藤孝。

⑯同年四月十六日、太秦真珠院臨江斎紹巴亭、発句「子規こゝろのまつをやどりかな　藤孝」の和漢（曼殊院

蔵本)。藤孝、紹巴、仁如。

⑰天正三年(一五七五)十一月二十五日、第倡句「新梅冬感旧　策彦」の漢和(岩国徴古館蔵本)。三条西実枝、紹巴。

⑱天正六年(一五七八)九月二十五日、第倡句「楓錦壮行色　策彦」の漢和(京都大学平松家本ほか)。白、紹巴。

⑲年時不明、発句「霞め猶ふかきも花のにほひかな　藤孝」の和漢(大阪大学土橋本ほか)。長慶、藤孝、[20]紹巴、仁如。

⑳年時不明、第倡句「涼盛夏天賜　仁如」の漢和(佐賀大学蔵本)。紹巴、仁如。

㉑年時不明、いわゆる「策彦紹巴両吟和漢千句」(国会図書館蔵連歌合集)。「鴎梅香四海　策彦」を第一漢和の第倡句とし、以下、漢和と和漢を交互に配置して十巻、句数も全巻で両者共五十句となっている。[21]

㉒年時不明、第倡句「心満初弦月　策彦」の漢和(京都大学平松家本)。白、紹巴。

⑦から㉒までのすべてに紹巴が同席していることが重要である。かつて⑤と⑥で策彦と紹巴は同席していたが、当時の紹巴はまだ三十歳を超えたばかりで、宗牧の子である宗養の風下に立つ連歌師だった。それが、⑦の前年の永禄六年(一五六三)に宗養が歿し、以後紹巴は連歌師として第一人者になった。

紹巴にとっては、連歌興行の諸事を誂え門弟を率い座を捌くことが連歌師としての職分だったわけだが、晩年の策彦は、紹巴が和漢聯句興行の注文を受けた時の、信頼に足る常連の漢句作者という役割を請け負っていたと言えるだろう。また、仁如もそのような常連の一人だったと思われる。

そして、和漢聯句会に関して、紹巴のいわば最重要顧客はと言えば、⑫⑬⑮⑱㉒に見える「白」であった。彼は近衛尚通の子（つまり大覚寺義俊の弟）で、聖護院門跡となった道澄である。[22] そして「白」に次いで重要な顧客は、三条西公条の子、実枝（⑭⑰）であろう。また、連歌好きの武将もいる。三好長慶（⑦⑲）、幽斎細川藤孝（⑮⑯⑲、ただし⑲は存疑）である。藤孝は⑮⑯と同じ元亀二年（一五七一）には紹巴の協力のもとに『大原野千句』を催しており、策彦が「大原野千句連歌記」を著している。

さて、策彦にとっての、和漢聯句という文芸の意義を考えてみたい。

たとえば『初渡集』嘉靖二十年（一五四一）二月十三日に「土官矢田備前守、斎《とき》を設《もう》く。（中略）斎の后、又盃を出す。遂に夢想倭漢聯句有り。四十四句にて止む」とある。この「矢田備前守」は旅中「月次連歌会」を開く（同年六月二十三日記事）ほどに連歌を愛好する大内家家臣だった。その時点で策彦はすでに、連歌作者と同席すれば和漢を巻けるだけの心得を身に付けていたことが分かる。

そして、天文年間後半以降の策彦にとって和漢聯句は、貴顕と同座し時に遇えば禁裏に伺候することも許される、晴れがましい栄誉に直結する文芸となった。それは雲上に昇る梯子であった。それこそを第一の意義と見るべきだろう。また、永禄以降には、紹巴やその周辺の有力な人物との交誼を仲介してくれる意義を持つ文芸となっていた。

では、内面的な意義はどうか。策彦は、聯句にはまさに耽溺と言えるほどの過剰な思い入れを持っていた。だが、和漢聯句に対してどれほどの熱心さを持っていたかは、よく分からない。ただ、結局の所、策彦にとって和漢聯句は、聯句に比べより世俗的な意義を持つ文芸だったと見て誤らないだろう。

おわりに

もしも策彦が禁裏和漢聯句に参仕しなかったならば、『城西聯句』は世に広まらなかったであろう。②③の策彦の禁裏和漢参仕のすぐ後、弘治二年（一五五六）に『城西聯句』の惟高妙安跋が書かれたことは、禁裏への同書奉呈と関わっていると思われる。そして『言継卿記』永禄九年（一五六六）四月十日には「禁裏御本城西聯句」の名が見え、当時同書の写本が禁裏に存していたことがはっきりと分かる。また、策彦は最晩年に至って南禅寺の梅阜《ばいふ》梅谷《ばいこく》（元保）と二人で『三千句』を聯ねたが、その天正六年（一五七八）の策彦跋文において、『三千句』が「禁中に達し叡観を経」たと述べている。それは『城西聯句』の前例があってのことだろう。

かくして『城西聯句』は栄誉に包まれて写本で流布し、本稿冒頭で触れたように和漢聯句の参考書としても利用された。元和・寛永期には古活字版がくりかえし製作され、その後訓点を書き込んだ古活字版の覆刻版である整版本も刊行された。『城西聯句』の諸本についてはいずれ別の機会に報告したい。また、同書の本文を校訂し単漢字索引を整えることができれば、室町時代末から江戸時代にかけての聯句および和漢聯句の読解の役に立つことは疑いない。それも今後に期す。

聯句に関わる策彦の事績としてはなお、亀山鉄山の独吟聯句に策彦が加点して永禄八年（一五六五）二月二十五日跋を与えた『金鉄集』（続群書類従巻第十三輯下）がある。策彦による故事の解説書『蠡測集《れいそく》』（続群書類従巻第三十二輯下）もある。『蠡測集』や聯句の抄については、柳田征司氏による抄物資料としての見地からの一連の論考がある。[23] また、最近、堀川貴司氏「伝策彦周良『詩聯諺解』解題と翻刻」が出た。[24] いずれもここでは紹介するにとどめる。

江心は弘治二年（一五五六）の⑥を最後に和漢の座から姿を消す。ほどなく歿したであろう。仁如は天正二年（一五七四）に九十二歳で歿した（何と、最も遅い和漢聯句会出座記録⑯の時、八十九歳！）。策彦は天正七年（一五七九）に七十九歳で歿した。

策彦と入れ替わるように紹巴の座の漢句方の常連となったのは、南禅寺の英《えい》甫《ほ》永《よう》雄《ゆう》であった。幽斎の甥で通称「雄長老」。この人の和漢聯句に関する事績については、筆者の旧稿(25)の御参照を乞う。

注

（1）この和漢千句御会については、筆者はかつて『「和漢」の世界　和漢聯句の基礎的研究』（清文堂出版、二〇一〇年）所収「桃山時代の和漢聯句」で述べた。和漢聯句に関する基礎的なことがらについては同書を参照していただきたい。なお、『時慶記』からの引用は時慶記研究会の翻刻・校訂による『時慶記』第一巻（臨川書店、二〇〇一年）によった。また、この和漢千句の全体は京都大学国文学研究室・中国文学研究室編『室町後期和漢聯句作品集成』（臨川書店、二〇一〇年）に翻刻されている。

（2）法蔵館、（上）一九五五年、（下）一九五九年刊。本稿では同書からの引用に当たり旧字体を新字体に改めている。なお、二〇一四年に臨川書店より『牧田諦亮著作集』全八巻の刊行が始まっており、『策彦入明記の研究』も第五巻として予告されている。

（3）汲古書院、二〇一三年。解題は須田牧子氏、翻刻は須田氏および伊藤幸司氏・岡本弘道氏・中島楽章氏・西尾賢隆氏・橋本雄氏・山崎岳氏・米谷均氏による。解題によって、妙智院に伝えられた策彦の資料の全容を知ることができる。

（4）岩波書店、一九七四年。

（5）東京大学出版会、二〇一三年。

（6）引用は前掲注2の『策彦入明記の研究』上巻に基づく。必要によって『東アジア海域叢書11 寧波と博多』（前掲注3）の翻刻をも参照した。

（7）『策彦入明記の研究』（前掲注2に同じ）下巻の一七二・一七三頁には豊坊序の首尾の図版が掲げられており、全体は同書上巻の三七六・三七七頁に翻刻されている。

（8）なお、『初渡集』『再渡集』両書には、渡明中の策彦の身辺の、夢ではない聯句も記録されている。明に同行した僧衆としばしば聯句の会を催しているし、連歌や和漢聯句の会の記事もある。

（9）霊泉和尚、一華和尚、幻雲、如是和尚、以上四名の名が見える。なお、古活字版によって句数を検すると、先韻「閑聴打窓葉」巻は一〇二句あって、総数九〇〇二句になる。

（10）朝倉尚氏『就山永崇・宗山等貴』（一九九〇年）、『抄物の世界と禅林の文学』（一九九六年）、『禅林の文学　詩会とその周辺』（二〇〇四年）、いずれも清文堂出版。

（11）前掲注10『禅林の文学　詩会とその周辺』一九頁。「内衆」とは、朝倉氏によれば「塔頭や寮舎の内々の衆」（同書一〇頁）。

（12）牧田諦亮氏『策彦入明記の研究』（前掲注2）上巻二三七頁と下巻九三―九四頁、平岡武雄氏『経書の伝統』（前掲注4）三〇三頁、近藤一成氏「豊氏一族と重層する記憶」（前掲注5）一六〇―一六二頁を参照した。

（13）「謙斎記」は『策彦入明記の研究』上巻三二六頁に翻刻が、下巻九四頁に図版がある。

（14）『連歌総目録』は明治書院、一九九七年。現在、国文学研究資料館ホームページの「電子資料館」内でデータ・ベースが公開されている。策彦の和漢聯句への出座についての調査では、このデータ・ベースの検索機能を利用した。また、前掲注1の『室町後期和漢聯句作品集成』を参照した。

（15）貞享（一六八四～八八）頃刊行の『石鼎集』が、この巻を「和漢之濫觴」と呼んでいる。

（16）小山順子氏「『文明十六年二月和漢千句』考――付、第五百韻・三つ物翻刻」（『京都大学国文学論叢』第三二号、二〇一四年）、および、「後土御門天皇の和漢聯句御会懐紙考」（『国語国文』二〇一四年十二月）参照。現在のところの、文明期の禁裏和漢御会に関する先行研究については、これら小山氏の論考に就かれたい。

（17）朝倉尚氏「禁裏連句連歌御会と禅僧――文明後半・長享・延徳・明応期を中心として」（『連歌と中世文芸』（角川

書店、一九七七年）所収）、および、中本大氏「天文・永禄年間の雅交――仁如集尭・策彦周良・紹巴そして聖護院道澄」（『古代中世文学研究論集　第二集』和泉書院、一九九九年）参照。本稿は特に後者、中本氏による資料の考察から大きな恩恵を蒙った。

（18）中本大氏は前掲注17の論考において、策彦の別集『謙斎藁』に、年時不明ながら「五月赴宗牧倭漢之会」云々の詩題があると指摘している。策彦は、初渡から帰京（天文十一年（一五四二）正月）の後、宗牧歿（天文十四年（一五四五）九月十七日）までの間、つまり①と同時期に、和漢を通じて宗牧と接触を持ったと推測できる。

（19）前掲注17の論考で、中本大氏は、策彦には聯句に対する「圧倒的自信」とそれ故の「専横さ」があったと言う。策彦の禁裏御会出仕が③以後見当たらないのはそのあたりに原因があるのかもしれない、というのはうがち過ぎだろうか。

（20）佐賀大学蔵本と岩国徴古館蔵本では藤孝は藤賢となっており、不審。

（21）紹巴との両吟ということで、⑨⑪と同時期の作と推定できる。楊昆鵬氏と中村健史氏による「策彦紹巴両吟和漢千句（国会図書館本）翻刻と解題」（『京都大学國文學論叢』第三二号、二〇一四年）がある。その解題によればこの千句には「稽古としての側面が強かった」というが、同感である。

（22）紹巴と道澄のつながりも、前掲注17の中本大氏論考の説くところである。

（23）『室町時代語資料としての抄物の研究』（武蔵野書院、一九九八年）など。

（24）鶴見大学日本文学会編『国文学論叢――論考と資料』（笠間書院、二〇一四年）所収。堀川氏の単著『続五山文学研究　資料と論考』（笠間書院、二〇一五年）にも所収。

（25）「雄長老と和漢聯句」（『国語と国文学』一九九四年五月）、および、「素然永雄両吟和漢千句覚書」（『文学』二〇〇二年九・十月号）。また、資料調査の報告に「法政大学図書館正岡子規文庫本『素然永雄両吟和漢』について」（『連歌俳諧研究』第一二二号、二〇一一年）がある。

五山僧侶の教養
——古澗慈稽を例に

堀川貴司

はじめに

古代以来、日本における学問のうち、儒学あるいは漢学という分野は、博士家と称される貴族の家が主として担ってきた。しかし、南北朝時代に入って室町幕府が禅宗寺院を保護育成し、京都と鎌倉に五山を、全国にその下位に連なる十刹《じっさつ》・諸山《しょざん》という多数の寺院を指定すると、それらの寺院の禅僧たちは宋代以降の漢籍を利用して学問や創作に励み、博士家を凌駕するほど文化的存在になっていく。

特に京都五山の僧侶たちは、外交文書の作成など、政治的な役割も担いつつ、最新の中国文化を身につけた文人的な存在として、室町文化に多大な影響を与えた。応仁の乱や室町幕府の政治的混乱によって打撃を受けたものの、朝廷・公家や大名などとも関係を深め、その学問的伝統を維持して戦国時代を乗り切った。

五山文学の研究においては、室町時代後期や江戸時代は衰退期としてほとんど顧みられてこなかったが、近年は応仁の乱以降の公家の学芸復興に関する研究が進むなかで、五山の役割もまた見直されてきている。(1)

本稿では、慶長年間、建仁寺を中心に活躍した禅僧で、文学史上は林羅山少年時の師としてぐらいしか名前の出てこない古澗慈稽《こかんじけい》(一五四四～一六二三)を例として、五山の教養の特徴を作品の分析を通して考えてみたい。

一　疏について

五山僧の遺した作品にはさまざまな種類のものがあるが、禅僧として最も重要なものは、住持就任時の儀式において用いられる法語や疏《しょ》であろう。特に疏は、五山文学を代表する禅僧絶海中津が、当時中国で行われていた作法を導入して以来、厳密な法則に従って作られており、かつて平安時代に博士家の学者が願文や詩序の作成に腕を振るったのと同様、その人の学識と文才が試される場となっていた。(2)

「疏」とは禅宗寺院における公文書のことで、原則として四字句・六字句を基本とした対句によって構成される「四六文」という文体を用い、全五段落で書かれるものである。目的や対象によっていくつか種類があるが、住持就任に際して作られる疏(入寺疏)は、大きな紙に清書され、入寺式の際にそれを掲げて読み上げられるものであり、いわば晴れの舞台を演出する重要な道具立てであった。

入寺疏には、作者の立場によって次のような種類がある。

山門疏《さんもん》……新住持を迎える寺の僧侶が歓迎の意を表するもの

諸山疏《しょざんそ》……新住持が入寺する寺の周囲の寺から歓迎の意を表するもの
江湖疏《ごうこそ》……新住持を知るさまざまな僧侶が喜びの意を述べるもの
同門疏《どうもんそ》……新住持と師を同じくする僧侶が喜びの意とともに入寺を促すもの
道旧疏《どうきゅうそ》……新住持と修行仲間であるなど旧友が喜びの意とともに入寺を促すもの

入寺が決まると、新住持予定者から「目子《もくす》」という履歴書のようなものがそれぞれの疏の作成者に配布される。これには、出身地や俗姓、法系、これまでの履歴（修業した寺院・塔頭、過去に住持を勤めた寺院名など）が記されており、作成者はそういった本人にゆかりのある固有名詞（これを「機縁語《きえんご》」という）を疏のなかに織り込みながら祝意を表現しなくてはならない。

二　作品とその読解

具体例として、後に徳川家康に仕えて外交内政に活躍する以心崇伝《いしんすうでん》（一五六九〜一六三三）が慶長十年（一六〇五）に南禅寺住持となったときの古澗による諸山疏を見てみよう。以心はこの年の三月に公帖《こうじょう》（任命書）を発給され、五月二十八日に入寺式を行った。

この以心の入寺に際しての疏は、同門・道旧・江湖の三つの原本が金地院に現存し、山門疏は『禅林駢花《ぜんりんべんか》』（東京帝国大学図書館蔵写本、関東大震災で焼失）に、諸山疏は古澗の語録『口水集《くすいしゅう》』および『禅林駢花』に収められており、すべて『大日本史料』第十二編之十所収の、第十二編之三補遺に翻刻されている。ここで取り上げる諸山疏の場合、『大日本史料』は『口水集』に基づき翻刻し、『禅林駢花』との異同を注記しているが、どちらかと言えば後者の本文が優れているようである。また、典拠のある表現については、両者ともその出典を注記しているが、これにも異同がある。そこで、建仁寺両足院蔵『口水集』およびその東京大学史料編纂所蔵謄写本(3)によって確認し、『禅林駢花』との異同を勘案して校訂した本文を用い、両者の出典注記その他を参考にして注解を行いたい。

【本文】（対句に番号を付した。隔句対は枝番号a・bも用いる）

1a松源流法於東勝洲、慈孫不改百世、

1b蒋山結夏於南禅寺、詩僧何破九旬。（両足院本「寺」を「院」に作る）

2颯々生風一柄生苕、婉々留春千朶勺薬。［第一段］

3某　聯宸詞句、転電巻機。［第二段］

4a大覚賦白雲謡、久稔天下奇才之称、（両足院本「才」を「材」に作る）

4b徳安円金地夢、宏開山岳神秀之場。（両足院本「開」を「築」に作る）

5五月瞻蔔不屑他香、千峰霊松無有異色。［第三段］

6尚嫌因指忘指、所貴以心即心。

7a叢社旦評、看詩具金剛眼、

7b相越外護、賞兵現紫磨躯。［第四段］

8降自一色長天、入得太平興国。

9a知客楊浴主栗、共綴清班、　（両足院本「班」を「斑」に作る）
9b諸侯薫大夫蘭、交修旧好。　［第五段］

【注解】（本文を読み下しにした）

1a松源　法を東勝洲に流《つた》ふ、慈孫　百世を改めず、
鎌倉後期の日本人僧約翁徳倹《やくおうとくけん》の語録『仏灯国師語録』に付された中国人僧月江正印《げっこうしょういん》の序に「松源老祖一枝仏法流入東勝身洲、一伝無明、再伝蘭渓、三伝約翁」とあるのに基づき、松源崇嶽《しょうげんすうがく》—無明《むみょう》慧性《えしょう》—蘭渓道隆《らんけいどうりゅう》—約翁徳倹という法系を述べたものである。
以心は約翁の兄弟弟子である同源道本《どうげんどうほん》から六代目の弟子に当たるため、彼自身も松源の法を嗣いでいることになる。また、金地院《こんちいん》再興（後述）以前に彼がいた牧護庵《ぼくごあん》という塔頭は約翁が開いた所である。なお、「東勝洲」は須弥山の東の部分を指すが、ここでは比喩的に中国から見た日本のことだろう。
↓機縁語「松源」。「慈孫」には以心も含まれる。

1b蒋山《しょうざん》　夏《げ》を南禅寺に結ぶ、詩僧　何ぞ九旬を破らん。
南宋代に編纂された禅僧の略伝集成『五灯会元《ごとうえげん》』巻十六・金陵蒋山法泉仏慧《ほうせんぶつえ》禅師の項に「問、南禅結夏、為甚麼却在蒋山解。師曰、衆流逢海尽」とあるのに基づく（そのもとになった『嘉泰普灯録《かたいふとうろく》』巻三にも詳しく載せる）。禅宗寺院では四月半ばから七月半ばまでの九十日間、「夏安居」といって外出せず修業に専念する。その始まりを「結夏《けつげ》」、終わりを「解夏《げげ》」という。法泉はその途中で南禅寺（浙江省内陸部の衢州《くしゅう》にある寺院）から蒋山（南京にある太平興国禅寺。鍾山ともいう）に移ったので、「なぜ南禅寺で始めた夏安居を蒋山で終えるのか」と問われ、「どんな川でも海に流れ込む。どこで始めてどこで終えようと関係ない」と答えたのだろう。

以心はもともと南禅寺出身で、この年の二月に建長寺住持に任命されているが、これは形式上のことだけで、赴任はしていない。また、南禅寺は正式には「太平興国南禅禅寺」という。つまり法泉の問答にある「蒋山」「南禅寺」は日本で言えばともに京都五山の南禅寺を指すことになるので、九旬（九十日間）の禁足を破ってはいないのである。

なお蘇軾『東坡先生詩』巻一には「六月七日金陵に泊まり風に阻まる。鍾山泉公の書を得たり。詩を寄せて謝と為す」という題の詩が収められている。法泉は「泉万巻者《せんまんがんじゃ》」というあだ名が付いているくらい、学識豊富な僧侶だったので「詩僧」の名にふさわしい。

↓機縁語「南禅寺」。「蒋山」も間接的に南禅寺を、また「詩僧」も以心を暗示する。

2颯々として風を生ずるは一柄の生苕《すいてう》、婉々として春を留むるは千朶の勺薬。

入寺が五月であることを踏まえて、寒山拾得《かんざんじっとく》のごとく破れた箒で掃けばさわやかな風を生じ、「芍薬花開菩薩面」（『人天眼目』巻一など）と言われるように、菩薩のごとき芍薬の美しい花がまだ春の名残を留めて無数に咲いている、といった寺院の様子の描写か、あるいは新住持の人柄の比喩的表現か。「生苕」は生苕帚《すいちょうそう》の略で、ちびた草箒のこと。南宋の禅僧淮海原肇《わいかいげんちょう》の語録『淮海原肇禅師語録』の寒山について詠んだ偈に「脚下破木屐、手内生苕箒」とある。なお「生」は多く「生」に間違えられるが、別字である。

南禅寺境内には「鎖春亭」という建物があり、「留春」はこれを連想させる表現だが、もし機縁語として用いるなら、なぜ「春を鎖す」と言わなかったのか、不明である。
↓機縁語は不明。ここまで第一段落で、主に法系について述べる。

3某　宸詞の句に聯《つら》ね、電巻の機を転ず。

この部分は「八字称」と呼ばれ、八文字で新任住持の人となりをずばりと言い当てる箇所である。「某」は原文書では「新命南禅以心大禅師」といった固有名詞が入っていたはずであるが、語録や疏の集成などに採録する際には省略され、「某」とのみ表記される。

「宸詞句」は時の天皇である後陽成の詩句を指すだろう。禁中の和漢聯句・漢聯句の作者として天皇と一座する実力の持ち主である、との称賛である。なお、表現としては南宋の禅僧覚範慧洪の随筆『林間録』の「仁宗皇帝与大覚禅師為法喜游、和宸詞句甚多」に基づくか（大覚禅師については4a参照）。

「電巻機」は禅問答などで見せる鋭い気合いや舌鋒を雷に喩えたものであろう。北宋に成立した禅僧略伝集『景徳伝灯録』巻三十の疏に「電巻之機輪、風馳之問答」とあるなど、よく用いられる比喩表現である。

両句あいまって、詩人としても禅僧としても申し分ない実力であることを述べている。
↓ここは以心のことを直叙しているので機縁語はなし。ここまで第二段落。

4a大覚　白雲の謡を賦し、久しく稔《つ》む天下奇才の称。

北宋の禅僧仏日契嵩《ぶつにちかいすう》の『鐔津文集《たんしんぶんしゅう》』巻二十二に収める序（懐悟・撰）に「大覚璉禅師賦白雲謡以将師之行云…」、『林間録』に「大覚禅師…予…知其為天下奇才也」とあるのに基づく。典拠となる文章に出てくる「大覚」は北宋の禅僧大覚懐璉《だいかくえれん》を指す。同時代の仏日契嵩は、寺にこもって『輔教編《ふぎょうへん》』などの著述に励み、上京して皇帝に献上、大蔵経に収められるという栄誉に浴した。彼が寺に帰るとき、大覚が「白雲謡」という作品を作って送別とした（「白雲謡」はもともと周の穆王が西王母に贈られた歌で、ここ仙界から無事に地上に戻れるようにとの意がこめられたもの。ここでは宮中を仙界に喩える）。この逸話を踏まえる。

「大覚」は同時に、1aに示した法系図に見える蘭渓道隆（来日僧、建長寺開山）が日本で初めての禅師号「大覚禅師」を受け、彼の法流を大覚派と呼ぶことを意味し、その法孫である以心も「天下奇才」と称するに足る者だ、という含意であろう。

↓機縁語「大覚」。

4b徳安　金地《こんち》の夢を円《うらな》ひ、宏く開く山岳神秀の場。

徳安は天台宗の祖、智者大師智顗《ちしゃだいしちぎ》の字《あざな》。南宋に成立した天台宗中心の仏教史書『仏祖統紀《ぶっそとうき》』巻六・天台智者に、智顗の夢の中に神僧定光《じょうこう》が現れ、「此処金地吾已居之、北山銀地汝宜居焉」（この金地は私がもう住んでいるから、北の山の銀地を住まいとせよ）と言われてそこに伽藍を建てたのが天台山の始まりだという逸話があり、これに基づく。

「山岳神秀」は『文選』に収める孫綽《そんしゃく》「游天台山賦」の「天台山者、蓋山岳之神秀者也」を踏まえる。

『禅林駢花』の注記に「基、基字は新命塔頭開山の諱なり、故に之を改む」（原漢文）とある。本来なら「場」ではなく「基」字を用いて「開基」としたかったのであるが、新任住持以心の出身塔頭である金地院の開山が大《たい》業徳基《ぎょうとくき》（南禅寺六八世）なので、その諱の一字「基」を犯すことになるのを避けて「場」とした、の意であろう。

機縁語においては、住持やそのゆかりの禅僧を指し示す語として、道号（以心）は用いても法諱（崇伝）は避けるという習慣がある。そのことを注記したのである。したがって、冒頭の「徳安」と末尾の「基」（実際は「場」だが）」によって金地院開山の法諱「徳基」を暗示している。なお、他の疏には「修造開梵刹於金地」「新開金地」といった語句が見られることから、以心自身がこの塔頭を再興したのではなかろうか。この入寺のことを伝える舟橋秀賢《ふなばしひでかた》の日記『慶長日件録』同日条では「南禅寺牧護庵崇伝西堂入院云々」と記している。1aで述べたように、もともとは牧護庵にいたのであり、金地院に移ったのはつい最近であろう。

↓機縁語「徳安（徳基）」「金地」。

5五月の瞻蔔《せんぷく》は他の香を屑《いさぎよ》しとせず、千峰の霊松は異なる色有りといふこと無し。

瞻蔔（薝蔔あるいは苫蔔《ちょうふく》とも）は金香木《きんこうぼく》・チャンパカともいい、インドなど熱帯地域にある、クチナシに似た香りの強い花で、『維摩経《ゆいまぎょう》』に「如人入瞻蔔林、唯嗅瞻蔔、不嗅余香」とある。仏の教えを、他の花の香りが感じられないほど圧倒的な香りを持つこの花に喩えたものである。この一節は『東坡先生詩』巻七や巻十四の注にも引かれていて、そこでは「不聞他香」となっており、本文の形に近い。

後半は語録集成『古尊宿語録《こそんしゅくごろく》』巻三十六・投子《とうす》和尚語録に「問、霊松無異色時如何。師云、不是霊松標不出」、公案を主題別に分類した書『禅林類聚』巻四・問法に投子和尚の偈を引いて「須知雲外千峯上、別有霊松帯露寒」とあるのに基づくか。雲に閉ざされた山々に生える神々しい松林を悟りの世界の象徴としたもの。

前半は南禅寺の衆寮《しゅりょう》（修行僧の生活の場である建物）を苫蔔林と呼ぶことを含意し、入寺の五月にふさわしい風景とした。後半は単に周囲の風景が神々しい松林の山々である、という程度の意味か、不審。ただ、いずれにしてもここは南禅寺の純粋な禅風を比喩的に表現したものであろう。

→機縁語「五月」「瞻蔔」。ここまで第三段落、彼の育った環境について述べる。

6尚ほ嫌ふは因指忘指、貴ぶ所は以心即心。

『円覚経《えんがくきょう》』に「因指見月、見月忘指」とある。悟りの象徴である月を見るために、それをそれと指し示すもの、すなわち経典や師の教えが必要であるが、いったん悟りに達すればそのような言句は忘れてしまう、の意。後半は「以心伝心」「即心即仏」という禅宗の教えを端的に示す語句を合体させたもので、道号「以心」を詠み込み、かつ法諱「崇伝」の「伝」を避けた表現だろう。

→機縁語「以心」。

7a叢社の旦評、詩を看るに金剛眼を具ふとなり。

叢社は叢林（五山）の友社、すなわち定期的に詩会を開く結社のメンバーたち。旦評はいわゆる月旦評、彼らが以心について述べる評価。南宋に成立した詩話集成『詩人玉屑《しじんぎょくせつ》』巻一・滄浪詩法に「看詩当具金剛眼睛、庶不眩於旁門小法禅家有金剛眼睛之説」とある。ダイアモンドのごとき曇りのない目で詩の善し悪しを見て、小手先の技巧に目をくらまされるな、の意。もともと禅宗で用いる語を詩論に応用しているものである。

南禅寺の開基亀山法皇は法号を「金剛眼《こんごうがん》」という。これを踏まえてこの表現を選択したのであろう。

→機縁語「金剛眼」。

7b 相越《だんおつ》の外護《げご》もて、兵を賞するに紫磨躯《しまく》を現ず。

相越（檀越）はパトロンのこと。五山は室町幕府を大檀越とし、住持任命は時の将軍の名で行われた。これが豊臣政権を経由して、この時期には徳川幕府に移っていて、以心の公帖が発給された三月十一日には将軍が家康（このころ伏見にいる）であったが、同月二十一日に秀忠が軍勢を率いて上京、四月七日に家康が将軍職の辞職を奏請、同十六日に秀忠が後任となり、同時に内大臣にも任じられた。五月十五日に江戸に向け出立するまで、もっともホットな出来事として京中の話題であっただろう。他の疏では前書きの部分（これも語録に収める際には省略されることが多い）に「維れ父子継いで宰相と為る」とか「長子内大臣勅命を蒙りて特に大将軍の徽名を賜る」（ともに原漢文）などと記されている。

ここの表現は南宋の禅僧西巌了慧《せいがんりょうえ》の語録『西巌了慧禅師語録』巻上の法語に「黄面瞿曇、乃竺乾猛將。以慈悲為弓矢、以智慧為戈矛、統百万雄兵、勇不可当。布三百余陣、勢不可敵。如是四十九年、演出五千余巻兵書。雖流落人間、而未嘗有一字漏泄。因与生死魔軍、為冤為対。遂於菩提河辺、築一巨城、名為涅槃。於其城中、先以紫磨金躯、犒賞諸兵。……」とあるのを踏まえる。釈迦一代の功績を武将の華々しい戦績に喩えたもので、涅槃の後は紫磨黄金の姿になって共に闘った弟子たちを誉め称えた、というのである。

南禅寺は京都五山のなかで「五山之上」、つまり別格の扱いであり、京都・鎌倉の五山の住持経験者から特に選ばれて就任する名誉ある地位であり、紫衣《しえ》の着用が許されていた。「紫磨躯」には、紫衣を着て颯爽と入寺する以心の姿を重ね合わせているとともに、こういった比喩表現を選択した背景には、新将軍秀忠の姿も二重写しになっていよう。

↓機縁語「紫磨躯」。ここまで第四段落、再び新住持の人柄を述べる。

8一色長天より降り、太平興国に入り得たり。

直接には『古文真宝後集』巻三にある王勃「滕王閣序《とうおうかくのじょ》」の一節「秋水共長天一色」による表現だが、三界（無色界、色界、欲界。人間の住むのは欲界）のひとつ色界十八天の最高位「色究竟天《しきくきょうてん》」を言うか。俗世とは隔絶した天上界から、平和になったこの国に降り立った、の意である。

以心は室町幕府の有力大名の一つであった一色《いっしき》氏の庶流の出身であった（『大日本史料』慶長十年三月十一日条所引『南禅寺回答書』『寛政重修諸家譜』）ことから、その俗姓「一色」を詠み込み、後半の太平興国は南禅寺の正式名称「太平興国南禅禅寺」を指す。

↓機縁語「一色」「太平興国」。

9a知客《しか》の楊　浴主《よくす》の栗、共に清班に綴《つらな》らん、

禅宗寺院は僧侶を修行・学問を行う西班衆と経営に携わる東班衆に分け、西班衆には六頭首《ろくちょうしゅ》と呼ばれる役職を置く。知客（住持の正式の客を接待する）も浴主（知浴ともいう。浴殿を管理する）もそこに含まれる。南宋の禅僧率菴《そつあん》梵琮《ぼんそう》の『率菴梵琮禅師語録』に、これら両班衆のそれぞれの役職を植物等に喩える部分があり、ここに「楊柳為知客、能接往来。……栗木為浴主、不憚水泥」とある。楊柳は街路樹として往来の人々に木陰を提供し、栗の木は材質が堅く水に強い――といった特徴を役職にふさわしいものとして述べる。

9b諸侯の薫　大夫の蘭、交《こもご》も旧好を修めん。

もともと古代中国で、身分に応じて先祖をお祭りする時の供え物となる香草が異なっていることを述べた『王度記』（戦国時代の著作で、逸文のみ伝わる）の一節「天子祭以鬯、諸侯以薫、卿大夫以茝蘭、士以蕭、庶人以艾」が、儒教経典の注などによく引かれている。ここは、直接には元代の文人で禅僧との交流もあり、日本人僧のための文章も数多く遺している宋濂《そうれん》の『翰苑別集』巻九（『宋学士文集』巻三十九）にある「蘭隠亭記」の「予聞王度記云、古者之摯、天子鬯、諸侯熏、大夫蘭、士茝、皆取其物有香燥湿而不変者也」を踏まえる。蘭は四君子の一つで、気高い精神を象徴する植物であり、また「蘭交」はうるわしい友人関係を言う表現である。檀越となるべき身分の高い人々（大名や武士たち）との好誼を一層深めていくことだろう、という祝意であろう。

ここまで第五段落、新住持としての活躍を予祝する。

以上を総合して、おおまかな訳文を作れば、次のようになろう。

松源崇嶽の法流は東方の国日本に伝わって、その子孫たちが大事に守ってきた（その一人が新住持である）。法泉仏慧は夏安居の途中で南禅寺から蔣山に移ったが、その見事な問答により九十日間の禁足を守ることができた（新住持ももともとここ南禅寺にいたのだ）。

修行僧の帚の先からさわやかな夏の風が生まれ、春の名残を惜しむかのように無数の芍薬の花が咲く（そういった季節に新住持は入寺する）。

新住持は、天子の詩句に唱和するほどの詩才、稲光が起きたかと思うほどの鋭い機鋒の持ち主である。

大覚懐璉は都から寺に戻る仏日契嵩に「白雲謡」を贈り、長く天下の奇才と称された（新住持は同じ「大覚」の禅師号を持つ蘭渓道隆の法孫だ）。天台智顗は金地・銀地の夢を見て、神さびた山に道場を開いて仏教を大いに発展させた（新住持は大業徳基の開いた金地院を再興した）。

今、五月に咲く瞻蔔は圧倒的な香りの強さで他の香りをよせつけず、峰々の気高い松は緑一色に染まっている（苫蔔林という衆寮があり、東山の山懐に位置するこの寺には、まじりけのない仏の教えが充ち満ちている）。新住持は、師の教えを受けたことを忘れず、その（道号「以心」の名の通り）心から心へという精神を大事にしている。

五山の詩人たちはいつも新住持を（この寺の開基「金剛眼」亀山法皇の名の通り）素晴らしい批評眼の持ち主と評している。今ここに大檀越の庇護を得て、兵士たちをねぎらう大将軍のごとくに涅槃城に紫磨黄金の姿を現した仏さながら、紫衣をまとって入寺する。（その一色の姓にも似た）色究竟天より舞い降りて、（太平興国南禅禅寺の名にふさわしい）天下太平を取り戻したこの国に来た。

楊柳のようにもてなしの心を持った知客、栗の木のように水や泥をものともしない浴主、そういった素晴らしいメンバーを両班衆とし、蘭や薫のごとき気高い友情を大名や武家たちと、これまで同様互いに深めていくことだろう。

三　典拠表現について

引用文献をまとめてみよう。疏の表現の明確な典拠となっているものに限っても、1『仏灯国師語録』『五灯会元』（『嘉泰普灯録』）、4『鐔津文集』『林間録』『仏祖統紀』『文選』、5『東坡先生詩』『古尊宿語録』『禅林類聚』、6『円覚経』、7『詩人玉屑』『西巌了慧禅師語録』、8『古文真宝後集』、9『率菴梵琮禅師語録』『宋学士文集』と十五種にのぼる。禅籍のみならず、宋代や元代の個人の詩文集、アンソロジー、詩論集成など、多岐にわたる漢籍を利用している。

これだけの幅広い書物から、この疏の作成にふさわしい表現を抽出するのには、大変な時間と労力が必要である。最長でも住持就任が決まった日（三月十一日）から入寺（五月二十八日）まで、作者が古澗に決まったのはそれより後であろうし、最終的に清書や差出人の署名捺印（疏は複数の僧が連名で出す）といった仕上げにも時間がかかるだろうから、作成には一ヶ月程度しか使えなかったのではなかろうか。

短期間でこのような文章を作成するには、日頃からの準備が不可欠である。新住持の道号や俗姓はさまざまであっても、法系や入寺先は限定されるから、その範囲内で情報を集めておくことは可能である。すなわち、南禅寺なら南禅寺の山号寺号、伽藍や境致（境内にある建物や池など）、所属する塔頭とその開山、歴代の住持などについて、それぞれの機縁語が出てくるような表現を禅籍・漢籍から抜き書きしておくのである。

まさにそのような書物が存在する。建仁寺両足院蔵『南禅寺〈機縁〉』（写本一冊）である。江戸時代前期に書写され、その後も別筆で情報が追加されている。これを見ると、右記引用文献のうち、『仏灯国師語録』『五灯会元』『東坡先生詩』『詩人玉屑』『西巌了慧禅師語録』『古文真宝後集』の当該部分がそれぞれの機縁語の項目に記されているのである。

同書にはすでに「以心」「本光」（以心が後に受ける国師号）なども立項されており、内容全体が以心入寺以後のものであるから、逆に古澗の疏を利用してこれらの文献を挙げた可能性もあるが、おそらくは同書に類するものは室町末には存在し、古澗もそういった一種のデータベースを所持していたのではなかろうか。

もちろん、それぞれのデータは、どこかの時点でだれかが抽出しなければならない。疏の作成という伝統の中で、歴代の禅僧たちが蓄積していったものであろう。それは、日頃の読書のなかで、これは機縁語の典拠に使えると気づいたフレーズを書き留める、ということもあっただろうし、既存の疏の表現から逆に典拠を辿ってそれを記録する、というやり方もあっただろう。後者の例として、たとえば、同じ両足院には、室町前期の江西龍《こうせいりゅう》派《は》（絶海中津に直接四六文を学んでいる）の疏を集めた『続翠稿《ぞくすいこう》』の室町中期写本（『五山文学新集』別巻一に翻刻あり）が蔵されているが、これには語句の下に小字で出典が注記されている。こういった機縁語集成を作るためのメモと考えられよう。

ただし、たとえこのような参考書を使ってここまでの作業がスムーズにできたとしても、まだこれは素材を集めたに過ぎない。ルールに則った四六文にまとめあげるのは本人の力量次第である。隔句対《かっくつい》（二句ずつで対句になるもの）と単対《たんつい》（一句同士の対）を組み合わせ、対句表現（1の「百」「九」といった数対、4の「白」「金」といった色対、その他植物同士など）を気を配りつつ、各句末の平仄も整えなければならない。[4]

禅籍・漢籍にわたる幅広い知識、読解力に基づき、この場にふさわしい（機縁語を含んだ）表現を選び出した上で、右記のような条件を満たしつつ配置していくには、たとえば聯句や詩の創作などを通じて養われるであろうリズム感やバランス感覚のようなものがないとむずかしいであろう。

古澗の疏作者としての力量が当時の禅僧のなかでどの程度のものなのかはわからないが、諸山疏を任されるということ自体、かなりの評価を得ていたと考えられよう。おおよそこのような作品が作れることが、当時のすぐれた五山僧の教養を示すものであろう。

四　『膾余雑録』の逸話

江戸前期の漢学者で、藤原惺窩や林羅山に学んで後に和歌山藩儒になった永田善斎《ながたぜんさい》に、『膾余雑録《かいよざつろく》』（承応二年（一六五三）刊）という漢文の随筆がある。この巻二に、次のような回想が記されている。(5)

　余が年十有四、洛東建仁寺稽古澗に従つて蘇黄の詩の義を問ふ。一夕隣寺の僧数輩来訪、時庚申に丁《あた》る。古澗乃ち衆をして詩を作らしむ。余も又同じく賦す。「一宵清話共相親。忽転朱欄月色新、且喜三彭今可伏、静焚香灶守庚申」。古澗曰く、「句は則ち佳なり。山僧に竹欄有り、朱欄無し。何ぞ妄りに説く」。余曰く、「偶ま竹欄を以て朱欄に譬ふ。何の妨げか之れ有らん」後数日を経、柳沢氏某画鷹一幅を古澗に寄せ、賛を請ふ。稿成つて未だ浄写せず、栄珍蔵局及び余に示す。其の詩に曰く、「高掛斯図狡兎蔵、剣翎鈎爪勢将翔、架頭未下在縲絏、鳥亦清渓公冶長」。余が曰く、「先儒の云く、縲《るい》は黒索なり。絏《せつ》は攣《れん》なり。古へは獄中黒索を以て罪人を拘攣す。今の画く所は碧糸絛《へきしとう》にして縲に非ず。且又《ソノウヘ》鷹何の罪有つてか縲絏を以てするや。請ふ改めて可なり」。古澗面色騂然《しぜん》たり。後久しく復た与《とも》に言はず。余遂に寺を出でて他に適《ゆ》きて学ぶ。時に羅浮秀才論語及び中庸を講ず。余も又た預り聴く。

善斎は十四歳のとき、古澗に蘇軾・黄庭堅の詩を学んでいた。ある晩、庚申待ちの夜、隣の寺（塔頭か）の僧侶がやってきたので、古澗は皆に詩を作らせた。善斎は次のような詩を作った。

一宵清話共相親　一宵の清話　共に相ひ親しむ
忽転朱欄月色新　忽ち朱欄に転じて　月色　新たなり
且喜三彭今可伏　且喜《しやき》すらく　三彭　今　伏すべきことを
静焚香炷守庚申　静かに香炷を焚きて庚申を守る

三彭《さんぽう》とは三尸《さんし》ともいい、人間の体内にいて庚申の夜に出てきて悪さをするとされる虫のこと。夜通し起きていれば無事であるため、彼らも眠気覚ましにこのような詩会を催しているのである。すなわち、庚申待ちの夜の様子を素直に詠んだ内容であるが、これについて古澗は、いい作品だが、この塔頭には竹の欄干はあっても朱塗りの欄干はない、なぜそのような表現を選んだのか、と批評した。善斎は、たまたま比喩的に朱欄と言ったまでで何がいけないのか、と反論した。

数日後、柳沢某が鷹の絵の画賛を依頼してきた。古澗は清書（絵に書き付けることか）の前の原稿を栄珍蔵主《ぞうす》（禅宗寺院で経蔵の管理をする役職）と善斎に見せた。

高掛斯図狡兎蔵　高く斯の図を掛くれば　狡兎　蔵《かく》る
剣翎鉤爪勢将翔　剣翎《れい》　鉤爪　勢ひ　将に翔《か》けんとす
架頭未下在縲絏　架頭より未だ下りず　縲絏《るいせつ》に在り
鳥亦清渓公冶長　鳥も亦た清渓の公冶《こうや》長《ちやう》

後半は、『論語』公冶長篇の冒頭「子、公冶長を謂はく、妻《めあ》はすべきなり。縲絏の中に在りと雖も、其の罪に非ざるなりと」に基づく。その注釈書『論語義疏』によれば、かれは鳥のことばを解することができ、そのため清渓というところに死体があることを知ってそれを話したため、逆に殺人の嫌疑が掛けられ獄に繋がれたが、やはり鳥のことばを聞いて獄中では知り得ないことを話したために無実だとして釈放されたという。[6] ここで対象となっているのは、鷹狩りに使うため飼われている鷹で、丁字形の止まり木に止まり、足首に紐を掛けられているさまが描かれているのだろう。

善斎は、縲絏とは罪人を獄中で拘束するための黒い縄のことで、絵に描かれているのは青い紐であって縲絏ではない、そのうえ鷹は罪があって縛られているわけではない、この表現は改めるべきだ、と主張したが、古澗は顔を真っ赤にして黙ったままだったという。

結局善斎は建仁寺を出て他で学んだ（藤原惺窩のことか）。また羅山がその頃『論語』と『中庸』を講義していたのでそれも聴講した、というのが大まかな内容である。

善斎としては、庚申待ちの詩では実景とは合っていない比喩表現を否定されたので、その敵討ちとばかり、鷹の画賛では絵の実態とそぐわない表現を非難して一本取った、と言いたいのであろう。

『口水集』には、約三十首もの鷹を詠んだ詩が収められている（善斎が引く詩も「鷹賛二枚、二村勝次郎請之」として入っている。依頼者の名が異なるが、善斎の記憶違いか）。いずれも画賛であろう。そのうち、題に「架上」「架頭」の鷹であると明記してあるものは二十二首にものぼり、武家好みの画題で、需要が多く、それに伴って画賛の依頼も多かったことが知られる。

それらの作品を見ると、類似の表現が目立つ。（傍線部が当該詩と共通する語句）

妙絶写生工最良、翎毛不動兎心傷、架頭繋処如縲紲、鳥亦昔年公冶長　架頭鷹賛
神筆画工稀代尤、如生玉爪又金眸、愁胡莫恨架頭紲、積善文王羑里囚　同
架上名鷹冠鳥中、剣翎鉤爪似磨銅、丹青妙手今猶古、是亦唐余姜楚公　同
架上繋来如就擒、何時舒翼到遥岑、画工妙手逼真処、若掛壁間驚衆禽　同

一首目は同じ公冶長の故事、二首目は周の文王が殷の紂王に羑里《ゆうり》で囚われた故事、三首目は杜甫の詩「姜楚公画角鷹歌」を踏まえる。三首目は画家の妙手を褒めるのに杜詩を持ち出したものなので、故事としては別種であるが、二首目は当該詩や一首目と同様、とらわれの身となった中国史上の有名人を使って、やはり囚われ（飼われ）ている鷹の姿の比喩としたもので、故事の使い方が共通する。縲絏（縲紲）は、その故事から必然的に出てくる語（公冶長においては『論語』に使われている語であり、特に必然性が高い）であり、描かれている紐が青かろうが白かろうが関係ないのである。

　これに対して、庚申待ちの描写に「朱欄」の語を用いるのは、単にしゃれてみたといった程度のことで、実態と異なる語を用いる必然性はない。

　古澗としては、詩とはこのように、表現上の要請からくる語句を組み合わせて作るのであって、恣意的な表現は戒められるべきものと考えていた。それを全く分かっていない善斎にはあきれてものも言えなかった、あるいは言っても無駄だとあきらめた、というのが「古澗面色騂然《しぜん》たり。後久しく復た与に言はず」の内実ではなかったか。

　ただ、このような古澗の考え方も、鷹の絵の画賛に公冶長の故事を用いること自体の必然性を問う、といった

根本的な批判には耐えられるかどうかわからない。五山における学問・文学の伝統の中で培われてきた教養を前提に、このような故事を一ひねりしてややユーモラスに用いる、という表現方法は、さきほどの疏にもこの詩にも見られた共通のものであった。その方法自体が否定されればどうしようもないのである。

この部分の末尾に記されている羅山の講義は、清原家から訴えられたとして有名な、論語の公開講義のことであろう。訴訟の事実の有無は議論のあるところであるが、少なくとも禅宗寺院や博士家を離れてこのような学問的な活動を行う人が出てきたこと自体、新しい時代の到来を象徴している。したがってその前に置かれた詩に関するエピソードにも、善斎は同様の意味を、すなわち古澗のような存在が尊重される文化的枠組みのなかでこそ理解や称賛を得られる作品を、その枠組みごと否定して、新しい世界へ踏み出そうとした自身の選択の正しさを訴える根拠としたのであろう。

注

（1）　堀川貴司『続五山文学研究　資料と論考』（笠間書院、二〇一五年）のなかで、室町中期および江戸初期の様相を述べた。

（2）　以下、疏の形式や種類、読解に関しては、玉村竹二『五山文学　大陸文化紹介者としての五山禅僧の活動』（至文堂、一九六六年、一九八五年重版）、西尾賢隆『中世の日中交流と禅宗』（吉川弘文館、一九九九年）『中世禅僧の墨蹟と日中交流』（同、二〇一一年）を参照した。典拠の検索にはＣＢＥＴＡ２０１４（台湾・中華電子仏典協会作成のデータベース）を利用した。

（3）　謄写本は、墨で書写した後、朱で訂正が書き加えられている。長らく所在不明だった原本は、二〇一五年五月に稿者の所属する斯道文庫による調査の際再発見、閲覧することができた。これとの比較も含め、『大日本史料』の翻刻と比べると、1a「慈祿」は「伃」を朱にて「祿」に訂正し、さらにそれを朱にて「孫」に訂正している。原本は「孫」である。1bの上句に「佛兩以傳」という小字注記があるが、これは「佛惠傳」を誤読したもの。2の「主苕」の主字は、生。3の「飼句」は「飼」を朱にて「詞」に訂正してある。原本も「詞」。4bの上句の注記「文連土」は確かにそう読めるが、原本は「文選十二」、すなわち「游天台山賦」所収巻を示したもの。6の「即心」は原本・謄写本とも「印心」とも読めそうな字である。「以心印心」は元代の禅僧中峰明本の『山房夜話』下（『中峰和尚広録』巻十一下）に見える語なので、これでも可か。ここで4bおよび6について参照引用したものは、『南禅寺〔機縁〕』の「金地」「以心」条に引かれているので、五山では知られていた典拠である。

（4）1洲（平）―世（仄）―寺（仄）―旬（平）、2苕（平）―薬（仄）、3（ここは四字句内部でも平仄を整える）宸（平）―句（仄）―電（仄）―機（平）、4謡（平）―称（称賛や称号の意味だと平だが、他の意味では仄もある）―夢（仄）―場（平）、5香（平）―色（仄）、6指（仄）―心（平）、7評（平）―眼（仄）―護（仄）―躯（平）、8天（平）―国（仄）、9栗（仄）―班（平）―蘭（平）―好（仄）となり、転法（対句内部では平仄を入れ替える）と粘法（句をまたぐときは平仄を同じくする）がほぼきれいに守られている。

（5）都立中央図書館蔵本により、原漢文を読み下した。カタカナのルビは原文にあるもの。

（6）渋谷瑞江「公冶長故事考」（『北海道大学文学部紀要』四五―一、一九九五年）によれば、この逸話は『白氏六帖』や唐詩、明代以降の筆記小説類にも見られ、民間にも流布していたという。五山での流布度については未考。『翰林五鳳集』に収められた作品を花園大学国際禅学研究所のデータベース「電子達磨＃2」で検索する限りでは、鳥語のことや、「縲絏」の語を用いるのはわずかに各一首のみ。

公家の学問

——三条西家を中心に

山本啓介

はじめに

中世後期から近世初期にかけての歌学・古典学・有職故実の研究と継承の中心には三条西家があった。三条西家の地位を確立したのは実隆《さねたか》（一四五五〜一五三七）から公条《きんえだ》（一四八七〜一五六三）そして実枝《さねき》（一五一一〜七九）と続く三代の活躍が大きい。宗祇から三条西家に伝わった古今伝受が、細川幽斎を経て、近世堂上和歌へと広がったこともよく知られている。

三条西家は初代公時、二代実清、三代公保《きんやす》と続き、公保が内大臣に至った。公保は二条派常光院流の堯孝から口伝を受け、和歌所の寄人となり、『新続古今集』にも四首が入集している。しかし、公保の時点においては三代続いただけの新興の家であり、家格としては内大臣に至る道筋は得たものの、歌道・歌学の面では、冷泉家や飛鳥井家などの代々の歌道家とは比べるべくもない存在であった。

三条西家の躍進は公保の子の実隆によるところが大きい。実隆の生涯と文事については、芳賀幸四郎(1)、宮川葉子(2)、伊藤敬(3)らの研究があり、以下これらを大いに参考としながら述べることとする。実隆は兄実連《さねつら》が十七歳で早世したため四歳で家督を継ぐ身となり、六歳の時に父公保が没すると三条西家の当主となった。父から教育を受けたのは僅かの間であり、高度な和歌の指導などは行われていなかったであろう。実隆は自身の家集『再昌草』(4)の序文において、「我、竹馬のそのかみはやく、みなしご草となり果てて、庭の教へ露ばかりもなく」と往事を回想している。そして、実隆が十三歳の応仁元年（一四六七）に応仁の乱が勃発した。戦火によって多くの古典籍が焼失し、都を中心とする文化は壊滅的な打撃を受けた。実隆は母とともに鞍馬に疎開していたが、文明四年（一四七二）には十八歳の実隆を残し、母も没した。芳賀(5)は当時の実隆について、「はやく父に死別し、応仁の大乱による疎開生活中に母をうしなった実隆の幼年期・少年期は、このようにして暗くわびしいものであった」とまとめている。相次ぐ肉親との死別や戦乱の日々は実隆にとって苦難の連続であっただろう。しかし、そうした状況下で実隆は学問を磨き、歌人としても古典学においても当代随一の存在として尊重されるまでになった。そして、その学問は子孫達へ発展しつつ継承され、三条西家の地位を固めた。

三条西家の学問については、前掲の先学らによる豊富な研究があり、ここでその全体像を述べることは紙幅の限界もある。本稿では特に、実隆とその子公条のそれぞれの青年期における学問のあり方に焦点を絞り、実隆が「みなしご草」の身から修得した教養についてまとめ、その上で、子の公条に施した教育ついて考察し、中世後期における公家達の教養の取得と伝授の一面を述べたい。

一　実隆の幼少期から『実隆公記』執筆開始まで

実隆を知る上での根幹史料に『実隆公記』（以下『公記』）(6)がある。『公記』は文明六年（一四七四）、実隆二十歳の時点から残されている。本節ではまずそれ以前の実隆について(7)まとめておく。

幼少期の実隆がどのように学問を身につけたかは、断片的にしか知ることはできない。『公記』文明十六年（一四八四）十月十四日条に、実隆が亡母の十三回忌に執筆した諷誦文の写しがあり、その中には「幼稚之年口□(令)孝経、長成之日親使ㇾ入二大學一、熟測量慈愛之教誡」とある。欠字があるが、大意は亡き母が実隆の幼年時代には『孝経』を、長じてからは『大学』に親しむように教育したという。『孝経』を始めに学ぶことは当時の貴族としては常識的なことであったが、その教育には父親か、博士家の学者に学ばせることが一般的であった(8)。母は甘露寺房長の女で、学識豊かな賢母であったと見られるが、父にも学者にも学ぶことができなかったことが、当時の実隆の境遇を窺わせる。

和歌に関しても早くから学んでいたことは確かである。『再昌草』序文によれば、「また難波津をだに、はか〴〵しく続けざりし頃より、浅香山の道浅からぬ心ざしありて、余れりや、足らずやもわきまへ知らずながら、三十文字《みそもじ》余りをつらぬる事をのみ心にかけてしに、十二の歳の夏の末にや、内裏内々の月次の御会に召し加へられしよりこなた、慈照院の准三宮花亭の年始の御会講師などつとめ」とあり、幼い頃から和歌に親しみ、十二歳の時には内裏内々の月次御会に参加し、後には将軍義政の年始の御会の講師などをつとめたという。実隆が誰から和歌を学んだかについての明徴はないが、伊藤敬(9)は、叔父にあたる甘露寺親長が当時の実力派歌人の一人であったことを踏まえて、母と叔父親長の指導が大きかったものと推測している。

この他、幼少時の実隆を知る手がかりに、建仁寺塔頭大昌院院主の天隠龍沢が著した『天隠和尚文集』「聴雪斎記」[10]がある。龍沢はその後も実隆邸を訪れるなど（公記・文明七・十・十八他）交流が確認される人物である。これによれば、実隆は十五歳になる前から老成した人柄で、貴族達の間でも「神童」と評判であり、「応仁之乱、寓二余東山隠廬一者数月、人以為二謝丞相高臥一也、公晨有二琅々諷詠一、余益信二神童之言一也」と、乱を避けてきた実隆が龍沢の「隠廬」（建仁寺大昌院）に数ヶ月仮寓していたことを記している。これによれば龍沢は実隆が明け方に朗々と「諷詠」する様を見て、ますます実隆が神童であると確信したという。同記はさらに、実隆は少年期から詩にも親しんでおり、そこには五山周辺との関わりが窺える。東山にも乱が及んだため、実隆は更に鞍馬山に疎開することになったともし、実隆に対して、幽かな声を聴き、民間の苦しみを思う「賢宰相」になるように叱咤激励もしている。実隆にとって龍沢は師の一人であったのだろう。

『親長卿記』によれば、文明年間前半には実隆と母は鞍馬寺に疎開しており、親長は同地を度々訪問している（文明二・十一・八、同三・八・二十七他）。同記には「今日実隆朝臣帰二鞍馬寺旅店一了〈自二去月廿一日一出京、自二一昨日一帰二宿予邸一〉」（文明四・一・二）ともあり、実隆は鞍馬寺の宿で普段は過ごし、所用の際には出仕し、時には親長邸に泊まる生活をしていたらしい。

以上、断片的にではあるが、実隆は母親や伯父の甘露寺親長によって初期の教養を身につけたものと見られる。また疎開先の五山禅僧らとの関わりからも学んでいたらしい。必ずしも恵まれた境遇であったとは言えないが、伊藤敬[11]が指摘するように、周囲の扶助の中で学習に励んでいたのだろう。

三　青年期の実隆の書写活動

本節では青年期において実隆が身につけた教養に大きく関わる、古典籍の書写・校合・清書などの活動について述べる。応仁の乱によって多くの古典籍が失われたことから、乱がやや沈静化するとともに古典籍の収集・書写活動が禁裏・将軍家周辺において活発に行われることとなった。(12) 実隆は若くして、数多の典籍書写・校合に関わっている。その様子は『公記』冒頭の文明六年（一四七四）実隆二十歳の時点から頻繁に見ることができる。その文明六年の『公記』の記事を見る限りでは、禁裏・将軍家からの依頼について、それが初めてであるといった様子は窺えない。以前からその活動に従事していたものと見られる。実隆二十二歳までの二年間の彼の書写・校合活動をまとめたものが次頁の表1である。(13) あくまで明記されているものだけを対象としたものであるが、これを見る限りでも、実隆がほぼ間断なく書写・校合を行っていたことがわかる。特に禁裏からの下命は頻繁で、実隆も即時に応じている。

文明七年四月二十六日〜六月十七日にかけては、実隆は二十一歳で内裏着到和歌の清書も行っている。着到和歌は定めた一〇〇日の期間に、参加者各々が毎日一首、計一〇〇首を詠んで書き付けるものである。この場合は同年三月三日から開始されており、同日条によって後土御門天皇・伏見宮邦高親王・実隆ら十名が合計一〇〇〇首を詠んだものと知られる。それらを随時取りまとめて清書する役を任されている。この他、実隆は内裏その他での和歌会・連歌会での清書・寄書・執筆も頻繁に担当している。

また、義政からの依頼で「初心要記」（雅久宿禰記か）に訓点作業を付すことも行っている（文明七・三・十五〜十七）。訓点作業においても実隆が頼られていたことが知られる。

表1　文明六年～七年中の実隆の書写・校合等

年(西暦)月日	書名	依頼者	内容	備考
文明六年(一四七四)一月十七日	「和歌□抄物」		書写	「終日和歌□(之)抄物書写了」
[文明六年三月～七月部分欠]				
文明六年(一四七四)八月一日	『林葉集』『俊恵集』	将軍家	書写	依頼、書写は後日。「自武家御双紙(略)可書進之由被仰下之由」
同年八月十二日	「浄土双六」	禁裏	書写	
同年八月十五日	『古今集』		校合	
同年八月十六日	「補任歴名等」	禁裏	書写	
同年八月十八日	『古今集』		校合	「古今集校合終功了」
同年八月二十五日～二十六日	「国図」	禁裏	書写・校合	「今朝国図終写功持参、於□與中院大納言令校合之」(二十六日)
同年八月二十八日	「数珠経」	(禁裏)	書写	「今日数珠経終写功進上了」
同年九月二十五日	『法華経』巻一	実隆個人	書写	「今日一乗妙典書写〈為亡母第三回追善也〉一巻終功了」
同年九月三十日	『法華経』巻四	実隆個人	書写	「法花第四終写功」
同年十月十一日	『法華経』寿量品・『梵網経』	禁裏	書写	「終日候宸殿、梵網経聊書写」
同年十月十二日	『地蔵経』(地蔵菩薩本願経)	禁裏	書写	「地蔵経等、依仰書写了」
同年十月二十五日	『林葉集』	将軍家	書写・校合	八月一日依頼の件。「林葉集終写功校合等□沙汰之」
同年十一月五日	「夢語絵小詞」	禁裏	書写	「参内、夢語絵小詞於御前書写之」

同年十二月二十二日〜二十三日	『続後拾遺集』	（将軍家）	校合	「続後拾遺校合之」「彼集校合了」
文明七年（一四七五）一月一日	『般若心経』	実隆個人	書写	「天明之後心経一巻書写之、近年大略試筆之儀如此」
同年一月三日	『般若心経』		書写	「般若心経一巻書之、慈恵大師法楽也」
同年一月二十二日	『除目抄』（除秘抄）		書写	「除秘抄第一終写功」
同年二月九日	「御絵之詞」	禁裏	書写	前日に禁裏より依頼される。「御絵之詞令書写進上了」
同年二月十九日	「旧記等」		書写	「旧記等終日写之」
同年三月一日〜四月九日	『続後拾遺集』	将軍家	書写	前年十一月三日に依頼され、三月一日に督促を受け、四月九日に終了。
同年三月十七日〜二十三日	「初心要記」（雅久宿禰記か）	将軍家	訓点	三月十五日に義政より依頼される。「初心要記終日点之」「初心要記重而可加点之由被仰出者也」
同年三月十九日	「禁裏御絵詞　山法師絵」	禁裏	書写	「今日禁裏御絵詞　山寺法師絵　書写之令進上了」
同年四月二十六日〜二十七日	「着到和歌春夏部」	禁裏	清書	「此間着到和歌春夏部且加清書」
同年五月十四日〜十六日	「御着到和歌秋冬」	禁裏	清書	「御着到和歌秋冬清書之」
同年六月十七日	「御着到恋雑」	禁裏	清書	「今日御着到恋雑清書終功」
同年六月十八日	「代々集物名歌等」	（禁裏）	書写	「代々集物名等書写了」
同年七月一日	『五会法事讃』（浄土五会念仏略法事儀讃）	禁裏	書写・校合	「五会法事賛終写功加校合了」、翌日「進上」、二十七日奥書を加える。
同年七月三十日〜八月三日	『古今集』	禁裏	朱点を付す	「古今和歌集可加朱点之由有勅定」、八月三日終了、奥書を加える。
同年八月十二日	『慈鎮和尚経文之和歌』	禁裏	書写	「慈鎮和尚経文之和歌依勅定書写之」

同年八月二十六日	『寂然法師集』	将軍家	書写	文明七年五月二十二日に将軍家より依頼される。
同年八月二十九日	『殷富門院大輔集』	将軍家	書写	同右
同年十月十日	「柿本影□之事」	中院通秀	書き入れ	人麿影に人麿歌を書き入れる。
同年十月十九日	『樗散集』（道因法師集）	将軍家	書写	文明七年五月二十二日に将軍家より依頼される。
同年十月二十五日	『為家卿結題百首』	禁裏	書写	「為家卿結題百首終写功令進上了」、一昨日に下命。

これ以降にも実隆の書写・校合は継続し、それは終生に及んだ。その中で、青年期における特に注目すべきものを挙げると、『新後拾遺集』を書写（文明九・六・十九〜二十三）、『新拾遺集』校合（文明九・九・十）、『源中最秘抄』を校合（文明八・二・十四）、『長恨歌』を書写（文明九・十一・五）などがある。これらは全て禁裏からの用命であった。以上のように、各勅撰集、『源氏物語』等の古典注釈書、漢籍類、『法華経』等の仏典、『除目抄』等の故実書などの広範な分野の書写・校合に従事している。また、詳述は省くが、実隆は青年期の間に勅撰二十一代集のほぼ全ての書写・校合に携わっている。

これらに用いられた典籍の底本については、『公記』文明九年九月二十四日条に『伊勢物語』の「竹園御本」を書写したことや、前掲の『長恨歌』は「禁裏御本」であったことが右傍に書き入れてあるが、ほとんどの場合は明記されていない。特記されていないものは、それほどまでの由来の書ではなかったものと推測されるが、多くは禁裏・将軍家からの依頼であることからすれば、当時においての可能な限りの善本であったとひとまず見て良いだろう。

以上あらあら見た限りではあるが、こうした書写活動は、実隆にとって数多の、しかも相当に良質な古典本文と接する機会となったことだろう。これらの典籍の多くは書写後には進上されたものであり、実隆の手元に残ったものではない。[14]しかし、青年期にこれほど多くの典籍に触れた経験を持つ人物は希有であったと言えるだろう。これらの大半は実隆本人の意志によるものではなく、いわば受動的な活動であったが、かえってそれ故に彼の教養の幅を大きく広げたものと推測される。なお、この時期の作業に対して禁裏から特別な報酬を得ていた形跡はほとんど見出せない。廷臣としての奉仕であったのだろう。ただし、芳賀幸四郎[15]が指摘するように、実隆の名声が高まった晩年においては、実隆の書は地方大名などに重宝され、少なからぬ謝礼を得ることとなった。困窮した公家達が地方へ下向するような時局下において、実隆の「書」は、後に彼が都で活躍を続ける一助ともなっていった。

三　実隆の学習と文事

実隆は青年期にただ書写・校合ばかりをしていたわけではない。これらの作業とともに、禁裏御番として参仕しながら、歌会等への出詠、様々な講釈の聴聞なども頻繁に行っている。本節では、実隆の青年期の学習と文事について、可能な限り簡潔に主だったものをまとめ、適宜彼の学問の特徴について触れたい。なお、実隆の学問を捉える上で、連歌師宗祇との関わりも重要である。これについては次節で述べることとする。

和歌については、第一節で述べたように幼少期から学んでいたことは確かであるが、その詳細は不明である。『公記』冒頭の時点から、内裏・甘露寺邸・飛鳥井邸などの月次和歌会に頻繁に出詠しており、既に相応の詠作経験があったものと見られる。彼が書と和歌に特に心を注いでいた様子は、文明六年九月九日条に「自二今日一手習和歌等如レ形可二稽古一心中也」と、重陽の日にそれらの稽古を改めて心中に期していることからも窺える。二十一歳の文明七年二月十三日には、歌道家の飛鳥井雅親の門弟となった。飛鳥井家は『新古今集』撰者の一人であった雅経を祖とする家で、雅親は『新続古今集』の単独撰者であった雅縁の孫であり、当時の歌壇における実力者であった。飛鳥井家の歌学は、『正徹物語』(16)が言うには、「雅経は定家の門弟たりしほどに、代々みな二条家の門弟の分也。公宴などにて、懐紙を三行五字に書かるばかりぞ、雅経の家のかはりめにてあれ、その他は何にてもただ二条家と同じ者也」とほぼ二条流であったとされている。和歌において最も権威のあった俊成・定家・為家以来の御子左家の歌学は嫡家である二条家が継いでいたが、その血筋は室町前期には断絶し、室町中期以降は二条派門人の頓阿から続く常光院流がその流れを継承していた。ただし、実隆当時においては常光院流は主に地下《ぢげ》階層に伝わるものであり、公家社会における飛鳥井家の権威は大きなものであった。ただし、『公記』を見る限り、実隆が雅親から学んだことを具体的に記したものは見出し難い。

ともあれ、実隆の歌学は既に相応に高い評価を得ていた。文明七年七月三十日条に「古今和歌集可レ加二朱点一之由勅定」、同八月三日条には「禁裏古今御本朱点終功、加二奥書一進上了」とあり、禁裏本の『古今和歌集』に朱点と奥書を加えている。実作の面においても、文明十三年二月から再開された内裏月次和歌の衆に加わっており、既に相応の評価を得ていたことが確認できる。文明十五年には二十九歳で将軍足利義尚の和歌打聞の手伝衆の一人となった。義尚は若くから和歌を好み、勅撰和歌集の業を継ぐべく、公武の歌人を集めての歌集の編纂を志していた。『公記』別記「室町第和歌打聞記」によれば、実隆は「当時迷惑至極、不レ能二言語一」（文明十五・七・十二）としているが、私家集を中心とする数多の歌集に目を通し(17)、「選定」「抜書」を行っている。実隆は乗り気でなかったようだが、これらは膨大と言ってよい先行歌を鑑賞し、その中から秀歌を選出する作業であったと推測されるものであり、少なくとも幅広く和歌を知る機会とはなったことだろう。

連歌については、『親長卿記』によれば、文明五年二月二十五日に禁裏御番衆連歌と御前での和漢聯句が行われた際に実隆は十九歳で執筆をし、同年十二月三日には内裏連歌の執筆もつとめている。『公記』文明七年三月十一日条に内裏百韻連歌の執筆をつとめたことが見える他、以後も宮中での連歌会・和漢聯句会に出座し、執筆も度々担当している。後述するが執筆は相応の力量が必要とされる役であった。

漢籍に関しては、『公記』文明六年九月五日条に「有レ召参二若宮御方一（略）論語第二巻御復読」や、翌年一月十四日条に「昼間若宮御方論語第一令二服読一給、仍予候二御前一」などとあり、「若宮御方」（後の後柏原天皇）が学んだ『論語』の復読に祗候している。天皇家における漢籍学習は、それを専門とする博士家が担当しているが、その復習に実隆が関わっていたことは注目される。(18) 和漢聯句の執筆をつとめていたことからも、実隆の漢籍に対する学識は相当なものであったと認めうる。しかし、その上で、彼は宮中や各寺院などで行われた講釈にも精力的に出席している。文明九年から十三年の間の主立ったものとしては、正宗竜統《しょうじゅうりゅうとう》の『三体詩集』絶句、天隠竜沢の『長恨歌』、南禅寺の蘭坡景茝《けいし》『三体詩』・『山谷詩』などの講釈を聴いている。また、仏教についても禅宗に限らず講釈に頻繁に参加している。彼の漢籍学習の在り方が窺えるものとして、『公記』明応四年一月八日条に、第一節でも触れた天隠龍沢と語らった際に「天隠談」として「淵明詩挹レ菊東籬下悠然見二南山一」の詩（陶淵明・飲酒二十首其の五）について「望二南山一ト古人改レ之、是更非二淵明之詩一、見二南山一之句自然之儀尤有レ感云々」と、「古人」は「望」の字に改めたが、もとの「見」の方が最も感興があるとの説を書き留めている。「望」と「見」の一文字の差がもたらす印象の差異に注目する鑑賞態度があったことが知られる。

和歌・連歌以外の古典全般についても活動の幅は広い。代表的な古典作品についても挙げると、「兼好法師津礼々々草一覧了」（公記・文明六・九・二十二）と、『徒然草』を通読し、「卜□検校語平家聴聞」（同・文明七・五・一）と二尊院で行われた平家語りを聴聞している。また、禁裏で後土御門天皇らに古典を「読」むことも行っている。『公記』文明七年七月十七日条に「統恵論師来、善光寺縁起絵三巻（略）一二覧之一、殊勝々々」とあり、『善光寺縁起』を「一覧」し、その翌日には「参内、善光寺絵之詞読申了」と、宮中へ参内して「読申」している。ここにおける「読」は言うまでもなく天皇の御前で声に出して作品を読み上げるものであろうが、時には内容について質問されることもあったはずで、それに備えて作品を理解しておく必要があっただろう。前日の「一覧」はその準備であったと推測される。この他、文明七年十一月一日には禁裏において「知良奴桜」を「百余丁」、同年同月十一日からは「宇治大納言物語」を数日にわたり読み上げている。同年十一月二十日には「竹園」（伏見宮）で『平家物語』の読み上げもしている。古典講読においても彼が重用されていたことが知られる。

以上の如く、実隆は既に二十代前半の時点で、宮中でも重用される水準の和歌・連歌・漢籍・古典にわたる学識を身につけていたことが知られる。中でも講読において『善光寺縁起』を前日に予習していた点は興味深い。おそらくこの他の作品においても彼は周到に学習を続けていたのであろう。

なお、実隆の学習は広い分野に精力的であったが、意欲的でなかった例もわずかに見出せる。彼が五十一歳の時点のものだが、『公記』永正二年（一五〇五）十月五日条には、吉田兼倶《かねとも》から勧進帳の執筆を依頼され、実隆が固辞すると、兼倶から最奥秘とされる『唯一神道名法要抄』の一見を条件に提示されるものの、これを断っている。永正六年九月二十六日に兼倶から『日本書紀』を借りた際にも、兼倶が「神書」を伝授しようと申し出たが、実隆は老耄を理由に謝絶している。『公記』にはこの他にも兼倶に対しての不審感を述べた記事が散見する。兼倶の申し出を断った理由は、神道への無関心というよりは、実隆が兼倶とその学に対して疑念を抱いていたためとも、兼倶の申し出が不相応であったためとも推測され、判然としない部分も残るが、興味深い事実である。

四　宗祇の古典学と古今伝受

若くして既に相当な学問を身につけていた実隆であるが、連歌師宗祇との出会い以降は彼と頻繁に交流し、その古典学を学んでいる。連歌は他者の詠んだ前句を解釈し、それに対して自分の付句を詠むという、集団で作り上げる付合の文芸である。その付合には、前句と付句を関連づける古典文学作品の詞や内容を踏まえた寄合が重要であった。連歌を生業とする連歌師は、自身が優れた句を詠むことに加えて、連歌の会全体を取り仕切り、指導する能力が必要であり、そのためには和歌・連歌のみならず、『伊勢物語』『源氏物語』などの古典全般に対しての広く深い理解を持つことが不可欠であった。連歌師はいわば専門の古典学者としての一面も持つ存在であったと言える。宗祇は東国下向中の文明三年（一四七一）に常光院流堯孝の弟子であった東常縁から『古今集』を学んで切紙伝授を受け、翌年に『古今和歌集両度聞書』をまとめ、常縁から門弟随一と認められた。文明六年には都に戻り、幕府の連歌会にも出座するなど、当代最高の連歌師としての地位を固めつつあった。

宗祇と実隆の交流が確認できる最も早期の記事は、『公記』文明九年七月一日条に「早旦於二宗祇草庵一、有二源氏第二巻講釈一」とあるもので、当時二十三歳の実隆は、五十七歳の宗祇の庵に赴き『源氏物語』の講釈を聞いている。実隆は既に『源中最秘抄』の校合（文明八・二・九）、『源氏物語系図』の校合（同九・四・十九）などを行っており、『源氏物語』についての学識も浅からぬものがあったはずだが、宗祇から学ぶところが多かったらしい。この後も実隆は文明十七年閏三月末に宗祇・肖柏と『源氏物語』を読み（翌年六月中旬に終了）、同年四月十一日～五月二十日にかけては宗祇の『古今集』の講釈、同年六月一日には『伊勢物語』講釈を聞いている。実隆が宗祇の学問のどういうところに魅力を感じたのかについては、『公記』長享二年（一四八八）三月二十八日に二人が「相談」し、実隆が「有レ興事共聊記レ之」として記した三点の問答が参考となるだろう。一点目は『万葉集』の東歌の「夏ぞひくうなかみがたは…」（巻一四・三三四八）の歌について、「古注之分不審」と実隆が問い、宗祇は「田舎に、田のうねをつくる事を、うなうと云事あり、五音相通也」と答えている。「五音相通」は五十音の同じ行の音が互いに通用するとする当時の音韻学の理論である。「田舎」はおそらく東国を言うのであろう。あくまで当時の理論を用いての解説ではあるが、各地を廻り、方言などにも詳しい連歌師宗祇ならではの回答と言えるだろう。二点目は「夜をこめて鳥のそらねにかはるともよに逢坂の関はゆるさじ」（後拾遺集・雑二・九三九）の「世に」には、が世間や世俗の意を含むか否かについてで、宗祇は「故常縁相語之由」と常縁説などを引きながら回答している。三点目は「我はけさうひにぞ見つる花の色をあだなるものといふべかりけり」（古今集・物名・四三六・貫之）の「あだ」の含意の解釈についてである。後の二点は現在の目からすると、やや深読みの感もあるが、本文に即しながら内容に踏み込んだ解釈とも言える。実隆の質問は既にある程度の歌学を身につけた上での、未だ解し得ない疑問であり、それに対する宗祇の答えは彼を満足させるものであったのだろう。実隆は「尤有二感気一々々々」とも記している。また、明応五年（一四九六）十月十一日条にも宗祇との言談が記してあり、「一、常縁云、古今歌口伝之説にあらずとも、猶優美に歌の心得ある方へや、心を付て可二採用一云々、是誠一切にわたりて殊勝之事也」と、ここでも常縁の言を引用して、口伝のある説でなくとも、より優美な解釈をすべきであるとの論を述べている。これも作品の鑑賞を重視する態度と言えるだろう。

彼らの古典学習が時として開放的な性格を持っていたことにも注意しておきたい。例えば、『公記』明応元年（一四九二）十一月中旬には、宗祇の呼びかけにより、実隆邸で『源氏物語』についての論談があり、甘露寺親長・宗祇・肖柏・兼載・玄清・宗長らが参会している。伏見宮での宗祇の『伊勢物語』講釈（長享一・閏十一月・五）も公家中心であるが、参会者は多い。また実隆は「肖柏・玄清等来、源氏物語系図事談合之」（長享一・十一・二十四）、「宗祇法師、玄清法師来、源氏物語系図事談合、大略治定了」（長享二・二・二十）など、宗祇・肖柏・玄清らとともに『源氏物語系図』の作成も行っており、これらはいわば共同研究の趣きがある。

宗祇と実隆との文学史上の重要な問題に、いわゆる「古今伝受」がある。その概要については小高道子の論考[19]があるので、詳しくはそれを参照されたいが、簡潔に記すと、実隆三十三歳の文明十八年（一四八六）七月一日に宗祇から『古今集』の「秘事」をめぐる話があり、翌年年四月九日に「古今集講読之間」の注意事項が宗祇から語られて、同月十二日より「講談」が始まった。全ての伝受が終了したのは、実隆四十七歳の文亀元年（一五〇一）九月十五日であったとされている。しかし、実隆の古今伝受の全体像を伝える書は伝わっていない。聞書の類はあったらしいのだが、『公記』文亀二年十二月一日条に「予聞書悉焼失」とあり、それらは失われてしまったという。周辺の古今伝受に関しては、宗祇が近衛尚通に伝授した『古秘抄』や、玄清が始め宗祇に学び、宗祇没後は実隆からの聞書をまとめたと推測されている『宗祇注切紙口伝』などがあるが、宗祇の伝授は相手によって内容に差異のあることが指摘[20]されており、周辺からの類推にも限界がある。また、三輪正胤[21]は吉田兼倶と宗祇の交流を精査し、宗祇の古今伝受には吉田神道の影響が見られることを指摘しているが、先述したように、実隆は兼倶の神道とは一定の距離を保とうとしていたように見られる。宗祇が東常縁から二条派常光院流の歌学を継承し、それが実隆に受け継がれたことは確かであるが、その内容に関しては未だ不明な点が多いと言わざるを得ない。

以上、青年期における実隆の学習を見て来た。『公記』冒頭の二十歳の時点で既に相当に高度な和歌・漢籍等の学識を備えていたこと、さらに二十三歳以降は宗祇の古典学を積極的に吸収したことが確認できる。しかし、彼がいかにして初期の学問を修得したのかについては不明な点が多い。次節では、実隆の子供への教育を通じて、それらの問題についても適宜触れることとしたい。

五　公条への教育

実隆は二十四歳の文明十年（一四七八）に勧修寺教秀女と結婚し、男子は長子公順[22]、次男公条、三男桂陽が誕生した。家督は次男公条が継ぐこととなり、長子と三男は仏門に入った。以下は公条への教育を中心に見ることとする。

『公記』長享二年（一四八八）三月五日条に二歳となった次男公条が叙爵した際の記事がある。そこでは、公条を家督とするにあたっての実隆の逡巡や決意が述べられており、我が子への望みとして「所願者才智忠孝相具、官階封録如レ意、可レ保二亀鶴之遐算一者也」の三点を挙げている。二・三点目の、出世と長寿はいかにも親らしい望みではあるが、第一点目に、才智と忠孝を兼ね備えてほしいという願いを記したことは、実隆が何を重視していたのかを知る上で興味深い。

公条の漢籍学習については、菅原正子による論考[23]がある。まずはこれによりつつ実隆が公条に課した漢籍学習をまとめておく。『公記』の記事によれば、実隆は公条が五歳の時に『千字文』（延徳三・二・十）を、七歳で『古文孝経』（明応二年・九・一）を教えている。公条七歳から八歳にかけては実隆が『論語』を教え（明応三・一・二十六他）、十歳から十一歳には『三体詩』を教えている（明応五・九・八他）。以上の幼年期の公条の漢籍学習は実隆が直接行っていた。公条が十七歳から二十六歳（文亀三〜永正九年）の頃になると、朝廷の漢学者達を実隆邸に招いて『古文真宝』・『孟子』・『毛詩』・『文選』・『尚書』・『春秋左氏伝』を学ばせている。また、これと並行して、公条は二十歳頃から五山や宮家や実隆邸で催された講釈も頻繁に聴聞している。講釈された書名のみを列挙すると『貞観政要』『蒙求』『東坡詩』『古文真宝』『文選』『漢書』『毛詩』『杜詩』『山谷詩』『三体詩』『史記』『礼記』などで、史書・儒学・詩などが中心である。なお菅原氏は公条は既に実隆から『三体詩』を教わっていたにもかかわらず、永正八年（一五一一）五月二十日には茂叔集樹の講釈にも訪れている点に注目し、「父とはまた異なった見解を期待して聴聞しに行ったと思われる」と述べている。この指摘を参考に、三条西家の学問の在り方とも関わる興味深い点を、以下私に取り上げてみたい。『公記』明応三年（一四九四）一月二十六日には、「抑師富朝臣雑事等談㆑之、論語為㆑授㆓小生等㆒文字読校合第一、第二㆓巻、今日読㆑之、（略）数刻清談」とあり、大外記の家の中原師富と諸々の話をした中で、公条達（兄公順も含むか）に『論語』を教えるために、「文字読校合」をしている。文字の読みの確認と本文の校合といったものであろう。そして同日には「入㆑夜則学而篇端令㆑授㆓小生㆒了」と、その夜に第一篇「学而篇」を公条達に教えている。また、同年二月十四日条には「今日論語第三、第四、予受㆓師富朝臣説㆒、則及㆑晩授㆓小生㆒了」とあり、ここでも実隆は師富から『論語』第三・四篇の説を学び、その晩に公条に授けている。また、同日条には「師富語云」として、「抑読書口伝云、訓点不㆑得㆓其意㆒之時、本字ノ心ニ帰リテ案㆑之云々」と、訓点で意味が解しがたいときは、本文の文字の内容に立ち戻って勘案すべきとの説を師富から聞き、「尤有㆑興事也」としている。ここでも、解釈において文意に即しつつ、本文の一字一句に忠実な読解に実隆が共感していた傾向が見出せる。第三節で述べたように、実隆は若くして後柏原天皇（当時「若宮」）

の『論語』復読にも祇候していた。彼の『論語』に関する学識は既に一定の水準にあったと認められるが、その上で、彼自身が『論語』や、さらには訓点の心得なども改めて学んだ上で、子供達に教授している。『公記』文亀三年（一五〇三）五月十六日条にも「招二師富朝臣一孟子序受レ之、則又授二公条朝臣一了、予所レ《少年》習禅僧声句不快、仍所二校正一也」とあり、ここでも実隆がまず師富から学び、それを公条に授けている。実隆が少年の頃にある禅僧から習ったものが「不快」であったため、「校正」したという。「校正」は比較して誤りを正す意で、ここでは、かつて学んだ五山禅僧の訓みと博士家のものを比較し、後者の説を採ったものと見られる。

以上のように、実隆の子供達への漢籍指導は、自説をそのまま伝えたものではなく、彼自身が再検討を行った上で行われた事例が見出せる。実隆には父からの口伝がなかったことも一因と思われるが、より正確な解釈と深い理解を求めて、諸説を比較する姿勢であったと言ってよいだろう。

以下は、漢籍以外の教育について、公条の成長過程とともに見て行くこととする。有職故実に関しては、明応四年（一四九五）七月一日に九歳の公条に『官位相当略頌』を教えている。同書は官位相当制を簡潔に記した書である。また明応五年九月十八日には『法華経』普賢品を教えたことも見える。

明応六年十二月十五日に公条は十一歳で元服する。これ以降、実隆が禁裏御番の日に公条が昼間から参内した記事が頻繁に見えるようになる。甘露寺邸やその他に実隆が出向く際に公条が同行した記事も散見する。このようにして公家社会に公条を馴染ませていたのであろう。文亀元年（一五〇一）から三年にかけては先述したように、『文選』・『貞観政要』・『古文真宝』などを学ばせるとともに、有職故実の指導も折々に行っている。また、文亀三年七月六日には「先人御記虫払事課二公条朝臣一了」と、「先人御記」（実躬卿記）の虫干しを公条にさせている。こうした手伝いをさせることも、公条が自然に祖先の日記に親しむようにさせる配慮であったのだろう。

文亀三年には、十七歳となった公条の詠作活動も徐々に記されるようになる。八月十五日条には「民部卿（政為）来臨（略）又二十首題書レ之、中将（公条）以下家中衆令レ詠レ之」とあり、冷泉政為から題をもらい、公条達に詠作させている。これはあくまで家の中での稽古といったものだろう。同年九月六日条には重陽詩歌の題が届いた旨の記事があり、公条の詠進も前々から下命されていたことが見える。ここで公条が詠んだ和歌は、『再昌草』に「今日、公条朝臣始而献二懐紙一」の詞書で「淵となる秋を数へん菊の上に今日置きそむる露のことの葉」（一九九）が収められている。「三条の后の宮の裳着侍りける屏風に、九月九日の所／我が宿の菊の白露今日ごとに幾世つもりて淵となるらん」（拾遺集・秋・一八四・清原元輔）を本歌取りしたものである。公条詠は本歌に寄り添い過ぎなところもあるが、自身の歌を「露のことの葉」と謙遜しつつ、それが積もって淵となるまで詠み続けようという、初めての詠進における心をなだらかに詠みなしたものと言えるだろう。実隆から添削された可能性を割り引いても、以前から相応の修練を積んでいたことが窺える。しかし、『公記』は「公条朝臣和歌懐紙今日始而献レ之、右筆幼稚沙汰外体也、素浪責而有レ余者也」と記している。「右筆」は書記や文官の意でも用いるが、ここでは筆を執って書くことの意であり、「素浪」は働きもせずに官職にあって禄を食むことである。すなわち、公条の和歌懐紙の書様は幼稚で問題外であり、たいした働きもせずに朝廷の録を得ていることは責められて余り有るものだ、とたいへん手厳しい批評である。和歌懐紙の詠進は、自らの手で端作・位署・和歌を清書するものであり、一首懐紙は和歌を三行三字に書くなど細かい書様があった。詠んだ歌については実隆は問題とはしなかったようだが、こうした書式において公条は未熟だと見たのだろう。なお、この頃の古典学習に関しては、実隆が自邸で『源氏物語』の講読を行い、人々が来聴した記事が散見するが、来聴者が折々に記される程度で、公条が同席していたかは不明である。

永正元年（一五〇四年／三月に文亀四年から改元）には、十八歳の公条の学習が頻繁に記されている。『公記』は同年正月部分の記事を欠くが、『公宴続歌』(24)の「文亀四年正月十九日禁裏和歌御会始」に公条の詠進（五二六九）が確認できる。また、『公記』同年二月二十四日条には「今日公宴御短冊（略）公条朝臣始而詠二進之一」と公宴月次和歌に短冊を初めて詠進したことが見える。後柏原天皇時代の内裏月次和歌は、正月は一首懐紙和歌で参会・披講を行い、二月以降は短冊と懐紙を、各月交互に詠進だけする形式で行われていた。この年から公条は内裏月次和歌衆に加わり、以後も詠進を続けることとなる。同年三月十六日には、実隆邸で講師の稽古も行われた。『公記』には「抑今日中将《（公条）》以下若輩為二講師稽□月次行事一、連々荒増予先可沙汰之□発言、近所之衆各相催之来会、三十首和歌興行（略）今日披講、々師姉小路中将《（済継）》（略）」とあり、公条の他、題者の冷泉政為や、若手の済継・為孝・伊長なども参加している。和歌会の講師は披講の際に懐紙や短冊を読み上げる役であるが、和歌だけでなく、端作・作者なども疎漏なくその場で読み上げることが要求されるもので、相応の才覚のある若手がつとめるべき役とされた(25)。この稽古は月次の行事とされ、実際に和歌会を行いながらの、勉強会のようなものであったと見られる。公条だけではなく、その他の「若輩」の育成のためであった点も興味深い。

この年の連歌・和漢聯句については、『公記』二月二十二日条に「今夜和漢独吟始レ之、公条朝臣執筆〈初度也〉」とあり、実隆独吟の和漢聯句に公条が初めて執筆をしたことが見える。連歌・和漢聯句の執筆は、出された句を書き留めることが主な仕事であるが、出された句の受け取りや読み上げも行う役であり、連歌の式目（ルール）を理解した能筆の者が理想とされるものであった(26)。当然、付合の典拠となる和歌や漢詩、古典全般の教養も必要とされた。ここは実隆の独吟であり、公条に執筆の心得を指導する目的があったのだろう。この修練は以後も続けて行われた。同年三月二十五日には実隆邸で「和漢一折」の聯句を実隆・公条・三男桂陽の三人で行い、公条が執筆をし、同年八月十日には元修と公順を招いた聯句三十句でも、公条が執筆をつとめている。また、同月二十五日には「和漢為二法楽一発句吟レ之、入韻仰二公条一了」とあり、自邸での法楽和漢聯句の発句を実隆が詠み、「入韻」すなわち二句目を公条に詠ませており、実作にも取り組ませていたことが確認できる。その翌日条には「和漢十句中将執筆」ともあり、これが前日からの続きであるとすると、和漢聯句を捲く速度としては相当に時間をかけていることになるので、実作上の諸々の指導も併せて行っていたものと推測される。十月二十五日にも自邸で「入レ夜和漢一折、公条朝臣執筆」と見える。十二月九日には実隆邸で甘露寺元長・元修らとともに聯句連歌を行い、ここでも公条が執筆をつとめた。これまでは主に実隆との極めて内々のものであったが、家の外の人々を交えてのものとなっている。段階を踏んで公条に執筆の経験を積ませていた経過が見て取れる。そして、同月十日には禁裏での月次和漢聯句会に公条が参仕し、公条は会衆の一人となった。続いて、翌永正二年（一五〇五）二月十日の内裏月次和漢御会にも実隆と公条は参仕し、公条は十九歳にしてこの会での執筆をつとめた。『公記』は「抑公条朝臣執筆未練之事、再往雖レ辞レ申、勅定間如レ形令レ書レ之、初度之儀無為無事、尤自愛也」と公条が無事に初のお役をつとめた喜びを記している。この後も公条は和漢聯句御会の執筆を度々つとめることとなった（永正二・三・十八他）。

仏教に関しても、永正元年三月二十八日から良秀に法華経を学ばせ始め、以後も読経などを中心に継続している。以上のように、公条は順調に学問に励んでいたと見られるのだが、それでも実隆の目は厳しく、同年閏三月二十日には菅原章長を自邸に招いて公条に『孟求』を学ばせた際に、『公記』には「中将以下素飡之間、為二彼発起一所二張行一也」と、公条達が「素飡」なので、奮起を促すための張行であったと記している。

永正二年五月六日には公条を蔵人頭に補任する勅許があった。蔵人頭は殿上の機密を預かる天皇の側近である。

実隆は公条が拝賀のことさえ難しいような未練であると案じつつも、十九歳での補任を喜んでいる。この年の六月六日には公条の拝賀に備えて、次第書を書き与え、内々の作法について教え、さらに庭で稽古もさせている。この拝賀は同月十二日に行われ、「無二一事違乱一毎事無二失錯一、進退穏便尤神妙、自愛々々」と、公条は全てを無事に終え、その振る舞いも立派であったと記している。こうした有職故実を身につけ、儀礼を過失無くこなすこともまた、貴族にとって重要な教養であった。

　同年七月七日には禁裏の七夕詩歌があり、公条は初めて詩を詠進した。さらに『公記』同年十月十日条には、禁裏月次和漢御会で、公条が発句「花とみて霜さむからぬ草葉哉」を詠んだことが見える。連歌や和漢聯句における発句は、二条良基『僻連抄』(27)に「発句は最も大事のものなり」「発句の悪きは、一懐紙けがれて悪く見ゆ。左右なくすべからず。幾度も堪能に譲るべし」などと言われるように、会の出発の句として重視されるもので、原則的には主客や宗匠格の者が詠むべきものとされた。月次会の場合は、ある程度持ち回りで相応の実力者が詠んでいる。それを公条が詠んだ感慨から、実隆は公条の発句を『公記』に書き留めたのであろう。また、この年頃から公条達に『延喜式』を書写させる（永正・二・二・四）など、公条の書写活動も頻繁になってゆく。同年十月二十三日には実隆が書写し終わった『永享御幸記』を「入夜與二頭中将一読合了」と、公条と読み合わせて確認作業を行っている。こうした手伝いもまた、家の学問継承に繋がるものであったと見て良いだろう。

　永正四年一月十九日の禁裏御会始では、二十一歳の公条が講師をつとめた。この御会始は文亀二年（一五〇二）に後柏原天皇によって定式化された晴儀で、当時においては最も格式の高い歌会と言えるものであった。この会の後には後柏原天皇から「講師所作神妙」との仰せを賜り、実隆は「尤以所二畏申一也、今日誠初度也、強而無二失錯一、自愛執着此事也」と、公条が初めての正月御会始の講師を過失無くつとめた喜びを記している。

以上のように、実隆は公条の来たるべき宮廷での活動に備えて、計画的かつ段階的な指導を行っていたことがわかる。なお、これらの指導は実隆と公条の二人の間で行われている場合が多かったが、先に見た講師稽古のように、折々に若手の廷臣達の育成も併せて行われることもあった。永正八年（一五一一）六月四日からは、公条の希望により実隆が『源氏物語』講釈を始めているが、これも閉鎖的なものではなく、姉小路済継らも参加している。

前節でも触れた古今伝受の問題については、『公記』永正六年四月十八日条に「今朝古今集第一為二公条卿一読レ之」とあり、公条に『古今集』を教えていたことは確かである。しかし、『公記』には、『古今集』に関する「切紙」を玄清・素経に伝授し、禁裏や徳大寺実淳へも進上していたことなどは記されているが、公条に対して切り紙を与えたといった記事は実隆最晩年に至っても見出しがたい。そもそも『公記』は公条に対しての和歌指導は詳しく記していない傾向にあり、また、古今伝受は秘事であるから、日記にも秘し、態度を使い分けていた、という推測も成り立つだろう。古今伝受が後の三条西家の権威を高める一因となったことも事実であるが、実隆と公条にとって古今伝受がどのような位置を占めていたのかは今後検証すべき課題と思われる。

まとめ

和歌・漢籍・詩作・連歌・和漢聯句・有職故実・仏教など、実隆と公条が学んだ教養は広汎にして膨大といってよいものであった。また、触れることはできなかったが、両名ともに長じてからは『源氏物語』『伊勢物語』等の古典注釈においても大きな業績を残している。[28] 三条西家の学問というと、まず古今伝受が注目されがちであるが、それはあくまで彼らの学問の一部分に過ぎなかったことは忘れてはならないだろう。本稿では、彼らの学問の内容にまでは充分に踏み込むことは叶わなかったが、その在り方については適宜触れてきた。最後に本稿を通じて見えてきた、彼らの学問の特徴についてまとめ、稿を閉じたい。

一点目は、彼らの学問が廷臣としての学問であったということである。実隆が公条達に対して、時として「素湌」と叱責していたことに注目したい。当時の朝廷から俸禄などは期待できなかったであろうが、それでも彼は学問を身につけて朝廷に仕えることが廷臣の義務であると意識していたと見られる。そうした意識の背景には幼い頃から学んでいた『孝経』以下の儒学の思想が、単なる漢籍の学習に留まらずに、彼らの内部規範にも深く浸透していたことも一因と思われる。後土御門・後柏原天皇の宮廷においては、頻繁に和歌・連歌・和漢聯句、さらには詩作も行われていた。また、実隆については触れたが、公条も長じてからは天皇以下の周囲に古典講釈を行っている。実隆が身につけ、公条に学ばせた様々な教養は、当時の宮廷周辺において作品を詠進し続け、会の諸役をつとめ、古典を伝えるなど、宮廷文化を保持するための諸活動と深く繋がってくるものであった。実隆が周囲の若い公家達へも指導を行っていたことは、多少の謝礼もあったのかもしれないが、公家文化の保持を意識していた部分も少なくはなかったのだろう。

二点目は、学問そのものに対する志向である。実隆は単に学識を一通り身につけるだけではなく、一度学習したものについても、また他方に学ぶことも行っていた。一つの説に拘泥するのではなく、複数の説を受けながら、家の学問を形成した経過が見て取れる。その理由の一つには、三条西家がまだ確固たる家の学問を形成していなかったということもあるのだろう。また、『公記』を見る限りにおいてであるが、実隆が共感して書き留めた記事の中には、文意に即して一字一句を丁寧に鑑賞する態度が少なからず見出せる。それは作品を精密に、かつ深く理解しようとする志向が反映されたものと見て良い。もちろんこうした作品理解は、一点目に挙げた廷臣としての活動を根底で支えるものでもあったのだろう。

なお、本稿の主旨から外れるため、充分に触れることはできなかったが、実隆と公条の評価の重要な一因に、彼らの和歌・連歌の実作者としての力量があったことも忘れてはならない。『公記』には天皇や公家達が実隆に和歌の指導を仰いだ事が頻繁に記されている。どれどほどの学を身につけても、実作の力なくしてはそれは説得力を持たないものであり、彼らの学問は実作と繋がったところで形成されていたものであったことを付言しておく。

注

（1）芳賀幸四郎『三条西実隆』（人物叢書、吉川弘文館、一九六〇年初版／一九八七年新装版）。

（2）宮川葉子『三条西実隆と古典学』（風間書房、一九九五年初版／一九九九年改訂新版）。

（3）伊藤敬『室町時代和歌史論』（新典社、二〇〇五年）。

（4）本文は『私家集大成』による。序文の引用は『私家集大成』「解題」所収の御所本による。以下の本文の引用に際しては適宜宛て換えを行った。なお『再昌草』の家集名については伊藤敬（前掲注3）の調査によって本来の書名は『再昌』であったとの指摘があるが、ここでは便宜上現在通行の名称を用いる。

（5）前掲注1芳賀著書。

（6）本文は続群書類従完成会『実隆公記』による。引用に際しては私に返り点を付し、旧字体のものは現行の字体に改め、適宜、右傍に（　）に入れて人物名を補い、割注の部分は〈　〉に入れて示した。

（7）実隆は初名公世、叙爵して公延と改名、元服後に実隆となるが、煩雑となることを避け、本稿では統一して実隆と記す。

（8）同時代の教育を俯瞰したものに芳賀幸四郎「室町時代の教育」（『芳賀幸四郎歴史論集　四』思文閣出版、一九八一年）がある。

（9）前掲注3伊藤著書。

（10）本文は『五山文学新集　五』（東京大学出版会、一九七一年）による。当該記事の指摘は堀川貴司「三条西実隆における和歌と漢詩――瀟湘八景を中心に」（『中世詩歌の本質と連関』竹林舎、二〇一二年）による。

（11）前掲注3伊藤著書。

（12）同時代の書写活動全般についての考証には芳賀幸四郎「公家社会の教養と世界観――室町中期における古典主義運動の展開」（『東山文化の研究』河出書房、一九四五年／『芳賀幸四郎歴史論集Ⅰ』思文閣出版、一九八一年）があり、中院通秀を中心とする詳細な調査に菅原正子「公家社会の教養と書籍――中院通秀とその周辺」（『日本中世の学問と教育』同成社、二〇一四年）がある。

（13）『公記』に欠けている期間は［　］に入れて示した。書名が明らかなものは『　』に、確定しがたいものは『公記』の記述のまま「　」に入れて示した。依頼者が明記されている場合はそれを記し、推定可能な場合は（　）に入れ、不明な場合は空欄とした。内容については、書写・校合の別を記し、備考欄には適宜『実隆公記』の記事を「　」に入れて引用した。

（14）本稿で扱ったものよりやや後の、『実隆公記』等の日記類における十六世紀を中心とした書物その他の移動や伝受を扱った調査に「室町期における下賜・献上・進上本データベース」（前田雅之『南北朝から江戸初期における書物の移動に関する基礎的研究』平成二十二年度～平成二十五年度科学研究費補助金研究成果報告書、二〇一四年）がある。

（15）前掲注1芳賀著書。

（16）冷泉派歌人正徹の書。本文は『歌論歌学集成　一一』による。引用に際して適宜宛て換えを行った。

（17）菅原正子（前掲注12論文）による書目の取りまとめがある。

（18）小川剛生『中世の書物と学問』（山川出版社、二〇〇九年）は、漢籍の「読み」は日本においては訓読であり、博士家が代々訓読を施した写本によって読誦されるものであり、博士家の学者を師範としてその説を受ける必要があったことを指摘している。実隆当時の宮中においても漢籍の「読み」については博士家のものが担当している。

(19) 小高道子「東常縁から細川幽斎へ――室町後期I・宗祇系」(横井金男・新井栄蔵編『古今集の世界――伝授と享受』世界思想社、一九八六年)第四章。
(20) 石神秀美「三条西実隆筆古今集聞書について――古今伝授以前の実隆」(『三田国文』一、一九八三年)。
(21) 三輪正胤『歌学秘伝の研究』(風間書房、一九九四年)第四章第二節。
(22) 明応七年十二月二十四日に十五歳で得度し、法名「公瑜」となるが、便宜上公順の名で統一する。
(23) 菅原正子「三条西公条と学問――『実隆公記』にみえる学習」(『日本中世の学問と教育』、同成社、二〇一四年)。
(24) 本文・歌番号は『公宴続歌　本文編』(和泉書院、二〇〇〇年)による。
(25) 参考、拙著『詠歌としての和歌』(新典社、二〇〇九年)第一章。
(26) 参考、廣木一人『連歌の心と会席』(風間書房、二〇〇六年)、同編『文芸会席作法書集――和歌・連歌・俳諧』(風間書房、二〇〇八年)。
(27) 本文は日本古典文学全集『連歌論集・能楽論集・俳論集』による。
(28) 三条西家も含む中世の古典注釈の概要と特色は、鈴木健一『古典注釈入門――歴史と技法』(岩波書店、二〇一四年)II・第一章「古代・中世の注釈」に詳しくまとめられている。

教養としての謡
——室町文化はいかに継承されたか

宮本圭造

はじめに

謡曲が近世文芸に与えた影響はすこぶる大きい。「諷《うたい》は俳諧の源氏」（宝井其角『雑談集』）と言われた俳句はもちろんのこと、浮世草子、浄瑠璃、歌舞伎、浮世絵など、その影響は江戸時代のあらゆる文学・芸術に及び、知の源泉として謡曲がいかに大きな位置を占めていたかを物語っている。そうした近世の人々と謡曲との密接な関わりを具体的に示すのが、江戸期を通じて刊行された膨大な数の謡本である。表章『鴻山文庫本の研究』（わんや書店、一九六五年）によれば、江戸時代の二百数十年間で、実に五〇〇種類近い数の謡本の刊行が確認され、しかもその大半が二十冊一組という単位での刊行であった。これは小謡本を除外した数であるから、実際にはこれを大きく上回る膨大な数の謡本が刊行されていたことになる。謡本が江戸時代のベストセラーとされる所以である。

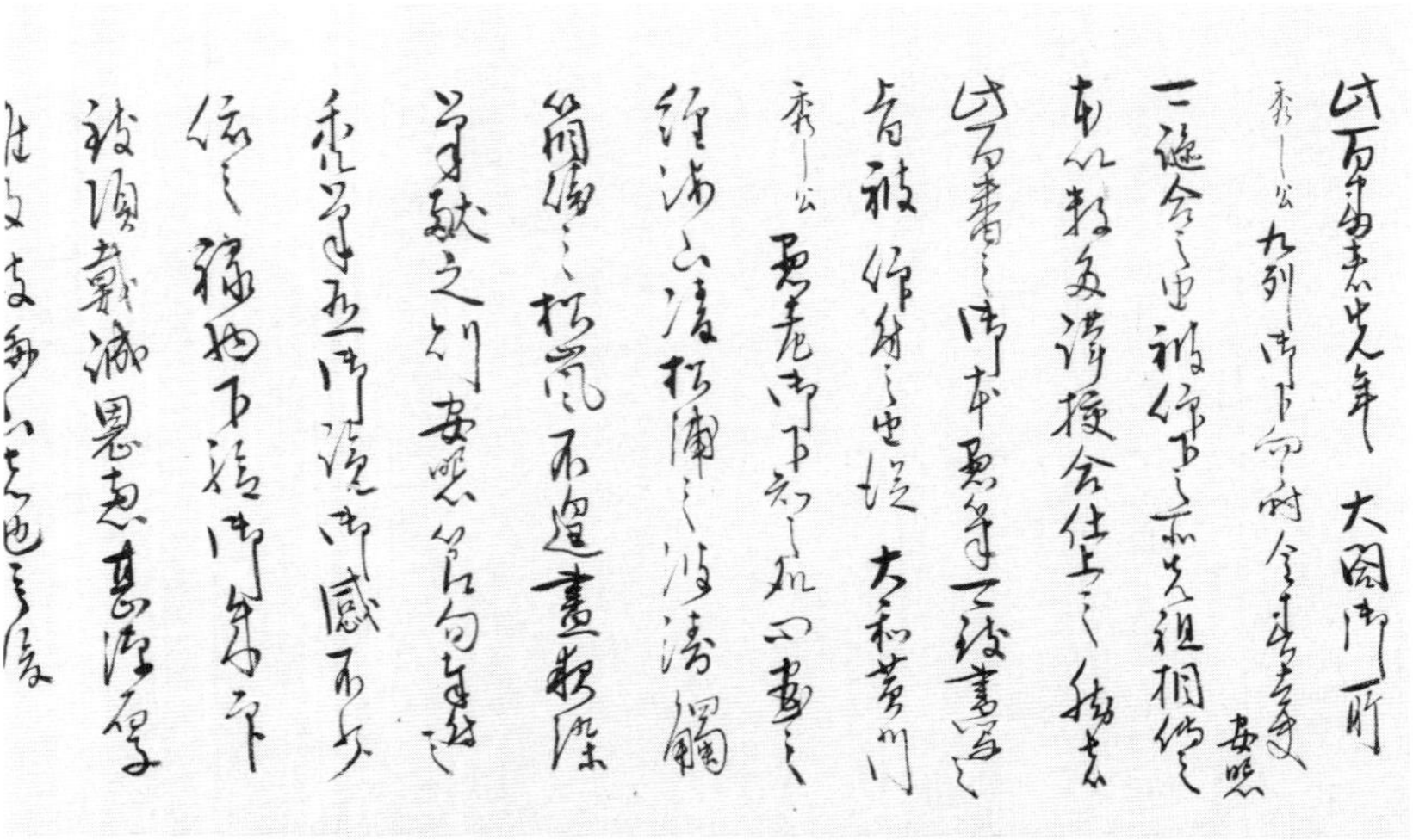

図1　金春家旧伝文書「百番謡本に関する書付」（法政大学能楽研究所般若窟文庫蔵）

注目すべきは、そのほとんどが、「観世流」の謡本であったという事実である。すなわち、約五〇〇種の版行謡本のうち、「観世流」の謡本は、実に四〇〇種類以上に上っている。もっとも、謡本出版の歴史を遡ってみると、その当初から観世流が他流を圧倒していたわけではなかったらしい。というのも、謡本で最初に刊行されたのは、慶長五年（一六〇〇）頃刊の整版車屋本と通称される金春流謡本であり、観世流の謡本が刊行されるのは、これより五年近くの時を待たねばならなかったからである。

金春流が観世流に先んじて謡本刊行を実現したのは、豊臣秀吉の金春流後援の影響によるものと考えられている（表章『鴻山文庫本の研究』）。金春流の謡が豊臣氏の時代に大きな勢力を持ち、また、その謡本が盛んに作られたらしいことは、例えば次に引用する金春家旧伝文書「百番謡本に関する書付」（法政大学能楽研究所般若窟文庫蔵）からも窺うことが出来よう。これは、豊臣秀吉が朝鮮出兵のため九州に下向した際、金春大夫安照に調製を命じた百番謡本の目録で、そこには謡本所収曲の一覧を掲載し

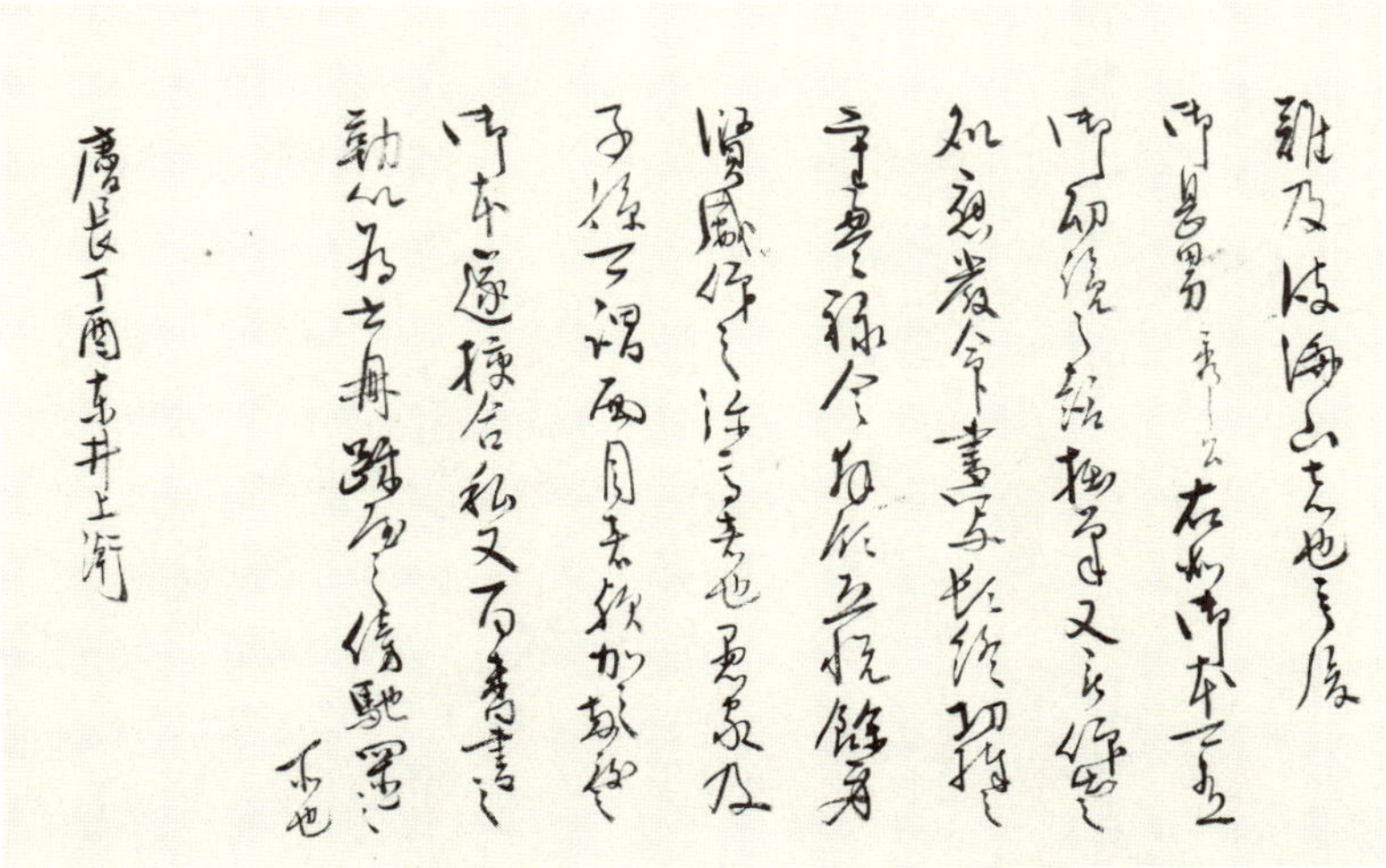
難及彼海山者也其後
御息男秀―公　右如御本可有
御幼覧之趣拙筆又被仰出之
処応厳命書写頓終功捧之
重畳禄令拝領恐悦余身
賢威仰之弥高者也愚家及
子孫可謂面目者歟加之両度之
御本遂校合私又百番書之
勤以為書冊疎屋之傍馳置之
所也
慶長丁酉東井上澣

た後に、次のような経緯が記されている。

此百番者、先年　大閤御所秀―公、九州御下向之時、金春太夫安照、可諷合之由、被仰下之所、先祖相伝之本以数多謹校合仕上之、然者、此百番之御本、愚筆可致書写之旨被　仰付之由、従　大和黄門秀―公、愚老御下知之処、不遑昼夜、心尽之経海山、凌松浦之波濤、觸箱崎之松嵐、不遑昼夜、染筆献之、則安照節句奉付之、禿筆有御覧、御感不少、依之禄物下給、御朱印致頂戴、誠恩恵甚御厚、難及彼海山者也、其後　御息男秀―公、右如御本可有御幼覧之趣、拙筆又被仰出之処、応厳命書写頓終功捧之、重畳禄令拝領、恐悦餘身、賢威仰之弥高者也、愚家及子孫、可謂面目者歟、加之両度之御本、遂校合、私又百番書之、勤以為書冊、疎屋之傍馳置之所也

慶長丁酉東井上澣

右の資料は、豊臣秀吉と息子秀頼の命によって金春流

の百番謡本が制作された事情を物語るもので、末尾の年記「慶長丁酉」は慶長二年に相当する。その筆者は伝不明ながら、右文中に「愚老」とあって、当時すでに高齢であったことが知られ、あるいは整版車屋本の版下を執筆した鳥飼道晣その人の可能性も想定されよう。年記に月の異称や「上澣」の語を用いるのは道晣の特徴でもあった。いずれにせよ、この資料は豊臣氏のもとで百番揃いの金春流謡本が制作されていたこと、その謡本は諸本との校合を経た「正本」としての権威を持つ存在であったことを伝えており、ここに、金春流の謡本が慶長初年に大きな勢力を持っていた様子が窺われるのである。

こうした状況に大きな変化をもたらしたのが、光悦謡本の刊行であった。光悦謡本は観世流の節付による古活字版の謡本で、正確な刊年は不明ながら、慶長十年代前半の刊行と推測されている。その光悦謡本にやや先行する、慶長十年頃刊と思しき別種の観世流謡本の存在も知られており、慶長十年代には様々な観世流謡本が相次いで刊行を見るのである。従来、こうした現象は、時の観世大夫である観世身愛（黒雪）が謡の教授に熱心であったことに起因するものと考えられていた。光悦謡本の刊行に関わったと目される角倉素庵や本阿弥光悦と観世身愛との交流を伝える書状が残されていること、元和六年（一六二〇）に石田庄左衛門友雪が刊行した観世流謡本、いわゆる元和卯月本の刊行にも、観世身愛が関与したことを示す文書が残されていることが、その主要な根拠である。しかしながら、豊臣政権から徳川政権への移行という当時の時代背景を踏まえるならば、また別の見方も可能となろう。光悦謡本の刊行に角倉素庵が関わっていたらしいことは、現在多くの研究者の共通認識となっているが、江戸幕府と深い結びつきを有したその角倉家を、幕臣（旗本）の一人と見なすべきではないかとの説も近年出されており、(1)こうした点をも考慮すると、光悦謡本の刊行の背景に、幕臣として徳川家と強いパイプを持っていた角倉素庵の思惑が潜んでいたと見ることは十分に可能だからである。

徳川家康は早くから観世十郎大夫や観世大夫元忠（宗節）らと交流を結んでおり、その家康の後援によって、慶長期の観世大夫は急速に存在感を増していた。しかし、家康の観世大夫後援を、戦国期以来の両者の関係での み捉えるのは適当ではない。むしろ、その背景として、室町幕府において観世大夫が御用猿楽の地位にあったことの重要性に留意すべきであろう。室町幕府に仕える武士の間では、観世流の謡が嗜むべき教養の一つとされ、多くの幕臣が謡の習得に励んでいた。その観世流の謡を継承し、観世大夫を後援することは、徳川家康による武家政権の権威を保証し、室町幕府の正統な継承者としての江戸幕府という、非常に効果的な政治的メッセージを発しうるものだったからである。本稿では、こうした視点から、室町幕府における観世流の謡が室町から江戸にかけて、どのように継承されていったのかを、謡のテクストである謡本の受容という点に着目して考察することにしたい。

一　室町幕府の武士が伝えた謡本

足利将軍家の宴席に猿楽が呼ばれて謡を披露するのは、世阿弥以来の伝統であった。世阿弥の伝書『世子六十以後申楽談儀』には、酒宴の席での謡に関する記事が多く見られ、猿楽が宴席で謡を披露する機会の少なくなかったことを伝えている。室町中後期になると、幕府の年頭行事として観世大夫の謡初が催されるのが恒例となり、そうした酒宴の場などで、観世大夫とともに幕臣が謡や順舞を披露したことを示す記録が散見するようになる。例えば、戦国期の種々の囃子伝書を合写した『慶長十二年二見忠隆奥書囃子伝書』（法政大学能楽研究所蔵）所収の「風聞集聞書」には、次のようにある。

公方様御成之時之事、又公方様にての事、御能過候て、御酒もり御座候。其時一番之観世大夫、放生川ノたんかはうこくとうたい出し候。調子ハそうじやう。又笛吹ニ調子をかへ候へと大夫申候時、黄しきを吹也。又頓而そうじやうニなをし候。さて御順舞あり。とうさいしやう殿、御舞ハちごのやふさめ。あすかい殿御舞ハ、宇治より正の小うたい也。なにもにす月こそ出れ。細川殿御舞ハ春栄也。かしんれいけつ。いつれも〳〵代々相定候。扨御酒もりやう〳〵御はたし乃時、おさめニ大夫、しゝのうたひをうたふ。是にておさまり候。

右は足利将軍の酒宴の席で、観世大夫の謡に続いて、管領の細川氏や、武家昵懇の公家衆である藤宰相・飛鳥井が順舞を披露したことを伝える記事であるが、室町後期には、このような記事がさらに頻出し、室町御所での御能に幕府の奉公衆が座衆として参加したことを示す記事や、政所執事伊勢氏の被官による謡講の記事など、幕臣と能との密接な関わりを伝える記録が頻見るようになる。そして、こうした状況を受けて、謡は武家の必須の嗜みと位置付けられ、武家故実書にも教養の一つとして、謡を心得べきことが書かれるようになるのである。例えば、『宗五大草紙』は次のように記す。

殿中にての御さかもりの事、能御座候へバ、能はてヽ公方様直にうたへと被仰候、又御相伴衆・御供衆の申され候事も候。さ候へば舞台に候座の者てうしをさげて祝言のうたひを申候。（中略）時宜により、御相伴衆・公家衆・御供衆・申次衆・猿楽などまで順の舞などさせられ候事も候つる。又うたへと被仰候へばうたひ申候。

室町末期の観世流謡本を見ていくと、室町幕府に仕える武士の名をしばしば見かけるが、それは当時の室町幕府における右のごとき能の担い手の状況と、幕臣の間での謡受容の実態を、如実に反映したものに他ならない。室町末期の観世流謡本にはどのような人物の名が見出されるのか。以下、その具体例をいくつか見ていくことにしたい。

天理図書館蔵の一七二冊本は、まとまった観世流謡本として最古の部類に属す室町末期筆の謡本である。奥書から、観世大夫元広、観世長俊、観世元頼らの章句本の写しであることが知られるが、こうした観世座の役者とならんで、同書には渕田和泉守虎頼や金子入道西照軒昌誉といった幕臣の名をも見出すことが出来る。渕田は室町幕府政所執事伊勢氏の被官。金子は室町幕府の奉公衆で、「田村」と「融」の識語に、「奉公ノ金子殿」「金子入道西照軒昌誉」の所持本を写した由が見える。『永享以来御番帳』に所見の奉公衆「金子次郎左衛門入道」はその先祖と思しい。また、「夜討曽我」の冊には、「本云、光源院殿様之御本［元頼章句］写之」と識語があるが、これは将軍足利義輝の所持本の写しによって校合したことを伝えるものである。

同じく、日爪忠兵衛宗政手沢の観世流謡本にも室町幕府の関係者の名前が散見する。日爪忠兵衛は江戸初期の上方在住の観世流能大夫で、慶長頃に久松松平家のお抱えとなった人物。その手沢本は室町末期〜安土桃山期の書写と思しき謡本で、現在、能楽研究所蔵として五十五冊、同研究所野上文庫蔵として十冊、法政大学鴻山文庫蔵として九冊が伝存する。注目されるのは、その多くの冊に、室町幕府の武士の所持本あるいは章句本との校合の跡が見られることである。例えば、「ミつ山」の冊の奥書には「渕田［　　　］章句写之」、「西王母」の冊の奥書には「渕田□□小本ニテ章句写也」とあり、名前の部分が意図的に抹消されているが、「渕田」某の章句本によって校合したことが記されているし、また、「加茂物狂」の冊にも、「本云、天正七八十五、以大和宮内大甫入道宗恕本写之」と、大和宮内大輔入道宗恕（室町幕府奉公衆）の章句本に基づく天正七年（一五七九）の写本によって校合を行った由が見える。さらに、「大仏供養」の冊の奥書には「□□□本ヲ以写之」とあり、空字の箇所は「栖松ノ」と読めるが、この「栖松」は、天理図書館本「融」の奥書に「金子入道西照軒昌誉」とある「西照軒」と同人らしく、また、日爪忠兵衛本「江嶋」の奥書に「本云、天文元壬辰年十月二日、伊豆国於熱海湯治之時作之／観世弥二郎長俊判／此本栖岙之本ヲ写、奥書如此有之」とある「栖岙」も同人であろう。しかも、日爪忠兵衛本が「江嶋」の校合に用いたという栖松所持本と全く同じ奥書が、天理図書館本「江嶋」にも転記されている。このことは、天理図書館本と日爪忠兵衛本とがともに金子西照軒の本に基づいて校合を行った事実を示しており、この二つの謡本の成立圏が互いに重なり合うものであったことを物語っているのである。

続いて、八代松井文庫蔵の妙庵玄庵手沢観世流謡本の例をも取り上げておきたい。この謡本は、全六十冊、約三〇〇曲を収める大部な謡本で、細川幽斎の三男、妙庵玄又が所持したことから、妙庵本と通称されている。この妙庵本にも数多くの諸本との校合の結果が書き留められており、その校合本の中には、室町幕府の武士が所持した複数の謡本が含まれる。最も頻繁に参照されているのは、長岡妙佐の所持した謡本である。妙庵本の識語では「妙佐本」と呼ばれている。長岡妙佐は妙庵にとって芸道・仏道の師匠にあたる人物で、後には客分として細川家に仕え、長岡姓を名乗っているが、もともとは足利義輝に仕えた幕臣で、飯河秋共というのが旧称であった。その妙佐の謡本も同じく、室町幕府の武士の間で伝えられた謡の伝承を反映したものであったことが、妙庵本に一部転記されている妙佐本の識語によって知ることが出来る。すなわち、「渕田与三郎以声句本写之」（「鉢木」）、「文次軒孝阿弥声句本」（「安達原」）などとあるのがそれで、政所執事伊勢氏の被官渕田与三郎や、室町幕府の同朋衆文次軒孝阿弥ら、幕臣の手になる章句本を少なからず含む謡本であったことが知られる。さらに室町幕府の奉公衆である大和宗恕の所持本による直しも数多く見られ、彼ら幕臣の間で書承された謡本との密接な繋がりを示しているのである。

これら室町幕府関係の謡本の多くが散逸してしまった現在、幕臣の間で書写され、蓄積された謡本にどのようなものがあったのか、その全容をうかがい知ることは難しい。しかしながら、天理図書館本・日爪忠兵衛本・妙庵本の識語によって、ある程度類推することは可能であろう。例えば、天理本・日爪本の識語から、金子西照軒の謡本として「江嶋」「田村」「融」「大仏供養」の四番の存在が確認されるが、そのうち「江嶋」は観世弥次郎長俊の章句本であった。また、妙庵本が校合に用いた妙佐本は、その多くが観世小次郎元頼声句本の写しであり、他に、観世弥次郎長俊・古津宗印（元頼の弟）・観世宗節・渕田和泉入道玄少の章句本などの混在する取り合わせ本であったことが知られる。その妙佐本にも複数の謡本との校異が書き込まれており、これら校合本の中には、大和宗恕の所持本や「晴元御本」「平信忠卿秘本」の謡本があったが、このうち大和宗恕の所持本は、観世宗節・観世元頼・弥石源大夫・渕田和泉入道玄少・歳阿弥などの章句本の写し、「晴元御本」は管領細川晴元の所持本で、「紹活声句」すなわち観世元頼の章句本、そして「平信忠卿秘本」は織田信長の嫡男信忠の所持本で、天正九年三月の観世宗節の署名がある本だったらしい。これら断片的な情報からも、室町幕府に仕える武士や戦国武将の間で、数多くの謡本が書写・収集されていた実態を垣間見ることが出来よう(2)。そして、彼らが伝えた謡本の拠り所となったのが、観世弥次郎長俊、観世小次郎元頼、観世大夫宗節ら、観世座の役者による謡の伝承であり、またその章句本であった。ここに、観世長俊・元頼・宗節から幕臣へ、という謡の伝承の経路を見て取ることが出来るのであるが、次節ではその伝承の根幹に位置する観世元頼の章句本を取り上げて、室町幕府における観世流謡本の制作過程をさらに具体的に見ていくことにしたい。

二　観世元頼章句本の持つ意味

観世座脇方の観世元頼が章句を施した謡本は、現存するまとまった観世流謡本として最古のものである。能のテクストの変遷を知る上できわめて貴重な資料であり、岩波古典文学大系『謡曲集』所収曲の多くが、元頼章句本を底本としている事実が、この謡本の重要性をよく物語っていよう。現在東京大学史料編纂所に六十九冊、永青文庫に十冊、早稲田大学演劇博物館に三冊、法政大学鴻山文庫に二冊、観世文庫に一冊の計八十五冊が現存し、いずれも表紙には曲の内容に因んだ金銀泥の絵を描き、奥書にも共通する文言が見られることから、もともと一揃いの本であったと考えられている。目録の記載によって、元頼本の離れかと思われる若干の曲の存在も窺われ(3)、もとは一〇〇冊以上の揃い本であったらしい。この元頼本の奥書・年記は、冊によって少しずつ異なるが、例えば「二人閑」の冊には、次のような奥書が見られる。

此御本、以信光丸本之青表紙被写書之、元頼奉付章句訖、恐可為証本者也
観世小次郎
永禄元年十二月十九日　　元頼（花押）

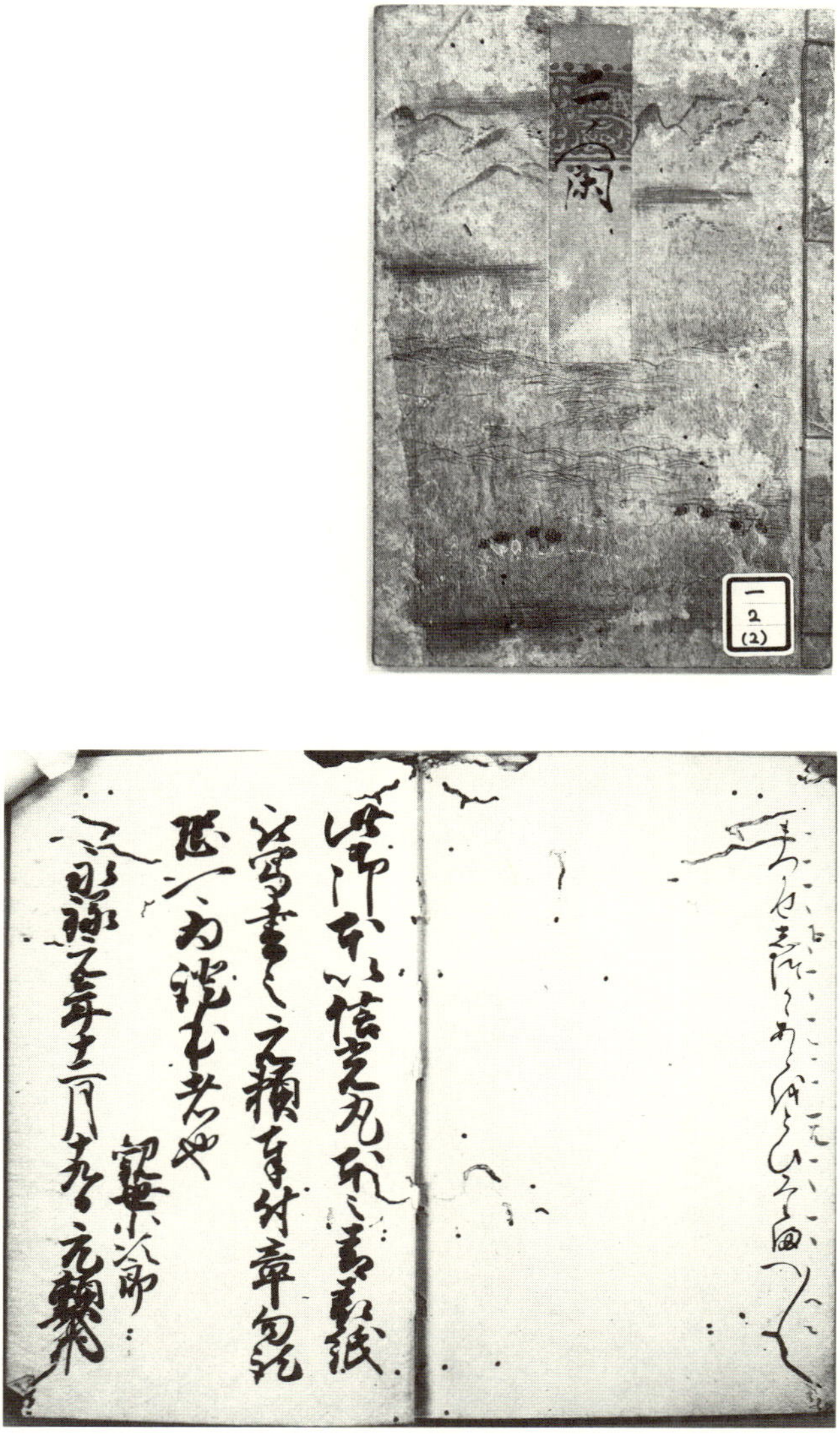

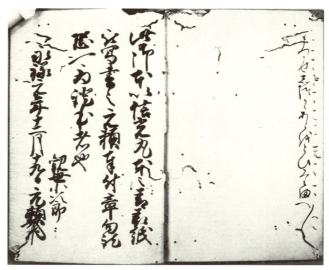

図2　観世元頼章句謡本（法政大学鴻山文庫蔵）

右の奥書には、観世信光の青表紙本に基づいて本文を記し、元頼がそれに章句を付した由が記されるが、中でも注目されるのは、この本が「証本」たることを強調している点である。(4) その背景には、室町末期の観世流謡本の多くが、様々な章句本の寄せ集めで、他本との校合が不可欠であったという状況が存していよう。そうした状況を踏まえて、「証本」としての権威を主張したのが元頼本だったと考えられる。

この元頼章句本の制作背景や伝来は不明である。表章氏は『鴻山文庫本の研究』の解説の中で、「現在所々に分散している元頼章句本が、かつて観世家に一括所蔵されていた」可能性を示唆し、また、同氏『観世流史参究』(檜書店、二〇〇八年)所載の年表では、元頼本について「某貴人の所望による」制作かとされている。表氏が元頼本の制作を某貴人の所望によると考えられたのは、同書の奥書の文言に、「奉付章句訖」と最上級の敬語が用いられていることからの推測と思われるが、まずはこの点から検討することにしよう。

先述のごとく、元頼章句本は現在各所に分散して所蔵されているが、観世家に伝来したのは八十五冊のうち一冊のみであり、観世家に一括所蔵されていた痕跡は認めがたい。観世文庫所蔵の室町期の謡本の中には、他所からもたらされたものが多く含まれ、元頼章句本も同様の経緯で観世家に伝えられた可能性があろう。永青文庫蔵の十冊は細川家伝来であり、これも観世家に元頼本がかつて一括所蔵されていたとの推測を否定する根拠となる。一方、元頼章句本のうち現在最も多くの冊数を所蔵するのは東京大学史料編纂所であるが、その史料編纂所本はもともと徳川幕府の所蔵本であったことが、複数の資料から裏付けられる。すなわち、東京大学史料編纂所には現在、元頼章句本のほか、観世元忠章句本、堀池宗活章句本、友和章句本など、観世流を主体とする室町末期から江戸初期にかけての謡本が一三〇冊所蔵されているが(『四季祝言』を含む)、それらの謡本について「御蔵御謡本」「御上　御本」と言及する書付が金春家旧伝文書に現存するほか(法政大学能楽研究所般若窟文庫蔵「御蔵御謡本之奥書」）、徳川幕府の蔵書目録である『紅葉山文庫書目』（国立公文書館内閣文庫蔵）にも、「百八番　古写本／謡本　百三十冊」として、これに該当すると見られる謡本が挙がっているからである。さらに史料編纂所本に付随する江戸期筆の謡本目録には、元頼章句本をはじめとする「都合百三十冊」の謡本が記載されており、延享五年（一七四八・寛延元年）修復の由が見えるが、また別の目録にも、「寛延元辰年八月晦日、上原備後守江差出之」と、寛延元年にこれらの謡本を上原備後守に差し出した由が見え、これと対応するように、『江戸幕府書物方日記』（国立公文書館内閣文庫蔵）寛延元年八月晦日条に、「謡本　取集本之内　九十一冊」を「御用之為」に内覧に供したことが記されているのである。

以上の資料から、東京大学史料編纂所蔵の謡本がもともと江戸幕府の所蔵する柳営本であったことが確実視されるが、これらの謡本がどのような経緯で江戸幕府の所蔵になったのかは定かでない。史料編纂所本のうち、一番綴謡本「朝長」には、元亀二年（一五七一）に観世宗節が水野下野守に相伝した旨の奥書がある。この水野下野守は徳川家康の伯父にあたる人物であるから、その関係で徳川家にもたらされた可能性が高いといえよう。しかし一方で、元頼章句本のように、当初から徳川一族の所蔵であったか疑わしいものもいくつか含まれる。元頼章句本がもともと徳川家の所蔵ではなかったとすれば、その旧蔵者は誰なのであろうか。

ここで一つの可能性として想定されるのは、将軍足利義輝である。前述の天理図書館本のうち、「夜うち曽我」の冊には、「本云、光源院殿様之御本［元頼章句］写之」と識語があり、これによって「光源院殿様之御本」すなわち将軍足利義輝の「御本」と称する謡本の存在が窺われるが、その「御本」が「元頼章句」の謡本であった。そしてもう一つの可能性として想定されるのが、細川晴元である。前述の妙庵本には、妙佐本が用いた校合本として「晴元御本」「龍昇院殿御本」が見えるが、この謡本も同じく、「紹活声句」すなわち観世元頼の章句本であった。元頼本は、奥書に「御本」という表現を用いている。これは奥書の文言として特に珍しいというものではないが、妙庵本において「御本」の敬称が見られるのは「晴元御本」のみで、その他はいずれも「妙佐本」「文次軒歳阿弥声句本」など、敬称なしで呼ばれている。室町末期の謡本を見渡しても、「御本」の用例は先の「光源院殿様之御本」と「晴元御本」「龍昇院殿御本」に限定され、このことは「御本」なる語が、将軍や管領クラスの所持本にのみ用いられる最上級の敬称であったことを示していよう。

さらに注目されるのは、元頼章句本の奥書に見える天文二十三年（一五五四）二月から永禄二年（一五五九）六月までの期間が、足利義輝の朽木逃亡期とほぼ重なっていることである。天文十五年に近江守護六角定頼の助力によって十三代将軍となった足利義輝は、三好長慶の攻勢を受けて、天文末年から永禄初年のおよそ五年以上の長きにわたって、朽木在住を余儀なくされた。この間、天文二十一年正月、三好方との和睦が成立し、一時的に比良坂本から京都帰還を果たすが、翌天文二十二年八月には三好方の軍勢に攻められ、再び朽木に舞い戻っている。元頼章句本の年記はその再度の朽木逃亡の翌年から始まっているのである。義輝が朽木を脱出し、再び入京するのは永禄元年十一月のことで、元頼章句本には、翌永禄二年六月までの年記が確認される。

朽木在住期の足利義輝が能を盛んに催していたことは、いくつかの記録によって知られるが、例えば、室町末期の能伝書『能口伝之聞書』には、室町幕府の同朋衆である歳阿弥が朽木において〈隅田川〉の能を演じた折のエピソードが、次のように見える。

隅田川。作物ワキノイザニ置。（中略）朽木ニテ歳阿ミスル時、鼓打ノ前作物置。孝阿ミ、ワキノイザニ置ベキ由云時、宗節、小次郎云テ此分ナレバ、只ソノマ、置ベキト云ト也同朋衆の歳阿弥が朽木で〈隅田川〉を演じた際、舟の作り物の置き場所をめぐって孝阿弥から異見が出されたが、宗節・小次郎元頼の言い分に従って、結局、歳阿弥の主張するやり方が採用された、という記事である。また、観世座の太鼓役者観世国広が「浅葱調子」の免許を授かったのを、義輝の朽木時代のこととする記録もある。『四座役者目録』に「光源院殿朽木谷ニ御座候刻、調子御免被成候也」とあるのがそれで、観世国広の朽木滞在を伝えている。表章氏は、朽木在住期の五年間を通じて義輝に近侍していた細川藤孝（幽斎）が観世国広に就いて太鼓を学ぶようになったのも、亡命先の朽木においてであろうと推測されており（永青文庫叢刊『芸道秘伝集』「太鼓聞書解題」）、このような朽木での足利義輝と能との関わりが、元頼本制作の背景にあったことは十分に考えられよう。

もっとも、元頼章句本の奥書には、大きな問題も残されている。伊藤正義「元頼本あれこれ」（『かんのう』二八七号、一九九三年）が指摘するように、弘治から永禄への改元は二月二十八日であるのに、「高砂」の冊には永禄元年正月十七日の日付が見えるという矛盾があり、後年に何らかの作為が加わっている可能性が高いからである。あるいは、足利義輝が京都帰還を果たした後、朽木時代に遡って、その間の年記を奥書に認めさせたことも考えられるが、そのようにしなければならなかった適当な理由を見出すのは、現時点では困難と言わざるを得ない。ここでは、元頼章句本の奥書の年記が義輝の朽木在住期とほぼ重なり、同謡本の制作が足利義輝の動向と何らかの関わりを有する可能性を指摘するにとどめておきたい。なお、元頼章句本の離れと思われる天文二十三年元頼筆謡本「舎利」（現所在不明）には、外題の筆者を「聖護院増准后」とする極めがあったらしいが（注3参照）、この「聖護院増准后」は足利義輝の伯父にあたる聖護院道増のことで、彼もまた義輝の朽木亡命に従っていた。現存の元頼章句本の題僉の筆跡は、佐々木孝浩氏の御教示によれば、確かに聖護院道増の筆跡と見られるとのことで、このことも元頼章句本と足利義輝との密接な関わりを示す事例といえよう。傍証として付け加えておく。

東大史料編纂所蔵の謡本の中には、他にも室町幕府との関連を思わせるものがいくつか含まれている。例えば、稙盛奥書本「鞠」は、「永禄三年六月下旬　稙盛判」と奥書のある謡本であるが、ここに名前の見える「稙盛」は、永禄の変で足利義輝とともに討死した奉公衆、小笠原稙盛と同人であろう。小笠原氏は武家故実を伝える家系として知られるが、武家儀礼の場において武士が謡を披露するのが慣例となっていた当時の状況を踏まえるならば、小笠原家の当主が謡本を残していたことは十分に考えられる。

また、観世宗節章句本十冊は、奥書に「宗節」の署名と花押があり、観世大夫元忠が宗節を名乗った永禄九年以後の制作と見られる謡本である。その十冊中、四冊に「藤中納言殿」、二冊に「竹内刑部卿殿」、一冊に「梶井殿」と記した貼紙が添付されている。これは謡本本文の筆者を伝える貼紙であり、右の謡本がこの三人によって書写されたものであることを示している。藤中納言・竹内刑部はともに公卿、梶井は梶井門跡の門主であるが、このうち「藤中納言殿」は、公家でありながら将軍足利義昭に仕え、武士として合戦にも参加した高倉永相その人であり、ここに室町幕府とのもう一つの接点が窺われる。あるいは先の元頼章句本も含め、これら一群の謡本が、永禄十一年に十五代将軍に就任した足利義昭の代になって制作されたという可能性を想定してみてもよいかも知れない。朽木亡命中の義輝が観世元頼に「御本」の制作を命じた先例を追想し、その記念すべき謡本を再現したのが現存の元頼章句本であるとすれば、奥書の年記に改元時期の混乱があることも、一応の説明がつくのである。

いずれにせよ、室町幕府の周辺で数多くの謡本が書写されていたことは、以上見てきた通りである。政所執事伊勢氏の被官である渕田虎頼や、奉公衆の大和宮内大輔、同じく奉公衆の金子入道西照軒昌誉らが所持した謡本は、観世流の正統な謡を伝えるものとして一定の権威を持ち、その所持本に基づく写しが数多く作られた。現存する天理図書館本、日爪忠兵衛本などがそれであるが、その他、現存はしないものの、公家の山科言継も大和宮内大輔の所持本に基づく謡本の書写を精力的に行っていたことが、日記『言継卿記』に見えている。彼ら幕臣の間で書承された謡本は、観世小次郎信光、観世弥次郎長俊、観世小次郎元頼、観世大夫宗節といった室町末期の観世座の人物の章句を書き留めたものであったが、その諸本間において節や文句の異同が少なくなく、室町幕府の周辺で制作された謡本には、しばしば異本との校合が見られる。すなわち、天理図書館本の「鵜飼」奥書に「此本、観世次郎権守信光・同弥次郎長俊・幷小次郎元頼、両三人之本ヲ以テ引合写也」、「うねめ」奥書に「観太道賢・観弥二以両本校合了」などとあるが、このような諸本校合が室町幕府の周辺で制作された謡本に顕著に見られるという事実は、謡本の校合が室町幕府の公的事業として行われていた可能性を示唆していよう。豊臣政権下においても諸本校合を踏まえた金春安照節付の謡本の制作が行われていたことは前述の通りだが、以上を総合すると、謡本の正本を定めることが、武家儀礼を主宰する権力者の一つの役目であったとも考えられるのである。(5) その意味で、元頼本が「証本」と奥書に謳っているのは、室町幕府が公権力として「証本」の制定に深く関わっていたことの一つの証左と見ることが出来るのではなかろうか。

三　流転する謡本

室町末期の観世流謡本の中には、国衆クラスの武士の所持本と見られるものも少なくない。(6) 現在松井文庫が所蔵する一番綴松井本も、その一例である。一番綴松井本は一九六番を収める大部な謡本で、数種類の謡本の取り合わせ本であり、装訂・寸法は様々であるが、そのうち、「松虫」「采女」「楊貴妃」の冊に「観世宗節章句写之」、「石橋」の冊に「長俊本写也」、「忠度」の冊に「観世弥次郎長俊（花押）」、「紅葉狩」の冊に「渕田和泉入道玄少（花押）」、「頼政」「姨捨」「咸陽宮」「俊成忠のり」「反魂香」の冊には「渕田和泉守虎頼（花押）」と奥書があり、観世長俊・観世宗節・淵田虎頼の章句本を含むことが知られている。

この謡本には昭和四年に細川興増（細川分家当主）によって書かれた「謡曲本目録」と題する横長の帳面が付随する。そこには、一九七冊のうち、九十一冊を細川幽斎筆、七冊を三斎筆、九十九冊を祐筆書きとする極めとともに、「此謡本ハ三斎乃五男興孝、正保三年九月初旬分家以来、所蔵致居候間、真蹟ニ相違無御座候」と、もともと細川三斎の五男、興孝の所蔵であった由が記されている。現在、細川家の家老・松井家ゆかりの松井文庫に所蔵されていることからも、この謡本が細川家伝来であった可能性はかなり高いといってよいだろう。しかしながら、細川幽斎・三斎の筆とする細川興増の極めは信じがたい。他の幽斎の遺墨と比較するに、九十一冊の筆跡は、幽斎の真筆とは認めがたく、また、三斎筆の七冊も同様だからである。

注目すべきは、本謡本のうち、渕田和泉守虎頼・渕田和泉入道玄少の奥書がある六冊が全て幽斎筆とされる九十一冊の中に含まれており、しかも、そのうち「姨捨」の冊に次のような奥書が見えることである。

渕田和泉守

虎頼（花押）

物集女兵衛大夫殿

さらに「紅葉狩」の冊にも、「渕田和泉入道玄少」と名前が変わるが、同じく「物集女兵衛大夫」に宛てた奥書があり、これらの謡本が渕田虎頼から物集女兵衛大夫なる人物に宛てて送られたものであることを伝えているのである。

室町末期の観世流謡本の中に、渕田の章句本に基づくものが少なくないことは前述の通りである。すなわち、妙佐本には、渕田与三郎、渕田和泉入道玄少の章句本に拠る、とするものが数冊あり、天理図書館本にも「花月」「錦木」の冊に「渕田和泉守虎頼」の名が見え、渕田の章句本がかなり広く流布していた様子が窺われる。また、渕田の自筆奥書がある謡本として、一番綴松井本のほか、国立能楽堂と国文学研究資料館に「渕田和泉入道玄少（花押）」と奥書のある「桜川」「砧」「黒主」「錦木」「松風村雨」の五冊、早稲田大学演劇博物館に「渕左入（花押）」と奥書のある一番綴謡本十四冊等が現存する。この渕田は室町幕府の政所執事伊勢氏の被官で、蜷川氏の配下として執務にあたる武士であったが、その関係から、蜷川親孝・親俊の日記や、『賦引付』『徳政賦引付』『銭主賦引付』などの室町幕府関係の引付資料に、しばしばその名が見えている。すなわち、永正・大永年間に渕田与五郎・与三左衛門・与三郎、天文年間に渕田三郎左衛門尉・新介・与三左衛門尉・与五郎・与三郎の名が見られ、また『親俊日記』『言継卿記』には、渕田三郎左衛門尉が観世大夫の能に雇われたとの記事や、渕田与三郎が「音曲」を披露したとの記事など、手猿楽者として活動していたことを示す記事も散見する。

室町末期の謡本にしばしば名前の見える渕田虎頼は、このうち天文年間に活動記録の見える渕田三郎左衛門尉と同人かと考えられているが、その三郎左衛門尉の名は『言継卿記』弘治元年（一五五五）二月九日条に見えるのが最後で、四年後の永禄二年（一五五九）正月八日条には、「伊勢守内渕田和泉守」が室町殿に年頭の礼に参上した由が見え、これ以前に和泉守を受領していたようである。下って『お湯殿の上日記』の永禄六年九月六日条に

「藤田入たう」が禁裏御所黒戸前庭で謡を謡ったとの記事が見えるのは、[7]彼がこれ以前に出家していたことを物語るものであろう。『言継卿記』永禄七年正月七日条にも「淵田和泉入道」とある。その出家号が「玄少」であるらしく、永禄十年に「渕田玄少」が謡を勧めたことを示す記事が『言継卿記』に三例ほど見えている。すなわち、渕田虎頼は名乗りを三郎左衛門尉といい、永禄元年前後に和泉守を受領、永禄六年前後に和泉入道玄少と改名したということになる。前述の一番綴松井本には、和泉守虎頼、和泉入道玄少の名が奥書に見え、これらの謡本が永禄年中の制作であることを示している。

一方、その渕田虎頼から謡本を贈られた物集女兵衛大夫なる人物は、山城西岡の物集女城を拠点とする国衆であった。西岡の国衆には、もともと管領細川京兆家の被官が多かったが、物集女氏も同様であったと思われ、その意味で、物集女兵衛大夫が幕臣の渕田虎頼から謡本を授与されている事実は、物集女氏もまた、室町幕府における謡受容の影響を強く受けていたことを物語っていよう。ここで問題となるのは、その物集女兵衛大夫に与えられた謡本が、なぜ熊本細川家の家老、松井家のもとに伝えられたのかという点である。それには、物集女氏のその後の歴史が深く関係していると考えられる。

管領細川京兆家の被官であった物集女氏は、天文十八年（一五四九）の細川晴元政権崩壊の後、三好長慶の支配下に入ったらしい。すなわち、物集女孫九郎国光なる人物が、三好長慶の京都代官今村慶満らと連署して、東寺に勝龍寺普請の人夫を出すよう要求した天文二十二年頃の書状（東寺百合文書）や、物集女太郎左衛門尉が「天龍寺公用物集女庄百石」につき物集女兵衛大夫久勝と争論になり、三好長慶の裁許を受けたことを伝える天文二十四年の文書（天龍寺文書）が残されている。[8]後者の文書に名前の見える「物集女兵衛大夫」が、渕田虎頼から謡本を相伝された当人らしく、義輝・晴元の軍が京都奪還を目指して三好方と激しい戦闘を繰り広げていた永禄元年五月十日、三好長慶が京都周辺の国衆に対し、「御働肝要候」と檄を飛ばした書状の宛所にも「物集女兵衛大夫」の名が見えるから、物集女兵衛大夫もまた当時三好氏の配下に加わっていたことが確実視される。やがて三好政権は崩壊するが、その後混迷する情勢の中で、物集女氏がどのような行動をとったのかは定かでない。しかしながら、将軍足利義昭の家臣であった細川藤孝、すなわち後の幽斎が勝龍寺城を拠点に西岡地域の支配に乗り出したことで、物集女氏もやがてその圧力を受けることになったようである。すなわち、『綿考輯録』が伝えるところによると、物集女縫殿入道宗入なる人物が幽斎の旗下に属するのを拒み、細川家の臣、松井康之によって誅せられたという。この物集女宗入と物集女兵衛大夫との関係は未詳であるが、渕田虎頼が物集女兵衛大夫に授与した謡本が現在松井文庫に所蔵されているのは、おそらく細川幽斎による物集女氏誅伐の歴史と無関係ではなかろう。

そこであらためて一番綴松井本を見ると、渕田虎頼章句本の六冊と同筆の謡本が、一九七冊中、実に七十四冊に及んでおり（全て細川幽斎筆と極められた冊と一致する）、その内五十七冊の末尾に不自然な紙継ぎが見られることが注目される。いずれも謡曲本文の後の余白部分を切除し、そこに異紙を継いだ形となっているが、中にはわずか一行程度の余白でありながら、わざわざ紙を継いでいる例や、その紙継ぎ部分がL字型の不自然な形をした例などもあり、何らかの明確な意図のもとになされた処置であった可能性が高い。その紙継ぎの理由を推測するに、もともとこの部分に書かれていた物集女兵衛大夫への相伝奥書を削除し、旧蔵者名を抹消するための処置であったと見るのが自然であろう。「姨捨」「紅葉狩」の冊に物集女兵衛大夫の名が見えるのは、偶々見落とされたために奥書の削除から免れたものと考えられる。すなわち、これらの謡本はもともと物集女兵衛大夫の所蔵であったのが、物集女氏の滅亡によって、細川家中のもとにもたらされたものなのではなかろうか。

一番綴松井本の中には、他にも奥書を意図的に削除したのではないかと思われるものが十二冊ある。「安達原・藤戸・舞車・半蔀」などの冊がそれで、いずれも本文は幼稚な筆跡によって書かれ、詞章を記した後の余白部分が異紙によって継がれている。やはり旧蔵者名を削除するという意図のもとになされた処置と見てよかろう。その旧蔵者が、淵田虎頼章句本と同じく物集女氏であったかは不明ながら、この十二冊の謡本もまた、戦乱による流転の歴史を物語るのである。

四　幕臣の行く末

一番綴松井本の例は、室町末期の武士の間で渕田虎頼の章句本が貴重視されていた状況を示しているが、渕田と同様に、幕臣として観世流の謡の伝承に深く関与した人物として、大和宮内大輔晴完（宗恕）の存在を忘れるわけにはいかない。大和宗恕については、すでに伊藤正義「大和宗恕小伝」（『論集日本文学・日本語3　中世』角川書店、一九七八年）、古川元也「故実家大和宗恕管見」（『三田中世史研究』三、一九九六年）、木下聡「大和晴完とその故実について」（『戦国・織豊期の西国社会』日本史史料研究会、二〇一二年）、小島道裕「『大和三位入道宗恕家乗』」（『国立歴史民俗博物館研究報告』一八三、二〇一四年）などの諸論が備わり、宗恕が室町幕府の奉公衆として武家故実に通じていたこと、観世宗節について謡を嗜み、三〇〇番もの謡本を所持していたこと、軍敗の秘法や薬事・医事に精通していたこと、などが明らかにされている。このうち、謡の伝承者としての活動については、公家の山科言継にしばしばその謡本を貸し与えていたことが『言継卿記』に見え、現存の室町末期筆謡本の中にも、大和宗恕の所持本を底本・対校本とする例が散見すること、前述の通りである。

大和宗恕が没したのは慶長九年（一六〇四）正月十一日である。『言経卿記』はその享年について「百六歳歟」

と記しており、驚くべき長寿の人物であった。逆算すると明応八年（一四九九）の生まれ。足利義晴・義輝の二代の将軍に仕えたことが知られている。しかしながら、戦国の混乱期にあって、宗恕は常に将軍と行動を共にしていたわけではなかったらしい。前述の『言継卿記』には、宗恕が天文末年から永禄初年にかけて、山科言継と頻繁に謡本の遣り取りをしたことが見え、これらの記事は当時、宗恕が在京していたことを示しているが、この間、将軍足利義輝は対立する三好長慶の攻勢を受け、朽木住を余儀なくされていた。従って、宗恕は足利義輝の朽木逃亡に随伴していなかったことになる。『言継卿記』天文二十二年八月七日条には、足利義輝の霊山城が陥落した後、「奉公衆・奉行衆」が義輝を見限って次々に上洛した由が見えるが、その一人として「大和刑部少輔」すなわち宗恕の名が記されている。宗恕は実のところ、これに先だってすでに三好方に寝返っており、天文二十二年二月二十六日の日付がある「伊勢貞孝等連署起請文写」（宮内庁書陵部蔵）には、政所執事の伊勢貞孝らが三好方に帰属することを誓約する起請文に、「晴完」と自ら署名している事実が確認されるのである。その意味で、大和宗恕と山科言継との謡本の貸借が、天文二十一年八月二十七日に始まっていることは、大きな問題を投げかけているといえよう。三好長慶が幕府の御供衆となり、畿内の実効支配を強めて三好政権を確立したのと、それは軌を一にしているからである。その後、永禄三年頃まで言継との間で繰り返される謡本の貸借は、そのまま三好政権期にすっぽりと収まっている。宗恕手沢謡本を底本とする言継の謡本書写事業が、何らかの政治的背景のもとに行われた可能性も想定されよう。山科言継は宗恕から謡本を借りてはそれを筆写し、やがて宗恕に次いで、自らも三〇〇番の謡本を所持するにいたった。永禄六年には、その謡本を禁裏御所に持参し、叡覧に供えている。言継はその謡本を、さらに曼殊院覚恕法親王、三条実福、日野輝資らの公家・門跡衆、三好長慶の家臣結城山城守、松永久秀の家臣武藤源内など、多くの人々に貸与している。(9) かくして、室町幕府の謡の伝承者、大和宗恕が伝えた謡本は、山科言継を介して、さらに広範囲にその影響を及ぼすことになるのである。

大和宗恕のその後の動向にも言及しておくと、足利義輝が永禄二年、朽木から京都帰還を果たすと、宗怒も再び幕臣として足利義輝に仕えることになったようである。すなわち、『永禄六年諸役人付附』に「申次」として、「晴完」の名が見えている。しかし、その二年後には入道して宗恕と名を改めたようで、『言継卿記』永禄八年十二月二十五日条に、「大和宮内大輔入道宗恕来」と見える。これに先立つ同年五月十九日には、主君の足利義輝が三好氏によって暗殺されるという事件が起きていた。以後の宗恕は幕府への出仕をやめ、もっぱら武家故実の伝承者として、また謡の師範として活動することになる。武家故実家としての活動については前掲の諸論文に譲り、ここでは謡の師範としての活動に限定して取り上げることにするが、まず『言継卿記』永禄十年五月三日条には、久河入道説曽邸での「毎月之諷講」に「大和入道、淵田玄少以下十四五人」が同席したとあり、宗怒が謡講の指導的役割を担っていた様子を見て取ることが出来る。また、前述の妙庵本の識語には、これ以後の文禄五年（慶長元年）、長岡妙佐の求めに応じて所持の謡本を示し、謡の伝を授けたことが見え、『時慶卿記』にも、慶長八年五月十六日条に「少納言謡稽古、大和宗恕師ニ呼、（中略）田村・源氏供養、又岐岨ヲ一反謡」と、西洞院時直の謡稽古の師匠に宗恕が呼ばれた由が見える。当時の宗恕はすでに一〇〇歳を超える年齢に達していたが、室町幕府の謡の伝承者としてなお重きをなしていた宗恕の姿が窺われるのである。

一方の渕田も、文禄・慶長期にいたるまで謡の師範としての活動を続けていた。その渕田の室町末期以降の動向を整理しておくと、天文〜永禄期に多くの謡本を残した渕田虎頼は、足利義輝と三好長慶とが激しい対立を見せる中、政所執事の伊勢貞孝と同じく三好方へ従属の立場をとったようである。足利義輝の朽木亡命の間も、京都に留まっていたことが『言継卿記』から知られる。その後、京都帰還を果たした足利義輝のもとに再び出仕したらしく、『言継卿記』永禄二年正月八日条に「渕田和泉守」が室町殿に年頭の礼に参上したことが見える。しかし、その三年後の永禄五年、伊勢貞孝父子が幕府から追放され、政所執事の制度が消滅するという事件が勃発する。そのことは、渕田にとって、活動基盤を揺るがしかねない大きな出来事であった。この間、政所代の蜷川氏や、その配下の渕田氏がどのような動きを見せていたのかは詳らかでないが、伊勢氏の追放とともに彼らの権益も失われ、没落の途を辿ったのは間違いないようである。後世、江戸幕府に仕えることになる蜷川氏の江戸後期の系図（『寛政重修諸家譜』）によれば、天文～永禄期の政所代であった蜷川親俊は永禄十二年、出羽国に没し、その子の親長も浪人となって長宗我部元親を頼って土佐国に下向したという。幕府の政所機構が崩壊する中で、地方の大名を頼るより他なかった様子が窺える。一方、蜷川氏の配下にあった渕田は、これ以後も京都に留まり続け、謡の師範としての活動に活路を見出したようである。『言継卿記』永禄十年三月十二日条、同年四月二十九日条に、それぞれ正親町邸、一条邸にて「淵田玄少」が「音曲」を披露した由が見えるが、謡の享受に熱心であった彼ら公家衆の存在は、浪人となっていた渕田にとって得難い後援者となった。同年五月三日、久河説曾亭での謡講に大和宗恕とともに渕田玄少が参加しているのが、彼の最後の活動記録で、これと入れ替わるように、その息子と思しき渕田与三郎の名前が『言継卿記』『兼見卿記』『お湯殿の上日記』に散見するようになる。

この渕田与三郎に関わると思われる重要な資料が、蜷川家文書に存在する。それは福山入道寿庵祐心なる人物が蜷川親長に送った「覚」で、本文中に慶長十年十一月付の奥書が転記されることから、慶長十年以降の筆と推測されるものであり、その下限は蜷川親長の没年である慶長十五年に求めることが出来る。差出の福山入道は伊勢氏配下の同朋衆澤巽阿弥の孫にあたる人物で、(10) 当時すでに「としより申候へハ、絵さいくも、八九年ほと成不申候、目かすミ、耳とをく、むかはもぬけ」という老人であった。この「覚」はその彼が、かつての室町幕府の儀礼や、旧幕臣の当時の消息などを記したものということになる。そこに名前の挙がっている旧幕臣は、古市加賀右衛門入道・鷲見入道・伊勢貞為・伊勢貞知（友枕）・高岡・宮崎らの面々であるが、その中に「渕与入友和存生候、是芸の仕合よく御座候」として、「渕与入友和」の消息に言及しているのが注目される。この「渕与入友和」について、『大日本古文書』の翻刻が「渕田」と注記するのは、正しい処置といえよう。すなわち、この「渕与入」は「渕田与三郎入道」ないし「渕田与三左衛門入道」を略記したもので、永禄から天正にかけて活動記録の見える「渕田与三郎」と同人の可能性が高いからである。この推測が正しいとすると、渕田与三郎が慶長十一年になお存命であったこと、その与三郎が入道後、「友和」と名乗ったこと、しかも彼がなお「仕合」よく健在であったのは「芸」のおかげであったこと、が窺われるのである。

そして、ここにいう「芸」が、観世流の謡を指している可能性はきわめて高いといえよう。すなわち、東大史料編纂所蔵の一群の謡本のうち、友和署名小型本と名付けられている三冊の謡本に「友和（花押）」の奥書が見えるが、この「友和」が「渕与入友和」と同人と思われ、謡本に章句を指していた事実が確認されるからである。落合博志氏は平成二十一年十二月の国文学研究資料館企画展示「能楽資料展」の解説において、御架蔵の友和長頼節付五番綴謡本を紹介され、そこに「友和」の署名と「長頼」の墨印記があることから、友和の諱が長頼であったらしいことを指摘している。「長頼」は法政大学鴻山文庫蔵の室町末期筆長頼本百冊を残しており、その奥書の署名「長頼（花押）」は、確かに先の「友和（花押）」の署名と全くの同筆であって、両者が同人であるとする落合氏の指摘は当たっていよう。表章『鴻山文庫本の研究』は、節付の特徴から、この「長頼」が渕田の一族である可能性を示唆された。その推測の正しかったことが裏付けられたのである。この長頼本は天正頃の謡本とされているが、このことは渕田が室町幕府崩壊後もなお、謡の師範として活躍し、多くの章句本の制作に関わっ

ていた事実を物語っている。(11)

なお、渕田の謡本には、この他、天正末年頃と推測されている渕田左衛門大夫経頼本もあり、そこには「渕田左衛門大夫経頼」の署名が見える。「長頼」とはまた別筆であり、もう一人の渕田の存在が窺われるが、この渕田経頼の活動期はやや下るらしく、長頼の次の世代の人物である可能性が高い。そうだとすると、大和宗恕が一代限りであったのとは対照的に、渕田の家系は虎頼・長頼・経頼と三代にもわたって謡の師範として活動していたことになる。その活動を背後で支えていたのは、彼らが室町幕府の武家儀礼の中核的な担い手であり、そこで謡を受け持っていたという経歴であった。その経歴が彼らの謡に一つの権威を与え、その権威ゆえに、彼らは謡の師範として、室町幕府崩壊後も精力的な活動を展開することが出来たのである。そして、このような室町幕府と観世流の謡との強固な結びつきは、徳川家康による江戸幕府の誕生によって、新たな局面を迎えることになるのである。

おわりに

室町幕府は十五代将軍足利義昭を最後の将軍として、ついに崩壊する。しかし、室町幕府の武家儀礼に観世大夫が深く関わり、幕臣もまたその担い手であったという記憶は、江戸時代に入ってもなお、人々の間に残っていたようである。江戸前期に大坂の眼医師真嶋円庵（宴庵）が編纂した『実鑑抄』系伝書は、観世三郎元広から細川兵部大輔（藤孝）へ相伝の形を採り、その編者として槇島云庵の名を騙った仮託伝書であるが、ここに見える細川兵部大輔・槇島云庵はともに室町幕府の遺臣であり、彼らの名前を出すことによって、室町幕府の正統な能の伝承を伝える伝書であることを主張しようとしたものと思われる。同書がしばしば将軍御所や管領邸での演能のエピソードを記しているのも、室町幕府の存在を印象づけるためのものであって、それが一つの権威付けとなる時代に生まれたのが『実鑑抄』系伝書であったといえよう。

これは仮託伝書の例であるが、江戸時代に入って観世大夫が幕府筆頭の大夫に位置付けられ、武家儀礼に伴う様々な演能で主役の地位を占めることになったのも、同じく室町幕府からの継承という側面を持つものであったと考えられる。慶長四年（一五九九）、徳川家康は京都聚楽第跡地に観世大夫身愛の勧進能を興行し、その正面に自らの桟敷を構えるが、その背景には観世大夫の公的な後援者となることで、室町幕府の正統な継承者たることを広く世にアピールする狙いがあったろう。注目すべきは、これとほぼ時を同じくして、観世大夫身愛による徳川家康の家臣への謡本相伝が始まっていることである。その確認できる最初は慶長六・七・八年に観世左近大夫身愛が永井右近に相伝した謡本で、この謡本は現存せず、日爪忠兵衛宗政手沢本に転記された奥書によって、その存在が確かめられるのみであるが、観世身愛が慶長六年頃から精力的に幕臣への謡本の相伝を行っていた事実を伝えている。そして、慶長九〜十二年の本多上野介へ相伝の謡本（法政大学鴻山文庫蔵）、慶長十一年の後藤庄三郎へ相伝の謡本（国立能楽堂等蔵）、慶長十三年の内藤主馬へ相伝の謡本（観世文庫蔵）などがこれに続くのである。某氏蔵の観世身愛節付本は全四十三冊の謡本で、各冊に慶長八年卯月から慶長十七年十二月までの年記と身愛（暮閑）の署名があり、さらに慶長十六年から十七年にかけての謡本には片桐主膳正に宛てた奥書があるが、この片桐主膳正は豊臣秀吉・秀頼に仕え、関ヶ原合戦時にも西軍方に付くなど、豊臣氏と縁の深い武将であった。そのような人物までもが観世大夫から謡本の相伝を受けていたのであり、徳川家康政権の確立期に、観世身愛による謡本の相伝が集中的に行われていた事実を示している。その背景には、室町期の幕臣による謡受容の伝統を継承し、室町幕府から江戸幕府への連続性を明確にするという政治的な意図が潜んでいるのではあるまいか。

室町幕府の武家儀礼の継承は、武家政権の正統な後継者を自認する江戸幕府にとってきわめて重要な問題であった。長宗我部氏の没落によって浪人となった蜷川親長が、慶長七年、徳川家康から領地を賜り、「京都将軍家法式をよび騎射歩射且連歌等の故実」を言上しているのも、室町幕府政所執事伊勢氏の末裔で、当時、豊臣秀頼に仕えていた伊勢貞衡が、大坂落城後に徳川家に出仕し、犬追物・流鏑馬・騎射・歌などの武家故実書を献上しているのも（『寛政重修諸家譜』）、徳川氏が武家儀礼の継承に大きな関心を持っていたことのあらわれである。そして、武家儀礼と不可分の関係にあった観世流の謡が、慶長期、徳川家康の近臣を中心に急速な広がりを見せたのも、同じ文脈の中でとらえるべき現象ではないかと思われる。

室町幕府の儀礼の中で武家の教養としての地位を確立した謡は、やがて公家・町人層にも広がりを見せ、江戸期に入ると、新たな武家政権である江戸幕府の支持を得て、謡本の刊行へと展開する。光悦謡本以後も、慶長末年頃刊の古活字玉屋本、元和六年刊の元和卯月本と、百番揃の観世流謡本が次々に刊行され、謡本市場における観世流の圧倒的優位はもはや揺るがぬものとなっていった。そして、これら謡本の出版によって、謡の享受者は爆発的に増大し、武家儀礼のミニチュアである式三献の民間への普及とともに、その儀礼に伴う謡が、一般人男子の身につけるべき必須の嗜みとして定着することとなる。現在も宮座の行事などで、盃の儀にともなって成人男子が謡を披露する習慣を目にすることがあるが、そこには室町幕府で行われていた武家儀礼の謡の伝統が今なお息づいているのである。

注

（1）菅良樹「幕府上方支配における幕臣・京角倉家と嵯峨角倉家」（『角倉一族とその時代』思文閣出版、二〇一五年）。

（2）謡のテクストを記した謡本は、室町後期の永正頃から見られる。永正十三年（一五一六）七月十三日、観世弥次郎長俊奥書の「当麻」、永正十四年十月二十七日、観世大夫元広奥書の「松風村雨」などがその早い例で、大永から天文にかけて、さらに多くの謡本が残されている。それら謡本の中には、武家がかつて所持したと思われるものが散見し、例えば観世文庫蔵の観世長俊筆「当麻」には、「久村□三郎」に宛てた相伝奥書があり、この久村某は、若狭武田氏の被官、久村氏ではないかと思われる。『実隆公記』によれば、文亀四年（永正元年）閏三月三日、武田氏被官・粟屋親栄とともに実隆の源氏講釈を受けたものとして、「久村孫三郎」の名前が見え、この人物の可能性があろう。若狭武田氏は室町幕府と関係の深い有力守護大名で、幕府と同じく観世大夫を重用し、同家被官の中にも、観世座の役者の指導を受けて手猿楽を行うものが少なくなかった。長俊から久村への謡本相伝も、室町幕府の幕臣による謡受容にならったものと考えられよう。

（3）大正三年十一月に東京音楽学校で行われた能楽資料の展示目録『能楽図書陳列品目録』に、天文二十三年一月の年記がある観世小次郎元頼筆「舎利」「いたてん」、天文二十三年七月五日の年記がある観世小次郎元頼筆「志賀」が挙がっており、これらは同系統の元頼本だった可能性があろう。「舎利」の解説に「表紙画土佐将監光元　外題聖護院増准后」とあるのも注目される。

（4）元頼章句本がその奥書に「証本」としての権威を強調していることについては、大谷節子「謡伝授と謡本」（『神戸女子大学古典芸能研究センター紀要』三、二〇一二年）も注目されている。

（5）江戸期の版行謡本にも、章句の「直し」がしばしば見られるが、室町末期筆の謡本におけるような大規模な諸本校合はほとんど姿を消している。版行された謡本そのものが正本（としての権威を持つもの）であり、それに対抗すべき校合本が存在しなかったためであろう。なお、法政大学鴻山文庫蔵の了随三百番本は、慶安・承応の筆写になる金春流の謡本であるが、江戸期の謡本としては珍しく、「大蔵大夫校合畢」「長命次郎大夫校合」「喜之助校合」など、他本との校合の由を多くの冊に書き留めている。中には「今春大大夫校合正本の写し」とする冊もあり、校合によって定本を定めようとする意図が読み取れるが、あるいは豊臣氏の時代に行われた金春流謡本の諸本校合に影響されてのことかも知れない。筆者の了随は伝不明の人物であるが、慶安元年（一六四八）当時、七十歳の高齢で、慶長初年には二十歳前後であったから、秀吉時代に金春流謡本の制作に関わっていたとしても不思議ではない。

三〇〇番という曲数も大和宗恕が所持した三百番謡本と同じで、室町幕府周辺での謡本制作の動向に影響された可能性があろう。

（6）足利義輝に仕える武士で、観世流の謡を嗜んだものに、磯谷新左衛門という人物もいる。この磯谷新左衛門は近江志賀郡山中村の国衆で、天文二十二年八月、義輝が東山霊山城において三好長慶と戦った際、松田監物らとともに霊山城に籠った武将として「山中之磯谷」の名が見えるから（『言継卿記』）、当時すでに義輝の配下に属していたらしい。その磯谷新左衛門は観世大夫元忠から直接、謡本や伝書の相伝を受けていたようで、東京国立博物館に「弘治二年三月十三日　観世大夫元忠（花押）／磯谷新左衛門尉殿参」と奥書のある謡本「柏崎」、能楽研究所野上文庫に「弘治弐年二月十三日　観世大夫元忠在判／磯谷新左衛門殿」と奥書（転記）のある日爪忠兵衛宗政手沢謡本「通小町」が伝存するほか、能楽研究所蔵の金春家旧伝文書にも「観世太夫元忠在判／磯谷新左衛門殿」と奥書のある世阿弥伝書『音曲口伝』の写しが存在する。謡本の奥書にはいずれも弘治二年の年記が見えるが、当時、足利義輝は朽木に亡命中であり、多くの奉公衆や奉行衆が在京中であったために手薄になっていた謡方を担った幕臣の一人が磯谷新左衛門であったのかも知れない。

（7）渕田の名は『お湯殿の上日記』に「ふした」「ふちた」「藤田」などと表記されており、このことから、渕田の読みが「ふぢた」であったことが確認できる。

（8）天野忠幸編『戦国遺文　三好氏編第一巻』（東京堂出版、二〇一三年）参照。

（9）伊藤慎吾「戦国期山科家の謡本」（『室町戦国期の文芸とその展開』三弥井書店、二〇一〇年）参照。

（10）『続群書類従』所収の武家故実書『澤巽阿弥覚書』も同じく福山入道の著で、同書によれば祖父の巽阿弥は天文二十一年に八十四歳と高齢であった。福山入道はその祖父を通じて室町幕府の故実に通じていたらしい。なお、福山入道は名を新五郎といい、足利義輝が朽木から還京した後、将軍に献上される節分の「御舟の絵」を描いたこともあるという。

（11）『兼見卿記』天正八年十二月二十日条に、「淵田与三郎謡本章句二百番悉出来」とあり、渕田与三郎が二百番謡本の制作に関わったことが知られる。小林健二「淵田与三郎の謡本」（『月刊能』京都観世会館、一九九〇年）参照。

II　学問の復権

林羅山と朱子学

澤井啓一

一　「知識人」としての羅山

林羅山（一五八三〜一六五七）は、「知識欲」の塊りのような人物である。羅山を時の権力におもねった権勢欲や出世欲に駆られた人物だという評価もまだまだ根強いが、(1) それよりも新しい知識に対して、それを貪欲に手に入れようとした人物と見なした方がよいと思われる。みずからの「知識欲」に素直に従ったがゆえに、羅山は、近世における新しい「知」のあり方を切り開くことができたのであり、それと同時に、現在に至るまでの「日本」的な知識人の典型ともなったのである。

近世的な「知」とは、言うまでもなく「儒学知」、儒教のテキスト解釈に基づく「知識」を指すが、羅山によって——もちろん、羅山だけの功績ではないが——それ以前の仏教を規範とする「知」のあり方から大きな転換が成し遂げられている。一方、「日本」的な知識人とここで呼ぶのは、日本の外からつねに新しい知識を受け入れ、それを自らの、あるいは同時代の日本人における「知」の標準とするべく活動する人々を指し、羅山がその原型――同じようなことは、羅山以前の、古代の律令制や仏教、あるいは中世の仏教を広めた人々のなかにも見いだされるかもしれない――と思われるからである。

羅山の経歴を見ると、近世日本で発展する「知」の商品化――これは近世東アジア全般において爆発的に広がった「出版資本主義」と呼ばれるでき事の一環と見るべきであろう――をいち早く予測し、それに向かって邁進したことが分かる。幼い頃より利発であった羅山が、建仁寺に入るのは十三歳の時とされるので、新しい「知」のあり方にどこまで本人が目覚めていたかは不明なものの、その同族の年長者たちのなかにはそうした先見の明を持つ者がいたのであろう。というのも、その後、めきめきと学力を向上させた羅山を本格的に僧侶にするという話が持ち上がったとき、羅山はもちろん、その親たち――養父の義勝と実父の義時ら――も、建仁寺とその要請を受けた京都奉行前田玄以からの説得を断っているからである。祖先祭祀の継承を理由としたという後々の説明はただちに受け入れることはできないにしても、僧侶となるために建仁寺に入ったわけではないことは、羅山ばかりでなく、一族あげての考えだったと思われる。

このことは、羅山が師と仰いだ藤原惺窩（一五六一～一六一九）との相違にも認めることができる。新しい知識を精力的に求め、飽くことを知らないかのような羅山に対して、惺窩は、名利を求めたり、世間に名を売ることではなく、「己が為にする」ことが真の学問だと教え諭したという。「己が為にする」というのは、自己修養ということであり、世俗的な価値ではなく、絶対的な真理を基準に自らの道徳性を高めることだというのが、近世東アジアに広がった「道学」――朱子学だけでなく、それを自己修養としては不徹底だと批判した陽明学も含まれる——の教えであった。そうではあるが、北宋時代に「道学」が興り、やがて朱熹によって集大成される頃から、さらには朱子学が科挙の科目として認定された元代以降も、つねに自らの道徳性を高めることとは何かということが問われ続けてきたのも事実である。仏教と異なり、儒教が世俗のなかでの有効性を標榜していた以上、個々人の道徳性を高めることの「社会的意義」をどう理解するかは、もっとも根本的な課題として大きく立ちはだかっていたのである。

惺窩と羅山とを比較して、上記の話題を取りあげながら、清廉潔白な惺窩と権勢欲にまみれた羅山と断定するのが、これまでの一般的な理解であった。たしかに近世前期の日本で儒教が広がるのは、儒教こそがこの「己が為にする」学問であるという衝撃にあったことは間違いない。そして、それは羅山にしても同様であったと見るべきであろう。惺窩と羅山の相違は、むしろそれぞれの仏教体験の相違、禅学の修養をどこまで実体験していたかの相違にあったと考えるべきであろう。両者の性格とか体質などの問題に還元するのではなく、仏教の延長線上に朱子学の新しい意義を認めた惺窩と、仏教とは異なる新しい「学知」の体系として朱子学を発見した羅山との相違として理解するべきだろう。そうしてこそ、初めて両者の陽明学——朱子学ではない——に対する評価の違いも理解できるのである。そして、それは羅山が建仁寺に入る時に、仏教そのものではなく、別の目的のために仏教を、あるいは仏教が持っていた環境を利用することが、すでに自覚されていたからではないだろうか。それが羅山本人の意志ではなかったにしても、である。

知識としての朱子学、あるいは儒教というと、日本では近世後半の考証学や幕末の朱子学を思い浮かべるかもしれないが、そもそも朱子学そのものが、中国における出版産業の成長という新しい事態を背景に登場してきたことを忘れてはならない。五経というそれまでのテキスト群に代わって、四書という新しいテキスト群を提出し、それらが全体として緊密に連関するとともに、学習者それぞれの能力の成長段階に応じて使用されるという、朱子学の緻密なカリキュラムこそが、ほかの儒教解釈を退けて、近世東アジアの学問を席捲する原動力であったが、それらをいち早く書物の出版という形で提供したからこそ、朱子学は儒教のなかで頂点に立つことが可能になったのである。

もちろん、五経が捨て去られたわけではなく、五経に関しても、それ以前の古い注釈に代わる新しい経文の校定と注釈とが生みだされている。これらの諸テキストとその注釈だけでも膨大な量の書物が生産されたのだが、これに史書や諸子、さらには先行する北宋の道学者、朱熹やその門人たちによる諸注釈や詩文集などを加えると、そこで生みだされた書物の量は想像を絶するものがある。儒教以外の分野、仏教や文芸に関する出版物も考慮に入れる必要があろうが、知識として供給された朱子学が、東アジアの「出版資本主義」の成長を支える大きな基盤となっていたことは想像に難くない。

朱熹の時代には、ごく一部の富裕な、したがって支配階層であった人々しか、それらの書籍を入手できなかっただろうし、そのことが科挙制度と結びつき、「士大夫」と呼ばれていた特定の社会階層から官僚が再生産されて支配が固定化されていたのも事実であるが、明代以降にはさまざまな領域で「大衆化」が進む。書画や詩文という「芸術」分野でこの傾向は顕著であったが、儒教も同様で、「士大夫」の下にいた人々、すなわち「郷紳」階層にまで浸透するようになる。そのため、より簡便な修養方法が求められて陽明学が登場することになるのだが、それればかりでなく、産業の発展に必要な技術もまた儒教的な知識の一環として生産され、出版を通じて広く流通するようになっていたのである。

すくなくとも羅山の学問を考えるときに、上記のような東アジアで起きていた儒教に関する動向を無視するわけにはゆかない。このことへの理解不足が羅山が権勢欲や出世欲の権化であるかのようなイメージを植えつけ、さらにより古いタイプであった惺窩との対比がそれに拍車をかけたように思われる。そうした見方よりも新しい知識の体系として朱子学を理解し、そのことを世間に知らしめようとした人物として羅山を見た方が、近世前期という時代に生きた羅山の「実像」に近いと言えるだろう。本稿では、こうした観点から、羅山と朱子学との関係、羅山が理解し広めようとした朱子学とは何かについて、また近世日本思想史においてそれが持つ意味とは何かについて述べてゆくことにしたい。

二　羅山と明代朱子学

羅山には、若い頃の勉学を記録した「既読書目」という文章がある。(2) これは、息子の鵞峰がまとめた『羅山先生年譜』の慶長九年（一六〇四）の条に記載されているが、その頃に羅山自身がまとめたものである。建仁寺を去ってから、家で勉学に励み、惺窩と会って師事することを決意した時期まで、七、八年の記録とされる。そこには、儒教に関する書籍以外に、老荘などの先秦諸子、『文選』や李白・杜甫などの詩文集、『史記』・『漢書』といった史書、さらには仏教関係書や日本で書かれた書物（国書）まで、四四〇部あまりの書名が列挙されている。鵞峰によれば、すべてを熟読したわけではなく、部分的に読んだものも含まれているというが、それにしても、すさまじい「知識欲」である。

これらの書籍の多くは、購入したものではなく、所有者を聞きつけてはそこを訪問して借覧を願い、自分自身で、あるいは写字生を雇って写させたということであるが、こうしたところにも一族あげての援助があったのではないかと推測される。これらの書籍の所在を効率よく突きとめるためには、それなりの情報を入手する手だてが必要だと思われるし、建仁寺の僧侶や京都奉行の前田玄以らがいかに羅山の才能を高く評価していたにしても、一介の書生に過ぎない羅山にすぐに借覧が許されたとも思えないからである。

それと同時に、当時の京都、あるいはその周辺に多くの書籍が集まっていた事実を知ることができる。応仁の乱以後の戦乱で、京都の文化が衰えたといっても、公家や寺社、あるいは商家などには相当の書籍が残されていたのだろう。日明貿易でもたらされた中国の書籍や、あるいは文禄・慶長の役に際して朝鮮から奪ってきた書籍もあっただろう。羅山とは直接には関わらないだろうが、養安院の名で知られる曲直瀬正琳《まなせしょうりん》は、宇喜多秀家の妻の奇病を治し、秀吉から文禄・慶長の役で得た書籍数千巻を褒賞として与えられたという話が残っているし、惺窩の門人となった豪商の角倉了以は、書籍の収集でも知られ、晩年には出版業に携わるほどであった。それゆえ、さまざまなルートを経て京都に多くの書籍が集積され、そのなかに明代の中国で出版したり、さらにそれを朝鮮王朝で出版した儒教関係の書籍も多くあったに違いない。

このように羅山が活躍する条件は徐々に整えられつつあったと言えるだろうが、やはり羅山のような熱心な、ある意味常軌を逸した追究者——「求道者」と呼ぶには抵抗があるかもしれない——でなければ不可能ではなかったかと思われる。そこで、ここでは「既読書目」のなかでも儒教の典籍、それも朱子学関連の書籍に限ったうえで、若き羅山が夢中になって読もうとした書籍がどのようなものであったのかを検証することにしよう。羅山の若い頃に限定された話ではあるが、羅山を取り巻く知的環境ばかりでなく、羅山自身の志向性もそこから窺い知ることができるからである。

まず四書と五経、これは明代初めに勅命によって編纂された『大全』であっただろう。もちろん、博士家にはそれ以前の「注疏」も伝承されていただろうが、すでに博士家そのものが少なくとも四書の講義に関しては朱熹の新注を使用するようになっていたから、古注を見ることの方が難しかっただろう。「既読書目」では、四書はそれぞれの書名があげられているが、『大全』によって読んだと考えてよいだろう。朱熹の『四書或問』の書名も見え、そのほかにいくつかの注釈書、それも明代に出版された注釈書があげられているが、これについては後にまとめて触れることにする。

五経については、『儀礼』や『周礼』、『左伝』などは注疏の書名があげられているので、単本でも読んでいたようであるが、やはり『大全』で学んだと思われる。なお、羅山は壮年の頃の寛永年間に『十三経注疏』を通読し、さらに晩年には足利文庫に伝わる宋版本の五経と校勘している。足利文庫の蔵本は、江戸中期に山井崑崙《やまのいこんろん》らの『七経孟子考文』によって注目を浴びることになるが、羅山は早くからその重要性に気づいていた。こうした先見性にも注目する必要があろう。先見性は「啓蒙」に関わる重要な要素だからである。

「既読書目」のなかは『性理大全』も挙げられている。四書と五経の『大全』に加え、『性理大全』を読んでいたとなると、羅山は、明代以降の中国や朝鮮王朝で、朱子学の、あるいは科挙の標準とされた『大全』類はすべて見ていたことになる。科挙が行われていた近世東アジアではありふれた学習に過ぎないが、科挙のない日本でこうした標準的な学習を修得したのは、おそらく羅山が最初ではなかったかと思われる。当時の日本から見て先進地域であった明清や朝鮮王朝の標準化された学問としての朱子学に羅山が関心を向けていたことを示していよう。

ところで、この『性理大全』は、その名称から朱子学の「原理」に関する書物と見る向きも多いが、そして確かに北宋道学者や朱熹とその門人による「理気」「鬼神」「性理」に関する議論も輯録されているのだが、学問方法とか「君道」「治道」といった政治論、「道学」として系譜化された儒学者たちの学説、さらには歴代の王朝の歴史に至るまで、多くの必要な知識が盛り込まれていた。そして、なによりも重要なのは、『朱子家礼』と呼ばれる冠婚葬祭に関する儀式次第までもがそこに含まれていたことである。それゆえ、『性理大全』は朱子学に関する「原理」的な解説以上に、「実践」を説く書物であったと言うこともできる。

　羅山は、寛永六年（一六二九）に長男の叔勝を亡くした時、その葬儀を儒礼によって執行していた[3]。おそらく『朱子家礼』の喪礼に従ったものであったと思われるが、これは確認されているなかではもっとも早い事例とされる。羅山以前には、惺窩を援助した赤松広通が「三年の喪」を行ったという話が姜沆《カンハン》の『看羊録』に見えるが、広通の経歴と合致するような確証は得られていない。羅山の事例は、息子に対してであって、親に対するものではなかったが、朱子学では『朱子家礼』に示された喪祭礼の忠実な実践が「孝」の実践とされているから、儒教道徳を正しく実践しようという羅山の意志を確認することができる。よく知られている土佐の野中兼山が母親の葬儀を『朱子家礼』に従って行い、「草賊」の嫌疑を受けたのは慶安四年（一六五一）のことであるから、それよりも二十年以上も前のことであり、兼山に弁明の機会を与えて窮地を救った人物こそ羅山であった。

　話を四書に戻すと、羅山が挙げる四書に関する注釈書は、元代に書かれた張存中『四書通証』、程復心『四書図纂釈』のほか、鄭維岳『四書知新日録』、王納諫《おうのうかん》『四書翼註』、薛応旂《せつおうき》『四書人物備考』などがある。こうした明代の書籍は明末の万暦年間（一五七三～一六一五）に出版されたもので、比較的新しいものが多い。また著者も出版年代も不明であるが、『四書程墨訓蒙』という、「程墨」という語句から明らかに科挙を意識した書物も挙げられている。これらを見ると、羅山が手当たり次第に猟渉していたようにも見えるが、そこにこそ近世初頭の日本の儒教をめぐる問題が潜んでいたと考えられる。

明代全般における朱子学の動向をみると、初期には『大全』などが編纂されることによって、朱子学を絶対視する傾向が強かったが、それに批判的な見解も生まれていた。「既読書目」には見えないが、のちに羅山も目を通したと思われ、近世初めの日本の朱子学に大きな影響を与えていた蔡清《さいせい》の『四書蒙引』ですら、『大全』に引かれた諸説の矛盾を指摘するなど、単純な「羽翼」的作品ではなかった。やがて中期になると、こうした動きがさらに強まり、そのなかから朱子学を批判する議論、さらには陽明学も登場して、反朱子学的な運動がおおいにもてはやされた。ところが、明代末期になって陽明学が衰えると、再び朱子学が見直されるのだが、すでにして陽明学の影響を強く受けていたために、陽明学との折衷とも言える新たな潮流が生まれていた。東林党と呼ばれる人々の議論に陽明学の影があるという指摘は当時からすでにあった。『四書』の注釈でも、こうした朱子学系のものはもちろん、陽明学の議論を継承する人々、さらには朱子学も陽明学も批判して、独自の見解を主張する人々によって書かれたものもあり、そこに科挙用の虎の巻まがいの書物までも出版されるという、ある意味では思想的混乱期、百花繚乱とも言える混沌とした状態だったのである。

このことは経書の注釈書にとどまらず、個別の儒学者の著書についても同じであった。羅山が朱子学を擁護した薛瑄《せつせん》『読書録』（一五二五年刊）、詹陵《せんりょう》『異端弁正』（一五二六年刊）、羅欽順『困知記』（一五三四年刊）、陳建『学蔀《がくほう》通弁《つうべん》』（一五四八年刊）を読んでいたことは周知に属するが、これらだけを取りあげて羅山の思想的傾向を判断するには問題が残る。王守仁（陽明）に関しては『陽明詩集』という不確かな書名が見えるだけであるが、『象山全集』は見ていたようであるし、独自の性命論を展開して明代前期に活躍した陳献章の『白沙子』——これは『白沙子集』（一五三三年刊）のことであろう——も挙げられている。楊廉《ようれん》が編纂した『皇明理学（名臣）言行録』や張九昭編纂の『理学類編』といった書名も見えるから、「心学」に対する「理学」としての朱子学に羅山が関心を寄せていたのも確かであろう。前者は出版年代は不明だが、楊廉（一四五二～一五二五）の生没年代から、さきに挙げた人々とほぼ同じ頃にまとめられたと思われる。また彼は『伊洛淵源録』の新増版を出版したことでも知られており、「既読書目」に見えるものはこれであるかもしれない。後者は、書物の編纂そのものは元代末期であったものの、出版は嘉靖二十六年（一五四七）のことであった。

　こうした明代の思想状況に加えて、朝鮮王朝の動向も見逃せない。なぜなら、さきに挙げた『異端弁正』、『困知記』、『学蔀通弁』は早い時期から朝鮮王朝でも出版されていたからである。『異端弁正』は一五五二年、『困知記』は一五六〇年、『学蔀通弁』は一五七三年に、それぞれ出版されていた。[4] また『読書録』も年代は不明であるが、朝鮮版が出版されている。現在、内閣文庫には、江戸初期に書写され、羅山の所有印のあるこれらの書籍が所蔵されているが、あるいはいわゆる「朝鮮本」を写して羅山は読んでいたのかも知れない。羅山が読んだ陳淳『性理字義』が「朝鮮本」であったことはよく知られた事実であるが、さきに触れた『理学類編』や『新増伊洛淵源録』も宮内庁書陵部に所蔵されたものは「朝鮮本」である。それゆえ、さらに丁寧に調べてみると、羅山が目にした「朝鮮本」はもっと多いかもしれない。

三　羅山と「朝鮮性理学」

　羅山が朝鮮王朝の儒学者の著作を読んでいたことは、阿部吉雄氏に始まって現在に至るまで多くの指摘がなされてきた。[5]「既読書目」には、権近《コングン》『陽村集』・『入学図説』、李彦迪《イオンジョク》（晦庵）『中庸九經衍義』、徐敬徳《ソギョンドク》『花潭文集』、李滉《イハン》（退渓）『天命図説』・『朱子書節要』、李珥《イイ》（栗谷）『撃蒙要訣』・『聖學輯要』といった著作が挙げられている。そのほかにも中国の水運に関する記述で注目されている崔溥《チェプ》『漂海録』や、生六臣で知られる南孝温《ナムヒョオン》の『南秋江集』、柳希春《ユヒチュン》が編纂した啓蒙書の『續蒙求分註』ではないかとされる『續蒙求』など、興味深い著書も窺える。もちろん歴史や文学に関する著書もいくつか挙がっているが、ここでは触れないことにする。

これらの著作を多いと見るか、少ないと見るかは分かれるところだろうが、「朝鮮性理学」の発展を考えるうえで、もっとも重要とされる儒学者の名前がとりあえず含まれていたことには注意しておく必要がある。権近は、朝鮮初期、中国の元から明への移行期に活躍した人物で、高麗時代後期に中国から移入された朱子学を咀嚼して広めるという役割を果たした。その後、李彦迪や、李滉が『天命図説』として継承した鄭子雲《チョンジャウン》らによって朱子学への部分修正的な解釈が、さらには気の運動に着目した徐敬徳による朱子学への批判などが生まれ、それらの動向を整理する形で李滉によって「朝鮮性理学」が確立される。しかし李滉の解釈には朱熹の学説を逸脱するところがあるとして、李珥によって修正が図られ、それ以降はこの李珥の議論が主流を占めることになる。もちろん、かれら以外にも重要な儒学者はいるし、ここに挙げられたかれらの著作も網羅されているわけではないが、おおまかに「朝鮮性理学」が成立してゆく過程をたどれば、こんなところだろう。

ここで指摘しておきたいのは、現在の研究成果を知っていれば、上記のような図式が描けるにしても、それらが一緒くたに入ってきたとすれば、そう簡単には整理できないだろうということである。素材ともいうべき著書はあるにしても、そこから取捨選択するのは並大抵のことではなかったに違いない。羅山の優秀な頭脳をもってしても、それは容易ではなく、そこに羅山が惺窩に指導を仰ごうとした理由があったように思われるが、それについては後に述べることにしたい。

もう一つ重要なことは、李滉らによる「朝鮮性理学」の成立には陽明学への対抗という側面があったことである。現在の韓国では、李滉の思想を「もう一つの心学」とする研究者もいるほどである。李滉は陽明学を批判するばかりでなく、明代の羅欽順や詹陵などの批判では不十分と考え、朱熹の著作に遡って、その議論を再検証する必要性を主張した。そして、日常的な実践のなかでも修養の継続を強調し、『朱子家礼』の実践と、真徳秀『心経』の重視を説いたのである。『心経』は、明代に程敏政による附註（『心経附註』）が作られ、これが朝鮮王朝に広がるが、一方で程敏政は『道一篇』を著して、陽明学の成立に大きな役割を果たしていた。(6) なお、「既読書目」には陳淳『性理字義』も挙がっている。この著述は陳淳が陸九淵の学派が盛んになっていることに衝撃を受けて著されたものであるが、李滉は知識に傾いているとして批判的であった。もっとも羅山は『性理字義諺解《げんかい》』を著し、これは江戸時代を通じてよく読まれていた。

李滉と李珥との関係は、朝鮮後期にはそれぞれの継承者たちが政治的なグループにまで発展するような形で対立していたが、近代になるとそれを「主理派」と「主気派」という形而上的な理論の対立として描いたために、空疎な観念論的な論争とされてしまうことも多いのだが、むしろ李滉が日常的な「心の修養」を主張したのに対して、李珥はより社会性を帯びた実践を説いたと考えた方がよいだろう。羅山が目にした李珥の『聖學輯要』は、かれの主著の一つであるが、真徳秀の『大学衍義』を簡潔にまとめたものであり、それは日常業務が多忙な王のために著したものであった。また『撃蒙要訣』は、題名から分かるように初学者への啓蒙を図った著作であるが、朱熹を中心に編纂された『小学』の要点が分かることが意図されていた。李珥が、李滉と異なり、『心経』に対して冷淡であったことをつけ加えておくことも重要であろう。こうした李珥の活動によって、陽明学への対抗軸として生まれた「朝鮮性理学」としての朱子学は、より自分たちに適合した形、すなわち土着化された形で実践することが可能になり、やがて社会のすみずみにまで浸透して行くことになる。

このように見てくると、羅山が目にしたこれらの朝鮮王朝で生産された著作には、朝鮮王朝の思想動向に関する情報だけでなく、それが陽明学をたぶんに意識したものであったがために、陽明学をめぐる明代の思想動向と共通した問題に満ちあふれていた。羅山が対峙しなければならなかったのは、こうした雑然と目の前に積まれている大量の書籍のなかから、自分だけでなく、同時代の日本人のために必要な情報を選びだすことであったと思われる。

羅山が惺窩に会って朱陸異同の問題を尋ねたことについて、血気にはやった若き羅山が惺窩を試し、それに対して老練の惺窩が羅山を軽くいなしながらも教え諭したとするのがこれまでの一般的な解釈であるが、いままで述べてきた中国・朝鮮王朝の思想的な展開を考慮すると、羅山はこの問題について惺窩がどう判断しているか、率直に聞きたかったのだと思う。それほどまでに朱陸異同の問題、言い換えると陽明学とどう向かい合うかという問題は、当時の日本の儒学者にとって直面する大きな課題であった。羅山よりも年下で、やはり惺窩の門人であった松永尺五に学んだ安東省菴（一六二二～一七〇一）が朱舜水に最初に尋ねたのは、やはり朱陸異同の問題であった。また両者の中間に位置する中江藤樹（一六〇八～四八）が陽明学を選択し、山崎闇斎（一六一八～八二）が李滉に触発された朱子学に進んだことを参照すれば、標準化された儒教がなかった日本では、自らの指針となるべき儒教を選びだすことは容易なことではなかっただろう。

陽明学といっても、現在の研究で「王学左派」とか「良知現成派」と呼ばれる過激な議論から穏健な主張までいくつものグループに分かれていたし、朱子学も、「朝鮮性理学」まで含めると、李滉の主張を「王学左派」の対極におけば、その中間に李珥や明代朱子学者の議論を配置することができるほどに多様であった。もちろん、これは現在の研究成果を参照した見取り図であり、羅山をはじめとする当時の日本の儒学者にとっては、未整理の大量の情報を前にどこから手を付けるべきか途方に暮れるような状況であっただろう。そうした混沌とした事態を解くカギが朱陸異同という問題、すなわち現代風にいえば、人間の理性と欲望をどのようなものとして理解し、どのような修養によってそれを調停するかという問題であった。最初にも述べたように、これは朱子学が誕生する頃からの根本的な課題であったのである。

後年の羅山が、朝鮮からの使節に「朝鮮性理学」における「四端七情」論争――これは、李滉の理気互発説に対して、若い奇大升《キデスン》が朱熹からの逸脱を指摘し、両者が書簡によって議論を闘わせたもの――を執拗に訊ね、若き将軍家光からたしなめられたという逸話も、相手の国情をよく知っているという外交上の戦術もあったのだろうが、従来のような知識のひけらかしという理解ではなく、自分なりの儒教の選択、すなわち李滉ではなく、李珥の方向性を選んだことへの確信を得たかったためと考えるべきであろう。ただし、その頃の朝鮮王朝では、「四端七情」論争はすでに過去のものとなり、社会的な実践をめぐる問題、たとえば「礼訟」問題という、慣習化されてきた王朝儀礼にどこまで『朱子家礼』を反映させるかという論争などに焦点が移っていたから、思ったほどの成果は得られなかっただろうが、それでも答えあぐねている相手の態度などから、羅山は自分の選択に自信を深めたに違いない。

四　羅山の朱子学

羅山が選択した朱子学とは、明代後期になって陽明学が下火になり、社会的実践としての朱子学が再び脚光を浴びるようになったもので、朝鮮王朝で言えば、李珥以降のやはり社会的実践を重んじたものであったと考えられる。羅山からすれば、陽明学も、それへの対抗を意識した李滉の「朝鮮性理学」もすでに時代遅れだと映ったのではないだろうか。たしかに儒教は「修己」、すなわち「己が為にする」ことを基本とするが、同時に「治人」、すなわち社会的な実践もまた必須であった。儒教の名の下に生産された多くの有益な知識を習得し、それを世の中に広めるという「啓蒙」的な活動こそ、新しい時代にふさわしい新しい学問だと羅山は考えたに違いない

このように考えると、惺窩が羅山を家康に推薦したことも理解できる。惺窩が道徳的修養を重んじ、それを羅山に説いていたのは事実であるが、羅山が社会的な実践に進もうとしたことを惺窩は認めていたのではないだろうか。評価に値しない人物を推薦することは、自分に対する評判に傷がつくばかりでなく、惺窩自身の生き方にも反しよう。羅山が家康に仕えたことは、同時代からすでに「物読み坊主」と批判され、近代になると「歩く図書館」といった揶揄も投げかけられているが、家康や諸大名への「啓蒙」に必要なことが、経学的な儒教の議論や自己修養の方法論ではなく、かれらが必要とする広範囲な知識にあったことは容易に想像がつこう。家康や幕閣の求めるところと、羅山が目指したものとが合致したがゆえに、羅山は庶人出身の「儒学者」として初めて採用されたのである。

羅山の経学的な著述とされる『春鑑抄』と『三徳抄』については、たしかに『春鑑抄』は『論語』と『孟子』の、『三徳抄』は『大学』と『中庸』に関する議論が、朱熹の『四書』解釈を敷衍する形で説かれていて、儒学者に向けた議論の書ではなく、一般向けの、といっても大名や上級武士を対象にした入門書であった。こうした「抄物」とか教訓書の類は、思想史研究ではあまり高く評価されないが、思想の独創性を重視し、その後世への影響とか、現在における意義を重視するのは近代の弊害であり、「啓蒙」的な活動にそれを求める必要はない。いかに要領よく元になる書物のポイントが押えられているか、いかにすんなりと理解できるように記述されてい

るかが重要で、その意味では羅山の多くの著作はよくできていると言えよう。

経学以上に重要なのは、『多識編』を著して、『本草綱目』などの実用的な知識を抜粋して紹介したことである。すでに「既読書目」に書名が見える『本草綱目』は、明の李時珍がまとめた多彩な事物世界に関する著述であるが、それが一方で「格物致知」の「格物」を徹底することでもあったことにもう少し注意を払う必要があろう。このことは、南宋の桂万栄が編纂した裁判記録の『棠陰比事《とういんひじ》』――これは朝鮮の刊本であった――の訓読・出版から、『諺解』『加鈔』といった解説本の執筆まで、その流布に尽力したことにも見ることができる。古代から評価の高い裁判例を知ることは、それによって多様な人情世界に通底している「道理」を理解するという点で、これもまた一つの儒教的な社会的実践であったからである。

また『棠陰比事諺解』が紀州藩主徳川頼宣のために著されていたことは、比較的早い時期に福岡藩主黒田長政のために『巵言抄《しげんしょう》』という教訓書を著したのと同様に、多忙な藩主のために政治に有効な知識を要領よく理解させるという点で、さきに触れた朝鮮王朝の李珥の事績を想起させ、朱子学を広めるための「啓蒙」的な活動と見ることができる。さらに羅山が一般向けに著した教訓書とされる『童蒙抄』が、明代に編纂された『明心宝鑑』から多くの材料を得ていることはよく知られた事実であるが、これが朝鮮王朝において子弟教育の教科書として用いられていたもの――一五四五年出版の清州本――を利用したのではないかという説もある。『明心宝鑑』は中国でも多くの版本があるので即断はできないが、朝鮮王朝で出版された『明心宝鑑』の抄略本（一五五〇年刊）に李珥の序跋が付されていたのは偶然にしてはよくできすぎている観がある。

こうした羅山の「啓蒙」的な活動は、すでに多くの論者が指摘しているように、(7) 兵学から歴史学、さらには文学の領域にまで広く及んでいる。そして、それらが近世日本における最初の事例となっていることも贅言を待たないだろう。ここでは、紙幅の関係から、それらの業績について語ることはできないが、そうした著作の目的が、儒教的な「知」に還元することに目的があった点に注意を喚起しておきたい。日常的な経験を「知」の体系に照らし合わせて了解することが「実践」におけるもっとも重要な認識行為だとするならば、これまでの仏教に基づく「知」の体系に代わるものを提供すること、そして、それを用いた「実践行為」を実際に示して見せることは「啓蒙」の最たるものだと言えよう。羅山の多くの著述はまさにそのためになされたものであった。

このように見てくると、羅山が選択した種類の「朱子学」は、羅山の「既読書目」にはまだ見えていないが、明末清初の「経世致用の学」と呼ばれる、社会改革の実践を模索した思潮とそう遠くないものと推測される。顧炎武・黄宗羲・王夫之といった十七世紀前半の儒学者の名を挙げると奇妙に映るかもしれないが、近世東アジアの大きな思想動向を考えると、個的な修養から社会的実践へと問題関心が移行してゆくのは確かな歩みで、朝鮮王朝における李珥以降の儒学者や、陽明学の影響を受けながらも朱子学を見直そうとした東林党などは、そうした潮流の始まりと見ることができる。そして、こうした動向のうねりをいち早く感知し、これこそが新しい儒教だと羅山は理解したと考えられる。

ただ、羅山が見逃していたことがあるとすれば、思想的営為がつねに最新流行の知識を追い求めることではないということであろう。羅山が自信をもって広めていた新しい学問が知識に傾斜していて、自己修養をおろそかにするという危険性を嗅ぎとり、羅山が時代遅れと見なした「陽明学」と「朝鮮性理学」にかえって可能性を認める人々が登場する。中江藤樹が陽明学を選択し、山崎闇斎が李滉に触発された原理主義的な朱子学に進んだことが、それである。藤樹は、王守仁（陽明）による朱熹批判の根拠が正当ではないことを知りながらも、その「心」の修養を強調する主張――正確には「王学左派」の主張――に感銘を受けて、あえて陽明学を選んでいた。

また闇斎は、藤樹の主張に影響されて陽明学が盛んになり始めた状況に危機感を抱き、明代の朱子学ではそれを防ぐことはできないと考え、李滉の「朝鮮性理学」から朱熹そのものの思想にたどりつこうとした。

かれらがいちように羅山の僧形、すなわち剃髪して家康に仕えたことを厳しく批判していたことは、かれらが「修己」という「心」の修養をいかに重視していたかを物語っていて、当時の思想状況における問題の所在がどこにあるかをよく示している。それは仏教対儒教というような形式的な議論ではなく、「修己」を日常生活の中でいかに確保するのか、そのための方法とは何かという、儒教における「実践」の本質的な問題であった。姿形は内面の表れそのものにほかならないからである。

かくして近世日本の儒教は、一面では古い問題を蒸し返すような形で、一面では儒教というものを自分たちに見合うようなものへと変換しながらそれに馴染んでゆくという形をとって展開されてゆくことになる。羅山は、こうした近世日本、さらにはそれをひきずりながら、西洋的な「知」の体系に置き換えようとした近代日本における「知識人」の出発点として記憶されるべき人物であった。

注

（1）羅山の伝記としては堀勇雄『林羅山』（人物叢書一一八、吉川弘文館、一九六四年）、宇野茂彦『林羅山・（附）林鵞峰』（叢書・日本の思想家二、明徳出版社、一九九二年）、鈴木健一『林羅山』（ミネルヴァ日本評伝選、ミネルヴァ書房、二〇一二年）、揖斐高『江戸幕府と儒学者』（中公新書二二七三、中央公論新社、二〇一四年）などがあり、年代が新しくなるにつれて評価が高くなる傾向にあるが、東アジア全体の儒教の動向のなかで羅山を分析する点では物足りないように思われる。

（2）「既読書目」は、京都史蹟会編『林羅山詩集』（弘文社、一九三〇年）に附録として収録された「年譜上」による。

（3）羅山と『朱子家礼』および近世日本における『朱子家礼』の問題については、吾妻重二「日本における『家礼』の受容」（吾妻・朴編集『朱子家礼と東アジアの文化交渉』汲古書院、二〇一二年）に簡潔にまとめられて紹介されている。

（4）この情報については、李豪潤「16世紀朝鮮知識人の「中国」認識――許篈の『朝天記』を中心に」（立命館大学コリア研究センター『コリア研究』二号、二〇一一年）から得た。李氏は同論文で、金容載「陽明学의 形成過程에 関한 歴史・哲学的考察――明朝鮮思想史中心」（『韓国哲学論集』一二、二〇〇三年）を参照したと注記している。

（5）阿部吉雄『日本朱子学と朝鮮』（東京大学出版会、一九六五年）では、「朝鮮学者の編著注解一七部、朝鮮撰述の支那撰述本十数部以上」で、「必ずしも多くなかったと思う」と阿部氏の見解が示されている。数量的にはそうかもしれないが、質的な問題はこれまで十分に検討されてこなかったように思われる。

（6）詳しくは、拙稿「東アジア儒学史における『心経附註』」（研究代表吾妻重二「東アジアにおける伝統教養の経世と展開に関する学際的研究：書院・私塾教育を中心に」の「研究成果報告書」（二〇一三年））を参照のこと。

（7）羅山の著述活動については、前掲注1で挙げた書籍のほか、神谷勝広「羅山と知識の伝播」（『名古屋文理短期大学紀要』二二号、一九九七年）、成海俊「林羅山の朱子学の発展と朝鮮の書物」（立命館COE近世学問都市京都研究会主催国際シンポジウム「近世京都の学問と東アジア」二〇〇三年十月における研究報告）、西中研二「羅山と『東国通鑑』について」（『筑波大学大学院人文社会研究科『国際日本研究』5号、二〇一三年）などを参照されたい。

附記　中国および日本の儒学者等の読み方は、通例に従って日本の漢字音を「ひらがな」で表記し、朝鮮王朝の儒学者等については韓国語音を「カタカナ」で表記した。

林羅山の儒仏論
——『野槌』和文序を緒として

川平敏文

はじめに

慶長九年頃、相国寺の舜上人《しゅんしょうにん》と呼ばれていた藤原惺窩が、深衣道服を着して形のうえからも儒者であることを宣言したのは、ひとり惺窩にとっての転機であったばかりではなく、わが国の思想史においても象徴的な出来事であった。[1] それまで、おもに五山の学僧たちによって、仏教学の一環として研究されてきた朱子学が、文字通り独立したことを意味するからである。

そしてこのような「転向」は、ひとり惺窩のみに止まらず、幾多の追随者を生んだ。就中、建仁寺において研鑽を積んだ林羅山が惺窩に入門したのは、惺窩の深衣道服に続く思想史上の第二の事件であった。羅山が本邦の朱子学——というよりは、より広く儒学の普及に果たした功績は計り知れない。

彼は、家塾で子弟や門人を直接教育しただけではなく、儒学啓蒙的な著述を数多く刊行して、この学問がいかに当世必須のものであるかを世に訴えた。羅山が思想家として、どれだけ朱子学の深淵に辿り着けたのか、あるいは儒学者として、その職能をどれだけ全うできたのかについては、たしかにあまり芳しい評価は下せないのかもしれない。しかし、一般に儒学思想そのものが明確な輪郭をもって捉えられていなかった時代に、鬱蒼たる森林をほとんどひとりで伐り開き、朱子学という田地をまがりなりにも開墾したのであるから、まずはその功業の超絶を、正当に評価しておかねばならないだろう。

鬱蒼たる森林――、これは彼の前に立ち塞がっていた古い世界観を喩えてそう言ったのであるが、そのような世界観の代表は何と言っても、彼もまた少年時に深く修学したところの、仏教思想であった。この仏教思想に対する彼の抗弁は、生涯に亙って為されることになるが、その中でも比較的広く流布し、影響力も甚大であったと考えられるものに、徒然草注釈書『野槌』（元和七年序・刊）がある。

本書は徒然草の注解であるから、基本的にはこれまで、文学研究（徒然草研究）の視点からのみ、その価値が定められてきた。しかし、本書において展開される仏教批判は、後代、特に万治・寛文頃にかけて盛り上がってくる儒仏論争の、いわば口火を切ったものと言える。すなわち『野槌』は、たしかに徒然草の注釈書ではありながら、同時に一種の思想論書でもあった。

筆者はこのことについて、拙著『徒然草の十七世紀』（岩波書店、二〇一五年）第一部第三章にてその大体を述べたが、本稿はこれを補うものとして、『野槌』の編述意図が奈辺にあったか、あるいはそこにどのような思想的特色があったのかを、その和文序を緒として考えてみたい。

一　『野槌』和文序を読む

『野槌』の和文序は、羅山が本書の編述意図を語ったものとして非常に重要な資料であるが、しかしその難解さゆえか、これまでその真意が十分に究明されないまま放置されてきたように思われる。よって正確な解釈に辿り着くために、やや迂遠な方法ではあるが、慎重に語釈を施しながら読み解いてみたい。以下、原文を三節に分けて考えていく。

第一節

①人の心をたねとして、よろづのことくさとなれるといふ。②この道かのみち、ことならぬ事なり。③五のたなつものゝたねは人の心なれば、そのおふるところは、④めぐし、ひたすことはりなり。世にうまれたるもの、いづれか此心なからん。仏も此たねよりぞ出けるに、かへりてたねをたゝむとにや。いとあやしかりけり。

①「人の心をたねとして」云々は、言うまでもなく、『古今集』仮名序の「やまと歌は、人の心を種として、よろづの言の葉とぞなれりける」による。

②「この道かのみち、ことならぬ事なり」とは、ここだけでは分かりにくいが、後文で仏教が批判的に取り上げられるところからすれば、「この道」＝儒教、「かの道」＝仏教を指すと思われる。後述。

③「五のたなつもの」とは、五穀のこと。ここでは五常（仁義礼智信）をそう喩えたのであろう。羅山の儒学啓蒙書のひとつ『春鑑抄』（寛永六年刊）に、「仁」を説明して、

心ト云モノハ、タトヘバ五穀ノ種ノゴトキゾ。種ニハ、生ヘ出ル理ヲフクンデアルハ、性ト云モノゾ。心ノ種ノ生ヘイデタルハ仁也。人ノ心ニ仁ヲフクンデアルヲ、ソレソレニ行ヒアラハスハ、タトヘバ、モノ種ノ早ヤ生ヘイデタヤウナゾ。

（傍線は川平が付した。以下同じ）

とある。人の心は五穀の種のようなもので、仁はそこから自然に生い出でた芽のようなものであるというのである。

④「めぐし、ひたす」は、愛しみ育てることで、いずれも万葉語。

これらを踏まえ、言葉を補いつつ本節を解釈すれば、およそ次のようになろう。

――人の心を種として、そこから全ての言葉は生まれるという。この道（儒教）と、かの道（仏教）とは、（心を種として生まれたという点で、）元来異なるところはない。五常の種は人の心なのであるから、そこから生い出でた言葉は、愛しみ育てるのが当然である。世の中に生まれ出た者で、この、心がない者などいようか。仏もこの種（心）から生まれたものなのに、かえってその種（心）を絶とうとするのは、理解できないことだ。

第二節

凡、木草⑤の名をしりて、たねをたづぬるごとく、ことばをしりて、其心をきはめしるこそめでたけれ。其⑥まちく〱わひだめあるにたとふれば、道⑦ははじめもあり、おはりもあり。これぞまことにひじりのをしへなりける。[⑧]この道かの道、うちとなし。すぎたるはをよばぬにおなじきゆへに、まよひてよからぬことになりぬ。

⑤「木草の名をしりて」云々とは、草木の名を知ってその種を尋ね知るように、言葉を知ってその心を尋ね知るのは大切なことだ、ということ。ここには、事物に即しつつ遡及的にその本質（理）を見極めていくという、朱子学における「格物致知」の考え方が、その背景にあるだろう。

⑥「其まち〱わいだめあるにたとふれば」とは、それぞれに違いがあることに喩えれば、の意。ここでまた、儒教と仏教との差異が問題にされる。

⑦「道ははじめもあり、おはりもあり」とは、仏教における「道」の無限性と対比させつつ、儒教におけるそれの有限性を述べたものであろう。これについては、羅山が『性理字義』を分かりやすく読み解いた『性理字義諺解』（寛永十六年刊）巻五「仏氏、道ヲ言フノ差《たが》ヘル事ヲ論ズ」の条が参考になる。

> 仏氏ハ空ヲ以テ宗トス。未天地アラザル先ヲ以テ吾真体トシ、天地万物ヲ以テ幻化トシ、人事ヲ以テ粗迹トシ、悉クニ退ケハラツテ、一ニ真空ニ帰スルヲ道ヲ得タリトス。道ハ本是《もとこれ》、人事ノ理ナルコトヲ知ラザルナリ。……人事ヲ離レテ別ニ道アラズ。道ハ事物ノ理ナリ。イカンゾ事物ヲハラヒステンヤ。是、仏氏ノ差ヘル処ナリ。

仏教における「道」とは、天地万物に先んじて存する「空（真空）」という、茫漠として実体のないものであるが、儒教における「道」とは、人倫を束ねるための秩序という、明快で具体的な輪郭を持っている。そのような限定性・具体性を「はじめ」と「おはり」に喩えたのではないだろうか。

⑧「この道かの道、うちとなし」とは、儒教も仏教も「心」から生まれたという点では内も外もない、ということを言わんとしたものと思われる。仏教者が仏典を「内典」、それ以外の書籍を「外典」と呼んで区別することなども意識されているのだろう。

すなわち、本節は次のような解釈としてまとめられる。

――およそ草木の名を知ってその種を尋ねるように、言葉を知ってその心を尋ねるのは大切なことだ。その（仏教と儒教との）区々差別あるところに喩えて論ずれば、（仏教は、道を無限的な存在と考えるが、）道は始めもあれば、終わりもある。これこそ、本当の聖の教えというべきものである。（仏教は、わが道を内とし、その他を外とするが、）儒教と仏教は（もともと「心」を基点とするという点で、）内も外もない。過ぎたるは及ばぬがごとしというけれど、仏教はそのとおり、迷って心を廃してしまい、よからぬことになってしまったのだ。

第三節

むかしちはやぶる神世に、かやのひめを[8]『のづち』ともいへば、[9]草のたねをつれ〲しるして、「のづち」となづく。[10]五のたなつもの、わかたぬ世のしれものにしめさむとおもふ心の、[11]もとより草木の理にふたつなきゆへなるべし。[12]かのとのとりのとしの秋、夕顔のちまたにて、露をしたて筆をすゝぎ侍る。

⑧「のづち」というのは、『日本書紀』に出る草木神・草野《かやの》姫の別名。

⑨「草のたねをつれ〴〵しるして」というのは、徒然草の言葉の「たね（心）」を、つらつらと記して見せようということ。

⑩「五つのたなつもの」は前述のとおり、五常の喩え。それを「わかたぬしれもの」とは、学問が未熟なため、その分別がつかない愚か者ということ。

⑪「もとより草木の理にふたつなきゆへなるべし」とは、本書（『野槌』）を執筆しようとしている、私の心の中にある「理」と、草木に宿っている「理」とは、もともと同じだからである、という意であろうか。このあたり、やや文意が取りにくいが、朱子学における「理一分殊」（万物はその形こそ異なれ、同一の理が宿っているということ）の考えを述べていることは確かであろう。(2) 羅山の朱子学啓蒙書『三徳抄』（寛永頃刊）巻下に、

凡《およそ》、天地ノ間ニ生ル、者、皆陰陽・五行ヲウクル也。其気ニ不同アルユヘニ、草木アリ、鳥獣アリ、人倫アリ。…去レバ、其心中ニ万物ノ理ヲソナヘテ、天地ノ気ヲソノ気トシ、天地ノ心ヲ其心トシテ、道理ト心ト一ツトシテカハリナシ。此心アキラカニシテ、思フ所モ云フ所モ行フ所モクラカラヌヲ、「明徳ヲ明ニス」ト云也。

とあるような言説が参考になる。

⑫「かのとのとり」は、辛酉で元和七年。「夕顔のちまた」は、羅山の庵号（夕顔巷）を踏まえる。『惺窩先生倭歌集』第五に、「元和五年の春、夕顔巷の詞かきて道春にをくれりける」との題で、夕顔の花について羅山とやりとりした模様が記される。その際、羅山は、「をのれ、さるかたのたぶせのふせいほもたるに、その

青きかつらのはひもこよれば、ゆうがほの巷といふ三文字を、ひとひらの版にゑりつけて、かけつ」と言っている。

以上をまとめれば、次のような解釈になろう。

——昔、神代に草木神・草野姫は「野槌」とも名付けられたので、私はこの草（徒然草）の種をつらつら記して、「野槌」と名づけよう。五穀（五常）の区別がつかないような愚昧な者に示そうと思ったからであるが、そのような私の「心」は、もとより草木を統べる理と等しいから、この書名が適当なのである。元和七年の秋、夕顔巷と名付けた我が書斎にて、露でもって筆を濯いだ（本書を脱稿した）。

二　従来説の検討

こうして見てくると、この和文序は、朱子学的な発想法に彩られたものであり、仏教思想との対決をメイン・テーマにしていたことが分かってくる。『野槌』がそのような意図で編述されたものであったことは、初版本系の修訂版『野槌』に新たに附された、肥前の杠《ゆずりは》宗之なる人物の序文(3)（寛文二年八月、「重校野槌序」）からも窺える。ある者が『野槌』の態度についてこう言った。「黄山谷いわく、『蘇東坡の文章は天下一品であるが、彼の欠点は、好んで人の悪口を言うことだ。けっして真似してはならない』(4)。本書（『野槌』）で羅山が兼好を批判するのは、あの東坡と似たような態度ではないか」と。それに対する宗之の答え。

曰く否。然らず。兼好が草、国俗之れを好むこと久し。其の漸く既に膏肓に入る、夫《か》の老仏に淫する者の如き、観る者益《ます》ます之れに淫す。先生（＝羅山）、老仏に淫する者に遇ふ毎《ごと》に、戈を操つて之れに敵《あた》り、精理を以て之れを折《くじ》く。人をして我が儒の崇むべく、異端の攻《をさ》むべからざることを知らしむ。其の功、浅々ならず。若《も》し夫れ兼好が草、尽く焉《こ》れを信ぜば、則ち向《さき》に所謂る孟子の言、是と為んか、非と為んか、択ばざるべからず。古来本邦の学者、漢唐の訓詁を執して宋儒精微の理を知らず。惺窩師先に唱へ、先生後に和す。而して還《この》かた、仁義道徳の学、我が日域に炳如たり。然りと雖も、窮郷晩達の士、師無く書に乏しき者、孔孟程朱の道を聞《きか》まく欲するも、門径の得て入るなく、善師の得て導く無し。徒《いたずら》に性質の美を空ふす。此の書（＝『野槌』）の在る有り、熟読して得ること有らば、充棟何ぞ佗に数千百歳の下、杏壇の化雨に沐浴し、霽月春風の中に坐了して、五典以て徽《よく》し、六経以て明かならん。偉なるかな、此の書。詰る者、唯々《いい》す。

（原漢文）

宗之はまず、羅山が兼好を批判するのは、儒学の教えをまだよく知らない一般的な日本人が、徒然草を読んでますます老仏――ここでは老荘思想も仏教の同類として併称されている――の思想に淫してしまうのを防ぐためである、という。そして、地方に住まう晩学の徒や、貧しくて良師を得られぬ者にとって、『野槌』は惺窩・羅山らが広めた新しい儒学（朱子学）を学ぶための、恰好の入門書となるであろう、と結ぶ。すなわち、仏教との差異を明確にしながら、朱子学を世間一般に紹介すること、それが『野槌』編述の核にある態度であると、宗之は見ているのである。その態度の高邁さ、その功業の偉大さにおいて、東坡とは一線を画すものだと。

かつて小高敏郎は、『野槌』について、「（徒然草の）各段の内容に対するその論評は、偏狭な朱子学者的立場を脱し得ず、徒然草の思想や、文学的興趣についての味到を欠く」（『近世初期文壇の研究』一九六四年、一七〇頁）と評した。しかし、右に見てきたような羅山の主意からすれば、それはまったく的外れな論評であったということになる。また島内裕子は、『野槌』は羅山がなかなか世に用いられず、雌伏を強いられている時期に、「自身の思想や知識・教養などの自由な開陳を目指した書物であり、この注釈を通して、羅山は「雌伏」の時期の精神の居場所を見出したのではないだろうか」（『徒然草文化圏の生成と展開』二〇〇九年、一五九頁）と述べているが、このような内向的・自己完結的な『野槌』の位置付けでは、甚だ不十分と言わざるを得ない。『野槌』は徒然草という古典を利用した、羅山の戦略的な儒学啓蒙書とでもいうべき性格が強い。むろん博学多識の羅山である、その編述意図はそれのみに限られていたわけではなかろう。しかしこの点を特記しない『野槌』論は、その最も肝要な部分を見誤っているのである。

ところで近年、浮世草子作者・井原西鶴を論じて、この『野槌』和文序に言及したものに、広嶋進「西鶴浮世草子と『徒然草』注釈書」（『西鶴新解』所収、ぺりかん社、二〇〇九年）がある。西鶴は晩年、徒然草から大きな影響を受けているが、それは、徒然草には「人の心」が描かれているという、徒然草注釈史における共通認識を一つのステップとしていた、そしてそのような認識の発端とも言えるのが、この『野槌』和文序であった、というのがその主旨である。広嶋は『野槌』和文序を引用しながら、次のように述べる。

「人の心をたねとして、よろづのことぐさとなれるといふ」。この一文は『古今和歌集』仮名序の引用であるから、「やまとうた」が主語である。しかし、そのあとに「この道かの道、ことならぬ事也」とあり、「和歌の道だけではなく諸々の道」においても事態は同様で、「人の心をたねとして」「よろづのことぐさ」が形成されていると述べている。

（三一九―三二〇頁）

『野槌』和文序において、「心」が強調されているという広嶋の着眼点には大いに賛同するが、「この道、かの道」を、「和歌の道だけではなく諸々の道」と捉える理解には従えない。上に述べたように、ここは己れの信奉する儒教（この道）と、仏教（かの道）とを対比させていると見るべきだろう。

なお「人の心のたね」という言葉については、羅山には次のような使用例も認められる。徒然草・第六段で、子孫はいないほうがよいと、兼好が述べている部分についての評である。

彼《かの》山林寂寞をこのむ者、みづから私をたてゝ子孫なからんとす。人の心のたねならんや。かれ仏老を好て、父子をすて、夫婦をはなるといへど、仏老もとより子孫なきにあらず。

子孫を残そうとするのは、人間の本能とでもいうべきもの。そのような「人間らしさ」のことを、羅山は「人の心のたね」と表現している。そうして、それは仏老の「非人間的」な思想との対比において使用されているのである。このことも、『野槌』和文序についての私の解釈を補強してくれるであろう。

三　「情」の基本的肯定

さて、この「人間らしさ」とは何かという問題を考えるとき、羅山が仏老と儒学との決定的な違いとしてしばしば取り上げるのが、「情」についての認識である。徒然草・第一二九段で、兼好は、分別のつく大人でも、喜怒哀楽といった虚妄の心の動きを、何か実体のあるものだと思い込んで、惑わされてしまうものだ、と言っている（「おとなしき人の、喜び怒り悲しみ楽しむも、皆虚妄なれども、誰か実有の相に着せざる」）。その箇所についての『野槌』の論。

禅法には、流れに随て性を認得すれば、喜びも無く憂いも無しといふ、仏祖の頌有。台教にも、不起一念の所を空刧以前とさし、威音那畔《イヲンナハン》といひ、道家には混沌未分といひて、真空よりみれば、喜怒哀楽の七情もこと〲く虚妄なりとす。されど断絶しがたき事、水上にうかべるひさごを、杖にてをさへんとするに似たる故に、起念の瓢、不生の杖と、台家に論ぜり。吾儒より見れば、寂然感通の理、未発已発の中、いかんぞ七情をすてんや。是真実にして虚妄にあらず。（読解の便のため、一部、漢文を書き下している。以下同じ）

朱子学において、「心」は、万物に通同する普遍的な真理としての「性」と、それが物に触れて発動するところの「情」とによって構成されていると見られる。その意味で喜怒哀楽といった七情は、人として当然の「心」の動きということになる。「情」というのは、水上に浮かぶ瓢のように、杖で突っついても自然と浮き上がってきてしまうもの。仏老はそれを「虚妄」として誡めるが、儒学ではこれを理と同じく「真実」と捉えるのだ、というのである。

こうした考えを、羅山はもちろん朱子学から学んだものであろうが、『羅山林先生文集』巻七五・随筆・第六八条によれば、それは惺窩の直伝するところでもあったようである。

惺窩余に語りて曰く、未発の中、一変して釈氏に陥る。戒めずんばあるべからず。是、李延平の朱子に教ゆる所以なり。釈氏は性を以て空と為し、禅者は知覚運動を以て性と為す。告子が云ふ所、生之れを性と謂ふ是なり。我が儒は性を以て実と為し、理と為す。所謂天命、之れを性と謂ふ。即ち未発の中なり。

（原漢文。本書からの引用、以下同じ）

まず惺窩は、かつて李延平が朱子を諭したように、(5) 宋学において「未発の中」と呼ばれる心の状態は、仏教がいうところの「空」の状態とよく似ており、その謬見に陥りやすいので用心すべきだとする。そうして、釈氏・禅者・告子における「性」の捉え方と、儒学におけるそれとの違いについて、儒学のそれは「実」であり、「理」と考えるところに特徴があると言う。また、それは「天命」というに同義であって、「未発の中」というもこれである、と述べる。

これを受けて羅山は、徒然草・第二一一段の注釈において、この問題を自然なる「情」の表出、すなわち宋学において「已発の中」と呼ばれる心の状態の問題へと展開して、次のように言っている。

喜怒本来なきものなりと云は、仏氏の心也。虚舟のつながざる、人の舟にあたらば、誰か怒ん。無心にして、喜怒に応ずるは荘老の用心なり。故に李愿仲が朱文公にしめす時に、「未発の中、一たび変じて釈氏に陥る」といへるは、是をそりて《（ママ）》なり。

七情は人心の用にして、あらではかはなぬものなり。……喜怒は聖人もある事なり。喜怒すべき時に喜怒するを、已発の中と名づけ、其理そなはれどもおこらざる所を、未発の中と名《なづ》く。顔子が怒を遷さずといへるも、すでに怒べきときにいかりて、又それを他へうつさゞる義なり。（『野槌』）

喜怒哀楽といった七情は、凡人だけではなく聖人にも具わっているのであって、それ自体は何ら否定すべきものではない。ただ、それを状況に応じて適切に制御できるかどうかだけが問題となる、と。このような、いわば「情」の基本的肯定という姿勢、およびその延長線上に展開される人間観が、近世前期の和学、および文芸創作の場にも少なからず影響を与えたであろうことは、拙稿でも指摘した通りである（『徒然草の十七世紀』第二部第一章）。人間の「情」というものを否定的に捉えるのか、肯定的に捉えるのか。これは個人の人生観を変えるほどの大きな問題で、儒学が新しい世界観として世の中にアピールするには、恰好の論点であったはずである。

四　『儒仏問答』との比較

ところで、羅山が親友である松永貞徳に対し、仏教についての不審十八箇条を書き送ったものに、「自駿府遺頌遊状」がある。そして貞徳が、その十八箇条に対して一々に詳しい返答を行ったものが、後にまとめられ、『儒仏問答』と題して刊行されている。

大桑斉・前田一郎編『羅山・貞徳『儒仏問答』註解と研究』（ぺりかん社、二〇〇六年、以下『研究』と略称する）は、この『儒仏問答』に詳細な注釈を加え、かつ充実した三本の論考を収めたものである。その論考のひとつ、大桑斉「羅山貞徳論争の年次と論点」によれば、羅山と貞徳の間でかかる書面の遣り取りが行われたのは、慶長十一、二年頃だという。また本書が後に『儒仏問答』と題して刊行された年時は、寛文十年版『書籍目録』にその書名が見えるからそれ以前ではあるが、貞徳の没後、すなわち承応二年以後のことであろうと推測されている。筆者も本書の刊行年時については、儒仏論争書が盛んに刊行され始めた寛文年間が妥当なところではないかと見ている。

だとすれば、本書の最終的な成立は、論争が行われた時点からすれば六十年以上も経過していることになり、その内容が論争の原型をそのまま留めているかについては、いささか不安を拭いきれないところもある。(6)しかし、羅山の質問状（「自駿府遣頌遊状」）は、その子息鵞峰による万治二年の奥書をもつ『羅山林先生外集』巻一〇（写本）にも収録されているし、また貞徳の返答内容にしても、彼の徒然草注釈書『慰草』（慶安五年刊）と、その言説において符節を同じうするところが見受けられるので、特段に偽書と判断できる徴証はない。むしろ羅山と貞徳の儒仏観を窺う資料として、特にこれまであまり論じられることがない、貞徳の仏教思想を考える資料として、有用なものと言えるであろう。

さて、『研究』の目次によりながら、『儒仏問答』全十八箇条の概要を示せば、以下のようになる。

第一件・仏儒虚実論、第二件・因果の理と変化の理論、第三件・「論仏骨表」論、第四件・守屋論、第五件・火の病因果論、第六件・無常有常論、第七章・儒仏盗用相似論、第八件・異端論、第九件・文字論、第十件・揚名論、第十一件・神好仏論、第十二件・儒仏大木葛藤論、第十三件・聖徳太子論、第十四件・仏書偽撰論、第十五件・出家論、第十六件・三宝論、第十七件・崇峻弑殺論、第十八件・「理」論。

これに貞徳が新たに儒仏の相違点について論じた、「仏儒違目《たがいめの》事」と題する八箇条の論説を加える。

このように概要を列挙したのは他でもない。このなかには、仏儒虚実論、無常有常論、異端論、出家論など、『野槌』の注釈のなかでも取り上げられるテーマもあるが、前述の『野槌』和文序で中心的なテーマとされていた「心」の問題、いわゆる「心性論」がほとんど見られないのである。

心性論は、羅山の崇敬する朱子の排仏論においては、その中核とも言えるテーマであった。しかし『儒仏問答』のなかにそれが見られないことについては、『研究』に収められる前田勉の論考（「林羅山の仏教批判」）にもすでに指摘があって、前田はその理由を、「仏教の本質を因果説と見極め、そこに批判の焦点を合わせ、問題を収斂させるという戦略的な意図」（二八四頁）があったのではないかと推定している。つまり、論争を有利に進めるために、敢えてこの心性論というテーマを外したと見るわけである。この推定の是非については、今は問わないが、一つだけ言えることは、慶長十一、二年の段階では前面に出ていなかったこのテーマが、『野槌』が撰述された元和七年の段階では前景化しているということである。そしてこの「心」への注目は、次に見るように、中年期から晩年期にかけての、羅山の言説における一つの傾向でもあったのである。

五　「心」の復権

『羅山林先生文集』巻七五・随筆は、羅山が寛永年間に執筆した草稿類を集めたものである。そのなかに、次のような文章が見られる。

大学、心を説きて、朱子の序、専ら性を称す。中庸、性を説きて、朱子の序、専ら心を称す。互いに其の義を見るに誠に宜なるかな。蔡九峯の書伝に、多く心の字を用ゆ。聖人の心を書に見んと欲す。吁《ああ》、六経は皆心学なり。古人の詩に曰く、易は胸中に在りて書に在らず。胡文定曰く、春秋は史外に心を伝ふる要典なり。詩の序に云く、詩は志の之《ゆ》く所なり。又云く、性情に発し、礼儀に止まる。論語に云く、人として仁あらずんば、礼を如何せん。仁は心の徳なり。総て皆一に湊泊す。（第四一条）

ここには、中国の先賢が「心」について説いたさまざまな言説が引用されているのであるが、なかでも、引用文半ばに出る「六経は皆心学なり」という言葉は象徴的である。これは、明の宋濂が記した「六経論」（『図書編』巻九ほか所収）に出る言葉であるが、羅山はそれを引いて、嘆息をこめながら同感しているのである。

前述のように、朱子学において「心」とは、「性」と「情」とを統べるものの謂いである。このうち「性」とは、万物に通同する普遍的な真理（理）を指すものであったから、「性即理」あるいは「性理」という言い方が成り立つ。それに対して、元和七、八年以後――『野槌』編述時期とも重なる――の羅山は、「心」と「理」とを繋げた言い方、すなわち「心理」という用語を使って、「心」の重要性を述べることが多い。このことは、つとに源了圓『近世初期実学思想史の研究』（創文社、一九八〇年）第二章のなかで、それが陽明学の「心即理」の説とは内実を異にするものであるという注意が払われたうえで、詳細に論じられている。

源は、羅山が「心理」という言葉を多用しているのは、「「性理」ということばの示す静かな構造面よりも、理と気とが相共に働き合う心の作用面・活動面に彼が強い関心をもっていたからである」（二三九頁）とする。その通りであると思うが、私は羅山のこのような関心の根元には、先述の「情」の基本的肯定という問題も含めた、仏教や老荘における「心」の捉え方との明確な差異化、分かりやすくいえば「〈心〉の復権」というようなことを希求し、世に訴えたい気持ちが、強く存していたのではないかと考える。

なぜなら、このような「心」の捉え方は、仏教・老荘との比較において語られることが多いからである。同じく『羅山林先生文集』巻六八・随筆・第八九条には、次のようにある。

李耳（＝老子）の曰ふ、道の道とすべきは、常の道に非ず。……人は本《もと》と活物なり。争《いか》でか枯骸と似らんや。蒙叟（＝荘子）が槁木死灰、及び柴立の説も亦た是《か》くの如し。異端の言語なり。聖人の道は然らず。其れ道は、君臣・父子・男女・兄弟・朋友の外に在らず。之れを行ふ所以《ゆえん》は五常なり。五常は本と、一心に在り。此の心に具わる所の理、即ち是れ性なり。人人共に由る所の道なり。道を心に得る、之れを徳と謂ふ。故に道徳仁義礼智、其の名異にして実は一なり。

五常はもと、一心にあり――。ここでも、道を行うための主体が「心」にこそあること、そしてそれは、仏教・老荘のような「死物」としての「心」の把握からは生まれないことが強調される。

「心」を「活物」と捉えることについては、『性理字義諺解』（前出）巻二の、

心ハ活物ニテ、動クコトヲ好ム。静ニ死スルモノニアラズ。定メテ這裏《シャリ》ニアリ。這裏トハ此中ト云義ナリ。儒者ハ心ヲ活物トス。仏老ニハ心ヲ清浄寂滅スルヲ死心トス。死灰ノ譬エコレ也。

（「心ニ理気ヲ含ムコトヲ論ズ」条）

という箇所などが参考になるだろう。

こうした、羅山が中・晩年に辿り着いた議論の文脈に、『野槌』和文序、および『野槌』の注釈内容は、載せて考えられなければならない。

六 『儒釈問答』の批判

しかし、ずっと後年ではあるが、禿帚軒《とくそうけん》と名乗る人物が記した『儒釈問答』(寛文七年刊)巻五に、『野槌』の和文序が引かれて、次のように弁駁されている。

本朝の羅山子、野槌をあらはす。其序に曰く、「人の心を種として、よろづのことくさとなれる。仏もこのたねより出たるに、却て種をたてとは、いとあやし」と云へり。皆これ、朱子・太経(ママ)(=羅大経)等が見所より来る。羅山は諸史百家の書に出入して、多ことを知れり。然ども性理の学にをいては、決してあづからず。夫《それ》、仏経に無心無念、或は寂滅法空と説けるを見て心の種をたつと得心するもの、皆閑文字の中に出頭し来て、其深義を知らず。(片仮名は平仮名に改めた。以下同じ)

まずはこのように、羅山はもともと性理の学に暗いのだといい、仏教が「心の種」を絶つ思想であるという説は、深義に基づくものではないとする。そして右の引用文のあとに、難解な仏語を駆使した議論を展開するのであるが、要するに仏教では「心」を覆い尽くして悟りを妨げる煩悩を絶てと言っているだけであり、「心」そのものを断てというのではない（「其れ生滅情想の衆累を寂滅して、心性寂滅するにあらず」）と言うのである。
このように、禿帚軒は「心」の存在そのものは認めるのであるが、しかしそのあとの議論には、羅山との食い違いが見られる。禿帚軒は、宋の契嵩《かいすう》が著した護法書『輔教編《ほきょうへん》』巻中「広原教」所載の、「万物は性情より出づ」という言葉を引きながら、次のように言う。

情は偽たり。心をほろぼし、性をそこなふ。これに近づけば小人となる。性は真たり。如たり。至たり。清たり。静たり。これに近けば賢たり。正人たり。聖神たり。大聖人たり。聖人、性を以て教として人ををしへ、情を以てせざるは、此その蘊なり。

すなわち、仏は「情」を退け「性」を教えて、人を聖人に近づけようとしているのだ、とする。「情」をはじめから虚偽なるものとし、それが真如たる「性」に悪影響を与えるとする理解が、羅山ら朱子学者のそれと大きく相違することは、もはや細叙するまでもないだろう。そうして、禿帚軒は次のように続ける。

何ぞ其心を絶無して、無念無心、草木土石の如くならん。是れ羅山、理性の学にくらくして、無心を以て木石の如くなりと得心す。至無は無にあらず。念に即して無念を知らず。故にこの言あり。惣じて野槌の中、毎々往々経文の義を失するこれ多し。……

遺憾ながら、私の学力ではこの箇所に十分な解説を施すことができないのであるが、ともかくも彼は、「無」

という言葉の捉え方を問題として、仏教が「心」そのものを絶つ教えだという羅山の理解が間違いであることを、再度主張しているようである。

たしかに、たとえば前述した契嵩の『輔教編』についてみれば、「惟《おも》うに、心、之れを道と謂い、道を闡《あきら》かにする、之れを教と謂う」「神徳妙用は、心より至れるは無し」[7]（巻中）などのような記述があるように、「心」そのものの存在が否定されているわけではない。その点で、『輔教編』を軸として考えるならば、禿帚軒の指摘は当たっていると言わざるを得ない。

また仏教における「心」の捉え方の問題としては、これとは別に、近世初期の民衆仏教におけるいわゆる「唯心弥陀・己心浄土」の思想も、併せて考えてみる必要がある。[8]この思想は、仏は自分の「心」の中にこそ宿っているのであり、そのことに気付けば、現世はそのまま浄土となるというもので、それは必然的に、頓悟の契機としての「心」の重要性を認めるものであったと思われる。

博学多識、研究心旺盛なる羅山が、『輔教編』のような著名な護法書の内容、あるいは本朝仏教思想界の傾向について、まったく知らなかったとは思えない。[9]しかし、ともかくも彼は「心」について、仏教は〈否定〉、儒教は〈肯定〉と二項対立的に論じることによって、意識的にその違いを鮮明にしようとしているようである。その結果、儒教は仏教に較べて人間肯定・自己肯定的な響きを持つにいたり、世界に対して、また人生に対して、よりポジティブな印象を与える。羅山は徒然草の注釈という営為を通して、儒学という新しい思想の魅力を、恐らくは多少意識的に論点を際立たせながら、読者に伝えようとしたのではなかろうか。

おわりに

最後に、本論とは直接には関係のないことながら、かといってまったく無関係というわけでもなく、捨てるには惜しい一つのエピソードを書きつけておく。それは、羅山と金剛経にまつわるエピソードである。徒然草・第二三六段は、聖海上人の「早とちり」がテーマとなった章段。その『野槌』の注に、次のようにある。

或人、金剛経口義をかりて返すとて、「貼紙の所よく見たまへ」と、いひおこししかば、此経の要文なるべしと目をとめよみて、「誠に此所儒書に考合せて工夫すべき事なり」と、後日に逢て申ければ、「それは落紙の処也けり。己が本も脱落したるゆへに、他本に引校て補書したまへと申事にて侍る。されども郷書燕説の義あれば、あながちあやまりとさだむべきにもあらず」と申されき。

ある人が、羅山に借りていた『金剛経口義』を返すときに、「貼紙のところをよくご覧ください」言ったので、金剛経の重要な一節だろうと思って読んでみると、たしかに儒書と併せ考えるべき、意味深長なる文章である。後日、その人と逢ったときにその感想を述べると、その人のいわく、「あの文章は、自分の所持本にも見えないところで、だから他の本と校合して正確を期し、補書してくださいという意味で貼紙していたのです。しかしながら、鄭書燕説の故事（誤って書き送った文字のお陰で、かえって良い結果が生まれたという話。韓非子・外儲説左上に載る。但し、ふつう「郢書燕説」と書く）、あながち誤りともいえませんね」とおっしゃった、と。

つまり、ことの真偽をよく確かめもせず、早とちりして恥をかいたという体験談である。羅山は弟子たちに徒然草を講ずるさい、こういう笑い話めいた余談も折々差し挟んでいたのであろう。

ところで、この、羅山から『金剛経口義』を借りていたという「或人」とは誰か。

本稿執筆のため、むかし作成していた研究ノートを引っ張り出して、つらつらとページをめくっていたら、思いがけずその可能性のある人物に出くわした。藤原惺窩その人である。『惺窩先生倭歌集』巻四に、次のような狂歌二首が載る（原文には仮名が多いが、意味を取りやすいように、適当に漢字を宛てた）。

道春に金剛経の口義をかへすとて、文のをくに、
ふみしりて仏の道をゆくなとや金剛をみなくぎづけにして
道ふまん金剛経のくぎづけを知らで走らば足のふんぬき

一首目、「ふみ」は「文《ふみ》」と「踏《ふ》み」、「くぎ」は「口義《くぎ》」と「釘《くぎ》」が掛詞で、「文」（漢籍）をよく考究して仏の道に惑うことのなきように、私を誡めてくださったのでしょうか、とでもいうような意。二首めもおおむね同様で、この「口義」を知らないで金剛経を読むならば、（仏教のために）足に大怪我を負ってしまうであろう、くらいの意。さすれば、この「口義」とは、羅山が付した金剛経の注釈でもあったのだろうか。「日本古典籍総合目録データベース」を閲するに、寛文十年版『書籍目録』にその書名が見えているが、本書と同一のものかは分からない。

注

（1）深衣道服を着した時期について、林羅山の「惺窩先生行状」（『惺窩先生文集』巻頭所収）ではそれを慶長五年九月、京都で徳川家康に謁見した時とするが、状況として無理があることが諸家によって指摘されている。今は大桑斉の考証（『日本近世の思想と仏教』一七二頁、一九八九年、法蔵館）に従って、慶長九年頃としておく。

（2）「五のたなつもの、わかたぬ世のしれものにしめさむとおもふ。心の、もとより草木の理にふたつなきゆへなるべし」と区切れば、文意は明瞭になるが、そうすると前後の文がぶつぶつと途切れ、やや不自然となる。いまは文章のつながりを優先して解釈しておく。

（3）松永尺五の遺稿集『尺五先生全書』巻五に、「中秋、贈杠宗之、并序」と題する詩文があり、ここから彼の人となりがわずかに知られる。別稿を期す。

（4）この文章は、『山谷集』巻一九「答洪駒父書三首」に見える。また『古今事文類聚』別集五にも採録されている。

（5）『延平問答』紹興三十一年十月十日付書簡の内容か。

（6）問答第七件、貞徳の答書の中に、藤原惺窩を指して「蕣首座」という言い方がある。慶長十一、二年頃における惺窩への呼称として相応しいものか、やや疑問が残る（前掲注1参照）。

（7）荒木見悟訳注『輔教編』（『禅の語録』第一四巻、筑摩書房、一九八一年）一〇七頁による。

（8）前掲注1大桑著書、二七五―二七八頁、同「近世民衆仏教の形成」（『日本の近世』第一巻、中央公論社、一九九一年）など。

（9）『輔教編』は、観応二年の五山版、寛永十九年版などの和刻本の存在が知られており、比較的容易に見られる状況にあったと思われる。

伝授と啓蒙と
――松永貞徳『なぐさみ草』をめぐって

西田正宏

はじめに

日本的な教養が形成されてゆく慶長から寛永という時代は、一方で中世的な知のあり方が、大きく変容する時代としても捉えておく必要があるのではないかと思われる。議論をわかりやすくするために、敢えて大雑把な物言いをすれば、「中世的な知」とは秘事・秘伝であり、それは基本的に伝授(一子相伝)されるものであった。もちろんそれがタテマエに過ぎなかったということは、多くの伝書が存在し、また結果的にであるにせよ、刊行されているものがあることからも明らかであろう。ここで問題にしたいのは、その実際ではなく、伝授ということを保持しようとしてきた人々の営みについてである。

この伝授というあり方が、大きく転換するのがこの時代である。もちろん伝授がなくなったわけではない。むしろ見方によってはいっそう盛んになったと捉えることもできるだろう。[1] しかし、その「伝授」と真っ向から対立するように思われる「公開講義」が行われるようになったのも、この時代であった。

まさにこの転換期を生き、この時代を象徴する人のひとりとして、松永貞徳を挙げることができよう。貞徳は、この公開講義にも関与した。

本稿では松永貞徳の教養への志向を『徒然草』の注釈書である『なぐさみ草』の大意を中心に検討し、この時代における公開講義の意義を明らかにし、さらに、伝授と啓蒙について考察を加えることにしたい。

一　古典の公開講義

貞徳が『徒然草』の公開講義を行ったのは、ともに公開講義を行った林羅山の『野槌』の記事から、羅山二十一歳の年、つまり慶長八年（一六〇三）であったとされる。[2] 貞徳は三十三歳であった。『なぐさみ草』には、公開講義に至った経緯が、次のように述べられている。[3]

其比儒学医学の若き人々、丸にも「這つれづれ草をよみてきかせよ」と所望せられしかども、ふかくいなみて過し侍りしに、信勝の父叔父また宗務の祖父など「若きものどもばかり講尺つかまつれば、なにとやらん心もとなきまゝ、是非御読なされてたべ」とみづからが隔なき友垣をかたらひそゝのかされしゆへ、是非に及ばずしてよみ侍し。これつれづれ草講尺のはじめにて侍ると世に申きと云々。

またその『戴恩記』(4)ではこの講義が中院通勝の怒りをかったことなどを、当時のことを懐かしく思い出しつつ、次のように記している。

丸にも歌書をよめと下京の友達どもすゝめしにより、なにの思案もなく百人一首・つれづれ草を、人の発起もなきに、群集のなかにて大事の名目などよみちらし侍りけるを、きこしめしつけさせ、陰にて御にくみ有けるとかや。「道に聞て道に説ことなかれ」と古人のいましめを背き、御腹をたてさせ申し罪、さり所なく、今も思ひ出れば、悲しく臍くはれ侍る。丸がごとき卑賤の者ならば、よびよせて打擲もすべきを、上臈にておはするゆへ、打むかひては御色にもいださせ給はざりし、はづかしさよ。わかき時は思慮なき物こそ候へ。

貞徳が友人たちの勧めで、あまり乗り気ではなくしぶしぶ公開講義を行ったことや、そのことで通勝の怒りをかい、思慮のないことをしたと後悔しているというのは事実だろう。けれども、これが貞徳自身によるものであることには、いささか注意を払っておくべきであるかもしれない。というのは、貞徳にはこの時代の特徴とも言うべき謙退の心があり、さまざまな物言いからその点を差し引いて考える必要があるからである。例えば、自ら編纂した歌語辞典を『歌林樸樕』と名付けたところにもその一端が窺えよう。「樸樕」とは、小さな木を意味し、転じて卑しく下劣なことを意味することばである。したがって、貞徳がほんとうにこの公開講義を「よくないことをしてしまった」と反省していたかどうか、その言うところを額面通りに受け取ってよいかどうかは、すこぶる疑わしいのである。先に引用した『戴恩記』の記述が師である通勝のエピソードを記す文脈であることを考慮するならば、ことさらこのことを書く必要はない。ここにこのことを書きつけたのは、公開講義が若気の至りであったことを強調するとともに、若き日に自らがこのような営みに関わったことを、貞徳自身が記しておきたかったからではないか。先に引いた『なぐさみ草』には「これつれづれ草講尺のはじめにて侍る」と自負する物言いも窺われる。通勝はよく思っていなかったとしても、貞徳としては、この公開講義に一定の意義を見出していたと思われるのである。(5)

考えて見れば、この時代に公開で古典を講じるという発想そのものが、斬新なことであったはずである。冒頭に述べたように、古典を講じ、その知を伝達することは、基本的には、師弟の関係においてでしか成り立たなかったからである。それは程度の差はあるかもしれないけれども、閉ざされた、密室での営為であった。ところが、それを公開したのである。当時の常識を慮れば、それは師弟関係の崩壊をも意味することになろう。

しかし、貞徳はそのことを承知しつつ公開講義を行ったのではなかったか。というのは次のごとき記述が『戴恩記』に窺われるからである。例えば、序文には、美文を気取りながら、

玖山の高岳を仰ぎ、或いは細川の清流を汲む。或いは菊亭の芳苑を窺ひ、或いは中院の潭府に陪す。或いは飛鳥井の寒泉を酌み、或いは臨江斎の溪波に泛ぶ。

と、自らが師としたものの名を列挙する。本文中にも、「忝くも丸が歌学を仕り奉りしは、九條禅定殿下・細川玄旨法印なり。其外少づゝも物習ひ申せしは、菊亭右相公・中院入道殿……」と師を列挙し、

丸愚鈍にして、其跡をまねび、諸道に心をかけしにより、今玉まつりにかぞふれば、師の数五十餘人に及べり。

と記す。これほどまでに自らの師を言挙げするのは、当時においては考えられないことであろう。なぜなら少なくともこの時代は、知は師から弟子へと相伝されるものであり、基本的には一対一の関係でしかなかったからである。もちろん師からの相伝先が複数にわたることはあった。同じ伝書が複数の門人に与えられていることは珍しくはない。けれども、ここに記されているのは、複数の師から教えを受けたということである。以前に拙著でこの記事を取り上げ、貞徳はこれほど多くの師から教えを受けたことを記すことで、自らの権威化を図ったと考えた。[6]では、これを師の立場から眺めれば、どのように映るであろうか。師からの矢印が複数出ることがあっても、それを受け取る側、つまり門弟の立場からすれば、師はただ一人でなければならないのではないか。これほど多くの師に仕えたのであれば、それは一種の裏切り行為であろう。恩を戴くという『戴恩記』の書名に惑わされてはいけないのかもしれない。戴くべき「わが師の恩」は、究極のところはひとりでなければならないはずである。「伝授」という営みを念頭に置くならば、それ以外にはない。しかし、ひとたび「伝授」という枠組みを取り払えば、多くの「師」から、それぞれ専門とするところを学ぶ方が有益であるはずである。それぞれの古典について、一流の師に教えを受けたのだ、貞徳はそう言いたかったのではないか。ひとりの秀れた師からしか「伝授」を受けなかった者よりも、自分は遥かに多くの知識を得ているのだと宣言したのである。通勝からは『徒然草』と『源氏物語』を、幽斎からは『古今集』を含め、歌学に関することを、などなど。こう記すことで、貞徳自身が誰よりも優れた古典学者ということになろう。本来ならば、これらの知識は伝授されるべきものであったはずである。後述するように、貞徳は「古今伝授の人」ではなかった。しかし、伝授なきものが伝授をうけたものよりも勝っていると、貞徳は宣言したのである。ここに、知のあり方の大きな転換を見ることができよう。少なくとも貞徳にとっては、「伝授」は知の集成の先にあるものではなかった。知をいくら集成しても、伝授には行きつかないのである。一方、中世においては、積み重ねられた知の集成の結果として「伝授」が行われたのであった。貞徳は知識を有していることと、伝授を受けていることには越え難い隔たりがあることを誰よりも自覚していたのである。すでに拙著で問題にしたことではあるが、自らも述べているように、貞徳は「古今伝授」を正式には受けていない。(7) ここでは、最も典型的な貞徳の言説を引用し、この点を改めて確認しておくことにしたい。

丸ガ云、古今傳受ノ人、此切カミヲ貫之ノムスメヨリ基俊、〳〵ヨリ俊成ノ卿、俊成ヨリ定家、定家ヨリ二条家ハ為家、〳〵ヨリ為氏、カヤウニ傳来ト思ヘリ。世ノ人モミヌ事ナレハ、真実ト仰テ傳受ノ人ヲバ哥道ノ奥義ヲ傳ヘタル人トアガムル事ニナレリ。是、アサマシキツクリ事也。（中略）丸、此傳受ヲセザルニヨリテ、ハヂヲカクサンタメニ云ニアラズ。オソラクハ一部ノ哥ノ義理、真名序、カナ序ノ清濁マデ、コトゴトクナラヒ得テ侍レドモ、傳受ノ人数ニハイラズ。（以下略）

（岩瀬文庫蔵『和歌宝樹』【イナヲホセトリ】の項。句読点・濁点は私に付した）

また、『貞徳翁乃記』(8) にも次のように記される。

一、亡父に具して、文禄二年十月十三日に玄旨法印へ参【聚楽御殿】。奥の間にて一つの箱を開き、御傳受の秘本悉みよとて見せ給ふ。傳心抄と外題のある本、大小四巻【青ヘウシ】、皆三台亜槐と奥書共御判あり。コレハ、三光院殿ノ奥書也。玄旨御聞書ノ清書の本也。

（【　】は割書）

貞徳は、父に連れられ、幽斎のもとへ行った。そこで三光院殿（三条西実枝）から幽斎に伝わった伝授の秘書『傳心抄』を被見した。貞徳の古今集注釈書『傳授鈔』(9)には、三光院殿の説が引用されており、この記事の正当性が確認される。

師云、三光院御説、冬ゾー思ヘバノゾノ字、ハノ字ニ心ヲツクベシ云々。（三一五）

師説、トハヲ三光院殿マデハ文字、濁。今按、清ベシ。（六九六）

貞徳は、「古今伝授の人」ではなった。けれども古今伝授の内容についての「知識」は持っていた。右に挙げた『和歌宝樹』には「一部ノ哥ノ義理、真名序、カナ序ノ清濁マデ、コトゴトクナラヒ得」たとまで述べている。そんな貞徳であったからこそ、その知を「伝授」ではない方法で共有する方策を求めたのではないか。「伝」えれば「伝授」になってしまう。ならば「共有」すればよい。だからこそ、貞徳は「伝授」と「公開講義」という「知」の伝達の方法について、すこぶる敏感であったのである。

そして何よりも貞徳が自覚的であり、慎重であったのは、「伝授」と「公開」を対立概念として捉えなかったことである。対立するものと捉えると、一方を是とすれば、一方を非とするしかない。いま私どもは伝授が隠されたもので秘密のものであるという認識から、その反対の行為として公開講義を見てしまいがちである。しかし、その認識は正しいのであろうか。伝授によって伝えられる知識が必ずしも秘匿されていたわけではない。むしろ「伝授」という営みにこそ、その秘密性があるのである。知識を伝え、教える回路として、中世以前においては、極端に言えば、「伝授」的なるものしかなかった。しかし、貞徳はひろく知識を共有するあり方を見出したのである。それは『なぐさみ草』に記すように羅山たちの影響もあったのかもしれない。加えて先述したように、貞徳自身が「古今伝授」を受けていないのに、その内容については、知識を得ていたということがあったのだろう。小高敏郎氏はこの貞徳の公開講義を「貞徳の主観内では若気の過ちに過ぎぬこの事件は、彼の一生に於いて考へる時、重要な意味を持つてゐる」と評価し、加えてこの営為が、

当時の人々の脳裡に浸透してゐた秘伝思想を背後において考へると、「一器の水を口から口へ移すが如く」厳重な秘伝に属する学問を、事もあろうに「下民共」即ち一般大衆を對手に公開講演したといふ運動は甚だ画期的、破天荒な事件と言はざるを得ない。（中略）漸く江戸時代中期になって確立されたといふ国学の近世的学問態度が、ほゞ一世紀も前の慶長年間、早くも見出されるといふわけである。

とされた。(10) 小高氏の説かれたことは十分に首肯される。いやむしろ「貞徳の主観内」においてもこの公開講義は自覚的になされたのであって、先にも述べたように、「若気の過ちに過ぎぬ」とする晩年の反省については、謙退の心をいささか差し引いて考えておくべきであろう。

ただし小高氏は「秘伝」と「公開講義」を対立概念と捉え、この講義に「秘伝的学問の打破」を認められたが、この点については、いま少し慎重に考えるべきだと思われる。貞徳が距離を置いたのは、あくまでも中世的「伝授」のあり方であった。が、少なくとも貞徳は「伝授」という営みそのものを否定したわけでは、ない。地下の伝授書の多くが貞徳を経ていたり、起点としていることから、その点は明らかであろう。貞徳はたった一つしか開かれていなかった「知」への回路を、「公開講義」というかたちで一定の人たちに開いた。けれども「伝

授」という方法も「知」への回路の一つとして認めていたのである。貞徳は今で言うところの啓蒙ということを考えていたのだと思われる。(11) そして、それとは別に伝授の体系を作りだすことで、自らを「師」として権威づけた。師としての権威を保持するためには、「古今伝授の人」ではない貞徳にしてみれば、「伝授」だけでは不十分であったのである。貞徳における公開講義の意義を以上のように見定めておきたい。

二　なぐさみ草の歌学

一では、公開講義の意義について考察した。ここでは具体に貞徳が行った『徒然草』の公開講義について検討することにしたい。

貞徳は、テキストとして『徒然草』を選んだことを、人から勧められての消極的な選択であったかのごとく『なぐさみ草』に記している。しかし、この物言いも貞徳が公開講義に自覚的であったことを考慮すれば、そのままには受け取らない方がよいのではないだろうか。例えば、彼は『なぐさみ草』の跋文に『徒然草』の享受史ともいうべき文章を書きつけている。

何事も時いたらねば、かひなし。(中略) 此つれ〴〵草も天正の比までは名をしる人もまれなりしが、慶長の時分より、世にもてあつかふ事となれり。

現在の文学史から考えてもそれほど誤りとは言えないこの認識は、見方を変えれば、半ば埋もれていた古典であるところの『徒然草』を見出したのは自分であるということを主張しているようにも読むことができよう。確かにその後には、中院通勝の相伝を受けたことが記されているが、他の人は受けていないような、『徒然草』の相伝を受けたのは自分であるという自負も窺える。ならば、公開講義のテキストとして『徒然草』が選択されたことは、周到に準備されてのことではなかったか。一見、伝授とは無縁のテキストが慎重に選択されてているからである。

貞徳の公開講義がいったいどの程度の規模のものであったのかは、今となっては知るすべはない。しかし、それがある程度、限られたものであったとしても、『古今和歌集』を講じることはできなかったはずである。また『伊勢物語』のようにそれに準ずるものも難しかったであろう。たとえタテマエに過ぎないとしても、それらは「伝授」されるべきテキストであったからである。伝授には関わらないテキストを選ぼうとすれば、自ずと限界がある。『徒然草』を選んだことは、あらゆる制約のなかでぎりぎりの選択をしたと忖度されるのである。

貞徳が『徒然草』から何を読みとったのか、また、どのようなことを公開講義で伝えようとしたのかを『なぐさみ草』に付された「大意」の検討を通して、考察を加えることにしたい。大意の内容すべてが、公開講義で語られたかどうかは判然としないけれども、貞徳が『徒然草』を通して、何を伝えようとしていたのかは、知ることができよう。大意に書かれたようなことを手控えとして、貞徳は公開講義に臨んだのだと思われる。まず、この大意について、貞徳自身が述べるところを次に引いておこう。

その時、此大意は丸が反古のうらに書付て、名をだに人にかたることもなかりしに、今、此『なぐさみ草』に書入らるゝは、いづかたよりかとり出けむとあやしくこそ侍れ。思へば丸がめしつかひしものどもの内に、うつしとりたるにこそ侍らめ。是は再見もせず、言葉をもかざらず、人に見すべきものならぬを（中略）、丸がかしたる本にあらざれば、とりかえすべきやうもなし。その断を申さむとて、よしなし事をそこはかとなくこゝにしるし侍る。

すでに述べてきたように、「公開講義」という営みへの貞徳の思い入れや、そのテキストとして『徒然草』が慎重に選択されていたことを鑑みれば、この言説も貞徳の謙退のポーズを差し引いて読まねばならないだろう。出版に際して、この跋文を記す機会が与えられていること、つまり「反古のうらに書付」たものが、ほんとうに貞徳の預り知らないところで、出版されたのであれば、このような跋文も付されることはなかったはずである。何よりも貞徳が認めたからこそ、大意も含めて、出版されたのであろう。責任逃れにもとられかねない物言いの末尾を「よしなき事をそこはかとなくこゝにしるし侍る」と結んだのは、今更らしく言うまでもなく、『徒然草』の冒頭をなぞっているわけで、ここに貞徳のしたたかな一面が窺える。「大意」が貞徳の言うように、思いつきが書きつけられたわけではないということを改めて確認して「大意」の言説に耳を傾けることにしたい。

例えば、貞徳は、『徒然草』の一つの段の大意を、歌を挙げることで説こうとする。

「こひせずは人はこゝろのなからまし物のあはれも是よりぞしる」此段は此うたをもつて見るべし。（三段）

西行法師の哥にいはく「さびしさにあはれもいとゞまさりけりひとりぞ月は見るべかりける」。此哥にて此段は見るべし。此段にて此うたは聞べし。（七五段）

古哥にいはく「いなかにてやしなはれたる人の子はしたゝみてこそ物はいゝけれ」又「あまさかるひなに七とせすまひして都のてふりわすられにけり」。（一四一段）

このことは『なぐさみ草』の跋文に、「あなたの見たまひ出されし唐の古事と丸がおもひより侍し古哥など、よく心のかよひたる事おほく侍し」と述べていることと呼応していよう。その点を重視するならば、やはり貞徳は歌詠む者として『徒然草』に向き合っていたのであって、大意にもその一面が窺えるのである。

よき和哥などにも、俗難とて、むかしより種々のそしりをなせども、虚名久しくたゝざれば、更におそれぬ儀なり。さるほどに世挙てほむるともまことゝすべからず。千万人そしるともおそるべからす。何事も理の一字を持て、よしあしを分るがよき也。（一八二段）

さだめて哥は正直の物なれは、古哥などにてつかはるゝにや。像こそかはれ、畜類とても人間にかはる事なし。（二〇七段）

右に引いた章段は、『徒然草』本文につけば明らかなように、ともに歌とは全く関係のない章段である。このように『徒然草』の内容とは直接に関わらなくても、貞徳は歌のことについて言及するのである。また著名な石清水八幡宮を参拝し損ねた仁和寺の僧の話の大意を、貞徳は次のように述べる。

哥書などにも、事によりて二重三重の奥儀の説あるを、むかしよりのいましめにて、はじめよりはあらはさず侍る事をばしらで、たゞ一とをり聞て「はや此道をはきはめたる」とおもふ人のみ侍り。此段はさやうのものゝ心もちに筆をそめられしとみえたり。（五二段）

「さやうのものゝ心もち」を『徒然草』とは別の例を挙げて説くのであるが、そこに歌書のことが引かれているのである。しかし、それは単なる例示にはとどまらず、結果的に「歌道」の道理を知らないものへの戒めにもなっている。

貞徳が歌道のなかで、とりわけ重視していたのは、師の教えを受けることである。その点もまた大意の言説のなかに窺うことができる。

又かならず名のためにはあらで、其道をすく人は、人の笑ふをもかへり見ず、師匠のきつきにも随ひて、はじめより人にもかくさず、打むきて其道にその身をなすゆへに、ほどなく執行かさなり、終には上手のほまれあるものなり。諸芸に志ある人は、此段をよく見るべし。少もたがふ事有べからず。又、古人のいはく「いづれの道も、其世に名をえたらん人にとふべし」驥の尾につくといひて、師の徳をのづから弟子のほまれになるなり。（中略）久しく稽古すれは、かならず名人になるとしるべし。（一五〇段）

ここでは、直接歌道について述べているわけではないけれども、師匠に従うこと、またその道に精進することが説かれている。「いづれの道も、其世に名をえたらん人にとふべし」というのは、一で確認したように、まさに貞徳がとった方法であった。「師の徳をのづから弟子のほまれになる」からこそ貞徳は、『戴恩記』に師を列挙したのである。末尾の「久しく稽古すれは、かならず名人になるとしるべし。」という物言いもまた、「稽古」の重要性を説くということにおいて、歌道につながることになろう。以上のように確認してくれば、貞徳が『徒然草』というテキストを、言わば隠れ蓑にして、「大意」を通して歌道の一面を伝えようとしていたことが理解されるのである。

となれば、「大意」が、古今伝授についても言及するのは、必然のことであろう。川平氏は羅山の『野槌』を論じたなかで、『徒然草』が古今伝授三鳥のひとつである「よぶこどり」について述べた段を取り上げ、『寿命院抄』などが「相伝アラズンバ難知之」として解説を回避したのとは異なり、羅山が「兼好の時分までは秘伝ではなかったとして、当代歌学における伝授を批判している」とされた。(12) それはその通りであるけれども、川平氏が取り上げなかった、『なぐさみ草』の大意には、

よぶこ鳥の事、説々おほし。定家の御説に「たゞ春のくれに来なく鳥と意得べし」と云々。古今の伝受の其一なれば、古今相伝せざるものは、哥にも連歌にもせぬ事といふ儀は、紹巴の比よりいひ出せり。正体たしかにしらぬ事をすましきならば、こまもろこしにのみある草木などの名をもすましきにや。よみてくるしからざるしるしには、名題集の内の春の景物の題に、いく所にもよぶこどりを出せり。又、宗養法師独吟の百韵に「鳴てかへればまたよぶこ鳥」ともみえたり。宗養は古今伝受なかりし人なり。先年うりものになりて、世にもてあつかひ侍し東の濃州の、古今伝受の箱のうちの切紙の説には「かつほう〳〵と鳴鳥の事なり」と云々。むかしよりたしかにしれぬ事なるにより、兼好も爰にあたらしく見出たる説を、人にしらせむとかゝ

れし物なり。猶、別に了簡これあり。

（二一〇段）

とあって、『寿命院抄』などが、深入りしなかったことを、慎重に解説しようとする態度が見受けられるのである。彼らが敢えて避けたことを、公開ぎりぎりのところまで言及した言説だと言えるだろう。ここで述べられているのは、「古今相伝せざる」ものであっても、そのことに興味を持ち、「よぶこどり」の正体がいったい何であるのかを知りたく思うのは、当然のことだということである。貞徳も、その知識を共有したいと考えたひとりなのであろう。「古今伝受なかりし」宗養もまた、その知識を得ていたことを確認し、いわゆる切紙にどう書かれていたのかを貞徳は暴露する。それは古今伝授という秘匿された営みには関わらない、純粋な「知」への欲求なのである。だから兼好も新しく見いだした説を『徒然草』に記したのだと貞徳は理解した。

しかし、だからといって、貞徳は秘事を簡単に暴露することを推奨するわけではない。

此段はさやうの心ねのしうねきかたぎをきらひたる段也。いかに此段にかゝれしとても、むかしより大事にすめる口伝相伝の秘事を、世間の茶物がたりのごとく、あさはかにとふ人にこたへよといふ段にはあらず。よくよく分別してかやうの段をば、其意をえべきなり。

（二三五段）

と「口伝相伝の秘事」を浅はかに問うような人には答えていけない、そのあたりはよく「分別」しなければならないのだと述べている。しかし、一方で、貞徳は、伝授のよくない面も十分に承知していたのであった。

むかしより日本人は心せばくして、世にしらざる事をしりては、いよ〳〵秘蔵して人にをしへぬゆへに、哥道などにも秘しうしなひたることのみおほし。近年もろこしよりおほくの医書の渡るを見れば、名薬・秘方・意案の行をかくさず、さすが聖人の出世ありし国なればと思はる。（二〇〇段）

秘してしまったために、結果として歌道が失ってしまったこと多いことを惜しみ、唐の医書が「名薬・秘方」を隠さないことを讃えるのである。

大意は、このように、貞徳のさまざまな思いや考えが反映されたものであった。貞徳は『徒然草』というテキストをひとつのきっかけとして、歌学や歌道に対する自らの考えを「そこはかとなく書き付け」たのである。特に伝授のことについては、公開講義とのはざまでどうするべきかと思いを巡らす貞徳の姿が窺われるのである。

三　元禄以前ということ――『なぐさみ草』の挿絵について

貞徳の『なぐさみ草』を例に寛永期の教養のあり方について考察を加えてきた。最後に『なぐさみ草』の挿絵と元禄の版本の挿絵とを比べることで、元禄前後の教養のあり方の違いについて考えておきたい。

文化や文芸の歴史は、ゆるやかに流れているので、必ずしも明確に切れ目を指摘することはできないけれども、元禄という時代は、学芸のあり方が変わっていくひとつの画期であると見定めておいてよいと思われるからである。大雑把な議論になってしまうが、その象徴的な一面を、『徒然草』の挿絵を例に考えたい。

『なぐさみ草』の挿絵が以降の『徒然草』の挿絵に大きな影響を及ぼしたということは、島内裕子氏によって指摘されている。(13) 例えば、和泉書院から影印版が刊行されている寛文十二年（一六七二）刊行のものも、基本的には、『なぐさみ草』の影響下にあると見てよい。一見構図が異なるように見えるものも、『なぐさみ草』の挿絵の一部を切り取っているにすぎないという場合もある。けれども、『なぐさみ草』の挿絵は『伊勢物語』における嵯峨本の挿絵のように、その影響が江戸時代を通して及ぼされたということではなさそうである。『徒然草』の版本の挿絵は時代時代においてかなり変容しているのである。ここでは、わずか一段ではあるが、当時の知のあり方を象徴すると思われる例を取り上げ、考察を加えることにしたい。取り上げるのは、六八段である。『徒然草』本文を『なぐさみ草』によって示そう。

筑紫に、なにがしの押領使などいふやうなるものゝ有けるが、土おほねをよろづにいみじき薬とて、朝ごとにふたつづゝやきて食ける事、年久敷成ぬ。或時、館のうちに人もなかりけるひまをはかりて、敵をそひきたりてかこみせめけるに、館の内に兵二人出きて、命をおしまず戦ひて、皆追返してけり。いと不思議におぼえて、「日ごろこゝに物し給ふ共見ぬ人々の、たゝかひし給ふは、いかなる人ぞ」ととひければ、「年ごろたのみて、朝なくめしつる土おほねらにさふらふ」といひてうせにけり。ふかく信をいたしぬれば、かゝる徳もありけるにこそ。

「なにがしの押領使」の館に、留守の時に敵が襲ってきたが、二人の兵が現われて命を惜しまず戦って窮地を救ってくれた、誰かと尋ねたら、毎朝、薬と信じて食していた大根であった、という話である。

まず『なぐさみ草』の挿絵を見てみよう（図1）。『なぐさみ草』の挿絵は、本文に忠実に絵画化されていると考えてよいだろう。ひとりで戦っていたところに二人が助太刀して敵を追っ払っている様子である。どれが大根の化身であるのかわかりにくいが、大根の化身であったことは敵を追い返した後に明かされることであるから、その前の状況を絵画化していることになる。よく見れば、三人の武士が、真ん中の一人と両脇の二人に書き分けられていることに気づく。本文からは、兵二人は助太刀ではなく、二人だけで戦ったともとれなくはないが、最終的に押領使が問いかけているので、その時点では三人そろっているということになろう。本文に付される挿絵としては、これで十分に理解が届く。

　寛文十二年版（図2）はそもそも外に出てきて戦っている人数が二人である。大根の化身だけが戦っている場面だと考えられなくもないが、実はよく見ると、人物の動きは違うけれども、この二人は『なぐさみ草』の真ん中の武士と向かって右にいる武士と同じように描かれている。つまり書き分けられているのである。となれば、

図1　『なぐさみ草』挿絵（日本古典文学影印叢書 28、貴重本刊行会、1984年より引用）

図2　寛文十二年版『徒然草』挿絵（『版本絵入徒然草』和泉書院、1981年より引用）

図3　元禄三年版『徒然草』挿絵（架蔵）

助太刀の大根の化身をひとりだけ描いたことになり、本文とは合致しない挿絵ということになる。これは本文の理解が十分でないというよりは、その人物の描き方から考えて、『なぐさみ草』の挿絵を部分的に切り取ってしまった結果だと考えておいた方がよいだろう。

最後に元禄三年（一六九〇）版[15]に眼を向けてみよう（図3）。敵を追っ払っている人物は二人。二人とも、大根を背負って描かれており、見た瞬間にこの絵がどういう状況を描いたものか理解される。しかし、少し慎重に考えれば、この挿絵が本文を正しく描いたものではないことに気づかされる。この敵と戦う二人が大根の化身であることは、戦っているときはわからないのであって、本文に忠実に描くならば、大根を背負っているのは、やはりおかしいのである。けれども、本文を読みつつ、この挿絵をみると、なんとなく『徒然草』の内容がわかるような気がするのである。

『なぐさみ草』の挿絵は本文に忠実に描くことを目指し、一方で、元禄版は、注釈的に本文の理解の扶けとなることが目的となっている。書肆も記されていない『なぐさみ草』は私的な出版の域を出なかったと思われる。それは言い換えれば、一定レベルのものしか享受しなかったということであろう。しかし元禄に入り、より多くの者が『徒然草』を読む可能性が広まったとき、挿絵もまた、大きく変化した。まさに啓蒙的に、本文をよりわかりやすく理解するための挿絵が絵が描かれるようになったのである。

おわりに

述べ来たったように、貞徳はかなり自覚的に公開講義を行い、またそれは出版というかたちでさらに広く知の共有が図られることになった。そこには『徒然草』本文の理解を踏まえた挿絵も添えられることになった。しかし、その後『なぐさみ草』に類するような著書が刊行されていないことを鑑みると、貞徳のこのような啓蒙への試みは必ずしも、すぐには受け入れられなかったということになろう。貞徳自身が「若気の至り」であったことを強調するように、時代も貞徳の試みに追い付いていなかったし、存外、中世的な学問を守ろうとする壁も厚かったのであろう。やがて本格的に出版の時代が到来し、「知」は写本の時代（本を写すということも、ある意味、伝授的な営みであろう）に比べ、より広く共有されることになる。

秘伝と出版とがうまく絡み合い、加えて啓蒙という試みが機能し出すのは、門弟筋にあたる有賀長伯の営みを俟たねばならなかったのである。(16)

注

（1）日下幸男氏『近世古今伝授史の研究　地下篇』（新典社、一九九八年）、拙著『松永貞徳と門流の学芸の研究』（汲古書院、二〇〇六年）。

（2）小高敏郎氏『新訂　松永貞徳の研究』（臨川書店、一九八八年）の推定による。なお、この時代の『徒然草』の享受をめぐる全体的な状況については、川平敏文氏『徒然草の十七世紀　近世文芸思潮の形成』（岩波書店、二〇一五年）が、多岐にわたる問題について考察を加えており、示唆に富む。特にⅠの1「徒然草の「発見」――慶長文壇史の一齣」から本稿も、多くを学ばせていただいた。本稿は、特に松永貞徳の営みとその意義について、川平氏とは異なる視点から論じたものである。

（3）『なぐさみ草』の引用は「日本古典文学影印叢刊28」（日本古典文学会、一九八四年）による。跋文の後に「慶安五壬辰暦　長頭丸在判」と記される。句読点、濁点など適宜加えた。以下、引用はすべてこれによる。

（4）日本古典文学大系（岩波書店）による。以下、引用はすべてこれによる。

（5）前掲注2小高氏著書によれば、後に貞徳は私塾を開き、「初等一般教育に乗出した」ようである。

（6）前掲注1拙著。

（7）前掲注1拙著。

（8）『続群書類従』三十三による。

（9）引用は、初雁文庫本により句読点、濁点は私に付した。歌本文は示さず、番号のみ注記した。

（10）前掲注2小高氏著書。

（11）前掲注2小高氏著書、および前掲注2川平氏著書にも説かれるところである。

（12）前掲注2川平氏著書Ⅱの1「林羅山『野槌』論——中世歌学への挑戦」。

（13）島内裕子氏『徒然草文化圏の生成と展開』第Ⅳ部「徒然絵の誕生と展開」（二〇〇九年、笠間書院）。

（14）和泉書院影印叢刊26による。

（15）架蔵の「元禄三年」版による。刊記には「元禄三年庚午年五月吉日　洛下二條京極　寺田与平次梓行」とある。

（16）拙稿「教養と秘伝と——有賀長伯の歌学書出版をめぐって」（鈴木健一編『浸透する教養　江戸の出版文化という回路』二〇一三年、勉誠出版）参照。

江戸初期の有職故実と文化システム
――書と公家装束をめぐって

田中　潤

はじめに

本稿は、江戸初期の有職故実と文化システムについて、後陽成天皇・後水尾天皇が在位した江戸幕府初期の慶長・元和・寛永の時期をめぐって、幕府の朝廷統制、およびその枠組みの中で再生もしくは近世的なものとして形成されてきた朝廷文化の一端を、和歌に代表される文事とは密接不可分な書、また有職故実の「知」と深く結びつく恒例・臨時の朝儀とも連動したと装束の側面から整理を試みるものである。

桃山文化の余香を伝えるとともに、元禄文化の揺籠ともなった寛永文化を考えていく上で、[1]武家・町人文化にも影響を与えた宮廷文化を主導したのが後水尾天皇である。[2]後水尾は、歌壇を形成し学芸・詠歌を奨励して宮廷文化の求心力となった。[3]これには、豊臣・徳川政権における対朝廷政策との関係は勿論であるが、後水尾登場の前提となる後陽成天皇の文化的動向を踏まえる必要がある。(4) この前提の上に、寛永文化が花開くわけであるが、慶長期には、「禁中幷公家中諸法度」の制定に象徴されるように、天皇・朝廷は幕府の強力な統制下に編成されていく。「天子諸芸能之事、第一御学問也、不学則不明古道、而能政致太平、貞観政要明文也、寛平遺誡、雖不窮経史、可誦習群書治要云々、和歌自光孝天皇未絶、雖為綺語、我国習俗也、不可棄置云々、所載禁秘抄、御習学専要候事」と法度の第一条に天皇が行うべきものとして古代以来の学問・和歌・有職故実が明示され、この条が天皇の文化的営為に大きな影響を及ぼすなど、(5) この法度の存在が示すように、幕府による朝廷統制の枠組みの中で展開する近世的な天皇・朝廷・公家社会の姿を見て取ることができる。

一方で、朝廷を統制した幕府の側はいかなる状況であったのであろうか。徳川家康は開幕に当たり、細川幽斎に幕府儀礼について指南を仰いだ。(6) 慶長八年（一六〇三）四月、後陽成から征夷大将軍に任じられた二か月後のことである。(7) 家康は、将軍家としての先例となる足利将軍家の故実典礼・書札礼《しょさつれい》等を幽斎、曽我尚祐から聴収し、「足利家の礼式を考て、今の世の時宜にしたがひ、」先例・故実を時宜に応じる形で再構成しているのである。

また古今伝授の伝授者であった幽斎は、関ヶ原の戦いに際し丹後田辺城に籠城していたが、八条宮智仁親王の請を受けた後陽成の勅命により開城し、面授による古今伝授は途絶を免れた。後陽成は後述するように、天正十八年（一五九〇）に古今伝授を望んでおり、後の御所伝授を考える上でも注目される。このように、慶長・元和・寛永期は前代の文化を引き継ぎ、近世文化への橋渡しとなる重要な時期なのである。

本稿ではまず、江戸幕府による天皇・朝廷・公家統制のあり方についてその様子を整理する。次いで江戸幕府による統制の下、慶長・元和・寛永期の後水尾天皇の下で開花した多様な文化の諸相を、和歌を表現する上で密接不可分な書の側面から取り上げる。そして、和歌と並んで重視された知としての有職故実への注目から、この中でも特に装束に注目し「寛永有識」とよばれる言葉をキーワドに、近世における有職故実の知の復興の端緒となるこの時期の様子を検討するものである。

一　後陽成天皇から後水尾天皇へ――武家政権の朝廷統制と公家家職

（一）後陽成天皇の文化活動

後陽成天皇は[8]正親町天皇の皇子誠仁親王の第一皇子として元亀二年（一五七一）に誕生、和仁、後に周仁と称した。後陽成は、天正十四年（一五八六）父誠仁親王が皇位を継承することなく逝去したことを受け、十六才にして祖父正親町から嫡孫《ちゃくそん》承《じょう》祖《そ》の形で皇位を継承し、慶長十六年（一六一一）後水尾に譲位するまで皇位にあった。後陽成の在位期間は、戦国時代の朝廷衰微の時期を脱し、豊臣秀吉政権の全盛期と徳川家康による江戸幕府樹立期に重なっており、近世武家政権との関係において注目される時期でもある。特に江戸幕府による朝廷・公家統制の側面においては、後陽成の譲位問題、猪熊事件を発端とした官女・公家の処罰問題など、朝廷内における統制に幕府が介在することになる端緒が見られるなど、江戸時代の幕府の対朝廷政策を考える上でも看過できない時代である。[9]

この時代にあって、後陽成は朝儀の再興や文芸に対して深く意を払い、「自神武天皇百余代末孫周仁」の自署に象徴されるように、古代以来文事の中核たる皇位継承者としての明確な意思が看取される。こうしたなかで後陽成は和歌に関して早くから深い関心を寄せていた。[10]即位後間もない天正十八年（一五九〇）には「今上古今御伝授之御叡心也、御若年如何、是非共先御無用之由令祇候砌可申入」[11]のように、十代後半で古今伝授を望んでいたことは、後陽成の和歌に対する姿勢を考える上で注目される。

朝廷儀式に関しては、天正六年から途絶えていた元日節会が即位の翌天正十五年再興された。慶長七年正月二日には殿上淵酔《てんじょうのえんずい》、六日には前年再興された叙位が行われており、この時後陽成は自らの日記に(12)「朕作法指南スル也、」・「天正六年以後断絶之所朕指南以分別去年以来再興也、」と後陽成自身が所作に指南を加えたことを書き記している。後陽成が朝儀に意を払っている様子は、慶長十年の「将軍宣下叙位任大臣等陣儀次第」など、儀式の進行などの諸情報をまとめた「次第」を残していることからも窺え、次第の作成に際しては関連する記録の借覧・書写などに努めている。この他にも数々の文化活動が知られているが、特筆されるものは広範囲の分野に及ぶ慶長勅版の刊行であり、典籍の筆写による継承・流布の時代から印刷の時代への幕開けとなるものであった。

(二)　武家政権による朝廷統制と公家家職

後陽成による文化活動は、同時に武家による朝廷統制とも軌を一にし、連動したものであった。後陽成が文化活動を展開する時期は、武家政権による公家の知行安堵に対して、公家の担うべき役儀が打ち出され、それが「弥被励御奉公、其家道々可被相嗜」という文言で明示され、禁裏への小番の精勤と家業への精励が定められた。(13)後に公家家職《くげかしょく》とされる家業の精励により、朝廷に奉公することが知行を与えた武家政権への奉公にあたるというものである。朝廷における文化活動に関わる、豊臣政権及び江戸幕府による朝廷統制の様子を法制の面から整理すると、(14)大きくみて江戸幕府は、摂政・関白および五摂家、武家伝奏《ぶけてんそう》を中心として朝廷内の統制機構を構築した。まずその嚆矢《こうし》は、九条兼孝の関白還任《げんにん》による摂家家職の再興であり、その上において慶長十八年（一六一三）の公家衆法度が「右条々相定所也、従五摂家并伝奏其届在之時、可行武家之沙汰者也」と定め、さらに慶長二十年（一六一五）の禁中并公家中諸法度では「関白・伝奏并奉行職事等申渡儀、堂上・地下輩於相背者、可為流罪事」と規定された。さらに、京都に派遣された武士である京都所司代や禁裏付《きんりづき》が朝廷を監視、統制をはかるというもので、この二重の統制機構の枠と、次に見る家職などの文化的枠組みを規定する法度の内で、江戸初期の宮廷文化は育まれることとなる。

つぎに公家の担うべき役儀としての家職の側面から、家業に関わる法度類[15]を順に整理すると、まず文禄二年（一五九三）には関白豊臣秀次の奏請を受けて、後陽成から覚[16]が出された。この覚では、儒道・有職・歌道・楽・神楽・郢曲《えいきょく》・能書・鞠と諸公家が修めるべき家職と家名があげられている。さらに公家個人が①「老者其外前官無閑暇衆」、②「年齢三十以上当世役者衆」、③「未及三十衆」の三つの集団に分けられ、①の人々には「若年衆ニ後見可然之事」、②には「当分随其身之役、稽古可然之事」、③に含まれた者には「不云身之労屈、学文可然候」のように指示がなされている。その上で、「於　禁中毎月五日御会　儒道　詩連句之御会一日　有職　種々之事之御会一日、歌道　和歌御会一日　御楽　合奏之御会一日　神楽稽古之御会一日」を行うこととされている。公家の家職に関しては、文禄四年（一五九五）八月三日には豊臣五大老による連署条目の冒頭で「一　諸公家、諸門跡被嗜家々道、可被専　公儀御奉公事、」というように重ねて家職への精励・天皇への奉公が定められている。武家による公家家職奨励への方向性は徳川政権へも継承され、慶長十五年（一六一〇）後陽成の譲位に関して家康から両武家伝奏に対して出された条々では「一　諸家其道々学問・形儀、法度正様可被仰付事、」と定められ、慶長十八年（一六一三）六月十六日の公家衆法度ではその冒頭に「一　公家衆家々学問昼夜無油断様可被仰付事」の条文が確認される。これを踏まえて、同二十年（一六一五）の禁中并公家中諸法度の第十条は、「一　諸家昇進之次第、其家々守旧例可申上、但、学問・有職・歌道令勤学、其外於積奉公労者、雖為超越、可被成御推任・御推叙、下道真備雖従八位下、依有才智誉、右大臣拝任、尤規模也、蛍雪之功不可棄置事、」として、官位の昇進は家々の家例によるとしながらも、上述の規定を順守し家職に精励し、奉公の労を積み重ねたものには、推任《すいにん》・推叙《すいじょ》もなされうるとし、学問・有職・和歌の知が公家の昇進に関わる重要事として位置づけられた。武家からの規定に対応する形で、寛永八年（一六三一）後水尾院の定めた「若公家衆之御法度」の中には「一　学問稽古事」という条文を見ることができる。このように、近世の公家家職は、武家政権による家領安堵に対する公家の役儀として位置づけられており、朝廷内においても天皇・上皇による諸芸稽古奨励の方向性と対応している。

二　慶長・元和・寛永期における宮廷の書――後水尾天皇の書

（一）　書の故実と江戸初期の三筆

戦国の乱世にあって、朝儀の中絶、即位礼の遅延など、経済的に困窮した朝廷社会は積極的に文化的創造を開花させ得る土壌に乏しい時代にあった。しかしこうした中で天皇の書は「後柏原院流《ごかしわばらいんりゅう》」と称される端正で謹直でありながら、雄大かつ伸びやかなで力強い書風を展開することとなる。(17)こうした書風は、後奈良天皇・正親町天皇・後陽成天皇へと継承され「勅筆流《ちょくひつりゅう》」と後世に書流分類で認識されるにいたる。(18)また一方で、本稿で扱う慶長・元和・寛永期には、かつては元号を冠して「寛永の三筆」と呼ばれ、今日では「江戸初期の三筆」と通称される近衛信尹・本阿弥光悦・松花堂昭乗のほか、烏丸光広らの能書《のうしょ》が現れた。伝統を重視し、型におさまった画一的な和様の書が展開した当時において、彼らの書風はそれぞれにおいて意欲的なものであり、従来の書風の枠を超越して余りある書表現であった。(19)書表現において、新しい流れが生み出されたこの時期に在位したのが後水尾天皇である。ここでは後水尾天皇の書を巡って、公家武家の両社会にまたがる書の果たした役割を見ていくこととする。

（二）　後水尾天皇の書の学習

後水尾天皇の書として、直ちにその筆跡を思い浮かべ得る方は少ないと思うが、最も多くの人の目に触れているのは、日光東照宮の陽明門に掲げられた「東照大権現」の勅額であろう。後水尾は幕府の請を受け、徳川家康に東照大権現の神号を贈り神に祀った。幕府の威信をかけて造営が行われたその霊廟たる久能山・日光の東照社の楼門に掲げられたこの神号の字形は、江戸城内紅葉山東照社に掲げられていた徳川記念財団に収蔵される扁額とも同一であり、背面に「元和三年三月廿八日」の記載が確認できる。[20] 家康以降、江戸幕府は歴代将軍の廟所を営む際、その門に掲げる将軍の院号を書した勅額を朝廷に求めており、その門は勅額門として、将軍権威を象徴する装置として機能した。この勅額の染筆については、伝授を受けて初めて書き得るもので、その書法・揮毫に際しての詳細な留意点があげられている。[21] これこそが額字伝授として中世以来筆道の伝授として重んじられてきた七カ条の内の一つなのである。七カ条とは藤原行成の子孫として代々書役として朝廷に仕えた世尊寺家以来の故実である①錦旗、②武家旗、③太上天皇辞表、④年中行事障子、⑤悠紀主基屏風色紙、⑥賢聖障子《けんじょうしょうじ》、⑦勅額の書法についての伝授である。[22] 世尊寺家断絶の後、書役は持明院家に移り、持明院基孝（一五二〇〜一六一一）の時代に同家の家職として持明院流入木道《じゅぼくどう》は相伝が開始され、江戸時代に展開を見ることになるが、これは先述した文禄二年の「覚」の動きと連動したものとされる。[23] こうした書流を巡る新たな動きが見いだされた近世初期、後水尾と書の関わりは始められる。[24]

後水尾は八才のおり、尊鎮流の西洞院時慶を「御手習師範」としており、二十二才段階では中院流の中院通村らと「御手習講始」を行っており、(25) 後水尾の書は、広い意味での「御家流」の下地の上に「中院流」の影響を受けている。両者の影響を受けたであろう後水尾の「書風」と両者の「書風」は、直ちに近似したものではないが、これは次のような意識の存在を踏まえて考える必要がある。

尊朝親王も奴書（頭書、師の書体をかへぬは奴書といひて忌事也、筆意は相承を守り、体はかふる事也、行成卿十七代体は皆別なれども、其誠は行成卿と同物なりと、尊円親王入木抄に書置給ふ、可信、）を忘れて体をかへられて成べし、(26)

つまり、書体・書流を継承後、自ら研鑽を積み、しかる上で自己固有の書表現を目指すべきであるという意識が存在したのであり、このような意識が多様な「書風」による流派の分立に繋がったと考えられる。

こうした書の下地を有した後水尾は、二十六才になった元和七年（一六二一）六月十四日曼殊院良恕法親王（誠仁親王皇子・一五七四～一六四三）(27)から能書方《のうしょかた》七箇条の伝受を受けた。先に見るように、元和三年東照大権現の勅額を書いている後水尾は、十年前の慶長十七年（一六一二）、既に持明院基久から能書方を伝受して、勅額を書くべき条件を満たしていたが、この伝授は委細の事を尋ね決するため、再度伝受したものであった。(28) この事例は、後水尾の書への深い関心を示唆するものであり、後水尾流と呼ばれる「書風」形成や後に後水尾を起点として形成される「勅伝書流」の前史が世尊寺系の持明院による伝授に遡及することを示している。この時の聞書が「後水尾院御聞書」であり、額書・懐紙・短冊・諷誦願文《ふじゅがんもん》清書・五首七首懐紙等書法などが記されている。(29) また「後水尾院和歌作法」(30)には、後水尾からの聞書になる和歌懐紙等染筆関係内容二十九条が記されており、この内容から、後水尾が持明院系統の伝授に新たな解釈と伝授様式（切紙箇条《きりがみかじょう》）を加味し、それが「勅伝書流《ちょくでんしょりゅう》」として秘伝化していくのである。

（三）勅伝書流の形成——能書方伝授の内容と後水尾の書風

先に後水尾が両度にわたって継承した「能書方」とは、「能書七箇条」とも呼ばれるもので、江戸時代においてその伝授が勅額染筆の必要条件として機能していた[31]。

後水尾の孫、東山天皇在位の元禄十一年（一六九八）、東山天皇は新造なった東叡山寛永寺の中堂《ちゅうどう》に掲げる瑠璃殿という勅額の染筆を幕府から求められた。しかし東山は能書方を未伝授のため、今回は霊元・東山の両筆《りょうひつ》という名目で霊元が染筆し、東山に対して霊元が急遽伝授を行っていた。この事例から、近世における勅額染筆において能書方の伝授が必要条件とされていたことが確認され、朝廷として幕府に求められた役割を果たす上において、書道の伝授は生きた必要条件であったことが確認される。霊元が東山に伝授した能書方は、寛文九年（一六六九）六月二十四日に後水尾から霊元が伝授されたものであり、持明院家に伝わる伝授が上皇から天皇へと伝授・継承されるいわゆる「勅伝書流」の形成がなされていることが確認できる[32]。時代が下って延享二年（一七四五）三月二十一日、一乗院尊賞から京極宮家仁へ伝授された能書方口伝の事例から能書方口伝の内容を確認すると、一連の伝授関係文書の内、能書方目録の末尾には「右従一乗院宮被伝之、後陽成院之仰書を書たる物有之」との記載がみられ、「懐紙之留三字之事」の箇所には「かやうの事宜、霊元院ノ御懐紙ハ各如此云々、多如此候」、「後水尾院・逍遥院ナトニハいろは文字の一字マチリタルモアリ、併トメ三字ノ下ニハ悪候、稀ニハ中之一字ニハアリ」等の様に伝授内容の根拠として後陽成・後水尾・霊元・三条西実隆等の事例が挙げられている。このように「勅伝書流」における能書方口伝は、世尊寺中世以来の所伝のみではなく、江戸時代前期における天皇の事例が伝授として口伝化していた。これらの文書は「能書方伝受之目録、堅秘他見候」との文言により封印がなされてきたのであり、寛文五年（一六六五）における後水尾から妙法院尭恕への伝授に際しては、伝授の後「参法皇御対面、内々申出処ノ能書伝受書三巻、此中令書写、今日返上」[33]のように伝授書の書写も確認される。こうした事例は、同時期において三条西家の家伝であった古今伝授が細川幽斎・八条宮智仁を介して後水尾へ伝わり御所伝授となったことと[34]密接な関係性が想定される事をここに指摘したい。「書流」の新しい起点としても後水尾を認識する必要があるのであり、書の伝授に含まれる、額書・和歌懐紙・短冊の書法は、近世堂上《とうしょう》歌壇《かだん》の隆盛と共に注目すべきところである。

　このように形成された「勅伝書流」について、その伝授を受けた広橋兼胤（一七一五〜八一）は「能書方　勅伝後水尾院（被定切紙箇條）」[35]というように伝授の祖を後水尾と認識している。ここで興味深いのが、文化十一年（一八一四）成立の「諸家家業記」に見られる記述である。

　　筆道　青蓮院宮　有栖川宮　持明院

　筆道之事、世尊寺権大納言行成卿を元祖として夫より諸家江相分候由、当時にてハ勅筆様・御家様・世尊寺様・甲斐様（又ハ大師様共）と四ツに相別れ候得共元来は一流に候、勅筆様と申ハ本阿弥光悦より伝来之箱を後水尾様江献り夫より御伝来にて当時有栖川一品宮御伝統有之[36]

勅筆様と史料中では記載される勅伝書流は、江戸中期には有栖川宮家の家職として和歌と共に宮家当主に継承されて幕末に至り、後世有栖川流書道と称されるものとなる。この史料は既述の勅伝書流の起源とは異なり、後水尾が、江戸初期の三筆とされる本阿弥光悦からその書法を箱伝授《はこでんじゅ》されたとしている。歴史的事実とは異なる理解であるが、後水尾天皇の書風と本阿弥光悦の書風を見比べた際、こうした見解が生まれ得る余地があるのではないかと考える。後水尾もその若い頃の書風には、後陽成以前の宸翰様《しんかんよう》の余香を見出すことができるが、壮年以降の書風には、縦長で筆法鋭く渇筆気味の書風へ書風を大きく変化させており、従来の宸翰様とは大きく異なる宸翰としての書風が見いだされる。この書風は、烏丸光広の豪放な書風にも通じるところがあり、後水尾の後期の書風もまた、江戸初期の三筆と同時代の書風の流れの上で位置づけられた結果、光悦から後水尾への伝授という表現となり、天皇の許可の上で箱伝授がなされ得た「勅伝書流」としての有栖川宮家の家職として叙述されたのであろう。

この後水尾後期の書風は、後西天皇の書風にその跡を見出せるが、次の霊元の書風は穏やかで粘りのある後の有栖川流書道の書風の淵源となり得る温和なものとなっており、勅伝書流の系譜から後水尾の後期に見られたその書風は姿を消している。新しい表現力を備えた江戸初期の三筆の書風と、後水尾の書風とが期を一にして現れたこの時期が書風の一つの画期として江戸後期に認識されていたことを示す史料であり、翻って書表現の上でも、朝廷における天皇の書が伝統を踏ま

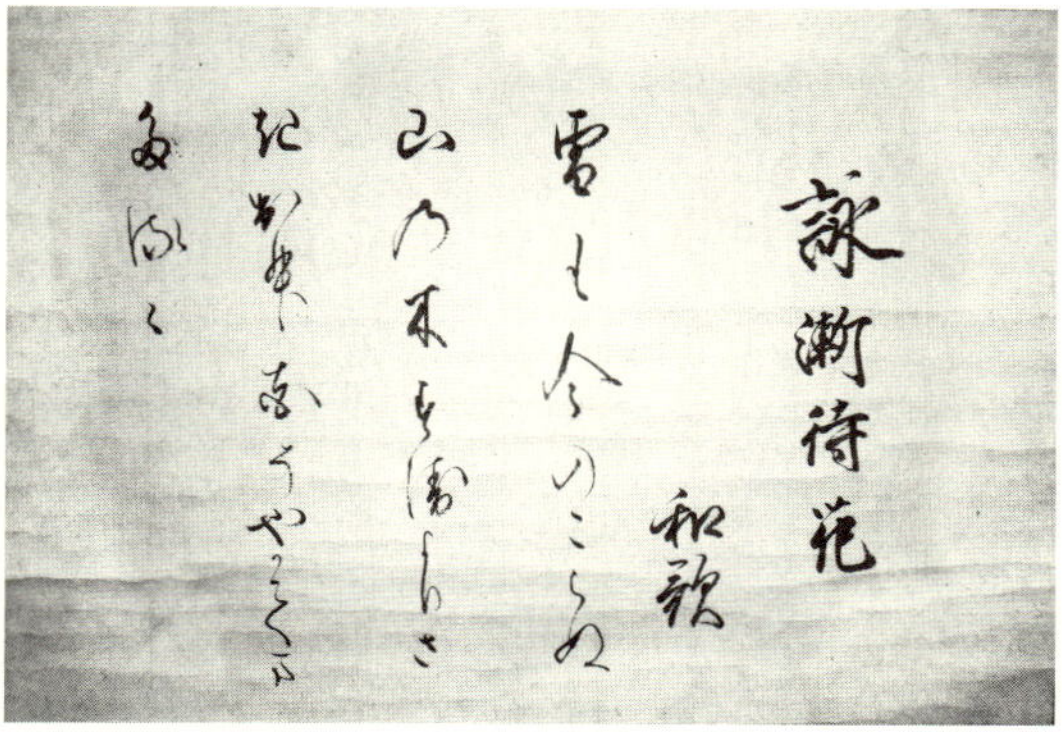

図1　後水尾天皇和歌懐紙（個人蔵）
元和九年二月一二日御会　桑原長義の添状に「後水尾院様御わかき御時分遊はされ候勅筆」とある自筆自詠懐紙。

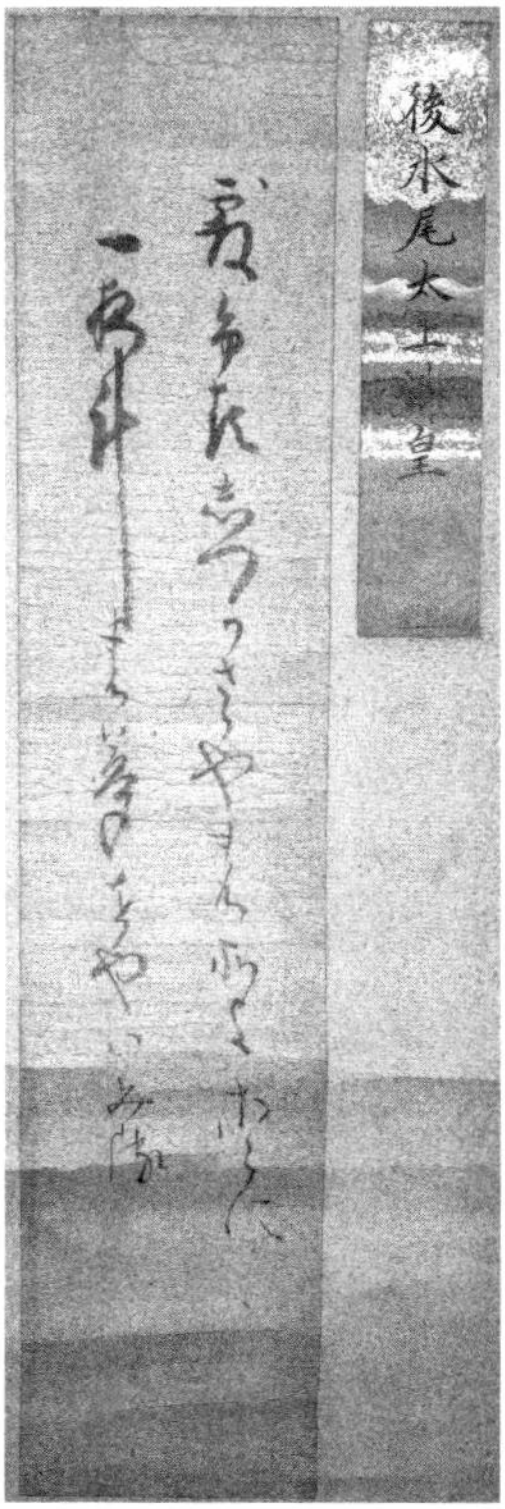

図2　後水尾天皇和歌短冊（個人蔵）
図1とは異なる書風で「定家卿百番歌合」冬所収の古歌を写した短冊。
霰降るしつが笹屋のそよさらに一夜ばかりの夢をやは見る

えたうえで新たな伝授を形成し、勅伝書流として朝廷内で求心力を持ち、その伝授を以て幕府に対する役を果たし得たのである。こうした幕府が天皇の書に求めた役割の中に、東照大権現の神号や東照社縁起の詞書の染筆などが位置付けられるのである。

三　「寛永有識《かんえいゆうそく》」の時代における公家装束

（一）京都の織工業の衰微と復興

応仁文明の乱以後の公家社会にあっては、経済基盤の問題、および京都荒廃の影響を受け、朝儀に用いるその装束の調製もままならぬ状況がみられた。装束の織製にあたる大舎人町や大宮の工人の機業も一時は廃絶状態を呈し、次第に白雲村の練貫方《ねりぬきかた》や大舎人座が西陣跡によって復興をはかったがその動きも微々たるものであった。かかる状態を脱し、西陣を隆盛の時期へと導くのが秀吉政権である。この時期に至り、公家装束もまた復興へと歩みを進めることになるのであるが、当時の織物には海外から新技術の導入もあり、また能楽の隆盛に対応した

豪華な能衣装の製作、いわゆる唐織《からおり》や、南蛮装束が隆盛を見たのもこの時期である。(37)

度重なる合戦による織機の焼亡や職人の離散という生産側の問題、また染織品という装束の性質の問題、使用による経年の劣化は避けられるべくもなく、参考とすべき伝存装束が稀有な状況もあり、応仁・文明の乱以降代替の装束を持って本来の装束に充てるなどの試みがなされたが、(38)次第に本来の姿への意識が希薄となり次第に装束に関して混乱を来すに至った。こうした装束に関する知識の混乱と、当時における時代の嗜好性、さらに後述する武家資本が投下された臨時行事において調製された「晴れ」装束の姿が相まって、後世「寛永有識」と呼ばれるにいたる、故実とは一線を画した装束が見られるようになるのである。江戸時代中期以降、古代以来の古典籍・古記録・遺品に学んだ公家装束に関する有識故実研究者は、故実から離れた「寛永有識」のあり方を批判し、再興された朝儀と共に研究を深めていくことになるのであるが、慶長・元和・寛永のこの時期は、知識の混乱が有ったが故に、さらにいえば厳格な有識故実の枠が不分明であったが故に、いわば当時の世相・為政者の嗜好をまさに反映した装束を生み出し得たのである。ここでは、禁中幷公家中諸法度九条に見られる公家装束の規定を確認した上で、聚楽第行幸・二条城行幸という、臨時の「晴」儀を通じて、寛永有識のイメージを紹介し、装束における有識故実の知の再興・新生の様子を見ていくこととする。

（二）禁中幷公家中諸法度第九条にみる公家装束

禁秘抄をひいて和歌の重要性を示す禁中幷公家中諸法度であるが、その根拠とされる禁秘抄(39)に代表される有識書に蓄積された有識の知もまた、公家社会における重要な知の核であった。公家が書き残した日記や古典文芸の中において儀式などにおける装束の描写に極めて詳細なものがあることからも、装束の持つ情報の重要性が窺える。ここでは、有識故実、とくに人々の行動を政治的・社会的・文化的に深く規定した装束・服制の側面から取り上げることとする。朝廷で行われる日常・恒例・臨時の様々な儀式を行うには、まず参役する人々の存在があり、彼らが身にまとうべき装束もまた不可欠であった。

こうした服飾について江戸幕府が定めた禁中并公家中諸法度は、その九条で朝廷における服制について規定している。

一　天子礼服、大袖・小袖・裳・御紋十二象、諸臣礼服格別、御袍、麹塵・青色・帛・生気御袍、或御引直衣・御小直衣等之事、仙洞御袍、赤色橡、或甘御衣、大臣袍、橡・異文、小直衣、親王袍、橡、小直衣、公卿着禁色雑袍、雖殿上人大臣息或孫、聴着禁色雑袍、貫首・五位蔵人・六位蔵人着禁色、至極臘(臈)着麹塵袍、是申下御服之儀也、晴時雖下臈着之、袍色、四位以上橡、五位緋、地下赤衣、六位深緑、七位浅緑、八位深縹、初位浅縹、袍之紋、轡唐草輪無、家々以旧例着用之、任槐以後異文也、直衣、公卿禁色、直衣始或拝領、家々任先規着用之、殿上人直衣、羽林家之外不着之、雖殿上人大臣息又孫、聴着禁色直衣、布衣・直垂、随所着用也、小袖、公卿衣冠之時者着綾、殿上人不着綾、練貫、羽林家三十六歳迄着之、此外不着之、紅梅、十六歳・三月迄諸家着之、此外平絹也、冠、十六未満透額、帷子、公卿従端午、殿上人従四月酉賀茂祭着用普通之事、

九条では、まず①装束の様式、②袍色、③袍文、④直衣の規定、⑤布衣《ほい》・直垂《ひたたれ》の規定、⑥小袖の規定、⑦冠の規定、⑧帷子《かたびら》の規定の順で記載されているが、根拠となる故実書を明らかにしていない。また、内容としても、

装束の規定としては十分に意を尽くし切れていない感があるが、禁色雑袍《きんじきざっぽう》（直衣）の着用や、麹塵袍《きくじんのほう》を下賜された極臈《きょくろう》《ごくろう》の着用のほか、あくまで先例・旧例を守るべきことに意が払われていることに注意しておきたい。

まず天皇が着用する礼服《らいふく》は古代律令制以来の服制における正装であり、朝賀《ちょうが》・即位に用いられたが、次第にその使用は即位礼に限られるようになり、幕末孝明天皇の即位礼まで用いられた中国風の装束である。即位礼での着用に先立ち、天皇が当日着用する礼服を見る礼服御覧《らいふくごらん》の儀式がなされる。戦国時代、即位までに多数の年限を要した後柏原・後奈良・正親町の三帝の即位に際しても礼服御覧は行われており、[40]礼服は中世から途絶なく用いられている。諸臣の礼服についても衣服令に規定があったが、即位礼参列の全ての諸臣が着用したわけではなく、衣冠を着用して参列している。次に天皇が着用する袍については、鞠塵・青色《あおいろ》・帛《はく》・生気御袍《しょうきのごほう》、或御引直衣《おひきのうし》・御《の》小直衣《このうし》等とされている。『聚楽第行幸記』に後陽成天皇は「御束帯、御衣は山鳩色也」の装束で行幸したことを伝えられているが、山鳩色《やまばといろ》の袍は、麹塵の袍とも青色の袍とも呼ばれる。天皇の袍は、天皇にのみ許された赤みを帯びた黄色の黄櫨染《こうろぜん》を位色としたが、この条文に黄櫨染の文言は見られない。これは麹塵と黄櫨染とが中世において混同されており、[41]そうした理解の上に青色と共に併記されたのであろう。

図3　装束図式（個人蔵）
礼服　大袖。『西宮記』十七に「赤大袖、縫日月山形龍虎猿等形、同色小袖、褶縫鉞形、白綬、玉珮二旒、冕冠、御笏、鳥皮舄」というように説明される。

法度成文時における、装束理解の様子

図4　装束図式（個人像）
元亀二年奥書。元禄五年刊。麹塵袍極臈に賜る唐草に尾長鳥文の袍。実際の装束とは首上《くびかみ》（襟）の位置が異なっている。

がうかがえる。天皇の袍文は黄櫨染・青色の袍共に桐竹鳳凰麒麟文《きりたけほうおうきりんもん》とされているが、臣下の袍文と異なり言及がなされていないことは注意しておきたい。これに続けて、帛の袍があげられている。帛御袍は神事への移動時に着用するもので、無文の平絹《へいけん》（冬は練絹《ねりぎぬ》・夏は生絹《すずし》）で縫製された束帯と同じ構成で用いられる一重の袍である。この後、生気御袍(42)に続けて、天皇の着料として引直衣や小直衣を挙げているが、天皇は原則小直衣を着用しない(43)。この点においても、公家故実の混乱が指摘されている。服飾の混乱を如実に示すものとして注目したいのは、天皇の着用する装束の中で重く扱われ、『延喜式』にも確認される神事に際して着用する御斎服《ごさいふく》（祭服）が条文中に見られないことである。室町時代の『装束雑事抄』にも斎服は記載があり、大嘗会《だいじょうえ》が途絶している時期とはいえ、先例などを調査して成文した法度での欠落は不可解である。続けて上皇の服として赤色の袍、上皇着用の小直衣を意味する甘御《かんのおん》衣《ぞ》があげられている。皇太子に関する言及がなされていないことも注目しておきたい。この後、大臣・親王・公卿・殿上人・地下へと記述が続いていくが、袍の色については、装束規定の大本である古代の衣服令を挙げている。袍色については、七位以下は早くから空文化しており、四位以上が黒（橡《つるばみ》）・五位は赤・六位は縹《はなだ》とされてきた。この部分は、幕府が七位以下の再興を念頭に置いたものではなく、あくまで先例・旧例遵守の方向性を示す手段として、律令制の規定を援用したのである。一方、袍文に関しては大臣任官以降異文《いもん》を用いることが示されており、徳川家においても大臣任官以降丁子唐草《ちょうじからくさ》葵文《あおいもん》の袍文を用いることが、山科言経の進言により採用されている。(44)

このように、法度九条の内容は、公家装束に関する厳格な規定としてよりは、むしろ旧例・先例を守るべきものとしての膨大な規定・先例を一部象徴的に例示したものと理解できよう。

装束に関する先例・故実はまさに律令制以来膨大な情報があり、かつ時代・状況による変化がある。こうした状況を踏まえて、大局的な規定文言としての法度なのである。

(三) 聚楽第・二条城行幸にみる装束

儀式執行に要する費用等の側面から、即位礼や恒例臨時の朝儀が途絶してきた戦国期の朝廷にとって、豊臣・徳川政権の経済力を背景に行われた聚楽第行幸・二条城行幸、そして徳川和子の入内は、近世における公家装束を考えていく上で大きな影響を持つこととなった。

その嚆矢は、天正十六年(一五八八)四月の豊臣秀吉による後陽成天皇の聚楽第行幸であろう。「鳳輦・牛車そのほかの諸役以下、事も久しくすたれたる事なれば、おぼつかなしといへども、民部卿法印玄以奉行として、諸家のふるき記録・故実などを尋さぐり相勤らる、かゝる大功に財をおしむべきにあらず、昔の行幸に倍増して馳走すべしとて、諸役者に仰て即時に調進せしむ」と『聚楽第行幸記』が記すように、行幸に際しては故実先例の調査がなされ、「抑そのかみの行幸いくたびといふことをしらず、此度は北山殿応永十五年、室町殿永享九年の行幸の例」を先例とした。両行幸には『北山殿行幸記』、『永享九年十月二十一日行幸記』が伝えられ、詳細に記録されているが、その中で主人である義満・義教以下各人着用の装束についての描写は精緻を極め、参仕の人々は染装束《そめしょうぞく》の束帯に身を包んで供奉《ぐぶ》している。(45) 染装束とは、一日晴れとして常の装いを離れ、位袍である束帯の内、下襲《したがさね》・表袴《うえのはかま》を色染めにし、山吹・薄桜萌黄・藤などのかさねの色目を凝らした、華やかな浮織物《うきおりもの》や堅織物《かたおりもの》としたものである。武家邸への行幸は、あくまで武家による臨時の晴儀であり、戦乱により途絶した恒例・臨時の朝儀とは一線を画するものである。しかし、戦国の世を経た後、百数十年を経た先例に倣って行幸の晴儀を取り行ったことは、朝廷における朝儀、さらにはそれに参仕する諸公家の服飾・服制を回復する上での画期としても注目されるのである。先例とされた両度の行幸のように、聚楽第行幸においても参仕の公家の装束は「余束帯、(中略)例袍、表袴ハ紅梅地ニ白縫雪柳」、また「中納言来臨ニテ、衣冠袍ハ紅梅地ニ雪柳白箔、表袴ハ唐織萌黄地ニ牡丹ノ紋也」などのように、まさに一日晴れの装束として、縫や箔、唐織を用いた美々しい装束であったことが知られる。また供奉した武家の装束もこれに相応した装いで「馬上の装束は一日晴れとて、五色の地に四季の花鳥を、唐織うきおりりうもん縫箔絵にして、呉地蜀江の綾羅錦繍めもあやなり、吉野山の春のけしき、龍田川の秋のよそほひもいかがと覚侍り」と記されるように、まさに秀吉政権により復興された西陣の再興により生産された装束地を用い、武家政権の経済力を背景として成し得たものであった。

　豊臣政権から徳川政権への交代の後、寛永三年(一六二六)九月、後水尾天皇の二条城行幸が、大御所徳川秀忠・徳川家光により行われた。紆余曲折のあった徳川和子の入内も行われ、公武の融和を期待し、かつ三代を重ねた江戸幕府の権勢を示すためのものであり、聚楽第行幸に匹敵する盛儀であった。御物「寛永三年丙寅東福門院入内に付後水尾天皇二条へ行幸鹵簿及徳川二代将軍秀忠上洛絵巻物」五巻はこの様子を細緻に描き伝える画像資料であり、併せて残された「寛永行幸記」にはその装束が詳細に記されている。(46)「供奉之公家・武家各々一日晴、諸公家所召具白丁馬副布衣傘持、依其仁體有多少差異」と『寛永行幸記』が伝えるように、将軍の装束は「御束帯一日晴、御下襲紅二重織物、御紋葵之丸白、表御袴朽葉唐織、御紋窠霰」、公家筆頭の関白近衛信尋は「下襲唐織物地黄紋菱、表袴唐織物、地萌黄紋窠霰」という故実に倣った染装束の一日晴れの装いである。晴れを装う一日晴れ装束であるが、通常は冬は綾織《あやおり》、夏は縠織《こめおり》を用いる下襲にあって、染色を付けた染装束とするだけでなく、生地自体に高価な二重《ふたえ》織物《おりもの》・唐織物を用いていることは正に、当時の時代背景を反映したものであり、こうした点等を以て後世の有職家は故実が乱れた「寛永有識」の状況と認識したのではなかろうか。

　製作技術面での新技術の導入、武家資金の投入による盛儀の催行、先例の調査・検討を踏まえて行われた両度の武家邸への行幸であったが、まさにこの中間に通常時における公家装束のあり方を示した禁中弁公家中諸法度は定められている。褻《け》としての公家装束があって初めて、相対的に一日晴装束が華やかに彩り得た訳である。また、公家装束に関しては、幕府儀礼や東照宮祭祀に関しても用いられることとなり、武家儀礼が整備されていく三代将軍以降の時期においては幕府側においても、東照宮献納神服などについても袍文などを巡って様々な試行錯誤が繰り返されていくこととなる。[47] 東福門院和子の朝廷幕府間における働きや、和子の服飾に関する嗜好も、恒例・臨時を問わず装束に少なからず影響を与えていることも看過できない。[48] 朝儀も次第に再興されていく中で、装束に関わる先例故実の研究蓄積も豊かになっていく。こうした動向の中で、十七世紀初頭の朝廷周辺における公家装束の状況は、「寛永有識」の名の下に、有職故実から離れたマイナスイメージで捉えられていくのであるが、故実に縛られ得なかったが故に成し得た、自由闊達な装束表現の一つとして、慶長・元和・寛永の伸びやかな文化の象徴として位置づけるべきものなのである。

おわりに

以上、慶長・元和・寛永期における書と装束を巡って述べてきた。この時期に生み出された文化はまさに揺籃期のものであった。それは、書においては後水尾や江戸初期の三筆らの書風がその後見られなくなり、霊元天皇の時代に新しい有栖川流の母体となる書風が生み出されていくほか、装束においても、賀茂祭が元禄七年（一六九四）野宮定基の故実研究の成果もあって再興され、野宮は当時有職四天王の一人と称揚されていく一方で、次第に寛永期における装束のあり方は、批判的な対象物となっていくことからも明らかなように、文化を形成していく上で、朝廷機構・幕府機構も未だ未成熟な時期であったことと同様である。幕府の儀礼からみても、将軍家が代を重ねるにしたがって、恒例・臨時行事は整備が進み、文化的な部門としての、歌学方等が幕府の機構の中に置かれるにいたるのもまたこの時期なのである。徳川将軍と和歌・書との関係でいえば、徳川家康の模写になる小倉色紙が伝えられることからも象徴されるように、京都の朝廷とは徳川和子の入内や朝廷側からの御台所の入輿など、京都の朝廷文化との交流は代を重ねるごとに深まり、相互に影響を与えることとなる。将軍が書法に倣って筆を染めた和歌の色紙が、大名・旗本などへ下賜されていくことも、朝廷社会における和歌・書文化の武家社会への浸透の一形態であり、将軍宣下や歴代将軍の年忌法要に際して、将軍以下大名諸侯が公家装束に身を包んで、法要を行い得たのもまた、江戸時代初期における公家装束に関する試行錯誤を経た成果の現れなのである。

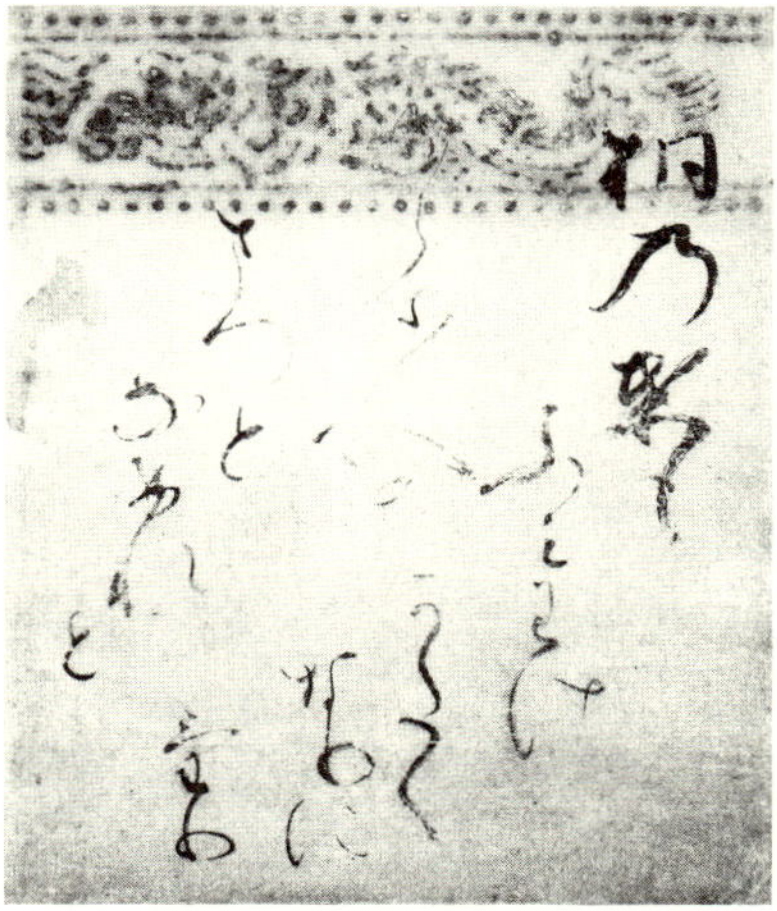
図5　徳川秀忠色紙（平林寺蔵）
徳川家光の重臣松平信綱の菩提寺に伝えられた。蝋箋に散らし書きにしている。

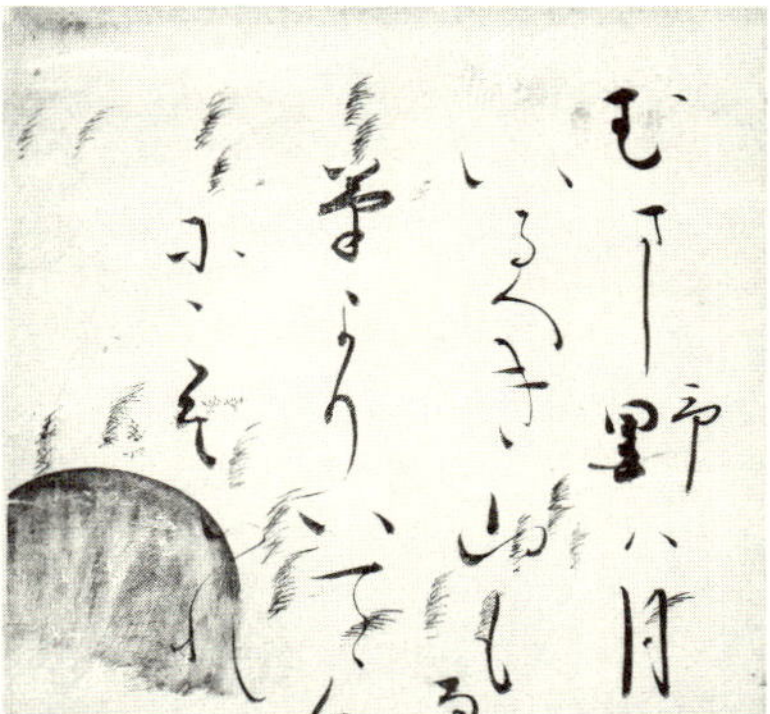
図6　徳川家光色紙（平林寺蔵）
武蔵野の和歌の内容と対応した料紙に、散らし書きしている。

注

（1）熊倉功夫『寛永文化の研究』（吉川弘文館、一九八八年）。松澤克行「寛永文化展開の一基盤」（『史境』二七、一九九三年）。

（2）熊倉功夫『後水尾院』（朝日新聞社、一九八二年）。久保貴子『後水尾天皇』（ミネルヴァ書房、二〇〇八年）。

（3）本田慧子「後水尾天皇の禁中御学問講」（『書陵部紀要』二九、一九七七年）。近世堂上和歌論集刊行会編『近世堂上和歌論集』（明治書院、一九八九年）。鈴木健一『近世堂上歌壇の研究　増訂版』（汲古書院、二〇〇九年）。高梨素子『後水尾院初期歌壇の歌人の研究』（おうふう、二〇一〇年）。

（4）霞会館『後陽成天皇とその時代』（霞会館、一九九五年）。

（5）松澤克行「近世の天皇と学芸」（国立歴史民俗博物館編『和歌と貴族の世界　うたのちから』塙書房、二〇〇七年）。

（6）土田将雄『細川幽斎の研究』（笠間書院、一九七六年）。小高道子「幽斎の歌学と古今伝受」（『国文学』二〇〇七年）。
（7）『新訂増補国史大系　徳川実紀第一篇』（吉川弘文館、一九九八年）慶長八年四月是月条。
（8）武部敏夫「後陽成天皇御事績の一斑」（『後陽成天皇とその時代』霞会館、一九九五年）。
（9）高埜利彦『近世の朝廷と宗教』（吉川弘文館、二〇一四年）。
（10）井上宗雄『中世歌壇史の研究　室町後期』（明治書院、一九七二年）。
（11）『兼見卿記』第四（八木書店、二〇一五年）、同年九月二十二日条。
（12）『後陽成天皇実録』第一巻（ゆまに書房、二〇〇五年）。
（13）藤井譲治「江戸幕府の成立と天皇」（『講座・前近代の天皇』二、青木書店、一九九三年）。
（14）朝幕研究会編『近世朝幕関係法令史料集』（学習院大学人文科学研究所、二〇一〇年）。田中暁龍『近世前期朝幕関係の研究』（吉川弘文館、二〇一一年）。
（15）山口和夫「近世の家職」（『岩波講座日本通史近世4』一四、岩波書店、一九九五年）。前掲注9高埜著書。
（16）朝幕研究会編『近世朝廷関係法制史料集』（学習院大学人文科学研究所、二〇一〇年）。
（17）『宸翰　天皇の書』（京都国立博物館、二〇一二年）。
（18）小松茂美『日本書流全史』（講談社、一九七〇年）。湯山賢一『天皇の書』（日本の美術500、至文堂、二〇〇八年）。
（19）島谷弘幸「和様の書」（『和様の書』東京国立博物館、二〇一三年）。
（20）『徳川家康の肖像』（徳川記念財団、二〇一二年）。
（21）佐野恵作『皇室と寺院』（明治書院、一九三九年）。
（22）前掲注18小松著書。
（23）大道寒渓「持明院流入木道」（『美術工芸』一六、一九四三年）、同「持明院家に誓約状を遺す人々」（『美術工芸』一七、一九四三年）。前掲注18小松著書。西村慎太郎「近世持明院流入木道に見る公家家職」（『東京大学史料編纂所紀要』二〇、二〇〇九年）。
（24）大窪太朗「江戸時代歴代天皇の御書流」（『書陵部紀要』八、一九五七年）。拙稿「親王・宮門跡の家職としての書道」（『近世の天皇・朝廷研究』三、二〇一〇年）。

(25) 前掲注18小松茂美著書。
(26) 森尹祥「書道訓」（『日本書画苑』国書刊行会、一九七〇年）一二三頁。
(27) 良恕自身は慶長三年五月六日に持明院基孝から伝授を受けている。傍線部は筆者加筆。前掲注23大道論文、一九四三年。小松茂美『日本書流全史　上』（講談社、一九七〇年）三六一頁。
(28) 東京大学史料編纂所編纂『大日本史料　第一二編之三八』（東京大学出版会、一九七四年復刻）、元和七年六月一四日条。
(29) 和田英松『皇室御撰の研究』（明治書院、一九三三年）三八五―三八七頁。
(30) 前掲注29和田著書。
(31) 前掲注24拙稿。
(32) 宮内庁書陵部所蔵「書法伝授書類」F4-68。
(33) 「堯恕法親王日記」寛文五年七月二十四日条『妙法院史料　第一巻』（吉川弘文館、一九七六年）。
(34) 宮内庁書陵部編『図書寮典籍解題　続文学編』（一九五〇年）。横井金男『古今伝授の史的研究』（臨川書店、一九八〇年）。小高道子「御所伝受の成立と展開」（近世堂上和歌刊行会編『近世堂上和歌論集』明治書院、一九八九年）。杉本まゆ子「御所伝受考――書陵部蔵古今伝受関係資料をめぐって」（『書陵部紀要　58』二〇〇六年）。
(35) 内閣文庫所蔵「八槐記」宝暦十年五月十八日条。
(36) 史籍集覧研究会『改定史籍集覧　第一七冊』（すみや書房、一九六八年）。
(37) 佐々木信三郎『西陣史』（芸艸堂、一九三二年）。西陣五百年記念事業協議会編『西陣――美と伝統』（西陣五百年記念事業協議会、一九六九年）。
(38) 鈴木敬三『有識故実図典』（吉川弘文館、一九九六年）。
(39) 関根正直『訂正　禁秘抄講義』（六合館、一九二七年）。
(40) 櫻井秀『即位大嘗典礼史要』（博育堂、一九一五年）。
(41) 田中尚房『歴世服飾考』（『改訂増補故実叢書』5、明治書院、一九九三年）、櫻井秀「麹塵御袍考」（『風俗史の研究』宝文館、一九二九年）。出雲路通次郎「聖徳太子尊像に御贈進の御衣に就いて」（『大礼と朝儀』臨川書店、一九八八年（復刻））。

(42)「後水尾院当時年中行事」元日の条に「生気の御袍（平絹生気の方のいろ也、近年其さたなし、慶長のころたゝ一度着せしなり）（筆者注・丸括弧内割注）」とみえ、（宍戸忠男氏のご教示による。）陰陽道との関連とともに、「寛永有識」の一例と考えられる。

(43) 鈴木敬三「小直衣」（前掲注38書）。

(44) 拙稿「髙倉家装束図案帖と徳川将軍家の異文」（徳川記念財団編『徳川家康の肖像』展覧会図録、徳川記念財団、二〇一二年）。

(45) 関根正直・加藤貞次郎「染装束」「染下襲」（『改訂有職故実辞典』村田書店、一九四〇年（一九九〇年復刻））。

(46) 社団法人霞会館『寛永の華　後水尾帝と東福門院和子』（霞会館資料二十輯、一九九六年）。

(47) 拙稿「久能山東照宮伝世の御神宝装束」（『国宝久能山東照宮展』静岡市美術館、二〇一四年）。

(48) 山根有三『小西家旧蔵光琳関係資料とその研究』（中央公論美術出版、一九六二年）。

III　メディアの展開

慶長前後における書物の書写と学問

海野圭介

はじめに

混乱の時代であった室町の世を経て、桃山から江戸時代初頭、十六世紀末から十七世紀初頭は書物の復権の時代であった。造本技術の画期としての印刷術の普及とそれによる書物の社会への浸透は、この時代にその萌芽が認められるものとして書物の歴史に刻まれてきたが、同時にこの時期に「書物」と言えばそれはおおよそ筆写された本を意味した。(1)戦乱の後の復興に伴い、豊臣家、徳川家といった新興勢力の武家による蒐書の動きがあり、(2)また、戦禍を被った禁裏文庫もその補完が始まるなど、(3)公武にわたって大規模な書物の集積事業が企画され、多くの書物が写されていった。個々の公家・武家においても蒐書の気運があり、(4)中世の古典学を領導した三条西家や中院家、武家でありながら古典籍の蒐書と学問に成果を残した細川幽斎の周辺などでも書物の貸借や書写が頻繁に行われており、蓄積された書物はこの時代の学問を下支えし、またその成果としての書物も大量に生み出されている。(5) 本稿では、転機の時代を象徴する元号でもある慶長（一五九六〜一六一五）前後の写本の環境について学問の成果との関係などに触れつつ考えてみたい。

一　書物の貸借と書写――『実条公遺稿』に記された書物の貸借

宮内庁書陵部蔵に所蔵される『実条公遺稿』（柳・三一三）（図1）(6) は、三条西実条（一五七五〜一六四〇）による備忘録と推定されている資料で、中に慶長末年頃のものとされる書籍の貸借リストが含まれている。(7) 書目は、「幽斎江借ス本共覚〈此外ニ□猶有歟〉」（〈 〉内は小字。以下同様）として一二六点、「中院也足ニ借分」として十五点、「遺迎院〈九応〉」として六十点、「転法輪」として二十五点が示され、その後に「借リ写スヘキ物覚」として一六九点が列記される。細川幽斎（一五三四〜一六一〇）、中院通勝（一五五六〜一六一〇）といった慶長前後の文事の中心にいた人物の蔵書形成の一端が具体的に知られること、またその書物を介した交流の根幹に三条西家の蔵書があったことなど既に指摘があり、(8) この時代の書物の転写と集積の実際を窺い、中世末から近世初頭の古典学を支えた書物の流通と相互関係などを考える際にも興味深い資料である。

新興の勢力であった幽斎が貪欲に書物の蒐集や貸借を行ったことは、近年その具体的な書目の整理と検討が行われたが、(9) 幽斎のみならず、父祖以来の書物を伝領した通勝や実条も諸方から書物を借り出し転写している。『奥入』『河海抄』といった十四世紀以前に著された注釈書、東常縁・宗祇による種々の古典の聞書といった十五世紀の学問の蓄積を伝える諸書とともに、実隆以降の三条西家の学問の成果や幽斎・通勝周辺で編纂された注釈書などの十六世紀に成立した書物も貸借の対象となり転写されていった。中世期を通して書物は和歌の家、漢学の家といった道の家々に蓄積されて伝来したが、(10) そうした秘蔵する志向性とともに、一方では相互に貸借や転写が繰り返されたことを『実条公遺稿』は伝えている。(11)

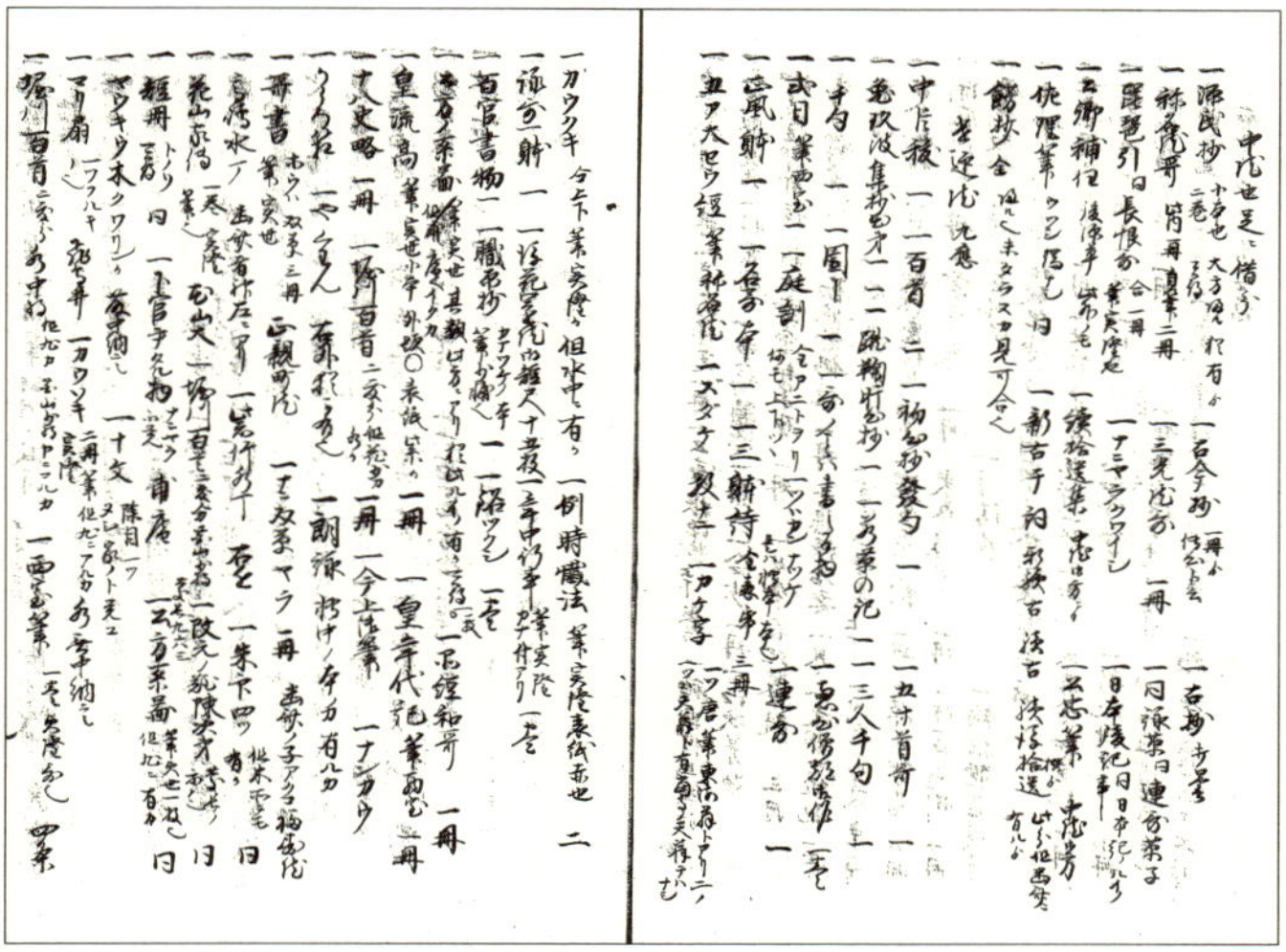

図1　宮内庁書陵部蔵『実条公遺稿』（柳・313）
書目部分

同書目には、通勝、幽斎といった多くの古典学の著述を著した人々のみならず、表1のような人物の名も記されている（「記載項目」欄は先に示した「幽斎江借ス本共覚」のリストを「幽」、以下「也」「遣」「転」「借」とした。「記載される名称」は本資料に記載される文字列を、「人物名」「生没年」は想定される人物名と生没年を記した。空欄は未詳部分）。書物の貸借は公家衆の間だけではなく、小瀬甫庵（一五六四～一六四〇）のような医者、伝未詳ながら名乗りから連歌師か御伽衆などが想定されるユキ庵、祐甫、清水玄長、竹内正甫との間でも行われている。

記される書目には年紀が附記される例もあり、「慶長十七（一六一二）八廿三／日本紀〈一二アリ、神代巻／中院シテ仰也〉今上」「史記歟漢書歟抄〈小本、慶長十七虫ハラヒノ時借スト覚、可尋〉」とある慶長末あたりが本書目成立の下限の目安となる。この年紀の頃を成

表1　『実条公遺稿』（柳・313）所収の「幽斎江借ス本共覚」以下に記載される人物名

記載項目	記載される名称	人物名	生没年	備考
幽・[借]	幽斎	細川幽斎	一五三四～一六一〇	
也・転・[借]	中院・也足	中院通勝	一五五六～一六一〇	
遺	遺迎院九応			
遺・転・[借]	水中・水無中納言・水無瀬	水無瀬兼成	一五一四～一六〇二	
遺・[借]	転中・転法輪・転中納言	転法輪三条公広	一五七七～一六二六	一六〇六権中納言、一六一二権大納言
遺	正親町院	正親町院	一五一七～一五九三	
遺	右近			高山右近(一五五二～一六一五)の生存期間と重なるが別人か？
遺	花山大	花山院定熙	一五五八～一六三四	一五九九権大納言、一六一九内大臣
遺	花山少将	花山院忠長	一五八八～一六六二	慶長十二年(一六〇七)に後陽成院女官との密通が露見(猪熊事件)、同十四年(一六〇九)に蝦夷地へ配流。
遺・[借]	甫庵	小瀬甫庵	一五六四～一六四〇	儒学者、医師。『太閤記』『信長記』の著者。
遺	藤中納言			
遺・転・[借]	飛鳥井	飛鳥井雅庸	一五六九～一六一六	または雅賢(一五八五～一六二六)、雅宣(一五八七～一六五一)。
遺	四条	四条隆昌	一五五六～一六一三	
遺・[借]	持明院御方・持明院	持明院基久	一五八四～一六一五	
転	松木	松木宗信	一五七八～？	または宗敦(生没年未詳)
転	今上	後陽成院	一五七一～一六一七	
転	西園寺	西園寺実益	一五六〇～一六三二	または公益(一五八二～一六四〇)
転・[借]	白川殿・伯	白川雅朝	一五五五～一六三一	または雅陳(一五九二～一六六三)

転	是安	和久是安	一五七八～一六三八	豊臣秀頼の右筆。のち伊達政宗の右筆。
転	中御門	中御門資胤	一五六九～一六二六	または尚良(一五九〇～一六四一)
借	今川	今川氏真	一五三八～一六一五	
借	清三位	清原国賢	一五四四～一六一五	一六〇七従三位。
[借]	三級	毘沙門堂公厳	?～?	中院通為(一五一八～一五六五)男。
[借]	九条殿内衆			
[借]	ユキ庵			
[借]	徳大寺	徳大寺実久	一五八三～一六一六	
[借]	五辻	五辻之仲	一五五八～一六二六	
[借]	木村			
[借]	持明院少将			
[借]	日野大	日野輝資	一五五五～一六二三	一五八七～一六〇三権大納言。または日野資勝(一五七七～一六三九)、一六一四権大納言。
[借]	中川			
[借]	水無瀬三位	水無瀬氏成	一五七一～一六四四	一六一二正三位、一六二六従二位。
[借]	庭田	庭田重定	一五七七～一六二〇	
[借]	祐甫			文禄五年九月十二日何路百韻ほか慶長～元和期の連歌に「祐甫」の名あり
[借]	清水玄長			
[借]	竹内正甫			文禄二年一月一日何舩百韻ほか慶長～寛永期の連歌に「正甫」の名あり。

立時期と考えると、貸出先と考えられる人物名に文禄二年（一五九三）に崩御した正親町院の名が見えるのは矛盾が生じるが、生前に貸出してそのままになっていたのであろう。「中院也足ニ借分」と付記される部分には、「新古今詞新続古続古続後拾遺〈此分但幽斎ニ有ル歟〉」「餝抄全〈帰ル也、未タラスカ、見可合也〉」などの文言が見え、貸し出した書物は求めに応じて他に回送されることもあり、また一部のみが戻され欠冊ができることもしばしばであったらしい。

二　書物の貸借と学問――『百人一首幽斎抄』とその依拠資料

三条西家は十六世紀を通して和歌や王朝古典を対象とした学問の中心の一つであったが、その成果は幽斎・通勝による選択と編集を経て後代へと伝えられたものも多い。細川幽斎の撰述になる『百人一首』の抄物、所謂『百人一首幽斎抄』も三条西家（具体的には実枝）の注釈に基づき他書を組み込み成立した書と考えられているが、[12]その依拠資料の一つである京都大学附属図書館蔵中院文庫本中院通勝筆『小倉抄』（中院・Ⅵ・一七七）は、通勝の異母兄で白川家へ入った雅朝（もと雅英）からもたらされた書物であったことが指摘されている（左記奥書の末尾に見える傍線部の「伯卿」が雅朝）[13]。

文禄五（一五九六）壬七廿二〈巳刻〉書写了、一昨〈于〉立筆、昨日不書也、此間此百首ノ抄三部書写了、本伯卿（白川雅朝）所持也、
〈小町哥以前先年立筆了〉、也足子（花押）（丸印）

（京都大学附属図書館蔵中院文庫本中院通勝筆『小倉抄』（中院・Ⅵ・一七七）奥書）

雅朝が所持していた「百首ノ抄三部」とは、『宗祇抄』（日本女子大学文学部蔵、通称A抄）[14]、『兼載抄』（同、通称B抄）、当該の『小倉抄』の三部[15]、或いは、『宗祇抄』『兼載抄』、実枝講釈の聞書（国立国会図書館蔵中院通勝筆『百人一首抄』832-227）の三部か『宗祇抄』と『兼載抄』の内容を併せ持つ抄物（永青文庫蔵本）、実枝講釈の聞書、『小倉抄』という三部が想定されており[16]、いずれも『幽斎抄』の直接の依拠資料と考えられている。幽斎、通勝が求めて自著の基幹とするほどの書物を雅朝が所持していた直接の事情については今後の資料の出現を俟つ必要があるが、この『小倉抄』の存在は、『実条公遺稿』に記されるような書物の貸借が慶長期を遡る文禄期にも行われていたこと、また、そうした書物の貸借が古典研究の資源となり、転写された書物が新たな学問の成果としての書物を生み出す源泉となっていたことを伝えている。

三　講釈から書物へ――古今伝受とその書物化

写本で伝えられた書物は、そこに記された知識や情報を得るためのソースであるとともに、伝えられた知識とそれを包括する体系とが確かに伝えられたことの証でもあった。書物の背景には、そこに直接的には記されない知識が横たわっており、書物は書物だけで完結してはいなかった。

例えば、この時代に和歌の秘伝として尊重された古今伝受を通して伝えられた知識は、師と弟子が相対した場で講釈による口頭伝達が行われ、その記録は聞書として浄書、聞書の奥には完遂の証左が師によって加証され、さらには奥義の書としての切紙が転写される、という過程を経て書物としての形をとると考えられている。

幽斎の例を見てみると、その師である三条西実枝の手によって「此集一部之説、伝授之聞書并序分巻〈面授口決証明之奥書等別紙在之、於草本者為後証令抑留者也〉、数日相対而具令読合訖、其義誠如合符節雖班馬何及之併為此道之一人、当千者乎、天正丙子歳（一五七六）小春吉辰権大納言（花押）」と加証された『古今集』講釈の聞書『伝心抄』（宮内庁書陵部蔵古今伝受資料（五〇二・四二〇）の内）と同じく実枝の手になる「当流切紙」と題された切紙の束（同蔵）は、実枝から幽斎へと伝えられた知識の入れ物であり、且つその書物へと収斂する知識の体系の確かな伝達を可視化する証拠でもあった。[17]

幽斎の伝えた古今伝受は、慶長五年（一六〇〇）に八条宮智仁親王へと継承され、その相伝に用いられた諸書は宮内庁書陵部に古今伝受資料（五〇二・四二〇）として所蔵されている。この一群の中には、幽斎が相伝した三条西流のみならず、直接には師からの口頭伝達を伴う相伝がなされなかった近衛流（宗祇から近衛尚道へと伝えられた一流）、堺流（宗祇から肖柏を経て堺の連歌師宗訊へと伝えられた一流）の切紙類も含まれている。これらは幽斎によって蒐集されたもので、その蒐書活動は宗祇に発しながらも諸家に分かれた古今伝受を再統合したものとして評価されているが、これら諸書が自らの流派の伝書とともに伝領されたことは、師から弟子への口頭による知識の伝達を基盤とした古今伝受において、それを継承してきた人々の遺した書物群を伝承してゆくこと、モノとしての書物を伝承する要素の重要性が増加したことを意味している。

智仁親王は幽斎から受け継いだ書物群を整理し、慶長七年（一六〇二）には目録を作成している。[18]元来は個別の事情で相伝され、転写されてきた書物は、目録化されることで一具の書物群としてパッケージ化されることとなった。以降、歴代の継承者よって新たに作成された聞書類がそこに追加されることはあるが、古今伝受は幽斎―智仁親王の間で整理された一具が規範となって幕末まで禁裏・仙洞に継承されてゆくこととなる。こうした書物の整理とそれに伴う固定化は、一種の硬直化としてその負の面が強調されることもあるが、[19]前時代に伝承された知識に具体的な形を与えるとともに、その総体の形を指し示したものとして積極的に評価されるべきであろう。

四　写本の作成――『古今和歌集聞書』『闕疑抄』の浄書過程

口頭で伝えられた知識が書物となる間には幾度かの書物化を経ることがあった。宮内庁書陵部に蔵される智仁親王筆『古今和歌集聞書』（古今伝受資料（五〇二・四二〇）の内）十二冊は、慶長五年（一六〇〇）に行われた幽斎からの『古今和歌集』講釈の智仁親王による筆録であるが、現在知られる聞書は、それぞれ草稿本（当座聞書、四冊（内一冊は他三冊とは性格が異なり整序の跡が見て取れる））（図2）・中書本（三冊）（図3）・清書本（三冊）（図4）にあたるとされ、同書はこの三段階の整序の過程を経て成立したと考えられている。草稿にあたる当座聞書は幽斎からの相伝の場で記されたもので語句のメモのような状態にあり、それを整序しつつ中書本が作成され、中書本に基づき改めて幽斎に不審を問い、また先行する注釈などを参照しつつ本文を整え浄書本が作成されたと考えられている。[20] この『古今和歌集聞書』は、右の三つの段階が講釈の当座で伝えられた情報を摘記した書物、それを整序しつつ不審点などを明確化し、師弟間の質疑を通して不足部分を追補するための書物、完成形態として作成された書物の三種の書物として伝わっている。口頭伝達された知識が書物となってゆく途上にはこうしたその都度の書物化が不可避であったのだろう。講釈を書き留めた書物である当座聞書は言うに及ばず、中書本（同書の扉部分に「古今和歌集聞書　中書」と明記されている）の作成も、伝達された内容の確認とその補完のために必要な作業であったと推測される。[21]

智仁親王による『古今和歌集聞書』の例を踏まえた上で、幽斎と通勝の共同成作とも言える『伊勢物語』の注釈書『闕疑抄』の例を見てみたい。京都府立総合資料館に所蔵される『闕疑抄』（九一三・三二）の下冊には、中

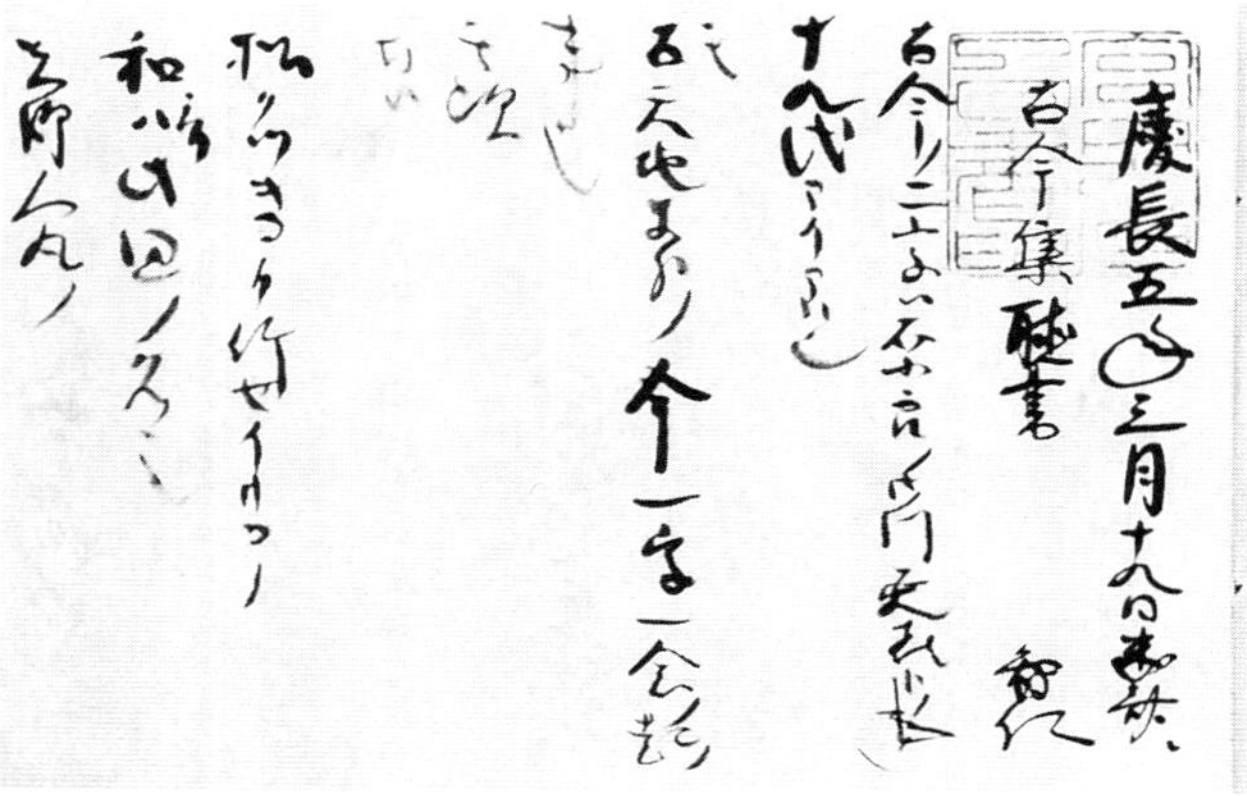

図2　宮内庁書陵部蔵『古今和歌集聞書』(502・420)
(『没後四〇〇年・古今伝授の間修復記念 細川幽斎展』熊本県立美術館、2010年より引用)
当座聞書

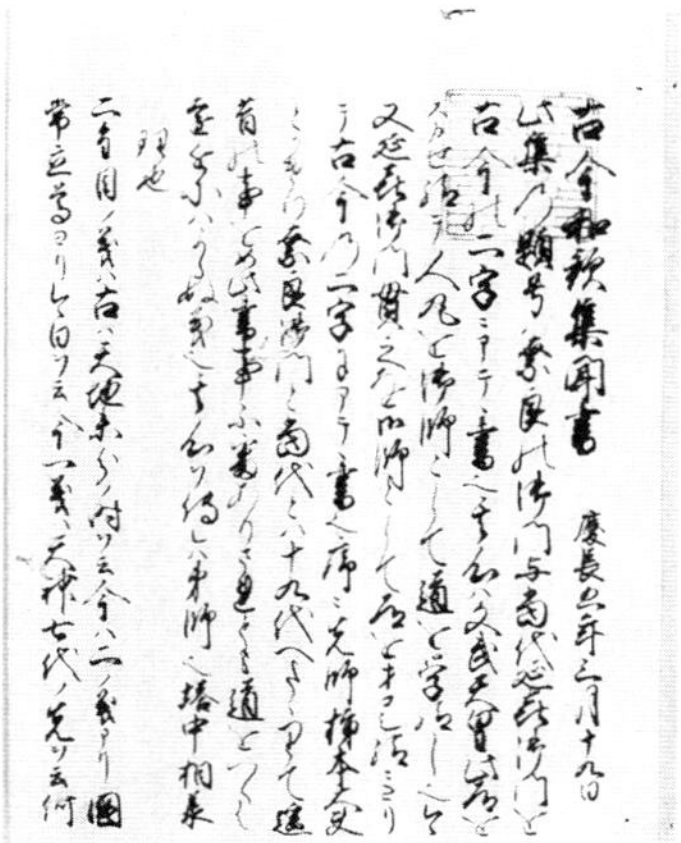

図4　宮内庁書陵部蔵『古今和歌集聞書』(502・420)
(『没後四〇〇年・古今伝授の間修復記念 細川幽斎展』熊本県立美術館、2010年より引用)
清書本

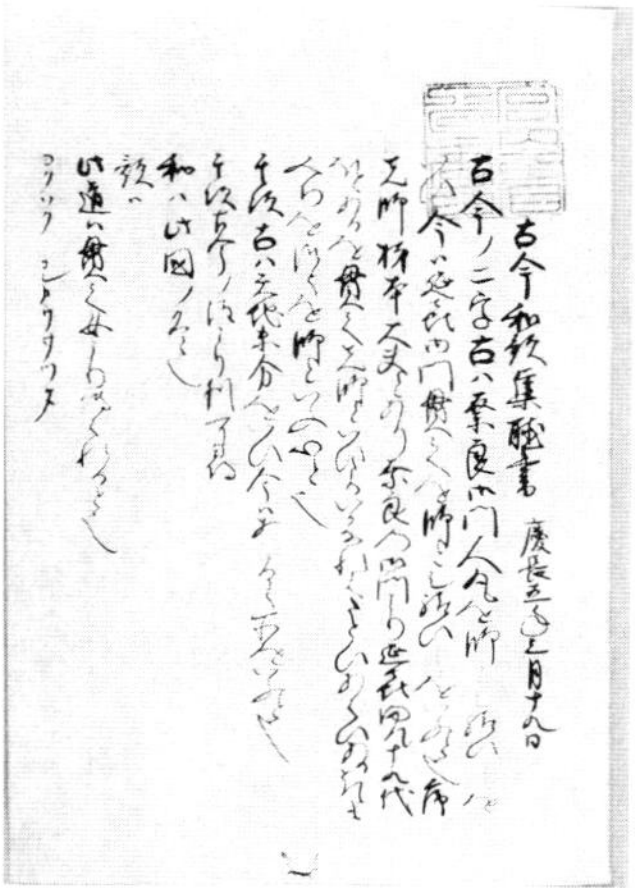

図3　宮内庁書陵部蔵『古今和歌集聞書』(502・420)
(『没後四〇〇年・古今伝授の間修復記念 細川幽斎展』熊本県立美術館、2010年より引用)
中書本

院通村（一五八八～一六五三）の手によって次のような奥書が記されている。

此闕疑抄〈上下〉幽斎老新作之処也、旨趣見奥書、
予亦被草之時侍几下、仍被免許書写、深秘函底、
莫出窓外耳
慶長第二孟冬十五夜終功訖、
也足叟素然御判〈四十二歳〉
同十八日午尅全部一校朱点等了
此抄正本之草〈幽斎玄旨自筆〉
中書〈宗巴法師〉
清書〈村牛孝吉〉　奥書〈玄旨自筆〉
外題〈素然書之、同加朱点了〉」（改丁）
右此鈔者法印玄旨著作也〈子細見彼奥書〉、
爰法眼祐孝、就予被求此物語之講、
雖然依不堪、許此本書写、是為拒
其責也、追而有亡父卿考勘之事等、
堅可被禁外見而已、仍聊記之
慶長第十九（一六一四）南呂仲浣　右中将水原通村（朱印）

『徒然草寿命院抄』の著者でもある医師・秦宗巴（一五五〇～一六〇七）がその制作に関わっていたことが記され、この時期の人的交流を伝える記録として従来も注目されてきたが、幽斎自筆の「草」稿が秦宗巴により「中書」され、さらに村牛孝吉により「清書」されるというプロセスを経て書物となってゆくという、書物としての『闕疑抄』の成立過程を明記したものとしても興味深い。「中書」「清書」を担当した秦宗巴・村牛孝吉が『闕疑抄』の成立に果たした具体的な役割はこの奥書からは窺い知れないが、先の『古今和歌集聞書』の例を勘案すれば、ことに「中書」を担当した宗巴は単に書写したというのではない可能性が高い。幽斎の記した草稿を整序しつつ不審を洗い出すだけの技量が宗巴に求められたであろうことは想像に難くない。宗巴の著した『徒然草寿命院抄』の成立に通勝、山科言経（一五四三～一六一一）、要法寺日性（一五五四～一六一四）といった人々の助力があったこと、また『闕疑抄』の成立と刊行に通勝の積極的な関与があったであろうことは近年も具体的な事例を挙げての指摘があり、[22]その性格として「合作」という語が示されることもある。口頭伝達と書物との往還が書物作成の方法であった時代でもあり、口頭で伝えられた知識を書写することと書物を作成することはある意味で同義でもあった。

五　写本の姿――『岷江入楚』の形態と性格

中院通勝により慶長三年（一五九八）に著された『源氏物語』の注釈書『岷江入楚』は、三条西家流の先行する注釈書・聞書類（『弄花抄』、三条西公条説、三条西実枝説、『長珊聞書』）とその基づく古層の注釈書（『河海抄』『花鳥余情』等）を一覧する大部な著述である。江戸期を通して多くの写本が作成されたが、京都大学附属図書館中院文庫本（中院・Ｖ・一七九）四冊は、残欠ながらも通勝自筆とも考えられてきた資料で、記される注説からも自筆如何に関わらず通勝時点の姿にもっとも近いものと考えられる。(23) この四冊本には所々に空白の行や白紙の丁があり、また、本文上部にも余白が取られている（図5）。これらの空白行や白紙の丁は他の一部の転写本にも踏襲されており、それらの有無は六十点を超える同書の伝本を整理する際にも一定の目安とされてきたが、(24) こうした空白部分の存在は『岷江入楚』という書物そのものの性格を考える上でも注意すべき要素である。

先に触れた、京都府立総合資料館蔵『闕疑抄』（九一三・三二）は、その奥書（通村による奥書部分）に「追而有亡父卿考勘之事等」と、通勝によって考勘が追記されたことが記されていた。その言の通り同書には上部余白部分に書き入れ注記が認められ、奥書の記載からもこれらは通勝による考勘の跡を伝える追記と考えられている（図6）。(25)『闕疑抄』は一旦の成立の後も、幽斎・通勝周辺でその追補が継続されていたと考えられるのであるが、(26) それと同様の追考が『岷江入楚』にもより大きな規模で想定されていたと推測される。『岷江入楚』は先行する諸抄の注説を項目ごとに再編成し、それを一覧することで自らの伝える道統の学説の一定の体系化を試みるが、同時に未記入の紙面を敢えて用意し爾後の追補に備えつつ浄書されたと考えられる。

この書物の余白部分への書き入れという行為は写本に限ったものではなく、室町期に通行した漢籍版本には欄外に夥し

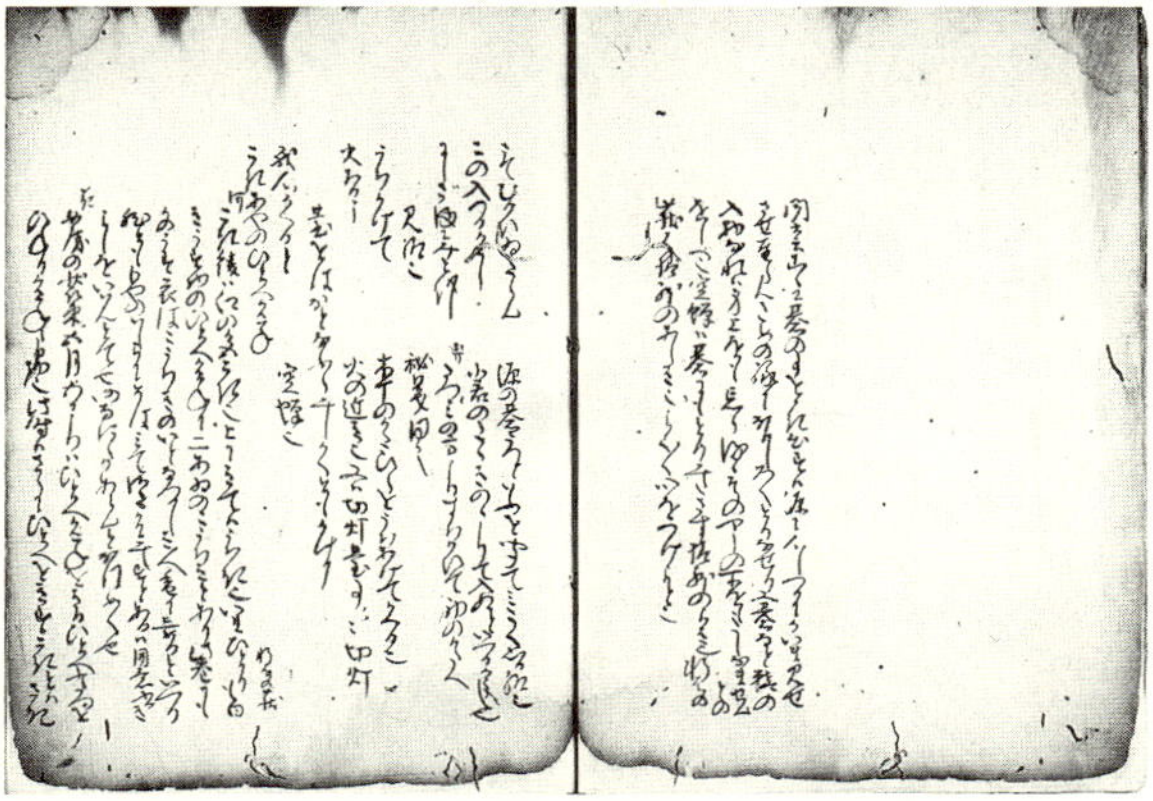
図5　京都大学附属図書館蔵中院文庫本『岷江入楚』（中院・V・33）空蟬
右丁前半部分が空白で残される。上部にも余白が取られる。

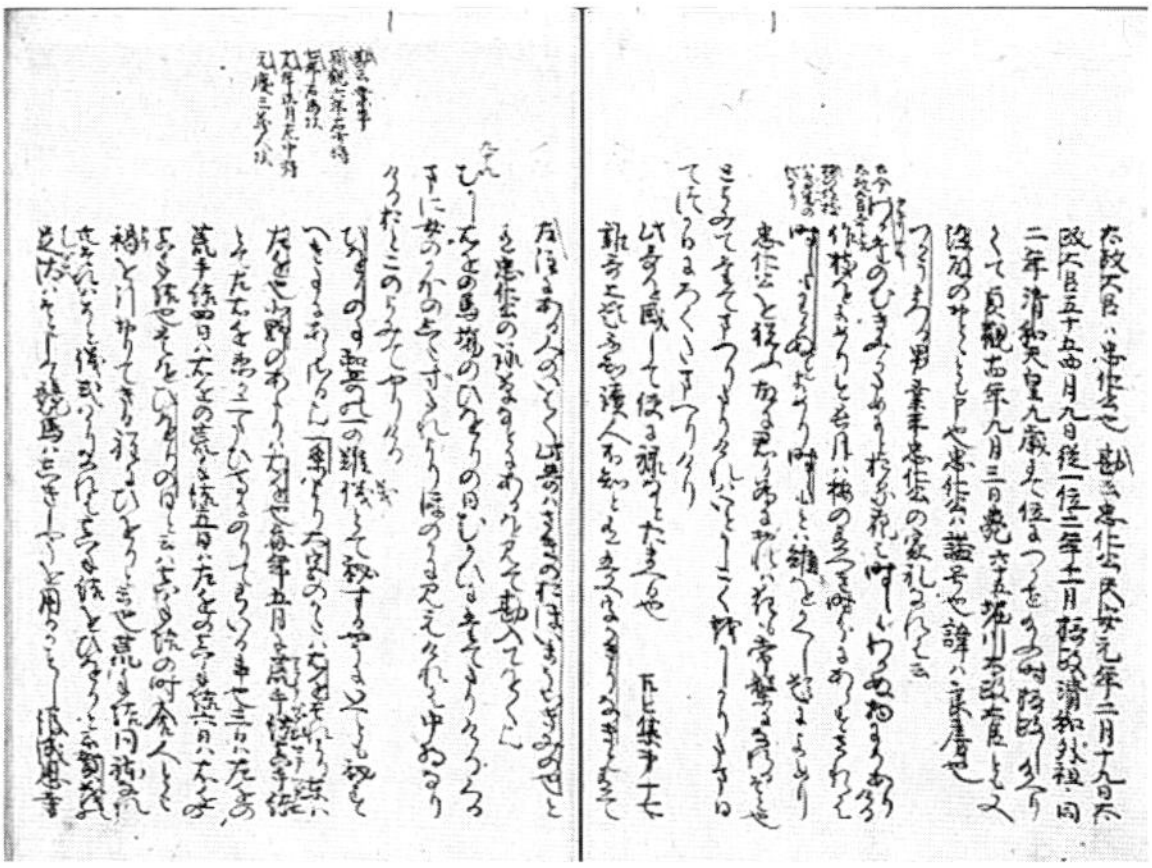

図6　京都府立総合資料館蔵『闕疑抄』(特913・32)
上部に余白が取られ追注が書き込まれる。

い追注を持つ例も見受けられる。刊本の場合は印刷部分の匡郭外の天・地・ノド部分に余白が取られるのが通例で、他本との校合、先行する注釈や講釈の内容などがそこへ細字で追記される。『岷江入楚』の誌面構成がこうした刊本のあり方に倣ったものであったのか否かは確認の術がないが、中世以前に書写された写本においては天地部分に余白が取られることはさほど多くはない。個々の書物には個別の理由や事情があり一概には言えないが、中世以前の写本においては、追記は行間に書き入れられることが多いように思われる（大島本『源氏物語』や『源氏物語』の注釈書『覚勝院抄』は、行間へ校合や注釈が大量に書き入れられた写本の例となろう）。空白行や白紙の丁は言うに及ばず、紙面上部に余白を残す紙面構成はやはり特異と言える。

『岷江入楚』も、それを証拠立てる資料こそ見出されていないものの、『闕疑抄』のように草稿、中書といった幾つかの中間的な書物化とそれぞれの段階における不審・疑義などの検討とを経て成立したと推測して誤り無いように思われる。そうした整序の階梯を経てなおも将来の補完を意図する形態となったのは、単に未検討の部分が多く残されたというのではなく、そのような形態が敢えて選択されたと理解すべきであろう。加えて、こうした、いわば書物としての性格とノートとしての性格を併せ持つような写本の形態は、紙面を分割して上部に施注

する首書形式の著作へと繋がる途も考えられるべきであろう。(27)

六　筆跡の鑑定——モノとしての書物

ここまで述べてきた事柄とは視点を異にするが、この時期の写本の問題として触れておくべきことに筆跡の鑑定がシステム化することがある。古典籍の書写者の鑑定については、早くには、紀貫之の筆跡と伝称される高野切に後奈良天皇（一四九五～一五五七）が鑑定を附した例（表2のNo.1）や、青蓮院流の祖・尊円親王（一二九八～一三五六）の遺墨に尊応親王（一四三二～一五一四）、尊朝親王（一五五二～九七）といった歴代の青蓮院門跡が加証する例（同No.2-3）が散見するが、現在確認される資料の範囲内で筆跡の鑑定が大規模に行われるようになるのは慶長期前後からである。管見に入ったものだけでも三条西公条（同No.4以下同表参照）、里村紹巴（一五二五～一六〇二）、細川幽斎、近衛前久（一五三六～一六一二）、中院通勝、近衛信尹（一五六五～一六一四）、烏丸光広（一五七九～一六三八）、中院通村、藤谷為賢（一五九三～一六五三）、九条道房（一六〇九～四七）などの例があり、慶長前後の時代の文事を語る上で重要と目される人物は、ほぼ古文書や古典籍の筆写者についての鑑定の記録を遺している。

筆跡の鑑定には、親子、師弟など、対象となる者の筆跡を熟知している人物に依頼する場合（青蓮院門跡の例等）と、権威者に求める場合（後奈良天皇の例等）があったようであるが、この時期には古筆の鑑定を家業とする民間の鑑定家が誕生する。古筆家の祖となった古筆了佐（一五七二～一六六二）は、俗名を平沢弥四郎といい、烏丸光広または近衛前久に筆跡の鑑定の教えを受けたとされる。(28)管見の限りでは、徳川美術館蔵藤原定家書状「山門状」に附された元和八年（一六二二）の年紀を記す折紙が早い時期の了佐の鑑定の例であるが、「元和」の文字は

表2　筆跡鑑定者とその鑑定例

No.	鑑定者	作品	所蔵	奥書・極等
1	後奈良天皇（一四九五～一五五七）	高野切（古今和歌集断簡）	高知県	此集撰者之筆跡之由、古来所称云々、尤為奇珎者乎、一覧次聊記之（花押）
2	尊応親王（一四三三～一五一四）	源氏詞	国立歴史民俗博物館	披見之處、祖師贈一品大王妙翰無疑貽、尤可秘篋内者哉、于時文明第六暦（一四七四）夾鐘下八候於穴太円光寺旅宿記之（花押）
3	尊朝親王（一五五二～九七）	朗詠詩歌	徳川美術館	右詩歌者祖師大乗院宮贈一品尊円親王真筆無疑貽者也、入木末葉（花押）記之
4	三条西公条（一四八七～一五六三）	定家物語	五島美術館	于時天文廿（一五五一）暮秋天、称名野釈（花押）
5	里村紹巴（一五二五～一六〇二）	紹巴切（後撰和歌集断簡）	センチュリーミュージアム	此一軸者相伝之次第、近衛殿太閤御所〈恵雲院殿〉、三条西殿右府〈称名院殿〉、御筆在之、爰越後樋口但州実頼風雅執心間、奉与之者也、慶賀部奥典侍之名也、天正十九年（一五九一）季春中旬、法橋紹巴（花押）
6	細川幽斎（一五三四～一六一〇）	詠百首和歌	五島美術館	右一巻頓阿真筆無疑者也。宜被握翫而已、天正十五年（一五八七）六月二日丹山隠士玄旨（花押）
7	近衛前久（一五三六～一六一二）	宸翰集所収亀山天皇書状	東北大学附属図書館	為亀山院震筆趣相？見奥書、尤可謂玉宝者乎（花押）
8	中院通勝（一五五六～一六一〇）	井蛙抄	東北大学附属図書館	此抄者尭恵〈法印尭孝／子息〉自筆無疑、但恨数紙朽損修補之処云々、予書加之、是安倍実季所望之故也、慶長十一年（一六〇六）仲冬廿一日、也足叟素然（印）
9	近衛信尹（一五六五～一六一四）	法印宗清石清水八幡宮立願文草案	天理大学附属天理図書館	時之権別当法印立願之事、誰假名所望之処、京極中納言〈定家卿〉承引之趣不可思議之一軸也、是則可為雄徳奇珎之其一者乎、慶長十五年（一六一〇）仲冬日（花押）
10	烏丸光広（一五七九～一六三八）	古今和歌集	不二文庫	右全部下冷泉元祖持為卿筆痕嘉禄正本、彼家亘古亘今尤為亀鑑者也、元和第五（一六一九）仲秋日、権大納言光広（花押）

11	中院通村（一五八七～一六五三）	大和物語	文化庁	此一冊者前大納言為家〈法名／融覚〉真跡也、以家本書写之由見奥書、抑此物語証本不留布当世、仍備仙洞御覧畢、尤可謂絶代之至宝者也、正二位源通村（花押）
12	藤谷為賢（一五九三～一六五三）	藤谷為賢書状	大覚寺	［…］山辺赤人と御座候切之事、少々おもふり俊成卿筆ニ似申たる由（年次未詳四月二日永田性白老宛書状）（その他の書状については、注32掲載の川嶋将生論文、『大覚寺文書』参照）
13	九条道房（一六〇九～四七）	藤原忠通書状案	京都国立博物館	法性寺殿御筆也／寛永廿年（一六四三）十二月五日、道房書之

年月の右肩に書き入れられており今少し検討の余地を残している。少し降って伝藤原公任筆『古今和歌集』に附属する折紙に「這古今集上下全部者四条大納言殿公任卿御真跡分明也、天下無双之至宝不可過之者也、寛永四暦拾月二日証之〈古筆〉了佐（花押）」[29]、ノートルダム清心女子大学附属図書館蔵『金葉和歌集』（升底切残簡）末尾に附された紙片に「右金葉集下巻従第七至第十為家卿御若年之時之御真筆也、尤可謂家珎者也、寛永四暦極月十日、〈古筆〉了佐（花押）」[30]と記される寛永四年（一六二七）あたりが早い時期の鑑定記録の確実な例であろう。

中世以前に作成された写本には「以〇〇筆本不違一字書写畢、尤為証本者也」のような文言が附されることが多い。[31]こうした加証は、そこに記されたテキストの由来や素性を説明し、その由緒の正しさを証するために記されたもので、祖本の書写者の名前が明記されるのもそれに益するためである。対して、先に記した筆跡の鑑定は、誰が記したものであるのかという点に焦点が据えられ、記された筆跡そのものの価値を証拠立てることを目的としている。このような筆跡鑑定は、寛永年間（一六二四～四四）頃の成立かとされる仮名草子『きのふはけふの物語』に「今程、世間に手鑑はやる。色々様々の古筆をあつへ《（集め）》、奔走する中にも、杉・近衛殿手跡ほどなるはあるまひと沙汰する」と記されるような古筆手鑑の大流行により大量に行われるようになってゆくが、民間の鑑定家の登場は、公家衆の担ってきた領域を侵すものでもあり、大覚寺門跡との間に交わされた藤谷為賢の書翰には了佐に対する直接的な非難が記されている例も残されている。(32)また、墨蹟の類の筆跡の鑑定については禅僧の意見が求められることがあったらしく、大徳寺の住持、江月宗玩《こうげつそうがん》（一五七四～一六四三）は、慶長十六年（一六一一）秋の三十八歳の時から、寛永二十年（一六四三）七十歳の示寂に至るまで三十三年に亘って、実見した高僧の遺墨類を記録している（『墨蹟之写』と題されたその記録は、崇福寺（福岡市博多区）に伝来している）。(33)

おわりに

慶長前後の写本の置かれた環境について幾つかの視点を挙げ具体例を示しつつ述べてきた。

写本で伝えられた書物は、貸借され転写される知識の入れ物としての性格とともに講釈などの口頭伝達による知識の継承の証拠としての性格も有している。前者はモノとして貸借され、それを写し読むことで記された知識の伝達が期待されるが、後者は書物が継承される前提に口頭伝達があり、モノとしての書物は背後に記されない知識の体系を有している。

写本で行われた学問は、師から弟子へと口頭伝達によって伝えられる講釈との連続性を保っており、草稿→中書→清書の過程を経て浄書される書物の成立過程と師に不審を問い質しながら彫琢されてゆく注釈の過程とは親和性が高かった。思索が個人的な営みではなかった時代であるがゆえにその過程の書物化は必然でもあったと言える。そうした思考の過程としての学問の成果が書物化される際には、成立した後の訂正や追記、加筆などが前提とされ、それに対応した書物の形態が選択されることもあった。

また、写本は筆写されたモノであることに価値があった。その書写者が誰であるのかということ自体が問題とされ、筆跡の鑑定が大量に行われるようになるのもこの時代である。これは知識の入れ物や知識の継承を証するモノとしての写本の性格とは異なる写本の価値と流通のルートの存在を示している。

本稿では主として慶長期前後に書写、著述された写本を取り上げその特質について考えてみたが、同時代の刊本で行われた学問や写本と刊本とを併せて行われた漢籍由来の学問などとの比較やその関係性などには触れることができなかった。後考を期したい。

注

（1）国書については筆写された写本が中心となったが、仏書については奈良朝以来の写経や写本で行われた聖教とともに宋版一切経た禅籍の船載など大陸との交渉の成果が活用される例もあり、漢籍についても古鈔本と新たに船載された刊本の双方が行われた。

（2）川瀬一馬『日本における書籍蒐蔵の歴史』（ぺりかん社、一九九二年）参照。

（3）田島公編『禁裏・公家文庫研究1〜5』（思文閣出版、二〇〇三〜二〇一五年）、吉岡眞之・小川剛生編『禁裏本と古典学』（塙書房、二〇〇九年）、酒井茂幸『禁裏本歌書の蔵書史的研究』（思文閣出版、二〇〇九年）参照。

（4）同時期の蒐書活動については、森正人「幽斎の兵部大輔期における古典享受」（森正人・鈴木元編『細川幽斎 戦塵の中の学芸』笠間書院、二〇一〇年）、松澤克行「寛永文化期における九条家文庫点描——九条道房の蔵書整理と貸借」（『文学』一一—三、二〇一〇年）、徳岡涼「細川幽斎の蔵書形成について」（森正人・稲葉継陽『細川家の歴史資料と書籍 永青文庫資料論』（吉川弘文館、二〇一三年）などの成果があり、また日下幸男『中院通勝の研究——年譜稿篇・歌集歌論篇』（勉誠出版、二〇一三年）には通勝の年譜の中に書写活動についての指摘が含まれる。

（5）本稿では触れなかったが、古典学の領域では先行する諸注釈書を一覧して提示する形の諸抄集成型の著作もこの時期にその萌芽が認められる。こうした著述も蔵書の集積とその活用の一旦としての評価がなされるべきであろう。なお、海野圭介「堂上の諸抄集成――京都大学附属図書館蔵中院文庫本『古今和歌集注』の紹介を兼ねて」（鈴木健一編『江戸の「知」』森話社、二〇一〇年）参照。

（6）袋綴一冊。〔江戸中期〕写。柳原家旧蔵。表紙左肩に「香雲院右大臣　実条公遺稿　実教卿編聚　上」と墨書される。三条西実教（一六一九～一七〇一）の編纂によるか。武井和人『中世和歌の文献学的研究』（笠間書院、一九八九年）四二八―四三五頁に翻刻と解説がある。

（7）前掲注6書掲載の武井論文の中で、内部徴証として、①「記載内容で慶長期を確実に下るものが無いこと」、②「実隆・公条・実枝（実世）の名は見えるが、実条の名は見えないこと」、③「登場する家々が、三条家（転法輪）・水無瀬家・中院家・飛鳥井家・五辻家・徳大寺家と、三条西家と特に密なる関係にある家であること」の三点が示されている。

（8）前掲注6書掲載の武井著書、四三四―四三五頁参照。

（9）前掲注4掲載の森正人・稲葉継陽編『細川家の歴史資料と書籍 永青文庫資料論』参照。

（10）小川剛生『中世の書物と学問』（山川出版社、二〇〇九年）。

（11）「職原抄〈スリ本〉」の記載があり（慶長四年（一五九九）刊行の所謂慶長勅版か同十三年（一六〇八）刊行の古活字版が想定される）、敢えて「スリ本」と記されることからも、他は諸家に秘されて伝承された写本であったと推測される。

（12）鈴木元「百人一首『幽斎抄』編纂前後――三条西家和歌註釈の行方」（『細川幽斎 戦塵の中の学芸』笠間書院、二〇一〇年）。

（13）高木浩明「『百人一首抄』（幽斎抄）成立前後――中院通勝の果たした役割」（『中世文学』五八、二〇一三年）。

（14）長谷川幸子「日本女子大学蔵『百人一首抄』について」（『国文目白』二二、一九八三年）、麻原美子・白石美鈴「翻刻　日本女子大学文学部日本文学科蔵『百人一首抄』」（『日本女子大学紀要』（文学部）四六、一九九七年）。

（15）前掲注13掲載の高木論文。

（16）前掲注12掲載の鈴木論文。

（17）古今伝受に代表される当時の古典学は、単なる王朝古典の解釈的理解の伝達ではなく、歌道における心的側面の探求や公家・武家としての態度・振る舞いへの教戒といった思惟的側面が多分に含まれる学問として存在していた。海野圭介「三条西家流古典学と室町後期歌学――細流抄の描く光源氏像を端緒として」（『中世文学』五二、二〇〇七年）参照。

（18）小高道子「古今集伝受後の智仁親王（五）――目録の作成をめぐって」（『梅花短期大学研究紀要』三七、一九八九年）。

（19）確かに、書物化された古今伝受は、後に「箱伝受」と称される口頭伝達を伴わずに書物の授受を以てそれに替える伝受の行儀を生んだが、これは関係者の死去などによる例外的な措置であって講釈を伴う伝受が箱伝受へと時代を追って推移したのではない。

（20）小高道子「細川幽斎の古今伝受――智仁親王への相伝をめぐって」（『国語と国文学』五七―八、一九八〇年）。

（21）「中書」の概念については、武井和人『中世古典籍学序説』（和泉書院、二〇〇九年）所収の「中書攷」（四四三―四六二頁）参照。

（22）高木浩明『中院通勝真筆本『つれ〳〵私抄』――本文と校異』（新典社、二〇一二年）、山本登朗「講釈から出版へ――『伊勢物語闕疑抄』の成立」（山本登朗編『伊勢物語 享受の展開』竹林舎、二〇一〇年）。

（23）『岷江入楚』の伝本と伝来については、「岷江入楚の諸問題」と題して国文学研究資料館基幹研究「日本古典文学における〈中央〉と〈地方〉」共同研究会（国文学研究資料館、二〇一四年五月三十日）において口頭報告を行った。追って別稿を用意したい。

（24）池田亀鑑は『岷江入楚』の伝本を類別するにあたり一面の行数を基準とした。説教や古浄瑠璃などの版本テキストについては一面の行数をもって伝本の先後や系統が考えられてきたものの、写本においてはあまり一般的とは言えない方法であろう。この視点は中田武司『源氏物語古注集成15岷江入楚5』（桜楓社、一九八四年）にも踏襲されたが、結果として有効であった。『岷江入楚』のような五十冊を超える写本を転写する際には親本の行数を変更しない方が紙数の準備も容易であったことが推測される。

（25）大津有一『伊勢物語古註釈の研究 増訂版』（八木書店、一九八六年）四〇六頁。
（26）但し、江戸期を通して流通した『闕疑抄』には様々な追記が書き込まれている伝本も少なくない。大高洋司・陳捷編『日韓の書誌学と古典籍』（アジア遊学一八四、勉誠出版、二〇一五年）所収の「韓国国立中央図書館所蔵の日本古典籍――善本解題」の「闕疑抄」（海野圭介担当）参照。
（27）首書形式の著作の成立や流行の背景については、鈴木健一「序論 古典注釈にみる教養の浸透――季吟『湖月抄』を中心に」（鈴木健一編『浸透する教養 江戸の出版文化という回路』勉誠出版、二〇一三年）参照。
（28）『御手鑑』（慶安四年（一六五一）刊）序文には了佐の師として光広の名があり、『和漢書画古筆鑑定家系譜並印章』（天保七年（一八三六）刊）には龍山・前久の名が記されている。
（29）小松成美『古今和歌集 伝藤原公任筆』（旺文社、一九九五年）。
（30）海野圭介「正宗敦夫旧蔵升底切本『金葉和歌集』考」（伊井春樹編『日本古典文学研究の新展開』笠間書院、二〇一一年）。
（31）こうした書写態度については、浅田徹「「不違一字」的書写態度について」（井上宗雄編『中世和歌 資料と論考』明治書院、一九九二年）参照。
（32）川嶋将生『室町文化論考 文化史の中の公武』（法政大学出版局、二〇〇八年）第七章「藤谷為賢小論――寛永文化期における一公家の活動」、及び大覚寺史資料編纂室『大覚寺文書 下巻』（大覚寺、一九八〇年）所収の為賢書状参照。
（33）『江月宗玩墨蹟之写――禅林墨蹟鑑定日録の研究』（国書刊行会、一九七六年）。

角倉素庵と学問的環境

高木浩明

はじめに

角倉《すみのくら》素庵《そあん》（一五七一～一六三二）と言っても一般にはなじみがないと思うが、角倉了以《すみのくらりょうい》（一五五四～一六一四）と言ったらどうだろう。

角倉了以は、安南国《あんなんこく》（現在のベトナム）との朱印貿易や、保津川疎通、高瀬川運河開鑿事業などを行い、巨万の富を築いた京都の豪商である。元亀二年（一五七一）、その長男として生まれたのが素庵である。本姓は吉田、諱は玄之（後に貞順と改めた）、字を子元、小字を与一と称した。堀杏庵《ほりきょうあん》の「吉田子元行状」（『杏陰集』巻十七）によれば、幼少時より学問を好み、十四歳の時には『大学』『論語』を読み、その後数年の間に唐宋の詩文を通誦したという。天正十六年（一五八八）、十八歳の時に伯父侶庵に伴われ、相国寺に修行中の藤原惺窩《ふじわらせいか》を訪ね、師事した。

慶長四年（一五九九）には林羅山との交遊も始まり、慶長九年（一六〇四）閏八月二十四日には、賀古宗隆の邸宅で羅山の求めによる惺窩との初めての会見が素庵を介して実現した。

素庵は惺窩に儒学を学ぶ一方で、父の事業にも携わったが、それとは別に角倉家ゆかりの京都嵯峨の地において、和漢様々な書を主に木活字によって出版する事業を行った。もっとも素庵の名を本の刊記に刻む本は一つもないため、それを実証するのは難しいが、文献資料やこれまでの調査や研究によって明らかになったことにより、素庵の出版事業の一端を垣間見ることは可能である。

一　角倉素庵と出版

周知の資料で少し時代が下がる資料ではあるが、嵯峨の地で、はやくに素庵が出版を行ったことを記載する資料を挙げる。『羅山林先生文集』所収「羅山先生年譜」の慶長四年（一五九九）の記事である。

先生十七歳　頃年借リ二文選六臣註ヲ於永雄一ニ、毎日読ム二一巻一ヲ、六旬ニシテ而畢ル、又タ借ル二前後漢書ヲ於永雄一ニ、数月一二周覧ス之一レヲ、其ノ後吉田玄之新タニ刻ム二史記ヲ於嵯峨一ニ、先生求メテ二一部一ヲ而僦ツテ二旧点本ヲ於東福寺ノ僧一ニ手ラ自ラ写スレ之ヲ、彼ノ僧深ク秘シテレ之ヲ不レ許サ二輙スク借スコトレ之ヲ、先ツ附ス二一冊一ヲ乃シ点シ了テ返スレ之ヲ、其ノ次遂テレ巻ヲ亦タ然リ、奚奴来往　数十回ニシテ而期月終フレ功ヲ、〈此ノ本罹ル二丁酉ノ之災一ニ〉

吉田玄之、すなわち角倉素庵が嵯峨の地で『史記』を新刻したことが記される。ここに記される『史記』は、古活字版の『史記』であろう。「此ノ本罹二ル丁酉ノ之災一ニ」とあることから林羅山によって加訓されたこの記事に見える『史記』は「丁酉ノ之災」、すなわち明暦三年の江戸大火で焼失してしまったようである。今、国立公文書館の内閣文庫（以下、内閣文庫）には林羅山旧蔵の古活字第一種本の『史記』（請求番号、二七九―一八）が一本伝わるが、羅山のもとには複数の『史記』の古活字版があったのだろう。

ところで、現在知られる古活字版の『史記』には、八行有界本の第一種本、八行無界本の第二種本、九行無界本の第三種本の三種があるが(1)、このうち第一種本が最も先行する本である。刊行年時については、これまで右の記事を一つの拠り所にして推定がなされ、記事中の「其ノ後」の解釈によって、慶長四年説(2)と慶長九年説(3)の二説がある。さらにもう一つ、石川武美記念図書館（旧お茶の水図書館）成簣堂文庫に所蔵されている本に記された識語に拠る慶長十一年以前説(4)があるが、小秋元段(5)は全く新しい史料を提示して、古活字版『史記』の刊行年を特定した。すなわち、『言経卿記《ときつねきょうき》』の慶長八年十一月二十日条にはこうある。

一、内蔵頭史記全五十冊取寄了、嵯峨ニ有之云々、残而四冊出来次第可送之由申了、艮子五百十文渡了、

内蔵頭、山科言緒（言経の息）はこの日、五十冊の『史記』を嵯峨より取り寄せたが、残り四冊は出来次第送るように申し入れたという。「「嵯峨ニ有之」と記されることや、五十冊とされることから（原装の古活字版『史記』は五十冊仕立てである）、これが古活字版の『史記』であったことは間違いない」と、小秋元が言う通りであろう。この記事を素直に読めば、この時点ではまだ全てが刷り上がっていなかったことになる。もっとも「全五十冊取寄了」とあるからすでに刷り上がってはいたものの、四冊分の不足があったのかもしれない。いずれにせよ、不足

分の四冊が刷り上がるまでにそれほど時間はかからなかったであろう。慶長八年十一月二十日、これが古活字版『史記』刊行の一つの目安になる。

二　古活字版『史記』をめぐる人々

ところで、古活字版は一体どのような人的なネットワークのもとに生み出され、利用されていたのだろうか。それを伺い知る興味深い資料が、内閣文庫に所蔵される古活字版『史記』（第一種本）である。先述の林羅山旧蔵本とは別に、「顔氏家訓曰借／人典籍須愛／護先有欽壊就／為補治此亦士／大夫百行一也／番昜（稿者注、播陽）菅玄東誌」という蔵書印が押された本（請求番号、別二六―一）が一本所蔵されているが、この蔵書印記から菅玄東、すなわち菅得庵《かんとくあん》の旧蔵本であったことが知られる。

菅得庵（一五八一～一六二八）は、姓は菅原氏または土師氏、名は玄東（玄同）、字は子徳《しとく》。号は得庵、書室を生白堂と号した。その事績は『羅山林先生文集』巻四十三に詳しい。播磨国飾磨《しかま》郡蒲田に生まれた。慶長九年（一六〇四）、二十四歳で京都に出て曲直瀬玄朔《まなせげんさく》（一五四九～一六三二）に医学を学び、翌十年（一六〇五）もしくは十一年（一六〇六）に林羅山に入門した。十三年（一六〇七）に羅山が駿府へ赴くと、藤原惺窩の門に入り、高弟となった。以後、医学を棄てて儒学に専念する。もちろん羅山との交遊もこれで切れたわけではなく、その後も羅山が帰洛の折には互いの家を行き来した。

余と相識ること二十余年、其の間、余、駿より洛に帰り、洛より東武に赴く。余が洛に在る毎に玄同来たり問ふ。余も亦、時過《よ》ぎる。嘗て『通鑑綱目』を講ず。則ち玄同が求めに応じてなり。其の余、講筵を設くる時、玄同常に預り聴く。（菅玄同碑銘）

その交遊は菅得庵が不慮の事故で没する寛永五年（一六二八）まで続いた。

内閣文庫所蔵の菅得庵の旧蔵本は、第二冊・第三十七―三十八冊（巻一・巻八十三―九十二）[6]の三冊を第二種本で補配されているものの、残りの冊は、嵯峨本とも同一の唐草十字印襷文様が空押された茶色の原表紙に原刷題簽を持った堂々とした大きさ（二九・六×二〇・八糎）の本（第一種本）である。表紙の見返しには、〈八島〉〈老松〉〈安宅〉〈源氏供養〉等の謡本や、嵯峨本の『徒然草』といった本の刷り反古が裏張りとして用いられており、古活字版『史記』の製作環境をも窺い知ることができる。また、この本の第二十―三十六冊と第三十九・四十冊、第四十六―四十九冊の巻末には、菅得庵による識語が記されている。惜しむらくは、識語には多くの墨消しや摺り消し、切り取りなどが見られ、識語をはっきりと読み取ることができない。それでも墨消された部分については、デジタルカメラで撮影した画像をパソコン上で拡大すればなんとか読めなくもない。

第二十冊

慶長拾三暦戊申春正月七日以朱墨點之　蒲田□（屋?）菅（原）玄東二十八齢（朱印）

第二十一冊

慶長戊申春二月二十六日辰刻［虫損］本畢　（蒲）田□（屋?）菅［　　］

第二十二冊

慶長拾貳年丁于未三月十七日以道春本加朱墨之點而已　洛陽烏［墨消］澤西叟

第二十三冊

慶長拾三年戊申春三月二十八日點之　（蒲田）□玄東二十八歳（朱印）

第二十四冊

于時慶長拾参易草木夏四月二十三日洛下烏丸蒲田□（屋？）得菴□澤西叟點了年齢二十有八歳

第二十五冊

于時慶長拾三年戊申夏六月七日點之　□蒲田屋□玄東年齢二十有八歳

第二十六冊

慶長拾貳年丁未秋九月二十九日以朱墨點此一策而已　□玄東二十七齢（朱印）

第二十七冊

慶長拾二年丁未孟冬中八以朱黒訓点之終　洛陽烏丸［切取］（朱印）

第二十八冊

慶長第十二丁未之歳十月二十九日巳刻点此一本　菅□玄東二十有七歳（朱印）

第二十九冊

慶長拾二暦丁未冬十一月九日以朱墨点之而已　持主蒲田屋得菴書焉

第三十冊

慶長丁未冬十二月上旬點此一策耳矣　□（玄）東年齢二十七歳（朱印）

第三十一冊

慶長拾二年丁未冬十二月十一日辰刻此本加朱墨之點畢　洛下烏丸蒲［虫損］（朱印）

第三十二冊

慶長拾参戊申初秋十七日點此一本也　菅□玄（東）（朱印）

第三十三冊

慶長十三戊申秋九月晝以朱墨點之　□　玄東二十八齢

第三十四冊

慶長十三戊申十一月二十五日之晝終朱句黒點之功　□澤西二十八歳（朱印・花押）

第三十五冊

慶長十三年戊申冬十二月六日未刻終朱墨點而已　洛陽烏丸玄東廿八歳（朱印）

第三十六冊

慶長十三稔戊申十二月十九日未刻以朱墨點之　持主洛下烏丸澤西叟（朱印）

第三十九冊

慶長十四己酉冬十二月六日点茲一冊　菅原玄東二十九齢

第四十冊

慶長十四陽草木屠維作噩冬蜡月二十日點此畢　□九歳

第四十六冊

慶長十六辛亥十二月七日傭書人墨點之余以朱点校合之菅氏玄東于壁書之

第四十七冊

旹慶長第十六季辛亥冬蜡月十日傭書人墨點之予以朱点校合之而已　（玄）東誌焉
第四十八冊
慶長十六歳在辛亥冬十一月十二日挑燭点之　播陽菅原□點之而已
第四十九冊
寫本曰所写者彭叔之本也予以道春之點寫此一本餘皆如斯又以秋江之本寫之両人之本皆同點故也　慶長第拾六季辛亥十二月十一日〔墨消〕

識語は、慶長十二年三月十七日に記されたもの（第二十二冊）が最も早く、それによれば林道春（羅山）の本を以て朱墨点を加えたことが知られる。以来、慶長十六年十二月十一日まで断続的に記されている。本には朱墨点の他、様々な書き入れも施されており、これらの書き入れが菅得庵によるものであることはその筆跡や、「玄同謹案壌界猶境界也」といった書き入れからも知ることができる。書き入れや識語が記されたのは、菅得庵が二十七歳から三十一歳までの時。それは菅得庵が上京してほどなくの頃で、林羅山に入門して儒学の道を志した直後の時である。明暦の大火によって先述の羅山旧蔵本が失われた今（内閣文庫には羅山旧蔵本が他に一本伝来するが）、林道春（羅山）の本を以て朱墨点が施された本が伝来しているのは貴重である。

三　角倉素庵と嵯峨本

嵯峨本と称される本がある。料紙や装訂に美術工芸的な意匠をこらし、（本阿弥）光悦流とも（角倉）素庵流ともいわれる書体の活字を用いて印刷された特別誂えの本の一群をいうが、開版を主導したとされるのが角倉素庵である。嵯峨本と称されるのも角倉家ゆかりの京都嵯峨の地にちなむものである。これら嵯峨本に素庵その人の名を刊記に記したものはないが、嵯峨本の一つ、『撰集抄』の伝本に興味深い識語が記されている本がある。それは現在、昭和女子大学図書館の桜山文庫に所蔵される。

上中下、三巻三冊、袋綴。原装の表紙には松林と藤、唐草十字印襷文といった雲母刷の文様が施され、左肩には香色の刷題簽があり、「撰集鈔上（中・下）」と刻す。内題「撰集抄巻第一　西行記（－撰集抄第九）」。無辺無界、九行十八字内外。『撰集抄』の伝本はいずれも同一の版で、上巻八ウ・八行目の「物こふ」の「こふ」に一部の伝本（成田山仏教図書館蔵本・天理大学附属天理図書館蔵本）で活字の差し替え（部分異植字）が見受けられる程度である。各冊とも巻末には次のような識語が記されている。（句読点、稿者）

〔上巻・五十八ウ〕

此本三冊全部、洛西嵯峨角倉与一入道筆蹟板行之。即従素庵直賜之。比元和第八年孟秋念三　豊松菴法橋　玄伯（花押）

〔中巻・六十五ウ〕

此本三冊全部、洛西嵯峨角倉与一入道筆跡也。板行之。即従素庵直賜之。比元和第八年之秋也　豊松菴法橋玄伯（花押）

〔下巻・五十ウ〕

此本三冊全部、洛西嵯峨角倉与一入道素庵墨蹟板行之。即従

素庵直賜之。元和八年孟秋念三　　豊松菴法橋玄伯（花押）

右の識語にいう洛西嵯峨角倉与一入道とは、角倉素庵のことである。識語によれば、嵯峨本『撰集抄』は、素庵の筆跡をもとに版下が作られて印行されたもののようである。元和八年、豊松菴法橋玄伯は、素庵から直接本を贈与されたことがうかがえる。豊松菴法橋玄伯については、残念ながら素性を詳らかにすることができないが、法橋の称号（僧侶に準じて、医師・絵師・連歌師などに与えられた称号）からすると医師であった可能性も高い。そこで注意されてくるのが素庵の叔父で、当時著名な医師であり、古活字版の開版事業にも深く携わっていた吉田宗《そう》恂《じゅん》（一五五六～一六一〇）あるいは曲直瀬《まなせ》玄朔《げんさく》（一五四九～一六三二）の存在である。特に曲直瀬玄朔の門人には、「玄〇」を名乗るものが多く、気になる存在であるが、今のところ門人帳にもこの名を見出すことはできない。但し、嵯峨本『撰集抄』の版下筆者についてはっきりと角倉素庵と記している点は興味深い。

最近、角倉素庵の書跡の見直し、再検討を精力的に行う林進は[7]、嵯峨本所用の活字の書風が素庵のものであるとの説を提起しているが、右の識語の存在は、林の説を裏付ける資料にも成り得る。一般的に嵯峨本と言えば、その筆様から本阿弥光悦によって版下が書かれ、美術的な意匠が施されたと考えられてきたが、実のところ嵯峨本の刊行に光悦がどの程度関与していたのかよく分かっていない。光悦同様、角倉素庵についてもこれまでは確証と言えるものはほとんどなかったが、右の識語の存在から角倉素庵に改めて光を当て直してみることにより、また新たな嵯峨本の世界が浮かび上がってくるようにも思われる。

四　古活字版『孔子家語』をめぐる人々

次に古活字版の『孔子家語《こうしけご》』について見てみたい。『孔子家語』は孔子の言行や門人との対話を収録したものとされ、広く読まれたが、今日では偽作であることがはっきりしている書である。

我が国では、慶長四年に伏見版の一つとして刊行された。伏見版とは、徳川家康の命により足利学校第九代庠主三要元佶《さんようげんきつ》（一五四八〜一六一二）が京都伏見の円光寺で慶長四年から十一年にかけて出版したものをいうが、その中でも『孔子家語』が最も早くに刊行された。『孔子家語』には伏見版とは別に少し遅れて無刊記の古活字版が一点刊行されているが、ここで取り上げるのは無刊記古活字版の方である。

内閣文庫には、その無刊記古活字版が二点所蔵されている。そのうちの一点（請求番号、二九八—一六）には興味深い識語が記されているが、まずは該書の書誌を示しておくことにする。

原装（押八双有）丹表紙（三三・九×二三・四糎）、題簽はなく、左肩打付に「孔子家語　一二（—九十）　一（—五止）」と、右肩より篇目を墨書す。内題「孔子家語序／（六格下）王（三格空）肅（三格空）註」、「孔子家語巻第一（—十）」、尾題「孔子家語巻第一（—十）」。四周双辺（序、二一・二×一五・七糎）、有界。本文、毎半葉九行×十八字。注小字双行。版心、黒口双花口魚尾、中縫、「家語（家語巻一—十）丁附」。第一冊、五十一丁（序・四丁／巻第一・二十六丁／巻第二・二十一丁）、第二冊、三十九丁（巻第三・二十丁／巻第四・十九丁）、第三冊、四十二丁（巻第五・二十五丁／巻第六・十七丁）、第四冊、三十八丁（巻第七・二十丁／巻第八・十八丁）、第五冊、五十五丁（巻第九・二十八丁／巻第十・二十七丁）。他、各冊とも前遊紙一丁を附す。本文に朱引、朱句読点、墨筆による返点、振仮名、送

仮名が施されている他、各冊とも巻末に後述の識語が記されている。印記「昌平坂／學問所」（黒長方印）、「大學校／圖書／之印」（朱方印）、「淺草文庫」（朱長方印）、「文政乙卯」（昌平坂学問所、小型朱印）。なお、各冊とも巻首丁右下に現在は朱枠を残して切り取られているが、朱色の蔵書印が押されている。押された位置や大きさから、石川丈山の蔵書印である「詩仙堂」の印と推測できる。

まずは第五冊目の巻末に記された識語、「辛酉仲冬西山子元外題加焉」（図版参照）に注目したい。「辛酉」は元和七年、「西山子元」は角倉素庵のことである。識語によれば、内閣文庫本の表紙左肩に打付書された外題は、角倉素庵によるものということになる。右の書誌にも記したが、内閣文庫本の表紙には外題と同筆の篇目が右肩から順に墨書されている。

右肩上がりに一見すると弱々しく感じられる筆跡は、まさに角倉素庵その人のものである。ここでは参考までに古活字版『孔子家語』の刊行年時（該書は無刊記だが、内閣文庫に記された識語から元和七年には刊行されていたことがわかる）に近い時期の筆跡として、現在、名古屋市蓬左文庫（以下、蓬左文庫）に所蔵されている『続日本紀』の写本に記された書写校合奥書の部分を例として挙げる（図版参照）。該書は、「角倉本」と通称される十三冊の写本（請求番号、一〇五・四六）で、寛永十一年（一六三四）、素庵の次男厳昭によって徳川義直に献上された本である。蓬左文庫にはこれとは別に『続日本紀』の現存最古の写本で、鎌倉後期書写の金沢文庫旧蔵の巻子本、四十巻（請求番号、一六六・一。以下、蓬左文庫本）が所蔵されているが、その蓬左文庫本を底本に素庵を含む数人の手により書写された本で、元和八年（一六二二）に三条西実隆自筆の永正本を用いて校合を加えた本（元和校本）である。一巻全てが素庵の筆跡の場合もあれば、巻首の一部分のみや巻の後半部分の場合、空白のまま書写されていた箇所に追

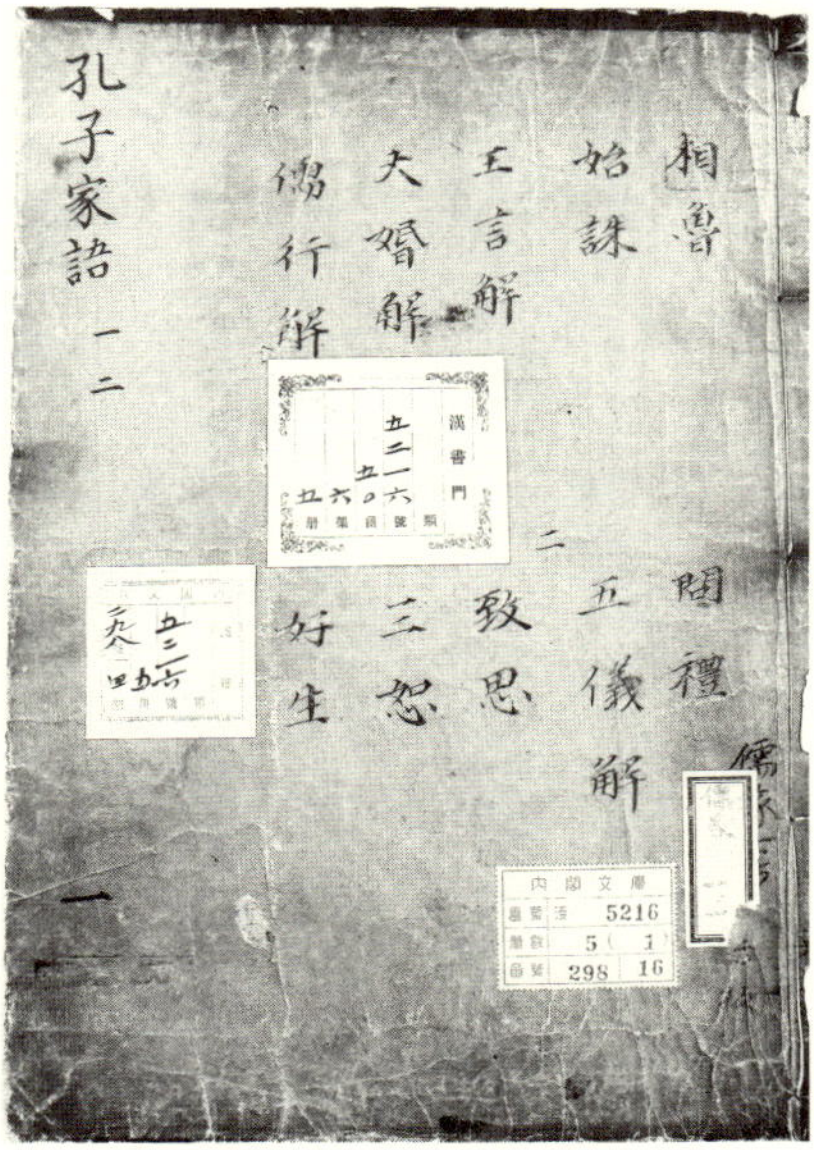

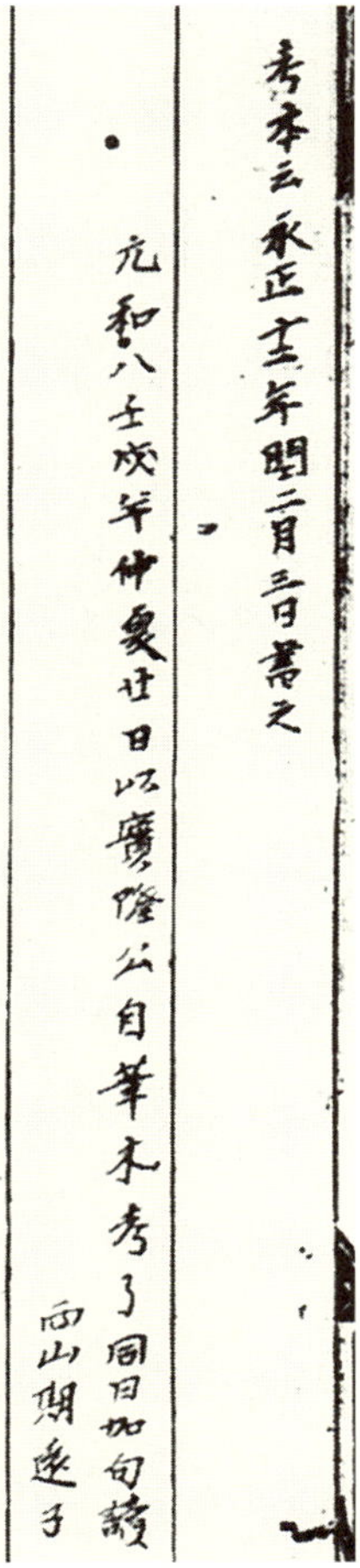

(右)『孔子家語』表紙(国立公文書館内閣文庫蔵)
(中)『孔子家語』の識語(国立公文書館内閣文庫蔵)
(左)『続日本紀』奥書部分(名古屋市蓬左文庫蔵、『特別展 没後三七〇年記念角倉素庵
——光悦・宗達・尾張徳川義直との交友の中で』大和文華館、2002年より引用)

記し、もしくは本文中の文字を摺り消して訂正を加えた場合などがある。特に注目すべき点は、巻首の一部分のみや巻の後半部分の場合、空白のまま書写されていた箇所に追記している場合であるが、これは金沢文庫本が本文を欠いている部分で、素庵が卜部本系統の写本によって補写した部分にあたる。(8) 巻一の巻末には、「考本云永正十二年閏二月三日書之／元和八戌年仲夏廿日以実隆公自筆木《ママ》考了同日加句読／西山期遠子」という書写校合奥書（西山期遠子とは角倉素庵のこと）があるが、奥書に「自筆本」とあるべきところが「自筆木」と誤っていることから、当初は奥書の筆者を素庵とすることが保留されたが、吉岡眞之のその後の研究(9)によって真筆であることが確認されている。

話を内閣文庫所蔵の古活字版『孔子家語』（以下、内閣文庫本）に戻す。内閣文庫本には他に、各冊とも巻末に次のような識語が記されているが、これもどうしたわけか、先述の古活字版『史記』同様（いやそれ以上にべったりと）墨で消されてしまっており、そのままでは判読が難しい。そこで（株）インフォマージュに依頼し、該所の状態を確認の上、高精細のデジタルカメラで撮影してもらった。そのままではやはり判読は難しかったが、画像データをパソコン上で拡大したところ、判然としないものの以下のような記述が部分的にではあるが読み取れた。参考までに以下に記す。

①元咊捌季大□□□□□烏鱗居士□□人□」（第一冊、巻二末）
②元咊八年春二月十日點此乙冊雒出□□山木居士書（第二冊、巻四末）
③□□□季歳□閹茂律中大呂十又三□□□□己出□竟□□由（以下、墨消判読不可／……圯氏□□（第三冊、巻六末）
④元咊捌季仲春□又四句點此乙冊□□　山木居士（第四冊、巻八末）

⑤元味八年仲春十一日七□倚□□以點此一冊　山木居士」（第五、巻十末）」

ここで注目したいのは、「烏鱗居士」「山木居士」「圯氏」である。「烏鱗」「山木」は石川丈山の号である。烏鱗は元和六年前後の雅号で、元和八年以後寛永期前半に亘って用いられていた。「圯氏」は、これまた石川丈山の姓で、元和六年前後には確実に「圯氏」を名乗っていたことが確認できるというから識語の時期とも合致する。[10]

石川丈山（一五八三〜一六七二）は、三河国碧海郡泉郷に生まれた。江戸時代を代表する漢詩人である。名は重之、また凹、字は丈山、通称嘉右衛門、号は東渓、六六山人、四明山人、詩仙堂などと号した。慶長三年（一五九八）、十六歳で父の死により徳川家康に仕えたが、元和元年（一六一五）五月に勃発した大阪夏の陣では軍令違反によって家康の勘気を蒙り、蟄居を余儀なくされたという。元和三年（一六一七）頃には、林羅山・堀杏庵・菅得庵・角倉素庵・戸田為春といった当時を代表する知識人との交遊も始まり、また羅山を介して藤原惺窩に師事して儒学を学んだ。[11]

内閣文庫本は、右の書誌にも記したごとく、三三・九×二三・四糎という古活字版でも中々ないような堂々とした丹表紙が掛けられた本で、料紙はやや厚手の楮紙が用いられていることからも、特別に誂えられたものであることがうかがい知れるが、本の刊行は角倉素庵によってなされたものではないだろうか。林羅山を中心とした当時の交遊関係からすると、元和七年に角倉素庵の関与のもとに刊行され、出来上がったばかりの本に素庵自らが筆を執って外題、篇目などを揮毫して、石川丈山に贈ったものではないだろうか。素庵から贈られた本を手にした丈山は、さっそく自らも筆を執って訓点を加えた。内閣文庫本は、素庵と丈山の交遊を裏付ける新たな資料になるだけでなく、古活字版がどのような環境で生まれ、享受されていたのかを物語る象徴的な本と言えるのではなかろうか。

五　林羅山と古活字版

時間が少し前後するが、最後に現在、内閣文庫に所蔵されている林羅山に関係する写本を二つ取り上げたい。一つ目は、元和五年に羅山が書写した『棠陰比事《とういんひじ》』（請求番号、三〇〇―二〇、以下、羅山書写本）である。『棠陰比事』は南宋の桂万栄が編んだ中国の裁判実例集で、江戸時代には井原西鶴の『本朝桜陰比事』をはじめ、多く受容された。

後補薄茶色表紙（二七・一×一八・六糎）、題簽はなく、左肩に「棠陰比事　上中下　全」と打付書される。巻首に「棠陰比事目録／四明桂　万栄編集／居延田　澤校正」と記した目録が四丁あり、至大元年（一三〇八）田澤序、「開禧丁卯春……歳在重光協洽、閏月望日、四明桂萬栄序」と序が四丁続く。ついで、本文上巻二十八丁、中巻二十七丁、下巻三十四丁。無辺、無界。本文、毎半葉十行×十八字。本文には朱墨による句読点、付訓も同時に施されている。印記、「江雲渭樹」「道春」（以上二印、林羅山）、「林氏／蔵書」（林述斎）、「昌平坂／學問所」、「大學校／圖書／之印」、「浅草文庫」、「日本／政府／圖書」。

下巻（九丁から十六丁まで）に錯簡がある。本書で特記すべき点は、巻末に羅山によって記された書写奥書の存在である。

　右棠陰比事上中下、以朝鮮板本而写焉。因依寿昌玄琢、生白玄東、金祇景、貞順子元之求、之而口誦之使侍側者點朱墨矣。吾邦吏曹之職陵廃久矣。余於是乎。不能無感欽恤之誠。且又以朝鮮別板、処々一校焉。雖然他日宜再訂正、目（＝以）筆削而可也。此點本即伝写于四人之家云。

元和己未十一月二十七日　羅浮散人誌（朱印）。

（句読点・傍線、稿者）。

中でも注意されるのが、寿昌玄琢、生白玄東、金祇景、貞順子元の四人の存在である。寿昌玄琢は野間玄琢（一五九〇～一六四五）、生白玄東は菅得庵、金祇景は金子祇景、貞順子元は角倉素庵のことである。いずれも羅山の交遊圏にある人物である。元和三年、角倉素庵は、林羅山、菅得庵、堀杏庵、金子祇景、石川丈山を嵯峨の自宅に招いて、古今の文章や歴代の人物について博議討論したという（堀杏庵『杏陰集』巻十七所収、「吉田子元行状」）。奥書によれば、羅山は野間玄琢、菅得庵、金子祇景、角倉素庵の求めに応じて、朝鮮本を元に写本を作り、訓点を施し、又別の一本（朝鮮別板）を以て校訂を試みている。これが日本における本格的な『棠陰比事』の訓読の始まりと言えるという鈴木健一の指摘[12]がある通り、この羅山の営みは意義深い。

『棠陰比事』の古活字版には、有界本と無界本の二種がある。本文を比較すると、無界本には羅山書写本と有界本にはない誤りが八例ある。しかし、有界本と無界本の本文は、この八例の誤りを除いて配字ともに同一である。有界本と無界本は、本の作り方自体に違いがあるので、誤りの多寡だけでは先後関係を一概に言うことはできない。どちらかが先であったかもしれないが、同時であったかもしれない。

興味深いのは、やはり古活字版と羅山書写本の関係である。古活字版が九行で、羅山書写本が十行という違い、さらには序文の配字に違いがあるものの、本文の配字は全く同一である。本文を比較すれば若干の異同があるものの、問題にするような大きな異同ではない。こうした両書の関係を見ると、元和五年に作られた羅山書写本を底本にして古活字版が作られたと考えることも強ち否定できない。

羅山は何のために写本を制作したのか。後に羅山は『棠陰比事諺解』を作成するが、それは慶安三年（一六五〇）のことで、紀伊徳川家の頼宣の依頼があったからである。その時にこの写本が活きたのは事実だろうが、元和五年の段階では直接関係ない。やはり奥書にもある通り、四人の門人たちからの要請があったからであろう。奥書に「此點本即伝写于四人之家」とあることからも、四人は訓点を付すことだけを望んだのではなく、写本そのものを望んだのだと思う。その四人の中に当時古活字版の刊行に大きな影響力を持っていた角倉素庵が入っていることにも注意したい。

『棠陰比事』同様、古活字版との関係が注意されるのが、『北渓先生性理字義』（以下、『性理字義』）である。『性理字義』は、朱子の門人陳淳（北渓）の手になるもので、初学者のために「命」・「性」・「理」等の性理学の基本概念の意味を解説した朱子学概説書である。江戸時代には広く読まれた。『性理字義』の古活字版は、白口、双辺有界、十行×十八字の本の存在が一般には知られる。(13) 刊記はないが、慶應義塾大学三田メディアセンター所蔵の本（請求番号、一一〇X—一一六。以下、慶大本）に記された識語から、刊行年時の下限を元和四年六月以前と特定できる。慶大本は石川丈山の旧蔵本で、全巻にわたって丈山自筆の朱引、朱句読点、墨筆による返点、振仮名、送仮名が施されている他、上欄には異本との校合や誤植の訂正等、墨筆による書き入れが若干見受けられ、上巻の巻末と下巻の後表紙見返しには次のような識語が記されている。

元龢四徒維敦牂季夏廿日、坐曲几、渉禿毫、点此一冊而已。人皆苦炎熱、吾愛夏日長。

隠士烏鱗子。

寛永甲子秋捌月僑居虔藝／易愉塵間暇、朱以句焉、墨以／點焉。不遑虔拾片落葉而已。／山木跋。

ところで、内閣文庫には、「元和七年辛酉七月日借羅山先生之本写□虫損之畢」という朱筆で書かれた奥書(14)を有する写本（請求番号、二九九―八）が一本所蔵されている。後補香色表紙（二七・一×一九・一糎）、題簽はなく、左肩に「性理字義　全」と打付書される。巻首に「北渓先生性理字義序」と題する序一丁があり、続いて目録一丁、本文、上巻四十三丁、下巻四十六丁。単辺墨書、無界。本文、毎半葉十行×十八字。本文には朱引、朱句読点、墨筆による付訓も同時に施されている。印記、「昌平坂／學問所」、「浅草文庫」、「日本／政府／圖書」。

本文は朝鮮版晋州嘉靖刊本に拠る(15)が、その単なる転写本ではなく、注文を附したり、脱字を補うなどの補訂が加えられている。逆に錯誤を犯している場合もあるが、(16)古活字版もそれを踏襲している。

川瀬一馬は、(17)「本文配字は古活字版と全く同一である」としていち早く内閣文庫本（以下、元和写本）と古活字版の関係に注目しているが、最近『性理字義』の本文研究を精力的に行う大島晃も本文対校の結果、「元和写本（羅山先生底本）と元和古活字本の同一性が高いことは認めてよい」とする。(18)もっとも大島は、その一方で、晋州刊本に対して元和写本と古活字版（稿者注、大島は元和古活字本と記す）のどちらか一本が錯誤を犯した例があり、二本が完全には一致しない例があることから、これ以上の言及を避けて結論を保留している。しかし、大島が躊躇した問題は、古活字版の書誌学的研究の立場からするとさして重要な問題ではないように思われる。元和写本が誤り、古活字版は正しい例は二例に過ぎず、これは古活字版の段階で訂正されたものと考えても許される例である。問題は元和写本は正しく、古活字版が誤る例であろう。大島は全体で十六例挙げるが[19]、紙幅の都合もあるので、詳細は大島の論考に譲り、ここでは正誤の部分のみを挙げる。

○便―×使、○箇―×箇、○耶―×那、○造―×這、○恣―×盗、○未―×來、○違―×達、○禪―×憚、○吾―×五、○衷―×裏、○東―×東、○來―×夾、○祖―×祖、○那―×邦。

以上の例をどう考えるか。確かに漢字一字のみで見れば誤りであるが、本文を読む場合は前後の流れに乗って読む。仮に誤植があったとしても、前後の流れに乗って読んでいれば、本文は読めてしまうものである。これは誤りと言えば誤りだが、果たして完全に誤りと言い切ることができるだろうか。それに右の事例をよく見れば、漢字どうしは字形が似ている。古活字版を多く見ていると、こうした字形が似た漢字どうしの「誤り」の例にしばしば遭遇する。これまでに遭遇した例をいくつか挙げれば、○母―×女、○読―×続、○両―×西、○守―×高、○守―×専……といった例を挙げられるし、右に挙げた「○祖―×祖」の例で言えば、本国寺版の『仏祖歴代通載』の内題と尾題で「仏祖」の「祖」に「祖」の字を宛てる例がある。内容を理解せず、字形のみを見て作業をする植字工の見間違いが原因で生じた誤りと言えなくもないが、古活字版の場合、こうした例があまりにも多く、稿者には逆に字形が似た漢字は正誤に関係なく使用されていたようにも思われてくる。実際、誤りといっても全く字形が異なるわけではない。このように考えれば、「誤り」は誤りではなく、大島が挙げる元和写本は正しく、古活字版が誤る例は、特に問題にする必要もないのではないか。このように考えることが許されるならば、元和写本と古活字版の本文はピタリと一致し、問題はなくなる。古活字版は元和写本の親本である「羅山先生之本」を底本にして制作されたと考えても差し支えないように思われてくる。その可能性を指摘しておきたい。

ところで、武田科学振興財団杏雨書屋に所蔵される『性理字義』の古活字版（内藤湖南旧蔵、請求番号、恭仁五一）には、慶安二年と少し時代が下るものの、次のような興味深い識語が記されている。

学道者、以暁性理為最。不知性理何以言学乎。
欲暁性理者、以此書為先。不読此書者、不知字義。
不知字義、則性理不明乎。此書昔年甫田菅
先生、雖初加和字訓点、侮些小㠯（＝以）忽略《こつりゃく》鹵莽《ろもう》
故訛謬《かびゅう》不尠而、初学之士、恨難通暁。余、病間執
筆、改正之。学者、得性理萬乙於此書、幸甚。
慶安二歳仲春下澣
純山主長皓子玄誌焉
「子／玄」（鼎型朱印）・「長／皓」（朱方印）
（句読点・傍線部、稿者）

この識語を記した「純山主長皓子玄」については伝未詳である。この識語で注目したいのは、傍線を付した「此書昔年甫田菅先生、初めて和字訓点を加ふと雖も」の部分である。「甫田菅先生」とは、菅得庵のことだろ

う。「甫田」は蒲田である。菅得庵は先述したように播磨国飾磨郡蒲田に生まれた。蒲田は甫田と記す。『性理字義』は、古活字版の底本になるような写本が羅山によって最初に作られた。古活字版は羅山本を底本にして作られ、それに初めて和字訓点を加えたのが得庵ということになろうか。『性理字義』とは別に元和四年、得庵が刊行直後の真っ新な古活字版の『施氏七書講義』に訓点を加えた本が複数伝来している(20)(大垣市図書館蔵本・九州大学附属図書館蔵本・国立国会図書館蔵本)が、「初めて和字訓点を加ふ」とはこれと同じ営みをいうのではないだろうか。右の識語の筆者がいう「忽略鹵莽故、訛謬尠からずして、初学之士、通暁し難きことを恨む。余、病の間筆を執り、これを改正す」は、自己の優位性を主張しているかのようにも読める言い方だが、これは江戸時代の版本の刊語にもよく見られる形式的な定型表現に過ぎないのではないだろうか。「之を改正す」と言っても果たして実体を伴ったものかどうかはわからない。

古活字版は活字という性格上、附訓が施されている本は極めて少ない。どう読んだらよいのか、あるいはどう読むべきかといった読みを示す必要はあったし、それを求められもしたであろう。かと言って、誰でもよいという話ではない。かつては清原博士家の読みが重要視されていたように、この時代にはこの時代の権威がいた。それが林羅山であり、菅得庵であったのだろうし、当然彼らもそうあろうとしたはずである。学問が権威化され、一部の限られた人たちのものであった中世から、羅山を中心とした開かれた学問の新しい時代の到来を象徴する営みとも言えるのではなかろうか。

おわりに

近世期初頭の古活字版の出版を考える場合、角倉素庵の存在を無視するわけにはいかない。当時の角倉家は上層町衆の筆頭で、医学・儒学・文芸をはじめとする様々な学芸の拠点であり、角倉素庵は京都嵯峨の工房で、慶長最初期から多くの古活字版を盛んに刊行していた。(21) 本稿では、「角倉素庵と学問的環境」という視点に立っていくつかの古活字版をとり挙げ、古活字版がどのような環境で刊行され、どういった人的ネットワークのもとに享受されていたか考察を進めてきた。諸事例から、角倉素庵をはじめ、林羅山・菅得庵・石川丈山といった当時を代表する知識人たちの人的なネットワークのもと、古活字版が享受されていた様子が浮き彫りにできたかと思う。本を刊行するにあたっては技術的な面や資金的な面など、ひき続き角倉素庵の助力を得て成し遂げられたものであったと言えるのではないだろうか（もちろん技術面や資金面だけでないが）。そして複数の本との対校作業を行い、本文の整定を進め、新たな定本を作ろうとした林羅山の存在も当然ながら無視するわけにはいかない。

注

（1）小秋元段「嵯峨本『史記』の書誌的考察」（『太平記と古活字版の時代』新典社、二〇〇六年）。

（2）堀勇雄『林羅山』（吉川弘文館、一九九〇年。初版、一九六四年）、森上修「初期古活字版の印行者について――嵯峨の角倉（吉田）素庵をめぐって」（『ビブリア』第一〇〇号、一九九三年）、鈴木健一『林羅山年譜稿』（ぺりかん社、一九九九年）。

（3）林屋辰三郎『角倉素庵』（朝日新聞社、一九七八年）。

（4）川瀬一馬『増補古活字版之研究』（ABAJ、一九六七年。初版、安田文庫、一九三七年）。
（5）前掲注1小秋元段書。
（6）巻八十三—九十二にあたる三冊が、石川武美記念図書館（旧お茶の水図書館）成簣堂文庫に所蔵されている。内閣文庫本と同様の菅得庵の書き入れや蔵書印があることから、内閣文庫本の僚巻であることがわかる。
（7）林進「角倉素庵の書と嵯峨本」（『水茎』第二九号、二〇〇一年）、『特別展　没後三七〇年記念角倉素庵——光悦・宗達・尾張徳川義直との交友の中で』（大和文華館、二〇〇二年）、「角倉素庵の書跡と嵯峨本　素庵書『詩歌巻』と嵯峨本『新古今和歌集抄月詠歌巻』の成立について」（『日本文化の諸相——その継承と創造』風媒社、二〇〇六年）等。
（8）吉岡眞之「蓬左文庫所蔵「角倉本続日本紀」の諸問題」（『続日本紀研究』第二五四号、一九八七年）、『続日本紀　蓬左文庫本　五』（八木書店、一九九三年）。
（9）前掲注8吉岡眞之論文。
（10）小川武彦・石島勇『石川丈山年譜』（青裳堂書店、一九九四年）。
（11）前掲注10小川武彦・石島勇書。
（12）鈴木健一『林羅山』（ミネルヴァ書房、二〇一二年）。
（13）これとは別に宮内庁書陵部に異版が一本伝来する。

北渓先生性理字義　二巻

〔請求番号〕国—195
〔体裁〕大本二冊。
〔表紙〕原装（押八双有）栗皮表紙。二八・一×二〇・六糎。四針袋綴。
〔題簽〕無。
〔内題〕「北渓先生性理字義序（目録・巻之上・巻之下）」。
〔尾題〕「北渓先生性理字義目録終」、「北渓先生性理字義巻之上（巻下）」。
〔本文〕毎半葉一〇行×一八字。注小字双行。

〔匡郭〕四周双辺（序、二〇・三×一六・九糎）、有界。

〔版心〕黒口双花口魚尾、中縫、「性理字義（一―四十三・四十四―八十九）」（本文の丁付は通し丁付）。

〔丁数〕第一冊、四五丁（序・一丁／目録・一丁／巻之上・四三丁）、第二冊、四六丁（巻之下）。

〔刊記〕無。

〔印記〕「宮内省／圖書印」（朱方印）。

〔備考〕巻之上、本文一オ・6「也」「類」「命」に朱句読点、「尊」（左傍注「タツトキ」）、「命」（左傍注「ヲ、セ」）、「台」（左傍注「公命也」）、7「大化」（「化」の左傍に「造―」）、朱書入が施されるのみ。川瀬一馬『増補古活字版之研究』、未載。伝本が多く伝来する版心が白口の古活字版（元和四年以前）と配字は一致するが、使用される活字は本書の方が古拙な感じがする。

（14）大島晃「朝鮮版晋州嘉靖刊本系統『北渓先生性理字義』五種対校略考」、『漢文學　解釋と研究』第八輯、二〇〇五年）は、この奥書の部分を紙片を貼付して奥書したものと見ているが誤認。改装時に料紙を裁断したこともあり、奥書部分がちょうど綴じ目に当たって隠れてしまうので、綴じをはずしてあるだけで、紙片を貼付しているわけではない。
（15）朝鮮版晋州嘉靖刊本と称するのは、具体的には内閣文庫に林家蔵書本として伝わった朝鮮刊本、末葉に「明嘉靖癸丑／晋州開刊」「嘉善大夫慶尚道観察使兼兵馬水軍節度使錦渓君丁応斗」ら六名の名を刻む刊記を有する一本、すなわち朝鮮嘉靖三十二年（明宗八、一五五三）慶尚道晋州刊本を指す（前掲注14大島晃論文）。
（16）前掲注14大島晃論文。
（17）前掲注4川瀬一馬書。
（18）前掲注14大島晃論文。
（19）前掲注14大島晃論文。
（20）高木浩明「古活字版の世界――近世初期の書籍」（鈴木俊幸編『書籍の宇宙　広がりと体系』平凡社、二〇一五年）。
（21）前掲注1小秋元段書、小秋元段「慶長年間における古活字版刊行の諸問題」（大澤顯浩編著『東アジア書誌学への

招待　第二巻』東方書店、二〇一一年）。

附記　本稿は、平成二十六年度科学研究費補助金（奨励研究）の助成を受けての研究、「古活字版の網羅的研究――近世初期出版文化史の再構築に向けて」（課題番号２６９０２００２）及び、平成二十七年度科学研究費補助金（奨励研究）の助成を受けての研究、「書陵部所蔵の古活字版を中心とした書誌学的研究――古活字版データベース構築のために」（課題番号１５Ｈ０００８）の成果の一部である。

中世から近世初期の医学知識の展開
――出版文化との関わりから

町 泉寿郎

一 曲直瀬道三の修学と講学

日本の医学の歴史は、隋唐医学を丹念に学んだ平安時代から、宋元の印刷医書を次第に吸収していった鎌倉室町時代を通して、長いあいだ中国の圧倒的な影響下に生成した。戦国～安土桃山時代を生きた曲直瀬道三《まなせどうさん》（一五〇七～九四）は、明代の医学理論と治療学をよく吸収した上に、独自の治療学を樹立して、江戸時代における日本医学の独自化への道を拓いたと言える。そこで、医学知識の流通という視点で、道三の修学と講学についてたどるところから、本稿を始めたい。

曲直瀬流医学の本流である今大路《いまおおじ》家に伝わる『当流医学之源委』(1)によれば、道三の修学は、永正十一年（一五一四）七月七日、八歳で近江国守山の大光寺に入り、心経・楞厳咒《りょうごんじゅ》・法華経を習うことから始まった。記憶力旺盛な少年期に、毎朝の読誦によって、仏典の漢字音がまず聴覚に深く記憶されたのである。次いで、永正十六年（一五一九）八月十五日、十三歳で京都五山の名刹相国寺《しょうこくじ》の蔵集軒（または巣松軒）に入り、剃髪して正式に僧侶となり、商英等皓《しょうえいとうこう》と称した。ここでは『三体詩』や黄山谷の詩文を読み、また蘇東坡の筆法を習っている。『三体詩』や黄山谷の詩文は、純然たる漢籍（学問）を学ぶための入門書であり、学問に携わる者が習得すべき唐様の書として蘇東坡を学んだと言える。

約十年の修学を経て、大永八年（一五二八）三月三日、二十二歳で関東遊学のために京都を発ち、五月五日に足利学校の日新学寮に入り、第六代庠主の文伯に従学した。この時期の足利学校の修学内容は、古注を基本に新注も積極的に併用した儒書の講義を中心としつつ、仏書・国書も併講されていた。儒書の中では易学に定評があり、『周易』の解釈を教える「正伝」と占筮を教える「別伝」があって、易学から医学や兵学が派生したと言われている。後述するように、道三が数理に明るく運気論に精通していたことは注目すべきである。

明刊本『素問』（漢代成立の『黄帝内経《こうていだいけい》』に由来する医学理論書）をテキストにした抄物が残っていることから、足利学校で『素問』が講じられていたこともほぼ疑いない。[2] 道三は足利学校での修学内容を余り詳しく書き残していないが、新田長矣《にったちょうい》という教師について法華経・金剛経・心経の講義を聴き、『心経仮字抄』『金剛抜萃』『法華聞書』を筆録した。後年、道三が講義した医書以外の書籍（『心経』『三体絶句』『論語』『三略』『職原抄』）の多くは、足利時代の修学を反映していると推測される。

医学については、享禄四年（一五三一）、二十五歳で導道《どうどう》（一四六五〈一説に一四六二〉～一五三六生存）から『素問』を習ったのが最初で、併せて新刊の明代医書を読み、また基本生薬の性質を学び、間もなく田代三喜《たしろさんき》（一四六五〈一説に一四六二・一四七三〉～一五三七〈一説に一五四四〉）に医術を学んだ。[3]

享禄四年（一五三一）末における導道から道三への伝授内容をさらに具体化すると、臨床に関する要点を記した「截紙《きりがみ》」十四通が導道から道三に伝授された。[4] その詳細は不明な点も残るが、後年、道三によって編まれた「切紙」（四十通前後に増補されたものが流布している）の項目と一致するものが多く、道三が導道から伝授された内容を増補していったことがうかがわれる。

また同じく享禄四年除夜の年記を持つ、導道から道三への伝授内容を記した文書に、導道から道三に「訓読釈授」された漢籍医書として次のようにある。

> 素問本経[5]之訓読、運気論奥之講授、本草序例之釈解、八十一難経之講釈、玉機微義之教授、察病指南之公講、医書大全論啓授、聖恵明堂之直伝、和剤指南之釈伝、医学源流之系釈。

書籍によってそれぞれ教授の方法・内容が異なっている点に注目したい。『素問』のような重要な古典は本文の正確な訓読を授けているが、その他の典籍は内容の解説を本位にして教授されているのであろう。「本草」が本文ではなく序例のみの釈解になっていること、熊宗立《ゆうそうりつ》『医書大全』が病名ごとの（治方を除いた）「論」の部分のみ（すなわち、後述する『医方大成論』）の教授になっていること（図1）、『和剤局方《わざいきょくほう》』が「指南総論」三巻のみの釈伝になっていることにも留意したい。こうした文献によって、入門時における医学概論の授受が行われたことが分かる。

その後、入門五年にして、三十歳の道三は導道から奥義を伝授された。その内容は「唯授一人之六通」といわれるもので、天文五年（一五三六）二月二十六日から二十八日にかけて、六種の文書が師弟間で伝授された。第一

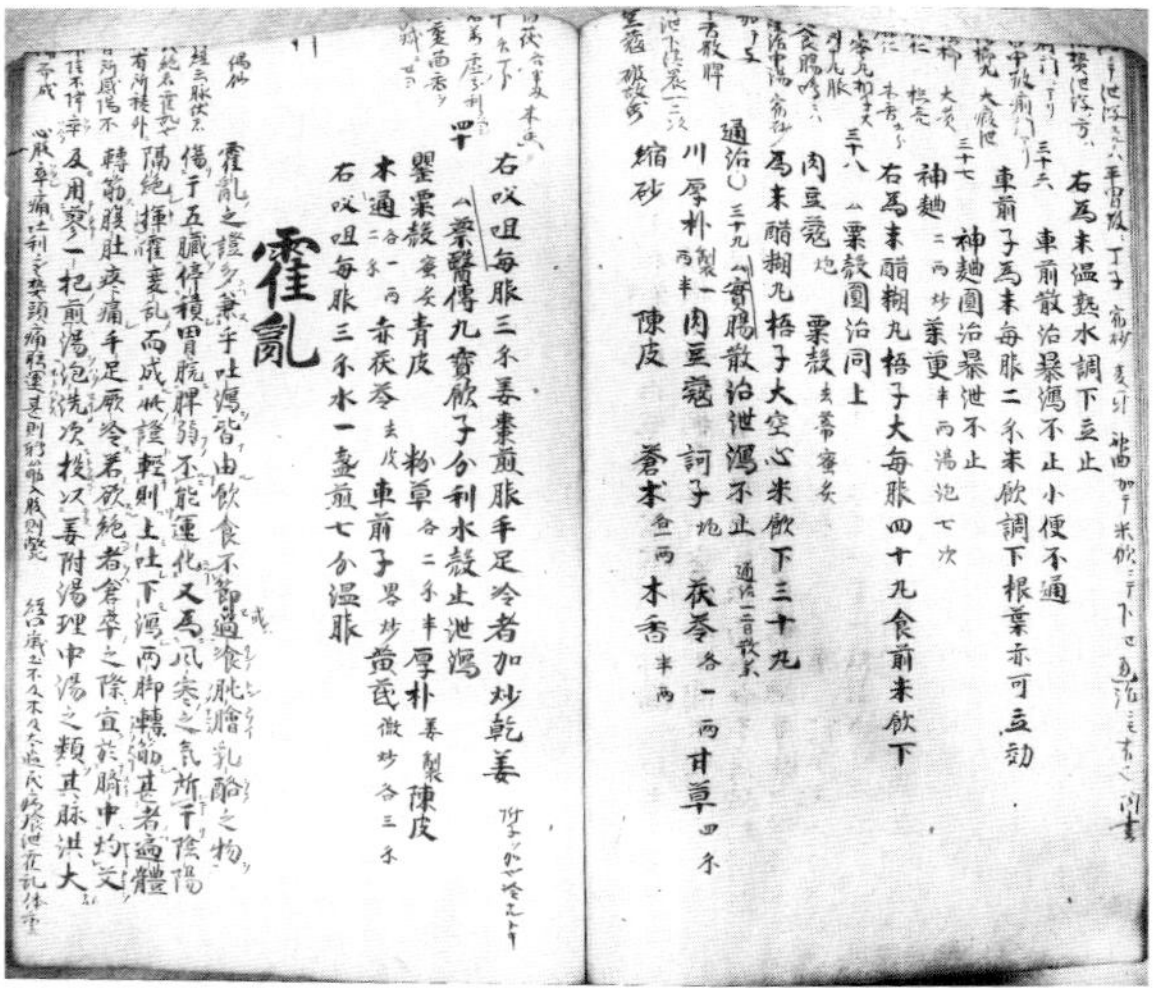

図1　古写本『医書大全』(カリフォルニア大学サンフランシスコ校蔵)
治方部分を除いた「論」の部分のみに訓点が施されている。

「医士之本務」は五か条の教訓で、「内経之辨証、本草之用薬」に言及はあるものの、一般的な教訓内容である。第二「美誉芳声之遠慮」は、より医療従事者に特化した二か条の教訓である。第三は「聖賢治政之道」と「発散攻下之軽重」からなり、後者は発散・攻下に使用する基本的な薬剤を挙げる。第四「徳行須勤之明説」は六ヶ条の教訓である。第五「明察須詳之説」は五ヶ条にわたる具体的な病名の口訣で、漸く医学・医療の内容に及ぶ。第六「医奥之悟徹」は、医学の要諦を二か条で簡潔に記す。その一条「諸病悪候之察」は「素問之聖規、仲景之明説、銭氏之察児、竇漢卿之吉凶、宗厚・彦純之審解、丹渓之試効教例」。「仲景之明説」は言うまでもなく漢・張仲景の『傷寒論』『金匱要略』。「銭氏之察児」は宋・銭乙《せんいつ》の『小児薬証直訣』。「竇漢卿之吉凶」は元・竇漢卿《とうかんけい》が『針灸指南』等で説く針治の宜禁のこと。「宗厚・彦純之審解」は明・徐彦純《じょげんじゅん》の原著を明・劉純（字は宗厚）が編纂した『玉機微義』。「丹渓之試効教例」は朱丹渓の著作、『局方発揮』や『格致餘論』などを指すのであろう。もう一条の「診察順違之巧」は「王氏之経意、崔真人之句訣、民寿之精要」で、宋・王惟一《おういいつ》『銅人腧穴《どうじんしゅけつ》鍼灸図経《しんきゅうずきょう》』『難経集註《なんぎょうしっちゅう》』、宋・崔嘉彦《さいかげん》『脈訣』、黎民寿《れいみんじゅ》『決脈精要』を指す。

以上のように、道三が関東で導道・三喜に学んだ医学の内容は、古典から近刊にいたる漢籍医書の読解を通した具体的な基礎知識と、その上に立った臨床上の口訣や漢籍医書の要点や教訓の二面からなっている。先に触れたように、口訣・要点・教訓は道三がこののち「切紙」として練り上げていくもので、曲直瀬流医学教授の源流と位置づけられる。本来これら口訣や要点は、医書本文の学習に裏打ちされているべきもので、道三自身に就いて言えば両者は緊密に結びついていたはずである。だが、一旦まとまった口訣・要点が本文の学習を伴わずに一人歩きし始めることも避けられない。ここに医学知識の大衆化、教養化の一つの起原があると考えられる。

次に、道三の講学について見ていこう。天文十四年（一五四五）三十九歳で関東遊学から帰京した道三は、開業して名声を博し、それに従って門人が増加し、古典テキストや自著の講釈によって、修得した学知と医術を公開していった。道三が京都で講釈したテキストは、以下の通り儒書・仏書・国書を含む二十六種にのぼる。『難経』、『*全九集（真名本・仮名本）』、『本草序例』、『医方大成論』、『*十五巻（十五指南篇）』、『*切紙』四十通、『察病指南』、『医学源流』、『和剤指南』、「運気論」、「新本草古文序」、『明堂灸経』、『*丑時（老師雑話）』、『*日用薬性能毒（大・小）』、『明医雑著』、『医学正伝（或問）』、『崔真人脈訣（東垣十書序）』、『職原抄』、『*雲陣夜話』、『*茶話』、『*山居四要抜萃』、『*啓迪集』、『心経』、『*正心集』、『三体絶句』、『論語』、『三略』（*は道三自著）。まず、自著を漢籍医書と併せて講義すること自体が、従来ほとんど見られなかった現象である。

道三による講学の一例として、診脈等の診断に重要な理論であった「運気論」[6]（宋・劉温舒『素問入式運気論奥』が代表的な文献）の講釈の際に作成された手控えと見られる『運気私抄』（函架番号特一一二―五、国立公文書館、江戸医学館旧蔵）が残っている。同書は編著者を記さないが、その字様や書型・用箋から道三自筆と判断される。天正十一年（一五八三）前後の著作と推定され、道三七十七歳ごろの述作にかかるものであろう。図表を多く用いて理論を説いている点に特色があり、その注解は吉田宗桂《よしだそうけい》『運気一言集』等のような単なる用語解釈ではなく、簡潔でありながら専門的な水準にある。

　上記のような漢籍による専門家向けの講学を行う外に、道三はより幅広い対象に向けた医学知識の啓蒙普及を行った。道三は里村紹巴《さとむらじょうは》と親交があり、『養生和歌』『養生之誹諧』『盍静翁詠歌《こうせいおうえいが》』など複数の韻文による養生書を遺している。また道三が作った貧乏神一族と福の神一族の名を記した戯文を人々が扇や屏風や畳紙に書き付けて口ずさんだという説話も残っている（『戯言養気集』）。伝統的な雅文芸としての和歌ではなく、連歌が知識の諳誦・記憶に役立つ修辞法として活用されているのである。[7] 前者・道三歌が戦国武将等の権力者の求めに応じて作られたのに対して、後者は庶民の生活習慣を改善するために質素倹約などを勧めたものであろう。道三から戦国武将への医学知識の伝授例としては、永禄九～十年（一五六六～六七、道三六十～六十一歳）の頃の、毛利元就や松永久秀との交流が知られ、飲食や房事の節倹を説いている。特に、松永久秀の懇望に応じて著した仮名書きの房中書は、今日一般に『黄素妙論《こうそみょうろん》』として知られているもので、印刷本としては十七世紀初頭から十九世紀にいたるまで、少なくとも五種類の活字本・整版本が存在し（長澤規矩也『図書学参考図録』第二輯）、その他に古写本や版本からの転写本が残されていて、近世期を通じて流布したロングセラーである。『黄素妙論』は漢字平仮名混じりの平易暢達な和文で記されているが、その跋文に述べるように、明刊本『素女妙論』から和訳したものであり（嘉靖十五年〈一五三六〉刊本からの写本が伝存）、近刊の漢籍医書を非専門家向けに和訳して示した例として、道三の同時代中国医学の吸収力とその普及の両面から注目される事例である。

　このように道三は医学知識を惜しみなく公開していったが、その自著の公開に関しては修学階梯を定め学習の進捗に応じたテキストを設定しており、一定の管理のもとに公開していた。「対学侶宜使授与之次序」（前掲『当流医学之源委』所収）という九段階からなる当流医学の修学階梯は次の通りである。

第一段階：『切紙』初（十）、『美濃医書』（『捷径弁治集』とも）、『脈書』
第二段階：『切紙』中（上十五）、『十五指南篇』、『仮名本全九集』、『授蒙聖功方』
第三段階：『切紙』中（下三十）、『真名本全九集』、『本草能毒』
第四段階：『切紙』奥端（三十五）、『医灯藍墨』、『宜禁本草』
第五段階：『切紙』奥（四十）、『雲陣夜話』、『可有録』、『鍼灸経』
第六段階：『切紙』外、『茶話』、『山居四要抜萃』、『炮炙論』、『鍼灸禁穴解』
第七段階：『三家流』、『三国医源』、『鍼治聖伝』
第八段階：『大徳済陰秘訣』、『雞旦祝酒三薬式』
第九段階：『啓迪集』

ほぼ全てが道三の自著である。古典や新刊の漢籍による修学ではなく、「察証弁治」と言われる独自の臨床理論に基づく自著を通して、当流医学を修得させようとしている。この修学内容から、道三の学術が中国医学を咀嚼しつつそこから独自の体系を持つものになっていたことが窺える。

このうち第一～五段階に配当されている「切紙」は、前述のように導道から伝授された十四通を発端とし、次第に増補されて、道三七十六歳（一五八二）までに計四十通に及んだ。各段階において個別分野の知識に「切紙」をプラスした形式になっていて、「切紙」は個別の知識の要訣・まとめとして機能していたと見ることができる。

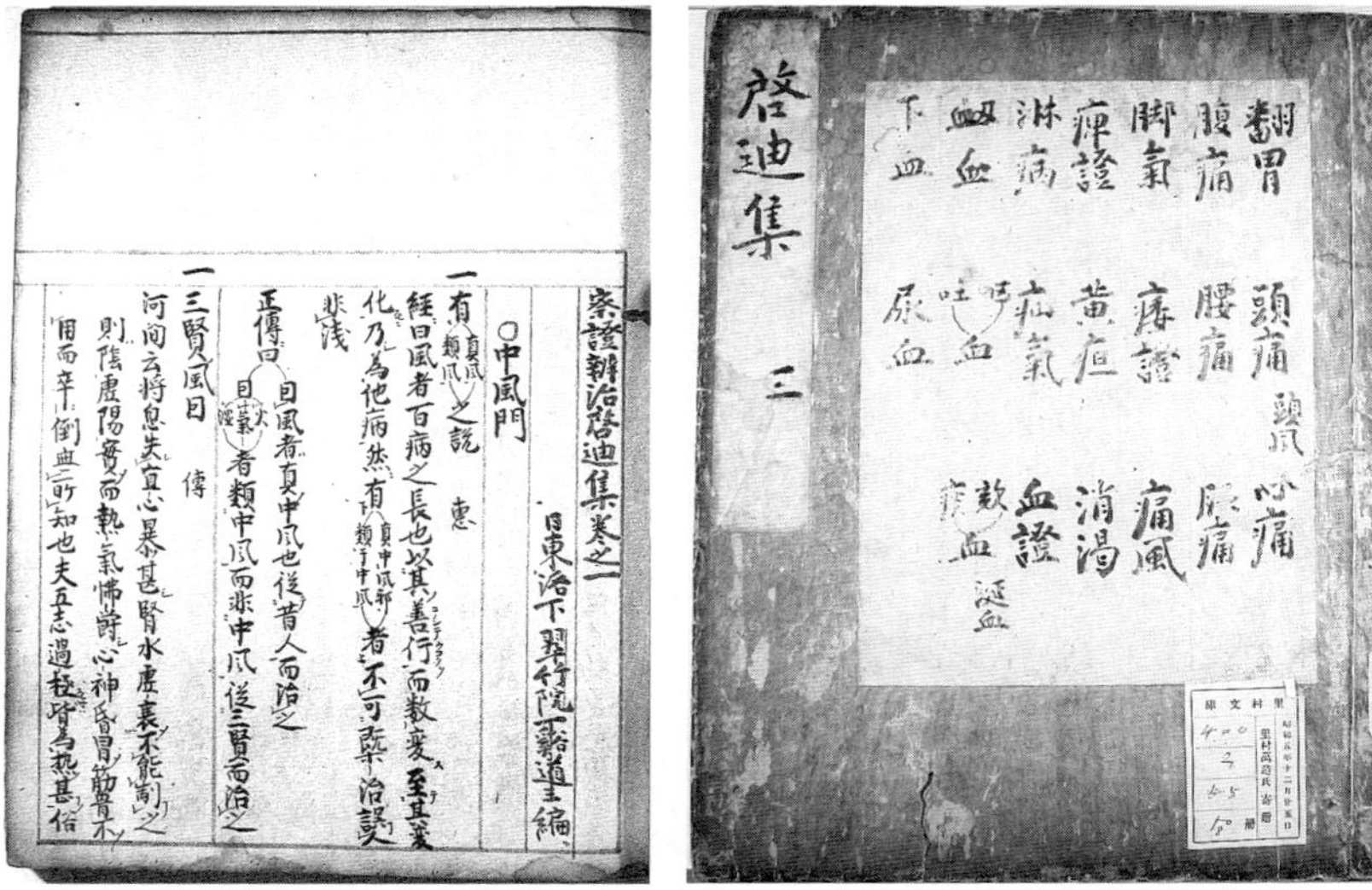

図2　古写本『啓迪集』（三原市立図書館所蔵）
各巻表紙の題簽・細目、各巻頭の書題、各冊の匡郭は道三自筆、本文は複数の門人が分担して書写したと見られる。

初級（第一〜二段階）では湯液と診断が課され、次に中級（第三〜四段階）で食物本草が加わり、上級（第五〜七段階）で初めて鍼灸が課される。最上級の『啓迪集《けいてきしゅう》』授受にあたっては、「大略熟学、而察彼心底慎勤、須授与」とあり、当流医学の全体に通じ、人格的にも慎勤であることを確かめた上で伝授するものとしている。

実際、『啓迪集』の古写本（慶長頃まで）を見ると、道三の自筆になる部分と道三の筆蹟とよく似た筆蹟になる部分が見出されるケースや、全巻道三の筆蹟に似た筆蹟になるケースが散見される。こうした事例は、長年道三に近事し、書体が道三に似通うようになった忠実で信頼すべき門人に限って、『啓迪集』の書写が許されたことを示すものであると思う。例えば広島県三原市立図書館所蔵写本では、各巻表紙の題簽・細目、各巻頭の書題、各冊の匡郭を道三自身が筆を執り、道三が定めたフォーマットに従って複数の門人が分担して書写したものと推定される（図2）。このことは道三の生前、『啓迪集』の伝写が著者によって厳格に管理されていたことを示すとともに、このような写本作業のシステム化が必要なほど、その著作に対する需要が高まっていたことをも示している。

また文献によっては題簽・奥書・花押のみ道三自筆と見られるような写本も伝存するが、これも著者による自著の質的管理であるとともに、写本量産のための方策であったと考えられる。テキストの質と量の両立が必要な状況、つまり印刷への需要が高まっていたことが分かる。

二　曲直瀬玄朔の講学と古活字版印刷

道三から養嗣子玄朔《げんさく》（一五四九～一六三一）に当流医学が相伝された際には道三手沢本のうちの重要典籍が授受され（一五七七）、それらは更に玄朔自身の手沢本と併せて玄朔からその嗣子玄鑑《げんかん》（一五七七～一六二六）へと相伝された（一五九六）。玄朔から玄鑑への伝授は、彼らが豊臣秀次の失脚に連座し常陸の佐竹氏に配流中に行われた。その手沢本は次のとおりである（玄朔自筆「印可伝授之日　附属之医書」）。

啓迪集　予一世一部之本、常閲之、正誤字加頭書。
切紙　予常用之而令講釈之本。
医学正伝　一渓居士自壮年至七十餘歳、常閲之、被加頭書。予頃加訓点句読之本。
丹渓心法　一渓在足利之時、得此本。常閲之、被加頭書。予少年之時、受相伝之本。

玉機微義　一渓壮年之時、被加訓点。予洛読誦之本。
証類本草　一渓自壮年用此一部、常被検閲之本。
医林集要　一渓頭書之本。
　右自一渓居士令稟受之本、今悉附与之。
伝心方法　予今偶在常州而歴冬夏、編集一部而附属之。常宜考之。

道三より相伝した書籍のうち、『啓迪集』『切紙』は写本、『医学正伝』『丹渓心法』『玉機微義』『証類本草』『医林集要』は明刊本と考えられる。これらの手沢本は、道三一代の講学成果としての頭書や訓点ゆえに重要視されている。相伝した玄朔はこれを死蔵せず、日頃の講釈や読書に「常用」して頭書や訓点を追加していった。道三が関東で修学をスタートした一五三〇年代から玄朔晩年の一六三〇年代まで、約百年にわたって道三から玄朔へと輸入刊本による最新医学情報が追求され続け、その学習成果は最新文献の白文本文のうえに訓法（返点と添仮名）や注釈（頭書等の書入れ）として蓄積されていった。それは当流医学の継承者にとって子々相伝すべき基本文献に関する学知の集積であった。(8)

そこに朝鮮半島から新しい印刷技術がもたらされる。十六世紀までに日本で木版印刷された医書は、『医書大全』『俗解八十一難経』『察病指南』のわずか三種にとどまっていたが、道三歿後間もなく、文禄・慶長の朝鮮出兵の結果、活字印刷技術が日本に伝わって活字印刷（いわゆる古活字本）が開始される。出版文化の未発達な十六世紀までの日本では、講学の対象となる書籍を事前に所有できる聴衆の数には限りがあったと予想され、新たに伝わった木活字印刷技術は版木作成のコストや時間を節減できる軽便さが歓迎されたと考えられる。近世期の活字印刷はテキストのデータを保存することができないので、書籍の継続的な量産には不向きであったが、事前に聴衆の数が想定できる講義用テキストの印刷には有効であった。慶長～元和間（一五九六～一六二四）に夥しく印刷された古活字本には多くの医書が含まれているばかりでなく、その印刷事業に京都在住の医者が関わっている例も多い。印刷医書に対する高い需要と医書印刷に積極的に関わる医者の存在が知られるのである。

前掲、玄朔「印可伝授之日　附属之医書」の中の書籍を例にとって言えば、明・虞摶『医学正伝』八巻は、万暦五年（一五七七）刊本『京板校正大字医学正伝』を覆刻し訓点を附した整版本（版式十三行二十四字）が元和八年（一六二二）に出版される以前、慶長二年（一五九七）から元和七年（一六二一）までの二十五年間に、活字版が少なくとも十回印刷されている。[9] 刊記からその印刷への関与が知られる医者としては小瀬甫庵《おぜほあん》・曲直瀬玄朔・医徳堂《いとくどう》守三《しゅさん》（玄朔門人斎藤松印の男）・梅寿《ばいじゅ》（吉田宗恂門）がある。この他に、角倉了以《すみのくらりょうい》・吉田宗恂《よしだそうじゅん》（道三門）兄弟や如庵宗乾が古活字本の印刷に深く関与したことも広く知られる。

曲直瀬家と近く、また豊臣秀吉に近侍した小瀬甫庵（一五六四～一六四〇）は、慶長二年（一五九七）印行した最早期の活字本『医学正伝』の跋文に、中国刊本と朝鮮活字本を参照して、正しい本文を取捨選択した旨を記している。また曲直瀬玄朔が慶長九年（一六〇四）に活字印行した時の跋文には、朱丹渓の医学を汲む著作として道三が尊重していた該書を、彼の門下生に講読するために印刷したと記し、文字の誤謬や文章の脱漏を諸書を参考に補正したことを述べている。玄朔が門人斎藤松印《さいとうしょういん》に委嘱して慶長十年に活字印行した劉純『玉機微義』の玄朔跋には、数本を集めて校讎し、明版・朝鮮本の誤りを正した旨が見える。こうした跋文は必ずしも編者の自己顕示とのみ見ることはできず、実際、明代の商業出版（坊刻本）は一般に宋代官撰書等と異なり誤脱が少なくなく、朝鮮の活字本も組版ミス等による誤脱は免れず、読書時にはしばしば校正を要したものと考えられる。

諸本の校合や活字の組版などの作業を経て作成される活字本は、コスト面で従来の整版よりも利点がある一方で、組版ごとに異植字版が発生する不安定さにおいて写本に近く、安定した本文が得られにくい欠点があった。しかしながら、毎年のように特定の書籍を印刷し、そのテキストを繰り返し講義する過程で、明刊本・朝鮮本を併照しつつ誤脱は修訂され、テキストは次第に精良になり、また加点や加注によって読法や解釈も定まっていったと考えられる。

漢籍が講義用として印刷される一方で、前掲の「対学侶宜使授与之次序」に挙げた道三の著書のうち、或るものは活字印刷に付されたが或るものは付されず、或るものは早く整版になり或るものは遅かった。江戸前期までの諸本を示せば、次のようになる。

第一段階：『切紙』江戸初期無刊記本、『美濃医書』寛永期活字本
第二段階：『十五指南篇』慶長期に数種の古活字本・一六三一年初版、『授蒙聖功方』古活字本・江戸初期無刊記本
第三段階：『全九集』元和～寛永期に数種の活字本と一六三二年初版、『本草能毒』玄朔による改訂を経た『薬性能毒』一六〇八年古活字本・一六二九年初版、
第四段階：『宜禁本草』漢文体の江戸初期無刊記本・和文体の一六二九年版本
第八段階：『大徳済陰方』一六八〇年・一七一四年版本
第九段階：『啓迪集』一六四九年版本

つまり、初級・中級のテキストは早く古活字本が印刷されて講義用テキストに供され、一六三〇年前後に相次いで整版となって流布した。しかし、奥義を記した『大徳済陰方《だいとくさいいんほう》』や『啓迪集』は長く印刷に付されることなく、秘伝として写本で流通したと考えられるのである。

玄朔が最晩年を迎えた一六三〇年前後から、木版印刷が次第に普及して附訓点の安定した本文の書籍が大量に市場に提供された。これによって、日本の読書環境は写本時代・活字本時代とは異なる時代を迎えた。医書を含めた輸入漢籍を自国で覆刻すること自体は朝鮮・越南でも広く行われたが、朝鮮・越南の覆刻は基本的に中国刊本と同様の白文テキストであり、その意義は主として書籍流通の量的拡大にとどまった。これに対して日本では読者層の質的拡大にも及んだと思われる。殆どの和刻漢籍は現行の返点・添仮名とほぼ同じ訓点を施した形で出版されており、その訓点に従えば、師匠に就くことなく、ともかくも日本語として漢籍が読めるようになった。かつまた大量の注釈を欄外に加えた「鼇頭注《ごうとうちゅう》」のような形式によって、他の文献と引き比べたりすることなく、読み進められるようになった。更に朝鮮の「諺解《げんかい》本」（漢文に諺文によって解釈を施した本）の影響を受けて、漢文を用いない漢字片仮名混じり文の注解も出回った。読者にとってこれは大きな負担軽減であり、漢籍によって知識を学ぶことが一部の支配階級の占有でなくなり、市場に流通する商品によって漢籍の知識を学ぶことが可能になったのである。

三　古活字印刷から整版への移行期における医書の出版

以上、道三から玄朔への修学・講学を通して、写本から活字・整版への移行期における医学知識の普及を概観した。次に少し観点を変えて、書籍に即して活字印刷から整版への移行期における医書の出版状況を更に具体的に見ておこう。

近世後期の京坂で活動し、吉益流古方を基本としつつ後世方・蘭方・外科等にも広く理解を示した中川修亭（一七七一～一八五〇）は、著書『医方新古辨』で中世末期から近世初期の医学について以下のように整理している。

道三ノ頃マテハナヲ古書ヲ讀テ研究スルナト云ニハ及ハス、僅ニ所傳ノ「正傳」「入門」ノ類ニヨリテ医事ヲ行ヒシコトト見ヘタリ。（中略）其主トスル所内経ナレトモ、専ラ用ル処ハ東垣・丹渓也。故ニ五部書、或七部ノ書ナト、称シテ専ラ東垣・丹渓ナトノ手ニ出ル書ヲ貴フ也。（中略）五部・七部ナト云ハ吾邦ニテ称シナラワセルコト也。其中「大成論」ナトハ「医書大全」ノ中ニテ病論ノミヲ抄出シテ一巻トシ是ヲ「大成論」ト号セル、此「医書大全」ハ三百年以前ニハ甚貴重スル書ニテ、始テ左海ニテ上木ス。近代ノ医書中ノ上木セルハ、此書ヲ始トスル也。（附録、総説）

修亭の見解では、近世日本における医学と処方の沿革は、「新方」（後世方）、「擬古方」、「真古方」（吉益流）に三分される。「古方」すなわち『傷寒論』由来処方による治療を重視する修亭の立場から見て、道三に始まる後世方派は古書を研究するまでには至らず、『黄帝内経』に基づく医学ではあっても『黄帝内経』を直に研究するのではなく、李東垣・朱丹渓ら明代の内経研究書に基づいて治療を行ったと述べている。前述のように道三が導道・三喜から伝授された内容は古典から近刊まで、基礎理論から臨床に及ぶ幅を持つものであったし、『医学入門』は道三以後の舶載であるなど、細部では必ずしも修亭の言の通りとは言えないが、「新方」（後世方）と総称される曲直瀬流の特徴の一端を捉えている。

前述したように、道三・玄朔らは十六～十七世紀前半の最新医学を追求したといえる。ではほぼ同じ時期にあたる古活字印刷から整版印刷の移行期において、医書の出版にどのような動きがみられるかを「内経」文献に即して具体化してみよう。一五八〇年代に明・馬蒔《ばじ》が『黄帝内経素問註証発微《ちゅうしょうはつび》』（一五八六）『黄帝内経霊枢註証発微』（一五八八）を著した。『霊枢』全篇への加注、および『素問』『霊枢』両書への加注は、これが史上初である。これを受けて、わが国最初の『素問』『霊枢』の印刷本は、慶長十二年（一六〇七）に『素問註証発微』、翌十四年（一六〇八）に『霊枢註証発微』が、梅寿による古活字本として出ている。梅寿はその後もたびたび同書を活字印行しており、整版本は寛永五年（一六二八）の中野道伴刊本『素問註証発微』が最初である。

宋本に起源をもつ『重広補注黄帝内経素問』自体の印刷は馬蒔注解本よりも遅れて、元和中に明・周曰校刊本による古活字本が出ている。更にその後、注を除いて本文だけを活字印行した『黄帝内経素問』『黄帝内経霊枢』（印行時期は万治中〈一六五八～六〇〉頃と考えられている）と、張介賓《ちょうかいひん》撰『類経《るいきょう》』（一六二四年原刊）をもとに再編して『素問』『霊枢』の本文のみを整版出版した本が出ている（刊行時期は寛文頃か）。つまり、最近刊の注解本が先に印刷出版され、それに遅れて本文のみが印刷出版されるという動きがここに見られる。

こうした動きは、『黄帝内経』のみに特異的なものではなく、『傷寒論』においても初めに成無己《せいむき》撰『註解傷寒論』が古活字・整版になって普及し、その後に本文のみの『傷寒論』が活字印行されていて、全く軌を一にする。また本草では『証類本草』のうち「序例」一巻のみが単行して古活字印行され、後に整版となった。『医学正伝』の場合もこれと同様で、同書は朝鮮本・明版に拠って多種の古活字本が印刷されたが、その後、全八巻のうち巻一「医学或問」のみが単行した。テキストの簡略化という点で、これらは共通する動きと捉えられる。恐らく簡略化したテキストの印刷は、講学活動と連動していたのではないかと思われる。

修亭いうところの「五部・七部」とは、いわゆる「医家七部書」と称される入門者用の医学叢書のことを指す。「七部」と称しながら次第に増加して、『難経本義』『格致餘論』『本草序例』『医学正伝或問』『局方発揮』『十四経発揮』『素問入式運気論奥』『医方大成論』『素問玄機原病式』『医経遡洄集』の十種を収録するバージョンもある。このうち『医方大成論』は修亭も言う通り、『医書大全』の病論部分のみを抄出して一巻としたものであり、『本草序例』『運気論奥』とともに道三が導道から訓読釈授を受けたものでもある。したがって一五三〇年代の道三の修学から十七世紀末の「医家七部書」まで、医学概論・医学入門は一定程度、共通のテキストを使用して行われていたと認められる。

ただし、個別の版本の、例えば個々の訓点に示された「句読」や「訓み」といった字句解釈のレベルにおいて、道三や玄朔の見解が、版本に反映されているかどうかは、個別に追求する必要がある問題である。ここではいくつかを例示するにとどめるが、例えば古写本『啓廸集』の策彦周良《さくげんしゅうりょう》題辞と道三自序の訓点はやや特殊な音訓が使用されている。版本『啓廸集』の題辞・自序の訓点は、信拠すべき例えば三原市立図書館所蔵本などと比較すると、全く乖離しているとは言えないが、十分に反映しているとは言い難い。より端的な例としては、明・李《り》象《しょう》『医略正誤』には七十八歳の道三が自筆で本文を書写し訓点を書き入れている写本が残されている（武田科学振興財団杏雨書屋所蔵）。寛永十九年（一六四二）京都吉野屋権兵衛刊本にも道三七十八歳の識語があり、当然、本文や訓点も一致すべきはずと思いきや、実際には少なからぬ異同があって、道三自筆本を十分に参照した上での整版本とは言い難い。この問題は、出版書肆が原著者の意図をどの程度反映して出版を行っているかという問題に帰すると思われる。こうした事態は曲直瀬流に限らず、林羅山による訓点とされる道春点と称する各種刊本と、羅山自身の意図を伝えていると思しい写本との間の異同をどう考えるか等、共通する問題がまだまだ多いはずである。

また、活字印行や整版刊行の際に行われた校訂・校勘の問題にも再度言及しておきたい。古活字本や初期の整版本の跋には、古写本・中国刊本・朝鮮活字本等の諸書を参考にして誤謬や脱漏を補正したと述べているものが少なくない。いわばこれは校訂・校勘にあたる作業と言えるが、それがどの程度のレベルで行われたのかという問題である。例えば、元・滑寿『十四経発揮』の場合、中国刊本に元末明初原刊本、嘉靖七年重刊本、万暦中刊『薛氏医案』所収本があり、他に数種の朝鮮活字本がある。日本刊本に、慶長元年（一五九七）十二月の小瀬甫庵による活字印本、慶長九年（一六〇四）日東下京涸轍堂の活字印本、元和四年（一六一八）と寛永二年（一六二五）の梅寿による古活字本がある。慶長九年活字印本の本文は、『薛氏医案』本系統であるが、使用される漢字の字体や挿図は朝鮮活字本に近く、両者を参看した可能性が考えられる。跋に言う通り、実際に諸書を参看しているらしいのである。その後、元和四年・寛永二年の梅寿活字印本があり、寛永八年（一六三一）梅寿刊本が日本初の版刻である。以後、慶安二年（一六四九）・寛文五年（一六六五）・宝暦十二年（一七六二）・寛政八年（一七九六）など夥しい重刊を重ねていて、梅寿の寛永刊本が和刻本諸本の本文に大きな影響を与えていると予想される。古写本・中国刊本・朝鮮本と多様な古活字本・整版本の間の本文や訓点の継承関係、また異同を生じさせている校訂・校勘作業、及び出版事業における学者と書肆の関係といった問題は、なお今後の研究に俟つところが多い。

まとめ

曲直瀬道三の例によって見た通り、彼の短い仏典による入門、蘇東坡・黄山谷等による漢籍入門といった修学内容は十六世紀の初学教育として一般的なものであった。易学に定評ある足利学校に遊学後、導道・三喜への就学によって古典から近刊に及ぶ漢籍医書の知識と、臨床上の口訣や漢籍医書の要点や教訓の二面を学んだ。「切紙」伝授の形式をとる後者は、道三によって曲直瀬流医学の教授形式として練り上げられていった。道三による講学は漢籍医書・自著・儒書・仏書・国書に及び、専門家向けの講学だけでなく、戦国武将や一般庶民のヘルスケアのための和文・俳諧等の形式の医書も残している。しかし自著に関しては、九段階の修学階梯を定めて進捗に応じたテキストが設定されており、その写本作業もシステム化して管理されていた。テキストの質と量の両立が必要な状況、つまり印刷への需要が高まっていたと言ってよい。

道三から玄朔へと輸入刊本による最新医学情報が追求され、その学習成果は最新文献の白文本文のうえに訓法や注釈として蓄積されていった。その書入れのある原本は子々相伝されたが、そこに朝鮮半島からもたらされた活字印刷技術は、事前に聴衆の数が想定できる講義用テキストの印刷には有効で、古活字本には多くの医書が含まれているばかりでなく、玄朔をはじめとして多くの京都在住の医者がその印刷事業に関わっている。ただし活字印刷になった道三の著書を見ていくと、初級・中級テキストは早く古活字本が印刷されて講義用テキストに供され一六三〇年前後に相次いで整版となって流布したが、奥義を記した『大徳済陰方』や『啓迪集』は長く印刷に付されることなく、秘伝として写本で流通したと考えられる。

古活字印刷から整版印刷の移行期において、医書の出版においては、最近刊の注解本が先に印刷出版され、それに遅れて本文のみが印刷出版されるという動きが見られる（『黄帝内経素問・霊枢』『傷寒論』）。また、比較的大部な医書のうち、「序例」や巻一のみが単行する例が見られる（『証類本草』『医学正伝』）。これは印刷されるテキストの簡略化という点で共通する。

道三の修学から十七世紀末の「医家七部書」まで、簡略化された医学入門・医学概論のテキストは一定程度共通している。これを医学医療文化として概括的にみれば、共通性が高いと言えるであろう。しかしながら、個別の版本の本文がどのような底本に拠るものか、また訓点や字句解釈のレベルにおいて、古写本時代の道三や古活字本時代の玄朔の見解が版本に反映されているかどうかは、個別に追求する必要がある問題である。

注

（1）今大路家は道三の養子玄朔に始まる家で、四代玄鎮《げんちん》（一六〇八～三九）以降、幕府の典薬頭を襲任した。今大路家に伝えられた『当流医学之源委』は武田科学振興財団杏雨書屋所蔵。

（2）国立公文書館所蔵・周曰校刊『重校補注黄帝内経素問』五冊、函架番号三〇〇―一四六。序文の前に、「明堂―」「問難―」と語句を掲出して注解する、いわゆる抄物の一葉を挿入している。その末に「此ノ一帖ハ足利ニテ講義ノ時、此ノ如クナルヲ書キ置ク也。」とある。

（3）導道と三喜については諸説あっていまだ明瞭になっていないが、一説には兄弟とも言われ、江春庵（鎌倉円覚寺、或は建長寺の支院）に学び、渡明経験はなく、金沢に漂着した明船舶載の医書によって最新医学を学んだとされる（『今大路家記鈔』）。

（4）慶應義塾大学図書館所蔵・曲直瀬今大路家文書『支山人より道三ニ授けし書』による。

（5）『素問』は七六二年に唐の王冰が「運気七篇」を補う等の大改訂したいわゆる次注本のあと、宋王朝による校正版刻事業によって作られた『重広補注黄帝内経素問』二十四巻（一〇六九刊）が初めての刊本である。やや遅れて当時完本がなかった『霊枢』が高麗から献上されて刊行される（一〇九三）。なお道三が使用した『素問』本文の版種は現在までのところ同定されていない。

（6）五行（木火土金水）と六気（風熱湿燥寒火）の「気」のめぐりによって自然現象と疾病発生を説明する理論で、漢～唐代に整備された天人相関の思想を、数理を媒介にして宋代に更に理論化を進めたものと見なしうる。宋・劉温舒『素問入式運気論奥』など、「運気七篇」を基盤とした「運気論」が盛行して次代の医学理論の展開を準備し、金元時代には内経（生理・病理）・方論（治療学）・本草（薬理）の本来別々の典籍間の理論的統合が試みられた。

（7）毛利家臣玉木吉保《たまきよしやす》（一五五二～一六三三）の自伝『自身鏡《みのかがみ》』（一六一七成）にも、「合禁」（食物の食べ合わせ）を書留めた十五首があり、衛生知識の記述に短詩形が利用されていたことがわかる。

（8）道三が影響を受けたのは李東垣・朱丹渓、或は朱丹渓の流れを汲むある明代医方書（治療学を説いた書）で、先行研究によれば劉純『玉機微義』（一三九六）、熊宗立『医書大全』（一四四六）、虞摶《ぐたん》『医学正伝』八巻（一五一五）のあたりまで、嘉靖中（一五二一～六六）刊本が同時代の最新情報で、それ以後に刊行された李梴《りてん》『医学入門』（一五七五）や呉昆《ごこん》『医方考』（一五八四）など、万暦中（一五七二～一六一五）刊本を道三は見ることがなかったようである。

（9）川瀬一馬『古活字版之研究』所収本、および管見に入った古活字本『医学正伝』は以下のとおり。①一五九七年京都小瀬甫庵印本、十二行二十字有界双辺。②一六〇三年京都医徳堂守三印本。③一六〇三年曲直瀬玄朔跋京都下村生蔵印本、十二行二十字有界双辺。④一六〇四年京都曲直瀬玄朔跋印本、十一行二十字無界単辺。⑤一六〇三年曲直瀬玄朔跋・一六〇五年京都下村生蔵印本、十二行二十字有界双辺。⑥一六〇四年曲直瀬玄朔跋・一六〇七年印本、十二行二十字有界双辺。⑦一六〇三年医徳堂守三跋・一六一六年印本。⑧一六一六年六条鏤版印本。⑨一六二一年京都梅寿印本、巻一医学或問のみ、十一行十九字無界双辺。⑩一六二二年京都梅寿印本、十一行二十字有界双辺。

参考文献

『曲直瀬道三と近世日本医療社会』（武田科学振興財団杏雨書屋編、二〇一五年）
小曽戸洋『中国医学古典と日本』（塙書房、一九九六年）

近世における大蔵経の出版とその影響

松永知海

はじめに

近世における仏典出版の特色は、仏教叢書としての大蔵経出版が行われたことである。それまで写本によって継承されていた一切経や、仏教各宗の典籍のみが継続的に刊行されていたが、大蔵経という仏典叢書としては、宋版をはじめ元版・明版あるいは高麗版といった刊本大蔵経の輸入に頼っていた。

出版の意義は、改めて記すまでもないが、写本と比較して不特定の多数に、同時に、正確に、早く経典を提供できることにある。一度、正確に版木に彫ってしまえば、写経をするよりも手軽に、綺麗に、読みやすい字で、誤字脱字、衍字衍行もないものを作ることができる。はじめに莫大な資金が必要であることを除けばこれほどよい技術はない。万が一に誤りが見つかっても同じ箇所がどの本も誤っているから、正誤表のようなものをつくれば、問題はない。

ここでは、まず日本における大蔵経の出版にいたる前史を述べて、次に出版とその影響について、明朝体という書体の選択と絡めて考察してみたい。

一　大蔵経の出版にいたる前史

徳川家康がどのような意図をもって出版にかかわっていたのか、はっきりとはしないが、伏見版あるいは円光寺版と呼ばれるものの開版を行っている。それは慶長四年（一五九九）より十一年（一六〇七）の八年間で三要元佶《さんようげんきつ》に命じ、彼に十万個の木活字を与え、京都伏見の円光寺で『孔子家語』をはじめ八部八十冊を出版したことが知られている。また家康は、駿河に退隠ののち、金地院崇伝・林道春（羅山）らに命じ、今度は銅活字十万個を用い元和元年（一六一五）『大蔵一覧集』一一二五部や『群書治要』を印行させた（駿河版）。

これらの活字印刷技術は文禄元年（一五九二）から慶長三年（一五九八）にかけ、豊臣秀吉がしかけたいわゆる文録・慶長の役のとき、朝鮮から連れてきた印刷技術者によって日本にもたらされたものであった。

家康は、江戸浄土宗大本山増上寺に宋思溪《しけい》版、元普寧《ふねい》寺版、朝鮮高麗再雕版の三版を寄進している。所蔵の寺院から召し上げて増上寺経蔵に集めたことを考えると、家康は大蔵経の出版を計画していたのではないかとの推測もできる、といわれている。(1)

さて、大蔵経出版の試みの初発として位置づけられるのは、天台僧宗存《しゅうぞん》が行った木活字による大蔵経の出版である。(2)

宗存は伊勢神宮内院にあった天台宗常明寺の住僧で、大蔵経一蔵を摺印して自坊に奉納する目的をもって、慶長十七年（一六一二）「一切経開版勧進状」を起草した。印行は千僧供養も行われた京都の北野経王堂で、建仁寺に所蔵される再雕版高麗版大蔵経を底本に、慶長十八年（一六一三）九月、まず『大蔵目録』三巻を出版した。『大蔵目録』は高麗版大蔵経の出版予定書目ともいうべき目録で、出版全体を考える時、ふさわしい出版といえるであろう。所期の目的は達せなかったものの、以後寛永元年（一六二四）まで一四〇点の出版があったことが確認されている。刊記にあった「奉勅彫造」の文字が、元和三年（一六一七）後陽成院の崩御のあとは記されないことから、院との関係のあったことが明らかといわれている。[3] その当初の木活字や罫線等関係資料は二十万点をくだらなかったものと推定されており、一九九〇年度より延暦寺と滋賀県教育委員会とによって宗存版木活字の整理と調査が行われ、木活字十七万四二六一箇が二〇〇〇年十二月四日に重文の指定を受けた。

摺印の典籍からみると、基本的に一行十四字ないし十七字で紙継の部分に典籍名・張数・千字文による巻次等の形式や、「甲寅歳大日本國大藏都監奉勅彫造」（図1『寂照神變三摩地經』）という刊記があり、これらは高麗版大蔵経の形式と刊記に倣うものであった。宗存版は活字印刷による伏見版（一九九二年六月二十二日重文指定）や駿河

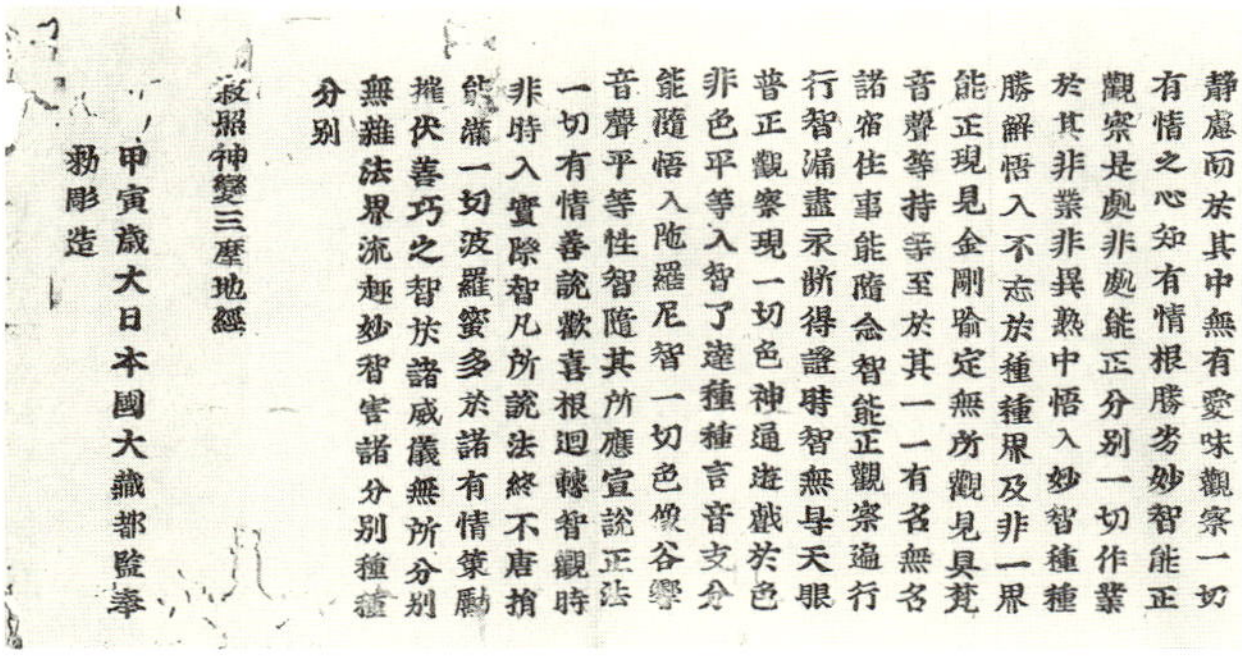
靜慮而於其中無有愛味觀察一切
有情之心知有情根勝劣妙智能正
觀察是處非處能正分別一切作業
於其非業非異熟中悟入妙智種種
勝解悟入不忘於種種界及非一界
能正現見金剛喩定無所觀見具梵
音聲等持等至於其一一有名無名
諸宿住事能隨念智能正觀察遍行
行智漏盡永斷得證時智無导天眼
普正觀察現一切色神通遊戲於色
非色平等入智了達種種言音支分
能隨悟入陀羅尼智一切色像谷響
音聲平等性智隨其所應宣說正法
一切有情善說歡喜根迴轉智觀時
非時入實際智凡所說法終不唐捐
能滿一切波羅蜜多於諸有情策勵
摧伏善巧之智於諸威儀無所分別
無雜法界流趣妙智害諸分別種種
分別
寂照神變三摩地經
甲寅歳大日本國大藏都監奉
勅彫造

図1　宗存版『寂照神變三摩地經』
（『延暦寺木活字関係資料調査報告書（図版編）』滋賀県教育委員会事務局文化財保護課編集、2000年より引用）

版（一九六二年六月二十一日重文指定）の延長上にあると位置づけられよう。

木活字印刷の出版では、慶長二十年（一六一五）に完成した『大蔵一覧集』十巻を例にとると、金地院崇伝の『本光国師日記』に、(4)

一　請取申御扶持方之事

一　合壱石八斗者

右是者。大蔵一覧はんぎの衆上下十八人。三月廿一日より同晦日迄之御扶持方也。但毎日壱斗八升つゝ。以上。

慶長廿卯三月廿六校合　寿閑　在判

字ほり　台林　在判

同　半右衛門　在判

うへて　二兵衛　在判

同　五兵衛　在判

同　理兵衛　在判

すりて　清兵衛　在判

同　與七　在判

字木切　喜左衛門　在判

とあって、（1）校合者、（2）活字を彫る者、（3）植字者、（4）摺り者、（5）活字の木片を作る者などの職種があった。その職責の重さがそのまま校合者から順に記されているといってよい。これらの分業によれば、まず活字を彫るための木片を作る者、そこに活字を彫る者、原本（『大蔵一覧集』）と照らして植字をして版木としていく者、版木から摺印していく者、その摺印された文章と原本とを校合していく者等が時系列からみられる。ただ、丁合いを調えて製本する者がここに記されていないことは、注目しておきたい。

二　日本最初の大蔵経

さて、日本で最初に大蔵経を出版したのは天台僧天海であった。『天海版一切経』は、『日本武州江戸東叡山寛永寺一切経』とも『寛永寺版』ともいわれ、従来、その大蔵経の概要は、千字文「天」より始まる『天海版一切経』の末箱「最」に入蔵されている『日本武州江戸東叡山寛永寺一切経新刊印行目録』五巻（以下、印行目録と略称）のうちの巻第五末尾（図2）に記されているように、

部数　一千四百五十三部
巻数　六千三百二十三巻
函数　六百六十五
完成　慶安元年戊子暦三月十七日

とされてきた。しかし、摺印の『天海版一切経』調査と『印行目録』とを比較すると、経典名に誤りがあり、また経

典の順序が相違している。さらに『印行目録』まで含めると一四五四部であり、巻数は五七八一巻となる。従って『印行目録』は、最後に出版され、最終巻にあるが、実質的には刊行予定書目と考えられる。(5)

この、『天海版一切経』は一行十七字、一紙二十四行で六行毎に行間を少し多くとり折本とする。全五七七一帖で巻数より十帖少ないのは、『太宗地玄文本論』二十巻を十帖に装丁しているからである。

版心にあたる十二行目と十三行目との間には千字文の巻次、経典名、巻数、丁数が記され、経典名の巻頭・巻尾にも千字文の巻次が記されている。一紙はほぼA3版大の縦二八・九、横三九・〇で総使用紙数は十二万二四一一紙、「字ほり」・「うへて」にあたる工人植字者名が用紙の一部、左右のいずれかの端の、いわゆる紙継にあたる部分に小活字で摺印されている。「五兵」「小左」「権四」「ごん四」「甚右」「甚兵」「利右」「理右」「伊右」「平右」「甚丘」「小」「利」「権」などの人名があり、同一人とも推測される名前もある。

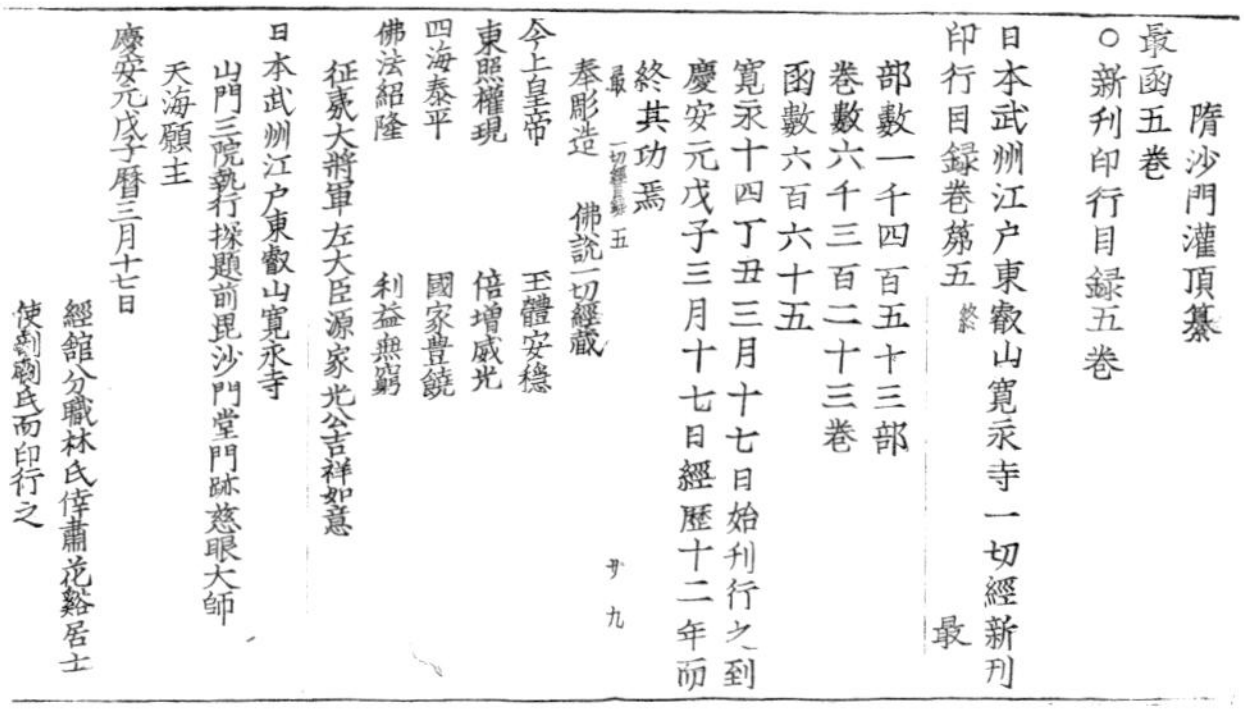
隋沙門灌頂纂
最函五巻
○新刊印行目録五巻
日本武州江戸東叡山寛永寺一切經新刊
印行目録巻苐五　終　最
部數一千四百五十三部
巻數六千三百二十三巻
函數六百六十五
寛永十四丁丑三月十七日始刊行之到
慶安元戊子三月十七日經歷十二年而
終其功焉
最　一切經目録　五　廿九
奉彫造　佛説一切經藏
今上皇帝　玉體安穩
東照權現　倍増威光
四海泰平　國家豊饒
佛法紹隆　利益無窮
征夷大將軍左大臣源家光公吉祥如意
日本武州江戸東叡山寛永寺
山門三院執行採題前毘沙門堂門跡慈眼大師
天海願主
慶安元戊子曆三月十七日
經館分職林氏倖甫花谿居士
使剞劂氏而印行之

図2　『印行目録』刊記(『影印東叡山寛永寺天海版一切経願文集』より引用)

さきの『本光国師日記』には記述がなかったが、おもて表紙の内側に「〇〇〇折」という黒印があり、これは摺印の経文を折本に仕立てていく製本者の人名と思われる。「久兵衛折」「理兵衛折」「長三郎折」や「折手理兵衛」「折手長三郎」のほか、「権四郎」「太郎兵」「作右衛門」「八左衛門」「仁兵」「吉」「半」「五」「六左衛門」「作」「郎」などの黒印もある。これらは「すりて」と呼ばれる工人とも推定できる。

ところで、天海版全五七七一帖を収蔵したところは、上野寛永寺はじめ山科毘沙門堂、日光輪王寺、和歌山雲蓋院、粟田口青蓮院、比叡山延暦寺（叡山文庫）、京都東本願寺、京都西本願寺、福井永平寺、御室仁和寺、身延山久遠寺、池上本門寺、山科本圀寺、京都妙顕寺、石川妙成寺、千葉日本寺、岩本実相寺、長野開善寺など各宗の総・大・本山などの名刹寺院である。これらのうち寛永寺蔵本と東本願寺蔵本は焼失したが、雲蓋院蔵本は寛永寺に移管され、毘沙門堂や青蓮院や叡山文庫の蔵本には帙紙に包まれて桐函に納められて現存している。このうち毘沙門堂蔵本の帙紙の芯には宗存版の反故紙が使用されており、それには『七佛八菩薩所説神呪經』や『過去現在因果經』や『大吉義神呪經』（元和七年刊記）などの経文が印刷されていた。(6) このことは、宗存版の日光山輪王寺天海蔵のなか、『金光明最勝王経』全十巻（巻七欠）の紙背に、宗存自筆の写経十八部および和歌六十七首等があったことから「宗存と天海は同じ天台沙門としての交流があった事実を認めなければならずそのことはあるいは途中で途絶した宗存の一切経を天海がバトンタッチして、かの寛永寺版一切経を完成させる結果になったのかも知れない」(7) という指摘を補強するものといえよう。また同じく芯紙からは「寛永九年（一六三二）申六月吉日　御建立……東叡山法花三拾壱部」と読める寛永寺関係の墨書などが見つかっている。(8)

さて、函数について、『印行目録』では六六五函と記載するが、毘沙門堂経蔵は二九〇函である。また青蓮院蔵本と叡山文庫蔵本とはともに六六五函であるが、函内の経典は必ずしも一致しない。これは、慶安元年の家康公三十三回忌の法要に献本された函数と理解するのが妥当であろう。

巻末にある願文・刊記を調べると、全三〇二件であった。寛永十四年（一六三七）に始まった刊記から寛永二十年（一六四三）、天海が逝去した十月二日までの足かけ七年間は僅か二十九件であったのに対して、翌年から慶安元年（一六四八）までの五年間には二七三件であり、完成を急いでいたことがわかる。(9) 願文・刊記の最初の典籍は

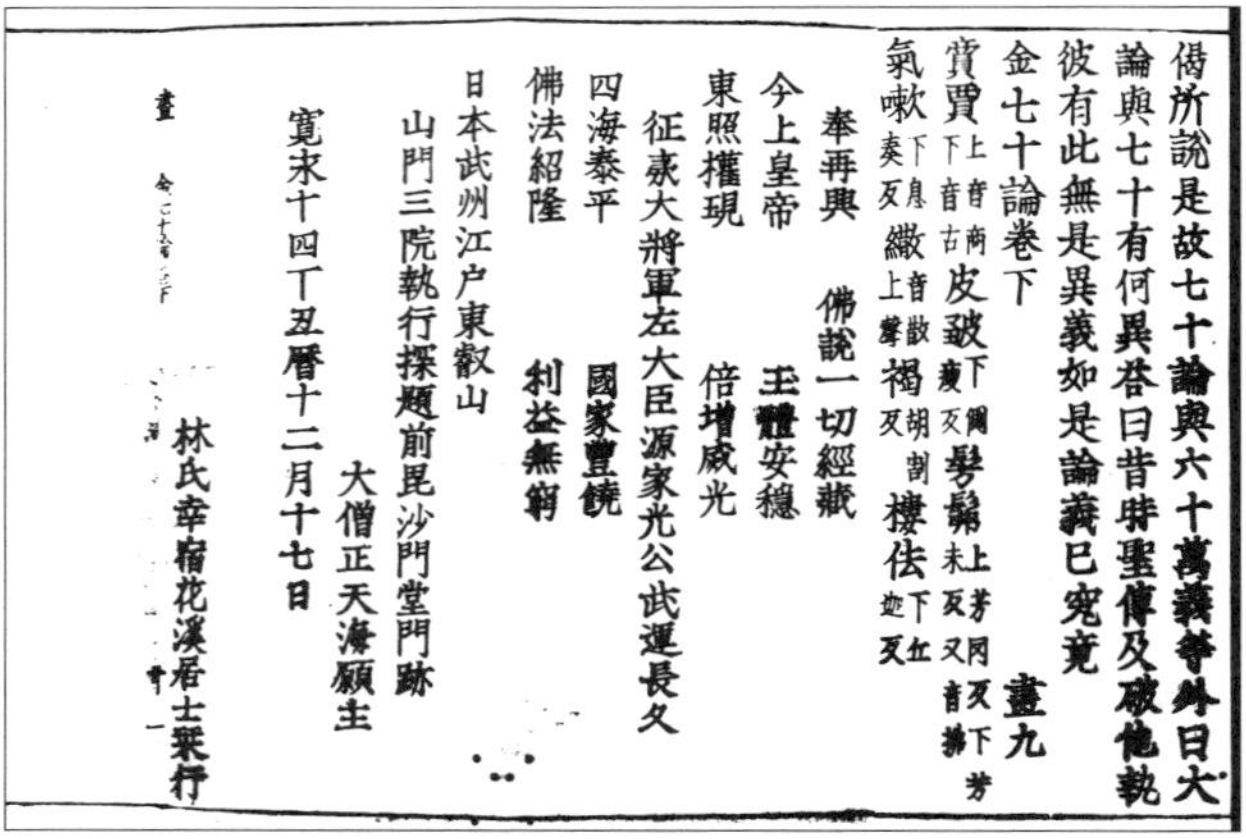
偈所説是故七十論與六十萬義等外曰大
論與七十有何異荅曰昔聖僧及破他執
彼有此無是異義如是論義已究竟
金七十論巻下　　　　畫九

奉再興　佛説一切經藏
今上皇帝　玉體安穩
東照權現　倍増威光
征夷大將軍左大臣源家光公武運長久
四海泰平　國家豐饒
佛法紹隆　利益無窮
日本武州江戸東叡山
山門三院執行探題前毘沙門堂門跡
大僧正天海願主
寛永十四丁丑曆十二月十七日
林氏幸宿花渓居士榮行

図3 天海版『金七十論』第三巻（山科毘沙門堂経本）

仏の教えではなく、六派哲学のサーンキャ学派の学説が書かれている『金七十論』で、つぎのように書かれている（図3）。

奉再興　佛説一切經藏
今上皇帝　玉體安穏
東照権現　倍増威光
征夷大将軍左大臣源家光公武運長久
四海泰平　國家豐饒
佛法紹隆　利益無窮
日本武州江戸東叡山
山門三院執行探題前毘沙門堂門跡
大僧正天海願主
寛永十四年丁丑暦十二月十七日
林氏幸宿花渓居士栞行

この願文の特徴をあげると、第一点は「奉再興　佛説一切經藏」という文言である。理由は不明であるが、「再興」を使用するのは全一六四件で正保三年（一六四六）四月六日までの願文に限られ、以後は「奉彫造　佛説一切經藏」とある。そもそも「再興」というからには「初興」を意識している訳であって、先にも指摘した宗存版を念頭においた文言と考えられる。第二点は、「家光公武運長久」の願文から「家光公吉祥如意」を願うものに変わってくることである。これも前者が正保二年（一六四五）十一月二十九日まであるのに対して、後者は同年十二月二十六日以降である。(10)

つぎに、脱文・欠字のことに触れておきたい。脱文については二箇所あり、第一は『華厳経』（四十巻本）第十九巻第十紙である。底本は明の萬暦版大蔵経の一紙分にあたるから、原本に落丁があったと推定される。『佛説七倶胝佛母准提大明陀羅尼經』第一巻第十一紙の脱文も同様でいずれも白紙となっている。(11)

欠字については五箇所を指摘できる。

①『摩訶僧祇律』第二十七巻二十一紙三行目第二・三字目の二字文の空白がある。喜多院本は空白であるが、最勝王寺・増上寺の思渓本より「布薩」が入ると思われる。

②『舎利弗問經』第八第十七紙五行目第七・八字の二字分の空白がある。喜多院本は写経であるが空白で、増上寺および最勝王寺思渓本も空白である。

③『阿毘達磨大毘婆沙論』第十九巻第十七紙六行目第一字より第七字の七字分の空白がある。喜多院思渓本には「而」を除く六字分は空白である。最勝王寺・増上寺等の思渓本には「異熟問若異類而」が入っている。

④『阿毘達磨大毘婆沙論』第百十四巻第二紙六行目第五・六字の二字分の空白がある。喜多院本では空白で、墨書により「云何」が補筆されている。最勝王寺・増上寺の思渓本には「云何」の二字が入っている。

⑤『佛本行集經』第十八巻第五紙二十四行目第三字の一字分の空白がある。喜多院本は未確認であるが、最勝王寺・増上寺の思渓本には「我」が入っている。

以上のことから、天海版一切経の底本について、従来天海が住持していた川越喜多院の蔵経が底本と推測されていたが、以上の欠字部分が喜多院のものと一致することから、基本的に底本には喜多院蔵本が使用されたことについては、ほぼ間違いがない。天海版一切経の『摩訶僧祇律』第十一巻と第十二巻とは段落こそ違うものの、同一内容であることも指摘しておく。(12)

なお、天海版一切経で使われた木活字は現在も上野寛永寺に保存されている。二〇〇三年五月二十九日に重文指定を受けており、その木活字は二十六万四六八八箇といわれている。(13)

三　日本最初の流布版大蔵経

日本で最初の流布版の大蔵経を完成させたのは黄檗僧の鉄眼《てつげん》（一六三〇～八二）であった。彼は日本に流布している大蔵経のないことを嘆き、その出版を思い立ち、宗祖隠元から明蔵（『萬暦版』）をもらい受けた。鉄眼には、底本とした『萬暦版』正蔵には入蔵されていないものや、後述する浄厳《じょうごん》覚彦《かくげん》（一六三九～一七〇二）の要請による典籍の出版があり、この黄檗蔵は出版後も改版・改刻が行なわれていたことが判っている。『萬暦版』正蔵に対応する経の一六五四部六九三〇巻といわれる膨大な分量の出版を整版で、しかも何の資金的裏付けを持たない一介の僧侶が行ったことは称讃に値する。

それではまず、寛文九年（一六九九）に発願された黄檗蔵経以前の、初期黄檗の出版をみてみよう。初期黄檗の出版事情を『江戸時代初期出版年表』から抽出してみよう。(14)

承応四年（一六五四）黄檗隠元和尚全録十六巻
　同年　黄檗隠元禅師又録一巻
同年・明暦元年　隠元禅師語録（黄檗和尚全録）十八巻六冊
　同年　隠元和尚語録一冊
明暦三年（一六五六）黄檗和尚扶桑語録十八巻五冊
　同年　密雲禅師語録十二巻六冊
　同年　費隠禅師語録十六巻七冊
　同年　五灯厳統二十五巻附一巻二十四冊
　同年　高峰大師語録一巻一冊
　同年　円悟仏果禅師語録二十巻六冊
明暦四年（一六五七）弘戒法義一巻一冊

明暦四年『弘戒法義』以後、黄檗版の刊行がはじまる前年の寛文八年（一六六八）までの出版については、大槻幹郎「草創期黄檗の出版について」が詳しい。(15) それによれば、四十二部もの出版を数えるという。このうち語録類については注意を要するようで、『隠元和尚廣録』三十巻は初版本で、元禄八年（一六九五）刊の再版本は、隠元への国師追号後に表題を『普照国師広録』と改め、内容的にも字句の変更や取捨選択があるようである。(16)

このように承応三年（一六五四）に隠元が弟子等とともに来朝して十五年ほどで多数の出版を行ったことは、黄檗の開創期における宗派の力強さを物語る一端を示すものといえよう。基本的に明代の中国仏教における寺院による出版は、寺内の印刷局（印房）で行われていたことも珍しくない。そうした福建の古黄檗での営みの延長上に、漢字という文字を通しての日本僧たちへの教義の伝授が進められていたと推定される。

それらの出版のなかの『黄檗和尚太和集』に注目してみたい。刊記によれば、(17)

弟子道光損資敬刻
黄檗和尚太和集壹冊流行伏願般若智
人人現前金剛眼個個開豁者
壬寅年葭月初四日識

とあって、弟子の道光が費用を出して隠元禅師の太和集一冊を出版するのである。その心は、智慧によって人々が悟りをひらくことを願って出版されており、寛文二年（一六六二）十一月四日のことであったという。この道光こそ鉄眼道光である。寛文二年の頃に果してこの出版費用を用意する余裕があったか、という疑問も投げかけられているが、それはさておき、これらの初期の出版が、いわゆる明朝体で行われていたことは、この後述べるように後世への影響を考えても特記すべきであろう。また、この太和集はじめ初期黄檗の出版が、当然のこととはいえ明朝体を基本としていたことが指摘できる。

さて、鉄眼による大蔵経出版であるが、それらの大略を経典の巻末に記された刊記から見ることができる。

最初の刊記が寛文十一年（一六七一）一月で、最終年の刊記は天和元年（一六八一）である。(18)鉄眼は翌年三月に入寂しているから更に入蔵予定典籍はあったと考えられる。浄財の金額は白金一千両を喜捨した摂津の妙宇尼から、二十二人が合せて六銭三分五釐を喜捨した例など名前の記載もない人たちの浄財を得ていたことがわかる。地域をみると、北は出羽国から南は琉球国まで広い範囲に及んでいる。

刊記の数についてみると、初刷正明寺本では一〇二三件、元禄期の刷本である獅谷法然院本の刊記には一三二二件、赤松普明摺印本の刊記には一二五七件があった。その刊記数の多少について、整理してみると、刊記総数は一四二五件となった。

刊記の数をみると、最初に刷られた正明寺所蔵本が一番少なく、法然院所蔵本が一番多い。『大般若経』六〇〇巻を例にとれば、全刊記四五一件のうち正明寺本は四〇〇件、法然院本は四五〇件である。この正明寺本にはない五十一件の刊記年月は延宝六年九月から同七年六月までのものであるから、延宝六年七月に御水尾天皇に献上された正明寺本『黄檗版大蔵経』にないのは当然であると考えられる。その一方、『光讃般若波羅蜜経』をはじめ寛文年間の刊記を持つものが二七二件、延宝五年まで下ると三一三件の刊記が正明寺本にはない。また、逆に正明寺本には延宝六年に献上されてから後の、延宝八年六月の刊記を持つ『秘密相経』『大悲空智金剛大教王儀軌経』『幻化網大瑜伽教十忿怒明王大明観想儀軌経』の刊記をはじめ延宝七年にも十件の刊記がある。このことは刊記に記載されている年月が実際に刻まれた年月と必ずしも近時ではないことを意味している。

さて、黄檗蔵経の版木は重要文化財として四万八二七五枚が指定されている（一九五七年二月十九日付）。黄檗版は、木活字による天海版とは違い、一枚の板に活字を刻んだ整版印刷である。基本的に黄檗版は桜材をつかい、約横八二cm、縦二一cm、厚さ一・八〜二cmの節のない板に、片面二面、表裏合せて四面分が刻んである。一面は一行二十字、二十行で、版心の上から三蔵などの分類、典籍名、巻数、丁数、千字文巻次などが刻まれている。方冊本（袋綴）であれば、版心からすぐに読みたい経典の箇所を探し出すことができるので、従来の写経に見られる巻子本や天海版一切経のような折本などとは比べものにならないほど、読む人にとって便利な装幀であった。これは底本である明の萬暦版をそのまま踏襲したもので、多くの人々に大蔵経を読んでもらうために便利な方冊本とすることを考えて底本を選んだと思われる。目録でいえば明萬暦版正蔵の覆刻のみをもって黄檗版というが、それだけではない。完成を急ぐためか、鉄眼は和刻本を入れ版したり、その一方で『萬暦版』正蔵には入蔵されていないものを出版したりしていることがわかってきた。

いま一つ特筆すべきは高麗蔵を底本とした出版のあったことである。これは、真言宗新安流の祖であり、梵学を復興した僧としても名高い浄厳覚彦が鉄眼に出版を依頼したものであった。『浄厳大和尚行状記』の延宝二年(一六七四)の条に、[19]

此時ニ当テ黄檗山鐵眼道光禅師大ニ化門ヲ開キ、大蔵経ヲ梓行シテ黄檗山宝蔵院ニ納ム。吾師、信ヲ通ジテ其道投合ス。蔵中ノ秘密経軌ヲ別ニ目録ヲ出シ、蔵中ノ欠本十余巻ヲ加ヘ居シメ、諸人ニ求メシムルカ故ニ、天下ニ諸儀軌ヲ持スル者六百余人ナリ。

とあって、二人の親交を記している。浄厳は真言宗の基本となる儀軌に関する『仏説秘密儀軌衆法経総目』という目録をつくり、弟子養成のテキストを作ろうとした。[20]そこで、刊行されつつある高麗蔵によって儀軌典籍を揃えようとしたが、そこに入蔵もされておらず、また和刻本にもない典籍については鉄眼に要請して新たに開版してもらい、活用したのである。

浄厳の要請であるから、高野山の高麗蔵を使用した可能性が高いと思われる。いまその目録に挙がっているも

ののうち、巻末に、

高麗国大蔵都監奉　勅雕造

という記載のあるものを挙げると、

金剛頂瑜伽一字頂輪王一切時處念誦成仏儀軌　一巻
十地経　九巻
大虚空蔵菩薩所問経　八巻
修習般若波羅蜜多菩薩観行念誦儀軌　一巻
観自在大悲成就瑜伽蓮華部念誦法門　一巻
大聖文殊師利菩薩仏刹功徳荘厳王経　三巻

などの六部二十三巻がある。

また、これとは別に後水尾天皇に献上した初刷黄檗蔵経のなかに高麗版を底本とした、「十住毘婆沙論」全十七巻が含まれている。この第一巻末には「癸卯歳高麗国分司大蔵都監奉勅彫造」とあり、第十七巻末には「寛文六丙午年開板」とある。方冊、袋綴、一紙二十行、一行十九字、返り点・送り仮名を付しており、町版である。法然院蔵黄檗蔵経（宝永年間以前の摺本）のものが萬暦版の覆刻の「十住毘婆沙論」であることを考えると、鉄眼

在世中に和刻本十住毘婆沙論が入れ版から萬暦版の覆刻本に改められたと考えられる。(21)

このような底本の出入はあるが、一般に黄檗版といわれる明萬暦版正蔵に入蔵されている分は二七五帙に納められ、頒布された。大蔵経の刊行は、鉄眼の情熱とそれに応えた人々の合力で完成した。天和元年（一六八一）のことであった。

こうして出来上がった黄檗版大蔵経は初期の販売台帳といえる『大蔵経請去總牒』によれば、四〇五蔵もが全国各所に納入されたという。また二十三冊からなる『全蔵漸請千字文朱点』という台帳には、貞享年間より昭和十六年（一九三一）までの、二三四三箇所にのぼる黄檗版大蔵経の所蔵者の名前と納入時期などが記されている。(22)それによれば、配本は一度に行われるのではなく、数回に分けて納入するのが一般的で、中には八十数回に及ぶところもあった。製本の関係もあるが、代金の支払も考慮にいれれば、当然のことといえよう。

このように頒布された大蔵経の版木は宝蔵院にあり、現在も摺印頒布されている。

四　黄檗蔵経出版の影響

この黄檗蔵経出版の影響は、近世だけではなく近代から現代にも多大な影響を与えていることは、出版史の上からは従来あまり意識されてこなかった。

近世における大蔵経の最初の出版は、上述のごとく天海版一切経であったが、これは木活字による少数部数の印刷で、大寺院の経蔵に収蔵されるにとどまり、講学に活用されるまでには流布しなかった。それに対して黄檗蔵経は整版印刷により求めに応じた印刷で流布した。このことは、輸入するよりも安価であるという点だけで見てはいけない。その最大の特徴は、明朝体という書体であった。

明治期には金属活字による出版がはじめられたが、学術書出版の書体の主流は現代であっても止め・ハネの明確な明朝体の流れをくむ書体である。(23) 明治における金属活字印刷による初めての大蔵経は『縮刷大蔵経』（『大日本校訂大蔵経』・『縮刷蔵経』・『縮蔵』ともいう）であり、五号活字を用いて一行四十五字、半丁二十行の小本にした。これは半丁十行、一行二十字の整版による木版印刷に対する反動ともいえた。明治十四年（一八八一）から十八年（一八八五）まで四十帙四一九冊が明智旭『閲蔵知津』に基づき蔵経書院から出版された。底本は増上寺所蔵の高麗蔵経で、校本には同じく増上寺所蔵の宋思渓版と元杭州版、さらに明蔵と称せられるが黄檗版をもって四本を対照し、頭注に記した。特記すべきは、高麗蔵経を底本としたにもかかわらず、この時の書体は校本である黄檗版で使用されている明朝体であったことである。金属活字印刷技術は導入できても、その書体をどうするかは、大問題であったと推定される。高麗蔵経のままとすれば、余りにも異体字が多く読めない。その点、比較的異体字の統一がはかられており、止め・ハネのはっきりした馴染みのある明朝体は、とてもよい書体であった。さらに高麗蔵経は家康公の寄進による寺宝であって原稿本として差し出すわけにもいかない。だが新たに高麗蔵経の書体を写経するにも時間がかかる。そうした事情から、販売されていた黄檗蔵経を稿本にして、高麗蔵経と対校し字句の相違を書き込み、それをもって高麗蔵経となし稿本としたのである。(24) こうした黄檗蔵経を稿本とした出版の弊害は、たとえば『大乗中観釈論』全十八巻が増上寺高麗蔵経には全巻揃いであるものの、縮刷蔵経には九巻までしか入蔵がないことが挙げられる。黄檗蔵経が全四巻本で、その内容が高麗蔵経の九巻までに相当すると考えると、十巻から十八巻までの後半九巻が入蔵されなかった理由は、黄檗蔵経にない部分を写経によって稿本としなかった当時の対校者・編集者たちの何らかのミスを反映しているものと理解できる。(25)

つぎに、金属活字で出版されたのが『卍版大蔵経』（『日本校訂大蔵経』・『卍蔵』、正・続）である。(26) 正蔵の底本は法然院に所蔵される黄檗蔵経である。この蔵経には法然院忍澂が宝永三年（一七〇六）から七年（一七一〇）にわたって行った建仁寺所蔵高麗蔵経との対校が朱筆されており、それに基づいて四号活字で明治三十五年（一九〇二）から明治三十八年（一九〇五）にかけて出版された。三十六套三四七冊であった。これも明朝体で、続蔵経も明治三十八年から大正元年（一九一二）に一五〇套七五一冊が刊行された。

次に出版されたのが世界標準の大蔵経テキストとなった『大正新脩大蔵経』（大正蔵）である。正蔵五十五巻は増上寺蔵の高麗版・宋思渓版・元杭州版および山内報恩蔵の明萬曆版を基盤となる底本及び校本とし、宮内庁図書寮宋版や正倉院聖語蔵や古写経等をもって一部を対校し、脚注に記した。続蔵三十巻、図像部十二巻、昭和法宝総目録三巻の全一〇〇巻で、大正十二年（一九二三）より昭和九年（一九三四）までの足かけ十二年間で完結した。これらに使われたのも、明朝体の金属活字であった。

実は、この時に底本として使われたのは、縮刷蔵経を底本に中国上海から出版された頻伽《びんが》蔵経であった。このことは、大正蔵経が増上寺の高麗蔵経を底本にしていると標榜しているものの、実態は縮刷蔵経の影響を受けており、さらには黄檗蔵経の影響を受けていることを表している。先に指摘した大乗中観釈論は、ここでも見直されることなく九巻本として入蔵されている。

このように、近代の金属活字印刷の大蔵経は、みな黄檗蔵経の影響をうけた明朝体であった。それは大蔵経に限らず、『浄土宗全書』をはじめとした、各宗派から出版された全書類も基本的に明朝体の書体をもちいている。鉄眼が底本として選択した明萬曆版の書体・明朝体は、黄檗版の流布により、広く受容され、いまや歴史関係・文学関係はじめ学術研究図書は云うにおよばず、今日の新聞や雑誌類の書体としても主流の位置を保っているの

である。(27)

おわりに

以上述べてきたように、日本で最初に大蔵経出版を試みた宗存版は高麗蔵に倣って出版され、つぎに初めて全蔵が刊行された天海版は川越喜多院の宋版を中心とした混淆蔵経を底本に刊行されたものであった。いずれにしろ、それらは底本の影響を受けて、それまでの伝統である写経の書体を踏襲して作成された木活字の書体であった。

黄檗版はその点で明の萬暦版という、まさに木版印刷のために作成された明朝体を踏襲していた。異体字などの統一もほどこされ、止め・ハネの明確な書体は、一言一句を正しく伝えようとしてきた仏教教団にとっても、受け入れ易い大蔵経であったといえる。まして、従来の巻子本や折本とは違い、方冊本という利便な萬暦版の製本は、大蔵経の普及を勧める鉄眼にとっても、最善の大蔵経であった。近世の漢字の出版は、従来の書写体を踏襲していく出版と、明朝体による出版との併存であったが、近代の金属活字印刷による大蔵経は、いずれも明朝体であった。現代日本では、一般の学術書だけでなく、インターネット上に配信されている学術情報などにも明朝体が使われている。鉄眼の黄檗版が大蔵経の普及のみならず、現代日本の出版の書体にまで大きな影響を与えているといえよう。

注

（1）『所報』No.10（増上寺史料編纂所、一九八四年）五頁。

（2）小山正文「宗存版一切経ノート」（『同朋仏教』二〇・二一合併号、一九八六年）及び『延暦寺木活字関係資料調査報告書』（滋賀県教育委員会、二〇〇〇年）。
（3）小山正文「宗存版『大蔵目録』」（『同朋大学佛教文化研究所紀要』二二号、二〇〇三年）三二頁。
（4）『大日本仏教全書』一三九、八七三頁以下。
（5）拙稿「『天海版一切経』の目録について」（『印度学仏教学研究』四四巻二号、一九九六年）および「天海版一切経覚書」（『石上善應教授古稀記念論文集仏教文化の基調と展開』第二巻、山喜房仏書林、二〇〇一年）。
（6）前掲注5拙稿参照。
（7）前掲注2小山論文。
（8）前掲注5拙稿参照。
（9）拙稿『影印東叡山寛永寺天海版一切経願文集』（佛教大学松永研究室、一九九九年三月）及び前掲注5拙稿参照。なお、天海版木活字を使用した後印本の『観音経』などの単行本には『天海版一切経』にはない刊記があるが、ここでは初刷の摺本のみを対象とする。
（10）慈眼大師号について、『徳川実紀』では四月十一日、後光明天皇勅し、天海墓前にて勅使慈眼大師の追号の勅書を読み上げることが書かれているが、天海版一切経の最後の刊記にあたる慶安元年三月十日と十七日両日の四件の願文にはすでに「慈眼大師」号が使われている。
（11）前掲注5拙稿参照。
（12）拙稿「天海版一切経の底本について」（『寛永寺蔵天海版木活字』を中心とした出版文化財の調査・分類・保存に関する総合的研究』（研究代表者実践女子大学渡邉守邦、二〇〇二年）七―一三頁、図版四一五―四一九頁。
（13）前掲注12拙稿参照。
（14）岡雅彦他編、勉誠出版、二〇一一年。
（15）『黄檗文華』一一六号（黄檗山萬福寺文華殿、一九九六年）。
（16）大槻幹郎「『隠元和尚広録』について」（『黄檗文華』一二七号所収、二〇〇八年）一四八頁ほか、『黄檗文華』一二六号から隠元禅師語録出版関係の論文を発表しておられる。本論文もその一連の研究に触発されたものである。

(17)『新纂校訂隠元全集』第七巻（開明書院、一九七九年）三四九五頁。

(18)『影印黄檗版大蔵経刊記集』（大槻幹郎・松永知海共編、思文閣出版、一九九四年）を参照。なお、この刊行後に正蔵外の『妙法蓮華経台宗会義』から天和元年（一六八一）十一月の二刊記が判明し、刊行年月により分類すれば、下記の表になる。

年／月	1671	1672	1673	1674	1675	1676	1677	1678	1679	1680	1681	合計
1	62	3	0	0	1	0	0	0	10	0	0	76
2	31	2	210	0	0	0	120	0	0	0	2	365
3	33	1	82	0	1	0	0	0	1	0	0	118
4	28	10	0	0	0	0	108	0	23	0	0	169
5	6	68	9	0	0	3	89	0	136	0	0	311
6	10	0	1	0	0	0	86	0	5	3	0	105
7	30	1	1	3	0	0	6	0	0	0	0	41
8	18	0	2	0	0	17	0	0	0	0	0	37
9	4	37	0	0	0	0	0	3	0	0	0	44
10	1	35	0	0	0	0	0	2	0	0	0	38
11	0	45	4	0	0	0	0	2	0	0	19	70
12	0	17	0	1	11	0	3	2	0	0	0	34
	223	219	309	4	13	20	412	9	175	3	21	1408

全刊記1425件（刊行年記載なし17件含む）

(19) 上田霊城『浄厳和尚伝記史料集』(名著出版、一九七九年)。
(20) その目録は『大日本仏教全書』九十五巻、一五九頁に翻刻がある。
(21)『獅谷法然院所蔵麗蔵対校黄檗版大蔵経並新続入蔵經目録』解題参照(佛教大学仏教文化研究所編、一九八〇年)。
(22) 拙編『「全蔵漸請千字文朱点」簿による「黄檗版大蔵経」流布の調査報告書』(佛教大学アジア宗教文化情報研究所、二〇〇八年)。
(23) 明朝体については竹村真一著『明朝体の歴史』(思文閣出版、一九八六年)に詳しい。同書に「萬暦版大蔵経は、まさに木版明朝体の完成花形であり、その復刻が次に述べる鉄眼版であった。」(九三頁)とある。当然、日本に輸入された書体から、明朝体はさらに展開して改変が加えられている。ここでは承応三年黄檗渡来以前の大蔵経・仏書と黄檗出版に焦点を当てている。
(24)「大蔵経校讐別記」四丁オ(拙編『近代の大蔵経と浄土宗――縮刷蔵経から大正蔵経へ』六一頁下、佛教大学宗教文化ミュージアム、二〇一四年)。なお、異体字の種類等については、『高麗蔵経異体字典』(高麗大蔵経研究所、二〇〇〇年)を参照。
(25) 拙稿「日本近代における『黄檗版大蔵経』の活用」(『東アジアにおける宗教文化の総合的研究――仏教美術・仏教学・考古学・歴史学分野』二〇〇八年)一三九―一五八頁。
(26) 梶浦晋「日本近代出版の大蔵経と大蔵経研究」(『縮刷蔵経から大正蔵経へ』佛教大学宗教文化ミュージアム、二〇一四年)三〇―四七頁、および拙編『近代の大蔵経と浄土宗』(同ミュージアム秋期特別展図録、二〇一六年)参照。
(27)『浄土宗全書』正蔵は明治四〇年(一九〇七)から大正三年(一九一四)、続蔵は大正四年(一九一五)から昭和三年(一九二八)までの刊行。大日本史料・日本古典文学大系・日本思想体系などの漢字書体および新聞の書体も止め・ハネの明確な明朝体の発展した活字体とみることができる。

近世狩野派の墨竹図をめぐる教養

――制作、鑑賞のための基礎知識の形成

門脇むつみ

はじめに

近世において絵画の制作、鑑賞に必要な基礎知識を「教養」として考えてみたい。画題＝どのようなテーマを／が、図様＝どのような図柄で、様式＝どのような様式で描く／描かれているのか、の把握がまずは必要である。制作と鑑賞の双方がこれらについての知識をある程度共有してこそ絵画は成り立つ。

本稿は、近世狩野派の墨竹図を例に「教養」の形成をみていく。政権が豊臣家から徳川家に、政治の拠点が京から江戸へ移り、政治的にも文化的にも大きな変動期であった近世初期。狩野派は画壇の覇権を確立、継承するために絵画に関する「教養」の形成に迫られていた。絵画にまつわるさまざまな知識を整理し、新時代にふさわしいかたちに整えて提示し、ときには新しい画題や図様・様式も案出する。派内にあっては制作のために活用で

き、顧客に向けてはより魅力的な鑑賞体験、そしてときには余技としての制作にも役立つ、そのための「教養」である。墨竹図もその過程で整備された画題の一つであった。

一　正徳二年（一七一二）著、絵手本『畫筌』――版本が示す墨竹図の定型

はじめに近世狩野派による墨竹図をめぐる「教養」形成の終着点を確認し、その後、終着点にいたる過程をたどるかたちで論をすすめる。終着点は、正徳二年（一七一二）著、享保六年（一七二一）刊の絵手本『畫筌《がせん》』に収載される三点の墨竹図である。

○『畫筌』における墨竹

『畫筌』は筑前直方《のおがた》藩士で狩野派の画家である林守篤《もりあつ》（生没年不詳）が、師である尾形《おがた》（小方）守房《もりふさ》（友元、探幽晩年の侍童で弟子・一六六六～一七三二）からの聞き書き、中国の画論書の参照、狩野派の手本（粉本）に基づく挿図などで構成した絵手本である。狩野派が画法伝授の秘伝的なものとして管理、継承してきた事柄を、版本というメディアを使って公開したものであった。[1] 全六巻で巻一、六に作画の秘訣、画材の扱いなどをいい、巻二から五は画題ごとに描き方の実際などを解説する。このうち巻二は表紙題箋に「山水、水、草木、竹、岩、降枝」とある通り、竹を特に扱う。

墨竹（図1）については二丁を用い、最初の丁表の上半分は解説で「竹を畫《かく》に体用あり。陰陽清淡、錯節高低、右幹左幹、細分鵲爪、个葉聚散、稚子禿梢、高飛孤燕、二蚕觝首、四魚兢旦、尖々平尖、大段小段。右ハうつす

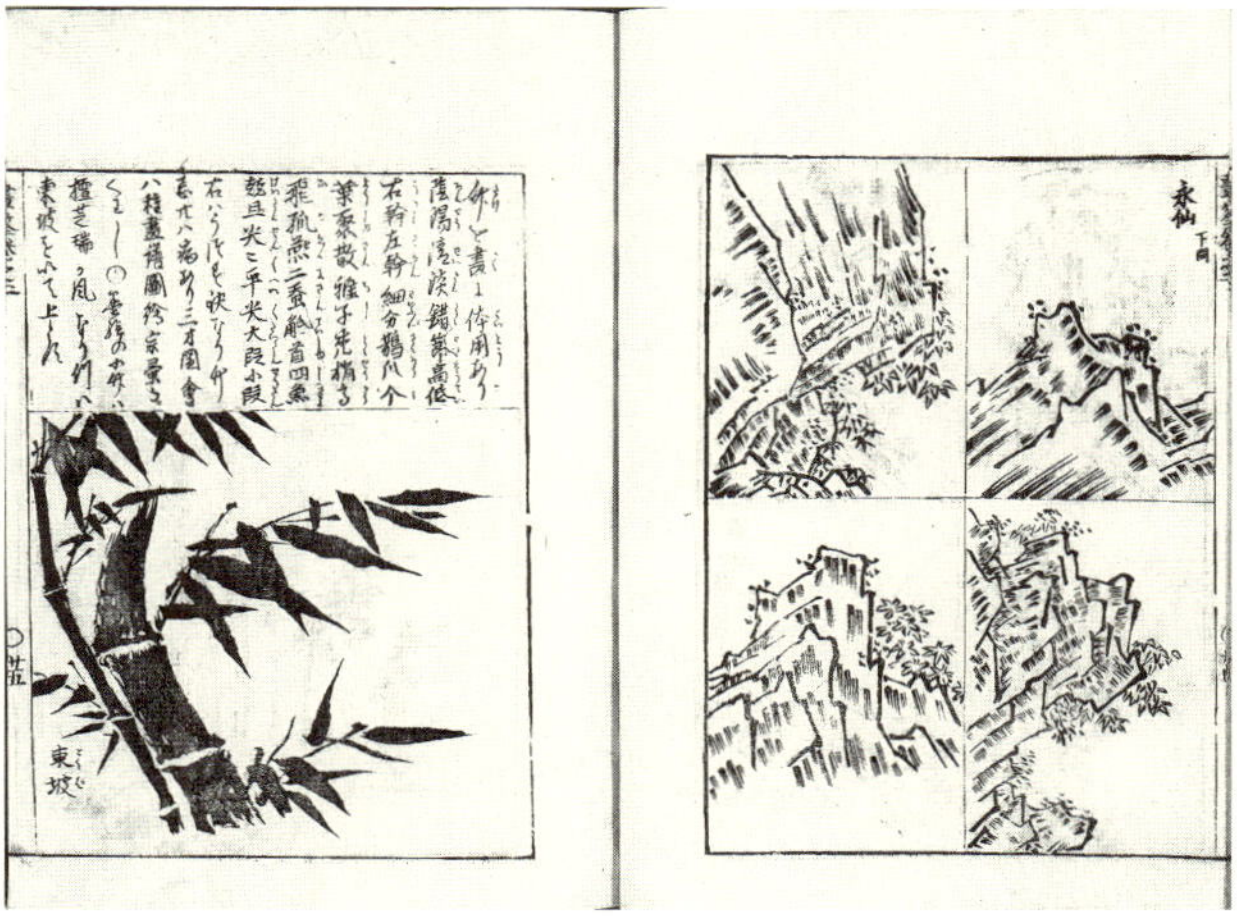

図1-1

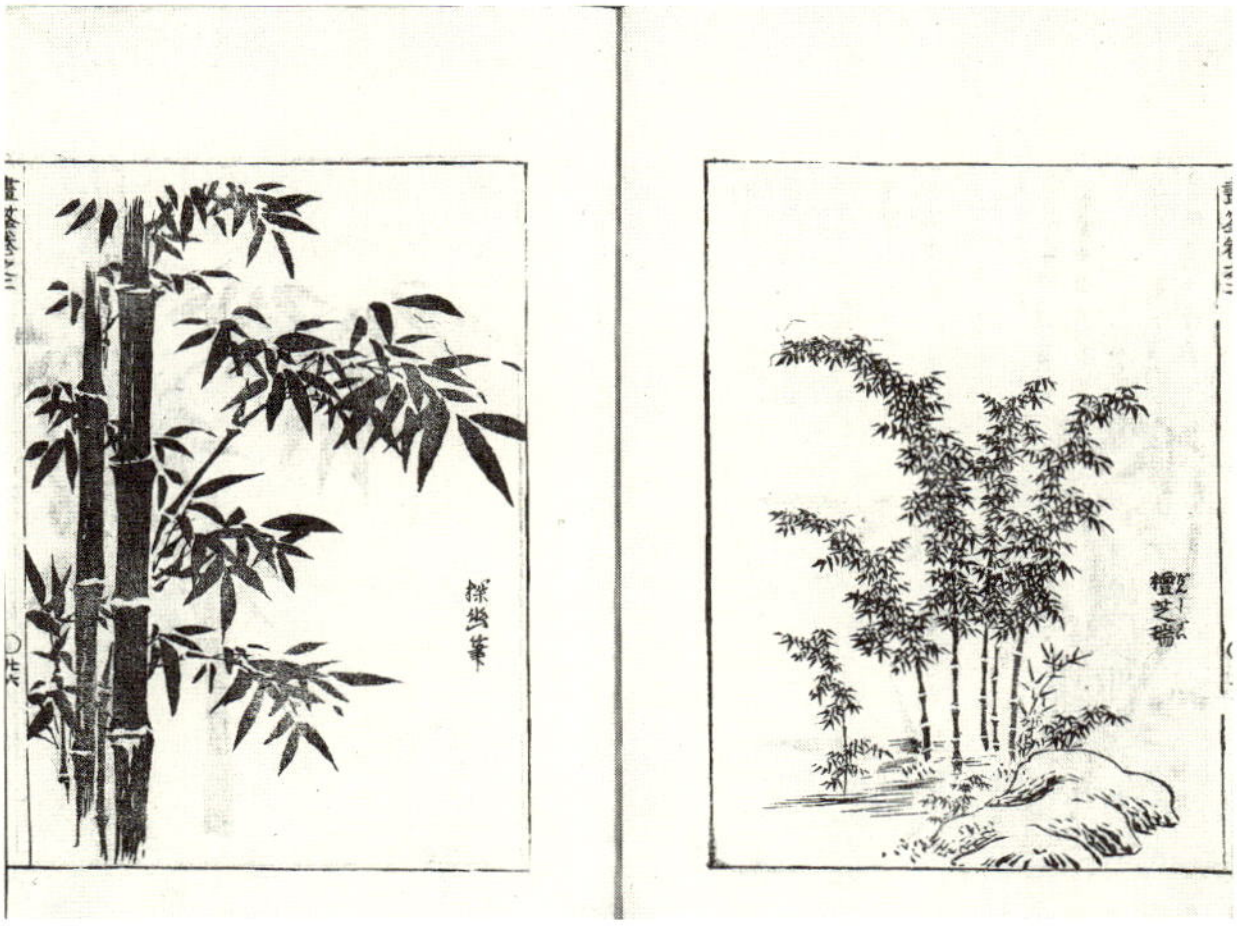

図1-2

図1　林守篤著『畫筌』のうち墨竹図（早稲田大学図書館蔵）

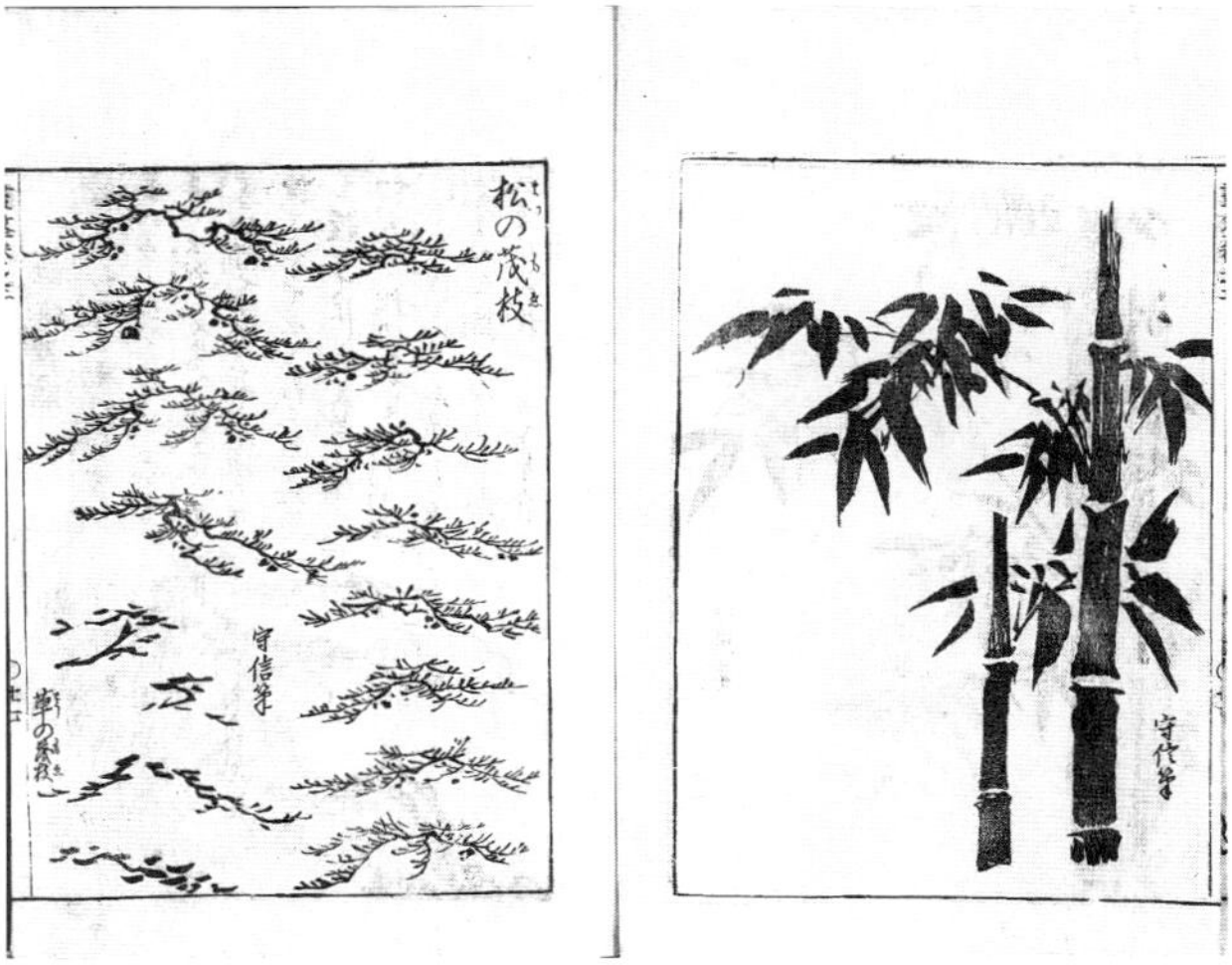

図1-3

訣なり。竹忌廿八病あり。三才図會、八種畫譜、図繪宗彝等ニくわし。墨絵の小竹ハ檀芝瑞の風なり。行ハ東坡を以て上とす。（原文に句読点を施した）」とある。冒頭から「竹忌廿八病あり」まで、つまり解説の大部分は例示する画法書の一つ『図絵宗彝《ずえそうい》』（明楊爾曾撰、一六〇七序、一七〇二年和刻本）を引用する。その下半分に「東坡」として蘇東坡《そとうば》（蘇軾・一〇三七〜一一〇一）に倣う墨竹図を載せる。竹の一部をクローズアップであらわすもので、画面左寄にゆるやかなC字形を描く太い幹、細い幹二本を配し、右方向に枝、葉をまばらに描く。線ではなく墨面すなわちシルエットで竹をあらわすこと、幹の上下端が筆先の割や手の動きがそのまま反映された、書の払いに似た筆致によることが特徴的である。解説は「行は東坡を以て上とす」と、絵の表現の三体である真行草のうち行体の竹図としては蘇東坡のそれが良いと述べている。

丁裏は「壇芝瑞《だんしずい》」とあり、檀芝瑞（元代・生没年不詳）に基づく。画面中央に七、八本の竹からなる竹叢、右下に岩をあらわす竹石図である。竹の葉が多く茂り、岩の皴や地面をあらわす横線なども引かれ、繊細丁寧である。

次丁表は「探幽筆」、同裏は「守信《もりのぶ》筆」であり、狩野探幽《たんゆう》（守信・一六〇二〜七四）によるという墨竹図である。

いずれも画面片側に寄って直立し、上端も根元も描かない二本の竹をあらわす。探幽は、室町時代から五代続く画家の名門に生まれ、抜群の画才によって十六才で徳川将軍家御用絵師となり、生涯にわたって画壇を率いた。著者の守篤はその探幽の孫弟子であり、「序」には誇らしげにそのことを記す。そして当時、探幽は半ば神格化されるほど名声が高かった。したがって、中国画家と並べてここに探幽の墨竹図を提示することは、読者にも違和感なく受けとめられたことだろう。

二　寛文年間、狩野派の流書——三様の墨竹図という定型の成立

既述のように『畫筌』の挿図は、狩野派内で弟子教育のために整備された手本によるが、墨竹図について注目すべきはその大元とみなせる流書《りゅうがき》と呼ばれる一群の作品との関係である。

○「学古図帖」

流書とは日中の画家の図様、様式になぞらえて探幽はじめ狩野派の画家が描いた図を画巻、画帖などに連ねたものである。近世を通じて作品が遺るが、その集大成的作品が探幽六十九〜七十歳（寛文十〜十一年）頃の「学古《がっこ》図帖《ずちょう》（学古帖）」（個人）である。(2)六十五名の中国画家、十二名の日本の画家による名画に倣って探幽が描いた七十七図と探幽自身の作品としての「富士山図」あわせて七十八図を台紙の表裏に貼付した画帖で、各図の画面内に探幽自身が「描徽宗體」、「慣曹弗興風」など範とした画家名を記す。四代将軍家綱《いえつな》の命で制作され、少なくとも九代将軍家重《いえしげ》のときまで将軍家に襲蔵されたことが分かっており、将軍御用絵師探幽が同家のために制作した、

図2　狩野探幽筆「学古図帖」のうち倣蘇東坡「墨竹図」（個人蔵）

図3　狩野探幽筆「学古図帖」のうち倣文与可「墨竹図」（個人蔵）

日中古今の名画を知るための教科書と位置づけられる。

「学古図帖」に収載される墨竹図は、第五十四図「慣東坡體」、第五十五図「訪文與可圖」、第五十六図「尋檀芝瑞風」の三点である。

第五十四図「慣東坡體」＝倣蘇東坡「墨竹図」（図2）は、クローズアップであること、ゆるやかな曲線を描く幹にまばらな枝と葉を添えること、上端の書の払いのような特徴的な筆致などが『畫筌』に近い。一方、幹と幹の向こうに位置する葉を淡墨、それ以外の枝と葉を濃墨と濃淡はつける点は『畫筌』とは異なる。

第五十五図「訪文與可圖」（図3）＝倣文与可《ぶんよか》（文同・一〇一八～七九）「墨竹図」は雪竹である。文与可は『畫筌』にはみえなかったが、後述の『君台観左右帳記』や他の流書に墨竹図の画家として登場する。図は画面左寄に幹を交差させる数本の竹に雪が積もった様子を描く。葉の上方に余白をつくり、外隈《そとぐま》（余白の周囲にうす墨を塗る）で雪をあらわす。

図4　狩野探幽筆「学古図帖」のうち倣檀芝瑞「墨竹図（竹石図）」（個人蔵）

第五十六図「尋檀芝瑞風」＝倣檀芝瑞「墨竹図」（図4）は、正方形の画面中央下部に水流を置き、左に太湖石、竹叢をあらわす。太湖石の穴から竹叢の根元部分がのぞき遠近感が演出される。竹叢の手前を濃墨、後方の竹石や水流は淡墨とすること、全体に筆触が柔らかいこと、多く茂った竹の葉の様子、その周囲にわずかにうすと墨が刷かれることなどから、霞や雨に煙る情景と理解できる。濃淡をならした表現の版本『畫筌』にはこのような繊細な表現はみられないが、図様の基本は同じである。

○その他の流書

「学古図帖」と並ぶ重要な流書として寛文二年（一六六二）、探幽筆「倣古画巻」（二巻、現所在不明で写真のみで確認できる）(3)がある。探幽自跋により、有力なパトロンであった老中・稲葉《いなば》正則《まさのり》（一六二三～九六）の依頼により制作されたことが分かるが、現在知られる流書のなかでもっとも制作時期が早く、実際に最初の流書であった可能性が高い。(4)二巻あわせて二十五名の中国画家と探幽自身の「富士山図」で構成され、墨竹図は「擬東坡」、「檀芝瑞墨痕」、「文与可筆様」の三点である。このうち檀芝瑞様は「学古図帖」や『畫筌』に共通する特徴を示すが、東坡様と文与可様は異なる。東坡様は幹がわずかに曲がるもののほとんど直立する竹を画面の上下端で切りクローズアップとして描く。文与可様は東坡のそれと似た構図で直立する幹を描くが、上端を葉叢が覆い、下端はフェードアウトするように幹がみえなくなっており、傍らに若竹がある。これを後の制作である「学古図帖」では東坡様はクローズアップ、文与可様は雪竹図に変更したわけだが、これは「学古図帖」が両者の描き分けを意識した結果とみてよいだろう。

他の流書に目を向けると探幽筆「倣宋元画図巻」（個人）は檀芝瑞のみ、安信《やすのぶ》（探幽末弟・一六一四〜八五）筆「倣古名画巻」（個人）は二名（檀芝瑞は雪竹、文与可はない）、益信《ますのぶ》（探幽養子・一六二五〜九四）筆「倣古名画巻」（個人）は「学古図帖」と同じ三名（文与可は根元のみえない日本の竹）、常信《つねのぶ》（探幽甥・一六三六〜一七一三）「倣古名画巻」（個人）は二名（文与可なし）同「摸古画巻」（栃木県立博物館）は二名（文与可なし）などとなっている。制作事情が明かなものはないが、いずれも良質な顔料や絹、そして表具を用いることから、大名家の御道具として制作されたものと考えてよさそうである。

以上の流書は、画家の選択、またその図様、様式に多少の幅があるものの、墨竹図を東坡、檀芝瑞、文与可の三名あるいはそのうちの二名に集約して示すこと、その絵にクローズアップ、竹石図、雪竹図といったバリエーションをつけることを共通認識としていたとみなせる。

○顧客のための墨竹図

「学古図帖」はじめ流書において墨竹図の比重は大変大きい。たとえば「学古図帖」で他に植物一種を描く墨画として葡萄図、梅図などがあるが、いずれも一点のみであるのに、墨竹図は三点並ぶ。探幽「倣古画巻」は二十五点の名画中三点、益信本は十六点で三点と、七十七点の「学古図帖」よりずっと少ない点数で構成される流書においても墨竹図は二ないし三点が認められる。流書は名画の教科書として、収録画家の数、その顔ぶれ、画題や様式のバランスに留意して制作されるべきものである。それにもかかわらず、このように墨竹図が偏ってみられるのは、まずはこの画題の重要性、一点のみでは紹介しきれない多様性を示すといってよいだろう。

そして実は、墨竹図は流書の受容者である将軍や大名の作画に大変適した画題であった。流書は狩野派の筆になる名画集であるから鑑賞画としても魅力的であると同時に、顧客の制作の範としての役割にも配慮しなくてはならない。そして墨竹図こそが、まさにそれを担う画題であったといってよい。そもそも文与可、東坡の文人の墨竹図は「草書の法」が適用された「書がかけるほどの人なら誰でも画ける墨竹の創始」であった。[5]「学古図帖」の三点は、蘇東坡が初級、文与可が中級、檀芝瑞が上級向けといったところだろうか。

図5　徳川家慶筆「竹金雀図」（久能山東照宮博物館蔵）

実際、流書あるいは狩野派の手本に基づくとみてよい墨竹図は多数確認できる。そのうち、たとえば十二代将軍家慶《いえよし》（一七九三～一八五三）筆「竹金雀図」（久能山東照宮博物館）[6]（図5）は、まさしく「学古図帖」東坡様の墨竹図（図2）をよく学習した成果といってよいだろう。流書がこのような制作の手本であったことをよく示している。

三　元和・寛永年間、「探幽縮図」の周辺——墨竹図の古画を学び整理する

探幽らが流書において墨竹図をわずか三様に集約するという明快、かつ大胆な提示ができたのは、膨大な量の墨竹図の鑑賞、整理あってこそであった。探幽はその出自、立場ゆえに大量の、加えて質の高い作品に接する機会があったし、それらを整理するための情報も得ることができた。探幽以前の狩野派においても古画の整理はある程度なされていただろうし、以下にみる探幽の古画観は狩野派歴代の蓄積の上にあるに違いない。しかしながら、やはり探幽の目にし得た古画の数は圧倒的に多く、近世における古画の基本的な整理はまさしく探幽周辺でなされたとみなせるため、探幽周辺に焦点をあて墨竹図の整理を追う。

○『君台観左右帳記』

既に指摘があるように、「学古図帖」はじめ前掲の流書に収載される中国画家はすべて『君台観左右帳記《くんだいかんそうちょうき》』に登場する。(7) 同書は足利将軍家の同朋衆であった能阿弥《のうあみ》（一三九七～一四七一）、相阿弥《そうあみ》（?～一五二五）編とされる御殿装飾についての故実書で、将軍家における唐物《からもの》受容のありさまをよく示す。その第一部が中国画家を上中下三ランクに分類して列記する画人録であり、当時日本にあった中国画を網羅集成した作品目録にして画家辞典的なものとして後代まで重用された。

多くの写本があり、正保四年（一六四七）には版本も刊行されているが、(8) ここでは元和九年（一六二三）狩野一渓《いっけい》（一五九九～一六六二）撰述の画題辞典『後素集《こうそしゅう》』所載のものを参照した。画人録は、上中下それぞれ五十二、五十六、六十九名の画家を列記し、画家名の下に活躍期、字や号、得意の画題や特徴などを注記する。十二名の画家

について注記に竹図がみえる。その十二名から、「学古図帖」は蘇東坡、文与可、檀芝瑞を墨竹図の画家として取り上げたわけである。その判断を可能にしたのが、古画学習であった。

○「探幽縮図」、「臨画帖」、「墨蹟之写」

探幽周辺の古画学習、当時の古画受容の実態をうかがわせる資料が、探幽のもとに鑑定依頼などで持ち込まれた古画の図様、賛などを簡略に写した記録「探幽縮図」である。すべてが遺っているわけではないが、現在も膨大な量が国内外各所に所蔵され「探幽縮図」と総称されている。本稿ではその二大コレクションであり公刊されている京都国立博物館、個人（文人画研究所）所蔵分を主な対象とする。[9] また、探幽には縮図とは別に、秀作と認めたものなど特に関心をもった古画を原本の材質や技法に忠実に写した複製的な作品がある。後代にそれらを百図まとめた「臨画帖《りんがじょう》」（個人）[10]が知られ、これによって探幽が重視した古画を確認できる。

また、大徳寺僧・江月宗玩《こうげつそうがん》（一五七四～一六四三）が慶長十六年（一六一一）から没年の寛永二十年まで三十三年間にわたり鑑定に持ち込まれた書（書画）を記録した「墨蹟之写《ぼくせきのうつし》」（崇福寺）[11]も役立つ。江月は堺の豪商で茶人としても知られる天王寺屋の生まれで、有力大名とも交わり厚く、当時の文化を牽引した一人であった。探幽斎号の名付けに関わるなど探幽の教導者的役割を果たしており、探幽の作画活動は江月の交友圏と協働してすすめられた。なお、「探幽縮図」は明暦二年（一六五六）十月の大火（明暦の大火前年）以前のものがほとんどないため、「墨蹟之写」はそれを補う資料ともなる。

○檀芝瑞の場合

まずは檀芝瑞をみる。実は檀芝瑞は『君台観左右帳記』にのみ名前が確認でき、中国絵画史関係の資料では逸名の画家である。現在、檀芝瑞に伝称される作品は国内外に十数点を数えるが、すべて墨竹図であり、その大部分は竹石図である。[12] ただし、確かな落款を有するものはなく、様式には相当に幅がある。つまり、檀芝瑞とは特定の画家の名前というよりは「墨竹図に於ける一様式」[13]と理解すべきだろう。『君台観左右帳記』に墨竹図の画家として記録されており、また画家印か所蔵印か不明なものの印のある作品があったともされることから、室町時代には何らかの資料に基づいて檀芝瑞作とされる墨竹図があったのかもしれない。しかし、『君台観左右帳記』記載名を根拠に、元代に流行した竹石図のうち特定の画趣をもつものを日本において檀芝瑞筆とみなしていったというのがおおよその実態だろう。そして、その檀芝瑞様の概念を決め、その名のもとに一群の作品を整理する上で大きな役割を果たしたのは探幽周辺であったかと思われる。

「探幽縮図」所載の檀芝瑞図は三点あるが、二点は落款がなく、一点は画家印を写すが印文は檀芝瑞という名に結びつかない。つまり、探幽の檀芝瑞鑑定の基準は落款ではなく檀芝瑞風と考える図様や様式であったとみてよい。また「臨画帖」にも檀芝瑞風な墨竹図が認められる。二点はいずれも原本に落款がなかったためだろうが画家名はみえず、画面外にも探幽による画家名の描き込み等はない。ただし、どちらも「学古図帖」と図様も様式も近しい竹石図であり、「探幽縮図」での鑑定、一連の流書における画家名からして、これらが探幽周辺にとって典型的な檀芝瑞様であったとみなせる。また、一橋徳川家旧蔵、清渓通徹《せいけいつうてつ》（一三〇〇～八五）賛「竹石図」(個人)（図6）は「学古図帖」にみる檀芝瑞様の画趣によくあう現存作品であるが、江月、狩野常信の添状、松花《しょうか》堂昭乗《どうしょうじょう》（石清水八幡宮僧で寛永の三筆の一人・一五八二／八四～一六三九）の外題を伴っている。[14] なお、図様は不明であるが、「墨蹟之写」寛永十六年六月十九日に永井《ながい》直清《なおきよ》所蔵として一山一寧（一二七四～一三一七）賛の檀芝瑞画が記録される。江月は松花堂と相談の上、絵も賛も正筆としている。

「臨画帖」にはもう一点、檀芝瑞風の竹石図の雪景が収められる。これは先にみた流書のうち安信本中「檀芝瑞筆體」の雪竹図とほぼ同図様で、安信が範としたのは「臨画帖」のこの図、あるいはその原本だろう。現存する伝檀芝瑞作品に「雪竹図」（サックラー美術館）もあり、当時の狩野派において檀芝瑞様の雪竹図も認識されていたとしてよい。

以上から、探幽、江月周辺で檀芝瑞様の墨竹図について「臨画帖」を典型とするような図様の竹石図もしくは雪竹図という一定の理解があったとみなせる。しかし、探幽が多くの古画を目にするなかでより多数派の、雪景ではない竹石図を檀芝瑞様としてふさわしいとみなし、「学古図帖」に描いたことに周辺の画家が倣った。その結果、「学古図帖」のような竹石図こそが檀芝瑞様として認識されるようになったと考えられる。

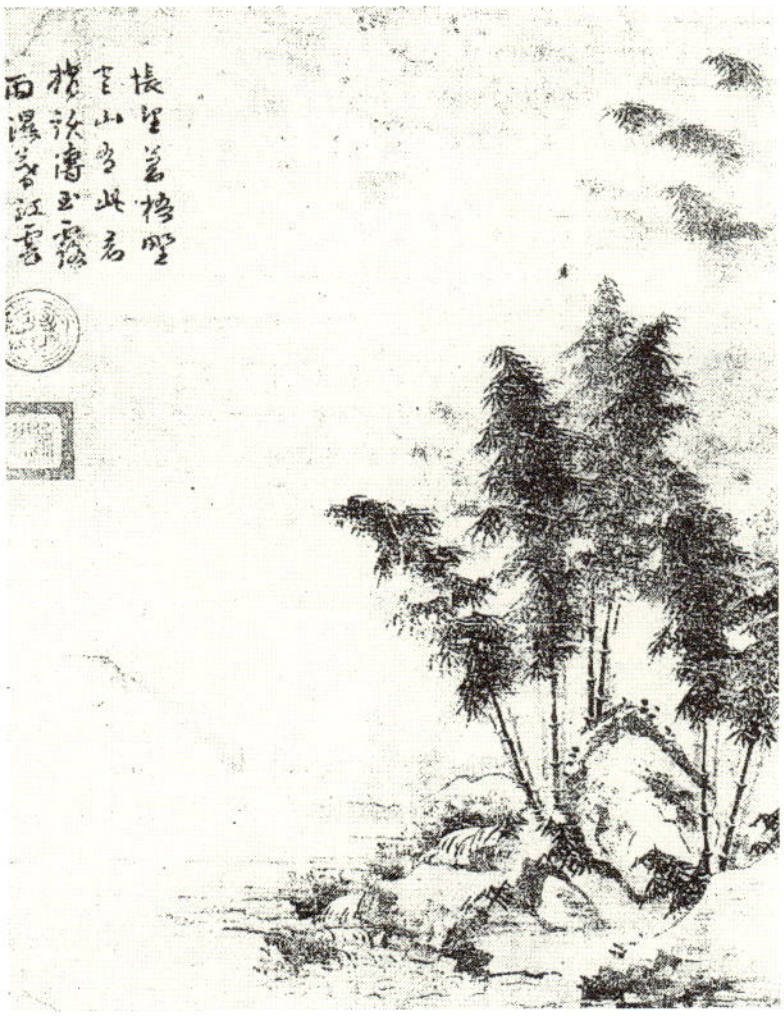
図6　清渓通徹賛「竹石図」（個人蔵）

○蘇東坡の場合

蘇東坡は政治家、詩人、書家として名高いが、墨画の師であった文与可とともに文人墨竹図の双璧でもある。先にふれた一渓『後素集』画公の項には「與可畫竹圖　文與可宋人、竹繪く體」「東坡畫竹圖　東坡宋朝人、竹の薗によりて竹を見、繪にうつす體」があり、画題にも

図7　狩野探幽筆「臨画帖」のうち「蘇東坡款印墨竹図」（個人蔵）

図8　狩野探幽筆「臨画帖」のうち「蘇東坡自賛款記墨竹図」（個人蔵）

なっている。そのような大物ゆえに彼の筆と伝称される現存の墨竹図は少なくないが、図様や様式は一様ではない。

探幽が目にした東坡筆と伝えられる墨竹図もさまざまであった。「探幽縮図」に収載される七点のうち一点は「倣古画巻」のそれに近く、幹がほぼ垂直にあり画面上下で画面端で切られ、傍らに竹の子が添えられる。三点は風にしなるように曲がる竹数本を根元は描かず上端まで収めて描く。一点は枯木竹石図というべきものであるが、探幽は東坡筆ではないと鑑定する、といった具合である。

そうしたなか、「臨画帖」が収める東坡様の墨竹図は二点である。一点（図7）は幹が逆C字型に曲がり上端が書の払いのようにあらわされる図で原本の落款を写し、別の一点（図8）は幹がほぼ垂直に画面をよぎり上下が画面端で切られるもので、東坡の自賛を写す。前者は「学古帖」、後者は「倣古画巻」に似ており、これらのような墨竹図が探幽にとって東坡様の典型であったといえる。しかし、最終的に「学古図帖」において既述のように文与可との相違を明確にする意図などから、曲がる幹のクローズアップが選ばれた結果、多くの流書がそれに倣った。「臨画帖」のそれを左右反転したような墨竹を掲載する『畫筌』もそれに連なる。

なお、「墨蹟之写」に元和三年（一六一七）九月廿七日、小堀政春《こぼりまさはる》から持ち込まれた蘇軾落款の竹図がみえる。通常、同書は墨蹟＝書（絵であれば賛）のみ写すなか、この作品については珍しく図を添え、「常ニ見申候東坡手跡とハ相違候へとも、日本ニテ似せたるものとも不見候間、可為正筆候哉」といっている。江月に一定の東坡の書および墨竹図の概念があったからこそ、それと異なると考え図を写しているわけである。図は斜めに立つ細竹を上端まで収めて描くもので、「臨画帖」や流書にみた東坡様のどれとも異なる。つまり、江月が考える東坡様は探幽のそれと同じであったと推測したい。

四　寛永年間前半頃、探幽様墨竹図の案出

最後に『畫筌』が「探幽筆」「守信筆」として提示する探幽様をみておきたい。前述のように、両図は直立する竹の根元も上端もあらわさない、幹の上下を書の払いのような筆致であらわす特徴をもつ。こうした竹の図様、様式は、探幽がおおよそ寛永年間の半ば頃には案出したものとみなせる。

○探幽様の形成

探幽は広い余白、淡い墨色や彩色を特徴とする淡麗瀟洒な「探幽様式」で一世を風靡した。探幽様式はおおよそ寛永年間には確立したとみてよく、今問題にしている探幽様の竹図もまさに探幽様式確立の過程で案出、定着

図9　狩野探幽筆「雪中竹林鳩雀図」（名古屋城本丸御殿上洛殿障壁画）のうち三面（名古屋城総合事務所蔵）

していったものといえる。

探幽以前の狩野派による竹を描く作品には、この種の竹は登場しないようである。そうしたなか、探幽は東坡様そして雪《せっ》舟《しゅう》（一四二〇〜一五〇六）に基づくと考えられる。既述のように東坡様の墨竹と探幽様のそれは幹のクローズアップであること、先端の筆致が共通し、探幽様は東坡様のアレンジといってもよい。そのアレンジの方向を決めたのが雪舟の参照と考えられる。直立する竹を上下端ともあらわさない、複数並べ描くことなどが雪舟様の墨竹の特徴である。探幽周辺における雪舟学習においては「竹林七賢図」が重視されており[15]、寛永元年（一六二四）年探幽末弟・安信が十一才で描いた「竹林七賢図屏風」（聖衆来迎寺）をはじめ探幽自身、そして周辺の画家による雪舟に学んだとみなせる竹林七賢図が多く確認できるが、そのいずれにも右記のような墨竹が認められる。ちなみに「学古図帖」所載の「賸雪舟」は竹林七賢図で、その竹林も同様である。また、『君台観左右帳記』以来、日本で圧倒的な評価を得ていた宋末元初の画僧・牧谿《もっけい》（十三世紀）が描く、やはり上下端をあらわさない竹も影響しているだろう。

それら古画の参照から生まれた探幽風な墨竹の萌芽を確認できるのは、寛永十年から翌年（一六三三〜三四）制作の名古屋城本丸御殿上洛殿障壁画である。同三之間東側の襖六面「雪中竹林鳩雀図」向かって右から三〜六面（図9）にかけて、直立する竹十本ほどが並びたつ。幹の上端を雪が覆う、上下に雲が重なるなどしているにせよ、すべて上下端がみえない。また、一之間天井画の板絵はこの種の竹のみを描くものが散見される。その後、寛永二十年の聖衆来迎寺龍虎の間小襖の頃には探幽様というべき墨竹は定まっていたとみなしてよさそうである。

実は、探幽と前後する時期に、長谷川等伯《はせがわとうはく》（一五三九〜一六一〇）、松花堂昭乗も、やはり雪舟、牧谿の学習に基づくとみなせるが、同様の墨竹を描いている。つまり、探幽がこの墨竹を描き始めた当初は、それは雪舟様ないし牧谿であった。しかし、探幽が東坡様も参照したこと、そして何より探幽がこの種の墨竹を繰り返し描き、やがて周辺の画家、弟子たちが探幽を範としてそれに倣ったことで、「探幽様の墨竹」というべきものが出来上がっていったと思われる。そして派内で探幽様として認定された状況を承けて、版本『畫筌』がこれを紹介したことになる。

○探幽様墨竹の万能性

その後の狩野派の墨竹図をみると、圧倒的に多いのは探幽様を基本とするものである。たとえば狩野典信《みちのぶ》（探幽次弟尚信創始の木挽町狩野家六代・一七三〇〜九〇）「寿老鶴亀図」（毛利博物館）（図10）のような、三幅対の大名道具の脇幅、あるいは各種モチーフの背景などとして大変よくみられる。それに対して、『畫筌』で探幽様とともに紹介されていた東坡様、檀芝瑞様に倣う作品は、先に挙げた徳川家慶画のような例はあるが限られている。

探幽様の墨竹図がこのように活用されたのは、あらゆる画題で探幽様式が強い規範性をもって継承されていたことを思えば当然かもしれないが、加えて、これが万能といってよい性質を備えていたためと考えている。探幽

図10　狩野典信筆「寿老鶴亀図」（毛利博物館蔵）

様の墨竹は、基本は墨画であるが「寿老鶴亀図」がそうであるように淡彩や濃彩のモチーフとも組み合わせることができ、さらには墨竹風の筆触を活かしながら彩色で竹を描くことさえも可能である。しかも、単独で描いてもよいが、人物や花鳥などの背景の竹林にも使える。また、東坡様を内包しているため、描きようを工夫すれば文人画的な趣を強く押し出すこともできる。そして雪舟は近世において大変評価の高い画家であったが、その雪舟様式が当代風に味付けされた魅力もあった。

むすび

『畫筌』が示す東坡様、檀芝瑞様、探幽様の三様の墨竹図は、制作にあたってはこれらに則ればひとまず墨竹図が描け、鑑賞にあたってはその違いと由来する画家名を知っていれば困らないという基礎知識である。しかし、墨竹図は実に夥しい数があり、多彩な図様、様式がある。また墨竹図を扱う画法書も非常に多く、それらが説くその描法、竹にまつわる故事まで、墨竹図をめぐる情報は大量にある。それをわずか三様に集約する思いきった判断は、正解だったのだろうか。

実のところ、墨竹図の多様な内容を数名の画家に代表させて説明するため選択を繰り返す過程でこぼれ落ちたものは多い。そもそも「倣古画巻」、「学古図帖」などでは蘇東坡と文与可によって文人墨竹図の二様を示していたが、やがて東坡を選んで文人の墨竹図を代表させ、文与可を採らない流書があらわれ、『畫筌』には文与可は登場しない。あるいは「探幽縮図」には墨竹図の画家として他にたとえば梅道人こと米元章《べいげんしょう》（北宋、一〇五一～一一〇七。呉鎮・元代、生没年不詳）、雪窓《せっそう》（元代、生没年不詳）らが記録される。なかでも著書『梅道人墨竹譜艸書』があり、日本でも著名であった梅道人の墨竹図は既述の「探幽縮図」二大コレクションに四点、それ以外に十点弱があり、「墨蹟之写」にも三図がみえ、大変多く流通していたことが分かる。ところが、流書は梅道人に倣う竹図は収めない。これは、文人画家として彼より圧倒的に格が高く、『君台観左右帳記』に掲載される東坡らが優先されたためである。

また、墨竹図をめぐる文学的世界も失われた。「探幽縮図」や「墨蹟之写」所載の古画の賛、あるいは中近世の詩文集たとえば五山僧の詩のアンソロジー『翰林五鳳集』（以心崇伝編、一六二三年頃）所載の墨竹図賛などをみると、王子猷が竹を愛し「此君」が竹の異称となったこと（『世説新語』）、舜帝の妃・娥皇と女英の涙が斑竹を生んだこと（『詩経』ほか）、多福和尚の「一叢竹」（『五灯会元』）など竹にまつわる故事がさまざまに詠み込まれている。しかし、『畫筌』の大元である流書は図様と様式を主眼に墨竹図を理解するための教科書であるから、基本的に着賛はあり得ない。墨竹図が賛を伴うことで獲得してきた豊かな文学的世界を切り離して流書は成立している。『畫筌』における『図繪宗彝』を引用した解説の扱いも、これに通じる。解説は続く図の提示と何ら関係しておらず、墨竹図にまつわる広汎な情報に目配りしたふりだけはして、ともかくも三様の墨竹図を分かりやすく図示することに徹している。

このように多くのものをそぎ落として近世狩野派の墨竹図は成り立ってきたわけだが、長い目でみれば、これは正解であったように思われる。十八世紀になって本格的に始動する日本の文人画（南画）において、当然ながら墨竹は最重要の画題の一つとなり、中国の最新の情報も取り込みつつ多彩に展開されていく。その一方で、狩野派はもっぱら探幽様を基本とする墨竹図を描き続け、流書を手本とする東坡様も先にみた家慶画（図5）のように活用されていた。こうした作品のため、墨竹図に限らないが近世中後期の狩野派はいたずらに探幽様式や手本を重視し個性や新味に乏しいと批判の対象になることもあった。(16) しかし、文人画における墨竹図の隆盛を横にみながら、「狩野派の墨竹図」と呼べるものをともかくも描き得たのは、探幽様があったからこそである。また文人画風な墨竹もこなし得たのは、東坡様という規範が確立していたからである。近世初期に狩野派が形成した墨竹図をめぐる基礎知識は、長く広く応用可能な、まさに「教養」であったといえるだろう。

注

（1）早稲田大学図書館所蔵本を閲覧した。小林宏光「中国画譜の舶載、翻刻と和製画譜の誕生」（『(展覧会図録) 近世日本絵画と画譜・絵手本展II』町田市立国際版画美術館、一九九〇年、『(展覧会図録) 狩野派と福岡展』福岡市美術館、一九九八年）。

（2）全図は文人画研究所『探幽縮図』（藪本荘五郎、一九八六年）掲載。鬼原俊枝「第三章　模索の軌跡」（『幽微の探究　狩野探幽論』大阪大学出版会、一九九八年）、門脇むつみ「名品紹介　『学古帖』」（『巨匠　狩野探幽の誕生――江戸初期、将軍も天皇も愛した画家の才能と境遇』朝日新聞出版、二〇一四年）。なお、本稿で以下に言及する探幽作品、交友などについての詳細は門脇書を参照のこと。また、従来「学古帖」と呼びならわされてきたが、この度ご所蔵者より作品表紙題箋「学古図」に基づくべきではとのご提案があった。「古図に学ぶ」謂からもこれに賛成し、本稿では「学古図帖（学古帖）」とする。

（3）影山純夫「狩野探幽筆倣古画巻」（『MUSEUM』四一〇、東京国立博物館、一九八五年）。

（4）探幽自跋は、本作が室町時代の画家如拙、周文から狩野家累代に伝わる「一子的伝之旧式」をあらわし「庶流徒弟」にはみだりに伝授しないものといい、彼が法印に叙任された寛文二年五月二十九日付を書す。そのため、叙任の恩人である稲葉正則への感謝として「一子的伝」の内容を特別に示した最初の作品と推定される。

（5）戸田禎佑「湖州竹派について　宋代文人画研究1」（『美術研究』二三六、一九六四年）。

（6）将軍、大名の作画については次を参照。『（展覧会図録）お殿様の遊芸　楽しみながら描いてみむ』（板橋区立美術館、二〇〇六年）、徳川記念財団編『（展覧会図録）徳川将軍の書画』（江戸東京博物館、二〇一四年）。

（7）前掲注2鬼原書。

（8）坂崎坦『日本画論大観　上』（アルス、一九二七年）。

（9）京都国立博物館編『探幽縮図』上・下（同朋舎出版、一九八〇・八一年）、前掲注2『探幽縮図』。

（10）全図は安村敏信編『江戸名作画帖全集Ⅳ　狩野派　探幽・守景・一蝶』（駸々堂、一九九四年）掲載。河野元昭「解説」（同書）。

（11）元和九年までについては竹内尚次著『江月宗玩　墨蹟之写　禅林墨蹟鑑定日録の研究　上』（国書刊行会、一九七六年）、それ以降は影印版（東京文化財研究所）によった。

（12）中国画については『中国絵画総合図録』・『同　続篇』（東京大学出版会、一九八二～二〇〇一年）、『中國古代書畫圖目』（文物出版社、一九八六～二〇〇一年）および北京・台北故宮博物院に関わる展覧会図録、国内外の美術館サイトなどで知り得た作品を対象としている。次に述べる蘇東坡も同様。

（13）松下隆章「伝檀芝瑞筆岩竹図に就いて」（『國華』六六四、一九四七年）。

（14）志賀太郎「図一七二　解説『（展覧会図録）室町将軍家の至宝を探る』（徳川美術館、二〇〇八年）。

（15）鬼原俊枝「旧円満院宸殿障壁画中の探幽画と画風変革開始の時期」（『國華』一二八四、二〇〇二年）。

（16）たとえば南画家の中村竹洞『竹洞画論』（一八〇二年）は探幽の画業を古今に秀でると評価した上で、特に本稿が扱う「探幽様の墨竹」を挙げて、その画法が簡略すぎて理屈にあわないと批判している。

附記　図1は早稲田大学図書館所蔵本を許可を得て使用。図2～4は所蔵者の許可を得て門脇撮影のものを使用した。5は（注6）『（展覧会図録）お殿様の遊芸　楽しみながら描いてみむ』、6は（注14）『（展覧会図録）室町将軍家の至宝』、7、8は（注10）『江戸名作画帖全集Ⅳ　狩野派　探幽・守景・一蝶』、9は『（展覧会図録）名古屋城特別展　将軍の愛した障壁画　二条城二の丸御殿と名古屋城本丸御殿』（名古屋城、二〇一二年）、10は『（展覧会図録）狩野派の巨匠たち』（静岡県立美術館、一九八九年）より複写転載した。

Ⅳ　文芸性の胎動

『大坂物語』論

——歴史はどのように記述されるのか

柳沢昌紀

はじめに

『大坂物語』は、上巻が大坂冬の陣、下巻が同夏の陣について記す戦記である。その上巻は慶長二十年（一六一五）正月に出版され、下巻も同年五月の夏の陣終結からほど経ない時期に刊行されたものと思われる。(1) 上巻は停戦一か月を経ずに出されたもので、当時としてはほかに例を見ない速報性を持った書物であった。

本書は江戸時代に出版された書籍目録類《しょじゃくもくろく》において、「軍書」もしくは「仮名」の項に分類されている。近代になって、水谷不倒が文学史用語として「仮名草子」を採用してからは、(2) その一作品として扱われることが多かったようである。

中村幸彦氏は、『大坂物語』の本質が政治上の宣伝にあったと捉え、それは仮名草子の性格としてよく言われる啓蒙性、功利性のうちの功利性に含まれると説いた。(3) すなわち徳川方の幕僚の関与を想定し、印刷物により、上巻は天下の権が完全に徳川氏に帰したことを、下巻は豊臣氏の完全なる絶滅を、それぞれ知らしめるものであったとする。そして本書を次のように位置づけた。

> 徳川時代中通して、明治に入っても出版されている、近世を通じてのベストセラーズの一つである。(中略)これが本屋仲間など成立し、出版政策の確立した後であれば、当然出版禁止となる内容である。(中略)それがそのままで明治に至ったのは、幕府の当路の役人にも書物仲間などにも、これだけはこれでよいのだとの了解が、古くから何とは知らず流れていたからではなかろうか。

これに対して笹川祥生氏は、「両軍将士の言動は是々非々の立場で記され、ことさら徳川勢の軍功を称える意図があったとも思えない。作者としては、いずれに荷担する気持もない、第三者的人物を考えるべきである」とし、(4) 渡辺守邦氏は、「幕府関係者の出版への関与を想定する説もあるが、事実への関心が、本作の関係者のみのものではなかったことは、大坂の陣に際して、かわら版の本邦第一号の出た事実が証するであろう」と指摘した。(5) また加美宏氏は、本書の作者について「勝利者・体制側を意識した筆づかいと、一般大衆むけの書き方とを巧みに使い分ける、柔軟にして自在な読物作りのできる人」として、具体的には家康・秀忠の御伽衆《おとぎしゅう》・御咄衆《おはなししゅう》などが考えられることを述べた。(6)

『大坂物語』の作者について、筆者は、以上の諸氏の発言を越える材料を持たない。しかしながら事実として言えることは、本書が上下巻とも数度にわたって古活字版で刊行される間に幾許かの本文変更が為されたこと、その中で川瀬一馬氏の言うところの第五種の本文が寛永年間刊行の整版本に受け継がれ、その後の諸版に踏襲されていったということである。そして古活字第四種と第五種は、どちらが先行するのか決定的な証拠を欠くものの、いずれかにおいて上巻冒頭の関ヶ原合戦に関する記事が増補され、それも整版本に引き継がれて読まれ続けた。周知のごとく、明暦三年（一六五七）の京都町触を始めとする幕府の出版統制令のもと、関ヶ原合戦や大坂の陣の経緯を記す書は、その後上梓されることがなかった。写本でのみ享受された軍書や実録体小説は数多いものの、版行されたものはほかにないのである。

本書の整版本は、渡辺守邦氏の報告のごとく、版種、伝本とも数多い。(7)『大坂物語』の両合戦記事は、その後、長きにわたって多くの読者に読まれ続けた。これも中村幸彦氏の言葉を借りると、「歴史の大勢を背景にして、様々に活躍した人々の姿が、しめった中世の軍記物とは違って、乾いた筆致で描いていることを、近世の人々はよろこんだ」のであった。すなわち本書は寛永以降、新たな古典とも呼ぶべき位置を占めることとなったのである。

本稿は、『大坂物語』が新たな古典として確立するに至るまでの本文の変容を改めて確認するとともに、増補された関ヶ原合戦記事等の様相を検討し、その性格を明らかにする。さらに改訂増補後の、ほぼ揺れのなくなった本文に基づいて、その文芸性のありかに関するささやかな考察を試みるものである。

一　本文の変容

『大坂物語』の古活字版本文の異同については、川瀬一馬氏、中村幸彦氏、朝倉治彦氏、菊池真一氏、渡辺守邦氏、中村博司氏らに詳しい考証がある。(8)まずはそれらに依拠しつつ、以下の本文を用いて変容の様を辿ってお

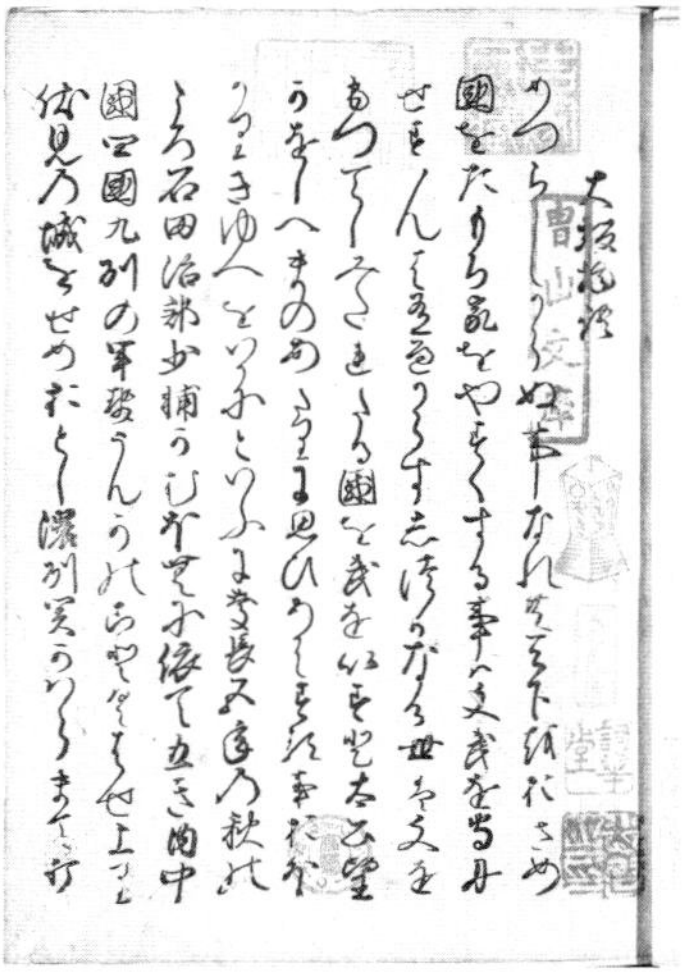

図1　『大坂物語』(元和元年、古活字版第一種)巻頭(国立国会図書館デジタルコレクションより)

きたい。すなわち上巻のみの第一種は国立国会図書館デジタルコレクション画像と『新日本古典文学大系・仮名草子集』[9]、第二種は『仮名草子集成』一一、[10]第三種は『大東急記念文庫善本叢刊一・仮名草子集』[11]、第三種別版は『調査研究報告』一〇[12]を用いる。下巻の初版である石川武美記念図書館成簣堂文庫蔵第二種補配本は『新日本古典文学大系・仮名草子集』、上下二巻の第四種は米沢市立米沢図書館デジタルライブラリー画像、第五種上巻は西尾市岩瀬文庫蔵本[13]、下巻は『仮名草子集成』一一を用いる。第二種異植字《いしょくじ》の栗田文庫蔵本、第四種異植字の安田文庫旧蔵本については本文の全容が確認できず、また第六種は杜撰さが目立つ版で整版本に直結しないものでもあるため、比較の対象からは外すことにする。

まず第一種と第二種を比較すると、前半の向井将監《しょうげん》の伝法口着舟、同じく向井将監の敵船切り取りの記事に若干の異同が認められ、第一種の記事の修正かと思われる。これは以下の古活字諸版や整版本に受け継がれてゆく。また第二種では、後半の伊達政宗による大坂方挑発記事の一部が欠けている。渡辺守邦氏は「植字段階でのミス」と指摘するが、首肯できよう。さらに第二種には、巻末に見開きで「大坂城之画図」が付される。

次に第一種と第三種の間には、多くの本文異同がある。比較的大きな異同に限ると、第三種は前半の大坂城の説明、向井将監の活躍、木村長門守の大力の記事を欠く。一方、前半に大工中井大和の参軍、中程に片桐市正《いちのかみ》の兄弟の関東方加軍の記事が加わる。また第三種にも第二種と同版の「大坂城之画図」が付されている。第三種で

加えられた記事のうち、大工中井大和の参軍記事は次のとおりである。(14)

こゝに御大くのやまとのかみといふもの、御ひやうぢやうの座にすゝみ出て申けるは、一方のさき手をおほせつけらるべきとぞのぞみける。人々めをひき、にあはぬしよもうかなとさゝやき、わらいける。いまだ御前をだにたゝぬに、一しゆのきやうかをかき、二条の御門にぞたてたりける。

大坂に大くやまとがさきをせばつゞくみかたはこけら成へし

とぞかきたりける。やまと、是をみて、にくいやつばらがしわき《ママ》かな、これを聞出し、のこぎりにてくびをきらんとぞ、いかりける。是をきく人、これこそにあいたることばとぞ、わらひける。

エピソードの意図的な増補であることは、間違いない。欠落、増補のいずれもが、意図的な所為の結果であると捉えて良いであろう。しかしながら第三種の本文は、以下の古活字諸版や整版本に継承されることはなかった。第三種別版は、第三種と同一活字を用いて刊行されたと思われる。現在確認できるのは、前述の『調査研究報告』一〇に影印された六ウ末から二十四ウまでの本文のみで、前後を欠く。が、この間に限って言えば、第三種別版は第三種の改訂本文を採用しない。むしろ第一種本文及び第二種の修正本文を踏襲する。但し渡辺守邦氏は、第三種別版が第二種の欠落記事を受け継がないことなどから、第二種ではなく、未見のx種の介在を経て第一種の本文と繋がるものと推定する。

さて、夏の陣の顛末を記す下巻の初版も、第三種や第三種別版と同一活字を用いたものとされている。そして第四種と第五種は上下二巻本だが、いずれも上巻は第三種別版、下巻は初版の本文に依拠する。しかしながら上巻においては冒頭の関ヶ原合戦記事の増補が行われ、前半の大坂城の説明にも加筆がなされる。
この第四種と第五種の本文が大きく異なるのは、上巻後半の藤堂和泉守方と大坂方のやりとりの場面である。該当箇所を第四種、第五種の順に示し、依拠した第三種別版と異なる箇所に、それぞれ傍線を施す。

藤堂和泉守ぢんより申けるは、しかるべきようゐかな、をのれらがやうなるらう人ども、きん銀にめで、たてこもるといふとも、かねを取ならば、いのちはおしかるべし、いくさはびくにたちにもおとるべし、いのちがおしくは、とくおちよ、はや〳〵こつじけ、道のくちをゆるさんずるとぞ、申ける。うちより申は、天下のゆみ矢にざうごんはむやく、忠臣二君につかへずと云本文をしり給ひたるか、われらがらう人は、別にしうをたのむまじきがために、らう人をして時節をまちしなり、御辺たちのしう、いづみのかみの、知行を取二心もつならば、てんめいはいかゞせん、しぬまじかりき者共の、こゝかしこにてうち死、侍の本儀なれ、我も人もじゆん儀はおなじ事なるに、たゞざうごんはやめ給へとぞ、申ける。かゝりける所に、身方の陣の中より武者一き、かけ出て、くらかさにつつたちあがり、大音じやうにてよばはるやう、なふ〳〵、めん〳〵は、何をさうろんし給ふぞ、城の内の者どもは、津の国、河内、紀伊国、和泉の右左、くま野のふもと、こゝかしこにすまゐせし、でんばくもたぬ百性、跡さきはしらずして、当座の身命をくらんために籠りたる者どもの、しんめいもたつとまず、ぶめいをもおそれず、法にまかせてふるまふに、ぼうじやくぶじんのやつばらに、何を仰候共、只げんをひようするに似たるべし、たゞ花やか成軍して、思ふかたきのくびとらば、今の論にはまさるべき、なふ人々とぞ、申ける。

藤だう和泉守ぢんより申けるは、しかるべきよういかな、をのれらがやう成らう人共、きん銀にめをかけて、こもるといふとも、かねを取ならば、いのちはおしかるべし、いくさは比丘にたちにもおとるべし、いのちがおしくは、にげ道をこしらへて、はや〳〵おちよ、らう人共、かうげんはゆるす也とぞ、申ける。うちより申けるやうは、天下のゆみ矢にざうごんはむやく也、忠臣二君につかえずと云本文をしり給ひたるか、われらがらう人は、別にしうをたのむまじきがために、らう人をして時節をまちしなり、御へんたちの主、いづみのかみのやうなる、内またかうやくのまにあひこそ、ほん〳〵のぶしはなるまじけれ、いのちがおしくはしろゑいれ、たすけんとぞ、申ける。いづみのかみのもの、ことばやなかりけん、てつぱうをもつて、つゞけうちにうちければ、内よりどつとわらひける。

この箇所は第一種以来、藤堂方が大坂城内の元牢人達から藤堂高虎が主君を次々替えたことを指摘され、逆にやり込められる様子を記す。第四種は、城内の元牢人達の言葉を「てんめいはいかゞせん」、「侍の本儀なれ」などと理屈めいたものに変える。さらに「身方の陳（陣）」の「武者一き」を登場させて、元牢人達を「でんばくもたぬ百性」、「当座の身命をくらんために籠りたる者ども」、「ぼうじやくぶじんのやつばら」などと評させる。藤堂方、もしくは幕府方に与する改変と位置づけて良かろう。それに対して第五種は、藤堂方の元牢人達を揶揄する言葉を少し穏やかな文言に変更するにとどまる。

寛永年間以降、数々刊行された整版本に受け継がれたのは、前述のとおり第五種の本文であった。整版本は、第一種と多くの異同を有する第三種本文も、今確認した第四種における大きな改変箇所も、引き継ぐことはなかった。上巻冒頭の関ヶ原合戦記事の増補、同前半の大坂城の説明の加筆以外は、第一種と比べてさほど大きな異同は認められない。また下巻においては、第四種と第五種の段階で、大野修理（治長）の最期の場面を中心に、初版では前後で矛盾していた語句レベルの表現が若干改められたが、改訂は小異にとどまり、それが整版本にも受け継がれたのであった。

二　関ヶ原合戦記事の実態

『大坂物語』の第一種は冬の陣の概要を記すものとして書かれた。また下巻初版は夏の陣の顚末を記すものとして執筆された。それが第四種、もしくは第五種の段階で上下二巻本として出版されることとなり、同時に冒頭の関ヶ原合戦記事が増補された。下巻の末尾は初版以下、殆ど異同がないが、「ちう臣はすゝみ、ねい人はしりぞく、弥々四海屋島《ママ》の外もなみしづかに成世なれば、かゝるめでたき天下の守ご、上古にもまつ代とても有がたし。只此君の御じゆ命、万ぜい〳〵万々ぜいと、しゆくし奉る」（第五種）というめでたい当世にいたる道のりを、十全に記すものとして整えられたと考えられるのである。

では、その増補された関ヶ原合戦記事の実態とは、どのようなものであったのか。以下、その点を検証してみることにしたい。

まずは増補前の冒頭記事を確認しておこう。第四種、第五種の前に位置するのは第三種別版だが、『調査研究報告』一〇所収青裳堂書店旧蔵本は当該箇所を欠く。よって第一種から引用することにする。

①めづらしからぬ事なれ共、天下をおさめ、国をたもち、家をやすくする事は、文武を専にせずんば有べか

らず。しづかなる世は、文をもつてし、みだれたる国を武を以てすと、太公望がをしへ、まのあたりに、思ひあはする事、おほかりき。

②ゆへをいかにといふに、慶長五年の秋のころ、石田治部少輔がむほむに依て、五き内、中国、四国、九州の軍勢、うんかのごとく、はせ上り、伏見の城をせめおとし、濃州関がはらまで打出、是によつて、関東より、御馬をいだされ、手合に、ぎふの城をせめ落し、関がはらにおしよせ、合戦ありける所に、西国勢一せんにかけまけ、方々にはいぐんす。

③あまつさへ、石田治部少輔、小西摂津守、安国寺以下、いけどられ、洛中洛外を引廻、六条河原にて、首をはねられ、三条河原にかけらるゝ。

半葉十行で一丁表裏にも満たない以上の記事を、便宜的に三段落に分けてみた。これが第四種、第五種では半葉十一行で七丁弱に増やされている。増補本文の全文を示す紙幅はないので、各段落がどのように膨らまされたのか、そのあらましを箇条書き風に記す。

①a秀吉の栄華と病死
　b利光、景勝上洛せず、家康上杉討伐決意
②c家康、秀忠の東国進発と三成の謀叛の企て
　d大谷刑部《ぎょうぶ》、三成と同心
　e西軍の伏見、丹後、大津、津攻略

ｆ家康の小山《おやま》評定と江戸逗留
ｇ東軍東海道方面出陣、岐阜攻めと垂井着陣
ｈ家康の垂井到着と秀忠の真田表出陣
ｉ中村一角（栄）の大垣城攻め
ｊ三成の大垣退城
ｋ福島正則の郎等の西軍偵察
ｌ東軍、小早川秀秋に出陣要請
ｍ小早川隊の大谷隊突入と大谷切腹
ｎ小西隊の敗軍と戸田武蔵の討死
ｏ島津隊の退却戦
ｐ三成、小西、安国寺の逃亡と詠歌
③ｑ三成、小西、安国寺の斬首

以上の増補箇所も第四種と第五種の本文には小異が認められるが、整版本に引き継がれたことをもって、引用は第五種を用いることとする。まず①だが、ａの記事の最初は次のとおりである。

盛なるものゝ、おとろふるは、いにしへより、今さら、おどろきがたき事なりけり。(15)

『平家物語』の巻頭のような格調高さは認められないものの、豊臣家の盛衰を予兆する一文となっている。

次に②の箇所だが、関ヶ原合戦における東軍の勝利に至るまでの出来事が、ほぼ時系列に沿って記されている。史実を大きく逸脱するような虚構や誤りはなさそうである。

しかしながら記されている武将名などは、正確さを欠く。例えば先の箇条書きのcで、石田治部少輔（三成）が安国寺（恵瓊）を使者として連判状を廻した相手が「嶋津又八郎、同又七、あきのもり、菊河、きんご中納言、こにしつのかみ、うきたの宰相、ました右衛門、みな〳〵の衆」となっている。「嶋津又八郎、同又七」はkにおける「嶋津きやう弟」という記述に対応すると思われるが、西軍として参戦したのは島津義弘と甥の島津豊久である。また豊久は又七郎を名のったようだが、義弘の通称は又四郎であった。「あきのもり」は安芸の毛利で毛利輝元、「菊河」は吉川で吉川広家をさすと推測できるが、甚だ危うい表記である。

以上の危うさは西軍武将名故かというと、東軍武将名も同様に心許ない。例えばgとiには「中むら一角」とあるが、iの記事の前半は次のとおりである。

みのゝ国大がきのしろには、西国かたの、ふくはら右馬のすけ、大将として、しか〴〵のさふらひ、たてこもる所を、中むら一角、家康たる井につき給ふをみて、九月十四日のばん、大がきのしろをせめけるに、じやう内にも、さすが、まちまふけたる事なれば、しろの外へうつて出、火花をちらし、たゝかひける。

これは杭瀬川の戦いの記事かと思われ、そうだとすれば「中むら一角」は誤りで、豊臣家の三中老の一人であった中村一氏《かずうじ》の弟、中村一栄《かずひで》でなければならないことになる。ちなみに寛永年間刊行の整版本では、「一角」が「一

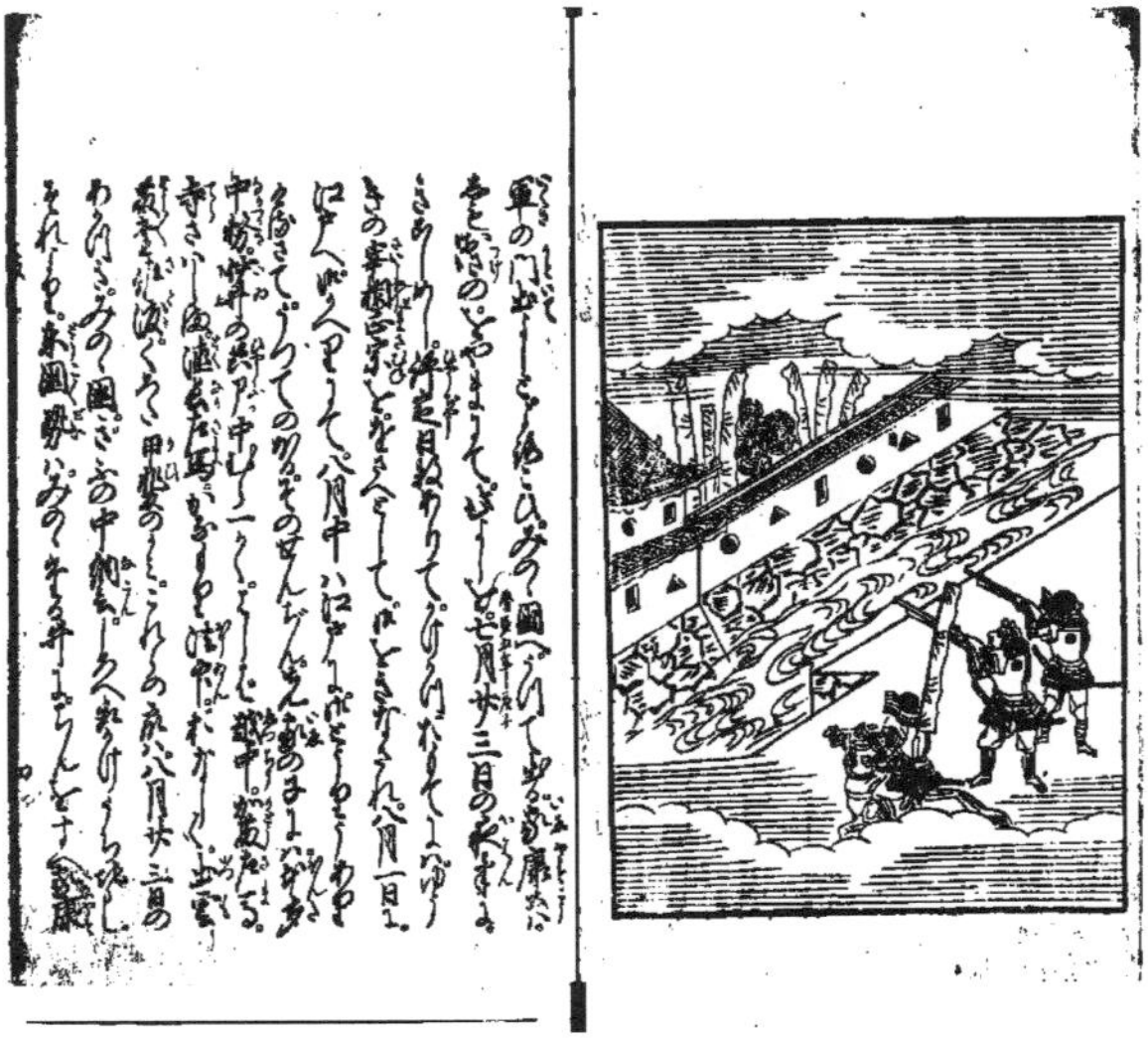

図2　『大坂物語』（寛永年間整版）
（東京大学総合図書館電子版霞亭文庫より）
挿絵は西軍による城攻めか

学《がく》」になっている箇所がある。(16)一学は一氏の嫡男一忠《かずただ》の幼名である。一忠はこの時若冠十一歳で、叔父一栄とともに垂井に参陣したようではあるが、隊を率いることはなかったと思われる。

ちなみに寛永年間整版では、gの東海道方面出陣武将名が次のように記されている。

さて。うつてのぼる。そのせんぢん。先、家《いゑ》の子には。本多中務《ほんだなかつかさ》。伊井《いゐ》の兵部《ひやうぶ》。中むら一がく。はしば越中《ゑつちう》。加藤左馬《かとうさま》。…

古活字第五種には「井伊の兵ぶ」の後に「はしば左衛門の大夫、はしば三左ゑもん、たなかひやうぶ、一やなぎ監物、堀尾たてわき、山内対馬」とあって、「中むら一角、はしば越中、加藤左馬…」と続く。すなわち寛永版では、福島正則、池田輝政、田中吉政、一柳《ひとつやなぎ》直盛、堀尾忠氏、山内《やまのうち》一豊の名が、ごっそりと欠落してしまうのである。そしてそれは、正保三年（一六四六）版以下の諸版でも、補われることはなかったようである。江戸時代を通じてよく読まれた整版諸版の本文は、杜撰なものであったと言わざるを得ない。

話を古活字第四種、第五種の増補本文に戻す。先の箇条書きのⅠの記事は、第五種によると次のとおりである。

さて、まづ、左衛門大輔、伊ゐ兵ぶ、本田中しよ、此四五人は、われ〳〵の人数をば、あとにたてをきて、わかたうばかりを二三人づゝ召つれて、きんご中納言ぢん所ちかく、たちより、先、つかいをたてゝ、別心のやくそくわ（ママ）、いかゞをそなはりたまふ、たゞし、別心ひるがへるものならば、はや、それへうつてかゝらんと、有ければ、御つかい、もつともに候、今朝はあめふり、きりふかくして、はたがしらをも、みわかずして、をそなわり候、へつ心をひるがへさぬよし、つかいに使をさしそへて、つかはしける。わきさか中務、小河左馬も、はや、つたへきゝ、かうさん申されけり。

「きんご中納言」は小早川秀秋であるが、西軍の小早川隊が家康側からの内通工作によって三成側からの出撃要請に応じず、一方東軍の要請に対しても手はず通りに動かなかったことが、戦況を膠着状態に陥らせたことはよく知られている。秀秋に対する東軍からの工作は、黒田長政を中心に行われ、家康から奥平藤兵衛、長政からは家臣の大久保猪之助が送り込まれていたが、小早川隊は出撃を逡巡したという(17)。

『大坂物語』第五種本文では、「左衛門大輔、伊ゐ兵ぶ、本田中しよ」、すなわち福島正則、井伊直政、本多忠勝らが、「わかたうばかりを二三人づゝ、召つれて」秀秋の陣所近くに立ち寄り、叛撃要請の使者を遣わしたことになっている。福島隊、井伊隊、本多隊は、いずれも東軍の前線部隊に属していたのであり、それを率いる三武将が松尾山に布陣していた秀秋の陣所近くに立ち寄るということは考えがたい。

関ヶ原の合戦の東軍勝利に至るまでの事態の推移について、先に、史実を大きく逸脱するような虚構や誤りはなさそうであると述べたが、記された武将名等の細部を見てゆくと、不可思議な点が多々見られる。

三　文芸性のありか

『大坂物語』の本文には、舞の本や『太平記』その他の軍記物の摂取利用が確認できることを、渡辺守邦氏が明らかにしている。(18)そして本作を「事変の報道を志しつつ、舞の本あるいは軍記物の諸作に基づく潤色を、戦闘場面その他の要所に配することによって、読み物に仕立てあげた作」と評している。上巻より一例を挙げると、左のごとくである。(19)

阿波守の者ども、思ひよらぬ事なれば、ぬき合て、切乱す。しのぎをけづり、つばをわり、きつさきよりも出る火は、秋のたのものいなづまの、ひかりあふより、なをしげし。（『大坂物語』第一種）

扨助成《すけなり》と忠綱《たゞつな》は、鎬《しのぎ》を削《けづ》り、鍔《つば》を割《わ》り、切先《きつさき》よりも火焔《くわえん》を出し、追《を》ふつ捲《まく》つつ戦《たゝか》へど、しばし勝負《せうぶ》はなかりけり。（舞の本『十番切』）

古活字出版において舞の本は、仮名交じり和文としては最も早い時期に出版され、嵯峨本に先行する刊本が認められるものであり、また合戦場面の描写が多く見られるものでもある。『太平記』等の軍記物も、同じく早い時期に上梓されている。(20)『大坂物語』の作者が、速報性という縛り故の限られた時間の中で、行文のお手本としやすかったであろうことが想像できるのである。

それでは、第四種、第五種の増補本文にも同様の性格は認められるのであろうか。上巻前半の大坂城の説明の箇所を第五種から掲げ、検討してみることにする。大坂城の説明は、慶長十九年（一六一四）に片桐市正且元を追放した大坂方が諸国の牢人を募集し、多くの者達が参集した記事に続いている。やや長くなるが、牢人募集記事のところから引用し、増補箇所に傍線を施すことにする。

さて、御しゆいんをしたゝめ、せんねんの一らん以後、らう人したるものどものかたへぞ、つかはしける。御請申におよばず、はせ参りたるさふらひ、まづ、しなのゝ国のじう人、真田あはのかみ、次男真田左衛門督、長宗我武《（ママ）》土佐守、もりぶぜんのかみ、あかし掃部の助、仙石宗や、後藤又兵衛をはじめとして、こゝのたに、かしこのほらよりはせきたる。ほどなく六万よきとぞ、ちやくたうをつくる。すなはち御たいめんありて、御さかづきをくだされ、ぢこくをうつさずはせ参る条、こゝろざしのほど、神妙なり、長々の牢人、さこそあるらんとて、よろひ、馬、物のぐ、たち、かたな、きがね、しろがね、ぜに、こめをあたへ給りて、よろづたのみおぼしめすとの御定ありければ、かたじけなさのあまりに、みな、かんるいをながしつゝ、こけのころもをぬぎすてゝ、はなやかなるむしやとなる。らう人したるものども、日ごろ、かゝるみだれもあれかしと、こひねがひたるおりからなれば、まうきのふぼく、うどんげの花、まちゑたる心ちして、あはれ、敵のはやくよせよかし、ぢんじやうに打死にし、なを後代にのこさんと、いさみ、よろこぶ有さまは、ゆゝしかりける事どもなり。

さて、此しろと申は、西は海、北は大河、東はふけ、南一方ろく地なれども、地さがりにして、しろ一ぺんのくものごとくに、みあげたれば、いか成てんまき神がよせ来る共、たやすくおつべき様はなし。とがはに堀お《（ママ）》ほり、そこにさくをゆい、土手をたかくつきあげ、八すんかくをはしらにして、へいをつよくぬりあげ、へいうらに五すんかくを打つけ、やざまをしげくきり、十けんに一づゝやぐらをたて、八方よりながむれば、日本にはならびなし。咸陽宮をまなぶとも、これにはいかでまさるべきと、いさみ、よろふ《（ママ）》、ありさまを、物によく〳〵たとふれば、高だちとやらんにて、かめ井兄弟、伊勢、するが、武蔵坊弁慶、此ものどもが、君のさかづき給り、所りやうにはしかじとて、いさみよろこぶありさまより、なをたのもしく聞えける。

この箇所では、秀頼を義経になぞらえ、参集した「真田あはのかみ」以下の面々の様子を、義経に付き従う「かめ井兄弟」以下の家来達の高館でのありさまと比べる文言が付加されていることがわかる。

舞の本『高館《たかだち》』は、文治五年（一一八九）閏四月二十七日の夜、頼朝の派遣した追討軍の総攻撃を前に高館で開かれた義経主従の別れの酒宴の様子を記す。判官が「いかに方《かた》〴〵が手《て》に懸《か》け、首取《くびと》つて、関東《くはんとう》へ参らせ、勲功《くんこう》の賞《しやう》に預《あづ》からば、奉公の忠《ちう》には後世《ごせ》を問《と》へ。いかに〳〵」と問いかけるのに対し、亀井六郎以下の家来達は皆、義経に御供の意を示して、酒宴となるのである。

「武蔵坊弁慶」の名は、「いつも変《かは》らぬ武蔵坊《むさしばう》を先《さき》として、以上八人、君《きみ》の御前に畏《かしこ》まる」と記事中に見える。そして熊野から訪れた鈴木重家が、酒宴中に弟亀井六郎と再会するので、「かめ井兄弟」とは鈴木亀井兄弟をさすのであろう。しかし「伊勢」と「するが」の名は見えない。舞の本『清重《きよしげ》』では、義経が諸国の大名に廻文を廻すため伊勢三郎義盛と駿河次郎清重を遣わすが、駿河は鎌倉入りの帰途、梶原景季《かげすえ》に見咎められて自害し、伊勢は京に上って力戦の末、討ち死にしている。そのため同じ判官物の舞曲で、『清重』以後の話である『高館』には登場しないのであろう。

一方『義経記』では、巻七で義経一行が平泉に到着した後、駿河次郎は巻八「秀衡《ひでひら》が子共判官殿に謀反《むほん》の事」

で、筑紫に下ろうとして六波羅勢に捕まり、関東に送られる。(21) また伊勢三郎は同じく巻八「衣河《ころも》合戦《かっせん》の事」で、弁慶と一緒に戦って致命傷を受け、自害している。しかし『義経記』巻八には、主従の別れの酒宴の場面はない。

『大坂物語』第四類、第五類における大坂城の説明の加筆に際しては、舞の本『高館』、もしくはその影響下にある文芸作品が、傍らに置かれたわけではなかったのであろう。主従の別れの酒宴の場面が加筆者の記憶の中にあり、このような行文となったものと思われる。渡辺氏が例示した発想や文体の借用とは異なるが、これもまた「舞の本あるいは軍記物の諸作に基づく潤色」の一例と考えて良かろう。秀頼とその呼びかけに応じて参集した牢人達を、高館における義経主従に重ね合わせることは、大坂方が滅びゆく結末を、読者に運命的なものと感じさせるための工夫であったと考えられる。そこには、加筆者の明らかな文芸性への指向が認められるのである。

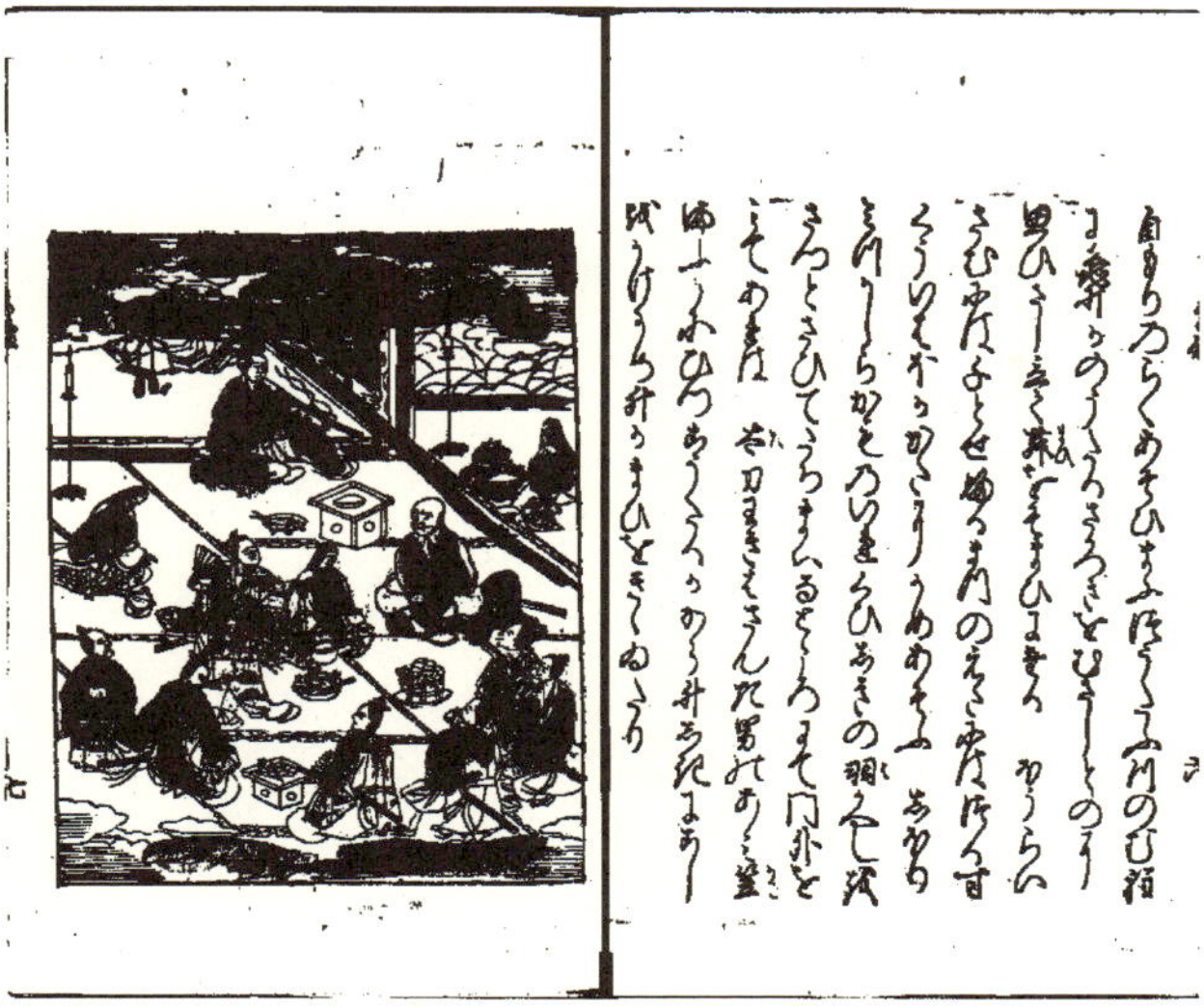

図３　舞の本『高館』（寛永年間整版）
（東京大学総合図書館電子版霞亭文庫より）
挿絵は義経主従の別れの酒宴

おわりに

以上に述べてきたことを、まとめてみたい。

『大坂物語』寛永年間整版以後の本文は古活字

版第五種をほぼ踏襲するものであったが、それは上巻冒頭の関ヶ原合戦記事の増補、同前半の大坂城の説明の加筆以外、第一種本文とさほど大きな異同のないものであり、下巻も初版に語句レベルの改訂を加えたものであった。上巻冒頭に増補された関ヶ原合戦記事は、東軍の勝利に至るまでの出来事がほぼ時系列に沿って記されており、史実を大きく逸脱するような虚構や誤りはないが、武将名等の細部を検証すると、おかしな点が散見する。また第五種と寛永版を比べると、寛永版では東軍の東海道方面出陣記事において主要武将名の脱落が認められ、それは以後の諸版でも補われることはなかった。上巻前半の大坂城の説明の加筆は、舞の本『髙館』等に基づいて、秀頼とそのもとに参集した牢人達を髙館における義経主従に重ね合わせるもので、加筆者の文芸性への指向を読みとることができるものであった。

関ヶ原合戦記事の増補は、何者の手によって為されたものか、わからない。大坂両陣の記事に比べると、分量が少ない故当然ではあるが、敵味方の駆け引き、言葉の応酬等のエピソードが殆どないため、いささか興趣を欠く。また武将名等の危うさは、当時、武功証明の拠り所たることを期待された史書軍記[22]の条件を満たすものではなかったことを意味する。しかし関ヶ原の合戦の経緯を記す版行軍書はほかになく、時代が下っても、本書は、それなりの存在価値を持ち続けたのであろうと思われる。

また大坂城の説明の加筆箇所は、関ヶ原合戦記事冒頭の「盛なるものゝ、おとろふるは」云々の一文と相俟って、大坂方の滅亡へ向かう運命を読者に暗示する効果的な行文と評せよう。舞の本や軍記物の摂取利用は、『大坂物語』が新たな古典とも呼ぶべき位置を占めるにあたって、必要不可欠な要素であった。

注

（1）川瀬一馬氏「大坂物語の研究」（『書誌学』一―四、一九三三年）、同『増補古活字版の研究』（ＡＢＡＪ、一九六七年）。

（2）『近世列伝体小説史』（春陽堂、一八九七年）。

（3）「大坂物語諸本の変異」（『文学』四六―八、一九七八年）、のちに『中村幸彦著述集』五（中央公論社、一六八二年）に収録。

（4）『日本古典文学大辞典』一（岩波書店、一九八三年）の「大坂物語」の項。

（5）「仮名草子――近世初期の出版と文学」（『新日本古典文学大系・仮名草子集』岩波書店、一九九一年）。

（6）「『大坂物語』の作者圏」（長谷川端編『軍記文学研究叢書一〇　承久記・後期軍記の世界』汲古書院、一九九九年）。

（7）「『大坂物語』の諸版」（『実践女子大学文学部紀要』三二、一九九〇年）。

（8）川瀬一馬氏『増補古活字版の研究』、同「大英博物館の古活字版」（『青山女子短大紀要』二二、一六六八年）、中村幸彦氏「大坂物語諸本の変異」（『文学』四六、一九七八年）、朝倉治彦氏『仮名草子集成』九（東京堂出版、一九八八年）、菊池真一氏「『大坂物語』古活字一巻本本文研究」（『近世初期文芸』五、一九八八年）、同「『大坂物語』古活字一巻本本文変化の意味」（『甲南女子大学研究紀要』二五、一九八九年）、同「『大坂物語』古活字二巻本本文研究」（『近世初期文芸』六、一九八九年）、渡辺守邦氏・竹下義人氏・樹下文隆氏「影印・古活字版『大坂物語』零本――稀本零葉集索引稿番外」（『調査研究報告』一〇、一九八九年）、渡辺守邦氏「古活字版『大坂物語』考」（『実践国文学』三七、一九九〇年）、中村博司氏「「大坂城之画図」について――古活字版『大坂物語』付図の詳解と考察」（『大阪の歴史』七二、二〇〇九年）。

（9）岩波書店、一九九一年。

（10）東京堂出版、一九九〇年。

（11）汲古書院、一九七六年。

（12）一九八九年。

（13）一四―六〇、取り合せ本で下巻は慶安三年正月版、国文学研究資料館所蔵和古書・マイクロ／デジタル目録データベース画像あり。

(14) 以下、『大坂物語』の引用は句読点、濁点を私に付した。また長文の場合は、改行を行った。
(15) 第四種では、「…今にいたるまで、おどろかざる事なるべし」。
(16) 以下、寛永年間整版の引用は、東京大学総合図書館電子化コレクション電子版霞亭文庫による。
(17) 笠谷和比古氏『関ヶ原合戦と大坂の陣』（吉川弘文館、二〇〇七年）Ⅲ―4「関ヶ原合戦」。
(18) 「仮名草子『大坂物語』の文体」（『武蔵野文学』三八、一九九一年）。
(19) 以下、舞の本の引用は寛永整版本（旧刻）を底本とする『新日本古典文学大系・舞の本』（岩波書店、一九九四年）による。但し校訂者が付した振り仮名は、省略した。
(20) 『増補古活字版の研究』。
(21) 『義経記』は東洋文庫蔵丹緑絵入十二行古活字版を底本とする『日本古典文学大系・義経記』（岩波書店、一九五九年）による。
(22) 長谷川泰志氏「戦国軍記の構成と構想」（堀新編『信長公記を読む』吉川弘文館、二〇〇九年）参照。

附記　本稿は、科学研究費助成事業（基盤研究（B））「中世における合戦の記憶をめぐる総合的研究――長篠の戦いを中心に」（研究代表者・金子拓氏）による成果の一部である。

烏丸光広の画賛

田代一葉

はじめに

烏丸光広《からすまるみつひろ》は、近世初期の公家で、主に後水尾《ごみずのお》院歌壇で活躍した歌人であり、さまざまな才能に溢れた当代きっての文化人である。(1) 後述のように、歌人としては、古今伝受を受け、宮廷歌壇の指導的立場にあり、書においては、独自の書風で寛永の三筆たちとも並び称される存在であった。

本稿では、烏丸光広の画賛活動を通して、光広の文芸を考えてみたい。画賛は、絵、和歌、書が一体となって作り上げる総合芸術であるため、和歌、書をそれぞれ単独で見ていたのではわからない、光広の個性や交友関係、時代性などが浮かび上がってくると思われるのである。

ここで、簡単に近世期の和歌画賛についてふれておく。(2) 絵画と和歌、そして書の交響は、古くは平安期に大流行した屏風歌にまでさかのぼることができ、その後も変容を遂げつつ、一部の特権階級の間で、制作と享受がなされてきた。近世期に入り、絵画、文学ともにその享受層が拡大していくに従って、両者をあわせて楽しむ画賛の文化も広く浸透していくこととなる。

画賛は、絵も賛も同じ人物の手による自画賛と、絵の作者と着賛する人物が異なる画賛とがあり、書きつけられる和歌も、古歌の場合と自詠の場合とがある。自詠にも、その絵にあわせて歌を詠む場合と、すでに別の機会に詠んだ歌を転用する場合などがあり、この画題にはこの賛というようにお決まりのパターンのある歌人も見られる。画賛の特徴として、通常、絵と同じ画面に書きつけられるため、着賛にあたっては絵を直接見ることになり、屏風歌よりも絵との関係が密になること、多くは掛け軸など手軽な形態で作られるため、量産され、広く享受されていったことが指摘できる。

近世的な和歌の画賛の先駆者であり、後の大流行へと続く道程を用意した人物の一人として光広は位置づけられるが、彼の場合、その個性が画賛にも多く反映されていて、人物像と作品とが分かちがたく結びついているものもある。また、寛永文化と称される、京都の宮廷と上層町衆を中心に、茶の湯や立花、和歌、文学、儒学、書、絵画、陶芸などさまざまな芸術が開花した時代性も、大きな影響を与えていると考えられるのである。

個人の特性と時代性を踏まえつつ、後代の画賛との違いについても比較を試みたい。

一　光広の人物像

烏丸光広は、天正七年（一五七九）、烏丸光宣《みつのぶ》の男として誕生し、同十一年元服昇殿、侍従に任ぜられ、慶長十一年（一六〇六）には参議、同十四年には左大弁と官位を重ねていったが、同年七月に官女密通事件（猪熊事件）に連座し、後陽成《ごようぜい》天皇より勅勘を蒙り、解官。徳川家康の宥言により流罪を免れ、後水尾天皇が即位する同十六年四月には勅免出仕、同日参議左大弁に還任され、以降、順調に官位を進め、元和二年（一六一六）には権大納言に、同六年には正二位に至り、寛永十五年（一六三八）七月六十歳で没した。家康と親しい昵懇《じっこん》衆の一人として、駿府や江戸に度々下向し、公武の調整に努めたという。

和歌は、父・光宣に手ほどきを受けたようで、天正十六年十歳の時、後陽成天皇の聚楽第行幸和歌会に一首詠進したのが和歌会初出。慶長三年から細川幽斎《ほそかわゆうさい》に師事して歌道の研鑽を積み、同八年には古今伝受を受け、二条家流和歌の継承者となる。後陽成・後水尾・明正の三代に渡る天皇の歌壇で活躍し、特に後水尾院歌壇では、院の詠草添削を行い、三条西実条《さんじょうにしさねえだ》・中院通村《なかのいんみちむら》とともに和歌・歌学の指導者としての役割を担い、禁中学問講において伊勢物語講釈を行うなど、古典学でも才能を発揮した。歌風は、「禅に親しみおおらかな和歌もあるが、理知的な趣向が目立つ和歌も多い」[3]とされ、狂歌や俳諧などの新興の文芸にも積極的に関わっている。家集として、孫の資慶《すけよし》が編集した『黄葉和歌集』（寛文九年〈一六六九〉跋。以下『黄葉集』と略す）があり、紀行文に『あづまの道の記』『春のあけぼのの記』などがある。

幼少期の光広は勉強嫌いであったが、日蓮宗の学僧・日重の教育により勉学に目覚め、後に清原（舟橋）秀賢《ひでかた》に明経道を学ぶ。入木道《じゅぼくどう》（書道）は持明院基孝《じみょういんもとたか》に入門し、香道は三条西実条に学び、一絲文守《いっしぶんしゅ》に参禅し、五山僧とも交流を持った。堂上のみならず、安楽庵策伝・松永貞徳・本阿弥光悦・俵屋宗達・古筆了佐など、地下《じげ》の人々とも幅広い交友関係を持ち、多数の古典籍の書写や鑑定を行い、当時、数多く制作された源氏物語画帖などの、公家の寄合書きにも複数回参加している。

光広については、多くの逸話も伝えられている。

後陽成院の聯句御会に二度も欠席し、院に糺されると、今や絶えなんとしている和歌の道を究めたいと述べ、勅許を得たこと（『黄葉集』跋）や、宮中での宿直の時に、口笛を吹いて歌の工夫ばかりしていたこと（『麓木鈔』）、三島明神に和歌を献じて雨を止めたこと（『あづまの道の記』など）など和歌の数寄者である一方で、牛車で花街に通ったこと（『羇旅漫録』）、往来で本阿弥光悦と喧嘩をしたこと（『時慶《ときよし》卿記』）、大柄な男で、普段は縮れた髪を後ろで一つに束ね、大きな寝間着を着ていて、心やすきところにはそのままの恰好で出かけていったこと（『尊師聞書』）など、ものに頓着しない豪放磊落な性格が表れた、奇行とも言える振る舞いも伝わっている。

このような逸話について、後世の随筆類では、「禅学を好れし故、かく無心なりしにや」（『窓のすさみ追加』）など禅の影響と見るものもあるが、深澤正憲氏は「彼の逸話の中の或るものは彼自らが逸話中の人物たらんとして種を蒔いた感が深い」とし、大谷俊太氏も、光広が当代の和歌説話を自ら演じ興じていた可能性が大いにあるとされている。(4)

そのような光広の人物像は、画賛の制作や享受のあり方にも影響を与えたのではないだろうか。以降、画賛についての考察を進めていきたい。

二　光広画賛の種々相

光広の画賛を論じる上で、まずその全体像を把握しておく必要がある。(5)

そこで、本稿では、先行する多くの美術史、書道史研究の学恩を蒙り、それらを踏まえた上で、和歌や古典学の視点から光広の作品を解釈することを試みたい。

まず、これまでに知ることのできた光広の画賛を私に整理した二つの表に掲出し、これを手がかりとして概観してみたい。

（1）現存または写真によって確認できる画賛

表1では、小松茂美氏『烏丸光広』（小学館、一九八二年）や、展覧会図録類などにより、写真によって絵・書を確認することのできる作例の情報をまとめた。

表の「作品名」については、掲載書の記述を用い、「賛の出典・備考」の欄は、古歌である場合や光広の家集『黄葉集』などにその歌が確認できる場合はそれを記し、古歌ではなく光広の自詠と考えられるが、家集未掲載の歌については、（自詠）と記した。また、所蔵者がわかる場合は所蔵者を、不明な場合は掲載された図録などの書名を記し、国宝や重要文化財については【　】で括って示した。

表1　烏丸光広の画賛一覧（図録などによる）

作品名	絵師・画者	賛	賛の出典・備考／所蔵者・掲載書
富士自画賛		明ぬれば雲のけぢめもしら雪のふじの高根ぞあらはれにける	（自詠）／小松茂美氏編『烏丸光広』
富士自画賛		富士の根の雲も霞もたち消て白きを後の今朝の空哉	（自詠）／小松茂美氏編『烏丸光広』
富士自画賛		しろ妙に雲井のそらに見るふじはこゝろ言葉もおよぶものかは	（自詠）／大和文華館蔵
富士自画賛		おのれのみふじのねかくや思ふらむ雪のふもとにかゝる白雲	『黄葉集』（注①）／小松茂美氏編『烏丸光広』
富士自画賛		むら雲はたちおほえどもはれ行てなをあらはにも見ゆる富士かな	（自詠）／小松茂美氏編『烏丸光広』

富士画賛		しら雪も霞にまがふ明ぼのゝふじの高根に花やさふらん	(自詠)／逸翁美術館蔵　＊自画賛
富嶽自画賛		おもかげの山なる気かな朝夕にふじの高根かはれぬくもゐの	(自詠)／センチュリー文化財団蔵
清見関自画賛		夜の一時をおしみしをげに此おりにやとめでこのまゝあかしけり 大和哥よもすがら興じき 西になる日は入海をへだてつゝかすむひまよりみほの松原	光広『東行記』／小松茂美氏編『烏丸光広』＊『東行記』の一部分(異同あり)を画賛化したもの。
乗円筆　秋山遠望図自画賛　烏丸光広賛	乗円	しらつゆもしぐれもいたくもる山はしたばのこらず色づきにけり　光広 低峯倒影臥紅雲　南山玄々翁　乗円	『古今集』秋下・貫之／『過眼墨宝撰集』四
瀟湘夜雨自画賛		瀟湘夜雨 易断魂涷　雲粘雨湿　黄昏孤燈　篷裏聴簫　瑟祇向竹　枝添涙痕 舟よするなみにおとなき夜の雨をとまよりくゞる雫にぞしる	「伝・玉澗作瀟湘八景詩」・「為相作瀟湘八景歌」(異同有り)／『烏丸光広と俵屋宗達』図録
月自画賛		待いでゝみるもしづけしながきよの中空遠き山のはの月	(自詠)／小松茂美氏編『烏丸光広』
達磨自画賛		つく〴〵とかべにむかふも向はぬもてだてなきこそうたてなりけれ　呵々	(自詠)／小松茂美氏編『烏丸光広』
布袋(自画賛)		無といへどかくしかねたる布ぶくろゆるせひとつの世すぎ物也	(自詠)／『一絲和尚遺墨集』
柿本人麿画像賛		柿本人麿 凡(ほのぼの)と明石之浦之朝霧に嶌がくれ行舟をしぞおもふ	『人麿集』／小松茂美氏編『烏丸光広』
十牛図自画賛		ほゑぬるをしるべにしつゝあら牛の影見るほどになづけしにけり	「十牛図」和歌／小松茂美氏編『烏丸光広』＊「十牛図」の寛永六年版本では、「吼けるをしるべにしつゝあらうしのかげみるほどにたづね来にけり」(注②)
牛図	俵屋宗達	身のほどにおもへ世中うしとてもつながぬうしのやすきすがたに 僉曰是仁獣　印沙一角牛　縦横心自足　芻萩復何求	(自詠)／頂妙寺蔵【重要文化財】
牛図賛	俵屋宗達	いづことかさしてうきよをめぐるらむつながぬ牛も身をばゝなれぬ	(自詠)／小松茂美氏編『烏丸光広』
兎図賛	俵屋宗達	はな野にものこる雪かとみるがうちにふしどかへたる秋のうさぎか	(自詠)／小松茂美氏編『烏丸光広』
兎図	俵屋宗達	をきまよふうの毛の□のかれながら月の光のゆきぞふるなる	(自詠)／小松茂美氏編『烏丸光広』
鶏図賛	松花堂昭乗	しばらくもとまらぬ時を人みなはきゝておどろく庭鳥のこゑ	(自詠)／小松茂美氏編『烏丸光広』

時鳥図賛	狩野探幽	うき身もてまつにはあらず郭公花橘をたゞにあれとや	『寂蓮法師集』／小松茂美氏編『烏丸光広』
千鳥自画賛		ねてあかす人もあらじな小夜千鳥清き川原の月に鳴こゑ	（自詠）／小松茂美氏編『烏丸光広』
睡鴨図賛	宮本二天（武蔵）	空に飛翅わすれて山川の波をこゝろにあそぶ鴨鳥	（自詠）／『烏丸光広と俵屋宗達』図録
カイツブリ図	俵屋宗達	うきしづみなみのまかひにかくるゝもみゆるもおなじにほのかよひぢ	（自詠）／千沢楨治氏「カイツブリ図　烏丸光広賛・印　宗達法橋款　対青軒印」
白鷺図	俵屋宗達	よの中をおもひしらずやしら鷺もをのれ芦まにたちぞやすらふ	（自詠）／千沢楨治氏「カイツブリ図　烏丸光広賛・印　宗達法橋款　対青軒印」
関屋図屏風	俵屋宗達	うち出のはまくるほどに、殿は粟田山こえたまひぬ 行と来とせきとめがたきなみだをや関の清水と人はみるらん みぎのこゝろをよみてかきつく をぐるまのえにしはあれなとしへつゝ又あふみぢにゆくもかへるも	『源氏物語』本文と光広の自詠／東京国立博物館蔵【重要文化財】
蔦細道図屏風	俵屋宗達	〔左隻〕行さきもつたのした道しげるより花は昨日のあとのやまふみ 夏山のしづくをみえば青葉もや今一入のつたのしたみち 宇津の山蔦の青葉はしげりつゝゆめにもうとき花の面影 書もあへずみやこに送る玉章よいでことづてむひとはいづらば あとつけていくらの人のかよふらんち世もかはらぬ蔦の細道 〔右隻〕茂りてぞむかしの跡も残りけるたどらばたどれ蔦のほそ道 ゆかで見る宇津の山辺はうつしゑのまことわすれて夢かとぞおもふ	（自詠）／相国寺承天閣美術館蔵【重要文化財】
詠草（菅原道真像）		心だにまことの道にかなひなばいのらずとても神やまもらむ	菅原道真とされる伝承歌（『歌林四季物語』など）／『烏丸光広と俵屋宗達』図録 ＊版画に手彩色が施してある絵。

◇表1に挙げた画賛が収載されている書は以下のとおり。小松茂美氏『烏丸光広』（小学館、一九八二年）、『過眼墨宝撰集』四（旺文社、一九八九年）、『一絲和尚遺墨集』（巧芸社、一九二六年）、千沢楨治氏「名品鑑賞　カイツブリ図 烏丸光広賛・印 宗達法橋款 対青軒印」（『古美術』第二七号、一九六九年）、『烏丸光広と俵屋宗達』（板橋区立美術館、一九八二年）。

注①　木下長嘯子の家集『挙白集』にも見え、下河辺長流編『林葉累塵集』（寛文十年刊）にも「長嘯」の歌として入集。

『黄葉集』への長嘯子歌の混入については先学の指摘がある。
注②　村木敬子氏「和刻本「十牛図」の展開」（『アジア遊学』第一四二号、勉誠出版、二〇一一年）の本文を参照した。
※『西行法師行状絵巻』『虫歌合図巻』などの絵巻、寄合書の歌仙絵などは、表に含めないこととした。

作品数は二十八点と、生涯に光広が制作したであろう画賛の数に比して十分とは言えない数ではあるが、この表に挙げたものの傾向を見ていきたい。

まず、画題として、富士の、それも自画賛が七点と群を抜いて多いことが指摘できる。

大谷俊太氏は「富士詠　素描――実感と本意」[6]の中で、原則として題詠で歌が詠まれる中近世にあっては、東海道の往還から富士を実見する機会を得た歌人たちによって、必ずしも証歌の有無にとらわれない趣向の富士を詠むことが行われるようになったと指摘する。さらに、「しろ妙に雲井のそらに見るふじはこゝろ言葉もおよぶものかは」の光広自画賛について、

富士の稜線と雲の端のみを淡く描いた簡略な絵と一気の墨跡から想像するに、某人の需めに応じて、即興で認めたものであろうか。歌として、特に調ってもいないし、技巧のあるわけでもない。（中略）確かに、富士を前にして言葉を失うというのは、実感に裏打ちされたものではあるが、それを開き直って、その通りに言い切ってしまう機知もまた、この歌の面白さなのである。

と解されている。引用部の前半で指摘されていることは、光広の富士自画賛に共通することであり、一筆書きのような富士図に、技巧を排した直截的な表現の歌が、山の周りを取り巻くように大ぶりの書で散らし書きされる。

光広にとって富士自画賛は得意のもので、数多く制作されたことが想像される。

動物の画賛も十一例と目立ち、動物の姿に人間がとるべき道を知らされたり、教訓を得たりする詠み方がなされている。このことについては、拙著においてもすでに指摘したことであり(7)、またそのような動物詠は古くから行われているが、牛図が三例と多いことには、禅との関わりが考えられよう。

そのほか、瀟湘八景や十牛図など漢画が目立ち、いわゆるやまと絵は、『源氏物語』の一場面を描いた「関屋図屏風」のみである。

絵師・画者については、八例が俵屋宗達（光広との関わりについては後述する）で、狩野探幽、宮本二天（武蔵）、乗円がそれぞれ一例あり、ほかについては不明。

賛の傾向としては、古歌の場合では、瀟湘八景を詠んだ「伝・玉澗作瀟湘八景詩」・「為相《ためすけ》作瀟湘八景歌」(8)、「十牛図」歌などの中国の画題に関わるものや、人麿の画賛には概ね着賛される「ほのぼのと」の歌、『古今集』の貫之歌、菅原道真詠とされる伝承歌、寂蓮歌など、特に個性的な選定がされているわけではない。

自詠の賛では、自画賛の場合には即興的な面が認められ、たとえば、「白鷺図」の歌、

　よの中をおもひしらずやしら鷺もをのれ芦まにたちぞやすらふ

の、平明で、「しら」がリズミカルに繰り返される軽快な感じは、御会和歌で詠まれる歌とは異質のものである。

なお、「秋山遠望図」や「牛図」（頂妙寺蔵）は、和歌と漢詩が共存するものであり、特に「牛図」は、漢詩も自詠で、和漢および禅に通じた光広の特徴が表れたものと言える。

（2）『黄葉集』収載の画賛

続いて、表2では、『黄葉集』に収載された画賛を一覧にした。

表2　『黄葉集』の画賛

部立・歌番号	詞書	和歌本文	備考
春・五四六	花のちる木かげに人のたてる所を書きたる絵に	木の下にちるはうけれどいざさらば花の錦をきてかへらなん	
釈教・一四八七	達磨の絵に	初祖菩提達磨大師はこれぞこの問ふにこたへのあらばこそあらめ	
釈教・一四八八	布袋の画に	腹にさへ何をもいれぬもの故になふ袋はあはれ世の中	
釈教・一四八九	（布袋の画に）	ひとつある袋の底をはらひけりてうちひろげて大わらひして	
釈教・一四九〇	（布袋の画に）	布袋ひつさげかねたすがたにて杖に付けたる瓢箪やなぞ	初句の読み「ぬのぶくろ」
釈教・一四九一	（布袋の画に）	待ちかぬるそのあかつきにこうじけりよべどこたへぬいねぎたなさよ	
釈教・一四九二	（布袋の画に）	大空をさしたる指のさきに有り月花雪も秋のもみぢも	
釈教・一四九三	（布袋の画に）	ついあぐるひとつの指のかずはみついづくをさすと人おもふらん	
釈教・一四九四	嬾残の絵に	飢ゑきたり眠さむれば芋やきてくうなる事をしるか乍麼生	「乍麼生」（そもさん）
雑・一五二〇	竹の絵に	ふしありてすぐなるよりは呉竹のむなしき中を我が友とせよ	
雑・一五五一	蓮の絵に	恋ぢよりねざしておふる蓮葉のきよき心はおのれしらめや	
雑・一五六六	芭蕉の絵に	ばせを葉をはかなき物とみる人の千とせの秋と身を頼むかな	
雑・一六三八	人丸の図に	敷島の我が道てらすともし火のあかしの浦にかげのこす人	
雑・一六五五	鶏の絵に	人の身にいとはざらめやうる事の五あるてふ鳥すらの世に	
雑・一六五六	きじの絵に	子を思ふおのがふしどやたのむらん時しもわかぬくれ竹のかげ	
雑・一六五七	嵯峨に住みける人、みみづくの絵に歌乞ひければ	たよりなきかた山かげのみみづくにうき世の事をとひてきかばや	
雑・一六五八	猿猴の絵に	世間はかくこそ有りけれ猿の手の左のぶれば右はみじかし	初句の読み「よのなかは」

雑・一六五九	三教一致の図に	隔あらじ花さへ葉さへたち花のみつの教のひとつねざしを	
雑・一六六〇	福録寿の画に	物ごとにたる事しれば福録寿心ひとつに有りけるものを	「福録寿」の表記はママ

詞書から画賛と判断できる和歌は十九首あり、画題では、布袋が六首と最も多く、家集には連続して収められているが、これらはそれぞれ別の機会に詠まれたものと考えられる。

また、布袋を含めて、人物に関わるものが多く、「花のちる木かげに人のたてる所を書きたる絵に」とある景物画に加えて、達磨・嬾残・人丸（人麿）・三教図・福禄寿の十二首ある。そのうち、釈教部には四例九首あり、雑部に収載されるものの、福禄寿や三教一致図も宗教的な画題である。

ここで、一例取りあげたい。

嬾残の絵に
飢ゐきたり眠《ねむり》さむれば芋やきてくうなる事をしるか乍麼生《そもさん》　（釈教・一四九四）

「嬾残」は、『碧巌録』第三十四則にみえる懶瓚《らんさん》和尚のことで、唐の皇帝・粛宗からの使者が訪れた時、牛糞を燃やして芋を焼き食べていて、皇帝からのお召しを断った逸話で知られる奇僧であり、芋を焼いているところが描かれるのが一般的な画題である。懶瓚の「懶」は怠る、怠けるの意で、懶瓚和尚というのは、あだ名。

賛の「乍麼生」の語は、中国宋代の口語で、日本では禅僧の問答の際に用いられる言葉として広まった。「いかに」「さあどうだ」の意。賛は、初句から三句目までが「喰う（喰ふ）」を導く序詞で、「くう」には、仏教の「空」の概念がかかっていて、空腹によって目が覚めれば芋を焼いて喰う。ところで、芋を喰うではないが、「空」ということを知っているのか、さあどうだ、と問答を仕掛ける体であり、通常の和歌には詠み込まれない、漢語の使用が斬新な賛である。

なお、この歌は、後に尾形乾山《おがたけんざん》（寛文三年生、寛保三年〈一七四三〉没。八十一歳）の自画賛「懶瓚和尚図」にも着賛されている。(9)

このような釈教の画賛が目立つことには、光広が禅を深く学び、僧侶たちと交流を持っていたことに起因する部分が大いにあるのであろう。賛の表現の中にも、「乍麼生」や、「初祖菩提達磨大師」（「三教一致の図に」）のような漢語を詠み込む歌や、狂歌のような趣をもったものなど、伝統的な和歌とは異なる自由自在なものが散見する。

ところで、光広の画賛はどのように評価されていたのであろうか。狩野永納《かのうえいのう》著『本朝画史』（延宝六年〈一六七八〉序）では、「嘗有初祖・布袋等墨戯、又見歌僊或草花、最為秀逸、凡所画多以詠歌題其上」とあり、「凡そ画く所、多く詠歌を以て其の上に題す」、つまり自画賛が多いことを指摘している。また、時代が下ったものではあるが、古筆了仲《こひつりょうちゅう》著『扶桑画人伝』（明治十六年〈一八八三〉自序）には「和歌ニ名誉。傍ラ画ヲ好ミ多クハ布袋ノ図アリ。雑画少ナシ。筆力盛ンニシテ草体ノ墨画ナリ。又、自ラ賛ヲ加ヘテ狂体ノ歌多シ。画ヲ以テ唱フルニ足ラズト雖ドモ風韻アリテ抹茶家ニ至リテハ、殊ニ之レヲ愛翫ス。」とある。

これらからは、光広が主に草体の墨絵を描いていて、画題は歌仙図や草花、達磨、布袋を専らとし、「狂体の歌」を賛として多く加えたという絵の傾向や、それらが茶道家に愛好されたという享受の面などが知られるのである。

布袋については、先の表に示した『黄葉集』に複数見られ、歌、絵ともに多く制作していた様子が知られ、自画

賛も表1に示した一例のほか、売立目録でも確認できる。(10)

三　関屋図屏風について

ここでは、伝俵屋宗達画の「関屋図屏風」（東京国立博物館蔵・重要文化財。図1）を詳しく見ていきたい。縦九五・五糎、横二七三・〇糎の六曲一隻の紙本金地屏風に、『源氏物語』「関屋」巻の、石山詣でに向かう源氏と、東国から夫の常陸介と共に上京した空蟬が、逢坂の関で行き会うという場面が描かれている。「関屋」巻を描く際の典型的な場面選びであるが、当該屏風は一般的な関屋図とは異なっている。

現存最古の源氏絵とされる「源氏物語絵巻」（徳川美術館・五島美術館蔵）では、紅葉の木々に彩られた山間を進む源氏と、琵琶湖の方からやってくる常陸介の、それぞれの一行の姿が描かれており、以降の関屋図でも、図2のように、双方の一行と関、関山、杉などが配されている。(11)

それに対して当該屏風は、源氏の一行を通すために、牛を外し、道を譲るべく控えている空蟬を乗せた車と、牛飼いや傘持ちなどの従者を描くのみで、同じ宗達の「源氏物語関屋澪標図屏風」（静嘉堂文庫美術館蔵・国宝）の関屋図のような、(12)逢坂の関や関山、源氏の一行などは一切画面に存在しない。(13)

成立について、笠嶋忠幸氏は「俵屋宗達研究への新たな指標――烏丸光広の花押をめぐって」(14)の中で、光広の花押の形態を手がかりに、寛永十四年から光広没年の同十五年までを着賛時期とし、屏風絵の完成もそれをさほど遡らない時期と判断されている。

なお、山根有三氏は、「源氏物語関屋澪標図屏風」の主題の選択などについて、「親しい烏丸光広あたりに相談

図１「関屋屛風図」（光広賛）（東京国立博物館蔵）
（『特別展 烏丸光広と俵屋宗達』板橋区立美術館、1982年より引用）

したはず」と推測されているが、[15]「関屋図屛風」の制作においても、賛文を検討した結果、賛者の光広の意向が反映された可能性もあり得ることと思われる。以下、光広の賛を見ていこう。

賛は、屛風にじか書きされているのであ[16]るが、余白によって三つのブロックにわかれている。便宜上、私にそれらにイロハを付し、〈　〉内に内容を記した。

イ　うち出のはまくるほどに殿は粟田
　　山こえたまひぬ
　　　　　　　　〈『源氏物語』本文〉

ロ　行と来とせきとめがたきなみだを
　　や関の清水と人はみるらん
　　　　　　　　〈空蟬の詠んだ歌〉

ハ　みぎのこゝろをよみてかきつ
　　く

をぐるまのえにしはあれなとしへ
つゝ又あふみぢにゆくもかへるも
〈詞書と光広の自詠〉

イは、『源氏物語』の本文をそのまま引用した部分で、常陸介一行が打出浜にたどり着いたところ、源氏の前駆の人々が「殿がもう粟田山をお越えになった」と告げたという場面である。それにより、常陸介一行は車から降り、道の端に控えて源氏の行列に道を譲ることになる。絵に描かれている情景に移る一つ手前の場面の本文を引くことで、絵だけでは表現できない、絵、そして次のロの歌への時間の流れが、この屏風の中に存在することになる。ロは、空蝉の詠んだ歌で、「行と来と」とは、夫の任地である常陸へ下向する時も、この度の帰京の時もの意であり（行く源氏と帰る空蝉とす

図２　菱川師宣画『源氏大和絵鑑』
（貞享2年〈1685〉刊）
（『九曜文庫蔵源氏物語享受資料影印叢書』12、
勉誠出版、2009年より引用）

る説もある）、どちらも涙に暮れる自らを、当地の歌枕・関の清水になずらえている。

イ・ロの『源氏物語』本文については、現在知られている代表的な『源氏物語』諸本との比較を行ったが、[17]分量が少なく、また、諸本間で大きな異同が生じている箇所ではないため、光広が用いた本文系統を知ることはできなかった。ただし、いずれの系統でも、ロの、空蟬の歌の四句目は「絶えぬ清水と」であり、「関屋図屏風」の「関の清水と」の表記が、記憶違いによる書き誤りであるのか、そのような伝本があるのか、または光広が意図に改編を加えたのか、いずれかを特定する材料は今のところ見いだせない。仮に、光広が自覚的に「関の清水と」と改めたとすると、「せきとめがたき」「関の清水」と、「せき」のリフレインがリズミカルな印象を与えるとともに、イ・ロ・ハの賛文全体に「打出の浜」「粟田山」「関の清水」「近江路」と歌枕が連ねられ、「打出の浜」から京へと上る空蟬と、「粟田山」を経て下ってくる源氏が、「関の清水」で、「会う」（「近江路」との掛詞）という本文の情景が、屏風の上で文字として可視化され、イメージが立体的に浮かんでくるようである。

「関屋図屏風」は、空蟬の乗った牛車と従者のみが表現され、光広の賛文イ・ロも、空蟬の側が体験したことと空蟬の歌とが記されていることから、絵、賛ともに空蟬をクローズアップしていると考えられる。関路の通行により、源氏との身分の違いを痛感しながらも、それでも昔の恋を忘れられず人知れず思い乱れる心持ち、「え知りたまはじかしと思ふに、いとかひなし」（源氏の大臣は、私の気持ちなどわかるはずがあるまいと思うにつけても、嘆く甲斐もないことである）を、一つおかれた牛車の内側に想像させる仕掛けがなされているのである。

これらの世界に寄り添うのが、ハの光広の自詠の賛（『黄葉集』には未収録）である。絵と『源氏物語』の引用は、第一扇から第五扇までに収められ、ハのみが第六扇に記されているため、一つの屏風に共存しながらも、隔たった印象を書の配置から感じさせる。それは詞書「みぎのこゝろをよみてかきつく」によって、より増幅される。「みぎのこゝろ」とは、光広が書きつけた『源氏物語』本文であるとともに、「関屋」巻の逢坂の関の場面全体を指しており、さらには実際に右側にある源氏絵をも意味していよう。ハの歌は、描かれている牛車の轅《ながえ》を表現した「小車の柄」と「縁（えにし）」、「近江路」と「逢ふ」がそれぞれ掛詞であり、五句目の「行くも帰るも」は、空蟬の「ゆくとくと」の歌を踏まえると共に、この地を詠んだ蟬丸の古歌「これやこのゆくも帰るも別れつつしるもしらぬもあふさかの関」（『後撰集』雑一。『百人一首』では三句目「別れては」）を取り入れた賛になっている。一首を解釈してみると、小車の柄（轅）ではないが、縁があったということなのか、十二年の歳月を経て、またこの「逢ふ」という名を持つ近江路で、行く者と帰る者となって再会するとは、という意味になろう。理知的で、やや説明的な歌でもあるが、それが絵に入り込まず、客観的に見ている、絵の外側の鑑賞者の感覚を醸し出していよう。

ところで、光広が屏風にじかに記した賛文は、文字の大きさの極端に違うところや、斜めに書かれているところがあるなど、装飾的な雰囲気が漂っている。

短冊や懐紙などへの和歌の揮毫については、厳密な故実が存在していたことが歌道や入木道の伝書から知られ、画賛の書き様も、後代には伝書が作られるようになる。そのような伝書を見ても、当該屏風のような散らし方は確認できない。笠嶋忠幸氏は、書法伝書の散らし書き書式と、今日伝存する実例とを比較し、規定に従っている事例はきわめて少ないとして、「私的な場では、積極的に基本にはない表現を自由奔放に試した者も多かっただろう」と述べている。(18) 光広の散らし書きにも、何か意図があるのであろうか。

ここで思い起こされるのが、同じく宗達画・光広賛の「蔦の細道図屏風」（相国寺承天閣美術館蔵・重要文化財）である。『伊勢物語』第九段「東下り」の蔦の細道をモチーフとし、右隻に五首、左隻に二首の光広の自詠の和歌があるが、墨の濃淡、文字の大小を書き分けたこれらの書は、蔦の葉が垂れ下がっているのに見立てたと解されている。「関屋図屏風」にもそのような仕掛けがなされているのであれば、光広の散らし書きは、従来の関屋図では必ず描かれる関山を暗示しているのではないだろうか。先行図に描かれた山容を見てみると、一様ではないため比較はできないが、光広の書の、文字の大小は遠近感を表し、連ねられた文字の列はなだらかな山頂を、特に第六扇の自詠の部分は裾野のほうまで見える山を表現しているように見える。それは屏風を実際に立てたとき、より効果的に鑑賞者の眼に映ったと想像され、内容や、書の配置、散らし方ともにさまざまな仕掛けがなされた賛であったと言えよう。そして、そのような仕掛けを施すには、絵師との協力関係が必要となってくる。光広が絵師に対して絵に何を描くかを指示し、それ故にこのように絵と賛と書が高度に結びつくような画賛が可能になったのではないかと推察される。

おわりに

以上、述べてきた光広画賛について、後代の公家の和歌画賛と比較することで、その特色をまとめてみたい。以前、近世中期に活躍した日野資枝（元文二年〈一七三七〉生、享和元年〈一八〇一〉没。六十五歳）について考察した際に、和歌の美意識に添った伝統的なやまと絵の画題に、その本意をとらえ言祝ぎ唱和する、二条派の温雅な和歌が添えられるのが、公家の和歌画賛の典型であることを述べた。(19) また、光広の時代にはごく限られた人々の営為であった和歌画賛の担い手は格段に増加し、公家らしい穏やかなものへと移行していくが、自画賛はほとんど行われなくなり、書の比重も減退し、じか書きの屏風画賛も見られなくなる。

そのような後世のある種の硬直化に比して、光広の画賛には、「関屋図屏風」にみられる古典学の学識に基づく洗練されたものや、絵も賛も書もともに即興的な複数の「富士自画賛」、禅の境地を示したものや狂歌的な賛など、多様な面が認められる。

その背景には、中世から近世への転換期にあって、前時代の桃山文化との繋がりを持ちつつ、江戸時代的な表現への胎動がみられるという、過渡期ならではの混在した文化の様相がある。伝統的な諸芸の中でも革新的な試みを行った人物が多く輩出され、現在に続く「日本的教養」が醸成されていく時代の気分が、光広にも確実に影響を与えていよう。

また、画賛が、絵師など他者との共同制作であるという側面や、注文主、享受者との関係から成り立っていることから、光広の多岐にわたる直接・間接的な人的交流や、寛永サロンのような高度に発達した文化的空間も、光広の作品の母体となっていると言える。

こうした、外的な要因に加えて、光広の強烈な個性というものも見逃せないポイントであろう。光広の作品の多くから、後の和歌画賛には見いだしにくい、自由な雰囲気が感じられるが、それは、古今伝受や入木道の伝授を受けた、歌道・書道に対しての揺るぎない自信、さらには漢文学や禅、絵画への深い造詣などに裏打ちされた、自由さであると考えられる。稚拙であり、粗野とも言える自画賛にはそれが端的に表れている。

光広の、堂上歌人としての価値観や規範からはみ出すことを厭わない、破天荒な性格と実行力がこのような画賛を生み出したが、一方で、それを受け入れる時代的な度量があったことも重要であろう。

これらのことから、光広の画賛には、画・歌・書が一体となって作り上げる、伸びやかで高度な芸術性が達成され、希有な作品として輝きを放っているのだと考えられるのである。

注

（1）光広の人物像や和歌についての主な先行研究としては、以下のものがある。深澤正憲氏「烏丸光広伝　附作品解説」（守随憲治氏編『近世国文学』第一輯、千歳書房、一九四二年）、橘りつ氏による「烏丸光広と和歌――歌人・光広の誕生」（『和歌文学の世界』第五集、笠間書院、一九七七年）などの一連の光広研究、大谷俊太氏「烏丸光広論序説――和歌と狂歌の「場」の問題」（『国語国文』第五五巻第六号、一九八六年）、同氏「烏丸光広逸話の再検討」（『近世の説話』〈『説話論集』第四集〉清文堂出版、一九九五年）、菊地明範氏「烏丸光広の歌壇活動――御会資料をとおして」（『中央大学国文』第三三号、一九九〇年）、小高道子氏「烏丸光広の古今伝受」（長谷川強氏編『近世文学俯瞰』汲古書院、一九九七年）、高梨素子氏『後水尾院初期歌壇の歌人の研究』（おうふう、二〇一〇年）所収「歌人烏丸光広の生涯」「烏丸光広詳細年表」など。書画については、小松茂美氏『烏丸光広』（小学館、一九八二年）、笠嶋忠幸氏「近世における能書家の活動――烏丸光広をめぐって」（『日本美術における「書」の造形史』笠間書院、二〇一三年）などがあり、画賛としての論考には、千沢楨治氏「名品鑑賞　カイツブリ図烏丸光広賛・印宗達法橋款対青軒印」（『古美術』第二七号、一九六九年）、鈴木健一氏「烏丸光広の兎図賛」（『江戸詩歌の空間』森話社、一九九八年）などが備わる。大谷俊太氏「富士詠　素描——実感と本意」（『和歌史の「近世」　道理と余情』ぺりかん社、二〇〇七年）でも、光広の富士画賛にふれている。

（2）拙著『近世和歌画賛の研究』（汲古書院、二〇一四年）で詳しく述べた。

（3）『和歌文学大辞典』（古典ライブラリー、二〇一四年）の「光広」の項（大谷俊太氏執筆）による。

（4）注1深澤正憲氏論文および、同大谷俊太氏「烏丸光広逸話の再検討」。

（5）書画を論じる上で生じる問題に、真贋の見極めがある。光広、宗達ともに贋作も多く作られたようであり、俵屋宗達の場合は、工房での作品という可能性も考慮すべきで、作者をどう扱うかが難しいところもある。この点は今後の課題として、今回は先行研究を踏まえた上で作品を掲出し、後掲の表では工房での作と考えられるものも含めて宗達と記した。

（6）注1大谷俊太氏「富士詠　素描——実感と本意」。

（7）注2拙著総論および第一章「清水浜臣の画賛」、第二章「伴蒿蹊の画賛——和歌と和文と」など。

（8）漢詩の出典は、「伝・玉澗作瀟湘八景詩」。但し、当該詩は本来、七言絶句で、光広の賛では第一句の「先自空江易断魂」のうち最初の四字を欠くが理由は不明。和歌は、「為相作瀟湘八景歌」の一首で、二句目「なみにこゑなき」五句目「しづくにぞしる」とあり、異同が見られる。本文は、堀川貴司氏『瀟湘八景　詩歌と絵画に見る日本化の様相』（臨川書店、二〇〇二年）を参照した。

（9）村重寧氏編『人物』（『琳派 Rimpa painting』第四巻、紫紅社、一九九一年）。解説では乾山の自賛の歌とされているが、乾山の活動時期は『黄葉集』成立後（版本も元禄十二年〈一六九九〉、寛保三年〈一七四三〉刊行）のため光広歌を添えたと考えたい。

（10）「某大家御所蔵品入札会」、大正二年十一月二十四日開催、東京美術倶楽部。

（11）秋山光和氏編『源氏絵』（『日本の美術』第一一九号、一九七六年）、『豪華「源氏絵」の世界　源氏物語』（学習研究社、一九八八年）、『源氏絵——華やかなる王朝の世界』（出光美術館、二〇〇五年）、佐野みどり氏監修・編著

『源氏絵集成』（藝華書院、二〇一一年）などを参照した。

（12）静嘉堂文庫美術館編『国宝俵屋宗達筆源氏物語関屋澪標図屏風』（静嘉堂文庫美術館、二〇〇六年）に詳細な解説がある。

（13）東京国立博物館編『琳派　創立百年記念特別展図録』（一九七三年）の本図の解説には、「もとは右に別の一行を描いた一隻があったと思われる」とある。

（14）『鹿島美術財団年報』第一五号別冊、一九九七年。

（15）「寛永年間における宗達の画風展開とその意義――代表的な金屏風を中心に」『宗達研究』二（『山根有三著作集』二、中央公論美術出版、一九九四年）。

（16）屏風への和歌のじか書きについては、三戸信恵氏「巨大な料紙装飾」（『サントリー美術館論集』第六号、二〇〇二年）、玉蟲敏子氏「近世の書画屏風と宗達一門――松花堂昭乗筆「勅撰集和歌屏風」をめぐって」（『俵屋宗達　金銀の〈かざり〉の系譜』東京大学出版会、二〇一二年）に詳しい。

（17）『源氏物語大成』校異篇（中央公論社、一九五三年）、『河内本源氏物語校異集成』（風間書房、二〇〇一年）、『源氏物語別本集成』第四巻（桜楓社、一九九一年）、『源氏物語別本集成』続第四巻（おうふう、二〇〇七年）などを用いた。

（18）前掲注1笠嶋氏著書第五章「散らし書き表現の展開」。

（19）拙稿「日野資枝の画賛」（『近世文藝』第一〇一号、二〇一五年）。

附記　和歌本文の引用に際し、私に清濁を区別した。表および本文中の傍線は引用者による。

本稿は、二〇一五年三月に学習院大学で行われた国際シンポジウム「Frames and Framings in a transdisciplinary perspective」での口頭発表「近世の和歌画賛――烏丸光広を中心に」の一部を加筆修正したものである。発表の機会を与えて下さいました佐野みどり先生と、御意見御批正を賜りました先生方に深く御礼申し上げます。

貞徳俳諧と狂歌の思想
――狂歌集の序文をめぐって

田中　仁

はじめに

「狂歌」とは、五七五七七の和歌の形式をふまえながら、俗語を交え、自由で卑俗な着想にもとづいておもしろおかしく詠んだ歌の総称である。

狂歌には、伝統的な和歌や歌ことばが作り上げてきたイメージを卑俗化することで得られるおかしみをねらうもの、人々の意表をつくような奇想を以て滑稽・頓作の妙を示そうとするもの、掛詞や縁語、謎や隠し題などの技巧を駆使して知的な言語遊戯をたのしもうとするもの、社会や個人を批判・揶揄しようとするものなどがある。いずれにしてもそれらは和歌の形式や趣向、歌ことばのもつイメージといった和歌的な要素を前提するものである。言い換えると、狂歌とはいかなる場合にも、和歌的な世界を〈非〉和歌的な世界へと反転させることを主眼とする文芸である。それは正統に対する異端の歌、高尚優雅に対する卑俗滑稽の歌である。

本稿ではそうした狂歌が、中世から近世にかけてどのような位置にあったのか、とくに近世初期の狂歌集の序文のうち、『古今和歌集』仮名序をふまえているものを手がかりに考察してみたい。

一　狂歌とはなにか

今かりに、狂歌について次の三つの要素で分類してみたい。すなわち、（一）哄笑（二）社交（三）攻撃である。
（一）は、狂歌の作者およびその享受者が狂歌に仕掛けられた知的な言語遊戯をたのしむ場合をいう。（二）は、物品の贈答に添えられたり、求めに応じて詠まれたりした狂歌が、人々の関係をくつろげ、両者の緊張を解してたのしませるような場合をいう。近世初期に狂歌の贈答がさかんであったことはよく知られている。(1)
前掲（一）や（二）がいずれも人間関係における緊張の緩和や人々の協調を志向するものであるのに対して、それと対照的なのが（三）の挑発的な笑いを主眼とする場合である。いわゆる「落首（落首体の狂歌）」などがこれに該当する。そこにある笑いは、たいていの場合、社会や個人に対する不満を述べたり、批判や揶揄を意図したりするような侮蔑的なものである。

そもそも落首は、自身の安全を確保しつつ特定の人物や社会を批判・揶揄しようとする場合、きわめて有効な意思表出の手段であった。匿名であることにより、身の安全が保障され、責任からの逃避が可能となる。また、伝統和歌における規制や束縛から逃れて、卑俗で自由な発想と想像力を駆使して創作を楽しむことができるのである。落首体の狂歌は中世から近世初期にかけて、とりわけ政情が不安定な時期にはしばしば流行したのであった。

以上三つの要素をふまえた上で、狂歌を大きく二つの系統に大別することができる。すなわち、「滑稽・諧謔」の発想にもとづく狂歌と、「批判・揶揄」の発想にもとづく狂歌である。

前者は、和歌の系譜からはみ出すような〈俗〉の発想から派生した言語遊戯的な歌である。そうした発想は俳諧連歌ないし無心体連歌にも通底するものと言えるだろう。また、後者は当代の事件や風俗、風聞、噂にもとづく悪意の込められた嘲笑・揶揄としての形をとることが多い。

二　中世の狂歌

以下、中世から近世にかけて狂歌がどのように位置づけられていたか、各狂歌集の序文を中心に、とくに『古今和歌集』仮名序をふまえているものを手がかりに考察してみたい。

はじめに中世の狂歌集の序文から見ていこう。

明応二年（一四九三）頃成立『金言和歌集』（宮内庁書陵部蔵、写本一冊）の序文には次のようにある（適宜、傍線や句読点を付した。以下同）。

A　やまとゐては人のゐるやをたねとして、よろづのわざわひのはじめは野ぶしをぞしける。[(1)]世中にある人々、ことのほかをくびやうなれば、あとさきをあらそひ、見にげ、きゝにげをぞしたりける。しかあるに、花になく鶯、水にすむかはづをも、ゐはづさざれば、いきとしいける物いづれかこれをおぢざるべき。

B

(2)力をも入ずして、ごん田の城をあひかゝゑ、しばらくこらへ、たけき物部が心をやはらげ、かたらひけるもたゞもろこしのうすひらかねの四字をもちてぞ色々さまぐに扱ける。かくてぞ人もうらやみもたぬ物はかなしう心のよくおゝくなりにける。とをきかわちの(3)たちばなじま正覚寺も出たつあしもとよりはじまりて、年月をわたり、たかき山もふもとのちりひちよりなりて、あま雲たなびくまでおひのぼれるごとくに、この弓矢もかくのごとくなるべし。いまの世中、うつゝなく、人のこゝろ花になりにけるよりあだなるさうせつ、はかなき事のみゐゝちらせば、花すゝきほにいだすべきにもあらず。又かたるべきにもあらず。むかしのよかりし事のみゐゝてぞなぐさみける。さては春のあしたに目しほのはなのちるを見、秋の夕暮に木葉のおつるをきゝ、あるはとしよりのかゞみのかげにみゆる雪となみとをなげき、草の露、水のあはを見て我が身をおどろき、あるは昨日まではさかゐほこりてゐいぐわさかりなりといへども、けふは身の露きえてしぼめる花の色なきがごとく、人の世はたかきもいやしきもおとろへもて行、したしき中もうとくなりゆくぞかなしき。(4)いにしへの代々の大名は、きり法たゞしく、(略)

C

たなびく雲のたちい、なく鹿のおきふしは、なにがしらか此世におなじくむまれて、このみだれにあへるをなんわびぬる人はなくなりにたれど、ざれ歌とゞまれるかな。たとひ時うつり、ことさり、たのしびかなしびゆきかふとも、此歌の文字あるをや。鳥のあと久しくとゞまれらば、弓矢のさまをしり、ことのこゝろをえたらん人はよろづのみちたゞしく、なさけありて、じひのこゝろふかく、いにしへをあふぎて

いまをやまざらめかも

この『金言和歌集』は、応仁の乱からおよそ三十年経た明応頃に成立したものである。明応二年には足利将軍廃立事件として知られる明応の政変があり、その後、明応四年および七年には二度の大地震が起きている。本文末尾に「このみだれにあへるをなんわびぬる」とあるように、応仁の乱以来、ふたたび混迷を極めた当代社会の情勢を反映した内容となっている。

冒頭（1）には「人のゐるやをたねとして、よろづのわざわひ」とあって、人の射る矢、すなわち戦禍がよろづの災いの根源であるとの認識をはっきりと表明している。文中には（2）「ごん田の城」、（3）「かわちのたちばなじま正覚寺」などと固有名詞（地名）が登場する。（2）は誉田の高屋城、（3）は河内国橘島の正覚寺城のことであり、先述した明応の政変における畠山基家（高屋城）と畠山政長（正覚寺城）が交戦した正覚寺城合戦に関わる記述である。

足利将軍職の後継争いと応仁の乱以来くすぶり続けた管領家・畠山氏の内紛によって引き起こされた戦乱が、当時その周辺の人々に大きな混乱をもたらしたことは容易に推察されよう。少なくとも、『金言集』序文を見る限りにおいても、本作が単に言語遊戯的なおかしみのみを追求するような性格の作品でないことは明らかである。「いにしへの代々の大名は」とあるように、欲得ずくの当代大名の有り様を暗に批判するような表現（4）も目立つことから、作者が社会批判的な意図をもってこの狂歌集を編んだものと推測される。

また、序文末尾にさりげなく差し挟まれた「此世におなじくむまれて、このみだれにあへるをなんわびぬる人はなくなりにたれど、ざれ歌とゞまれるかな」という一文には、すでに『古今集』仮名序のパロディの枠を大きく逸脱した、戦乱に対する強い怨みと憤りがにじみ出ている。以下にCの部分との比較のため、『古今集』仮名序の該当箇所を引用してみる。(2)

たなびく雲のたちゐ、鳴く鹿の起き伏しは、貫之らが、この世に同じく生まれて、このことの時にあへるをなむよろこびぬる。人麿亡くなりにたれど、歌のこととどまれるかな。たとひ時移り事去り、楽しび悲しびゆきかふとも、この歌の文字あるをや。青柳の糸絶えず、松の葉の散りうせずして、まさきの葛長く伝はり、鳥の跡久しくとどまれらば、歌のさまをも知り、ことの心を得たらむ人は、大空の月を見るがごとくに、いにしへを仰ぎて、今を恋ひざらめかも。

仮名序では、「貫之ら」が勅命を受けて『古今集』を撰進することになった喜びと気概を高らかに謳い上げる祝意に満ちた部分であるが、『金言集』では、戦乱に疲弊する社会を憂え、人々が久しく見失っていた人情や慈悲の心を取り戻し、万事が正道に帰することを強く希求するものに転じているのである。中世における狂歌のあり方をよく示した序文の一つといえよう。

続いて、やはりほぼ同じ時期の、明応年間頃に成立した『三十二番職人歌合』(天理図書館蔵、絵巻一軸)の序文を引用する。

やまと歌の道、都人士女の家、(1)これをもちて花鳥のなさけをそへ、山林乞食の客なほ活計の媒とするにたれり。しかあれば、よきゝぬをきざるあき人も、あしかをになへるわらはべも、各月によせ、恋になずらへて歌をあはせ、心ざしをあらはすたぐひたびかさなれり。こゝに我等三十余人、いやしき身しなおなじきものから、そのむしろにのぞみて、その名をかけざること、将来多生の恨也。今たまく過ぬるあとをおはんことをおもふに、猿牽の大夫のいはく、もし月と恋とを題とせば、すゝみてはをくれたるにむちうちて、すゝみがたきをそりあり、しりぞきては同類のしりぞけがたきおもひあり。(2)いはゆる田夫の花の前にやすむは我家の風体なり。まさに花を題として、又おもひをのぶる一首をくはふべきをやと、衆議これにくみす。すなはちつがひをさだめ、一巻にしるして、勧進のひじり弁説上人の庵室にいたりて、判のこと葉をもとむ。もし、これ(3)ひさごのえのながくつたはり、ふみならすたゝらのこゑの遠くきこえば、世のあざけりをはづといへども、利口滑稽のすがた、艶詞正道のたすけとならざらめかも。

比較的短い序文でありながら、前掲『金言集』同様に、ここでも『古今集』仮名序を意識した表現が端々に用いられている。

例えば、（1）「よきゝぬをきざるあき人」や（2）「いわゆる田夫の花の前にやすむ」などの表現が、仮名序の「いはゞあき人のよききぬきたらんがごとし……いはゞたきゞおへる山人の、花のかげにやすめるがごとし」をふまえたものであり、また、文末の（3）「ひさごのえのながくつたはり……利口滑稽のすがた、艶詞正道のたすけとならざらめかも」とある部分が、「まさきのかづらながくつたはり……いにしへをあふぎて、いまをこひざらめかも」をふまえているのも同様である。

ここでは、「山林乞食の客」「いやしき身しなおなじきもの」といったさまざまな「職人」らによる狂体の和歌が、「利口滑稽のすがた」を示すものとして「艶詞正道のたすけ」となるなどと標榜されている点が興味深い。

なお、『金言集』序文に見られた社会批判的な表現は、この『三十二番職人歌合』の序文には一切見られないが、作品の成立した背景には、先に見た戦乱や地震が度重なって起きていたことに注意しておきたい。

三　近世初期の狂歌

つぎに、天正十七年頃に成立した『古今若衆序』（宮内庁書陵部蔵、桂宮本、写本一冊）を見てみよう。作者は細川幽斎とも雄長老とも目されるが作者未詳の作品である。これまで見てきたような、狂歌集の序文ではないものの、その書名が示すとおり、これもまた『古今集』仮名序を下敷きにした戯文である。本文の一部を以下に引用する。

それ若道は、人のこゝをたねとして、よろづのことくさとぞなれりける。世中にある人、淫犯しげきものなれば、心におもふ所を、する物さするものにつけていひいだせる也。あなになくうぐいす、水にすむだうがめのこゑをきけば、いきとしいけるもの、いづれかこのみちをこのまざる。力をもいれずしてあめつちをうごかし、目にみえぬ鬼神をも起請にかきいれ、おとこをんなのりんきにもをよばず、たけきものゝふの心をもなぐさむるはしりなり。（以下略）

「若道（衆道）」を軸に据えつつ、『古今集』仮名序を逐語的にパロディ化した戯文である。近世初期文芸、とくに『昨日は今日の物語』などの初期咄本に、本作のような趣向の話題が多く見うけられる。露骨な性的話題を持ち出して、その文脈に生ずる違和感を笑いに直結させようとする発想は、同時期の俗文芸には決して珍しいものではない。やや尾籠に堕する点はともかく、この時期の通俗意識あるいは狂歌（狂文）の位置付けをよく反映した事例の一つとして注目すべき存在であり、「病・食・老・性」などといった「身体」との関わりの深い題材を好んで詠む傾向にある初期狂歌の性格をよく表した作品であるといえよう。(3)

続いて、時代は下るが、石田未得《みとく》（一五八七〜一六六九）の狂歌集、『吾吟我集《ごぎんわがしゅう》』（慶安二年成、版本二冊）の序文を引用する。

A　やま田歌は、人のとるさなへをたねとして、あまたの稲のことの葉とぞなれりける。里〱にある人、ことわざしげきものなれば、心におもふことを、麦つきをみするうすにつけていひ出せるなり。花に琴ひく鶯、水にあやをるかはづの声をきけば、いきとし池のはたのみゝず、(1)いづれか歌をうたはざりける。ちからをもいれずしてあひ槌をうごかし、目の見えぬごぜ座頭をもあはれとおもはせ、おとこなれぬをんなもやはらげ、たけきものゝふの心をもうからかすは小歌なり。

B　此うた雨ふりのさひしき時よりやいできにけん。しかありて世にはやる事は、久かたのあめがしたてる日に、まりつく姫にはじまり、あらかねのつちをこねては、壁ぬるすさのをのこの口すさひよりぞをこりける。（略）たかき山路もふもとのちりまじりなる家より、あま雲たなびく峰までも、をひのぼれる馬かたうたも旅のなぐさみなるべし。(2)なにはのうたひはみかどのおほんはじめなり。あさか山のことばをうねめのくせまひにつくりて、このふたうたひはちゝはゝのいさめにて、鼓の手ならふ子どものはじめにぞしける。（略）

C

今の世中色につき、人のこゝろ鼻のさき思案になりにけるより、あだなるはやりうた、はかなきことのみ出くれば（略）しかあるのみにあらず。(3)さゞれ石のいはほとなりて、苔のむすめ子どもりうたつを吟じ、つくば山の七つ石にかけてひやうしをとり、よろこびは未得が十徳身にすぎ、たのしみは心のはたばりなきうたふくろにあまり、むねの煙に富士はものかはとよせて人をこひ、(4)松むしのねのちんちろりともみえぬ人かげに、野あそびの友をしのび、高砂すみの江の松の葉にさへふたり寝は、あひおもひのやうにおぼえ、おとこ山のむかしを思ひ出て、をみなへしのひと時をくねるも花のりんきぶりかとぞうたがひける。又春の朝食の比にちるを花鰹と見、秋の夕暮に落る木のみを菓子ならんかときゝ、あるは年のくれごとに、鏡の餅のかげにみゆるしろ粉のごとくつもれるかしらの雪、ひたいのしはすもこほらぬ浪をなげき、あへ物草の露せんじ茶のあはを見て、おほぢむばの身をおどろき（略）

D

われが吟じわれとあつむる詞のねざしは、若竹のまだふしさだまらぬ小歌にひとしく、小歌はもとよりやまとうたなればと、おほけなく心をかけまくもかしこき古今の序をけがし、つたなき詞にまねぬる事、そのをそれおもはぬにしもあらねど、いにしへのほめ草を、(5)身のみやうがのあへ物にして口すさびぬる今のわらひ草のたね、わが後の世のかたみにも残れとて、慶安二年四月中旬に、題なきに筆をくはへて、此書のあてどころは、むさし野の草のゆかりあるものひとりふたりのためばかりに、あづまのえびす歌、みづからのをかきとゞめてなん。（略）あるは春夏秋冬にもいらぬ、むだごと草をも、とりあつむるえせうた、かず〳〵まき〳〵、名づけて吾吟わがしふといふ。かく此たびかきながして、硯のうみの水たえず、浜のまさごにたつ鳥のあと残りぬれば、いまはあすか川の瀬にてひろへるさゞれいしの礫、千人ひきとなるよろこびのみぞあるべき。それひぢをまげたる枕ことばは、春の花にほひなくして、むなしき寝ごとの鼻いびきのみ。秋の夜のながきにまどろまでしはぶきすれば、かつはとなりの人の耳にをそり、かつはには鳥のうたふにはぢおもへど、みどり子の立居、おきあがりこぼうしのおきふしのごとく心なきわれら、この世におなじくむまれてめでたき時にあひ、かゝるたはことをなんよろこびぬる。りうたつなくなりにたれど、歌の事とゞまれるかな。たとひ斎非時ことさり、聟よめどりの座敷かはり、たのしみかなしみゆきかふとも、小歌のふしあるをや。柳樽の酒たえず、松の葉のつくりえだ、ちりうせずして、まさ木の台の物ながくつたはり、とりさかなひさしくとどまれらば、歌の吟をもしり、ざれことの心をえたらん人は、おほそらをめぐるさかづきのひかりを見るがごとく、いにしへをあふぎて、いまやうをこのまざらめかも。

Dの冒頭にあるように「われが吟じわれとあつむる」ところから付けられた『吾吟我集』という書名自体が、『古今和歌集』をもじった形になっている。ここでは『古今集』仮名序の表現をふまえ、さまざまな歌謡（小歌・隆達節・謡い・今様など）について巧みなパロディがほぼ全文にわたって展開されている。また、（1）「いきとし池のはたのみゝず」、（3）「さゞれ石のいはほとなりて苔のむすめ子ども」、（4）「松むしのねのちんちろりともみえぬ人かげに」、（5）「身のみやうがのあへ物にして」などと尻掛法が多用されている点も特徴的である。さらには、（2）「なにはのうたひはみかどのおほんはじめなり。あさか山のことばをうねめのくせまひにつくりて、このふたうたひはちゝはゝのいさめにて、鼓の手ならふ子どものはじめにぞしける」とあるように、当代における謡いの流行と、子供に鼓を持たせて謡曲を習わせたこと（余計な悪戯をさせないようにとの親の工夫から）を趣向としている点にも注目される。

前代と比較してみても、言語遊戯的な性格がより一層際立っているのがわかる。また、当時流行していた歌謡や謡曲に着目し、それらの文句（詞章）を取り入れている点も興味深い。これは当時の貞門俳諧において流行した賦物俳諧の一種で、各句に謡曲題を詠みこんだ、いわゆる「謡俳諧」と連動する現象であろう。

近世初期の狂歌における言語遊戯性の重視と題材の当代性という側面からは、後述するように、同時代の俳諧（とりわけ貞門俳諧）との交流がいかに活発であったかがうかがえる。

四　松永貞徳の俳諧と狂歌

『吾吟我集』の作者、石田未得が師事して俳諧や狂歌を学んだのが、江戸時代初期の京都で活躍した歌人・歌学者・俳人の松永貞徳（一五七一～一六五三）である。彼は、九条稙通（一五〇七～九四）や細川幽斎（一五三四～一六一〇）に和歌を学び、堂上の二条家流の歌学を継承する一方、里村紹巴（一五二五～一六〇二）からは連歌を学んでいる。幼少期には僧侶・雄長老（英甫永雄。一五三五～一六〇二）に師事して林羅山（一五八三～一六五三）と机を並べてもいる。学者・実作者としてだけでなく、指導者としての活動もめざましいものがあり、北村季吟（一六二五～一七〇五）や深草元政（一六二三～六八）など、彼の門下に学んだ者は数多い。和歌、歌学、俳諧などそれぞれの分野で才能を発揮した貞徳は、その一方で数多くの狂歌を詠んでおり、例えば、安楽庵策伝（一五五四～一六四二）とは、次のような狂歌の応酬をしたことでも知られている。

卯月七日に踏皮《たび》三ぞく貞徳へ送りければ一首来

三ぞくの罪とやならんおそろしや寺より里へたび給ふ事　（貞徳）

返し

罪過《つみとが》は目にみるたびの塵ならんはきすてぬれば跡かたもなし　（策伝）

（『策伝和尚送答控』）

右は、策伝が足袋三足を貞徳に贈った際の狂歌のやりとりである。貞徳の狂歌では「三族（の罪）」と「三足」、「たび給ふ」と「踏皮給ふ」、策伝の狂歌では「見る度」と「踏皮（＝皮足袋）」、「掃き捨て」と「履き捨て」がそれぞれ掛詞となっている。世俗に身を置く私などに、お寺から三足の皮足袋を下さっては、その罪が三族に及ぶかとおそれ多いことだ、という貞徳に対して、そうした罪などは、目に見るたびに掃き捨てる塵のように、（皮足袋を）履き捨ててしまえば跡形もなく消えてしまうものだ、と策伝は切り返している。こうした掛詞や縁語を駆使した当意即妙のやり取りにこそ、人々の間を取り持つ狂歌の効用が遺憾なく発揮されていると見るべきであろう。

貞徳没後であるが寛文六年（一六六六）に刊行された史上初めての狂歌撰集『古今夷曲集』（生白堂行風編）には、貞徳の狂歌をはじめ、数多くの作品が収録されている。ここでその序文の一部を見てみよう。全体として口語的表現を織り交ぜた軽妙な文体で記されている。

四角柱やかどらしや、角のないこそ添ひよけれ。むかし〳〵、いふにいへぬ物の中より丸きものの一つおいて二つになり、三つになりし時より夷曲歌は始れりけり。（割注：今狂歌といふなるべし）歌は人の心を種として、言の葉茂りそふものなれば、只情の丸ひがよいとなり。（略）狂歌とて詞こそまげてもいはめ、心は正しうし、身を修め、国を治め、爰を得、かしこをしるわざなれば、いかで佞しきをよしとせん。(略) 昔し今に落書といふには勝れる作もあれど、かれは世を諷し人を謗り、あるまじき物なれば、是に載する事なし。(以下略)

角のないもの(丸いもの)は寄り添いやすい、という歌謡の詞章の引用からはじまる右の序文では、まず、(1)混沌とした世界に秩序が生まれた神代から狂歌(夷曲)は存在したこと、そして、(2)人情は丸い(角がない)のがよい、ということを指摘する。さらに、(3)狂歌は「詞こそまげて」もよいが「心は正し」くあるべきだということ、(4)昔は優れた内容の「落書(落首)」もあったが、それらはいずれも世の中を諷喩し、人を誹謗するものでもあるため、同書には収録していないことなどが述べられている。貞徳は『和歌宝樹』のなかで、「惣別、落書ヲバヨマヌ事也。語伝ヌ事也。(略) 狂歌俳諧ヲバイカホド仕トモ、人ノタメ世ノタメニ悪口メキタル事ヲバイタスマジ」として、自ら落書(落首)を詠むことはせず、門弟に対しても落書(落首)を詠むことを厳しく戒めていた。貞徳以前の狂歌集には、落首体の狂歌は数多く見られたが、貞徳がそれを否定したことにより、その後、狂歌と落首は分離していくことになる。

続いて、『古今夷曲集』に収録された貞徳の狂歌をいくつか見てみよう。いずれも『貞徳百首狂歌』に収録された狂歌である。

1　銭かねでねをさすならば鶯の法法華経も一ぶ八くわん　(巻第一・春)

2　ふかぶかと葵の上に置露や御息所のなみだなるらん　(巻第二・夏)

　　百首歌の中に、秋たつ心を
3　涼しさを巻籠てくる文月は一葉の風のちらし書なり　（巻第三・秋）
4　雀ほどちひさく老の身はなれど浮ひたる人は踊り忘れぬ　（巻第九・雑下）
　　無常の心を
5　生るるも死ぬるも人は同じ事腹より出て野原へぞ入る　（巻第九・哀傷）

1は、法華経と鶯の鳴き声、一部八巻と一歩八貫（銭の単位）の掛詞と縁語で仕立てられた一首で、法華経と銭かね、そして景物の鶯を取り合わせた趣向である。貨幣経済が安定し、「銭かね」が日常性を帯びるようになった近世ならではの作例といえよう。

2は、夏の景物である葵を持ち出すとともに、『源氏物語』葵の巻、賀茂祭での車争いから生霊となった六条御息所が葵上を責め苦しめる場面を想起させる一首である。露置く葵の葉の様子に『源氏物語』葵の巻の登場人物の涙を上品に取り合わせた着眼のおもしろさがある。

3は、立秋を詠んだもので、秋の涼しさが手紙に巻きこめられて送られてくる、という奇抜な発想にもとづく。文月から文（手紙）への連想を「巻籠て」「一葉」「ちらし書き」の縁語がつなぎとめており、「ちらし（書き）」の掛詞が、秋を思わせる七月の風が一葉を散らすさまを彷彿とさせる。

4は、「雀百まで踊り忘れず」の諺を踏まえた一首である。年月の流れによって、老いた身体は雀ほどに小さくなっても、浮かれ浮いて生きてきた者の心の本質は変わらないという内容である。身体の老いを否定的にとらえず、むしろ屈託のない心境を述べている。

そして、5の狂歌は、「無常の心を」の詞書のとおり、人間の生死や無常という非常に重たく深い主題を扱っているが、印象としては淡白な詠みぶりである。人間の一生を「腹（母胎）」から「原（野原）」へ、という単純化した図式の中で捉えて見せたところが、かえって人の生と死の本質に迫っているといえよう。

おわりに

貞徳における文学活動の中心は、第一に和歌と歌学であり、それに次いで積極的に取り組んだのが俳諧や狂歌であった。貞徳の和歌は、家集『逍遊集』にその多くが収められており、歌学に関しては『和歌宝樹』や『歌林樸樕』といった著作がある。貞徳の歌学のあり方としては、まず、師説の尊重を前提としつつ、単に師説を継承するばかりでなく、必要とあればそれに疑義を呈して自説を述べようとする姿勢が見られる。また、二条家流に限らず、六条家流の説やその他さまざまな古注も大いに参照しながら自説を形成しているところに、地下派の新たな一流を確立しようとする彼の積極的な態度が見え隠れしている。(4)

一方、貞徳の俳諧観の根本的性格として、尾形仂氏は「和歌・連歌などの伝統的堂上的文芸に対する追従的意識の上に立ち、和歌・連歌に範をとって、それを庶民教化の具と見なすところ」があると指摘する。また、のちの談林派の俳論書の多くが公開的・論戦的であるのに対して、貞門のそれは非公開的・秘事口伝的といった中世的な閉じられた形をとるものも少なくない点にも言及している。(5)

和歌や歌学において伝統性を尊重しながらも、それに固執することなく自由な発想で諸説や古注を参照した貞徳が、より自由で新しい発想が許容されたはずの俳諧においては、むしろ伝統に回帰するかのような姿勢を示しているのは興味深いことである。

貞門俳諧の特色としては、俳言——和歌や連歌が使用を避けた漢語や俗語——の使用、付合の洗練、連句形式における一句の独立性、式目の制定などにあるとされる。このうち、貞門俳諧でとくに重視されたのが句に俳言を含んでいるか否か——つまり、句中における漢語や俗語などの日常語の有無であった。

そうして、貞徳や貞徳門下の人々が詠んだ狂歌もまた、俳諧と同様に日常性を帯びたことばを内包することによって和歌とは異なる表現の地平を開いていったが、その先にあったのは、和歌はもとより俳諧よりもはるかに自由な表現が可能な世界であった。素材や発想、ことばの通俗性が許され、式目による束縛を受けることのなかった狂歌は、ことばの運用において和歌や俳諧が強いられた制約からも解放されていたのである。

注

（1）狂歌は人々の交友に深く関与する場合がおおく、安楽庵策伝の狂歌贈答（『策伝和尚送答控』）などはその好例である。

（2）高田祐彦訳注『新版古今和歌集』（角川ソフィア文庫、二〇〇九年）。

（3）日本の古典文学と「身体」の関わりについては、久保田淳ほか編著『人生をひもとく　日本の古典　一　からだ』（岩波書店、二〇一三年）などがある。

（4）西田正宏氏『松永貞徳と門流の学芸の研究』（汲古書院、二〇〇六年）。

（5）「貞門談林俳論」『俳句講座』5俳論・俳文（明治書院、一九五九年）。

参考文献

『貞徳家集』上下　近世文芸資料13（古典文庫、一九七五年）
小高敏郎『近世初期文壇の研究』（明治書院、一九六四年）
小高敏郎『新訂松永貞徳の研究』および『同続篇』（臨川書店、一九八八年）
島本昌一『松永貞徳　俳諧師への道』（法政大学出版局、一九八九年）
高梨素子『コレクション日本歌人選32　松永貞徳と烏丸光広』（笠間書院、二〇一二年）
『七十一番職人歌合　新撰狂歌集　古今夷曲集』新日本古典文学大系61（岩波書店、一九九三年）

街道の牛若物語
——近世初頭の浄瑠璃の語られ方

阪口弘之

はじめに

十五世紀半ば頃に語り出された「浄瑠璃御前物語」が人気を集め、近世初頭に操りと結びつくと、その曲節に乗せて、幸若などの周縁ジャンルから取り込まれた本文詩藻をもって浄瑠璃の演目は一挙に拡大した。寛永頃のことである。浄瑠璃はこの流れを出発点として近世を代表する演劇として発展を遂げる。これまでの浄瑠璃史はこうした理解の上に論述をみてきた。そこに誤りはない。しかしながら、操り成立以前の長い語り物時代には、街道筋に「浄瑠璃御前物語」同様に、その主人公牛若丸をめぐる物語がさまざまに語られてもきた。そのような語り物がやがて浄瑠璃として形を整え、近世初頭には雄大な物語構想のもとに集成されはじめる。牛若が吉次に伴われ鞍馬を忍び出て奥州をめざすまでの長い道行の物語が支持を集め出すのである。街道の処々を舞台とする牛若をめぐる物語を自在に出し入れしつつ、いわばユニット式に語り継いで、「街道の牛若物語」ともいうべき語り方が定着する。「浄瑠璃御前物語」も、近世初頭にはそうした街道に連鎖する牛若物語群の一つに位置づけられるようになる。こうして、浄瑠璃の始まりを示す語り物さえもが多様に変容をみせ、新たに再生をみた。「浄瑠璃御前物語」を代表する近世初頭のMOA本絵巻にも、まさにそのような痕跡が随所に見出せる。そこで本稿では、その語り本文を読み解きながら、この物語もまた、「関原与市」「烏帽子折」「山中常盤」などと同列にあったことを指摘して、「街道の牛若物語」とも呼ぶべき近世はじめの浄瑠璃の語られ方について私見を述べる。

一　浄瑠璃諸作から成る『常盤物語』

周知のように、近世初頭の絵巻群に岩佐又兵衛風古浄瑠璃絵巻がある。『浄瑠璃御前物語』や『山中常盤』、さらに『堀江』『むらまつ』『小栗』などが知られる。その一つ『山中常盤』（MOA美術館蔵）には、当該絵巻の他にも幸若舞曲や古浄瑠璃、更には謡曲の諸ジャンルにわたって諸本が残る。このうち古浄瑠璃系には、零葉を含めて単独で四本、更にこの作が取り込まれたものをも併せると、以下の六本を数える。

①　幸田本（山中常盤）（題名欠）（幸田成友氏旧蔵。元和末～寛永初年刊。一葉のみの零葉。『古浄瑠璃正本集・第一』口絵）。
②　MOA本『山中常盤』（絵巻。十二巻。元和末～寛永初年頃カ）。
③　小野本『やまなか』（小野幸氏蔵。寛永頃写。四段）。

④　学習院大本『常盤物語』第九段・第十段。
⑤　東大旧蔵本『源平はなみろん』第四段・第五段（外題『山中常盤』。その右脇に「やまなかときわ」、左脇に「せきはら与一さいご」）。
⑥　阪大本『山中常盤』（江戸中期写カ）。
（以上、深谷大氏『岩佐又兵衛風絵巻群と古浄瑠璃』ぺりかん社、二〇一一年による）

こうした中、写本であるが、架蔵の一本を新出本として加えたい。

該書は、やや縦が長めの枡形に近い本（一八・七×一五・四）で、本来は表紙であったと思われる扉に、「山中ときは」「元禄三暦午三月廿六日」「山城綴喜郡天王村主平九郎」の識語がみられる。天王村は、現在京田辺市。内題はなく、いきなり本文ではじまる。半丁八行あるいは九行どりで、墨付本文は三十丁。段数は「二たんめ」「三たん」の表示があり、三段とみえるが、段毎の分量は、三段目が全体の約半分を占め、著しく均衡を欠く。その三段目途中の、常盤主従の死が語られたあと、話題が牛若に転じるところで、「扨もそのゝち、あつまニおはしますうしわか丸云々」とあり、ここで段分けがあったことは明白で、少なくとも四段（以上）で語られていたと推測される。

本文は③小野本の系統に立つ。両者を比較すると、架蔵本に省略傾向が見てとれるが、基本的には相互に入り組みの関係にあり、両者のもとにくる祖本が想定される。もう少し具体的に述べると、前半は架蔵本に省略が目立つが、終部に近づくにつれて架蔵本に独自本文が多くなる。後半に限っていえば、両者は別系本文という様相さえみせる。瀕死の常盤に後の弔いを約して身の上を問う宿の老夫婦描写が夫婦逆であったり、牛若が押し寄せ

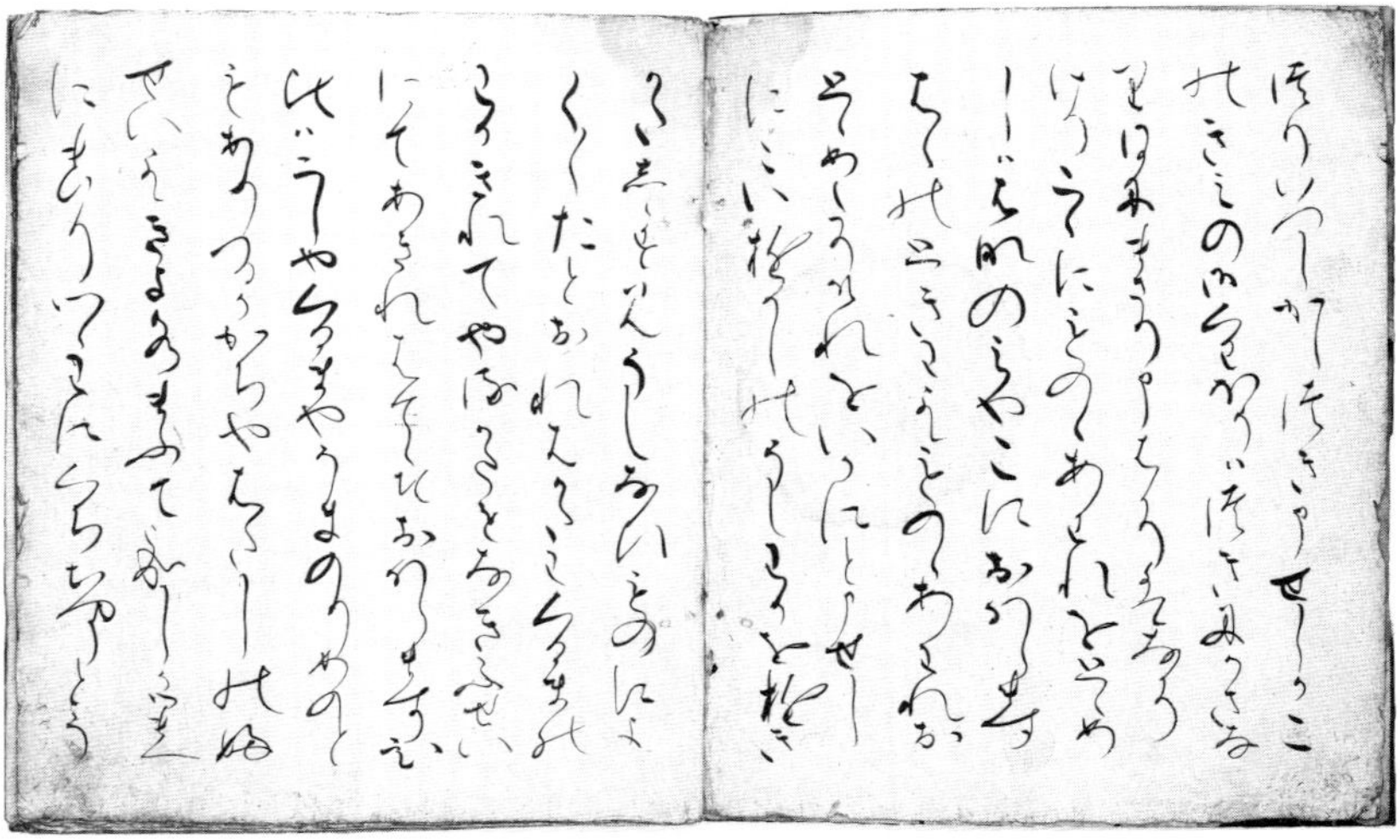

図1　『山中ときは』（架蔵）

た夜盗を討つ件りなどにも相違を見る。

ところで、この「山中常盤」といえば、大正初年頃に、幸田成友氏が古板本の表紙の裏張りから発見された古浄瑠璃正本の断簡六葉が注目されてきた。これを『古浄瑠璃正本集・第一』口絵で紹介された横山重氏は、当初、これらを

山中常盤三葉　酒天童子一葉　たかたち二葉

と説明されたが、「山中常盤」とされた三葉については、後に「山中常盤」と「関原与二」の二種の断簡であると修正見解を示された（同上増訂版、角川書店、一九六四年。初版は一九三九年）。この考えが正鵠を射たものであることは、後に紹介したところの架蔵の写本『関原与市』と、横山氏が「関原与二」と推断された零葉本文が一致していることで証明された（阪口「寛永期古浄瑠璃の詞藻」『藝能史研究』一六七、二〇〇四年）。

この架蔵の『関原与市』は、書写年代も不明で段分けもない。けれども、幸田氏旧蔵の零葉と一致することからも、明らかに浄瑠璃である。しかし、残る「山中常盤」零葉本文は架蔵写本『関原与市』にはその本文を見出せない。こちらは別作品である。そこで、これに対応する正本が気になるのであるが、今の所、その存在を知らない。現存本で比較的近いのがこれも③の小野本であるが、これとても完全に一致するものではなく、今回紹介の架蔵本も、次に記すように更に離れる。

《「山中常盤」本文対照》

小野幸本	幸田成友旧蔵零葉
ときわ御ぜんは御こゑをあけたまふ、 もの〻ふも物のあわれは しるそかし、 こそて一つゑさせよ、なにてはたゑかくす べし、よしそれとてもちからなし、 いのちとともにつれてゆけやと おほせければ、にくきをんなのやちうにこゑ をあぐるかなとて、こしのかたなをするりと ぬいて、たけとひとせのくろがみを、てにく る〳〵とひんまいて、	いかにやよたう のもの、もの〻ふもものゝあわれは しるそかし、ゆきのはたゑをな に〻てかくさん、こそてをひとつ くれよかし、くれすともちからなし、 いのちとともにつれてゆけと そおほせける、せめくちの六郎、する 〳〵とたちかへり、ときは御せんの たけと一せのくろかみを、てにくる 〳〵とひんまいて、こしのかたな をするりとぬき、こ〻ろもとを

あなたへとをれ、こなたへとをれとみかたなさしてをしふする、めのと此よしみるよりも、これはゆめかやうつゝかや、われをもともにつれてゆけやといひけれは、ほりの小六はこれをきゝ、人とちきるはさはないそ、なんちもともにゆけやとて、ほそくひちうにうちをとす

［横山重氏補入本文に拠る］

あなたへとをれ、こなたへとをれとみかたなさしてぞをしふする、めのとのしじうは、此よしを見るよりも、こはいかなる事やとて、いそきときはにいたきつきは、ほりの小六がつつとより、いかにおんなよ、けに〳〵さほとにおもふならば、をのれもともにゆけやとて、めのとのしじうも、二かたなにかいしてをしふする

阪口本

ときは此よし御らんして、いかに申さんめい〳〵たち、ものゝあわれをするそかし、はたき壱つはのこしおけ、それをいかにと申するに、十二ひとへのみつからは、はたへおなにニてかくすへし、それもさなきものならは、いのちをともにつれて行、よとういかにとありけれは、おそろしや、ほりのころくかぬいてもちたるたちなれは、あとへきりゝとたちもとり、いたわしやな、ときは御せんのたけにあまりしくろかみお、てにかいくるとひつまひて、あなたへとおれ、かなたへとをれと、三かたなきりふする、めのとこのよし見るよりも、ときわ御せんにいたきつき、これはゆめかやうつゝかや、ゆめならはさめてのけ、うつゝならはきゑてのけ、きみもかうなるものならは、さてみつからもいのちをともにつれて行、よとういかにとありけれ

は、おそろしや、せめくちの六郎あとへきりゝとたちかへり、にくき女めか、やちうにこへのあけやうかな、おのれもともにゆけやとて、ほそくひちうちう（マヽ）はねおとし、比はよいそや、いさのけとて、もんくわいさしていてにけり

このように、「山中常盤」零葉は、対応本が知られず、今後、寛永期正本の発見が待たれるのであるが、それはそれとして、「関原与一」と「山中常盤」は早くより一体的な語り物として理解されてきた。そのことをよく示すのが、東大旧蔵で寛文頃の『源平はなみ論』である。同書の外題右脇には、既述のように「やまなかときわ」、左脇には「せきはら与一さいご」とあり、その関連性が意識されている。更にその点で注目されるのが、今やしばしば引用されるところの『常盤物語』（学習院大学蔵）である。該書は、当初は寛永二年（一六二五）の写しとして紹介された（横山重氏、前掲書解題）が、信多純一氏の再調査で、延宝二年（一六七四）以前で、寛文までは下らぬ写本と位置づけられている（『絵巻　山中常盤』角川書店、一九八二年）。

この『常盤物語』は、横山重氏が、いくつかの舞曲やお伽草子を集成して、常盤と青少期の御曹司のつながりを広く大きく扱った作とされた。まことに卓見で、以後、この見解にそって、諸氏にさまざまな成立論をみている。ただ、横山氏が「舞曲」や「お伽草子」をあれこれと取り集めたとされる点は、『関原与市』が出現したあと、そのことを踏まえて私案に示したように、「舞曲」や「お伽草子」ではなく、寛永頃に語り出されていた「常盤御前鞍馬破」や「関原与一」「山中常盤」、更には「鞍馬入」といったいずれも浄瑠璃作品をもって編纂されていたことを知る。今、室木弥太郎氏が従前説に則って示された構成案（『語り物（舞・説経・古浄瑠璃）の研究』風間書房、一九七〇年）と比較対照させて、私案を整理しておく。

《『常盤物語』の構成》

〔室木案〕	〔阪口案〕
一……舞の「常盤問答」に似る	浄瑠璃「常盤御前鞍馬破」（「牛若鞍馬登」等）を取り込む
二……「衣裳ぞろへ」「ひたゝれ乞ひ」など「浄瑠璃十二段」に似る	
三・四……「鞍馬入」ともいうべきもの	浄瑠璃「鞍馬入」（「判官鞍馬登」「直垂あくち」「丑若鞍馬入」等）を取り込む
五……「兵法学び」というべきもの	
六……お伽草子「天狗の内裏」に似る	
七……お伽草子「橋弁慶」に似る	
八……舞の「鞍馬出」に似る	浄瑠璃「関原与市」を取り込む
九・十……舞の「山中常盤」に似る	浄瑠璃「山中常盤」を取り込む

右一覧の如く、『常盤物語』は、その成立以前に行われていた常盤と牛若をめぐる浄瑠璃諸作を適宜アレンジしつつ取り込んで、あらたな長編の浄瑠璃に仕立て上げたものと思われる。五段目から七段目については、なお検討を要するところが残るが、これとても、たとえば奥浄瑠璃『天狗の内裏』が幾本も現存することなどからみても、浄瑠璃の取り込みを推測する方向で大過ないものと思う。その営為には、手許に草子や舞、あるいは古浄

瑠璃、説経と、諸ジャンルに展開可能な雛形本文を多数擁していたであろう草子屋あたりの関与が推測される。

この諸作集成については、信多純一氏が、かつて常盤と牛若にからむ長編の物語が流布していたと述べられ、牛若中心に年代記的に組み立てられた「牛若物語」を想定された。そして、当該『常盤物語』こそ、その骨格を示すものと結論づけられた（前掲書）。先の横山説といい、この信多説といい、大いに傾聴に値するものといえよう。ただ、信多氏が「舞曲の常盤物語諸曲が連作的に作られていった段階では、〈牛若物語〉のような長篇作がすでに出来ていた」とされる点は、『常盤物語』が寛永期頃からの浄瑠璃諸作を集成している点からみて、その成立が近世初頭を遡ることは考えられない。あるいは、学習院本書写年代の寛文から延宝初期（前述）にかなり近い頃の成立も考えられよう。けれども、『常盤物語』が、常盤と牛若の、母と子の物語としてあることはまがいもないところである。即ち、母常盤の庇護の下、牛若が鞍馬で成長し、やがて独り立ちをめざして旅立ち行く姿を街道筋に順次追いながら、最後、惨殺された母の仇討譚をもって結びとする。このように、『常盤物語』は明確な物語構想をもとにユニット式に編纂されて、近世初頭の語り物の一典型を示す。

二　鞍馬出道行にはじまる牛若物語

この『常盤物語』と同様の物語構想を見せる作品を、もう一つ紹介する。前述の⑤『源平はなみろん』である。まず、各段の小見出しを掲げる。

「第一」源平はなみろん

「第二」うし若くらま出付せきはら與一の事
「第三」うし若ゑぼし着付いせの三郎たいめんの事
「第四」山中ときはみちゆき
「第五」御さうしよたうたいぢ之事

この「第二」から「第五」までの展開は、『常盤物語』と同じく、冒頭に牛若の鞍馬での出来事を述べて、以下、鞍馬出から奥州へ下るまでが一流れ、そのあと奥州から取って返し、母を殺害した夜盗を退治するまでが一流れで語られる。このように、「常盤と牛若」の母と子の物語は、母の庇護下で鞍馬にあった牛若が、平家打倒をめざして鞍馬を忍び出て、街道筋でさまざまな出来事に遭遇しながら、やがて奥州秀衡のもとに身を寄せ、下って美濃の青墓で殺害された母の敵を討つところで締め括られる。即ち、『常盤物語』にせよ『源平はなみろん』にせよ、この種の物語は、本来は牛若が鞍馬を出て、都三条から、近江、更に美濃へと辿る中で語られてもよさそうな「山中常盤」譚が、牛若の側からいえば、奥州へ一旦下った後、ふたたび都をめざす途次の出来事と位置付けられ、それをもってこの「母と子の物語」が語り納められるのが大きな特徴といえる。しかし、青墓で上り下りの母子を遭遇させて結末とするそうした物語構成もさることながら、街道筋の物語として私がより注目すべきと思うのは、牛若の旅が、通例の道行文の如く京の町中を起点とするのではなく、鞍馬を忍び出るところから語り出されているという点である。『常盤物語』も『源平はなみろん』もそうである。それだけではない。『関原与市』もまたそうである。

そこで今、『関原与市』で、その道行文冒頭をはじめ、その後の物語展開の具体的様相を本文を辿りながらみていくことにしよう。

①　さてもそのゝち、御さうしは十五と申せし春のころ、くらまの寺をは人に心をくれ竹のまた夜をこめて出られけり、とをらせ給ふはとこ〳〵そ、八ちやう坂や七まかり、あくまをはらふはふとう坂、うきよをめくるは車坂、つま戸のわきにはあらねとも、かきかね坂おもしのひ出、人めをつゝむはひやうふさかをもうちすきて、是よりも北山におわしますはゝのときはにいとまこいとはそんすれとも、ゆんてもめてもみなかたきの事なれは、心はかりのいとまこい、色に出るかもみちはの、三のはしをもうちわたり、心ほそくも一はらのへの露ふかき、夜の中のよきもあしきもみそろいけをもめてに見て、かものみやうしんふしおかみ、夜はほの〳〵としらかわや、けんしのみよに、すへはたゝすのもりとかや〈冒頭道行、鞍馬から洛中へ〉

②　いそかせ給へは程もなく、ひのおかたうけにさしかゝり、十せんしのはゝさきの小松原にて、人めしのふのたひなれは、あみかさまふかにめされつゝ、ゆんて三尺おしひらき、あとよりくたる吉ちおは、いまやおそしとまたせ給ひし……（中略）……まちける吉ちは見へもせて、ゆへなきものゝみへくるは、みのゝ国のちう人にせきはらよ一とて、卅六きにきはうたせ………〈牛若と与一との戦い。牛若の勝利〉

③　……せき山にて、あとより下る吉ちを今やおそしとまちかけて、あつまをさして下らせ給ふ、御さうしの心中、上下はんみんおしなめてほめぬ人こそなかりけれ

『関原与市』は、もとより②の牛若と与市との戦いを主題とした作品である。その戦いの場は、都を出て間もない十禅寺の馬場先の小松原であった。そして、その主題の②に前後連接して①冒頭道行と③結末描写がある。

その場合、冒頭の道行が「鞍馬」から始まること、主題となる出来事が吉次を待って東をめざす街道筋でのこと、その戦いに勝利した牛若は、更に吉次と共に東国をめざすという特色をもつ。「母と子の物語」は、かかる構成を典型とする。その際、②③の傍線部からも窺えるように、街道をゆく牛若の同伴者として吉次がいることにも留意すべきであろう。こうして「母と子の物語」は、鞍馬を出発点にして、吉次も絡んで街道筋に次々と元服、闘争、恋愛譚が繰り広げられ、それらがいわば連作を形成するごとくに展開をみるのである。

三　ＭＯＡ本『浄瑠璃御前物語』冒頭道行の慣用表現

扨、「常盤と牛若」をめぐる物語がこうした特有の構造で語られていたことを知る時、「浄瑠璃姫（御前）物語」も、近世初頭には、同様の語られ方をしていた可能性が浮かび上がる。以下、そのことについて詳述してみたい。

「浄瑠璃姫物語」のはじまりは十五世紀半ばにまで遡る（康正元年『瑠璃光山安西寺略記』、文明七年『実隆公記』紙背文書）。語り物としての長い歴史があり、その成立については、やや見解を異にする室木弥太郎氏と信多純一氏の両説が知られる。しかし、本稿ではそのことには触れず、近世初頭のこの物語の語られ方をＭＯＡ本『浄瑠璃御前物語』の本文に沿って検討してみる。

まず、冒頭部分。この物語も、やはり御曹司の鞍馬下り（鞍馬出）から始まる。その本文を掲げる（枠囲みは、阪口注）。

〔鞍馬下り〕

扨も其後　御曹司は十五と申せし春の比　吉次　吉内　吉六を主と頼ませ給ひつゝ　鞍馬の寺をばまだ夜深きに立ち出て　東を指して下らせ給ふが　通らせ給ふはどこ〳〵ぞ　七曲り　八町坂　悪魔を払ふは不動坂　又越ゆべきと打通り　妻戸の脇にはあらねども　掛金坂をも忍び出で　心細くも　市原野辺を打過ぎて　急がせ給へば程もなく　賀茂川　白川打渡り　急ぐに程なく今ははや　国を申せば近江の国　宿を申せば鏡の宿に一夜の宿を召されける

鏡の宿の物語

鏡の宿をも立たせ給ひて　急がせ給ひける程に　柏原にぞ着かれける　柏原をも打過ぎて　通らせ給ふはどこ〳〵ぞ　垂井　赤坂打過ぎて　美濃の国をも打越て　尾張の国にさしかゝり　熱田の明神ふし拝み　国を申せば三河の国　宿を申せば矢矧の宿に　一夜の宿を召されけり

矢矧の宿の物語

（本文は、新日本古典文学大系『古浄瑠璃　説経集』に拠る。以下、同）

右の鞍馬を下り都へ入る道行文は、前掲『関原与市』ときわめて近似する。『源平はなみろん』も『関原与市』とほぼ同文であるから、鞍馬を起点に語られる牛若の物語が広く流布していて、ＭＯＡ本『浄瑠璃御前物語』にもそれが取り込まれているのであろう。牛若十五歳、吉次（更に吉内、吉六も）の従者としての「牛若の街道物語」がはじまる。

扨、その道行文であるが、この簡略な本文中に、傍線部のように、「鏡の宿」と「矢矧の宿」で一夜の宿をとったことが慣用表現を以てわざわざ述べられている。しかも、後者では、この慣用表現のあと、矢矧の宿での、浄瑠璃姫と牛若のたった一夜の恋物語が延々と語られる。これこそが「浄瑠璃御前物語」であり、物語の主部となっている。

この「国を申せば〇〇の国　宿を申せば△△の宿に　一夜の宿を召されける」は、通例、道行文中には用いられることはない。ところが、『浄瑠璃御前物語』では、「近江と三河」、そして「鏡の宿と矢矧の宿」の固有名詞が異なるだけで、全く同文の慣用表現が、前述のように短い道行文中に二ヶ所も用いられ、しかもそこで一旦道行を打ち止め、後者のように、そこから物語の本筋が展開するのである。

ところで、この道行文中では用いられない慣用表現であるが、実はよく似た類型表現が古い浄瑠璃や説経の語り出しには、しばしば見受けられるのである。一、二、例を挙げる。

○国を申せば大筑紫筑前の国、庄を申せば荊萱の庄、氏を申せば重氏なり、加藤左衛門と申なり（『せつきやうかるかや』）

○庄を申せばえんたの庄、里を申せばかたひらが里（慶安版『むねわり』）

右は、「荊萱」なり「胸割」なりの物語場面を、国名から庄名、更に里名へと絞り込む冒頭表現としてある。こうして場面が特定されて、いよいよ当該物語が語り出される。この場面を特定して、そこから物語がはじまるという点で、『浄瑠璃御前物語』の二ヶ所の慣用表現も同じ役割を果たしているように思う。後者が、道行文をそこで止め、そこから物語本体が始まっていることは説明を要しないが、そのことから類推すれば、前者の「国を申せば近江の国　宿を申せば鏡の宿に　一夜の宿を召されける」の後にも、枠囲みで示したように、「鏡の宿での物語が語られていても不思議ではない。むしろ、その痕跡を留めているとみるべきかもしれない。となると、「鏡の宿」の物語でただちに想起されるのが、「烏帽子折」の世界である。牛若はここで元服を果たした。信多純一氏は、MOA本の絵で、牛若の髪形が、鏡の宿を過ぎると、稚児髷から烏帽子姿に変わることを指摘されたが（新日本古典文学大系『古浄瑠璃　説経集』脚注、岩波書店、一九九九年）、これも、前者の慣用表現のあとに「烏帽子折」の物語が行われていた痕跡の一つかもしれない。MOA本は絵にのみその痕跡を留めて、道行を三河の矢矧まで運んで、『浄瑠璃御前物語』として語られたのであろう。

　このように、鞍馬を下った牛若は、街道を道行く途次、それぞれの地で見事な活躍をみせ、そこに「牛若の物語」が生まれた。まず都近き十禅寺の馬場先の小松原での「関原与市」、更に近江の国に入って鏡の宿での「烏帽子折」、更に三河の国矢矧での「浄瑠璃御前物語」という具合である。「山中常盤」は、美濃の国の青墓の物語であるが、前掲道行文では、「柏原をも打過ぎて　通らせ給ふはどこ〳〵ぞ　垂井　赤坂打過ぎて」とあるように、青墓には触れられず、MOA本道行文からは「山中常盤」が取り込まれていた形跡は見えない。「山中常盤」は、基本的に、『浄瑠璃御前物語』でいえば「五輪砕」のように、やはり牛若が秀衡の許に身を寄せて、再び西下してきた途次の物語として理解されていたのであろう。

　しかし、MOA本では、「ふきあげ」の段（仮題）で、吉内、吉六が兄の吉次に向って、「美濃の国大墓の宿にて　熊坂の長範に夜討たれしその時に　兄弟三人の者共も薄手を一つ負はずして　是まで下りし事共もあの冠者一人ある故なり」と述べているように、「山中常盤」と表裏をなす熊坂長範をめぐる物語が、牛若東下りの中で語られることもあったかもしれない。時代が寛文初年頃に下るが、肥前掾正本『源氏十二たんひぜん本ふし』（西尾市立図書館蔵、六段）は、矢矧の「浄瑠璃姫物語」に「吹上」の添えられた作であるが、この二段目に熊坂長範退治譚がみえる。人気を集めたらしく、後に土佐少掾が終部の「吹上」のみを別内容に改変して、『源氏十二段』として踏襲している。肥前の語り物に支持の拡がりがあったのであろう。事実、奥浄瑠璃に肥前掾正本にそのまま依拠した『牛若鞍馬降』（架蔵）があり、しかもこの奥浄瑠璃本は、内容的にその直前にくる『牛若鞍馬登』（『常盤御前鞍馬破』に同じ）と合綴されている。牛若が母常盤の庇護の下、鞍馬に入って修行し、やがて吉次に伴われ鞍馬を忍び出、奥州をめざし街道筋を東下する。その途次、青墓で熊坂長範ら夜盗を退治し、矢矧、吹上の物語へと繋ぐ語り方が、奥浄瑠璃では当初から意識されている。しかも、留意されるのは、肥前掾正本は寛文頃といわれるものの、その語り本文がMOA本に酷似する点である。近世ごく初頭の語り口をよくとどめているのである。熊坂長範退治譚が牛若東下りの中で語られ、「浄瑠璃御前物語」や「吹上」とも結びついていた一つの証左であろう。ただ、その場合にも、この争闘場面描写は「山中常盤」と直接に響きあうというよりも、やはり後述するように「烏帽子折」後半の熊坂長範譚との関連がまず注意されるところであろう。

「烏帽子折」には古い浄瑠璃はまだ発見されていない。この段階で推測を重ねるのは慎重でなければならないが、おそらくは舞曲に近い古浄瑠璃があり、「浄瑠璃御前物語」と一体的に理解され、語られてきたのではあるまいか。MOA本道行の語り口から、そんなところが読み取れるように思えるのである。

四　「烏帽子折」と「浄瑠璃御前物語」の一体性

この「浄瑠璃御前物語」と「烏帽子折」との関係については、早くより諸家によってその影響関係が指摘されてきた。曰く、「浄瑠璃御前物語」は「烏帽子折」に拠った恋愛談、あるいは又、その影響を大きく受けて成ったという類の言述である。したがって、その関係はいわば周知の事柄であるが、私見は、そうした影響関係ではなく、鞍馬を起点に牛若の街道筋の語り物がいくつも併立的に行われ、「浄瑠璃御前物語」が「烏帽子折」と一体的な語り物として語られることもあり、ＭＯＡ本にその痕跡をとどめているということを、本文に具体的に即しながら述べているのである。

そこで更に、「烏帽子折」の混入の跡をＭＯＡ本に辿ってみたい。ただし、「烏帽子折」は、前述のように、古い浄瑠璃が知られないため、今、幸若舞曲に依ってその内容をまず示すと、この舞曲は、次のような二ユニットで構成される。

① 近江の鏡の宿での牛若の元服譚

② 美濃の青墓の宿での熊坂長範らの盗賊退治譚

このうち①は、野路の宿で吉次と落ち合った牛若が、鏡の宿の菊屋に宿を取り、烏帽子折を尋ね、自ら元服して源九郎義経と名乗ったが、吉次からは京藤太と名付けられて、供を命ぜられるというもの。その「京藤太」や「菊屋」については、後述する。②は、青墓の宿が舞台。草刈笛の由来が君の長から語られた夜、吉次の皮籠に目をつけ押し寄せた熊坂長範らを牛若が討ち果たすという内容。この時、牛若は鞍馬の僧正が崖で習った「天狗の法」を用いて相手を討ち果たす。その件りを、次に掲げる。舞曲の曲末でもある。

さる間、源、「僧正が崖にて習ひし、さても天狗の法は出あふ所」と思し召し、霧の法を結で、敵の方へ投げかけ、小鷹の法を結で、わが身にさつと打ちかけ、ちやうど切て御覧ずれば、無残や、熊坂、真向二つに打ち割られ、朝の露と消えにけり。それよりも源、奥へ下らせ給ひて、天下を治め給ひけり。

（本文は、新日本古典文学大系『舞の本』に拠る。以下、同）

しかるに、右の舞曲「烏帽子折」本文とほぼ同文が、MOA本『浄瑠璃御前物語』の前掲矢矧の宿の物語に続く中に認められるのである。その全文を掲げる。

母の長者は聞こし召し　「不思議やな夕より　姫が屋形に優しき笛の音のするを　出て対面申さん」とて　瓶子一具蝶花形に口包ませ　我に劣らぬ女房達を十二人召し具して　たけの小御所を出でさせ給へば　御曹司は御覧じて　嬉しきかなや　牛若が東下りの門出に　舅に見参何より以て嬉しきとて　酒と肴はあらねども　扇笏にて三々九度の心祝儀を召されつゝ　〈舅の方へは　霧の法と霞の印を結んで懸け　御身は小鷹の法を結んで　さつとかゝり　三重の築地　五重の堀を宙にずんど飛んで出で　吉次と打連れ　東をさして下らせ給ふ〉　御曹司のその心中　申ばかりはなかりけり

牛若をめぐる姫と母の思いの行き違えに関わる物語？

上瑠璃御前は　母の長者を一目見て　時ならぬ顔に紅葉を引き散らし　簾中深く忍ばせ給ひて　十五夜を近付け「いかに十五夜承れ　恥しながら自らは　都の殿のその面影を忘れ難ふ候」とて　天に仰ぎ地に伏して　もだへ焦がれて歎かせ給ふ有様　哀れとも中〳〵に　申ばかりはなかりける

右は、一夜の契りを交した浄瑠璃姫と牛若が明年の再会を約し、別れを惜しむところに、母の長者が姫の屋形の常ならぬことを訝しがり、訪れる件りである。『浄瑠璃御前物語』と「烏帽子折」との類似表現が、主部最後の姫と牛若の別離場面にもみられるのであるが、気になるのは、その〈　〉印で囲んだ本文が、いかにも木に竹を接いだごとくで、文章の連接が何とも不自然なことである。牛若が舅の長者との見参を喜んでいるとも、また逆に見参を避けて目をくらますようにその場を立ち去ったともとれる。しかも本文はすぐに「御曹司のその心中申ばかりはなかりけり」と、一旦語り納めて、またすぐに、「上瑠璃御前は　母の長者を一目見て　時ならぬ顔に紅葉を引き散らし云々」と続き、姫が都の殿（牛若）を想い悶え焦がれたことに触れたあと、もう一度「哀れとも中〳〵に　申ばかりはなかりける」と語り納める。ここでも、その僅かな短い文中に二度までも段末表現がみられる。やはり、不自然と言わざるを得ない。

このように、この場面での母の登場は、MOA本に拠る限り、いかなる意味をもつのか不明である。しかし、MOA本では、最後の「五輪砕」で、浄瑠璃御前が牛若の急を知り、吹上の浜まで駆けつけたことを知った母の長者が、姫を冷泉ともども屋形から追放し、ために姫は鳳来寺の奥の笹谷で辛苦の果てに亡くなる。西下してきた牛若がこのことを冷泉から聞いて、母を荒簀に巻いて柴漬けに誅したと語られていて、この首尾呼応からみると、母の長者が姫と牛若との出会いを喜んで見参したとは考えにくい。すると、この二つの段末表現の間に、枠囲みで示したような、姫の想い人（牛若）をめぐる当人と母の思いの行き違い――母は姫の相手にはそれに相応しい高貴な人をと思っていたのに、それが金売吉次に従う馬追冠者と知って激怒――に関わるような物語がやや強引に挿入されて語られることもあり、そうしたことが右の些か奇妙な本文として残されたのではないかとも思量される。

そこで、この推測が許されるとして、ではなぜこのような本文混乱が生じたのか、そのあたりを考えてみるに、私は、そのすぐ後に続く「ふきあげ」（仮題）の冒頭に関わるところがあるように思う。浄瑠璃姫とのあかぬ別れのあと、御曹司は、吉次の太刀をもち、四十二疋の馬追冠者の奉行となって奥州をめざす。その冒頭を中心に「ふきあげ」本文を摘記する。

扨も其後　御曹司は吉次が太刀を持ち　四十二疋の馬追冠者の奉行と定まり　東をさして下らせ給ふが　御曹司の思し召すは　吉次が太刀を持つ事は　ひとへに無念の次第と思し召せども中にて心を引き返し　待てしばし我心　是とても吉次が太刀にてあらばこそ　冥途にまします父義朝の御太刀と　思ひ直し下らばやなと思し召し……

〈道行・省略〉

里〳〵宿〳〵打過ぎて……

なをも思ひを駿河の国になりしかば　吉次殿御曹司を近づけて　「いかにや申さん京藤太　御身これより急がせ給ひて　音に聞こえし蒲原宿にて　菊屋へ案内を申させ給へ」とありければ……

この「ふきあげ」の道行冒頭の牛若描写が、実は二ユニットで語られる舞曲「烏帽子折」の前半（①）末の、元服して「京藤太」と名付けられた牛若が、吉次の太刀を担いで青墓をめざす折の描写と似通うのである。特に傍線部の述懐にそのことが指摘できよう。以下に、その舞曲本文をあげる。

何として、源氏の嫡〳〵が、浮き世を渡る吉次が太刀を持うぞ。あら、はかなの心やな。吉次が太刀を持たばこそ、冥途にましゝます父義朝の御佩刀を持つにこそ」と思し召し、髭切の御佩刀を輪束にかけ、吉次が太刀を担いて、奥へ下らせ給ひけり。泪の雨は玉鬘、昔はかけて見じものを。吉次、やう〳〵下るほどに、美濃の国に聞えたる、青墓の長者の宿所に着く。……

この両者――『浄瑠璃御前物語』と「烏帽子折」――の類同性は、幸若舞曲の前半ユニット（①）末に続けて、「ふきあげ」に繋いで語る語り方が、浄瑠璃にあったのではないかと想像させる。

「ふきあげ」は、もちろん「浄瑠璃御前物語」の主部に接続する段である。しかしまた一方で、この段は、MOA本でみると、「扨も其後」で段分けした時、六段で構成されている。一般に「ふきあげ」は、恋の思いと旅疲れから病いになった牛若が吹上の浜に棄てられ、そのことを神から知らされた浄瑠璃姫が冷泉と共に駆けつけ、牛若を蘇らせる利生譚で知られる。しかし、この瀕死の牛若と姫の物語は、実は後半の四段目以降でのことで、前半の三段目までは蒲原宿の出来事で、牛若が病いの床につくという物語である。そして、ここまでは浄瑠璃姫は全く登場しない。しかもこの蒲原宿の宿屋の名が「烏帽子折」の前掲「菊屋」と一致して、この宿の女主人が牛若に懸想するという内容である。「牛若」も「京藤太」と呼ばれている。このように、前半は姫が絡まないのみか、語りの運びにも、特に三段目相当場面などでは、他と全く異なる特徴が見出せる。この場面、女房と亭主与一の会話が積み重ねられるが、「女房此由聞くよりも」「与一此由聞くよりも」が何度も何度も繰り返される。慣用の「〇〇此由聞こし召し」ではない。この「△△此由聞くよりも」は、MOA本ではあと一ヶ所のみ、冷泉を主語に用いられているだけで、他には全く見当たらない。語り手の当該人物に対する敬意の有無がそこに反映しているのであるが、慣用表現だけに語り口からも、前後半で明らかに差異が感じられたはずである。

このように「ふきあげ」は前後半でそれぞれ独自性が見てとれる。「烏帽子折」の語りが「ふきあげ」の後半も含めた全体に直結するということは、浄瑠璃姫の登場の有無からみてありえない。けれども、「烏帽子折」から「ふきあげ」の前半――即ち、鏡の宿や青墓の宿の物語から、蒲原の宿の物語に繋いで、更に「秀衡入り」へと運ぶ牛若中心の語りがあった可能性は十分にあるといえよう。「ふきあげ」も二ユニットであるから、元服した牛若が、しかし吉次の太刀を担いでの長旅で、蒲原の宿で遂に病いに伏したという物語構成をとるということも可能だということである。

こうした『浄瑠璃御前物語』の「烏帽子折」絡みのユニット的な物語展開（構成）を考えると、勿論、主部（牛若と姫の恋物語）を「ふきあげ」から更に「五輪砕」へと繋ぐために、二人の別離場面に母の長者を強引に割り込ませて、その後の姫の屋形からの追放、その果ての死という形で、姫の哀れさを一段と強調する語り方も存在したのであろう。『浄瑠璃御前物語』の「天狗の法」は、本来は、後にも述べるように、姫とのあかぬ思いを懸命に断ち切るべく牛若が用いたものとして語られていたと推測される。それを舅（母の長者）に対して用いたことによって、舅はいわば「烏帽子折」での熊坂長範同様の憎き位置に立たされた。姫に対しても、舅に対しても、この「天狗の法」が「ふきあげ」以降に繋ぐ趣向としてある点はかわりないものの、「姫」が「舅」に変わることで、その場面性格は一転して、『浄瑠璃御前物語』の二人だけの夢のような恋物語に大きな波紋を与えた。しかも、この「烏帽子折」趣向の転用が、姫の哀切極まりない死を一層印象付けて、この作のもつ本地物的性格――薬師の申し子の姫が、死を以て成仏するという物語構想――を一段と強固なものとしたのであろう。ＭＯＡ本の奇妙な本文からそんなところも読み取れよう。

なお、ユニットの出し入れによる語りの流動性という点でいえば、MOA本の「五輪砕」で、牛若が「某俄かに鬼が島へ渡り」西下の遅れた旨を冷泉に述べているが、この段に「出羽の酒田」なる人物が突如登場することなどを併せ考えると、「御曹司島渡」の物語なども「浄瑠璃御前物語」の一環として位置づけられていたかもしれない。

五　奥浄瑠璃本『牛若丸東下り（源氏烏帽子織）』

街道筋の「牛若」を主人公とする浄瑠璃が叙上の如く、様々な構成を以て語られてきた。そうした諸作が集成され、『常盤物語』や『源平はなみ論』のように、更に長大な一連の物語として纏められたものもある。「浄瑠璃御前物語」もいわばそういう集成物語の一ともいえよう。「申し子」のあと、主部がきて、更にそのあとに「吹上」「五輪砕」と続く。数多くの諸本は、その全てを備えるものは意外と少ないものの、右の基本構成を大きく逸脱するものは殆どない。しかし、「吹上」がMOA本では、実質六段でなり、それ自体が独立した一作の浄瑠璃として語られたこともあったのであろう。事実、江戸長門掾正本『ふきあげ』や、江戸伊勢島宮内正本『ふきあげ秀衡入』なども存在するし、「五輪砕」も「五部の本節」として古くからの正統的な語り物とされてきた。若月保治氏は、MOA本中の「五輪砕」を、未だ正本の知られぬ古浄瑠璃「五輪砕」ほぼそのものと推測されている程である（『古浄瑠璃の研究・第一巻』桜井書店、一九四三年）。

このような状況を知ると、牛若と姫の恋物語のいわゆる主部にも、それのみが独立した正本の存在が浮かび上がるようである。ここに初めて紹介する奥浄瑠璃本『牛若丸東下り』（架蔵）が、その可能性を示す。この『牛若

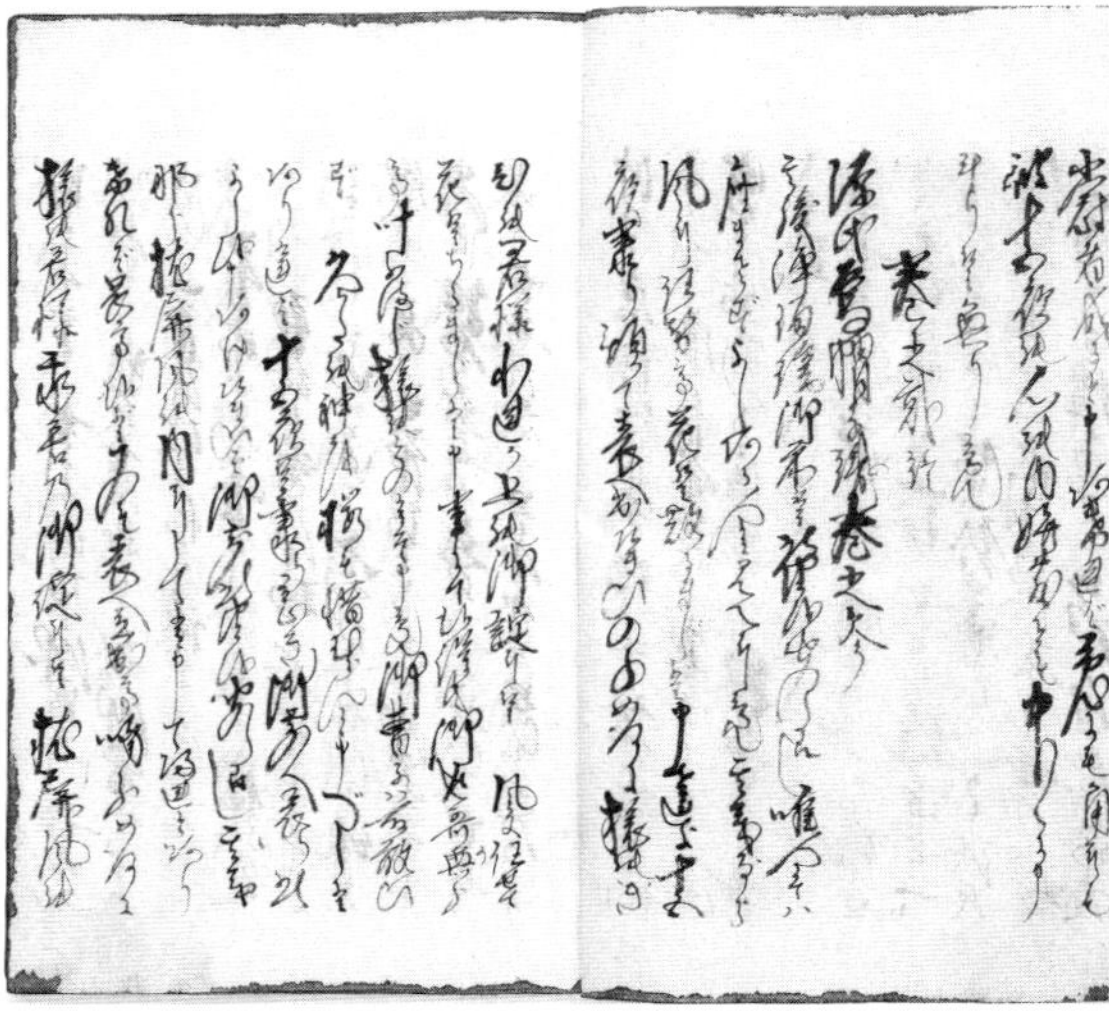

図2　『牛若丸東下り』(架蔵)

丸東下り』には、同名の奥浄瑠璃本（「義経東下り」「東下り」等も含む）が多数知られるが、本書はそれらとは全く内容を異にする矢矧の「浄瑠璃御前物語」である。「申し子」はなく、前置き的に牛若の鞍馬入りに一、二行触れた後、彼が十五歳の春の頃、鞍馬を出て金売吉次と共に奥州をめざす途次の、矢矧での姫との出会いからの恋物語が六段で語られる。

ところで、このテキストには各段小見出し題に気になるところがある。表紙には直接墨書で「牛若丸東下」とあり、各巻小見出しも「牛若丸東下り」とあるが、第三巻は「源氏烏帽子織」とある。これは単なる間違いではない。巻四から巻六までが、当初は巻三同様に「源氏烏帽子織」と記されていて、その上に白紙を貼り付け、同筆で「牛若丸東下り」と訂正されているのである。この訂正は矢矧の恋物語だけに「源氏烏帽子織」はなじまないという判断に基づくのであろうが、それはそれとして矢矧の「浄瑠璃御前物語」が、「源氏烏帽子織」としても理解されていた確かな証左といえるであろう。即ち、中央（江戸カ）に『源氏烏帽子織〔折〕』と題した「浄瑠璃御前物語」が六段の正本としてあり、それが東北の地で奥浄瑠璃本として写された。その際、書写者が題名にやや違和感を覚えたのであろう。内容は全く異なるが、奥浄瑠璃としては盛んに行われていた題名に改めたのではあるまいか。祖本書名の『源氏烏帽子織』と本文内容の矢矧の「浄瑠璃御前物語」を包括するに相応しい題名として、奥浄瑠璃ではよく知られた『牛若丸東下り』が選ばれたと思量される。

本書は、奥浄瑠璃にしばしばみられる在地（東北）での物語的膨らみは余り感じられない。むしろ版本から離れることが少なく、祖本に比較的忠実なテキストと判断される。MOA本ともかなり近い位置にある。例の「天狗の法」についても、作品の最後尾に同様の描写がみられ、姫が恋人との別れに泣き崩れる中、それを振り切るように牛若がこの「天狗の法」を用いて姿を消し、奥州をめざす吉次のあとを追っている。その本文を引用する（句読点は私に付す）。

（姫は）両手をつへて泣給ふ。去り迚も御曹子は、跡には霞の法を結んで投たまひ、小鷹の法を身に纏ひ、七重の築地八重の塀、飛越ひはね越ひ入りたまひば、吉次ははや四拾弐疋の雑馬に八拾四ツの皮子をつけて押す。御曹子もせんた櫃に肩を懸させたまひつゝ、時行駒おば押止め、さかる駒おば追懸追詰、奥州さして下らるゝ

右本文には無理が少なく、MOA本に比するとこちらが本来の姿のようにみえる。むろんそれは「浄瑠璃御前物語」が「烏帽子折」の影響を受けてからのものであるが。MOA本はそこに母を登場させたことにより、牛若が舅から逃れるように屋形から抜け出し、吉次一行に合流したとして、前述の些か奇妙な本文になったのであろう。ともあれ、「浄瑠璃御前物語」の主部が「烏帽子折」とも関係づけられつつ、一方で独立して六段で語られていたことは間違いなく、そうした正本の発見も待たれるところである。

おわりに

近世初頭、街道筋には牛若をめぐる物語が処々に語られてきた。そうした語り物が「鞍馬を下る牛若」という物語起点を明示して、街道を往く牛若の物語として整備をみた。即ち、鞍馬を下る道行文を冒頭に置き、以降、街道の泊り泊りでの出来事を語り継いで行く、それもユニット形式で繫いで行くという構成法が定着したらしい。それは、宗教性豊かな本地構造をもって古くから語られていた「浄瑠璃御前物語」をも再生させるところがあった。MOA本絵巻などは、その近世初頭の「浄瑠璃御前物語」の語られようをよく反映するものであった。信多純一氏は、新日本古典文学大系で、MOA本を「浄瑠璃御前物語」の底本にされつつ、MOA本にない「御曹司の秀衡入」を新たに挿入する校訂本文を示されたが、そこでもこの冒頭に平泉到着までの道行文があったことを、諸本のありようから指摘されている。初期浄瑠璃にあっては、道行くこと自体が物語であった。六字南無右衛門正本の『やしま』も、こちらは洛中を起点にするが、やはり冒頭に道行があり、MOA本と絵柄の似るシカゴ本の冒頭には、MOA本の「吹上」の絵柄を流用して、牛若の「鞍馬下り」の奇妙な道行文がわざわざ添えられる。深谷大氏の指摘されるところで（前掲書）、同様に、本や次兵衛版『十二段さうし』や辻町文庫旧蔵『十二段』冒頭にも「鞍馬下り」が見えることに注意を払われる（同上）。勿論、これらは本稿で述べた道行典型には程遠い。けれども、こうした事例をも併せ考えてみる時、鞍馬を出発点とする道行文が、明確な物語構想を以て冒頭に置かれてきたことは間違いないといえよう。その冒頭道行を承けて、街道筋を舞台にさまざまな物語が、述べてきたようにいわば出し入れ自在のユニット方式で多様多彩に語り出された。

こうした営為には、これも機会あるごとに触れてきたように初期書肆（絵草子屋）などの関わるところが大きかったであろう。浄瑠璃にせよ説経にせよ、特定の語り手が特定の語り物を専有する時代はまだ遠かった。「関原与市」「烏帽子折」「浄瑠璃御前物語」「山中常盤」などのありようをみると、物語の原型本文ともいうべき雛形本文がこの絵草子屋あたりに多数保持され、それらを適宜ユニット式に組み合わせ、加除変更することで、幾通りもの作品が装い新たに世に送り出されてきたのであろう。近世初頭の語り物の文芸としての整備発展の様相をここにもみるのである。

附記　本稿は、「絵入り本国際集会」記念講演会（二〇一〇年八月、思文閣美術館）での発表を取り纏めたものである。御高配をいただいた石川透氏に御礼申し上げます。

ことばと思想に見るキリシタン文化の影響

――黒船・南蛮屏風・パンヤ・伊曽保物語の受容

小林千草

はじめに

口語・文語双方にわたる文献を有するキリシタン資料は、中世語から近世語、さらには近代語への移りかわりを把握する上で貴重な価値を有する。しかし、日本語の歴史を追跡する途上では、〝キリシタン文化〟の日本に与えた精神的・思想的影響について十分眼を向けることができない。そこで、本稿では「ことばと思想に見るキリシタン文化の影響」と題して、これらを有機的にとらえる試みをしたいと思う。

「ことばに見るキリシタン文化の影響」では、まず、キリシタン伝来と同時に日本に入った外来語が浮かぶ。つまり、ゼズ‐キリシト（Jesu Christo〈ポルトガル語〉（ポ点略号））、サンタ‐マリア（Sancta Maria〈ラテン語〉）、キリシタン（Christão〈ポ〉）、デウス（Deus〈ラ〉）、エケレジヤ（Ecclesia〈ラ〉）、クルス（Cruz〈ポ〉）、コンタス（Contas〈ポ〉）、コンパニア（Companha〈ポ〉）、コレジョ（Collegio〈ポ〉）

などキリシタンの信仰主体としての固有名詞、建造物や品物、組織名の他に、

オラショ（Oratio〈ラ〉祈り）、コンヒサン（Confissão〈ポ〉告白・告解）、バウチズモ（Bautismo〈ポ〉洗礼）

などの宗教的行為を表わす語や、

コンシエンシヤ（Consciencia〈ポ〉良心）、ジュスチイサ（Justiça〈ポ〉正義）、スピリツアル（Spiritual〈ポ〉霊的）

など深い思索に関する語の流入である。しかしながら、徳川幕府により徹底化された禁教令によって、それらの語は日本語の表層より姿を消し、かろうじて生活用品として江戸時代以降も日本人に愛好された、

タバコ（tabaco〈ポ〉）、カッパ（capa〈ポ〉）、メリヤス（medias〈スペイン語〉）、シャボン（jabón〈ス〉）

などが残ることとなった。(1)

「タバコ」～「メリヤス」の語は、「煙草」「烟草」、「合羽」、「莫大小」(2)などという漢字表記を得て、日本語の中に浸透していく。これらの際立った語彙については既に秀れた諸研究があるので、本稿では外来語に限らず、キリシタンの文物が当時の日本社会にどのように受容されていったのか、〝慶長～寛永〟期に対象を絞って考察を進めたい。

また、もう一つの翼である「思想に見るキリシタン文化の影響」は、実はきわめて大きな射程をもつもの(3)なので、『天草版エソポ物語』と深く関わる仮名草子『伊曽保物語』受容史の一班を描くということで、ひとまずの責を果たしたいと思う。

一　黒船と南蛮屏風――伊達政宗と不干ハビアン

日本人が言語としての「くろふね」に会ったのは、幕末期の嘉永六年（一八五三）ペリーの率いるアメリカ合衆国の船団が浦賀に来た時ではない。

キリシタン伝来の際、ポルトガル・スペインから船体を黒く塗った大船がやって来たが、それらはすでに「黒船」と呼ばれている。日本イエズス会長崎学林が一六〇三～〇四年に刊行した日本語―ポルトガル語辞書である『日葡辞書』にも、

①Curofune.　＊インドから来る*Nao*［大型の帆船］のようなピッチ塗りの船。

（岩波書店刊『邦訳日葡辞書』　＊は、以下、同書に依ることを示す）

②Todaye.（略）¶Cotoxi curofunega todaye xita, l, todayeta.　＊今年は*nao*［大型の帆船］が欠航した。

と記されている。また、それ以前に、イエズス会は外国人の日本語教科書――口語教科書として、『黒船物語』(Curofune monogatari) という〝物語〟を作り、

③Cocomotono tocaini saye nanitomo meiuacu itasu yǒni gozarufodoni, nacanaca curofune nadoni noru coto narumai.

（ここもとの渡海にさへ何とも迷惑致すやうにござる程に、なかなか黒船等に乗る事なるまい。）

（『ロドリゲス日本文典』引用例より。三省堂刊土井忠生博士訳本、四三三頁）

などという会話を収めている。

筆者は、旧年、『ロドリゲス日本大文典』所引の散逸物語の一つである『黒船物語』の逸文を再構築することにより、南蛮屏風が（1）黒船の来港、（2）それにともなう荷揚げ、（3）到来の南蛮人を、日本人の歴々（教会側の宣教師や在日ポルトガル人を含む）が「坂迎《さかむか》え」（＝酒迎え）するその儀式を描いたものであり、その原画として、キリシタン側のCurofune monogatari絵巻ないしは、その印刷に付した際の挿絵（銅版画）を想定し、それをデフォルメすることによって幾つかの定型化した構図が成立し、キリシタン禁制後も亜流によって描きつがれていったと推測した。[4]

岡本良知・高見沢忠雄『南蛮屏風』（一九七〇年、鹿島研究所出版会刊）、『近世風俗図　13　南蛮』（一九八四年、小学館刊）等には、現存する美術価値の高い南蛮屏風が収録されているが、そのうちの一つ神戸市立博物館蔵で「狩

野内膳筆」と款記のあるものについては、「内膳南蛮屏風の宗教性」（『文教大学国際学部紀要』第二巻、一九九二年三月）において、

本屏風が他の南蛮屏風とは違った意味――宗教画としての性格、その結果としてのキリシタン護教書としての性格を担わされたもの

であることを述べ、

南蛮屏風については、絵画的分類以外にその表象性に注目した個々の言及が文化史上、必要なことを指摘した。内膳南蛮屏風の場合、右隻中央マストの旗より「サンタ・マリア号」、右隻日本の港の奥まった所にある南蛮寺《エケレジア》が鬼瓦模様や一階アーチ型入口上部を飾るレリーフより「被昇天の聖母教会」であることが判明し、かつ、左隻のゴアもしくはマラッカを思わせる港の南蛮寺内部に描かれた人物は、ヨゼフというよりデウスその人と少年イエズス、部屋を隔ててカーテンの脇に片膝をつく女性は聖母マリアに見立てられる。つまりは、聖家族像である。

天正十五年（一五八七）六月十九日に豊臣秀吉はキリシタン禁教令を出しているので、秀吉お抱え絵師としての狩野内膳は、文禄元年（一五九二）五月長崎に来航した南蛮船、あるいは、後の慶長二年七月二十四日スペイン人船長ファハルドが大坂城に伴った黒き象などの贈物を写生して、それらをこの南蛮屏風に合わせ描いたという

〝実写性〟を表に出していたはずである。しかも、朝鮮出兵を企て夢半ばで病いに伏している秀吉には、左隻の人物は異国制覇後の秀吉と秀頼、そしてその母たる淀殿を描いたものと説明することで、一切の咎めから自由であった。(5)

狩野内膳の南蛮屏風が安全圏にあるなら、それを模写・改竄した以降の南蛮屏風も、広く南蛮趣味の一つとして、大商人の座敷に飾られ江戸時代を生き抜く。

黒船と同じく南蛮屏風に描かれる人物の耳には、いわゆる〝耳輪〟がつけられている。この耳輪は、すでに日本に入っていた達磨図・羅漢《らかん》絵はじめ仏教絵画の諸仏がつけているものと同じであったから、禁教下でも南蛮屏風そのものが生きぬく一つの〝言いわけ〟を与えていく。(6) 描かれた異国の景も、唐・天竺（インド）の景と見なせば、何ら問題は生じないし、異国の珍物も、中国や東南アジア貿易を通じて長崎に入ったものと受け取ればよいのである。

慶長〜寛永期の「黒船」受容史の一つとして、伊達政宗（一五六七〜一六三六）の言行録である『木村宇右衛門覚書』（仙台市博物館蔵）から、次例を引こう。

④一　有時の御咄にハ我一とせ黒舟《くろふね》を作らせなんはんへわたす　國のちやうほうもとめにあらす　いこくへのきこへのため也　又此いせん秀吉公《ひでよしこう》ハなこやにまし〱かうらいちんの時國の遠近《ゑんきん》をもつて人数《にんしゆ》の多小《たしやう》わりつけにて我等ハ五百人大舟五そう小舟拾そう也　しかあれは小人数にてハふちゆふ舟かすもことかけしせんの時のためかねて通路《つうろ》心かけのため也との給ふ　（上70オ〜ウ、(7) 新人物往来社刊『伊達政宗言行録』(8) 七八頁第四十一条）

「有時の御咄には」と切り出されているのは、政宗の小姓の一人木村宇右衛門が政宗の死（寛永十三年＝一六三六）後、生前のメモ等を元に、政宗の言行録を覚書風にしたためていく際の作品構成上の型《かた》である。

ここの「黒船」という語は、伊達政宗の肉声を通じて発されているというほかに、政宗自身の建造した「黒船」であることが注目される。歴史的には、伊達領牡鹿郡月の浦で建造された全長三五メートル、幅一〇メートル、五〇〇石積（五〇〇トン）の洋式船サン・ファン・バプティスタ号である。[9] 造船の際には、幕府の船大工・水主頭も関わっているので、政宗は国禁を犯しているのではない。幕府の暗黙の了承のもと、費用面を全て負担した形での政宗の計画であった。慶長十八年（一六一三）九月十五日、政宗の命を受けた支倉常長ら一行がスペインに向かって月の浦から出港する。目的は、スペインとの通商交渉である。フランシスコ会の宣教師ルイス・ソテロを含めた使節団一行は、翌年九月スペインに入港。マドリッドでスペイン国主フェリペ三世、ローマで法王パウロ五世に謁見したが、通商条約の締結は出来ず、一六一八年に帰路に着く。しかし、年々強まっていた幕府のキリシタン禁制のためすぐ入国出来ず、常長一人が一六二〇年八月に帰国。マドリッドで洗礼を受けていた常長は、キリシタンとして即隠棲。二年後の一六二二年に死を迎えた。

造船時はともかく、出航後から常長帰国に至る出来事は、徳川幕府の体制にそぐわないものとなっていたので、政宗はその件を〝言いわけ〟する必要があった。幕府に対しても、仙台藩の侍たちに対しても。

「国の調法求めにあらず」というのは、仙台藩を利する宝物を得るために渡海させたのではないことを表わす。その真意を、「異国への聞こへのため也」とする。「聞こえ」とは、『日葡』にあるように「Qicoye　＊評判」である。異国へ、日本にもこんな船があるのだぞと広く知らしめ、威嚇するためである。つまりは、日本国が船のことで経済的にも戦略的にも他国にあなどられないためであると、政宗は言う。

さらに、もっと切実であった理由を体験を元に語り出す。それは、「又」という接続詞で導かれる。以前、豊臣秀吉公が肥前名護屋にいて、高麗攻めの陣を張られたが、その際、肥前から領国への遠近（距離）によって出兵の数を割り当てられた。わが仙台藩は、兵五百人、大船五艘小船十艘を割り当てられた。その時、五百人の兵を分乗させるのに苦労し手もちの大舟や小舟を出して急場をしのいだが、少人数しか乗れない船は不便だし、とにかく舟数を集めるのさえ大変であった。そこで、一度に大勢――一八〇〜二〇〇名ぐらい乗せられる〝黒船〟が必要と考えるに至った。徳川幕府のもとで、もしそのような動員があった時、すみやかに大勢の兵を一度に渡し、かつ、目標の異国への航路も前もって見知っておくために、例の〝黒船〟を造って南蛮（西欧）へ渡したのである――こう政宗は説明したのである。

『木村宇右衛門覚書』は、政宗の言行録として、仙台藩では特に大切に扱われ、一つ一つの条項に、後の代の藩主や重臣たちの確認としての「付け札」が付されていく。④の条項については、

⑤此ケ条ハ不承候へ共黒舟被　仰付候儀実正ニ御座候事

という奥山大炊常辰（一六一四〜八九）の付札が付されている。「不承候」というのは、政宗が亡くなった時二十二歳であった常辰が政宗本人からは聞いていないという意味である。しかし、政宗が黒舟を命じて造らせたことは「実正」であることを証している。「被」と「仰付」の一字闕は、先君政宗への敬意表現である。

④には、キリシタンのことには一切触れていない。実のところ、政宗は、宣教師ルイス・ソテロを通じて、「奥州司教区」の創設と日本スペイン通商条約締結を目的として、支倉常長を派遣したと考えられている。(10) しか

し、通商条約締結の失敗と、徳川幕府の安定支配およびそのキリシタン禁制政策の現状をかんがみ、政宗はキリシタンに対する方針を修正する。その結果が、『木村宇右衛門覚書』第九十三条にことばとして留められている。

⑥一　有時の御咄にハ賢《けん》になれよいやしきふるゝことなかれ　花中の鶯舌《わうせつ》ハ花ならすしてかうはしきといふ心をもつてみれはなれへき賢《けん》なきにもあらす　たゝあしき道にハ人の心うつろひやすし　きりしたん宗旨《しうし》ほとわけもなき物なれともよくすゝめだまされきゝいれたるものハいのちをおしみます　それほとしやうちきなる人間をあしき道におとすハおしき事也　よき道をよくきかせよき事を見ならハせ度物也　（略）

（61オ～ウ、七二頁）

⑥の傍線部は、キリスト教を「わけもなきもの」（筋道の立たない、でたらめのもの）と非難し、一旦キリシタン信者となった者が殉教も惜しまず信仰を守ることにつき、「それほど正直なる人間を悪しき道に落とすは惜しき事也」と、だまされて信者になった者に同情を寄せた物言いをしている。「惜しい」から、キリシタン信者にはなるなと、若い人に向けて説諭している場面である。

イエズス会に「二十餘《ヨ》年ノ春秋《シュンジウヲ》」送り、

⑦以テ魯《ロ》鈍速《スミヤカニ》不ス得《エ》暁《サトルコトヲ》為《タルコトヲ》奸邪《カンジャ》之《ノ》法

（京都大学図書館蔵『破提宇子』1オ～ウ）

と告白するのは、キリシタンを論駁する書『破提宇子《はだいうす》』（元和六年＝一六二〇、一月刊）を著わした不干ハビアンであるが、⑥と⑦とは表裏を成して響き合っている。かたや転《ころ》び修道士《イルマン》のハビアン、かたやフランシスコ会のルイス・ソテロに対してキリシタン大名的好意を寄せた伊達政宗。ともに手のひらを返したように、反キリシタン側に立つ。それぞれの内なる心[11]を隠して、このような表面をとりつくろう姿は、南蛮屏風の生き残り作戦と同じである。

二　政宗と南蛮の品々――十一曜のブローチ・パンヤ

『木村宇右衛門覚書』において、政宗は、自分がバプティスタ号を西洋につかわしたのは「国の調宝（重宝）求めにあらず」「異国への聞こへのため也」と言っている。しかし、現実問題としては、西洋からさまざまな品物がみやげ品として運びこまれている。そのいくつかは、政宗の死後、遺品として共に棺に収められ、昭和四十九年（一九七四）九月二十五日～十月十五日に行なわれた墓所の発掘調査でも報告されている。

その一つに、黄金のブローチがある。伊東信雄編『瑞鳳殿伊達政宗の墓とその遺品』所収カラー図版167であり、日本で言うと「九曜紋」の外輪にあたる丸星が十一個連続して並べられており、留《とめ》ピンも付けられている。同本一三三頁には、挿図19として、左右から襟を交差させた部分を止める装飾として、同型のものを着用した男性像（上半身）が載せられている。「16世紀後半の英国の俳優アレンの扮したチムールの肖像」である旨の説明が付されているが、肖像画の淵取り文字には「一四〇二年」という紀年が見られる。十五世紀～十六世紀の男性の正装の一ファッションと考えられる。

このブローチは、小さな木箱に入れられ、木箱は絹布に包まれて、さらに皮袋に入れられていたそうである

（同書、一三二頁）。

筆者は、先に、このブローチの形状を説明する時に「九曜紋」という語を使ったが、政宗が何らかの形で西洋伝来のこのブローチに出会い、愛用したのは、伊達家の家紋との似寄りにあったと考えている。政宗が、九曜紋を家紋としてだけではなく、広くデザイン的にも好んでいたことがわかる事例がある。

⑧太守公《たいしゅこう》ふたいへ御出候御いしやう白御小袖の上にひわかのこの御小袖きんしやぬい九ようのほしかけわたし七寸あまりの御紋《もん》所あかうら地《ち》もえきのきぬもじの御かたきぬに御うしろにきんしやをもつ[て]大成《なる》とううちわゑに大ふさつけたるを御ぬわせ御はかまハ地《ち》むらさきのまるきこまかなるきつかうのもんあるとんす御あしかくるゝほとなかく（略）

（中78ウ〜79オ、一六九頁）

『木村宇右衛門覚書』の文章で、寛永十二年（一六三五）正月二十八日、将軍家光の病気なぐさめとして、政宗が江戸城二の丸を借りて能と踊りの興行をした時の、宇右衛門の実録《ドキュメント》である。その全容については、小林千草「『木村宇右衛門覚書』における〈伊達政宗と能〉——ことば、表現に注目して」（『湘南文学』第四九号、二〇一四年）を参照していただくことにして、本稿では傍線部に注目したい。能「真盛《さねもり》」では、政宗自身太鼓役として舞台に上がった。その時の装束描写が⑧である。

格式高い能番組において、囃方《はやしかた》をつとめる役者は地味な色で統一された素襖袴を身につけ、烏帽子を着して出るが、政宗の舞台衣装は派手かつ奇抜であった。白小袖の上に鶸色《ひわいろ》（Fiua　＊黄色い或る色。補遺篇—鶸の羽のような黄緑色で黄色の色目が強く出た色）の鹿の子絞りの小袖を着こんでいる。その鶸かのこの小袖には、伊達家の紋所である九曜紋が直径七寸（二一センチメートル）大で金紗（金糸）で刺繍されている。裃の上の肩衣《かたぎぬ》は絹を使っており、裏地は紅色《あかいろ》で、表地の色は萌葱《もえぎ》（Moyegui　＊深緑――ただし、日本側の意識では〝やや黄色がかった緑色〟）である。肩衣の背面には、狂言肩衣のように奇抜な図柄――柄《え》に大房《ふさ》を付けた唐団扇《とううちわ》が錦紗（金糸）をもって刺繍されている。上下《かみしも》の下である袴の地色は紫で、こまかな亀甲《きっこう》の丸紋が織りこまれた緞子《どんす》地である。白⇩鶸色⇩萌葱⇩紫という色のコーディネートと、九曜の大紋と唐団扇の黄金の色の統一が、本日舞台での政宗の美意識であった。

正客の将軍家光が、白小袖の上に薄柿《うすがき》色の小紋の小袖を着し、紫色で大きな葵の御紋を刺繍した上下を召しているのに対しても、政宗の金紗による刺繍は豪華で目立つ。しかも、わが家紋を大きく金色に浮びあがらせるのである。もし政宗でなければ、後で叱責を受けるような〝不敵な挑戦〟である。しかし、この衣裳をつけていながら、舞台上の政宗はコメディアンに徹し、家光の笑いを幾度も誘って、気散じの大役を果たしている。その落差が、人々の心をひきつけ、家光の信頼をますます深めていった様子が、この舞の後半に展開されている。

九曜紋を白抜き、あるいは銀色ではなく、金刺繍で厚味をもたせて装飾とする。この発想は、南蛮渡来の〝金のブローチ〟から得られたものではないか。だとすると、西洋の美の応用であり受容である。

⑨（略）御おとろへハ御ゑりより上御もゝより下ハ御ほねをぬれかミにてつゝミたることし　されとも毎朝《まいあさ》見めいに御床《とこ》をたてさせ給ひ朝晩《あさはん》二度の御行水《きやうすい》御くしあそはし御病気の御咄なとハさのミなし　つねのごとく四方山の御咄也　よこに一度ならせられたる事なし　御ひさをつかせられ御ゑもん御ひきつくろい御はかまにて御出合也　あまり御やせいたましくおほしめし忠宗公より四はんの御しとねにあつくはんにやを入かけかうをミたし入たるをやハらかにくゝり被進候　是をしかせられきやうそくに時々かゝらせられ御かたひ

さたて給ふハひろうなりとして御身ちかくめしつかはるゝ衆にも仰わけ也　（下81オ〜ウ、二五三―二五四頁）

傍線部は、やはり『木村宇右衛門覚書』の例で、現代カタカナ語で「パンヤ」と言われるものについての記述である。小井川百合子氏の新人物往来社刊翻刻では、「四はんの御しとね《衾》にあつくはんにや《般若》を入かけかう《懸香》をみたし《満》入たるを」とされているが、それでは文意が通じない。『伊達政宗、最期の日々』（講談社現代新書）九九―一〇〇頁に記したように、「はんにや」は「Panha」（ポルトガル語）を表記したもので、「パンヤ」とは、パンヤ科の木など（木綿《まわた》もその一つ）の果実から採れる綿毛のことで、蒲団、枕、クッション等の詰め物として用いられる。「四はんの御しとね」は、四角の座ぶとんのことで、持病の悪化で骨が出るくらい痩せた父政宗のために、息子の忠宗が南蛮渡来の「パンニヤ」を厚く入れ、そのパンニヤにはよい香りの香《こう》を刻んで混ぜこみ、ふんわりと括り糸でとじた座ぶとんをプレゼンしたというのが傍線部である。

『日本国語大辞典』（第二版）は、一六三一年成立の『多識編』三の

⑩斑枝花　今案波牟二也、自㆓南蛮㆒来

を初出として挙げているが、「波牟二也」表記は『覚書』の「はんにや」表記と連続性をもつ。⑨の記述は、一六三六年五月十八日条のところにあるから、『多識編』とほぼ同時代の、生々しい事例となる、語源となっているポルトガルからも、特に友好を通じようとしたスペインからも、伊達家は入手可能な位置にあるが、一六〇〇年代以降に限定すると、スペインからの可能性が高くなる。いずれにしろ、『多識編』の記す通り、「南蛮」から

の渡来品である。

伊達家のような大名高家だけではなく、富有な町人層も「パンヤ」を愛用したことが、井原西鶴の『日本永代蔵』（一六八八年成立）で知られる。

⑪我は元来《ぐはん》、其家《（その）いへ》の内儀《ないぎ》に付《つゐ》てまはる神《かみ》なれば、奥《おく》の寝間《ねま》に入《（いり）》て、かさね蒲団《ぶとん》・釣夜着《つりぎ》・ぱんやの括《くゝ》り枕《まくら》に身がこそばく、（略）花《はな》見・芝居《しばゐ》行《（ゆき）》に、天鳶菟窓《びろうどまど》の乗物《のりもの》にゆられて、目舞《めまひ》心に成《なる》もいやなり、(12)

（岩波古典文学大系『西鶴集　下』一一四頁）

⑪は、貧乏神のセリフであるが、「ぱんやの括《くゝ》り枕《まくら》」などで寝るのは体がくすぐったく寝られたものではないという口吻の中で用いられている。後半の「天鳶菟窓《びろうどまど》」の「ビロード」も、ポルトガル語「veludo」に由来をもつ織地（布地）で、すべすべして暖かい肌ざわりをもつ。大名や大商人の奥様の乗る駕籠の引戸にカーテンのように垂《た》らしてある状態をさして言ったものである。西鶴は、パンヤとビロードという南蛮渡来の品をあげ、これらを自由に使える富裕層のことを、貧乏神の口から描き出している。

一七〇〇年代に入っても、「パンヤ」の受容は浄瑠璃のセリフとして反映している。

⑫引かれなやまれ他愛なく、ぱんやのごとく成たるを　（『唐船噺今国性爺』〈一七二二年成立〉、『日本国語大辞典』所引）

⑬土用の中に駈け歩き身体はぱんや。男共も嘸《さぞ》草臥《くたびれ》　（『夏祭浪花鑑』五〈一七四五年成立〉同右）

⑫⑬は、『けいせい伝受紙子』（一七一〇年成立）や『浦島年代記』（一七二二年成立）に見られる「綿《わた》のように疲れる」に、一ひねりを入れた表現で、この表現が生まれると間もなく「パンヤ」バージョンが流行した様子をしのばせる。

戦国時代〜江戸極初期に南蛮物を愛好出来たのは天下人の周辺、そして将軍の周辺であったが、江戸中期にかかると、富裕な商人層にまで受容（需要でもある）が拡大してきていたことが見てとれる。

三　エソポ物語の指輪と伊曽保物語

伊達政宗の派遣した遣欧使節団の正使・支倉常長については、現地で描かれた肖像画が残されている。仙台市博物館蔵の「支倉常長像」は向かって左の机上に置かれた十字架像を、常長が礼拝する姿を描くが、その左手薬指には指輪がはめられている。これは、『天草版エソポ物語』（『平家物語』『金句集』と合本されたものが大英図書館に蔵されている、勉誠社文庫の影印に拠る）に、次のように描かれる約束の際に印鑑のように取りかわされるべき性格を有するものであったと考えられる。

⑭ある時シャント沈酔していらるる所へ、人が来て「大海《だいかい》の潮《うしを》を一口《ひとくち》に飲み尽さるる道があらうか」と問うに、シャント「たやすう飲まうずる」と領掌をせられた時、その人の言《ゆ》うは「もし飲み尽くさせられずは何《なん》と」と。シャントは「必ず明日《みやうにち》飲まうず。もしまた飲み損ずるにをいては、一家《いっけ》の財宝をことごとく賄賂《まいない》に進じょうず」と言《い》えば、A相手もその分《ぶん》約束して、互に指金《ゆびがね》を取り交《かわ》いた。その人が帰り去って酒醒めて後《のち》、エ

ソポを招き寄せ、「B身《み》が指金《ゆびがね》はどこにあるぞ」と問わるれば、エソポが言《ゆ》うは「今日《こんにち》まではこの家《いえ》の御主《をぬし》なれども、明日《みやうにち》な何《なん》とならせられうか」と言《ゆ》うて、先《さき》の争《あらそ》いを語ったれば、シャントは大きに驚いて、「さて何《なん》としょうぞ？ ひとえに汝に任するぞ。この事を何《なん》とぞ計略してみよ」と言《い》われたれば（略）その時争うた人は問訊《もんじん》してシャントの足もとに平伏《ひれふ》し、「是非に及ばぬ聊爾《れうじ》を申した、右の賭物《かけもの》をば御赦面あれ」と頼むによって、その所に馳せ集った万民もともに「許されい」と乞い受くるによってすなわち赦免せられた。

（四一七—四一九頁）

シャントとその友人が一跡《いっせき》を賭けた「大海の潮を一口に飲み尽くす方法の有無」に関して、初めは「有る」と答えたシャントが不利であったが、エソポの才覚知恵によって、「飲む前に、大海に流れ入る諸々《もろもろ》の川をせき止めること」が友人に出来なかったので、友人の負けとなった。指輪を交換しての誓約であるので、友人は履行するのが西洋の当時の法律であったが、本人および見物に群集《くんじゅ》していた「万民」が許しを請うたので、法律的にもシャントは許してやったというエピソードである。

『エソポ物語』では、二回も登場する「ゆびがね」が、仮名草子『伊曽保物語』（岩波古典文学大系『仮名草子』に拠る）の同話になると、

⑮ある時、しやんと酒に酔《ゑい》けるうちに、こゝかしこさまよふ所に、ある人しやんとを支《さゝ》へていはく、「御辺《ごへん》は大海《だいかい》の潮《うしほ》を飲みつくし給はんやいなや」と問《と》へば、やすく領掌《りやうぢやう》す。かの人かさねていはく、「もし飲《の》み給《たま》はずは、なに事《ごと》をかあたへ給ふべきや」といふ。しやむとのいはく、「もし飲《の》み損《そん》ずるならば、わが一跡を御

辺に奉らん」Aと契約《けいやく》す。「あないみじ。此事たがへ給ふな」と申《まうし》ければ、「いさゝかたがふ事あるべからず」とて、わが家《や》に帰《かへ》り、前後を知《し》らず酔《ゑ》ひ臥《ふ》せり。

醒《さ》めて後、Bいそほ申けるは、「今《いま》まではこの家の御主《おぬし》にてわたらせ給ひけれど、あすからはいかゞならせ給ふべくや。その故は、さきに人と御契約《けいやく》なされしは、大海《だいかい》の潮《うしほ》を飲《の》みつくし候べし。え飲《の》み給はずは、わが一跡《いつせき》をあたへんとの給《たま》ひてあるぞ」と申《まうし》ければ、しやんとおどろきさは《わ》ぎ、「こは誠に侍《はんべ》るや。なにとしてあの潮《うしほ》を二《ふた》口共《とも》飲《の》み候べき。いかに〳〵」とばかりなり。かくて有《ある》べきにもあらざれば、「此難《なん》を遁《のが》れまほしうこそ侍れ」と、いくたびか伊曽保を頼《たのみ》給ふ。（略）その時《とき》、しやんと高《たかき》所に走《はし》りあがり、かの相手《あひて》を招《まね》き寄《よ》せ、いそほの教《をし》へけるごとく仰《おほせ》ければ、相手《あひて》一言《いちごん》の返答におよばず、あまつさへ、しやんとを師匠《ししやう》とあがめ奉りけり。

（三六九―三七〇頁）

のごとく『伊曽保物語』（﹅点略称）の例⑮における点線部に、『エソポ物語』（﹅点略称）のような「ゆびがね」がない。遠藤潤一氏の大著『邦訳二種伊曽保物語の原典的研究　正篇』（風間書房、一九八三年）三〇四―三〇五頁では、古活字本（『伊曽保』）と天草本（『エソポ』）とが「どちらが原典的であるかを見るため、Daly・Caxton・Tuppo・Planudes の順に当該部を挙げてみよう。」とし、

Daly………rings
Caxton……signets of gold
Tuppo……annulos

Planudes…anulis

という結果を示されている。つまり、四本ともに原文の語を訳すと「ゆびがね」であり、「天草本の方が原典的ということになる」と結論づけておられる。

この指摘は、A部分に関するもので従うべきであるが、こののち、遠藤氏は、「天草本編者の原典的方向への修正は、古活字本祖本本文への批判から生まれたものであろうと考えられる。」と書かれており、この点が私見と異なる。

本稿で、〈『エソポ』〉と〈『伊曽保』〉（〈 〉印は、活字化される前の写本国字状態本をさす）の関わりや相互交渉に言及する余裕はないが、少くともキリシタン版としてイエズス会が刊行する直前の《『エソポ』》と、キリシタンを離れて仮名草子として古活字版で刊行される直前の《『伊曽保』》[13]（以下、《 》で〈 〉とは区別する）とは、刊行元（イエズス会か一般か）、読者対象、印刷を許可・取り調べる機関が異なり、それぞれに合わせた対応をしていたと考えられるのである。

《『エソポ』》に、原典的な「ゆびがね」のあることが自然の翻訳状態であるとしたら、《『伊曽保』》の「ゆびがね」を含む描写がない状態は、日本に指輪を交換して公的な約束（契約）をする風習・制度がないため、削除し、それを充填する別の表現に変えたのである。また、公的な契約をどちらかが取り消す時、取り消す側の謝罪だけではなく、立ち会いの公民の賛成がなければ赦免できないという古代ローマ等の法体制と日本中世（あえて「中世」という語を用いる）の法体制とは異なるので、末尾の文章も⑭⑮の波線部のように異なってきているのである。

なお、《『伊曽保』》の初稿本（〈伊曽保〉と同一）は、『ロドリゲス日本大文典』（一六〇四～〇八年成立）にも引用されており、かつ、『エソポ物語』（一五九三年刊）とも先覚の御指摘通り密接な関わりがあるので、慶長年間〜古活字版『伊曽保物語』刊行時までに、より当時の日本（江戸幕府体制）に受け入れられるような潤色をほどこされていくが、大事なことは、その担い手は『エソポ物語』ならず原典としてイエズス会が用いた『イソップ物語』（「これをマシモパラヌデという人、ゲレゴの言葉よりラテンに翻訳せられしものなり」と『エソポ』冒頭にあるその原典をさす）を見られる立場にあり、かつ、その、原初的口語訳・文語訳にも何らかの形で関わり、口語訳本刊行ののちは文語訳本の刊行を意図として明確に抱いていた人となる。(14) しかも、古活字版『伊曽保物語』刊行時期と目される慶長末年〜元和年間には、イエズス会から離れ、江戸幕府側に立っていることが出版許可上、都合がよい。このような立場に立てる人は、きわめて限られており、筆者は、元イエズス会修道士《イルマン》不干ハビアンしか想定出来ない。

今一歩譲って、担い手を不干ハビアンと限定しなくとも、《伊曽保》に、中世〜近世の日本の実態に合わせて改変された表現や物語上の構成は他にもある。

この改変にこそ、本稿のテーマ「ことばと思想に見るキリシタン文化の影響」が〝負の方向〟で作用しているのである。

四　〝負の影響〟としての『伊曽保物語』

前節末に、仮名草子『伊曽保物語』が天草版『エソポ物語』を改変した部分にこそ、キリシタン文化・思想の影響が〝負の方向〟で作用していると述べた。つまり、江戸幕府下で、公然と出版するためには、「キリシタン」とは無関係であること、キリシタン信仰とは直接関わらない事象でも徳川法体制下で都合のわるいローマ法等にあるデモクラシー思想（例⑭の「万人もともに「許されい」と乞い受くるによってすなわち赦免せられ」などのような事例）などは含まれていないことが肝要であった。

キリシタンが一五九三年に刊行した天草版『エソポ物語』は、『平家物語』『金句集』と合刊されているが、その合本の総序とも言える部分に、

> ⑯この一巻には日本《にっぽん》の平家とゆうHiſutoriaと、Morales Sentençasと、EuropaのEjopoのFabulasを押《お》すものなり。しかればこれらの作者はGẽtioにて、その題目もさのみ重重しからざる儀なりと見ゆるといえども（略）

と記されている。『平家物語』『金句集』『エソポのファブラス』この三書は、作者が「Gẽtio」（ゼンチョ——異教徒）であることが明記されている。つまり、キリシタン信者の作ではなく、キリシタン信仰の書でもないのである。たまたま日本イエズス会天草学林でイエズス会の外国人に対する日本語教科書兼教訓的・教養的読み物として刊行されただけである——このような証明が逆に、この序より得られる。

仮名草子『伊曽保物語』の出版における最大の関門クリアである。本文として、「えうらうは」「ひりしや」「とろや」「あもうにや」などの地名、「いそほ」「しやんと」という人名も出るが、世界地図屏風が幕府で公認されているなら地名も問題なく、アダムズ（Adams, William 一五六四～一六二〇 イギリス人航海士）も徳川家康の庇護

を受けて、〝三浦安針〟として日本に永住した事実もあり人名も問題ない。とすると、あとは、中世～江戸初期、特に幕府体制下で都合の悪い慣習（慣習法を含む）や刑罰のやり方などを削除・改変して、教訓書として、かつ、笑話集として内容をととのえれば、出版は可能であった。つまり、〝南蛮屏風〟の受容と同じく、キリシタンの物ではない証拠が揃ったのである。

出版されても、広い受容に至るには、煙草《タバコ》やパンヤ同様、当時の日本人の愛好が必要である。この点も、『伊曽保物語』は元々クリアしていた。「元々」と言うのは、すでに『エソポ物語』の中で、「不審をかける」「不審をとく」というパターンによるエピソードがかなりあり、これらは中世日本の知的ゲームとして流行し江戸初期に仮名草子として流布する一休咄や笑話集ともつながっていく傾向を有していた。また、シャントとエソポ主従の対話は、秀吉など天下人とお伽衆との対話を想起させ、エソポの語る寓話はお伽衆の語る〝お咄し〟（笑い話）と同じ色合いのものであった。基本的には『エソポ』と同じ色合いをもつ『伊曽保物語』が出版後、大いに読者を得ることは、むずかしいことではなかった。万治年間に至り挿絵が入れられ、かつ、整版本で富裕町人層まで読者が広まった時、それは煙草やパンヤと何ら変わることのない愛好品となった。

しかし、幕府や市井の学者の中には、『伊曽保物語』を、西洋の物の考え方や行動を識る、いわば〝出島〟的な意味合いで読み深めていった人々もいたはずである。長崎出島のオランダ人も「イソップ物語」は教養として（あるいは子ども時代の童話として親しんでいたかもしれない）熟知していたし、そこに記された教訓の多くは洋の東西を問わず、人間の行動の基本的心得として互いに理解可能であったはずである。徳川幕府は、出島でのオランダ貿易を〝世界への窓〟として唯一開けていたが、ヨーロッパでも日本でも変わることのない人間のあるべき姿は、明治維新まで、この仮名草子『伊曽保物語』でうかがい知ることが出来たのである。

天文学や世界地理学に関するキリシタンの書物が幕府の蕃書調所の役人や蘭学者を通して、幕末期に再発見・再活用されて、明治維新の文化的基盤を支えたその大きさはそれとして、私は、現在数十本ほど残っている仮名草子『伊曽保物語』の版本に、〝ヨーロッパでも日本でも変わることのない人間のあるべき姿〟を教えつづけた功績を称えたいと思う。

おわりに

元和六年（一六二〇）刊行の『破提宇子』は、キリシタン側に〝ペスト〟にもたとえられる衝撃を与えたが、著者不干ハビアンは、七段に分けて、キリシタンの重要な教えを逆に伝えることが出来た。この影響下に、と言うより、転びイルマン・ハビアンという強烈な個性をキャラクターに、『吉利支丹物語』（はびぁん）『吉利支丹宗門来朝実記』（はびやん）『伴天連記』（ゆるまんはいあん）が江戸期に仮名草子的読み物として編まれ出版されてゆく。これも、負の方向での「キリシタン文化の影響」の一つであろう。全体が反キリシタンで貫かれていながら、南蛮屏風と同じく、口には出せないキリシタン国を含めて南蛮への淡い憧景をかきたてるこれら文物は、隠れキリシタンの辛い信仰の道筋とは別に、江戸時代を生きぬき、明治～大正期の文化人による南蛮趣味ブームを生むのである。

注

（1）小林千草『現代外来語の世界』（朝倉書店、二〇〇九年）四頁参照。また、「マルチル／マルチリヨ」「スピリツ／スピリット」「エスペランサ」「レスレサン」については、同書第一章参照。

（2）『日本国語大辞典』（第二版、小学館）には、「日本には延宝〜元禄年間（一六七三〜一七〇四）頃伝来した」とある。キリシタン時代の伝来の有無など問題となろう。

（3）「日本思想に見るキリシタン文化の影響」を解明する前に、〈キリシタン思想を把握するために、いかに日本思想を応用したか〉、言い換えると、〈キリシタン思想を従来の日本語でいかに把握・理解しようとしていたか〉という大命題が横たわっている。その大命題に至る小さな試みとして、

(1) 小林千草「キリシタン文学の心とことば――『こんてむつすむん地』第一巻の第一（一）より」（成城大学短期大学部『国文学ノート』第三一号、一九九四年）

(2) 小林千草「へりくだり・ちりんだあで・ただしき人――『こんてむつすむん地』の用語より」（『国文学ノート』第三三号、一九九六年）

(3) 小林千草「天の甘味・甘露・値遇・ひとしく――『こんてむつすむん地』の用語より」（『近代語研究』第一〇集、一九九九年）

※(1)〜(3)については、『中世文献の表現論的研究』（武蔵野書院、二〇〇一年）に収録

を発表しているが、いまだ全貌解明には至っていない。また、同時に、〈キリシタン思想が日本思想をいかに理解しようとしていたか〉の確認作業も必要で、

(4) 小林千草「ハビアン著『妙貞問答』に関する一考察――依拠・関連資料をめぐって」（『国語国文』第四七巻五号、一九七八年）

(5) 小林千草「ハビアン著『妙貞問答』法相宗之事と『法相二巻抄』」（『国文学言語と文芸』第八七号、一九七九年）

※(4)・(5)については、『中世のことばと資料』（武蔵野書院、一九九四年）に収録

や、『天草版平家物語』に関する一連の論考で進めているが、いまだ十分とは言いがたい。なお、近刊の『天草版

平家物語』を読む　不干ハビアンの文学手腕と能』（東海大学出版部、二〇一五年）では、編者不干ハビアンが仏教思想に彩られた平家物語を、ヨーロッパ人の日本語教科書としていかに再構成しようとしていたか、ハビアンの内面にかなり踏みこんで論じることが出来たと考える。

（4）小林千草「南蛮屏風を読む――黒船物語からの視座」（新人物往来社刊『歴史読本』一九九一年八月号）。

（5）この間の事情については、千《せん》草子《そうこ》のペンネームで小説形態をとる『南蛮屏風の女と岩佐又兵衛』（清文堂、二〇一〇年）を発表。

（6）小林千草「耳輪の南蛮人――南蛮屏風の誤解と粉飾」（『成城短期大学紀要』第二五号、一九九四年）参照。

（7）原本の丁数。なお、東北大学附属図書館蔵の異本を参考調査している。

（8）参考のため、小井川百合子氏の翻刻されたものの頁数を併記する。

（9）講談社刊『日本全史』四七八頁「支倉常長ら伊達政宗の命をうけ欧州へ出帆」参照。

（10）『日本全史』四九一頁参照。

（11）不干ハビアンの深層の葛藤については、小説形態をとるものの、千草子『ハビアン』（清文堂、一九九一年）、『ハビアン落日』（清文堂、同年）、『ハビアン平家物語夜話』（平凡社、一九九四年）参照。

（12）『日本国語大辞典』（第二版）にも引かれている。

（13）ここの「直前」は、必ずしも古活字版印刷直前をささない。そのような一般的刊行を目論で、『エソポ』が作成される同時期に一個人によってなされていたものの後年に至っての推敲本の可能性もある。

（14）文語体の著作をそのまま国字で活字印刷した『太平記抜書』については、小林千草「『天草版平家物語』から『太平記抜書』へ　不干ハビアン、J・ロドリゲスそれぞれの葛藤と軌跡」（『近代語研究』第一八集、二〇一五年）参照。

あとがき

二〇一三年十一月に刊行した『浸透する教養　江戸の出版文化という回路』が好評であったため、第二弾の本論文集を企画・刊行することができました。お忙しい中、執筆して下さった方々に感謝申し上げます。

今日、大学の組織運営・改革において、人文科学、特に文学・教育系への風当たりが強く、この分野のポストが縮小・消滅の危機にさらされています。無数の小説、詩歌、評論、エッセイによって、人生の指針を与えられ、励まされてきた私自身にとって、人文知の価値は言うまでもないことであり、理系偏重の中でなぜこんなにも文学が過小評価されるのか、まったく理解できません。ただ、そう思っているだけでは事態は打開できませんし、現代はよかれ悪しかれアピールしなくてはならない時代ですので、この分野がいかに魅力的であり、現代の日本社会にとってどれほど重要であるかを、ことばによって説明し続けなくてはいけないのだと思います。

私自身がすべきだと考えているのは、一つはテキストの精読ということです。ある作品の魅力をいかに説得的に語れるか、地道に努力していく必要があります。もう一つは、いくつかの抽象的な概念を通して、大きな枠組みの中で、人文知が社会にとって有用であることを示すということです。

本論文集（と前論文集）は後者に属するもので、ここで取り上げる「教養」という切り口は、それがあることによって、社会を生きる人々が共通の基盤を得て、連帯意識を持ちながら、高度に文化的なありかたを形成していくことができるもので、まさに人文知の魅力を体現した鍵語の一つであると思います。

京都大学の山中教授のiPS細胞の発見をはじめとして、今日生命科学の発達には驚くべきものがあり、これからの人類はこれまで経験したことのないような局面に対処する必要があります。その時々の判断にも人文知は必ず必要で、新聞などでは生命倫理ということばが用いられていますが、広く言えばこれは「教養」ということではないでしょうか。

私たちの祖先はどのようなことを考え感じて、何を価値あるものとして残していったのでしょうか。生と死とはなにか？　生きるとはどういうことなのか？　生きる上で一番大事なことは何なのか？　そういった根源的なことに触れるエッセンスが凝縮されている「教養」を用いてこそ、生命科学の重要な判断も適切に行うことができるのだと声を大にして言いたいと思います。

最後になりましたが、本論文集は勉誠出版編集部の吉田祐輔氏の手際のよい編集作業によって、すみやかに刊行することができました。ここに厚くお礼申し上げます。

二〇一五年九月

鈴木健一

執筆者一覧（掲載順）

編者

鈴木健一（すずき・けんいち）

一九六〇年生まれ。学習院大学教授。専門は近世文学、詩歌史、古典学。

著書に『江戸古典学の論』（汲古書院、二〇一一年）、『林羅山』（ミネルヴァ書房、二〇一二年）、『古典注釈入門――歴史と技法』（岩波現代全書、岩波書店、二〇一四年）、編著に『浸透する教養　江戸の出版文化という回路』（勉誠出版、二〇一三年）などがある。

執筆者

深沢眞二（ふかさわ・しんじ）

一九六〇年生まれ。和光大学教授。専門は連歌・俳諧の研究。

著書に『「和漢」の世界――和漢聯句の基礎的研究』（清文堂出版、二〇一〇年）、『連句の教室　ことばを付けて遊ぶ』（平凡社新書、二〇一三年）、『旅する俳諧師――芭蕉叢考二』（清文堂出版、二〇一五年）などがある。

堀川貴司（ほりかわ・たかし）

一九六二年生まれ。慶應義塾大学附属研究所斯道文庫教授。専門は日本漢文学。

著書に『書誌学入門　古典籍を見る・知る・読む』（勉誠出版、二〇一〇年）、『五山文学研究　資料と論考』正続（笠間書院、二〇一一年・二〇一五年）などがある。

山本啓介（やまもと・けいすけ）

一九七四年生まれ。新潟大学准教授。専門は中世和歌。

著書に『文芸会席作法書集』（共著、風間書房、二〇〇八年）、『詠歌としての和歌　和歌会作法・字余り歌――付

〈翻刻〉和歌会作法書』（単著、新典社、二〇〇九年）、『為家卿集／瓊玉和歌集／伏見院御集』（共著、明治書院、和歌文学大系、二〇一四年）などがある。

宮本圭造（みやもと・けいぞう）

一九七一年生まれ。法政大学能楽研究所教授。専門は能楽史研究。

著書に『上方能楽史の研究』（和泉書院、二〇〇五年）、論文に「「だんじり」遡源」（『祇園囃子の源流』岩田書院、二〇一〇年）、「武家手猿楽の系譜」（『能楽研究』三六号、二〇一二年三月）などがある。

澤井啓一（さわい・けいいち）

一九五〇生まれ。恵泉女学園大学名誉教授。専門は近世東アジアの思想と文化。

著書に『山崎闇斎――天人唯一の妙、神明不思議の道』（ミネルヴァ日本評伝選、ミネルヴァ書房、二〇一四年）、論文に「東アジア儒学史における『心経附註』」（研究代表吾妻重二「東アジアにおける伝統教養の経世と展開に関する学際的研究：書院・私塾教育を中心に」（平成二十一年度～平成二十四年度科学研究費補助金、基盤研究（Ａ）課題番号２１２４２００１）の「研究成果報告書」二〇一三年）、「安東省菴に見る陽明学との「対話」」（同前）などがある。

川平敏文（かわひら・としふみ）

一九六九年生まれ。九州大学大学院准教授。専門は日本近世文学、とくに学芸史。

著書に『兼好法師の虚像――偽伝の近世史』（平凡社、二〇〇六年）、『徒然草の十七世紀――近世文芸思潮の形成』（岩波書店、二〇一五年）、論文に「鴨長明の儒風――方丈記受容史覚書」（荒木浩編『中世の随筆――成立・展開と文体』竹林舎、二〇一四年）などがある。

西田正宏（にしだ・まさひろ）

一九六五年生まれ。大阪府立大学教授。専門は歌学を中心とする学芸史の研究。

著書に『松永貞徳と門流の学芸の研究』（汲古書院、二〇〇六年）、論文に「教養と秘伝と――有賀長伯の歌学書出版をめぐって」（鈴木健一編『浸透する教養　江戸の出版文化という回路』勉誠出版、二〇一三年）、「蘭洲の和学――『古今通』をめぐって」（『懐徳』八一号、懐徳堂記念会、二〇一三年）などがある。

田中　潤（たなか・じゅん）

一九七八年生まれ。学習院大学非常勤講師。専門は中世・近世・近代と様相を変えながら継承・再構成されていく公家装束について、作品と文献史料から研究。

論文に「親王・宮門跡の家職としての書道」（『近世の天皇・朝廷研究』三、二〇一〇年）、「久能山東照宮伝世の御神宝装束」（『国宝久能山東照宮展』静岡市美術館、二〇一四年）、「明治維新と仏教」（『シリーズ日本人と宗教1　将軍と天皇』春秋社、二〇一四年）などがある。

海野圭介（うんの・けいすけ）

一九六九年生まれ。国文学研究資料館准教授・総合研究大学院大学准教授（併任）。専門は中世文学・和歌文学。

論文に「細川幽斎と古今伝受」（森正人・鈴木元編『細川幽斎 戦塵の中の学芸』笠間書院、二〇一〇年）、「儒学と堂上古典学の邂逅――『源氏外伝』の説く『源氏物語』理解を端緒として」（小嶋菜温子・長谷川範彰編『源氏物語と儀礼』武蔵野書院、二〇一二年）、「「読み」の歴史――中世における古今和歌集の読み解きをめぐって」（ハルオ・シラネ他編『世界へひらく和歌――言語・共同体・ジェンダー』勉誠出版、二〇一二年）などがある。

高木浩明（たかぎ・ひろあき）

一九六七年生まれ。清風高等学校講師。博士（文学、関西大学）。専門は中世文学・書物文化史。

著書に『中院通勝真筆本『つれつれ私抄』――本文と校異』（新典社、二〇一二年）、論文に「『百人一首抄（幽斎抄）』成立前後――中院通勝の果たした役割」（『中世文学』五八号、二〇一三年）、「古活字版の世界――近世初期の書籍」（鈴木俊幸編『書籍の宇宙 広がりと体系』平凡社、二〇一五年）などがある。

町　泉寿郎（まち・せんじゅろう）

一九六九年生まれ。二松学舎大学文学部教授。専門は日本漢学・日本医学史。

論文に「収集文献・器物から見るシーボルトと近世日本の医学――ライデン所蔵の鍼灸資料を中心に」（共著、『シーボルト日本書籍コレクション　現存書目録と研究』勉誠出版、二〇一四年）、『曲直瀬道三と近世日本医療社会』（共著、武田科学振興財団杏雨書屋編、二〇一五年）などがある。

松永知海（まつなが・ちかい）

一九五〇年生まれ。佛教大学教授。専門は仏教学（日本大蔵経出版文化史）。

編著書に『黄檗版大蔵経刊記集』（共編著、思文閣出版、一九九三年）、『影印東叡山寛永寺天海版一切経願文集・同目録』（編、佛教大学松永研究室、一九九九年）、論文に「黄檗版大蔵経の再評価」（『仏教史学研究』三四巻二号、一九九一年）などがある。

門脇むつみ（かどわき・むつみ）
一九七〇年生まれ。甲南大学等非常勤講師。専門は近世日本絵画史。
著書に『寛永文化の肖像画』（勉誠出版、二〇〇二年）、『巨匠狩野探幽の誕生 江戸初期、将軍も天皇も愛した画家の才能と境遇』（朝日新聞出版、二〇一四年）、論文に「詩仙図について」（『文学』一一―三、岩波書店、二〇一〇年）などがある。

柳沢昌紀（やなぎさわ・まさき）
一九六四年生まれ。中京大学文学部教授。専門は仮名草子・近世軍書。
著書に『江戸時代初期出版年表』（共編、勉誠出版、二〇一一年）、『仮名草子集成』第五四巻（共編、東京堂出版、二〇一五年）、論文に「甫庵『信長記』初刊年再考」（『近世文芸』第八六号、二〇〇七年）などがある。

田代一葉（たしろ・かづは）
一九七八年生まれ。日本女子大学非常勤講師。専門は近世和歌。
著書に『近世和歌画賛の研究』（汲古書院、二〇一三年）、論文に「古歌の図像化と画賛――藤原定家詠「駒とめて」歌を中心に」（鈴木健一編『浸透する教養 江戸の出版文化という回路』勉誠出版、二〇一三年）、「日野資枝の画賛」（『近世文藝』第一〇一号、二〇一五年）などがある。

田中 仁（たなか・ひとし）
一九八〇年生まれ。小山工業高等専門学校。専門は日本近世文学。とくに江戸時代および明治期の和歌。
著書に『江戸の長歌 『万葉集』の享受と創造』（森話社、二〇一二年）、論文に「渡忠秋の経歴と和歌――明治期の活動を中心に」（『和歌文学研究』第一〇八号、二〇一四年六月）などがある。

阪口弘之（さかぐち・ひろゆき）
一九四三年生まれ。大阪市立大学・神戸女子大学名誉教授。専門は近世芸能史の総合的研究。
共著書に『古浄瑠璃正本集』第七～第十（角川書店、一九七九～一九八二年）、『古浄瑠璃 説経集』（新日本古典文学大系、岩波書店、一九九九年）、『近松門左衛門集』①～③（新編日本古典文学全集、小学館、一九九七～二〇〇〇年）などがある。

小林千草（こばやし・ちぐさ）
一九四九年生まれ。元東海大学教授。博士（文学）。専門は中世から近世を経て、幕末・明治に至る国語史・表現史・言語文化史。

著書に『日本書紀抄の国語学的研究』（清文堂出版、一九九二年）、『中世文献の表現論的研究』（武蔵野書院、二〇〇一年）、『『天草版平家物語』を読む――不干ハビアンの文学手腕と能』（東海大学出版部、二〇一五年）などがある。

編者紹介

鈴木健一（すずき・けんいち）

1960年生まれ。学習院大学教授。専門は近世文学、詩歌史、古典学。

著書に『江戸古典学の論』（汲古書院、2011年）、『林羅山』（ミネルヴァ書房、2012年）、『古典注釈入門―歴史と技法』（岩波現代全書、岩波書店、2014年）、編著に『浸透する教養　江戸の出版文化という回路』（勉誠出版、2013年）などがある。

形《けい》成《せい》される教《きょう》養《よう》
――十七世紀日本の〈知〉

編者　鈴木健一
発行者　池嶋洋次
発行所　勉誠出版㈱
〒101-0051 東京都千代田区神田神保町三―一〇―二
電話　〇三―五二一五―九〇二一㈹

二〇一五年十一月二十日　初版発行

印刷　太平印刷社
製本　若林製本工場

ISBN978-4-585-29110-7　C3091

室町連環
中世日本の「知」と空間

多元的な場を内包しつつ展開した室町期の連歌を、言語・宗教・学問・芸能等の交叉する複合体として捉え、室町の知的環境と文化体系を炙り出す。

鈴木元 著・本体九八〇〇円（+税）

中院通勝の研究
年譜稿篇・歌集歌論篇

激動の時代を生きた通勝の営みと時代状況を、年譜稿として集成。また、通勝の歌学歌論を伝える未発表資料を翻刻。堂上歌人中院通勝の総体を捉える画期的成果。

日下幸男 著・本体一二〇〇〇円（+税）

元禄・正徳 板元別 出版書総覧

元禄九年から正徳五年に流通していた七四〇〇に及ぶ出版物を、四八〇以上の版元ごとに分類し、ジャンル別に網羅掲載。諸分野に有用な基礎資料。

市古夏生 編・本体一五〇〇〇円（+税）

秋里籬島と近世中後期の上方出版界

上方出版界の大ベストセラー、『都名所図会』。その作者秋里籬島の伝記・著作を多角的に検討し、変動期の上方における文化的状況と文芸形成の動態を明らかにする。

藤川玲満 著・本体八五〇〇円（+税）

江戸時代初期出版年表
天正十九年～明暦四年

出版文化の黎明期、どのような本が刷られ、読まれていたのか。江戸文化を記憶し、今に伝える版本の情報を網羅掲載。広大な江戸出版の様相を知る。

岡雅彦 ほか編・本体二五〇〇〇円（+税）

「訓読」論
東アジア漢文世界と日本語

東アジアから「訓読」を読み直す――。「訓読」という異文化理解の方法を再考し、日本伝統文化の形成、東アジアの漢字・漢字文化圏の文化形成のあり方を論じる。

中村春作・市來津由彦・田尻祐一郎・前田勉 共編・本体四八〇〇円（+税）

続「訓読」論
東アジア漢文世界の形成

東アジアの「知」の成立を「訓読」から探る――。「知」の伝播と体内化の過程を「訓読」論の視角から読み解くことで東アジア漢文世界の成立を検証する。

中村春作・市來津由彦・田尻祐一郎・前田勉 共編・本体六〇〇〇円（+税）

長崎・東西文化交渉史の舞台《ステージ》
ポルトガル時代 オランダ時代

若木太一 編・本体四〇〇〇円（+税）

長崎・東西文化交渉史の舞台《ステージ》
明・清時代の長崎 支配の構図と文化の諸相

若木太一 編・本体六〇〇〇円（+税）

江戸と中国、朝鮮と琉球をつなぐ同心円の中心に位置し、東シナ海における当時の国際交流の中心地であった長崎という「場」に着目。人・モノ・文化の結節点において紡がれた歴史・文化の諸相を描き出す。

浸透する教養

江戸の出版文化という回路

本体七〇〇〇円（＋税）・A5判上製カバー装

鈴木健一 編

近世日本における「知」の形成と伝播を探る

ヒト・モノ・情報の交通網が整備され、「知」をめぐる新たな局面が形成されつつあった近世日本。

出版文化の隆盛とともに、それまで権威とされてきた「教養」が、さまざまな回路を通して庶民層へと「浸透」していった。

和歌・漢詩文を中心として、歴史・思想・宗教・科学といった諸分野にまたがる基礎的知識が磁場としてきわめて強力に働き、日本の文化と文学の根幹が形作られたのである。

「知」の形成と伝播は如何になされたのか。

「図像化」「リストアップ」「解説」という三つの軸より、近世文学と文化の価値を捉え直す。

◉もくじ